BASTEI
LÜBBE

FRANK ADAM IM TASCHENBUCH-PROGRAMM:

DIE ABENTEUER DES DAVID WINTER

13 370	Band 1	Der junge Seewolf
13 522	Band 2	Die Bucht der sterbenden Schiffe
13 663	Band 3	Segel in Flammen
13 785	Band 4	Die Bombay-Marine
13 892	Band 5	Der Kapitän der Zarin
13 974	Band 6	Verrat an Frankreichs Küsten
14 215	Band 7	Der König von Haiti
14 369	Band 8	Der Kampf um die Sieben Inseln
14 586	Band 9	Eine Brigg zwischen Krieg und Frieden
14 735	Band 10	Kampf an Preußens Küste
14 949	Band 11	Die Eroberung der Karibik
15 181	Band 12	Die Guerillas und der Admiral
15 346	Band 13	Kanonendonner über der Adria

Über den Autor

Frank Adam ist das Pseudonym von Prof. Dr. Karlheinz Ingenkamp. Er hat Geschichte und Psychologie studiert und als Erziehungswissenschaftler ein bekanntes Forschungsinstitut geleitet. Im Ruhestand wandte er sich seinem Hobby, der Geschichte der britischen Flotte, zu. Außer den seehistorischen Romanen hat er marinegeschichtliche Aufsätze und Bücher geschrieben, darunter auch das 1998 erschienene deutschsprachige Standardwerk über die britische Flotte mit dem Titel ›Herrscherin der Meere‹.

Frank Adam

Kanonendonner über der Adria

Sir David Winters Erlebnisse bei der Befreiung der Inseln und Häfen in Dalmatien und Istrien

BASTEI LÜBBE

BASTEI LÜBBE TASCHENBUCH
Band 15 346

1. Auflage: Juli 2005

Vollständige Taschenbuchausgabe

Bastei Lübbe Taschenbücher
ist ein Imprint der
Verlagsgruppe Lübbe

Originalausgabe

Lektorat: Rainer Delfs
Titelillustration:
Wissenschaftl. Institut für Marine- u. Schifffahrtsgesch. mbH,
Peter Tamm, Hamburg
Umschlaggestaltung: Inka Medialine, Frankfurt
Satz: QuadroMedienService, Bensberg
Druck und Verarbeitung:
Imprimerie Maury, Frankreich
Printed in France

ISBN 3-404-15346-4

Inhalt

Verzeichnis der Abbildungen

Vorwort

Napoleons Macht bröckelt 1812/13 immer mehr. Er hat in Russland nicht nur eine Schlacht, sondern seine ganze *Grande Armée* verloren. England als Seemacht mit seinem Welthandelspotenzial ist der Gewinner. Es greift Napoleons Imperium jetzt überall von der Peripherie her an: in Spanien, in Sizilien und an den Küsten der Adria.

Keiner dieser Kriegsschauplätze hat in der marinehistorischen Romanliteratur bisher die Beachtung gefunden, die er verdient. Außereuropäische Schauplätze schienen spektakulärer, auch wenn sie weniger kriegsentscheidend waren.

Mir schien die historische Bedeutung wichtiger. Darum habe ich nach der Eroberung Nordspaniens die Befreiung der illyrischen, der ostadriatischen Küste durch die britische Flotte zum Gegenstand dieses David-Winter-Romans gemacht.

Ich lehnte mich an die Taten des Admirals Sir Thomas Francis Fremantle an, der mit seinem Geschwader von 1812 bis 1814 die gesamte Küste von Kotor bis Triest den

Franzosen entriss. Sein bekanntester Kapitän war William Hoste, der Sieger von Vis 1811, der erst im Juli 1814 den Titel ›Sir‹ tragen durfte und erst 1815 Ritter des Bath-Ordens wurde, zu spät angesichts seiner Verdienste, zu spät auch für seinen Geltungsdrang.

Anlehnung heißt hier nicht Übernahme. Fremantle war 1813 nicht vor Kotor und Dubrovnik, sondern hatte nur Hoste delegiert. Aber um die Einheit der Handlung durch die Person *David Winter* zu stärken, habe ich ihn dort tätig werden lassen. Doch die Befreiung der Küste, die schwierige Zusammenarbeit mit den Österreichern, die Probleme mit Bocchesen und Montenegrinern sind alle Geschichte.

Wer die abenteuerliche Geschichte dieser Kämpfe verfolgt, verstrickt sich schnell in eine sonst unbekannte Schwierigkeit. Die Ortsnamen in den englischen und deutschen Berichten lassen sich nur schwer mit den heute üblichen Ortsnamen zusammenführen. Das ursprüngliche St. Veit am Pflaum hieß um 1813 Fiume. Heute heißt es Rijeka. Bei großen Orten gelingt die Zuordnung noch, wenn man die Berichte mit dem Atlas an der Seite liest. Aber bei den kleinen Orten war ich manchmal der Verzweiflung nahe. Ich habe darum für den Leser eine Liste der Ortsbezeichnungen damals und heute angefügt, um für Schlüsselorte die Zuordnung zu erleichtern. Im Text und in den Karten wurden zur Erleichterung der Lektüre die heute üblichen Ortsnamen eingesetzt.

Für die Schilderung dieser schönen Küste, für das Verständnis mancher landschaftsbedingter Probleme war es mir eine große Hilfe, dass ich auf einer Kreuzfahrt mit der MS Dalmacija die kroatische Küste sehen und bewundern durfte.

Für Hilfen bei der Literaturbeschaffung habe ich Herrn Direktor Dr. Niemeyer vom Wehrhistorischen Museum in Rastatt und den Diplom-Bibliothekarinnen der Universitätsbibliothek Landau/Pfalz zu danken.

Ich hoffe, dass ich dem Leser ein stimmiges, spannendes und anregendes Bild einer bedeutenden Zeit vermitteln konnte.

Frank Adam

Hinweise
für marinehistorisch interessierte Leser

Zur Information über Schiffe, Waffen und Besatzungen der britischen Flotte verweise ich auf mein Buch mit zahlreichen Abbildungen und Literaturangaben:

Adam, F.: Herrscherin der Meere. Die britische Flotte zur Zeit Nelsons. Hamburg: Koehler 1998

Für die beiden wichtigsten britischen Flottenführer in der Adria sind folgende Biographien unentbehrlich:

Parry, Ann: The admirals Fremantle. London: Chatto & Windus 1971

Pocock, Tom: Remember Nelson. The life of Captain Sir William Hoste. London: Collins 1977

In größeren Werken wird die Adria meist nur am Rande erwähnt, so z.B. in:

Woodman, Richard: The victory of seapower. London: Chatham 1998

Clowes, Wm. Laird: The Royal Navy, a history from the earliest time to the present, Vol. V. London: Sampson Low 1899

James, W.: The Naval History of Great Britain, Vol. VI. Neuauflage London: Conway 2002

Einzelheiten muss man kleineren Arbeiten entnehmen:

Sporschil, Johann: Feldzug der Österreicher in Illyrien und Italien. Braunschweig: Westermann 1842

King, J.W. : A British officer in the eastern Adriatic 1812-1815: The story of Captain Pearce Lowen of Korčula. In: Journal of the Society for Army Historical Research, 58, 1980. S. 27-39

Verzeichnis der Schiffe und ihrer Offiziere

Flaggschiff *Milford*	
Konteradmiral	Sir David Winter, K.B.
Flaggkapitän	John Markwood
Flaggleutnant	Thomas Wale
Major der Seesoldaten	Richard Havell
Flottenarzt	Dr. George Clark
Erster Leutnant	Henry Webster
Zweiter Leutnant	Robert Hunt
Dritter Leutnant	Benjamin Cooper
Master	Abraham Goodwin
Admiralssteuerer	Alberto Rosso
2. Admiralssteuerer	Mustafa Dukat
Diener des Admirals	Frederick Ready
2. Diener des Admirals	Baptiste Herrod
Sekretär des Admirals	George Roberts
Koch des Admirals	Peter Kemp
Linienschiff *Eagle*	
Kapitän	Robert Everett
Dritter Leutnant	Bruce Willis
Linienschiff *Elizabeth*	
Kapitän	Charles Pringle
Linienschiff *Tremendous*	
Kapitän	Joseph Cartwright

Fregatte *Apollo*
Kapitän — Jerome Hastings

Fregatte *Bacchante*
Kapitän — William Hoste
Erster Leutnant — John O'Brian

Fregatte *Havannah*
Kapitän — Charles Deane

Fregatte *Cerberus*
Kapitän — Anthony Sutherland

Fregatte *Cesar*
Kapitän — Nathaniel Rowlandson
Erster Leutnant — Abraham Setlag
Zweiter Leutnant — Tim Camburg
Dritter Leutnant — Bill Joker

Sloop *Partridge*
Commander — William Malden

Sloop *Weasel*
Commander — Robert Lee

Sloop *Wizard*
Commander — Matthew Elmes

Sloop *Haughty*
Commander — Henry Craig

Sloop *Saracen*
Commander — Abraham Milton

Sloop *Imogene*
Commander — Richard Woodbridge

Kutter *Wight*
Leutnant — Jonathan Holmes

Mörserschiff *Donar*
Leutnant — Joseph Cook

Ortsbezeichnungen

Alte Bezeichnung	*Heutiger Name*
Abbazia	Opatija
Brioni	Brijuni
Castel Nuovo	Herceg Novi
Carlopago	Karlobag
Cattaro	Kotor
Cherso	Cres
Curzola	Korčula
Fiume	Rijeka
Giuppana	Šipan
Grossa	Dugi Otok
Lagosta	Lastovo
Lesina	Hvar
Lissa	Vis
Lorenzo	Lovrjenac
Lovrana	Lovran
Meleda	Mljet
Mezzo	Lopud
Mitterburg	Pazin
Monte Maggiore	Ucka
Montona	Motovun
Pago	Pag
Perasto	Perast
Pola	Pula
Ragosuiza	Rogoznica
Ragusa	Dubrovnik
Ragusa Vecchia	Cavtat

Alte Bezeichnung	*Heutiger Name*
Rovigno	Rovinj
Sabbioncello	Pelješac
Spalato	Split
Umago	Umag
Vagna	Vranja
Veglia	Krk

Zwischenspiel in England
(September bis Dezember 1812)

Der Mann hastete die Aldgate Street entlang und bemühte sich, den vielen Kutschen und Karren auszuweichen, die hier am späten Vormittag die Straßenmitte für sich beanspruchten und oft dicht bis an den Straßenrand fuhren. Der Mann war kein Spaziergänger, dazu hatte er es zu eilig. Er schwang seinen Stock, um bettelnde Kinder aus dem Weg zu scheuchen, und fluchte abstoßend und einschüchternd, wenn sich ihm alle paar Schritte Huren in den Weg stellten.

Der Mann trug einen marineblauen Rock mit großen Messingknöpfen, blaue Kniehosen und weiße Strümpfe. Seine Schuhe waren einfach und ohne Silberschmuck. Die Anker auf seinen Knöpfen und das Band am Zweispitz wiesen ihn als Boten der Admiralität aus. Jetzt sprang der Bote zur Seite, schrie wütend und schwang seinen Stock. Ein Metzger hatte eine Schüssel mit Blut und Wasser einfach auf die dreckige Straße geschüttet und ihm beinahe die Hosen beschmutzt.

Dann bog er in eine Seitenstraße ein. Hier war es ruhiger. Die Häuser hatten Vorgärten und keine Läden im Erdgeschoss. Noch zwei Straßen weiter und er war am Ziel: einem Stadthaus, wie es sich reiche Bürger leisten konnten.

Er betätigte den Türklopfer. Die Klappe in der Tür wurde geöffnet. Ein Diener blickte ihn fragend an.

»Botschaft von Sir Hugh, Seiner Majestät Seelord, für Lady Britta.«

»Kann er mir auch sagen«, knurrte der Diener abweisend.

»Nur persönlich«, blaffte ihn der Bote an.

Der Diener quetschte ein »Warten!« heraus und knallte die Klappe zu.

Nach einigen Minuten wurde die Tür wieder geöffnet. Der Diener nickte einfach und ging einige Schritte voraus zu einer Diele. Eine Tür öffnete sich. Eine geschmackvoll gekleidete Frau trat einen Schritt heraus und sagte: »Ich bin Lady Britta. Er hat eine Botschaft von Admiral Sir Hugh für mich?«

»Aye, Mylady«, antwortete der Bote. »Meldung vom Semaphore: Die *Alkmene* vom Nordspaniengeschwader ist mit der Admiralsflagge am Mast heute mit der Flut in die Themse eingelaufen und wird gegen zwei Uhr mittags am Chesters Kai erwartet.«

Lady Britta lächelte. »Das ist eine willkommene Nachricht.« Sie griff nach einem Tischchen, wo hinter einer Vase einige Münzen bereitlagen, nahm zwei und gab sie dem Boten. »Für ihn mit vielem Dank. Möchte er sich noch in der Küche einen Kaffee geben lassen?«

»Das wäre sehr angenehm, Mylady«, dienerte der Bote.

»John wird ihn führen und dann wieder aus dem Haus lassen«, ordnete Lady Britta an und wandte sich dann an John: »Vergiss er nicht, dass ich ihn in einer halben Stunde brauche.« Sie nickte dem Boten noch einmal zu und ging wieder in das Zimmer.

Die Tür zu einem Nachbarzimmer stand offen, und als Britta durch sie in das Nebenzimmer eintrat, sagte ein Mann zu ihr: »Wir konnten es hören. Wie schön, dass David kommt. Ich kann ihn leider nicht mit abholen, denn ich habe eine Verabredung in Westminster. Aber Nicole wird sich nicht abhalten lassen, dich zu begleiten. Tut mir Leid, dass ich unsere Kutsche brauche, aber ich soll noch zwei Kollegen abholen.«

»Macht nichts, James«, entgegnete Britta. »Wir haben ja unsere und die zweite bestellen wir beim Kutschservice. Aber da fällt mir ein, Mr Dimitrij läuft mit unserem neuen Frachtsegler ja auch heute London an. Da sehen sich die beiden vielleicht schon auf dem Fluss. Mr Dimitrij hat übrigens noch Gepäck für mich geladen.«

»Grüß deinen lieben David und auch den Gregor von mir. Sag ihm, ich komme jetzt bestimmt so gut mit den Prothesen zurecht, wie er es mir immer prophezeit hatte.«

Als er aufstand, um sich von Nicole, seiner Frau, und von Britta zu verabschieden, konnte man sehen, dass er eine Arm- und eine Fußprothese trug. Aber er bewegte sich völlig unbehindert damit. David würde sich auch freuen, das zu sehen. James Watson war viele Jahre mit ihm als einer seiner Kapitäne gesegelt. In der Karibik mussten ihm nach einem mörderischen Kampf mit vier französischen Fregatten ein Arm und ein Bein amputiert werden. Er wollte damals nicht mehr leben und David hatte mit ihm um seinen Lebensmut gerungen und an die Liebe zu seiner Nicole und seinen Kindern appelliert. James hatte es geschafft, überlebte und war nun Abgeordneter im Unterhaus und glücklich mit seiner Familie.

Als James gegangen war, saß Britta mit Nicole noch auf eine Tasse Kaffee am Tisch.

»Nun kommt David noch zwei Tage früher, als ihn dir

die Kellys angekündigt hatten. Mein Gott, heute ist ja der dreizehnte.«

Britta lachte. »Das war für uns immer ein gutes Datum, Nicole. Ich bin so glücklich, dass David kommt. Er wird uns von unseren Söhnen erzählen können.«

Nicole nickte und seufzte. Ihr Sohn John David war mit Brittas Sohn Charles und mit Alexander Dimitrij als Offiziersanwärter in Davids Geschwader. Ihre Mütter sorgten sich um sie.

»Um David als Admiral brauchst du dich ja nicht sehr zu sorgen, nicht wahr, Britta? Er steht auf dem Achterdeck und eine Seeschlacht ist ja nicht mehr zu erwarten. Aber die jungen Burschen müssen nicht nur bei jedem Wetter in die Takelage, sie sind auch bei jedem Unternehmen dabei.«

Britta sah Nicole nachdenklich an. »Du kennst David nicht wirklich, Nicole. Dein Sohn hat dir doch wahrscheinlich auch geschrieben, dass sie an der Küste kurz von den anderen abgeschnitten waren, aber bald wieder herausgehauen wurden.«

Nicole nickte. »Ja, das war bei Getaria.«

»Ich nehme an, David hat sie gebeten, uns das so zu schreiben. In Wirklichkeit waren sie in französischer Gefangenschaft und wurden abtransportiert. David ist mit sechzig Freiwilligen gelandet und hat sie in der Nacht weit im Inland befreit. Ich weiß es von dem spanischen Major, der sich als Armamputierter auf dem Gut erholt hat.«

Nicole hatte die Hand vor den Mund gehoben und sah Britta erschrocken an. Die erzählte ihr, dass der Major der Bruder von Davids Geheimagentin war und sich über Frau von Rostow, die Portugiesisch sprach, mit ihr verständigen konnte. Seine Schwester hatte bei der Befreiung mitgewirkt und ihm von der nächtlichen Verfolgung der Franzosen und dem Überfall im Nachtlager erzählt.

»Ohne David wären die drei in französischer Gefangenschaft, wenn es nicht noch schlimmer gekommen wäre. Ich weiß nicht, wie er es geschafft hat, sieben oder acht Stunden durch Wald und Berge zu klettern, die Jungen zu holen und wieder die Küste zu erreichen. Ich weiß nur, er würde es immer wieder tun, nicht nur für unsere Söhne. Aber viele würden es auch für ihn tun. Er steht nicht nur auf dem Achterdeck, Nicole. Er ist ein kämpfender Admiral, und ich habe immer Angst um sein Leben.«

Nicole fasste Britta um. »Ich hätte es besser wissen müssen, denn ich kenne ihn doch. Und sein Sohn John, mein erster Mann, hat ja auch geschwärmt, wie er sich für seine Männer einsetzt. Und so redet auch James von ihm.«

»Darum wollen wir ihn dankbar begrüßen und ihm nicht gleich verraten, was wir wissen«, beschloss Britta das Gespräch.

Die beiden Frauen saßen in einer Kutsche am Rande der Thames Street und warteten. Es war recht windig und kühl am Fluss und so stand vorn am Kai nur der Diener Jeremy, ein ehemaliger Matrose, mit einem Teleskop und spähte nach der Sloop *Alkmene* aus. Es wimmelte im Londoner Hafen von Schiffen.

»Ich wundere mich immer wieder, dass sie nicht zusammenstoßen«, stellte Nicole fest, die gerade aus dem Fenster geschaut hatte.

»Die *Alkmene* bleibt auch sicher nicht hier, sondern segelt nach Chatham zurück in die Werft«, bemerkte Britta.

Da klopfte ihr Fahrer an die Kutschwand und rief: »Jeremy winkt, Lady Britta!«

Nun sahen es auch die Frauen.

»Dann wollen wir aber schnell zum Kai«, sagte Nicole und knöpfte ihren Pelz zu. »Aber sei vorsichtig, Britta, die Kutscher fahren hier rücksichtslos.«

Die beiden stiegen aus. Der Kutscher half ihnen mit

heftigem Peitscheschwenken beim Überqueren der Straße. Jeremy deutete immer wieder hinaus auf den Fluss.

»Dort kommt eine Sloop mit der Admiralsflagge. Das muss er sein. So viele kleine Schiffe, auf denen ein Admiral kommt, wird es hier kaum geben«, erklärte Britta.

»Ja, warum segelt er nicht mit seinem Flaggschiff?«, fragte Nicole.

»Das werden sie dort zum Kämpfen brauchen. Eine Sloop ist schon mal zu entbehren.«

Britta winkte Jeremy und ließ sich das Teleskop geben. Als langjährige Frau eines Flottenoffiziers konnte sie damit umgehen, stellte die Schärfe richtig ein und spähte.

»David kann ich noch nicht sehen«, sagte sie mit dem Teleskop am Auge. »Aber das dort, das ist doch Alexander Dimitrij. Und mein Gott, da ist dein Sohn, Nicole!«, rief sie überrascht. »Und da ist auch mein Edward!«

Sie setzte das Teleskop ab und sagte zu Nicole: »Er bringt unsere Söhne mit. Und wir haben gar nichts für sie vorbereitet.«

»Das ist doch kein Problem, Britta«, wandte Nicole aufgeregt ein. »Sieh noch einmal durch, ob du dich auch nicht getäuscht hast.«

Britta nahm das Teleskop. »Wo sind sie jetzt?«, fragte sie ungläubig. »Da kommen sie alle drei mit David und gehen zur Reling.«

»Ja, ich sehe sie jetzt auch mit bloßem Auge. Mein Gott, wie bin ich glücklich«, rief Nicole.

»Jeremy, schau, ob du Mr Dimitrijs Kuff siehst«, bat Britta und gab ihm das Teleskop.

Sie winkten den Männern zu und die winkten jetzt zurück. Den Frauen standen Tränen in den Augen.

»Gregor kommt dort mit Victoria in dem Ruderboot, Lady Britta«, meldete Jeremy.

»Dann sind wir ja alle beisammen«, sagte Britta zu Nicole, »nur dein James fehlt.«

Die *Alkmene* holte Segel ein und bereitete sich auf das Anlegen am Kai vor. Die Maate brüllten ihre Befehle. Die Matrosen rannten über das Deck und zogen an Tauen. David und die Midshipmen waren zum Achterdeck gegangen, wo sie weniger im Weg standen. Aber auch von dort winkten sie Britta und Nicole zu.

»Du wirst wohl jetzt auch in London bleiben«, sagte Alexander leise zu John David.

»Ich weiß nicht. Kommt drauf an, was mein Vater in London zu tun hat. Aber wir werden uns auf jeden Fall in Portsmouth sehen.«

David verabschiedete sich von Commander Hair und bedankte sich für die Gastfreundschaft an Bord seines Schiffes. Als er zurücktrat, bauten sich die drei Freunde vor Mr Hair auf, griffen mit der rechten Hand an ihren Hut und meldeten sich zum Urlaub ab.

»Benehmen Sie sich gut, meine Herren. Und grüßen Sie Ihre Eltern von mir. Wir sehen uns dann in drei Wochen in Portsmouth hoffentlich alle gesund wieder.«

Die Seesoldaten nahmen an der Gangway Aufstellung, die gleich zum Kai geschoben werden sollte. Die drei Midshipmen würden zuerst das Schiff verlassen und dann unter Pfeifen und Trommeln auch der Admiral.

Dann war es so weit. Die Seesoldaten präsentierten. Die drei Jungen grüßten noch einmal zum Achterdeck, gingen ruhig und gemessen die Gangway hinunter und liefen nach den ersten Schritten auf dem Kai schnell auf ihre Mütter zu, die mit ausgebreiteten Armen auf sie warteten.

Nur Alexander ging langsam weiter und sah zurück zum Admiral, der lächelnd die Begrüßung der Söhne beobachtete. Aber dann hörte er, wie laut sein Name gerufen wurde. Er sah sich um und erkannte rechts am Kai, dass seine Mutter und sein Vater auf ihn zueilten. Und nun rannte auch Alexander los.

David hatte die Frauen erreicht. Britta löste sich aus den Armen ihres Sohnes und sah glückstrahlend ihren

Mann an. »Hab Dank, dass du Edward und die anderen beiden mitgebracht hast. Komm, Liebster, fass mich endlich um!«

Sie umarmten sich und küssten sich verhalten. Spaziergänger waren stehen geblieben und beobachteten amüsiert und gerührt die Szene. Gregor Dimitrij stapfte mit seinem Holzfuß heran und rief: »Sir David!«

Nun sahen auch die anderen, dass Gregor und Victoria Alexander in Empfang genommen hatten.

»Wie schön, dass auch seine Mutter da ist«, schluchzte Britta.

»Gregor, du treuer Freund«, begrüßte David seinen alten Gefährten und fasste ihn um. Einige der Zuschauer applaudierten jetzt und riefen ein Hoch auf die Marine.

»Nun müssen wir aber weg«, bemerkte David. »Sonst bieten die uns noch Gage an.«

Alberto und Mustafa umarmten Gregor. Matrosen schleppten Gepäck zu den Kutschen. David begrüßte die Diener und fragte Gregor: »Kommt ihr noch auf eine Tasse Kaffee zu uns?«

»Tut mir Leid, Sir. Wir haben enge Ladetermine und wollen dann übermorgen früh zurück nach Portsmouth, wo der Junge jetzt da ist. Dort kommen wir gern einmal nach Whitechurch Hill, wenn es genehm ist.«

»Versprochen, mein Lieber«, sagte David, winkte den Dimitrijs zu und ging mit Britta Arm in Arm zur Kutsche. Aber er drehte sich noch einmal zu Alberto um. »Du bist jetzt der Einzige, dessen Frau nicht hier ist, Alberto. Du kannst doch übermorgen mit Gregor heimsegeln. Ich werde so schnell nicht auf der Admiralität fertig.«

Alberto stutzte, blickte freudig, antwortete aber dann: »Aber wer übernimmt dann die Wachen und den Schutz auf der Rückfahrt?«

David winkte ab. »Wir haben Mustafa, Baptiste, Frederick und Peter, und sogar Mr Roberts wird eine Pistole abfeuern können.« Er blickte dabei nacheinander auf die

Diener Baptiste und Frederick, den Koch Peter und seinen Sekretär. »Also lauf zu Gregor, frag, wo er ankert, und dann gehst du nachher an Bord.«

Alberto lachte und rief laut zu Gregor, er möge ein wenig warten.

»Du bist heut der Glücklichmacher, was, mein Liebster?«, scherzte Britta.

»Hoffentlich gelingt es mir auch bei dir«, erwiderte er und lächelte sie vieldeutig an.

Sie saßen schon beim Tee und David knabberte einen der von ihm so bevorzugten Kekse, diesmal ganz frisch. Er war ein wenig nachdenklich, denn Britta hatte ihm gesagt, dass Christinas Hochzeit nun für den übernächsten Sonntag geplant sei. Da habe er eine Woche für Admiralität und Rückfahrt und dann noch eine Woche, sich daheim einzuleben und auf die Hochzeit vorzubereiten.

Würde die Zeit je ausreichen, um sich darauf vorzubereiten, dass seine Tochter mit einem fremden Mann zusammenlebte? Dann schalt er sich selbst, weil es ihm so schwer fiel, sich mit dieser ganz natürlichen Entwicklung abzufinden. Aber er konnte seinen Gedanken nicht weiter nachhängen, denn James Watson trat ein und begrüßte alle herzlich.

»Wie schön, dass du wieder bei uns bist und sogar unsere Jungen mitgebracht hast, Onkel David«, sagte er und reichte ihm die gesunde rechte Hand. Er drückte Nicole, seinen Stiefsohn John David und dessen Freund Edward. Dann setzte er sich und Nicole goss ihm Tee ein.

James wusste, David und die Jungen würden ihn beobachten, wie er jetzt mit den Prothesen umging. Aber er ließ sich nichts anmerken, rührte den Zucker mit der rechten Hand um, griff mit der Prothese der linken Hand nach dem Milchkännchen, schob den Henkel in eine Aussparung in der Prothese und goss geschickt Milch in den Tee. Ebenso unauffällig stellte er das Kännchen zurück und nahm einen Keks mit der Prothese.

Als er aufblickte, sahen alle woanders hin, nur nicht auf seine Hände. Doch David bekannte sich zu seiner Beobachtung und sagte: »James, du hast meine kühnsten Erwartungen übertroffen und gehst so gut und geschickt mit den Prothesen um, wie ich es nie für möglich gehalten hätte. Da merkt man kaum noch einen Unterschied zu den natürlichen Gliedern, erst recht nicht bei den Tollpatschen, die nicht einmal damit umgehen können. Hätte ich dich doch als Demonstrationsbeispiel bei mir gehabt, als ein spanischer Major, der Bruder meiner Agentin, nach dem Verlust der einen Hand nicht mehr leben wollte.«

»Wir kennen den Major, David. Er hat sich eine Weile auf dem Gut erholt und ist jetzt bei den Prothesenbauern. Er will Frau von Rostow in Spanien das Grab ihres Mannes zeigen. Er hat auch erzählt, wie schön deine Agentin ist und wie sie dich verehrt.«

David lachte. »Ja, sie ist schön und hat jetzt die Agententätigkeit aufgegeben, weil sich ihr Bruder zu viel Sorgen machte.«

»War das der Grund?«, fragte Britta gespielt inquisitorisch.

»Britta«, lachte Nicole. »Seit wann bist du eifersüchtig? Gönne dem armen Seemann doch mal eine Verehrerin.«

James wollte von dem Thema ablenken und sagte zu den Jungen: »Morgen kann ich euch das Parlament zeigen, wenn ihr mögt. Wenn der Speaker da ist, dürft ihr ihm die Hand geben.«

»Au ja«, freute sich John David und blickte Edward fragend an. Der nickte. »In der Admiralität waren wir ja schon öfter, aber das Parlament kennen wir nur von außen.«

Sie hatten das erste Abendessen gemeinsam mit den beiden Söhnen eingenommen, hatten noch ein Glas Wein getrunken. Die Söhne waren ins Bett gegangen. Die Eltern hatten sich getrennt, wobei die Watsons den Winters noch ein wenig anzüglich zuzwinkerten. Dann waren Britta und David allein in ihrem Salon.

Britta ging nicht in ihren Umkleideraum, sondern setzte sich auf einen Stuhl und sagte zu David: »Nun erzähl mir doch einmal von dem Stoßtrupp bei Getaria, den du weit hinein ins Land geführt hast, obwohl du mir versprochen hattest, solche Aktionen nicht mehr selbst zu leiten.«

David nickte. »Ich wusste, es würde dir nicht verborgen bleiben. Dann weißt du auch, dass unser Sohn, mein Enkelsohn und ihr Freund neben anderen gefangen waren und abtransportiert wurden. Keiner konnte garantieren, ob sie das überlebt hätten. Wie hätte ich dir, Nicole und Gregor unter die Augen treten können, wenn ich nicht alles versucht hätte?«

»Warum hast du dann nicht einen jüngeren Offizier geschickt?«

»Weil er nicht meine Erfahrung und Autorität gehabt hätte und weil ihm die Männer nicht mit dem gläubigen Vertrauen gefolgt wären wie mir.«

Britta sah ihn zweifelnd an. »Du bist auch nur ein Mensch, David.«

»Ja, wir beide wissen das. Aber die Seeleute denken anders. Für die bin ich der, der sie überall durchbringt, unter dessen Führung ihnen alles gelingt, selbst wenn es Einzelne trifft. Mir ist in all den Jahren dieser Ruf zugewachsen und nun halten sie an ihm fest, schmücken ihn aus und glauben an ihn. In gewisser Weise bin ich der Gefangene meines Rufes. Natürlich kann ich Operationen delegieren, Bootsaktionen, Erkundungen und Ähnliches. Aber wenn es um die Befreiung von Menschen geht, dann brauche ich Freiwillige, und zwar die Besten. Wie sollten die sich melden, wenn ich bei der Befreiung unserer

Söhne nicht selbst dabei bin mit aller Erfahrung und allem Engagement?«

»Kannst du sie nicht mit guter Belohnung verlocken?«

»Mein Gott, Britta. Ich habe jedem Teilnehmer noch zwanzig Pfund versprochen, das sind mehr als zwei Jahre Heuer für einen Seemann. Die tausendzweihundert Pfund sind viel Geld, aber sie sind nichts im Vergleich zum Leben der drei Jungen. Aber da ich nicht bei jedem Seemann einen Stoßtrupp führen kann, muss ich immer auch finanziellen Anreiz bieten, um fair zu sein. Ich konnte nicht anders handeln, Britta, ohne unsere Söhne aufzugeben.«

Sie setzte sich auf seinen Schoß und weinte in seinen Armen. »Und ich hätte dich zusätzlich auch noch verlieren können. Wie hast du die Strapazen nur ausgehalten? Die Jungen sagen, sie wären wie ausgelaugt gewesen nach den Märschen querfeldein.«

»Dr. Cotton hat mir für den Rückweg ein Aufputschpulver gegeben. Danach musste ich sechs Stunden fest schlafen.«

»Nimmst du so etwas öfter?«

»Nein, der Arzt sagt, es führe zu schwersten Krankheiten. Ich nehme an, es ist ein Extrakt aus den Blättern, die sie in den Anden immer kauen.«

Britta war ruhig geworden in seinen Armen. Ihr Mund suchte seinen und sie küssten sich lange und immer verlangender. »Hast du noch etwas übrig von dem Pulver?«, fragte sie schelmisch.

»Da sind deine lustvollen Schreie mein bestes Pulver. Komm, Liebste, lass mich nicht länger warten!«

Am nächsten Morgen hockten die Diener der Admiralität in ihren Eichenstühlen im Empfangssaal. Neben den Schreibern und ein paar Leutnants hatte nur Sir Hugh Kelly, Erster Seelord, vor kurzem das Gebäude betreten.

»Leutnants kannst du warten lassen, bei Commanders musst du dich schon um den einen oder anderen kümmern, bei Kapitänen sind einige ganz unbedeutend. Aber das merkst du bald schon am Auftreten. Aber bei Admiralen, da lüftest du besser deinen Hintern und läufst zu ihnen hin und fragst nach ihrem Begehren. Sonst lassen sie beim Ersten Sekretär eine Bemerkung fallen und du hast jede Menge Vertretungsdienst oder Nachtdienst auf dem Buckel«, erklärte ein älterer Diener einem neuen Kollegen.

»Du, ich glaub, da fährt ein Admiral vor«, sagte dieser. »Schau doch, der Goldkragen, und den Hut trägt er quer.«

Der Alte kniff die Augen zusammen. »Ja, das ist Sir David Winter. Der kommt immer früh. Lass mich nur machen.«

Und er lief eilig auf die Tür zu und dienerte. »Sir David, wie schön, Sie wieder im Lande zu sehen. Wollen Sie zu Sir Hugh, Sir? Er ist seit wenigen Minuten im Haus.«

»Ja, führe er mich hin. Er wird ja immer jünger. Ich hoffe, es geht ihm gut.«

»Danke der Nachfrage, Sir David. Aber wir sind schon hier.« Und er klopfte an eine Tür.

Vizeadmiral Sir Hugh Kelly war Steuermannsmaat und Leutnant auf der legendären Fregatte *Shannon* gewesen, als David dort seinen Dienst als ›Captain's servant‹ antrat, wie es damals hieß. Sie hatten sich in den folgenden Jahren immer wieder getroffen und waren enge Freunde geworden. Sir Hugh war jetzt der älteste der ›Professionellen Lords‹ in der Admiralität, wie man die ehemaligen Flottenoffiziere unter den Lords nannte, und trug daher auch den Titel ›Erster Seelord‹.

Sie umarmten sich in Kellys Zimmer herzlich, erkundigten sich nach dem Wohlergehen des anderen, nach Frau und Kindern und kamen dann bei einer Tasse Kaffee auf den Grund ihres Treffens.

»Du weißt, David, dass wir dich von der spanischen Küste mitten im Sieg weggeholt haben, um dir den Oberbefehl in der Adria zu geben. Das Adriatische Meer ist der einzige Teil des Mittelmeers, in dem wir noch nicht die Oberhand haben. Das sollst du ändern und die großen Küstenstädte von den Franzosen freikämpfen. Ich habe mir hier eine Karte des Gebietes mit den neuen Grenzen aufhängen lassen.« Er ging zur Karte.

»Du weißt, dass die Franzosen sich nach ihrem Sieg bei Austerlitz Dalmatien von den Österreichern abtreten ließen. Als die Russen und Türken 1799 Korfu und die anderen ionischen Inseln von den Franzosen eroberten, warst du selbst dabei. Doch was Soldaten erobern, verschenken Politiker oft. Nach dem Frieden von Tilsit haben die Russen die Sieben Inseln den Franzosen übergeben. Nach dem Frieden von Schönbrunn anno 1809 gehören die illyrischen Provinzen, wie sie jetzt Dalmatien, Istrien und die anderen Gebiete nennen, einschließlich Tirol und Belgrad zu dem Vasallenstaat Italien. Frankreich herrscht also über die gesamte Küste und über Dubrovnik. Wir haben die meisten ionischen Inseln zurückerobert, aber Korfu ist zu stark für eine Besetzung. Eigentlich haben wir nur einen Stützpunkt in der Adria selbst, das ist die Insel Vis.«

David warf ein: »Da war doch vor zwei Jahren eine Seeschlacht.«

»Ja, Kapitän Hoste hat sie gewonnen. Über ihn werden wir gleich noch sprechen. Aber erst noch zu den Gefahrenpunkten: Wir müssen Venedig unter strikter Kontrolle halten, weil die Franzosen dort mit Nachdruck Kriegsschiffe bauen, auch 74er. Du wirst es eng blockieren müssen. Der zweite Punkt ist die Verbindung von Otranto nach Korfu. Auf dieser Route wollen die Franzosen immer wieder Nachschub für die Garnison in Korfu schmuggeln. Sonst bleibt ihnen nur Ali Pascha als Lieferant, und der ist unzuverlässig und teuer.«

»Dieser Bandit lebt und herrscht immer noch?«, wunderte sich David. »Ich hätte angenommen, der Sultan hätte ihn aufhängen lassen oder irgendjemand hätte ihm den Hals durchgeschnitten. Nach unseren Maßstäben herrscht er über einen reinen Banditenstaat.«

»Ja, er lässt sich von allen bezahlen und betrügt alle. Das Völkergewirr an der Adria ist dir ja bekannt. Die französische Herrschaft hat noch zusätzlich Hilfstruppen aus den deutschen Staaten, Polen, Holland und auch der Schweiz hinzugefügt. Es sind aber eher zweitklassige Einheiten. Die kampfkräftigeren mussten mit nach Russland.«

»Und von dort gibt es kaum eine Wiederkehr«, fiel David ein.

»Was willst du damit sagen? Napoleon marschiert nach unseren neuesten Meldungen auf Borodino. Von dort ist es nicht weit nach Moskau. Dort könnte er überwintern«, widersprach Admiral Kelly.

»Eher zünden die Russen ihre Hauptstadt an«, erklärte David überzeugt. »Er kann ihnen im Winter nicht widerstehen. Ich kenne die Russen und ihre Winter.«

»Dein Wort in Gottes Ohr, lieber David. Aber wie dem auch sei. Wir müssen Napoleons Flanken aufrollen, so lange seine Kräfte dort geschwächt sind.«

»Und wer hilft uns in Illyrien dabei?«, fragte David.

»Die unterdrückten Völker. Sonst kannst du wenig erwarten. Neapel hat jetzt Napoleons Marschall Murat als König. Österreich ist mit Napoleon verbündet, Italien in der Hand seiner Günstlinge. Wo soll da Hilfe herkommen? Wir müssen den Völkern, die ja drangsaliert und ausgebeutet werden, bei ihrer Befreiung helfen und hoffen, dass andere sich ein Beispiel daran nehmen. Wenn Napoleon in Russland verliert, wie du glaubst, dann hätten wir leichtes Spiel.«

»Nun will ich aber wissen, über welche Kräfte ich selbst verfüge«, warf David ein.

»Sofort. Dafür gehen wir zum Ersten Sekretär. Aber

vorher noch unter uns ein Hinweis auf Kapitän William Hoste, den Sieger von Vis. Du erinnerst dich, dass er im März vorigen Jahres bei Vis mit drei Fregatten und einer Sloop ein französisch-venezianisches Geschwader von sechs Fregatten und vier kleineren Schiffen nach schwerem Kampf vernichtend geschlagen hat. Viele, vor allem er selbst, erwarteten hohe Belohnung, aber nichts erfolgte. Er ist für den Bath-Orden vorgeschlagen, aber das ist auch alles. Ich weiß nicht, warum ihm nicht mehr Anerkennung zuteil wurde. Man munkelt, dass seine bei jeder Gelegenheit vorgetragene Nelson-Verherrlichung der Regierung, die sich Nelsons Witwe und Kind gegenüber mehr als kleinlich erwies, nicht passte, mag sein, dass sein Selbstlob missfiel, ich weiß es nicht. Von einer kurzen Begegnung her ist mir der Eindruck eines jugendlichen, etwas naiv selbstbewussten Mannes geblieben, tapfer gewiss und ein guter Taktiker, aber politisch und strategisch eher kurzsichtig. Hoste kommandiert jetzt die *Bacchante* mit achtunddreißig Kanonen in deinem Geschwader. Er verdient eine herausragende Beachtung, aber ob ihm das reicht? Sei auf Probleme gefasst! So und nun lass uns zu Mr Croker gehen und in seine Listen schauen.«

»Ich habe handeln müssen wie einer deiner Viehkäufer, aber schließlich hat mir der Erste Sekretär ein Geschwader von vier Linienschiffen, fünf Fregatten und je einem halben Dutzend Sloops und Briggs sowie zwei Mörserschiffen zugestanden«, erzählte David seiner Frau beim Lunch. »Ach ja, zwei Bataillone der Seesoldaten mit den entsprechenden Transportern stehen mir auch zur Verfügung.«

»Und damit soll unser Fachmann für amphibische Operationen nicht nur Venedig blockieren, sondern auch die östliche Adriaküste erobern«, mokierte sich Britta.

»Erwartet die Admiralität eigentlich immer das Unmögliche?«

»Ja, ich fürchte, unsere Matrosen und Offiziere haben die ehrenwerten Lords zu sehr verwöhnt. Nun, meine Liebste, wir haben es bald geschafft. Dann kann ich bei dir bleiben. Ich werde allmählich auch ein wenig der ständigen Kämpfe müde.«

»Es wäre schön, Liebster, aber allzu viele glauben nicht an deine Russland-Theorie. Und bevor noch eine Küste von Napoleon besetzt ist, gibt dich die Admiralität nicht frei. Du bist nämlich einer von denen, die unsere Lords so verwöhnt haben. Sind noch Häfen zu befreien? Schickt nur Sir David! Wenn du mir nur bei meinen Geschäften so prompt helfen könntest.«

»Hast du Probleme, Britta?«

»Die habe ich immer, aber ich konnte sie lösen. Wir haben die Webautomaten gekauft und die Fabrik am Kanal nach Sussex eingerichtet, von der ich dir in Lissabon erzählte. Wir haben unsere Küstenflotte durch einen Neubau ergänzt, mit dem Gregor jetzt in London ist. Und ich lasse jetzt die französische Atlantikküste und die nördlichen deutschen Staaten durch Vertreter bereisen, um Kunden zu gewinnen, die wir nach Aufhebung der Blockaden sofort beliefern können. Wir produzieren im Augenblick auf Vorrat und das bindet Geld. Ich hänge ganz vom Erfolg deiner Russland-Theorie ab, mein Liebster.«

»Aber Britta, ich bin Soldat und kein Verkaufsprophet. Ich weiß nicht, was die Leute haben wollen, wenn die Blockade fällt.«

»Das lass nur meine Sorge sein. Die Frauen wollen schöne Stoffe, das war so und bleibt so. Du brauchst nur die Blockade abzuschaffen.«

Am Abend meldete sich Alberto und holte noch Gepäck für die Reise nach Portsmouth. »Der Gregor hat uns beim Einladen ganz schön gescheucht, Sir. Mir tut der Buckel richtig weh. Aber nun können wir morgen in aller Herrgottsfrühe mit der fallenden Flut auslaufen.«

»Wie viele Männer seid ihr denn jetzt auf der Kuff?«, fragte David.

»Vier Matrosen, davon zwei Invaliden aus der Stiftung, und zwei Jungen. Und nun natürlich Alexander, ich und Victoria.«

»Kann er denn Invaliden einsetzen?«

»Ach, Sir, einer hat ein steifes Handgelenk links. Das hat ihm eine Kugel zerschmettert. Nun trägt er eine Ledermanschette. Das geht gut. Und der andere humpelt, weil ihm drei Zehen fehlen. Aber das stört ihn auch nicht sehr. Es ist ein schönes Schiff, Sir. Eine Mischung von Galiot und Kuff, Sir. Segelt besser als eine Kuff, kann aber mehr laden als eine Galiot. Und zwei Achtpfünder-Pivots haben wir. Da soll mal erst einer kommen.«

»Bei euch beiden Scharfschützen muss sich da sogar eine Fregatte vorsehen«, scherzte David. »Gute Reise, Mast- und Schotbruch und grüß mir die Dimitrijs.«

Die Winters und Watsons verlebten in London einige schöne und harmonische Tage mit ihren Söhnen. David hatte vormittags in der Admiralität oder beim Auswärtigen Amt zu tun, aber die Nachmittage besichtigten sie Parks, das Britische Museum oder einfach nur die schönsten Ladenstraßen, die den Damen genug Anregung boten.

Aber die Männer kamen auch auf ihre Kosten, als David die drei Perkussionspistolen bei einem bekannten Waffenschmied aussuchte, die er den drei jungen Midshipmen an der spanischen Küste versprochen hatte. Sie konnten zwischen fünf Modellen wählen, die noch unterschiedlich verziert werden konnten und auch in der Größe der Schäfte variierten.

Der Meister erläuterte die Vor- und Nachteile eines jeden Modells, ließ Edward und John David die Waffen in die Hand nehmen und bedauerte außerordentlich, dass Alexander nicht anwesend war. Aber ein Kollege von ihm in Portsmouth würde gern kleine Angleichungen vornehmen.

Er wies sie darauf hin, dass der Abzug bei diesem Modell breiter war als bei jenem. Das sei manchem lieb, anderen weniger. Er zeigte das Pulverhorn, die Laufreiniger, die Kugeln und lobte die Wahl, die Edward und John schließlich trafen. Er versprach, alles in zwei Tagen zu liefern.

»Damit können sie doch besser hantieren als mit unseren offiziellen Marinepistolen, mit denen man eher zuschlagen als schießen kann«, sagte David zu James.

»Ich wünschte, ich hätte als junger Bursche schon so gute Waffen gehabt«, sagte James nachdenklich.

Abends speisten sie mit den Kellys, aßen daheim oder gingen in eines der bekannten Restaurants. »Schade, dass Alexander nicht bei uns sein kann. Er isst so gern«, sagte Edward beim ersten Restaurantbesuch.

»Da unterscheidet er sich nicht von seinem Vater«, bestätigte David. »Gregor konnte mit Leidenschaft riesige Mengen vertilgen. Nun ja, er musste ja auch einen großen Körper mit Nachschub versorgen.«

Es hätte Gedankenübertragung sein können, denn Gregor wischte sich zur gleichen Zeit mit einem Tuch den Mund ab und sagte: »Du müsstest öfter an Bord sein, Victoria. Wenn der Jan dort kocht, dann schmeckt es nicht halb so gut.«

Jan, der zehamputierte Invalide, lachte. »Und ich geb dir auch kein Küsschen vor dem Essen, Käptn.«

In das allgemeine Gejohle hinein wehrte Gregor ab. »Auf deinen Kuss verzichte ich gerne. Aber jetzt nehme ich eine Mütze voll Schlaf. Harry macht die erste Wache, Jan die zweite. Dann bin ich wieder dran. Wenn etwas ist, weckt mich.«

Die *Britta III* glitt mit gekürzten Segeln dicht vor der britischen Küste vor Hastings durch die Nacht. Der Wind war mäßig, aber stetig und sie konnten die Lichter von Bexhill und Eastbourne so gut sehen wie das Leuchtfeuer von Beachy Head. Kein Grund also, sich vor Anker zu legen und später in Portsmouth einzutreffen.

Gregor war schon vor vier Uhr früh aus seiner Koje geklettert. Seine Blase drückte ihn und er wollte sich noch ein Brot schmieren, bevor er seine Wache übernahm.

»Na, hast du Angst, ich schmuse auf Wache mit einer Seejungfrau?«, fragte ihn Jan. »Es müsste eine Vorschrift geben, dass den Matrosen auch Frauen gestellt werden, wenn der Käptn seine an Bord hat.«

»Hau dich lieber aufs Ohr, Jan. Da hast du in deinem Alter mehr davon. Die Frauen überlass den jungen Männern.«

»Gib nicht so an, Käptn, mit deinen zehn Jahren weniger. Das mach ich durch Erfahrung wett. Aber ich geh ja schon. Wind aus Ost-Nordost, Stärke vier. Keine Vorkommnisse. Mach's gut.«

Gregor fühlte, wie das Steuerruder in der Hand lag. Dann hakte er es ein und sah nach den Segeln. Alle standen gut. Vor und seitlich vom Schiff war alles frei. Er setzte sich am Ruderhaus hin und ließ den Blick gewohnheitsmäßig an Deck herumschweifen, prüfte den Horizont und die Wolken, sah nach dem Barometer, schnupperte in den Wind, bewegte sich ein wenig und begann dann erneut mit der gleichen Prozedur.

Nach einer Stunde hörte er, wie unten seine Victoria rumorte. Sie bereitete das Frühstück vor. Gregor schmunzelte. Sie würde sich besondere Mühe geben, weil ihr

Alexander an Bord war. Er selbst war auch mächtig stolz. War doch etwas für einen früheren russischen Leibeigenen: der Sohn als Britischer Offiziersanwärter und er selbst als Geschäftsführer einer Küstenreederei. Ja, alles war gut geworden, seitdem dieser fremde Kapitän vor so vielen Jahren damals in die verräucherte russische Dorfkneipe getreten war, weil an seinem Wagen ein Rad gebrochen war. Ohne Kapitän Winter hätten ihn diese adligen Strolche zu Tode geschleift. Es war ein hartes Land, dieses Russland. Es würde auch mit diesem Napoleon fertig werden.

Wieder streifte Gregors Blick den Horizont ab. Plötzlich stutzte er. Da war ein Schatten vor der Küste. Er griff nach dem Teleskop. Es war noch ein wenig dunkel, aber er erkannte drei nicht sehr hohe Masten. Der hintere Mast war dicht am Heck. Und die Segel hatten diese besondere Trapezform. Das war ein Lugger auf konvergierendem Kurs. Was wollte der hier so dicht an der britischen Küste? Das konnte nur ein Kaperschiff sein, das sich in der Nacht in der Flussmündung bei Littlehampton auf die Lauer gelegt hatte.

»Victoria!«, rief er. »Sofort alle wecken. Feuer aus. Klar Schiff. Ein Kaper jagt uns!«

Er hörte Victoria rufen und rumoren. Dann kam sein Alexander als Erster an Deck. »Dad, wo ist er?«

Gregor zeigte die Richtung und gab ihm das Teleskop.

»Er kommt vom Land«, wunderte sich Alexander. »Vier Karronaden an der Breitseite, sicher Achtzehnpfünder. Ich nehme schon die Leinwand vom hinteren Pivot.« Er lief zum Heck.

Sie kamen alle schnell und leise an Deck, spähten zum Feind und gingen auf ihre Posten. Alberto lief zur vorderen Kanone, die er mit Harry und einem weiteren Mann bedienen würde. Victoria nahm das Ruder, in dessen Bedienung sie geübt war. Der Pulverraum war aufgeschlossen. Die beiden Jungen würden die Kartuschen an

Deck bringen und die Behälter mit den Kugeln nachfüllen. Ein Mann ging zu Alexander, damit auch die hintere Kanone mit drei Mann bedient werden konnte. Das waren wenig genug. Auf einem Kriegsschiff würden sieben bis neun Mann einer Achtpfünder-Kanone zugeteilt werden. Aber es musste reichen. Es blieb sowieso nur ein Mann übrig, um die Segel und Brassen nachzuziehen.

»Vorderes Geschütz feuerbereit!«, rief Alberto vom Bug.

»Geh zwei Punkte nach Steuerbord, Victoria, und duck dich, wenn sie feuern«, befahl Gregor.

»Feuer frei!«, schrie er dann und sofort krachte die vordere Kanone. Gregor linste über das Rohr und erkannte, dass der Schuss den scharfen Bug des Luggers getroffen hatte. Dann sprang er zur Seite und riss die Abzugsleine. Der Schuss donnerte hinaus. Der Matrose hatte schon die Stange mit dem ›Wurm‹ im Rohr, die es von Rückständen reinigte. Dann drehte er die Stange und führte den Wischer ein.

Alexander stand mit der nächsten Kartusche bereit und meldete: »Treffer am Heck oberhalb der Wasserlinie.«

Gregor hantierte an der Plattform, auf der die Kanone montiert war, um sie etwas zu verstellen, denn der Lugger segelte schneller als sie und der Winkel veränderte sich. Die Entfernung betrug gut achthundert Meter, da brachten die Karronaden des Luggers noch nichts. Dass sie mit beiden Schüssen getroffen hatten, war nur dadurch zu erklären, dass Alberto und Gregor als ausgesprochene Scharfschützen galten.

Schon wieder krachte die vordere Kanone. Jetzt sah auch Victoria, dass der Treffer am vorderen Mast des Luggers die Reling und die Takelage zerfetzte. »Hurra!«, schrie sie unwillkürlich. Keiner antwortete. Gregor zielte sorgfältig und schoss. Treffer an der Wasserlinie des Hecks.

»Kann ich mit Ketten laden?«, fragte Alberto.

»Versuch es!«, brüllte Gregor zurück und ließ sich nicht beim Zielen und Richten stören.

Kettenkugeln waren zwei eiserne Halbschalen, die sich nach dem Abschuss trennten und durch eine Eisenkette verbunden waren. Sie sollten Takelage und Segel des Feindes stärker zerstören, als das eine einzige Kugel konnte.

Albertos Kettenkugel zerfetzte das vordere Luggersegel und ließ den Lugger aus dem Ruder laufen. Gregor visierte das Heck an und erzielte einen Treffer, der durch den Lugger von hinten nach vorn fuhr und mit Sicherheit viel Schaden anrichtete.

Aber der Gegner gab noch nicht auf. Ein Trupp Matrosen ersetzte das Segel. Der Lugger nahm wieder Fahrt auf und hielt jetzt mehr auf Gregors Kuff zu. Sie probierten es mit ihren Karronaden, die sie auf stärkste Erhöhung gerichtet hatten, aber ihre Kugeln fielen hundert Meter vor der Kuff in die See.

Alexander war der Einzige, der jubelte. Die anderen waren zu routiniert, um auch nur einen Handgriff eine Sekunde zu unterbrechen. Wieder hatte Alberto eine Kettenkugel gewählt, und diesmal zerriss es das Klüversegel des Luggers. Gregors Kugel krachte gegen seine hintere Karronade und warf sie um.

Die Briten kämpften mit einer Perfektion, die den jahrelangen Drill von Kriegsschiffmatrosen verriet. Und auch die beiden Jungen rannten mit Begeisterung von der Pulverkammer zu den Kanonen. Victoria führte die kurzen Befehle Gregors aus und verhielt sich wie ein alter Rudergänger. Wenn sie sich um etwas sorgte, dann war es ihr Alexander, der alle Kraft aufbieten musste, um bei diesem Tempo Kartuschen und Kugeln zu richten. Jetzt sah er zu ihr hin und sie lachte ihn aufmunternd an.

»Parbleu!«, schrie der Kaperkapitän auf dem Lugger. »Das sind ja keine Menschen auf diesem Appelkahn, das sind Teufel. Jeder Schuss sitzt, und das auf diese Entfernung. Wir müssen näher ran! Brasst die Segel schärfer und legt das Ruder. Ran an die Kerle, damit wir sie treffen.«

»Gib doch auf! Der Küstensegler ist doch die Opfer nicht wert. Vielleicht ist er eine Falle der Flotte«, wandte ein Matrose ein.

»Noch ein Wort und du baumelst an der Rah!«, brüllte der Kaperkapitän und riss die Pistole aus dem Gurt. »Wir werden den Kahn entern und die Kerle abschlachten. Ran an die Kuff und schießt!«

Die Kursänderung des Luggers ließ zwei britische Kugeln Wassersäulen aus der See reißen.

»Verdammt!«, knurrte Alberto. »Die ersten Fehlschüsse.«

Aber sein nächster Schuss saß wieder und traf den Lugger am Bug unterhalb der Wasserlinie. »Das wird ihnen Kopfschmerzen bereiten!«, triumphierte Alberto und bereitete den nächsten Schuss vor.

Aber bevor er die Leine reißen konnte, zerschlug ein Karronadentreffer die Halterung ihres oberen Rahtoppsegels. Das Segel fiel ins Meer und zog mit seinen Tauen die Kuff herum. Alberto ließ die Abzugleine los, griff sich eine Axt, die am Fuß des vorderen Mastes angebracht war, und rannte, um die Taue zu zerschlagen.

Victoria hielt verzweifelt mit dem Ruder gegen den Zug des Segels an, aber sie konnte nicht verhindern, dass die Kuff abfiel. Endlich waren die Taue zerhackt. Alberto rannte zu seiner Kanone zurück und Victoria konnte auf den alten Kurs zurück.

Aber der Zwischenfall hatte den Lugger zweihundert Meter näher gebracht, und jetzt auf fünfhundert Meter Distanz konnten auch sein Karronaden sicher treffen. Eben schlug ein Treffer in die Aufbauten der Kuff. Die Holzsplitter fetzten durch die Luft.

Victoria hatte sich geduckt, aber einer der Schiffsjungen schrie vor Schmerz auf. Ein Splitter ragte aus seinem Oberschenkel. Victoria hakte das Ruder ein und lief die paar Schritte zu ihm.

»Ich kann dir den Splitter jetzt nicht rausziehen«, sagte sie zu ihm. »Es würde zu weh tun. Aber ich kann ihn mit deinem Messer abschneiden, dass du nicht überall hängen bleibst. Außerdem binde ich dir mit meinem Halstuch den Oberschenkel ab. Es ist sonst nicht Schlimmes. Du musst nur ein wenig humpeln. Und du kriegst einen Schluck aus der Pulle des Käptns.«

Der Junge trank, schüttelte sich und humpelte davon, um neue Kartuschen zu holen. Ob die dicken Kaufleute daheim wissen, was schon Jungen auf See aushalten müssen? dachte Victoria noch.

Und dann schrie sogar ihr Gregor »Hurra!«. Sie blickte von ihrem Ruder, das sie gerade loshakte, hoch und sah, wie sich der Fockmast des Luggers neigte und fiel. Das Luggersegel deckte die Karronaden des Gegners ab. Er war vorübergehend hilflos.

»Schieß, Gregor!«, rief Alberto. »Jetzt machen wir ihn fertig!«

Auf vierhundert Meter traf bei diesen beiden Scharfschützen jeder Schuss genau dort, wo sie wollten. Alberto durchlöcherte den vorderen Rumpf, und Gregor zerschoss ihm das Ruder. Jetzt war der Lugger wirklich hilflos. Bevor sie den Fockmast losgeschlagen und ein Hilfsruder angebracht hatten, würden sie durchlöchert sein.

Und beide Kanonen der Kuff wurden jetzt mit diesem Ziel geladen und abgefeuert. Es ging den Briten nicht mehr ums Entkommen. Sie wollten den Gegner jetzt vernichten oder zur Aufgabe zwingen. Da dachten sie nicht wie Handelsschiffer, sondern ganz in der Tradition der Kriegsflotte.

Auf dem Lugger hatte eine Kugel dem Kapitän die Brust zerschmettert. Solange sein Herz noch Blut durch die Adern pumpte, feuerte er seine Leute an. Aber dann röchelte er nur noch Blutblasen aus seinem Mund und starb.

Jetzt trauten sich die hervor, die nicht mehr an einen Sieg glaubten.

»Aufhören!«, schrie der Matrose, der schon vorhin den Zorn des Kapitäns erregt hatte. »Das ist nicht unser Tag, oder die da drüben sind mit dem Satan im Bunde. Wir können nicht mehr gewinnen. Warum sollen wir uns zusammenschießen lassen und krepieren? Hört auf zu schießen und holt die Flagge ein.«

»Recht hat er!«, brüllten andere.

»Feiglinge!«, schimpften wieder andere. Aber dann schlug eine Kugel dem Wortführer der Kampfwilligen den Kopf vom Hals. Der Körper stand noch einen Augenblick. Die Hand war immer noch erhoben und die Blutfontäne schoss aus dem Hals. Der Anblick war so furchtbar, dass sich auch seine Freunde abwandten und riefen: »Hört auf!«

Auf der Kuff merkten sie, dass der Lugger nicht mehr schoss. »Sie holen die Flagge ein und schwenken weiße Tücher!«, rief Victoria. »Mein Gott, ihr habt gesiegt!«

»Du doch auch«, korrigierte sie ihr Mann. »Alberto, was sollen wir tun? Die sind doch viel mehr als wir.«

Alberto kratzte sich am Kopf. Was machte man mit einem kaum noch schwimmfähigen Lugger, der immer noch etwa dreißig kampffähige Männer an Bord hatte?

»Dad, wir müssen nah heran, laden Kartätschen und zwingen sie, ihre Karronaden so zu vernageln, dass wir es sehen. Dann müssen sie ihre Handwaffen über Bord werfen und die Segel reparieren. Entweder schleppen wir sie, oder wir segeln windwärts von ihnen und drohen mit unseren Kanonen. Wir sind doch nur gut zwanzig Kilometer vor Portsmouth.«

Es war Alexander, der den Plan vortrug. Gregor verschlug es die Sprache. Der dachte ja schon wie ein Offizier. Aber Alberto rief: »So müssen wir es machen. Vor Portsmouth treffen wir schon auf die Sloop der Wache, und dann können wir zum Hospital.«

Die Sloop, die die Einfahrt bewachte, rief das komische Geleit an. Ihre Seesoldaten besetzten den Lugger. Ein Leutnant kam mit einigen Matrosen auf die Kuff. Gregor stellte sich vor.

»Sie haben den Lugger so zusammengeschossen?«, sagte er ungläubig. »Mit den paar Mann und zwei Kanonen?«

»Aye, Sir«, antwortete Gregor. »Aber wir sind keine ganz gewöhnliche Besatzung. Meine vier Mann – alle mit Freistellungsscheinen übrigens –, sind erfahrene Invaliden der Flotte. Der eine Gast ist der Bootssteuerer von Admiral Sir David Winter, ich war sein Vorgänger, und der junge Gentleman ist ein Middy von einer Sloop des Admirals.«

Der Leutnant nickte. »Und die Gäste haben Bescheinigungen, die sie von ihren Schiffen beurlauben?«, fragte er mit einem gewissen Unterton.

»Selbstverständlich, Sir«, wandte Gregor mit Nachdruck ein. »Wenn Sie denken, was ich vermute, dann kann ich Ihnen viel Ärger ersparen. Sir David Winter hat gerade Santander erobert. Er hat noch zwei Tage auf der Admiralität zu tun. Dann kommt er hier in seine Heimatstadt, und die wird ihrem Lokalhelden zujubeln. Hier nimmt ihm niemand seinen Bootssteuerer und einen jungen Gentleman weg, Sir, mit allem Respekt.«

Der Leutnant grinste, aber es war kein freundliches Lächeln. »Nun ja, ihr seid ja selbst jetzt alle Helden. Dann werde ich meinem Kapitän berichten, und er wird dem Lazarett und dem Hafenadmiral signalisieren.«

Britta und David gönnten sich den Luxus des Ausschlafens. Die Watsons wollten heute mit den Söhnen in den St. James Park, um die Tiere zu besichtigen und ein Picknick abzuhalten. Warum, verdammt noch mal, klopfte dann jemand so früh an die Tür ihrer Suite, dachte David.

Er sprang aus dem Bett, griff sich einen Morgenmantel und öffnete die Tür. James Watson stand vor ihm und lachte. »Tut mir Leid, Onkel David, aber da steht was im Chronicle, das musst du sofort lesen.« Er gab ihm die Zeitung.

David trat aus der Tür in den hellen Flur und las den Artikel, auf den James mit dem Finger tippte.

Expressnachricht unseres Mitarbeiters aus Portsmouth: Die Kuff Britta III. der Küstenhandelsreederei ›Whitechurch Enterprises‹ hat mit acht Mann Besatzung und zwei Achtpfünder-Pivots den Kaperlugger ›Victoire‹ mit acht Achtzehnpfünder-Karronaden aus Étaples zur Aufgabe gezwungen. Zehn Franzosen wurden getötet, 32 gefangen.

Und dann wurde die Geschichte ausgeschmückt. Die Tatsache, dass es sich um Bootsteuerer des Admirals Sir David Winter und einen seiner Offiziersanwärter handelte, ferner um Invaliden seiner Stiftung, wurde gebührend hervorgehoben. Die Frau des Kapitäns wurde zur Amazone, und der Lugger triefte zum Schluss vor Blut.

David ließ die Seite sinken. »Sind die Kerls denn wahnsinnig? Sie sollen doch nur eine Frachtkuff von London nach Portsmouth segeln. Müssen die gleich Seeschlachten ausfechten?«

»Was ist denn los?«, fragte Britta, die im Morgenrock neben David auftauchte.

»Der Chronicle hat einen Artikel, wonach Gregor, Victoria und die anderen einen weit überlegenen französischen Lugger zur Übergabe gezwungen haben.«

»Sind unsere Leute am Leben?«, fragte Britta.

»Ja, nur ein Schiffsjunge ist leicht verletzt«, antwortete David.

»Es sind deine Leute, David. Man denkt immer, es handelt sich nur um einen ganz normalen Auftrag, aber dann wird auf einmal ein Riesenabenteuer daraus.« Und Britta lächelte ihren Mann unschuldig an. James Watson lachte laut heraus.

»Aber du musst zugeben, Britta, es ist doch besser, unsere Leute gewinnen spektakulär, als dass sie ohne Aufsehen untergehen«, sagte James, nachdem er sich beruhigt hatte.

»Ich gebe immer alles zu, lieber James. Aber jetzt gehe ich noch einmal ins Bett. Die Helden müssen warten!«

»Alle?«, fragte David und zog die Tür vor James zu.

Britta hatte darauf gedrängt, dass sie ganz früh in London losfuhren und sich in Portsmouth überhaupt nicht aufhielten. Als sie in Whitechurch Hill, ihrem Gut, noch im herbstlichen Abendlicht eintrafen und das Hauptgebäude vor sich sahen, wusste David, warum. Britta hatte das Haupthaus umbauen und zwei Flügel anfügen lassen.

»Warum hast du das getan?«, fragte er und Britta hörte in der Frage mit: »Ohne mich zu fragen?«

»Wir kamen mit den vorhandenen Räumen nicht mehr aus. Unser Festsaal war für die kommenden Feiern zu klein, die Küche war zu alt, und ich hatte keine Räume für die Geschäftsbereiche Gutsbetrieb, Schiffsausrüstung, Textil und Küstenreederei. Das sind inzwischen große und eigenständige Betriebe, und ich brauche auch meinen Raum. Aber komm, lass dir alles zeigen und erklären. Wir hätten das nie mit Korrespondenz abklären können. Und ich weiß, dass du mir in solchen Dingen freie Hand lässt und weißt, dass ich in deinem Sinne handeln werde. Ich muss dich ja auch einmal überraschen dürfen.«

»Wir werden sehen«, sagte David knapp, und sie wusste, dass er noch von Ärger und Ablehnung erfüllt war. »Aber erst muss ich noch meinen Sohn Charles begrüßen.«

Er ging auf Charles zu, der etwas zögernd auf ihn zukam. Siebzehn war er jetzt und ein richtiger Mann, ruhig und gefestigt. »Nun komm schon und lass dich drücken, Charles! Du wirst doch deinen Vater noch kennen.«

Nun trat Charles schnell auf ihn zu und fasste ihn um. »Aber ja, Dad. Ich dachte nur, du wärst so erstaunt über die baulichen Veränderungen, dass ich dich nicht stören sollte.«

»Ich bin erstaunt, lieber Charles, und weiß noch nicht, was ich dazu sagen soll. Aber mein ältester Sohn ist mir immer noch wichtiger als jeder Bau dieser Welt. Und schau nur, ich habe dir auch deinen Bruder für einen Urlaub mitgebracht, damit er dich noch für die Flotte begeistern kann.«

Charles lachte. »Das schafft er nicht. Komm her, Edward, kleiner Seebär. Morgen früh könnt ihr alle mit mir in den Stall kommen. Da seht ihr, was zählt.«

Nun meldete sich Britta wieder. Sie zeigte David den vergrößerten Saal, der um die frühere Bibliothek und die Küche erweitert worden war. »Hier können wir jetzt fünfzig Leute zum Essen und Tanzen bewirten«, sagte sie, und er blickte stumm auf die geschmackvollen Vorhänge, alte und neue Bilder, die Kronleuchter und das neue Parkett. Es sah festlich und geschmackvoll aus.

»Wo ist die Bibliothek jetzt?«, fragte er.

»Im Ansatz des Ostflügels auf zwei Stockwerke verteilt.« Und sie ging voraus, öffnete zwei Türen und zeigte ihm den Raum, an dessen Seitenwänden sich die Bücher aufreihten und durch Wendeltreppen und Zwischengänge zugänglich wurden. Im Untergeschoss waren Sitzgruppen zum Lesen, aber auch zu Diskussionen abgeteilt. Am Fenster stand Davids Schreibtisch aus der alten Bibliothek.

Edward gab seiner Begeisterung Ausdruck: »Das sieht aber prächtig aus! Hier kann man gemütlich schmökern oder plaudern.«

»Ja«, sagte David. »Und wo geht es dort hin?«

»Dort sind die Büros für die Betriebe, ein Schreibbüro, mein Arbeitszimmer und zwei Wohnräume für einen der Schreiber. Ich finde es gut, wenn in größeren Gebäudeteilen auch jemand wohnt, dem unerwartete Ereignisse wie Brände oder Undichte bei Regen sofort auffallen würden«, erklärte Britta.

»Ja, das stimmt«, pflichtete David bei. »Was alles ist im anderen Flügel?«

»Küche, Vorratsräume, Schneiderei, Wäscherei und Wohnzimmer für die Köchin.«

Sie sahen sich auch das an und David gab zu: »Das ist alles sehr durchdacht geplant und gut ausgeführt worden. Unser Gut hat sehr gewonnen, Britta«, und er nahm sie in die Arme. »Aber nun müssen wir auch unsere Leute begrüßen. Ich sehe doch unseren Alberto, den neuen Helden, schon ungeduldig warten.«

Sie begrüßten das Personal und David sprach kurz mit Alberto, gratulierte ihm herzlich und sagte: »Ausführlicher reden wir morgen noch darüber. Ich werde dann auch Gregor mit Frau und Sohn zum Lunch bitten.«

»Übermorgen kommen Christina und ihr Albert«, warf Britta ein. »Da müsst ihr Helden fertig sein.«

Aber auch Britta hatte unterschätzt, was alles auf sie einstürmen würde. Ihr ältester Sohn Charles und Frau von Rostow hatten ihr und David am Abend schon gesagt, dass alle möglichen Gremien nicht nur David, sondern auch Gregor und seine Besatzung feiern wollten. »Und immer mehr Firmen wollen ihre Güter unserer Küstenreederei anvertrauen, wo sie so gut verteidigt werden«, ergänzte Frau von Rostow.

Als Britta und David endlich im Bett lagen, stand nicht ihre liebevolle Vereinigung im Mittelpunkt ihrer Gedanken, sondern die Frage, wie sie am besten in diesen vollen Terminkalender noch die neuen Anforderungen hineinstopfen sollten.

»Ich werde jedem Besatzungsmitglied der Kuff zwanzig Pfund als Prämie auszahlen«, sagte Britta. »Und kannst du dir vorstellen, dass wir die Ehrungen für dich, die von den Behörden der Insel und von Portsmouth ohne Zweifel veranstaltet werden, mit denen für diese Besatzung zusammenlegen?«

»Aber natürlich, Britta. Die Leute haben hervorragend gekämpft, und mir ist es lieb, wenn sich nicht alles um mich dreht. Ich hatte bereits mein Quantum an öffentlicher Anerkennung. Ich brauche es nicht mehr so dringend.«

Als am nächsten Mittag Gregor mit seiner Victoria und mit Alexander und Alberto mit seiner Frau Lisbeth bei Winters zum Lunch waren, wurde nicht nur ausführlich über den Kampf berichtet, sondern auch von der Prämie und den zu erwartenden Ehrungen.

David zeigte sich überrascht, dass Alexander so schnell einen Vorschlag zur Hand hatte, wie der Lugger nach der Übergabe überwacht werden konnte.

»Über solche Dinge hat Commander Hair mit den Midshipmen immer gesprochen, schon als er noch Erster Leutnant war, Onkel David. Das sind seine ›Was kann man tun, wenn…-Stunden‹. Was kann man tun, wenn man mit wenig Besatzung ein größeres Schiff kontrollieren muss und es nicht besetzen kann? Er hat sich immer neue Situationen ausgedacht und auch wir mussten überlegen, was sich ereignen könnte. Wir haben es damals kaum ernst genommen, aber als der Lugger sich ergab, fiel es mir ein.«

David war beeindruckt. »Das ist eine sehr gute Idee. Ich werde meinen Kapitänen davon erzählen, und wenn du Leutnant bist, Alexander, gib es deinen Middys weiter.«

Die Prämie erfreute alle. Die bevorstehenden Ehrungen schienen die Frauen mehr zu beeindrucken als die Männer. Aber dann sagte Gregor: »Lady Britta, die Geschichte hat unsere Reederei mächtig bekannt gemacht. In den paar Tagen, die wir jetzt daheim sind, haben zehn neue Firmen angefragt, ob wir ihre Waren transportieren können. Wir brauchen noch eine Galiotkuff, wenn wir das schaffen wollen. Das ist ein ausgezeichnetes Schiff.«

»Ja, aber es ist auch nicht billig, Gregor«, sagte Britta. »Und ich habe im Augenblick mit der neuen Faktorei schon viel am Hals.«

»Wir hatten zum Schluss vor Spanien noch eine sehr schöne Prise«, mischte sich David ein. »Ich könnte ja mal mit meinem Agenten reden, wenn du gute Zinsen zahlst.«

Die anderen lachten. »Ja, Sir David«, bestätigte Lisbeth. »Alberto hat mir schon gesagt, dass wir ein neues Zimmer anbauen können von dem Prisengeld.«

David hatte sich am nächsten Vormittag kaum von dem Schmutz befreit, den ihm ein ausführlicher Stallbesuch mit Charles eingebracht hatte, da trafen Christina und ihr Verlobter Albert Benson ein. Christina begrüßte ihren Vater mit überwältigender Herzlichkeit. Sie küsste ihn, lachte und weinte ein wenig. Sie dankte ihm für den Brief zur Verlobung, war glücklich, dass er bei ihrer Hochzeit anwesend sein konnte, dass er überhaupt gesund wieder daheim war.

Albert stand ein wenig verloren daneben und schien zufrieden, dass Christina ihren Vater mit Fragen beschäftigte. Aber dann bat David seine Tochter, ihn nun mit Albert bekannt zu machen. Albert war ein gut und intelligent aussehender junger Mann, schick, aber nicht extravagant gekleidet. Er schien genauso neugierig auf David zu sein wie dieser auf ihn.

»Ich habe schon so viel von Ihnen gehört, Sir David«, sagte er nach der Vorstellung.

»Dann wirst du auch gehört haben, dass meine liebe Frau und ich privat ein wenig unkonventionell sind. Du bist nun unser lieber Sohn und ich werde Albert zu dir sagen. Und ich bin dein Vater, den du auch duzt und mit Vater, Dad oder Daddy anredest, ganz wie es dir genehm ist. Und wir alle hoffen auf eine harmonische Beziehung, denn wenn du Christina schlecht behandelst, werde ich gewalttätig«, schloss David scherzend.

»Und wenn sie mich schlecht behandelt, stehst du mir dann bei, Dad?«

Christina und ihre Mutter lachten, aber David antwortete: »Nein! Mit seiner Frau muss ein Mann selbst fertig werden. Ich schaffe das ja sogar bei ihrer Mutter.«

»Du, Seebär, was soll das heißen: ›Sogar bei ihrer Mutter‹?«, drohte Britta scherzhaft.

Sie fassten sich alle lachend um, und David hatte den Eindruck, dass er sich in Zukunft gut mit Albert verstehen würde.

Nach dem Essen schlug David Albert einen kleinen Verdauungsspaziergang vor, und keiner widersprach, da alle merkten, dass David Gelegenheit für ein Gespräch unter vier Augen suchte.

Sie fuhren mit einer offenen Kutsche etwa zwei Kilometer. »Dort am Bach ist ein schöner Weg, den ich gern entlanggehe, wenn ich hier bin.«

Der Kutscher wusste, wo er sie wieder aufnehmen musste. Mustafa, der mit auf dem Bock gesessen hatte, griff sein Gewehr und ging etwa zwanzig Meter hinter ihnen. Larry sprang um sie herum und schnüffelte dann auf dem Weg.

»Musst du auch hier eine Wache bei dir haben, Dad?«, fragte Albert.

David zuckte mit den Schultern. »Wahrscheinlich nicht, da ich ja erst einen Tag hier bin. Aber der letzte Preis, den der französische Geheimdienst in Portugal für meine Auslieferung zahlen wollte, betrug hunderttausend Dollar plus neue Papiere und Transport nach Amerika. Da könnte sich überall jemand verlocken lassen.«

»Warum bist du ihnen so viel wert?«, wollte Albert wissen.

»Weil ich viele ihrer Pläne vereitelt habe«, antwortete David. »Aber sei mir nicht bös, Albert. Darüber wirst du noch genug hören. Heute würde ich gern etwas von dir erfahren, zum Beispiel, wie du dir deine Arbeit in unserer Firma vorstellst.«

Albert sah David an und erklärte: »Ich habe mit Lady Britta, das heißt mit Mutti, nur vorläufig darüber gesprochen, denn sie wollte dir nicht vorgreifen. Aber es geht im Kern darum, dass die vier Bereiche Gutswirtschaft, Textilfirmen, Schiffsausrüstung und Küstenreederei eures Familienunternehmens getrennt bilanzieren müssen. Man muss wissen, welcher Bereich welche Gewinne und Verluste macht, ob es sinnvoll ist, dass ein Bereich den anderen bei Einkäufen bevorzugt, und so fort. Wir müssen den Außenhandel auch auf sichere vertragliche Grundlagen stellen, soweit das bei weniger gut bekannten Kunden wünschenswert erscheint. Und wir müssen bei der Expansion ins Ausland, die Mutti jetzt plant, die ausländischen Regeln in Verkauf und Bankwesen beachten. Das können die jetzt Verantwortlichen nicht ohne Hilfe leisten.«

David nickte. »Das leuchtet mir ein. Aber woher hast du die erforderlichen Kenntnisse, die den anderen fehlen?«

Albert lächelte. »Meine Ausbildung war anders. Ich könnte Charles nie das Wasser reichen, wenn es um Tierzucht und Getreideanbau geht. Aber ich bin gelernter Bankkaufmann und habe im letzten Frieden auch ein halbes Jahr in einer französischen Bank gelernt. Da mein Vater Teilhaber der Bank war, hat er dafür gesorgt, dass ich in allen Abteilungen die besten Mentoren hatte. Ich weiß vom Vertragsrecht mehr als die meisten Anwälte und kann mit fremden Banken über Zinsen und Wertpapiere verhandeln. Ich glaube, eure Firma bietet mir ein vielseitiges und interessantes Aufgabengebiet, dem ich mich mit aller Kraft widmen will.«

»Und wo willst du mit Christina wohnen?«

»Wir dachten, dass wir uns erst ein Haus in Portsmouth mieten, da wir von dort alle Firmensitze gut erreichen können und da dort auch das Zentrum unserer Bankverbindungen liegt. Wenn der Krieg beendet ist, wird man sehen, ob sich etwas ändert.«

David stimmte zu. »Das klingt vernünftig. Aber sag mal, Albert, hast du nie daran gedacht, in Heer oder Flotte zu dienen?«

Albert schwieg lange. »Niemand möchte am ersten Tag einen schlechten Eindruck auf seinen Schwiegervater machen, aber wenn ich ehrlich sein soll: Ich glaube, ich wäre zu ängstlich für den Krieg. Tut mir Leid.«

»Das muss dir nicht Leid tun, Albert. Ich bin auch ein ziemlich ängstlicher Mensch.«

Albert lachte. »Entschuldige, Dad. Ich glaube, du verspottest mich. Du bist doch unbestreitbar ein Held! Wie kannst du von Angst reden?«

David hielt an und drehte sich ihm zu. »Albert, nach meiner Erfahrung sind nur sehr dumme Menschen frei von Angst. Wer Intelligenz und Vorstellungskraft hat, stellt sich auch immer vor, was geschehen könnte, wenn es nicht so läuft, wie er es plant. In jungen Jahren hat man dann eher Angst um sich selbst, um Schmerz, Verwundung und Tod. Je mehr Verantwortung du trägst, umso stärker verschiebt sich die Angst. Du sorgst dich um die

Menschen, die du vielleicht unnötig in den Tod schickst. Entscheidend ist, dass die Angst dich nicht überwältigt, sondern dass du mit ihr umgehen kannst und in der Stunde des aktuellen Kampfes dann überlegt und entschieden handelst und nicht mehr an die Angst denkst. Das konnte ich. Aber vorher hatte ich oft furchtbare Angst und habe hin und her überlegt, was alles passieren könnte und was ich dagegen tun müsste.«

»Dad, ich weiß nicht, wie viele Admiräle so etwas sagen würden. Aber ich verstehe das sehr gut. Umso mehr bewundere ich deine Taten.«

David tätschelte Larry, der sich an ihn drängte. »Da hinten steht schon unsere Kutsche. Wir müssen öfter mal einen Spaziergang machen, Albert. Es plaudert sich gut mit dir.«

Albert lächelte und wollte antworten, aber Larry war ein wenig vorausgelaufen und kläffte vor einem größeren Busch. David hielt an, drehte sich halb um und rief: »Mustafa, sieh einmal nach!«

Mustafa lief an ihnen vorbei, legte sein Gewehr auf den Busch an und rief: »Rauskommen oder ich schieße!«

Die Zweige teilten sich. Ein großer Mann mit langem wirren Haar trat hervor. Er stützte sich auf eine Krücke, weil sein linker Fuß fehlte. »Was ist denn los, ich bin doch bloß mal in den Busch gegangen, um zu pinkeln. Hier in der Nähe soll eine Stiftung sein, wo eine alte Teerjacke einen Schlag zu essen kriegt und vielleicht einen Grog.«

David befahl Larry, ruhig zu sein, und erklärte dem Mann: »Auf den Grog solltest du nicht zu sehr hoffen, aber Essen erhältst du immer. Da vorn links geht ein Weg ab und hinter diesem Hügel dort liegt die Stiftung.«

»Danke, Sir«, antwortete der Mann und legte zwei Knöchel an die Stirn, wie es Seeleute zum Gruß tun. »Dann will ich mich mal auf den Weg machen.«

Er stützte sich auf seine Krücke und hob den rechten Fuß, um in die neue Richtung zu gehen. David sah gute

Schuhe mit neuen Sohlen. Der Mann schwang sein invalides Bein herum, an dem die Hose seitlich hochgeklappt und mit einer Nadel befestigt war.

Und auf einmal sah sich David vor seinem inneren Auge wieder anno 83 in dem Londoner Keller liegen, wo ihn die Straßenräuber bewusstlos hingeschleppt hatten. Es war, als käme er wie damals langsam zu sich. Damals war da einer, der nahm die Nadel aus der Hose, klappte sie herunter, zog die Hose aus, und da sah David, dass Fuß und Unterschenkel gar nicht fehlten, dass sie nur fest hinter den Oberschenkel hochgeschnallt waren. »Ja, annähen lohnt nicht, wenn du sie immer wieder abschnallen musst«, hatte der Gauner gebrabbelt.

Und nun sah David, wie bei diesem vermeintlichen Landstreicher der linke Oberschenkel extrem dick war. »Larry!«, rief er, deutete auf den Landstreicher. »Pass auf! Mustafa, entsichern und zielen. Der Bursche ist faul.« Er selbst zog ein Wurfmesser aus der Ärmelmanschette und hielt es wurfbereit in der Hand.

»Halt, Bursche!«, fuhr er den Kerl an. »Knie dich sofort hin, leg die Krücke zur Seite und heb beide Arme hoch. Du kannst dir sonst aussuchen, ob du ein Messer in der Kehle, eine Kugel in der Brust oder Hundezähne, die deinen Arm zerfleischen, haben willst.«

Albert wollte auf ihn zutreten und ihn befragen.

»Geh zur Seite, Albert, und warte!«

Der Landstreicher schimpfte, was das solle, aber er gehorchte.

David trat hinter ihn. »Leg dich auf den Bauch und nimm die Arme zur Seite!«

Dann schnitt er die Hose an der Seite auf und sah, wie der Unterschenkel hochgeschnallt war. Er hielt dem Mann sein Messer ans Genick und tastete seine Taschen ab. Da war nichts Auffälliges. Ein Brotmesser würde jeder ehemalige Seemann bei sich haben. David nahm ihm die Decke ab und löste die Verschnallung. Kleidung, ein Stück

Brot und gesondert eingewickelt eine mittelgroße, sehr stabile Flasche.

»Was ist da drin?«, fragte er.

»Medizin gegen wunde Füße.«

David öffnete die Flasche und roch. Es roch wie damals 1801 auf der *Superb*, als die Saboteure die Mannschaft vergiften wollten. »Fliegenpilz und Schierling und noch mehr«, hatte der Schiffsarzt gesagt.

»Was solltest du mit der Flüssigkeit tun?«, herrschte er den Mann an. Der schwieg.

»Fessele ihm die Hände auf den Rücken!«, sagte David zu Mustafa. »Wir bringen ihn zur nächsten Milizstation nach Ventnor. Da ist auch ein Arzt.«

In der Kutsche sagte er zu Albert leise: »Ich vermute, das ist ein Saboteur, der Gift in das Hochzeitsessen tun sollte. Ich lasse den Arzt noch die Flüssigkeit überprüfen. Wenn es kein Gift ist, schaffen wir den Kerl nur als Betrüger von der Insel.«

Die Miliz übernahm den Mann, erhielt von David den Hinweis auf strengste Bewachung. »Ich werde zwei Maate zur Vernehmung schicken.« Der Kommandant wurde zur Verschwiegenheit ermahnt. »Wer redet, findet sich in Australien in der Strafkolonie wieder.«

Dann ging er mit der Flasche zum Arzt und berichtete von seinem Verdacht. Der roch an der Flasche. »Keines der üblichen Gifte. Ich habe ein Wildkaninchen im Gemüsegarten gefangen. Wenn Sie mir den Braten ersetzen, werde ich es an ihm probieren.« Er nahm einen Teller Milch, füllte ein wenig aus der Flasche hinzu und stellte es dem Kaninchen hin, das alles aufschlapperte. Nach etwa zwei Minuten fiel es mit Zuckungen um, wälzte sich hin und her, röchelte und starb.

»Gift«, sagte der Arzt. »Es lähmt das Atemzentrum. In Portsmouth kann man es besser analysieren!«

»Vielen Dank. Ich werde das veranlassen. Könnten Sie bitte über den Vorfall schweigen.«

In der Kutsche erzählte David seinem Schwiegersohn, dass die Flasche Gift enthielt.

Dann starrte er vor sich hin und kratzte sich immer wieder nervös am Kopf. »Er muss Spießgesellen haben, allein hätte er es nicht geschafft. Ich glaube auch nicht, dass man ihn ins Gutshaus gelassen hätte. Er wollte zur Stiftung, wo ja auch ein Teil der Feierlichkeiten stattfindet«, redete David vor sich hin. »Du musst mir helfen, Albert.«

»Wie soll ich dir helfen, Dad? Ich habe so etwas noch nicht erlebt und bin ganz verwirrt.«

»Albert, du weißt, was in der Stiftung stattfinden soll und was dort an Speisen gereicht wird. Ich hatte ja noch gar keine Zeit, darüber etwas zu erfahren.«

Albert räusperte sich. »Na ja, nach der Trauung, dem Chor und den Gratulationen wird ein eher rustikales Büfett mit verschiedenen Sorten Fleisch, mit Broten und Gemüse angerichtet. An Suppen gibt es Hummersuppe, klare Rindsbrühe, Pilzsuppe und noch eine aus dem Gutshaus, deren Namen ich vergessen habe. Ach ja, vorher stoßen alle mit einer Pfirsichbowle auf das Brautpaar an. Das hat sich Christina gewünscht. Dann wird natürlich Kaffee gereicht, Wein und Champagner, Puddings.«

»Pfirsichbowle«, murmelte David vor sich hin. »Das könnte es sein.«

Dann wandte er sich an Albert: »Du musst mir versprechen, über den ganzen Vorfall bis zum Abend nach der Hochzeit zu schweigen. Wenn Mutti oder Christina davon erfahren, sind sie nur noch voller Furcht, und jede Freude an der Hochzeit ist vorbei. Kannst du das versprechen?«

»Ja, Dad. Was wirst du tun?«

»Ich werde mit Alberto reden. Vielleicht können wir dem Helfer eine Falle stellen.«

Die beiden ließen sich von Britta und Christina begrüßen und sagten, dass sie sich gut unterhalten hätten. David zeigte sein Interesse an Alberts Aufgabengebiet. Scheinbar ganz plötzlich fiel ihm ein, dass er Alberto noch einen Auftrag geben müsse. »Eine Überraschung für morgen. Ich bin gleich wieder da.«

Mit Alberto konnte David im Telegrammstil reden und wusste, der würde nichts verraten. »Nimm dir Baptiste und versuche mit ein paar Tricks, aus dem Kerl etwas herauszuholen. Aber vor allem brauchen wir einen Mann, der an Stelle dieses vermeintlichen Invaliden auf die Stiftung kommt und hoffentlich von dem angesprochen wird, dem er das Gift geben soll.«

»Gregor hat einen neuen Mann, den hier noch keiner kennt. Eine Krücke hat der Gregor auch noch aus der Zeit nach der Verwundung.«

»Ihr bringt den Agenten in die Zellen der Admiralität in Portsmouth. Dann holst du Gregor und den neuen Mann hierher.«

David hörte eine Kutsche anrollen. »Nanu, wer kommt denn da?«

Alberto war ans Fenster gegangen. »Der Hafenadmiral aus Portsmouth und Mr Hansen, Sir.«

»Was wollen die denn heute schon?«, wunderte sich David. »Aber das ist vielleicht gut so. Dann sage ich dem Admiral, welchen Vogel ihr ihm bringt.«

Seine alten Freunde William Hansen und der Hafenadmiral begrüßten Britta und David herzlich, entschuldigten sich, dass sie so unerwartet auftauchten, wollten sich auch gar nicht aufhalten, aber die Stadt und die

Honoratioren der Insel Weight wollten wissen, wann sie David und wann sie Gregor mit seiner Besatzung ehren könnten, und das alles solle aber doch nicht mit der Hochzeit der Tochter und den sonstigen Plänen kollidieren.

»Nicht so viele Vorreden auf der Treppe«, wehrte Britta ab. »William und Herr Admiral, für eine Tasse Tee ist immer Zeit. Kommen Sie.«

William war ein alter Schiffsgefährte Davids, stammte aus Friesland, hatte sich vom Leichtmatrosen zum Leutnant hochgedient, war invalid geschossen worden, hatte Davids Cousine Julie geheiratet und die Reederei Barwell, Hansen und Co. geerbt. Seine und Davids Familie waren eng befreundet und hatten gemeinsame geschäftliche Interessen.

Der Hafenadmiral, der Britta hoch verehrte, war ein treuer Freund der Winters, Mitglied im Vorstand der Stiftung und ständiger Gast bei allen Festen.

Sie einigten sich beim Tee schnell darauf, dass Gregors Besatzung und David gemeinsam geehrt werden sollten, aber frühestens vier Tage nach der Hochzeit.

»Wir brauchen ein wenig Zeit für Ruhe und Erholung«, sagte Britta.

»Das beruhigt mich«, sagte der Admiral. »Wir gewöhnlich Sterblichen haben immer den Eindruck, die Winters verfügten über einen unerschöpflichen Vorrat an Energie und Tatkraft.«

Britta wandte ein, dass sie ja nun älter würden, was der Admiral wieder nicht gelten lassen wollte.

David vereinbarte die Termine für eine Feier in Ryde und eine in Portsmouth. Er stimmte dem Vorschlag Williams zu, dass der Besatzung ein Geldgeschenk am angenehmsten sein würde. Als sich die beiden verabschiedeten, sagte David: »Ich komme noch mit zur Kutsche. Ich habe noch einige Fragen an den Admiral.«

Als sie außerhalb von Brittas Hörweite waren, informierte David sie kurz und knapp, dass er durch Zufall einen Agenten entdeckt habe, der einen Giftanschlag ausüben sollte, wahrscheinlich bei der Hochzeitsfeier in der Stiftung.

»Ich gebe dir die Giftflasche mit, William, damit du sie bei den Pillendrehern im Hospital untersuchen lässt. Ihnen, Sir, wird der Agent durch meine beiden Gefährten überstellt werden. Ich will versuchen, in der Stiftung noch mehr herauszukriegen.«

Der Admiral sagte schnell und leise: »Das ist ja wieder ein Ding, auf das auch nur Sie stoßen konnten. Aber nun lassen Sie auch Fachleute ran. Ich schicke Ihnen zwei ›Agentenjäger‹, wie wir sie intern nennen, in die Stiftung. In den Kasernen der Seesoldaten bei Portsmouth sind nicht nur Offiziere und Mannschaften, sondern auch Beamte in Zivil, die Gefangene verhören, abgefangene Nachrichten überprüfen und vieles andere. Zu dem anderen gehört auch das Aufspüren von Agenten. Die Leute sind Profis, Sir David. Sagen Sie in der Stiftung, dass zwei Beamte der Admiralität in der Stiftung sehen wollen, was man für ähnliche Einrichtungen in Wales übernehmen kann. Man soll ihnen jede gewünschte Auskunft geben.«

David war nicht überzeugt, aber er sah ein, dass er sich so kurz vor der Hochzeit seiner Tochter nicht noch in diese Sache verbeißen konnte. Er bat William noch, George zu informieren, dass sein Mann auf die beiden ›Agentenjäger‹ warten solle, die ihn instruieren würden. William und der Admiral fuhren weg. David ging zu Britta, die ihn umfasste und sagte: »Nun stört uns hoffentlich niemand mehr, wenn wir mit den Kindern plaudern.«

Die Kutsche hielt in einem Waldstück an. In der Kutsche saßen zwei Männer in guter bürgerlicher Kleidung und einer, der wie ein Landstreicher aussah. »Hier kann er aussteigen«, sagte einer der besser Gekleideten. »Die Stiftung ist ein paar hundert Meter voraus. Er bittet dort um Unterkunft, wie wir besprochen haben. Wir kommen morgen und haben uns nie gesehen, vergiss er das nicht!«

»Schon gut«, murmelte der Landstreicher, der die ständigen Belehrungen satt hatte. Er nahm eine Krücke, stieg ungeschickt aus der Kutsche und humpelte davon.

»Ob er es schafft?«, fragte der andere in der Kutsche.

»Ich hoffe es, bin aber nicht sicher. In Feindesland und in echter Gefahr würde ich ihn nicht ziehen lassen. Aber was soll schon passieren? Und wenn es klappt, erhält er fünfzig Pfund. So leicht möchte ich das auch verdienen. Mich verkleiden und warten, dass mich jemand anspricht und eine Flasche haben will.«

»Der Helfer wollte die Flasche schon am nächsten Tag haben, Sir«, berichtete der ›Agentenjäger‹ am dritten Tag dem Hafenadmiral. »Der Helfer war ein junger Mann, der dort als Koch lernte. Er stammt aus der Nachbarschaft, war als Vollwaise nach dem Bankrott seines Herrn ohne Zukunft und kam in der Stiftung unter.«

Der Admiral schüttelte den Kopf. »Warum, verdammt noch mal, soll ein Bauernjunge so etwas machen? Der Landstreicher, den Sir David fing, ist doch ein Gewohnheitsverbrecher aus dem Bordellmilieu in Portsmouth, der vor seiner Deportation fliehen konnte. Warum soll der sich mit einem Laien zusammentun?«

Der Agentenjäger nickte. »Sir, es ist eine irrsinnige Geschichte. Wir wollten es nicht glauben und haben alles dreimal überprüft. Der ehemalige Herr des Vollwaisen, Mr Albert Thatcher, ist Trinker und Spieler. Nach dem Tod seiner Frau hatte er jeden Halt verloren und sein Ackerland fast völlig versoffen. Die Winters haben es aufgekauft, und ihr Gebiet reicht im Halbkreis um sein Haus. In Thatchers kaputtem Gehirn wuchs der Hass auf die, die ihm nach seiner Meinung alles genommen hatten. Was er noch an Geld hatte, trug er zu einem illegalen Spielmacher in der Stadt und kaufte sich Gift und jemanden, der es in die Stiftung brachte. Dem Jungen, den er praktisch aufgezogen hatte und der nicht sehr klug ist, sagte er, es sei ein Scherz und alle würden tanzen und lachen nach dem Trunk. Der Anschlag hat nichts mit dem französischen Geheimdienst zu tun, Sir. Er ist die Ausgeburt eines kranken Gehirns.«

Der Admiral ließ sich auf einen Stuhl fallen und läutete nach seinem Diener. »Wollen Sie auch einen Gin? Ich brauche jetzt einen. Sir David zieht solche unmöglichen Gefahren förmlich an. Aber damit konnte doch keiner rechnen.«

Der Agentenjäger trank dem Hafenadmiral zu. »Bei den vielen Irren, die es gibt, Sir, muss man sich wundern, dass solche Dinge so selten geschehen.«

Für David bot die nächste Woche außer den ruhigen Vormittagen mit seinen Söhnen Charles und Edward so unendlich viele bunte Eindrücke, sodass es ihm später, wenn er sich zu erinnern suchte, so vorkam, als habe jemand ständig ein buntes Kaleidoskop vor seinen Augen geschüttelt.

Einzelne Bilder hielten einen Moment vor seinem Auge inne: Der Admiral, der ihn und Albert am Trauungstag vor der Kirche abfing und ihnen zuflüsterte: »Wir haben auch den Helfer. Es besteht keinerlei Gefahr mehr.« David wusste noch, wie erleichtert er war und Albert schnell in die Kirche schubste, denn die Braut, schön in einem hinreißenden Kleid, kam schon durch die jubelnden Massen der Freunde und Stiftungsbewohner. Albert durfte sie doch aber erst sehen, wenn er sie ihm in der Kirche zuführte.

Und dann sah David immer wieder das Bild, wie sich

nach dem Toast auf das Brautpaar alle lachend um sie drängten und ihre guten Wünsche anbringen wollten. Alberts Vater stand neben ihnen, klug, geistreich, erfahren und bescheiden. Er passte gut zu ihnen. Und Holmes, der recht alt gewordene Verwalter der Stiftung, mit Mr Ballaine, seinem früheren Sekretär, jetzt Leiter der renommierten Privatschule.

Henry trat mit seiner Frau und seinen beiden Kindern zu ihnen, und Britta, noch ganz beschwingt vom Jubel über ihre Tochter, wollte ihm etwas Freudiges sagen: »Henry, ich habe mich entschlossen. Ich bestelle noch eine Galiotkuff in eurer Werft.«

Aber Henry freute sich nicht. »Wie schön, wenn ich liefern könnte. Aber das ist die vierte Bestellung in drei Tagen. Alle wollen das Schiff mit den beiden Pivots, seit eure Leute damit den Lugger zusammengeschossen haben. Mir fehlen schon Leute, und für die Neubestellungen bräuchte ich fünfzig Zimmerleute, Kalfaterer, Schlosser und all die anderen Fachleute, die unsere Flotte längst weggefangen hat.«

Britta schaute enttäuscht, Henry auch, die anderen sahen betreten beiseite. David sprang ein Gedanke an. »Henry, du heuerst für ein halbes Jahr fünfzig spanische Fachleute an. Dort läuft das Geschäft noch nicht. Der Major mit seiner Prothese segelt in fünf Tagen zurück nach Santander. Wenn du willst, nimmt er einen Beauftragten von dir und einen Dolmetscher mit und bringt sie an die richtigen Stellen.«

»Ausgebildete Leute, unser Lohnniveau, moderate Abzüge für Unterkunft und Verpflegung«, entschied Henry schnell. Und sie wurden sich einig. »Dann wird aber unser Schiff zuerst ausgeliefert«, forderte Britta. Alle lachten, aber sie wussten, so würde es kommen.

Das Bild des Abends war bunter und festlicher. Im Gutshaus speisten und tanzten die Verwandten und engsten Freunde. Sir Hugh Kelly, der Erste Seelord, war auch gekommen und hatte wie sein Freund David auf die Uniform verzichtet. Aber der elegante schwarze Anzug mit dem roten Band des Bath-Ordens sah nicht weniger feierlich aus.

Davids Rede kreiste um drei Gedanken. Die Erinnerung an die kleine Christina und die Schwierigkeit, sie nun innerlich freizugeben. Um die tiefe Dankbarkeit, die er für den Frieden in der Heimat empfand, nachdem er die unvorstellbar grausamen Bilder des Krieges in Portugal gesehen hatte. Und um das Glück des Friedens, in den das junge Paar jetzt hineinging, denn – und David sagte es mit allem Nachdruck – Napoleon würde nie und nimmer mit einem intakten Heer aus Russland heimkehren.

Das nächste Jahr sei das Jahr des endgültigen Niedergangs. Sie hatten alle gejubelt, auch wenn sie vielleicht an seinem Urteil zweifelten.

Zwei Tage nach der Hochzeit erzählte der Hafenadmiral den Winters die unglaubliche Geschichte von dem Racheplan des wahnsinnigen Nachbarn.

Britta war geschockt. »Dann hätte diese herrliche Feier in unser aller Tod enden können? Und ich habe nichts geahnt.«

David tröstete sie. »Es ist ja vorbei. Der Mann ist verrückt. Dagegen kann man sich nicht schützen.«

»Aber ich kenne ihn doch gar nicht. Die Grundstücke wurde von seinem Rechtsanwalt angeboten, unser Anwalt hat mich gefragt und dann für uns gekauft. Was wird denn nun aus diesem Monster?«

»Er ist in einer Anstalt für Geisteskranke. Der so genannte Landstreicher, der schon einmal vor der Deportation floh, wird gehängt. Der junge Mann wird deportiert«, berichtete der Hafenadmiral.

»Das ist alles so furchtbar«, seufzte Britta. »Wenn die

Herren mich bitte entschuldigen. Ich brauche einen Moment völlige Ruhe.«

Die beiden Männer tanken noch einen Kognak. Dann sagte der Hafenadmiral: »Ich gehe jetzt, Sir David. Trösten Sie Ihre Gattin und sagen Sie ihr, wie Leid es mir tut, sie so erschreckt zu haben.«

Als sie sich wiedersahen, jubelten die Menschen wieder bei den Feiern zu Ehren von Gregors Männern und zu Davids Ehrung. Der Jubel war dumpfer, männlicher, selbstbewusster als der bei der Hochzeit. Die Kaufleute von Portsmouth wollten für alle ein Zeichen setzten, die ihre Schiffe gegen Kaper verteidigten, und stifteten ein großzügiges Geldgeschenk und reich verzierte Ehrenteller für Gregor und seine Leute. David erhielt eine prunkvoll verzierte Pistole.

Der Hafenadmiral hatte für alle außer den Winters noch eine Überraschung, als er die Ernennung Davids zum Konteradmiral der weißen Flagge verlas. Alle applaudierten. David verbeugte sich und glaubte immer noch nicht, dass sich dadurch etwas in seinem Leben ändern würde.

Alexander war sehr stolz auf den Ehrenteller, und seine beiden Freunde freuten sich mit ihm. Und einen Tag später war ihr Urlaub beendet, und sie mussten auf ihr Schiff zurückkehren.

David erinnerte sich, wie er mit Britta, mit Nicole und James und mit Gregors Frau Victoria am Kai stand und der Sloop nachsah, als sie den Hafen verließ. Sonst fuhr er immer fort. Diesmal stand er am Kai und hatte Sorgen, ob er seinen Sohn und die beiden anderen gesund wiedersehen würde.

Als er am Abend mit Britta allein war, sagte sie zu ihm: »Liebster, die letzten Wochen waren ungewöhnlich aufregend und turbulent. Wir haben kaum etwas voneinander, und wir sind es, die sich bald wieder trennen müssen. Diesmal habe ich für uns beide eine Entscheidung getroffen: Übermorgen fahren wir für zwei Wochen nach Bath, wo wir uns schon mehrmals gut erholten, und nur Charles erfährt für absolute Notfalle, wo er uns erreichen kann.«

»Wir werden uns wie alte Eheleute immer ähnlicher. Ich habe auch daran gedacht und bin sehr einverstanden. Komm, lass uns besprechen, wen und was wir mitnehmen.«

Sie nahmen nur Mustafa und Brittas Zofe mit. Alberto konnte bei seiner Frau bleiben und Diener, Koch und Sekretär konnten den Urlaub auf dem Gut oder anderswo verbringen. Mustafa hatte Britta und David auch begleitet, als sie vor gut zwei Jahren in Bath waren.

Sie fuhren mit einer Kutsche und ließen den Kutscher anhalten, als die Straße auf den Bergen über dem Tal des Avon ihnen den schönsten Blick auf den Badeort erlaubte.

»Es ist immer wieder wunderschön anzusehen, so eine saubere und schöne kleine Stadt«, sagte Britta. Und das war Bath in der Tat mit seiner Kathedrale, den großen Marmorpalästen für Spielcasino, Theater und Bälle. Und hatte das Städtchen nicht schon vor London eine Gasbeleuchtung gehabt? Seine Straßen waren sauber, frei von Bettlern. Die Partien am Fluss waren romantisch und verträumt.

David sagte leise: »So richtig ein Ort für die reichen Spießer, um unter sich zu sein und kein Elend zu sehen.«

Britta sah ihn prüfend von der Seite an. »Hast du deinen sozialkritischen Moment, Liebster? Du weißt doch gar nicht, wie viele von den Menschen, die hier Erholung suchen, durch Leid und vielleicht Entbehrung gegangen sind. Die gibt es nicht nur in den Elendsvierteln von London. Und wir sind auch hier, David, und ich habe kein schlechtes Gewissen, weil ich gut Geld verdient habe.«

»Britta, du musst nicht jede Bemerkung so auf die Goldwaage legen. Du weißt doch, manchmal reizt mich der Anblick dieser reichen Zivilisten.«

»Mein Anblick sollte dich reizen, Liebster, wenn auch etwas anders.«

Brittas Anblick reizte ihn umso mehr, je mehr die Bäder ihre heilende und anregende Wirkung taten. Sie liebten sich wie in den jungen Ehejahren.

»Einige gute Seiten hat es doch, wenn man sich so selten sieht«, stellte David nach einer stürmischen Vereinigung erschöpft fest. »Ich bin so ausgehungert wie ein bengalischer Tiger.«

Brittas Hand wanderte zu seinem Unterkörper. »Ich weiß nicht, wie hungrig bengalische Tiger sind. Aber ich könnte noch einen kleinen Happen vertragen.«

David seufzte ein wenig überfordert, aber dann erwachte wieder sein Verlangen.

Sie sprachen auch oft über ihre Kinder und die Menschen, die ihnen nahe standen. »Ich freue mich darauf, Oma zu werden«, sagte Britta. »Hoffentlich dauert es nicht mehr zu lange.«

»Ja, es ist ein schöner Gedanke. Von John David, meinem Enkelsohn, hatte ich nicht viel. Lange Jahre war er auf Antigua, und dann war ich Onkel David und nicht sein Großvater, weil sonst sein Titel als Lord Bentrow gefährdet schien. Ich freue mich auf ein weniger kompliziertes Großvaterdasein.«

Britta brachte die Sprache auch auf Frau von Rostow,

die sie so sehr schätzte. »Ich dachte eine Zeit lang, bei ihr und Alberts Vater würde sich etwas anspinnen. Aber dann merkte ich, es war nur gegenseitige Sympathie und Wertschätzung. Sie wird wohl keinem Mann mehr einen Platz in ihrem Herzen geben.«

David bestätigte, dass die Verbindung der Rostows außergewöhnlich gewesen war, geboren in Not und Gefahr und geeint in den Jahren des hart erkämpften Erfolges.

»Wie siehst du ihre Zukunft, Britta?«

»Ich habe sie ihre Neigungen im Stoffgeschäft, in Büroarbeit und in der Landwirtschaft ausprobieren lassen. Am besten für sie ist die Verwaltung eines landwirtschaftlichen Betriebes. Sie liebt Ackerbau und Viehzucht und leitet gerne diese Tätigkeiten. Sie wäre ideal für dein ererbtes Gut im Bremischen, wenn du darüber einmal verfügen kannst.«

David bestätigte wieder seine Einschätzung, dass Napoleons Zeit bald vorbei sei und dass er sehr froh wäre, wenn Gesine von Rostow die Verwaltung übernehmen würde.

»Und was denkst du so über deine Tätigkeit, wenn dieser Napoleon von der Bühne abgeht? Wenn du in der Flotte bleiben willst, verlasse ich dich auf der Stelle.«

»Der Gedanke könnte mir ein Verbleiben in der Flotte fast schmackhaft machen«, scherzte er. Aber dann sprachen sie eingehend über die Zukunft ihrer Unternehmen und Davids Rolle darin.

Er konnte sich sein Leben außerhalb der Flotte noch nicht vorstellen, wusste nicht, wo er in ihr Firmengefüge passen könnte. »Ich verstehe doch überhaupt nichts von Textilien, von deinen Webereien und Verkaufsläden. Und in Landwirtschaft und Tierzucht ist mir jeder Bauer überlegen.«

Britta schüttelte den Kopf. »Lieber David, ich verstehe auch wenig von Schiffsausstattung und Küstenschifffahrt, von der Technik der Webstühle und von anderen Dingen. Aber ich überschaue alle Firmen und ihre Finanzen. Ich höre den Fachleuten zu und erkenne, ob das in unseren Rahmen passt, die Firma fördert oder nicht. Du hast mir viel voraus. Du hast als Kapitän und Admiral jahrelange Erfahrung in Planung und Organisation. Du musstest letztlich entscheiden, wie viel Wasser, Proviant und Munition gelagert wurde, wie die Mannschaften eingesetzt, die Schiffe verteilt wurden. Wer das kann, kann nach kurzer Eingewöhnung auch entscheiden, welche Firmen was, wann und wo brauchen. Ich habe da gar keine Sorge. Ohne Albert und ohne dich könnte ich die Auslandsgeschäfte, die ich vorbereitet habe, gar nicht dirigieren. Aber, Liebling, wir sind nicht in Bath, um unsere Firmenzukunft zu planen, sondern um uns zu erholen und zu amüsieren. Wie denkst du über das Theater heute Abend? Es ist eine bekannte Londoner Truppe mit einem Gastspiel.«

David hatte keine guten Erinnerungen an Londoner Theater, aber er sagte zu, als er merkte, dass Britta interessiert war.

Man gab im Theatersaal von Bath Shakespeares Othello. Schon an Brittas Vorbereitungen bei der Auswahl ihrer Garderobe hatte David geahnt, dass Shakespeare vielleicht nicht der ausschlaggebende Faktor bei dem Wunsch nach einem Theaterbesuch war.

Als sie das Theater betraten, sah er, das hier war in erster Linie ein Ereignis, um die neueste Garderobe zu präsentieren. Im Badehaus und auf den Promenaden musste man ja noch auf Zweckmäßigkeit achten, aber hier waren der Fantasie keine Grenzen gesetzt. Fast bedauerte David, dass er Britta widerstanden und nicht die rote Schärpe des Bath-Ordens angelegt hatte. Als sie dem ersten Schärpenträger begegneten, blickte ihn Britta strafend von der Seite an, aber er murmelte nur etwas wie ›eitle Gecken‹.

Das Trauerspiel um die maßlose Liebe des Mohren von Venedig zog auch sie in ihren Bann. Und vor allem: Sie konnten die Aufführung in gepflegter und ruhiger Umgebung genießen. »Stell dir nur vor, was der Londoner Pöbel bei einer solchen Aufführung von den Rängen herunter geschrien und geworfen hätte«, flüsterte David Britta während einer Pause zu.

»In London gehe ich nie mehr ins Theater!«, erwiderte Britta. »Theater genießen kann man nur in Bath oder ähnlichen Städten.«

Als sie dann im Bett noch über das Stück und seine Charaktere sprachen, sagte Britta: »So maßlos könntest du nicht lieben, David. Dazu bist du zu sehr Vernunftmensch.«

»Sei doch froh, denn du kannst sicher sein, dass ich dich nie wegen so konstruierter ›Beweise‹ erwürgen würde. Der Mann war auch im Umgang mit seinen Offizieren viel zu irrational. Aber du bist auch nicht von der naiven Unschuld der Desdemona. Du weißt, was du willst und wie du es erreichst.«

Britta hob die Hände. »Ist ja gut, Liebster. Wir sind nicht der Fantasie eines Dichters entsprungen, sondern sehr reale Menschen. Aber darf man nicht einmal von den guten Seiten einer maßlosen Liebe träumen?«

»Nicht nur träumen darfst du davon«, flüsterte David mit verheißungsvollem Unterton und streckte die Arme nach ihr aus.

»Es war wieder wunderbar in Bath«, berichtete Britta am Kaffeetisch. »Flitterwochen können nicht schöner sein.« Dabei blickte sie spitzbübisch Christina und Albert an.

Nicole und James, die mit David und Charles auch am Tisch saßen, lachten, und Christina fragte schmunzelnd:

»Wollen wir jetzt in eine detaillierte Diskussion eintreten, liebste Mama, wer, was und warum besonders wunderbar erlebt hat, am Tag, in der Nacht, auf der Straße oder...?«

»Christina«, fiel ihr Vater kopfschüttelnd ein. »Manchmal erinnerst du mich zu sehr an deine Mutter. Die kann auch so unmögliche Sprüche anbringen. Ich hoffe, Albert wird sich darüber einmal so freuen wie ich. Aber trotzdem, wenn du das Thema nicht wechselst, erzähle ich jetzt, wie ich deiner Mutter nach der Theateraufführung die Liebe Othellos noch einmal demonstrieren musste.«

»David!«, monierte Britta strafend, und Charles ergriff ihre Partei. »Bei allem Respekt, lieber Vater, die unmöglichsten Scherze verbinden sich in meiner Erinnerung mit deinem Namen.«

Nun lachten alle am Tisch und James rief: »Hört, hört. Wer hätte so etwas von unserem Admiral gedacht?«

»Ich schon«, warf Nicole ein. »Onkel David ist zwar meist sehr gesetzt und vernünftig, aber manchmal liebt er etwas frivole Bemerkungen.«

David sah sie schmunzelnd an. Was für wunderbare Menschen sie doch waren. Seine Frau, seine Kinder, seine Freunde. Bald würde er sie wieder verlassen müssen.

Britta spürte seine Gedanken und reichte ihm ihre Hand, die er zärtlich drückte.

Ein wenig später fragte James: »Ist Dr. Cotton wieder bei dir als Flottenarzt? Ich verdanke ihm so viel.«

»Nein«, antwortete David. »Er sagte mir bei meinem Abschied vom Spaniengeschwader, dass er zum Jahresende den Abschied von der Flotte nehmen wird, um in Portsmouth mit einem Kollegen eine Klinik für Amputationen und Prothesen zu eröffnen. Er will sich dieser Aufgabe und seiner Familie widmen.«

»Einerseits ist es sehr schade, dass er nicht mehr bei dir

sein wird, Liebster. Andererseits ist es wirklich eine segensreiche Aufgabe, für die Amputierten zu arbeiten. Wenn ich denke, wie verloren sie in meiner Jugend waren und wie sie heute wieder am Leben teilnehmen können. Du kannst das am besten bestätigen, James«, sagte Britta.

James und die anderen stimmten zu, und jeder kannte ein Beispiel von der verbesserten medizinischen Fürsorge in Heer und Flotte.

»Hast du denn überhaupt eines deiner Schiffe und vertraute Menschen bei dir im neuen Kommando, Onkel David?«, fragte Nicole und griff das vorige Thema wieder auf.

»Kapitän Rowlandson wird mich mit seiner Fregatte *Cesar* abholen und auch bei meinem neuen Geschwader bleiben. Natürlich habe ich auch Alberto und seine Freunde, die Diener, den Koch und den Sekretär bei mir, aber die Schiffe sind andere. Flaggschiff ist die *Milford*, ein Vierundsiebziger, mit einem mir unbekannten Kapitän. Aber sicher entdecke ich unter den Offizieren und Maaten alte Bekannte. Ihr wisst ja, die Flotte ist wie eine Kleinstadt.«

»Aber eine sehr groß gewordene Kleinstadt«, wandte James ein. »Das Parlament hat in den letzten drei Jahren jeweils einen Bestand von einhundertfünfundvierzigtausend Seeleuten und Seesoldaten für die Flotte bewilligt. Was meinst du, was manche Abgeordnete darüber stöhnen, Onkel David?«

»Du hast ja Recht, lieber James. Die Kleinstadt ist sehr groß geworden. Auf der anderen Seite halten diese einhundertfünfundvierzigtausend Mann alle Feinde von unserem Land fern, und Napoleon ist allein mit anderthalb Millionen Mann in Russland einmarschiert.«

»Ich weiß das als ehemaliger Flottenoffizier, Onkel David. Aber die anderen, oft Kaufleute, sehen auch die gewaltigen Summen, die wir an Hilfsgeldern für Verbündete zahlen, und sie fragen, was wir dafür erzielen.«

Britta mischte sich ein: »Aber James, das müsste doch jeder sehen, dass wir damit unsere Freiheit erkaufen, nach unseren Regeln zu leben und immer noch handeln und Gewinne erzielen zu können. Was meint ihr, was Napoleon uns auspressen würde! Und wir müssten nach seiner Pfeife tanzen.«

Es waren wunderschöne Wochen in der Heimat. David war seinem Sohn Charles wohl noch sie so nahe gewesen wie jetzt. Er erkannte, wie anders Charles war und wie ähnlich er ihm auch war. Eine sehr harmonische Mischung aus seiner Frau und ihm.

Britta musste nun auch Zeit opfern, um Albert in seine neuen Aufgaben einzuführen, und David war dabei. In den Diskussionen, Besichtigungen der Betriebe und in den Planungen erkannte er bald, dass er darin auch Befriedigung würde finden können. Wenn ihm und Britta nur genügend Zeit für ihr Privatleben blieb.

Sie besuchten Nachbarn, Davids Cousin Henry, der in seiner Werft die spanischen Arbeiter integrierte und mit ihren Fachkenntnissen sehr zufrieden war. »Dort liegt deine Galiotkuff auf Kiel«, zeigte er Britta.

Sie verbrachten einen Tag bei den Barwells in Portsmouth und besuchten auch den Hafenadmiral, ihren bewährten Freund.

Sie feierten den Weihnachtsabend nach kontinentaler Sitte, wie es bei den Winters Brauch war, denn Britta als Dänin und David als Hannoveraner waren es von ihrer Kindheit her so gewohnt. Als David dann mit Britta im Schlafzimmer war und ihr sagte, wie sehr er den Abend genossen habe, vertraute sie ihm an: »Das schönste Geschenk kennst du noch gar nicht.«

»Bist du das, Liebste?«, fragte er.

»Nein. Christina ist schwanger. Wir werden Großeltern.«

»Wie wunderbar«, sagte David. »Aber ich werde nicht da sein, wenn das Kind zur Welt kommt. Sorgt bloß für den besten Arzt.«

»Aber ja, David. Und wir werden dem Kind von seinem Opa erzählen und ihm dein Bild zeigen.«

»Mein Gott«, scherzte David. »Wollt ihr das kleine Kind schon erschrecken?«

Und dann stand er drei Tage nach Weihnachten wieder auf dem Achterdeck und winkte zurück zum Kai, wo seine Frau, seine Kinder und die Barwells standen. Hoffentlich gab es ein gesundes Wiedersehen.

Kapitän Rowlandson räusperte sich neben ihm. »Der einzige Trost ist, dass es dort, wo wir hinsegeln, wärmer ist, Sir. Mir hat die Kälte im guten alten England diesmal gar nicht gefallen.«

»Ist mir gar nicht aufgefallen, dass es besonders kalt gewesen ist«, sagte David und schaute noch einmal zurück, wo Portsmouth hinter der Kimm verschwand.

Rückkehr in die Adria (Januar bis März 1813)

Die *Cesar* hatte Menorca vor zwei Tagen verlassen und war gegen den Wind mit Kurs auf Toulon angekreuzt. Zwei Nächte hatten den Seeleuten für ihre Vergnügungen im Hafen reichen müssen. Sie waren nicht gut auf den Admiral zu sprechen, der keine Ruhe gab, ehe er nicht den Oberkommandierenden im Mittelmeer, Sir Richard Pellew, gesprochen und seine Aufträge mit ihm abgestimmt hatte. Und Pellew blockierte Toulon, wo die Franzosen mit starken Kräften im Hafen lagen.

David Winter hatte seinen Spaziergang auf dem Achterdeck absolviert. Sein Schäferhund Larry hatte ihn zur Erheiterung der Wache wieder begleitet, zehn Schritt hin und zehn Schritt her. Und Larry ließ sich nicht davon abhalten, bei jedem Törn die Seite zu wechseln, sodass er immer links von seinem Herrn lief. Wäre ein Offizier mit David hin und her spaziert, hätte er nicht die Seiten gewechselt, denn das hätte immer eine Unterbrechung des Gesprächs bedeutet. Aber bei einem Wachhund war das anders. Er sollte immer vor allem die linke Körperseite seines Herrn beschützen, der Rechtshänder war.

Und die Unterhaltung mit seinem Herrn war recht einseitig.

Kapitän Rowlandson stand an der Reling mit seinen Midshipmen und übte mit dem Sextanten. Das Leben an Deck wurde für einen kurzen Moment unterbrochen, als der Ausguck rief: »Deck! Segel vier Meilen voraus. Gegenkurs.«

Rowlandson ließ den Master weiter mit den Midshipmen üben, winkte einem von ihnen und schickte ihn mit dem Teleskop in den Mast. Dann gab er Befehl, die Erkennungssignale zu setzen.

»Hoffentlich bekommen wir jetzt Kontakt zur Blockadeflotte«, sagte David zu ihm.

Rowlandson antworte etwas zerstreut: »Ja, hoffentlich, Sir.«, weil er auf eine Nachricht vom Mast wartete.

Endlich rief der Midshipman von oben: »Gültige Erkennungssignale, Sir. Nummer 487.«

Unten wurde schnell in der Kladde nachgeschlagen, dann meldete der Signalgast: »Fregatte *Furieuse,* 38, Kapitän Mounsey, Sir.«

»Sie gehört zum Blockadegeschwader. Ich erinnere mich an den Namen«, sagte David. »Wenn wir nahe genug sind, lassen Sie bitte das Signal setzen ›Kommandant zum Rapport‹, Mr Rowlandson. Ich gehe in meine Kajüte.«

»Aye, aye, Sir«, antwortete Rowlandson und nahm die Hand zum Abschiedsgruß an den Hut.

Es dauerte länger als eine halbe Stunde, ehe die Pfeifen David anzeigten, dass der fremde Kapitän an Bord kam. Nach einigen Minuten führte ihn Rowlandson in Davids Kajüte und stellte ihn vor.

»Wir kennen uns noch nicht, Kapitän Mounsey, wenn ich mich recht erinnere«, sagte David und streckte dem Gast die Hand entgegen.

»Nicht persönlich, aber ich habe Sie gesehen, als sie von Madeira aus mit Ihrem Geschwader nach Westindien segelten, Sir David. Ich kam als Erster Leutnant mit der *Ganges* aus Ostindien zurück.«

»›Sir‹ reicht an Bord, Mr Mounsey. Ja, begegnet sind wir uns wahrscheinlich alle irgendwo einmal, wenn wir lange genug in der Flotte sind. Lassen Sie uns jetzt erst einmal auf Seine Majestät anstoßen, und dann erzählen Sie mir, wo Sir Richard segelt und wie es ihm geht.«

»Er patrouilliert vor Toulon, Sir, und es geht ihm gut. In spätestens einer Woche wird er nach Menorca segeln, um Frischwasser zu übernehmen. Bei ihm ist auch die *Milford*, Ihr künftiges Flaggschiff, das dort auf Sie wartet.«

»Mit der Nachricht erfreuen Sie Mr Rowlandson, der dann endlich nicht mehr so beengt auf seinem Schiff ist.«

Rowlandson lächelte verschmitzt und Mounsey bestätigte: »Ich kann mir schon vorstellen, Sir, dass es eng wird, wenn ein Admiral mit seinem Gefolge auf einer Fregatte einquartiert wird. Da muss man fast froh sein, dass wir mit unserer Besatzung immer unter der Sollstärke liegen.«

»Nicht einmal den Vorteil hat Kapitän Rowlandson«, fiel David ein. »Er hat in England seine Besatzung mit Quota-Männern ziemlich auffüllen können.«

»Hoffentlich sind nicht zu viele Galgenvögel dabei«, meinte Mounsey.

»Wir machen aus allen neue Menschen, Mr Mounsey, aber wie Sie wissen, ist bei einigen der Prozess der Neugeburt recht schmerzhaft.«

Mounsey lachte und nickte.

Am nächsten Tag warteten alle während ihres täglichen Drills auf eine Meldung vom Mast. Das Blockadegeschwader musste doch nun endlich in Sicht kommen. Aber sie wurden enttäuscht. Eine dunkle Wolke hüllte das

Schiff in Regenschauer, und erst als die vorbei waren, rief der Ausguck die ersehnte Meldung.

David spähte durch sein Teleskop voraus und sah eine Vielzahl von Segeln über die Kimm emporwachsen. Bald drängte sich auch der massige Rumpf des Flaggschiffs *Caledonia* mit seinen drei Decks und hundertzwanzig Kanonen in sein Blickfeld.

»Das ist schon ein Brocken, diese *Caledonia*«, sagte er zum Master.

Der antwortete: »Ich habe gehört, dass sie sogar ganz gut segelt bei dieser Größe, Sir.«

Der wachhabende Zweite Leutnant sah dem Boot nach, das David zum Flaggschiff brachte. Der Erste Leutnant trat zu ihm an die Reling. »Na, Tim, schau dir den einzigen Hundertzwanziger in unserer aktiven Flotte nur gut an. Gut zweiundsechzig Meter lang und achthundertfünfunsiebzig Mann Besatzung. Das ist mehr als manche kleine Stadt Männer hat.«

»Mir imponieren die Kanonen der *Caledonia* mehr. Überleg dir mal, Abraham, zweiunddreißig Zweiunddreißigpfünder hat die auf dem unteren Deck. Und am tollsten finde ich, dass ihre beiden größten Boote mit je einer Achtzehnpfünder-Karronade bewaffnet sind. Da hat ein Boot schon eine größere Karronade, als du sie auf mancher Brigg findest.«

»Ich möchte auf einem solchen Riesenpott nicht Dienst tun. Diese Menschenmassen! Die kannst du nicht alle kennen. Da weißt du nie, auf wen du dich verlassen kannst.«

»Abraham, der Flaggkapitän auf dem Pott ist schon Konteradmiral, und dann haben sie noch einen zweiten Kapitän. Da müsste der Erste doch eigentlich Commander sein. Da hättest du Chancen.«

Der Erste Leutnant neigte sich zu ihm und sagte leise:

»Der Flaggkapitän und Konteradmiral ist Sir Edward Pellews junger Bruder. Er soll nur durch Protektion überhaupt ein Kommando erhalten haben. Sein erstes Schiff flog in die Luft. Vom zweiten schickten ihn die Meuterer an Land und das dritte strandete. Nun haben sie ihn hier bei seinem Bruder, wo er nichts selbst entscheiden muss. Die Pellews sollen eine richtige Protektionsfamilie sein.«

»Sir Richard, der Oberkommandierende, ist doch aber ein fähiger und tapferer Mann, sagen alle«, wandte der Zweite Leutnant ein.

»Ja, der schon. Er kennt auch unseren Admiral bereits seit dem Amerikanischen Krieg.«

David kannte Sir Richard Pellew in der Tat seit 1776. Er rechnete nach. Das waren bald siebenunddreißig Jahre. Damals waren sie beide junge Kerle, Midshipmen. Pellew war vier Jahre älter als er. David hatte ihn 1793 noch einmal in Falmouth getroffen. Da waren sie beide Kapitäne. Er freute sich auf das erneute Wiedersehen.

Als er an Bord stieg und eine große Kapelle trommelte und pfiff, sah er vor allem die massige Figur Richard Pellews. Er war schon immer ein großer und kräftiger Mann gewesen, aber jetzt im Alter – er musste sechsundfünfzig sein – wirkte er wie ein großer Bär unter seinen Offizieren. Er lachte David entgegen.

David zog seinen Hut und schwenkte ihn zur Seite. »Konteradmiral Sir David Winter meldet sich zum Dienstantritt im Mittelmeergeschwader.«

Pellew lüftete kurz seinen Hut, streckte die Hand aus und trat David einen Schritt entgegen. »Willkommen an Bord. Ich freue mich, Sie endlich nach knapp zwanzig Jahren gesund wiederzusehen. Sie haben sich gut gehalten, mein Lieber.« Er schüttelte Davids Hand und griff mit der anderen nach seiner Schulter.

»Ergebensten Dank, Sir Richard, für die freundliche

Begrüßung. Ich habe mich über die vielen Meldungen von Ihren Siegen immer sehr gefreut und gehofft, Sie bald wiederzusehen. Endlich kann ich mich selbst von Ihrer ungeschmälerten Lebenskraft überzeugen.«

»Sie werden doch nicht noch unter die Schmeichler gehen, Sir David. Ich bin ein alter Mann. Aber darüber können wir uns in der Kajüte unterhalten. Erst möchte ich Ihnen meine Offiziere vorstellen. Meinen Bruder Isaak haben Sie ja auch beim letzten Treffen in Falmouth gesehen.«

David schüttelte die Hand des Bruders und begrüßte dann den zweiten Kapitän und die ranghöchsten Offiziere. Danach dirigierte ihn Pellew schon zur Kajüte. Nur Isaak folgte.

Sie gaben dem Diener ihre Hüte und Degen. Sir Richard wies auf die Sessel und ließ einschenken. »Endlich können wir informell miteinander reden als David und Richard. Wie geht es Ihnen und Ihrer Familie?«

David berichtete, dass es allen gut gehe, dass sein Sohn als Midshipman in der Flotte sei und sagte dann: »Ich sah die *Milford* schon in Ihrer Kiellinie, Richard.«

»Ich werde Kapitän Markwood bald signalisieren, dass er Sie abholt. Aber vorher möchte ich gern ein paar Worte über Ihre Aufgaben mit Ihnen wechseln. Sie werden mit der *Milford* Ihre Seesoldaten in Syrakus aufnehmen, wo sie mit dem Konvoi gelandet sind, und nach Vis geleiten. Wir haben beschlossen, Insel und Hafen zu einem sicheren Stützpunkt auszubauen. Hauptmann Lowen von den korsischen Rangern kommandiert die Arbeiten. Die Admiralität, aufgestachelt von der maltekischen Verwaltung, erhebt Einwände. Aber wir wollen Malta, Gibraltar und Menorca als unseren Hauptstützpunkten im Mittelmeer ja keine Konkurrenz machen, wir brauchen jedoch, so lange die Franzosen Korfu besetzt halten, in der Adria einen Hafen mit sicherem Hinterland. Und das bietet uns diese Insel.«

»Ich kenne die Insel, Richard. Sie liegt strategisch sehr günstig.«

»Ja, die sieben illyrischen Provinzen, die die Franzosen aus früheren Regionen Österreichs, Venedigs und Dubrovniks zusammengestückelt haben, ziehen sich wie ein langer Schlauch an der Küste entlang von Lienz bis Skutari. Im Hinterland grenzen sie an das Osmanische Reich. Ohne den freien Zugang übers Meer sind diese Provinzen gar nicht lebensfähig. Und da sollen Sie ansetzen, David, die Häfen blockieren, noch besser: erobern, damit sich die Provinzen uns ergeben. Österreich ist Napoleons widerwilliger Verbündeter. Das Osmanische Reich hält sich raus. Italien ist direkt oder indirekt in französischer Hand. Uns bleiben Sizilien, unsere paar eigenen Truppen und die Franzosenfeinde in der Bevölkerung. Aber rechnen Sie nicht mit so vielen kampfeswilligen Guerillas wie in Spanien. Die Franzosen haben den alten Adel entmachtet und dem bürgerlichen Mittelstand in der regionalen Verwaltung einige Freiheiten gewährt. Nur die Kriegssteuern und die Rekrutierungen schrecken das Bürgertum jetzt ab. Sonst wäre es ganz auf Seiten der Franzosen.«

David konnte dieser Übersicht nach allem, was er wusste, nur zustimmen. »Wie steht es mit Venedig? Mir wurde auf der Admiralität gesagt, wir müssten es strikt blockieren.«

»Unbedingt, David. Die Franzosen bauen Linienschiffe, wo sie können. Sie bauen in Toulon, in Genua und natürlich auch in Venedig. Sie träumen, dass sie die Seeherrschaft wiedergewinnen könnten. Selbstverständlich ist es eine Illusion, dass sie alle diese Schiffe zu einem seeerprobten Verband zusammenführen und uns schlagen könnten. Aber es würde uns schon örtliche Probleme bereiten, wenn einige ihrer Linienschiffe auf See aufkreuzten. Darum sind zwei Ihrer 74er bereits mit dieser Aufgabe gebunden. Auch Sie haben zu wenig Schiffe, wie wir alle. Aber Sie werden es wie immer schaffen.«

»Was müsste ich über einzelne Schiffe und Kommandanten noch wissen, Richard?«

Pellew hob etwas die Hände, als ob er nicht viel sagen könne. »Markwood, Ihr Flaggkapitän, ist ein verschlossener, aber erfahrener Mann. Nach meiner Einschätzung sind alle der übliche Durchschnitt. Nur auf Hoste, den Sieger von Vis, werden Sie etwas achten müssen, David. Er ist Nelson nach wie vor blind ergeben und ist von ihm auch protegiert worden. Taktisch klug und tapfer hat er die französischen Fregatten besiegt. Seiner Auffassung nach wurde ihm der verdiente Lohn versagt. Vielleicht hat er darin nicht ganz Unrecht. Aber Sie wissen ja, in Regierung und Admiralität ist die zu blinde Nelson-Bewunderung im Augenblick nicht so gefragt. So blieb er Kapitän einer Fregatte und schmollt. Das macht den Umgang mit ihm etwas schwierig, wie mir einige ältere Kapitäne sagten. Aber Sie kennen derartige Probleme ja. Ich werde jetzt Markwood rufen lassen. Und heute Abend sehen wir uns mit den Kapitänen der bei uns segelnden Schiffe zum Dinner bei mir. Wer ist übrigens dieser Rowlandson, der Kapitän Ihrer Fregatte? Mir sagt der Name nichts.«

David lächelte. »Wenn Sie ihn sehen, meine Herren, werden Sie ihn für sehr klein halten. Aber er ist ein Riese an Tapferkeit und Durchsetzungskraft. Er wurde durch Heldenbeförderung Leutnant, nachdem er einer Mörsergranate, die im Deck in Höhe der Pulverkammer steckte, die Lunte herausriss. Er war schon in der Ostsee bei mir und hat sich in jeder Situation bewährt.«

»Gut, das zu hören.« Pellew sah seinen Bruder an. »Stell dir vor, Isaak, da knallt dir eine Mörsergranate aufs Deck, die explodiert nicht sofort und du sollst so schnell und entschlossen sein, den Zünder herauszureißen. Ich hätte das nicht geschafft.«

»Ich auch nicht, aber das können wir jetzt auch den jungen Leuten überlassen«, scherzte David.

»Nun hör sich einer diesen jungen Mann an. Isaak, lass bitte Markwood rufen, sonst macht sich dieser Herr noch weiter über uns lustig.«

David sah sich die *Milford* genau an, als das Boot ihn mit dem Kapitän auf das neue Flaggschiff brachte. Sie war ein relativ neues Schiff, 1809 in Dienst gestellt. David hatte sie schon in Cadiz bei Admiral Keats gesehen. Sie war gut im Schuss. Jedes Segel war richtig gebrasst. Die Speigatts waren gesäubert, die Luken dicht verschlossen.

Der Ausguck rief sie an. Markwood antwortete mit dem Schiffsnamen. Pfeifen zwitscherten, um die Seesoldaten zum Empfang antreten zu lassen. David wurde mit Pfeifen und Trommeln begrüßt, und als der Erste Leutnant ihn meldete, stieg der Stander eines Konteradmirals der weißen Flagge am Mast empor. Jetzt war die *Milford* Flaggschiff.

Kapitän Markwood war direkt nach ihm an Deck erschienen und übernahm jetzt die Vorstellung der Offiziere. Der Erste, Henry Webster, hatte sich selbst schon vorgestellt. Er war eher klein und wirkte sehr drahtig und ausdauernd. Er schaute David sehr aufmerksam und ruhig an.

Der Zweite Leutnant, Robert Hunt, war blond, mittelgroß und eher etwas dicklich. Er wirkte auf David ein wenig unsicher, bemüht um einen guten Eindruck.

Der Dritte Leutnant, Benjamin Cooper, war auch ein rechter Benjamin, sehr jung, groß und schlaksig, aber auch unbekümmert und zutraulich.

Sein Flaggleutnant, Thomas Wale, hatte eine braune Hautfarbe, schwarze Haarfarbe und pockennarbige Haut. »Wir werden ja besonders oft miteinander zu tun haben, Mr Wale«, sagte David zu ihm. »Was war Ihr letztes Kommando?«

»Zweiter auf der *Amphion*, Kapitän Hoste, Sir David.«

»An Bord reicht ›Sir‹, Mr Wale. Waren Sie auch in der Schlacht von Vis auf der *Amphion*?«

»Yes, Sir, als Dritter.«

»Sie müssen mir einmal davon erzählen«, sagte David freundlich und ging weiter zu Dr. George Clark, dem Flottenarzt.

»Dr. Cotton, mein langjähriger Schiffsgefährte, hat Sie lobend empfohlen, Dr. Clark. Hoffentlich kommen wir häufiger in privaten Kontakt, als dass ich Ihre Dienste beanspruchen muss.«

»Es könnten ja auch ganz harmlose Beschwerden sein, von denen ich Sie befreien würde, Sir.«

David bewegte abwinkend die Hand. »Bei Ärzten weiß man nie so genau, was sie aus einer harmlosen Sache machen.«

Er lächelte und die anderen lachten.

»Wo ist der Kommandeur unserer Seesoldaten, Mr Markwood?«, fragte David.

»Er ist bei dem Geschwader in der Adria geblieben, Sir. Die Seesoldaten auf der *Milford* befehligt Hauptmann Marker.«

Hauptmann Marker war ein sehr großer, athletisch gebauter Mann. Er erinnerte David in seiner Statur an Gregor Dimitrij, seinen früheren Schiffsgefährten. »Haben Sie Landungstrupps zusammengestellt, für die auch Rangeruniformen an Bord sind, Mr Marker?«

»Noch nicht, Sir«, antwortete der Hauptmann mit tiefer Stimme und sah seinen Kapitän an.

David schritt weiter die Linie der aufgestellten Offiziere entlang und erblickte ein bekanntes Gesicht vor sich, den Master. Ihm fiel sogar der Name ein. »Mr Goodwin, schön, Sie an Bord zu haben. Dann können wir ja wieder gemeinsam unsere astronavigatorischen Übungen vornehmen.«

»Mit größtem Vergnügen, Sir.«

David nickte den Midshipmen zu: »Ihnen werde ich

mich später widmen, meine Herren. Wir werden ja noch viel Zeit gemeinsam verbringen.«

Als er sich umwandte, fragte Kapitän Markwood: »Könnten Sie noch ein paar Worte zur Mannschaft sagen, Sir? Die Männer sind stolz, dass sie auf Ihrem Flaggschiff dienen, und sind neugierig auf den berühmten Admiral.«

»Sie machen doch keine Scherze mit mir, Mr Markwood? Ich soll berühmt sein?« Die umstehenden Offiziere nickten nachdrücklich.

»Na gut«, sagte David und trat an die Brüstung, die das Achterschiff vom Deck trennte. »Männer der *Milford*! Napoleon hat seine Armee in Russland verlassen und ist nach Paris geflohen. Nur wenige Soldaten konnten sich retten. Die meisten deutschen Staaten haben sich wie Schweden auf unsere Seite gestellt. Ohne unsere Flotte wären diese Erfolge nicht möglich gewesen. Ihr habt Napoleon widerstanden, als er an Land alle besiegte. Jetzt sollen wir den endgültigen Sieg vorbereiten und die Franzosen von der östlichen Adriaküste vertreiben. Wir werden es schaffen, aber ich werde immer wieder auf eure Tapferkeit und eure Ausdauer zählen müssen. Und ihr könnt auf mich zählen. Wann immer es geht, werde ich unter euch sein und mit euch kämpfen. Wir werden siegen! Gott schütze unsere Heimat und unseren König. Gott schütze uns alle in diesem harten Kampf!«

Sie jubelten und David winkte mit seinem Hut. Dann ging er in seine Kajüte.

Frederick, sein Diener, empfing ihn an der Tür. »Wir sind noch nicht ganz fertig, Sir.«

David blickte sich um. Die Teppiche lagen schon. Und dort unter dem Fenster stand der Korb, in dem Larry lag, ihn unverwandt anschaute und mit der Schwanzspitze wedelte. »Na, komm schon her, Larry.« Als der Hund sich an seinen Oberschenkel drückte, kraulte er ihn und ließ seine Blicke wieder wandern.

Die Bilder von Britta und den Kinder hingen auch schon an der Wand. Ein neues Bild von der ganzen Familie war dabei. Da hatte Britta wieder einen Porträtisten engagiert. Er würde das Bild später genau anschauen.

Sein Schreibtisch sah elegant und praktisch aus. Tisch, Sofa und Sessel wirkten etwas primitiv. Da würde er in Syrakus einkaufen müssen. Wie oft hatte Britta bei der Einrichtung seiner Kajüte geholfen. Aber jetzt musste er allein damit fertig werden.

Der Weinschrank war auch recht ansprechend, aber noch leer.

»Frederick, ich werde gleich Mr Markwood zu mir bitten. Ist schon eine Flasche ausgepackt?«

»Selbstverständlich, Sir.«

David ging in seine Schlafkammer. Da lag die Wäsche noch auf dem Kastenbett. Aber es waren die gute Wäsche und die Merinodecke aus Brittas Läden. Er konnte sich nicht beklagen. Was an Komfort auf einem Schiff möglich war, er würde ihn erhalten. Er setzte seinen Hut ab und hörte, wie in den Nebenräumen ausgepackt wurde. Baptiste schimpfte gerade mit Alberto und der antwortete gereizt. David lächelte. Wenn die Kraftbolzen sich einmal prügeln würden, dann möchte er nicht dazwischen geraten.

Er ging zurück in die Hauptkajüte. »So, Frederick, jetzt möchte der Kapitän bitte kommen.«

Der Seesoldat schrie: »Der Kapitän!«, riss die Tür auf und stampfte mit dem Fuß auf, bevor er in respektvoller Haltung erstarrte.

»Treten Sie ein, Mr Markwood. Es ist noch nicht alles eingeräumt, aber einen Schluck Wein kann ich Ihnen schon anbieten.«

»Vielen Dank, Sir. Wenn Sie noch Hilfe brauchen, sind alle gern bereit, Sir.«

»Nein, danke. Ich glaube, Sie hatten schon genug Mühe, all das Zeug an Bord zu nehmen. Als junge Midshipmen wechselten wir die Schiffe mit leichterem Gepäck.«

»Wie wahr, Sir. Aber auch mit weniger Verantwortung.«

»Sie geben mir die richtige Überleitung zu unserem Gespräch. Aber zunächst einmal lassen Sie uns einen Schluck trinken. Auf Seine Majestät!«

»Auf Seine Majestät«, wiederholte Markwood und nippte am Glas.

David stellte sein Glas ab und sah Markwood an. »Wir haben nicht viel Zeit, bevor wir Sir Richards Einladung folgen müssen. Aber ich will Ihnen einige Dinge sagen, damit Sie schon Schritte einleiten können. Zunächst einmal: Mein erster Eindruck vom Schiff ist positiv. Übermorgen, am Sonntag, werde ich Sie bei der Inspektion begleiten, um mir ein genaueres Bild zu verschaffen. Auf allen meinen Schiffen gibt es einige Regelungen, die ich auch im Flottenbefehl aufführen werde. Zunächst einmal werden – entsprechend der Größe des Schiffes – ein bis vier Landungskommandos zu je zwanzig Mann aus Matrosen und Seesoldaten gebildet. Jeder Trupp hat eine Blunderbüchse, zwei Rifleschützen und zwei Handgranatenwerfer. Die Männer sollen sich an Land zurechtfinden und im Nahkampf geschult sein. Zweitens: Suchen Sie bitte etwa zehn bis fünfzehn Männer mit der besten Nachtsicht heraus. Drittens: Lassen Sie bitte alle Männer, die eine fremde Sprache sprechen, erfassen. Besonders gefragt sind natürlich die Sprachen, die im Operationsgebiet gesprochen werden, z. B. kroatisch, serbisch, albanisch, türkisch. Meine Maate können Ihnen zu diesen Fragen Auskunft geben.«

Markwood sah David unbewegt an. Nur in seinen

Augen funkelte ein Triumph. »Sir, zwölf Männer mit sehr guter Nachtsicht sind bekannt. Mit fließenden Sprachkenntnissen haben wir drei für Kroatisch, zwei für Serbisch, nur einen für Albanisch, aber je fünf für Türkisch, Italienisch und Französisch. Die Landungstrupps haben wir noch nicht aufgestellt, weil Major Havell noch mit Ihnen sprechen wollte. Aber wir haben schon begonnen, Rangerkleidung zu sammeln.«

»Donnerwetter«, sagte David perplex. »Ich kann niemanden mehr überraschen. Alles spricht sich herum.«

Markwood lächelte. »Mr Goodwin hat mich auf Befragen informiert, Sir. Aber an Nachtsicht und gutem Gehör war ich schon vorher interessiert und habe Leute herausgesucht.«

»Mr Goodwin war schon Master auf einem Neunzig-Kanonen-Schiff und erschien mir als kompetenter Mann. Warum ist er jetzt auf einem Vierundsiebziger?«, fragte David.

»Nach dem, was ich hörte, Sir, soll er den neuen Kapitän bei einer blamablen Navigationspanne erwischt haben. Der Mann war sehr gekränkt und drohte Mr Goodwin mit einem fingierten Fall fürs Kriegsgericht, wenn er sich nicht für ein anderes Kommando bewerbe. Das war nur bei Rückstufung zu haben.«

David schüttelte den Kopf. »Dass es immer wieder solchen Machtmissbrauch gibt, macht mich fast krank. Aber mich enttäuscht auch, dass die Leute so wenig Vertrauen zu höheren Vorgesetzten haben und sich ihnen nicht anvertrauen.«

»Sir, die Männer kennen höhere Vorgesetzte zu wenig, um sich ihnen anzuvertrauen.«

»Mr Markwood, ein Master auf dem Flaggschiff kennt doch den Admiral gut genug. Bei Matrosen mögen sie Recht haben. Aber nun müssen wir uns langsam für das Dinner vorbereiten. Ist noch jemand von der *Milford* eingeladen?«

»Nein, Sir. Wir können in einem Boot übersetzen, wenn es Ihnen genehm ist.«

David nickte.

Bei Sir Richard Pellew war alles ein wenig pompös. Die Kajüte war verschwenderisch ausgestattet. Die Tische konnten die Speisen kaum tragen. Der Admiral musste sehr gute Köche haben. David sah amüsiert, wie die drei jungen Midshipmen nach dem Toast auf den König in sich hineinschaufelten. Einer hatte sich sogar ein Hühnerbein eingesteckt. Hoffentlich fettete die Uniform nicht durch.

David saß den Pellews gegenüber, hatte auf einer Seite den zweiten Flaggkapitän, auf der anderen den Flottenarzt. Der Arzt erkundigte sich nach Dr. Cotton, mit dem er in Edinburgh gemeinsam studiert habe, und lobte Dr. Clark, mit dem er seit drei Jahren oft zusammenarbeite.

Doch meist dominierte Admiral Pellew das Gespräch. Mit seiner gewaltigen Figur, seiner dröhnenden Stimme und seiner Vitalität war er immer der Mittelpunkt.

»Meine Herren«, forderte er Gehör. »Nach den neuesten Meldungen haben die Russen die Grande Armée Napoleons über die polnische Grenze zurückgetrieben und verfolgen sie weiter. Trinken wir auf den Sieg der russischen Armee!«

Er hob sein Glas, nahm einen kräftigen Schluck, stellte das Glas kraftvoll auf den Tisch und sagte: »Unser Ehrengast, Sir David Winter, hat während des russisch-schwedischen Krieges in der russischen Flotte gedient. Mit beachtlichem Erfolg und entsprechenden Auszeichnungen. Was halten Sie von der russischen Armee, Sir David?«

David überlegte einen Augenblick. Dann sagte er in die Stille hinein, die eingetreten war: »Sir Richard, meine Herren, der einfache russische Soldat ist wahrscheinlich dümmer als sogar unsere Rekruten. Wir mussten den Männern immer beibringen, wo links und wo rechts ist.«

Gelächter kam auf.

»Aber so langsam sie lernen, so wenig vergessen sie. Wenn der russische Soldat richtig geführt wird, gibt er nie auf. Er kämpft, bis man ihn totschlägt. Er ist sehr bedürfnislos. Europäische Soldaten sind demgegenüber geradezu verwöhnt. Sie halten die Strapazen nicht aus, die der Russe meistert. In der Weite Russlands konnte ihn Napoleon nie besiegen. Die Russen werden die französische Armee zurück nach Frankreich treiben.«

Pellew und die Kapitäne klatschten Beifall. Pellew hob sein Glas: »Meine Herren, trinken wir auf Seine Majestät, den Zaren, und seine Armee!«

Sie tranken und David fragte sich, wie viel Toaste er noch ertragen würde. Da hörte er wieder seinen Namen.

»Der Mann, der dies gesagt hat, verfügt selbst über eine ungewöhnliche Tapferkeit«, dröhnte Pellews Stimme. »Einige wissen, dass ich ihm mein Leben verdanke, aber die anderen können es auch hören. Es war im Oktober sechsundsiebzig auf dem Lake Champlain. Wir kämpften gegen die Flotte der Rebellen. Sir David kommandierte ein Ruderkanonenboot mit einem Zwölfpfünder. Ich war der einzige noch kampffähige Offizier auf dem Schoner *Carleton*. Wir lagen im konzentrierten Feuer des Gegners mit zerschossenem Springseil und Ankertau, praktisch bewegungsunfähig.«

Pellew nahm einen kräftigen Schluck und David merkte, dass ihn die Erinnerung bewegte. Ihm selbst ging es auch nicht anders. Pellew fuhr fort:

»Ich schrie Befehle, die wenig bewirkten. Dann schlug mir einer auf die Schulter und zeigte mit der Hand in Richtung auf unsere Kanonenboote. Da kam ein Mann geschwommen, ein dünnes Seil zwischen den Zähnen. Die Einschläge der Kanonenkugeln überschütteten ihn immer wieder mit Wasser, aber er schwamm unaufhaltsam näher. Jeden Moment musste er getroffen werden in diesem mörderischen Feuer. Aber er kam durch, griff das Seil und hielt es uns hin. Wir zogen ihn an Bord, holten mit dem dünnen Seil ein dickes Tau ein und sein Kanonenboot zog uns aus dem Feuer. Der Mann, der uns alle gerettet hat, war der fünfzehnjährige Midshipman David Winter.«

»Hört, hört!«, riefen einige. Pellew reichte David die Hand über den Tisch, schüttelte sie und fiel dann in das allgemeine Klatschen ein.

David war verwirrt. Die Erinnerung hatte ihn bewegt. Er wusste nicht, ob er das noch einmal wagen würde. Auf der anderen Seite machte ihn der Beifall verlegen. Er hob die Hand und der Beifall verstummte.

»Meine Herren! Sir Richard hat die Tat eines jungen Mannes sehr bewegend und dramatisch dargestellt. Sie wissen, junge Männer fürchten den Tod weniger als alte, die wissen, was ihnen im Leben geschenkt wurde und was sie verlieren können. Ich bin glücklich, wenn ich helfen konnte, dass unserem Land ein so bedeutender Flottenführer erhalten wurde, und darf Ihnen sagen, dass die unwandelbare Dankbarkeit und Freundschaft eines solchen Mannes mehr als genug Lohn ist. Ich habe Sir Richard seit zwanzig Jahren nicht gesehen, aber Sie haben selbst erlebt, wie ergreifend er seinen Dank auch heute noch äußert. Bitte trinken Sie mit mir auf Sir Richard!«

Er hob sein Glas. Alle tranken und Pellew nickte ihm zu.

Der Flottenarzt wandte sich nach einer Weile zu David. »Ich weiß, Sir David, Ärzte sollten Menschenkenner sein. Aber eine solche Tat hätte ich Ihnen nicht zugetraut. Ich hielt Sie für den Typ des genau und verwegen planenden Anführers. Aber das war ja persönliches Heldentum im feindlichen Feuer.«

»Ach, Doktor«, antwortete David. »Jetzt vergessen Sie, dass ich heute ein ganz anderer Mensch bin als damals.

Frau, Kinder, Jahre voller Erfahrungen verändern Menschen doch völlig.«

»Nicht völlig, Sir David. Der Kern bleibt. Und für Ihre Kinder und Freunde würden Sie auch heute noch Gleiches vollbringen.«

»Vergessen Sie meine Frau nicht!«, monierte David lächelnd und hob sein Glas.

Am Sonntag segelte die *Milford* durch einen frühlingshaften Morgen der Straße von Bonifacio entgegen, die Korsika und Sardinien trennt. David kam früh mit Larry an Deck und atmete tief durch. Larry lief zu der sandgefüllten Schütte und entleerte sich. Dann musste er wieder eng an Davids Seite. Der große Hund war für Offiziere und Mannschaften noch ungewohnt und manche Seeleute hatten panische Angst vor Hunden.

Den gestrigen Tag vergaß David lieber schnell. Als sie am Morgen von Pellews Geschwader lossegelten, mussten ihn Frederick und Baptiste gemeinsam wach machen, fast zum Waschtisch tragen und ihn mit kaltem Wasser und Kaffee so weit auf die Beine bringen, dass er auf dem Achterdeck der *Caledonia* zuwinken konnte, wo Pellew groß und wuchtig stand und zurückwinkte. Irgendetwas wie »Viel Erfolg!« dröhnte über die See.

Ist der Kerl überhaupt nicht klein zu kriegen, dachte David und sah mit gewisser Genugtuung, dass auch Kapitän Markwood kaum die Augen aufhalten konnte. »Das hat man nun davon, wenn man solche Berserker rettet«, flüsterte er zu Markwood.

Der stutzte und lächelte dann. »Ja, Sir, aber es war doch ganz unterhaltsam und das Essen war ausgezeichnet.«

»Ich möchte in nächster Zeit kein Essen und Trinken mehr sehen«, antwortete David und verschwand in seiner Kajüte.

Aber das war gestern. Heute freute er sich auf das

reichhaltige Frühstück. Und danach waren Gottesdienst und Inspektion angesagt. Er würde die Augen offen halten, wenn er Kapitän Markwood begleitete.

Die *Milford* hatte als Flaggschiff auch einen Pfarrer an Bord, den David bisher nur flüchtig wahrgenommen hatte. Jetzt lauschte er aufmerksam seinen Worten. Der Mann sprach schlicht und einfach, sodass ihn Seeleute verstehen konnten. David war froh, dass dieser nicht zu der schwülstigen Gattung gehörte, die versuchte, pathetisch Bibelszenen auszumalen. Nein, der Mann sprach realistisch über das alltägliche Leben und zeigte, wie man darin Gottes Wort folgen könne.

»Er ist auch gut bei der Versorgung der Verwundeten«, flüsterte ihm Markwood zu, als David nach der Predigt anerkennend nickte. Dann schritten beide an der Front der angetretenen Divisionen entlang. In Leutnant Hunts Division waren drei Männer, die mit David in der Karibik gesegelt waren. Bei Leutnant Cooper waren zwei in der Ostsee bei David gewesen und einer sogar vor dreizehn Jahren in der Adria.

Die Männer warteten immer gespannt darauf, dass ihr alter Vorgesetzter sie erkennen würde. Und wenn er ein so gespanntes Gesicht sah, forschte David besonders in seiner Erinnerung nach. Gesichter konnte er sich gut merken, aber Namen weniger. Doch wenn er dann dem Seemann sagte: »Du bist doch schon mit mir gesegelt. Wie war dein Name doch gleich?«, dann strahlten sie und schauten stolz zu den Kameraden.

David ging mit Markwood und den Offizieren hinunter ins Geschützdeck, wo die schweren Zweiunddreißigpfünder standen. Kapitän Markwood inspizierte die Brooktaue und die Rückholtakel, die Seile, die die Kanone abbremsten und mit denen sie wieder nach vorn gezogen wurden. Er ließ sich Rammer und Zündrohre zeigen und fand keine Beanstandung. Leutnant Hunt, zuständig für das Geschützdeck, blies die Backen auf vor Stolz.

David ging einige Schritte vor, wo die Kanonenkugeln auf einem Rack pyramidenförmig gelagert wurden. »Bitte lassen Sie doch die oberen Reihen abräumen, Mr Markwood«, ordnete er an.

Markwood wies einige Kanoniere an. Als sie zur unteren Reihe kamen, befahl David: »Gib mir mal die Kugel her!«

Der Kanonier streckte sie David entgegen und schaute verlegen zu Boden. Es war unübersehbar, dass der Rost nicht sorgfältig abgeklopft und abgerieben, sondern nur mit schwarzer Farbe überstrichen war. Die Kugel hatte Beulen und würde in kein Rohr passen.

Markwood schien vor Zorn erstarrt. »Mr Hunt, die Mannschaft dieser Kanone wird zwei Wochen alle Latrinen reinigen. Alle Bedienungen reinigen heute nach dem Essen in einem Strafdienst die Kugeln.«

Hunts dickliches Gesicht war totenbleich. Strafdienst am geheiligten Sonntagnachmittag, das war ungeheuer. Mühsam konnte er sein »Aye, aye, Sir«, herausbringen.

David wusste, sie würden ihn verfluchen. Aber das war ihm lieber, als wenn sie im Gefecht keine Kugeln in die Rohre kriegten. Und Markwood würde noch genauer sein.

»Gehen wir doch noch ein Deck tiefer«, schlug David beiläufig vor.

Die anderen wechselten erstaunte Blicke. Unten war es eng und stinkig. Da kroch nur hin, wer musste. Aber David ging ihnen voraus. Das Bilgenwasser roch nach Dreck und Exkrementen.

»Wie oft lassen sie es auspumpen, Mr Markwood?«

»Alle fünf Tage, Sir. Morgen wird die Bilge wieder gereinigt«, antwortete Markwood betont unpersönlich.

»Ich nehme an, die Leute verstecken hier immer noch ihre schwarzen Alkoholvorräte«, sagte David, beugte sich nach vorn und fuhr seitlich am Bilgenholz entlang. Seine

Finger stießen an einen verborgenen Nagel. Er fasste die Schnur, die daran hing, und zog eine fast voll gefüllte Flasche heraus. Er nahm den Korken ab, roch, sagte: »Guter Jamaika-Rum!« und goss den Rum ins Bilgenwasser. »Das verbessert den Geruch.«

Die leere Flasche gab er dem Bootsmann und sagte: »Von mir aus können wir wieder an Deck.«

Die Kanoniere des Geschützdecks hatten ihren Strafdienst abgeleistet und die Kugeln vom Rost befreit. Jetzt gesellten sie sich zu den anderen, die an Deck ihre Freizeit und das schöne Wetter genossen.

David hatte Alberto gebeten, Larry auf dem Deck herumzuführen, damit er sich an die neuen Gerüche gewöhne. Er sah, wie viele Seeleute ängstlich an die Seite gingen, wenn Larry kam. Andere pfiffen ihm zu und streichelten ihn, sobald er nahe genug war.

Dann sah David, wie Alberto stehen blieb, sich zu einem Seemann beugte und ihm anscheinend drohte. Larry stützte sich auf die Vorderpfoten und knurrte. Der Seemann hob die Hände vor den Kopf. Alberto ging weiter.

»Was war denn los?«, fragte David.

»Ach, Sir, eine von diesen Bilgenratten hat gemotzt: ›Da kommt der Lakai des Leuteschinders.‹ Ich hab ihm angeboten, ihm seine Nase in den eigenen Arsch zu stecken, aber er wollte nicht.«

David griente. Bei Alberto, diesem Kraftpaket, konnte man schon Angst kriegen. »Ist gut«, sagte er. »Die biegen wir auch noch zurecht.«

»Aber klar, Sir«, antwortete Alberto gelassen.

David sah eine Weile den Matrosen bei ihrer Freizeit zu. Einige besserten ihre Sachen aus. Andere tanzten zu einer Fiedel die beliebte Hornpipe. Und zwei oder drei lasen sogar. Drei Midshipmen standen an der Reling und schwatzten.

David trat zu ihnen und fragte: »Wie geht es den Herren? Bitte stehen Sie bequem. Unsere Unterhaltung ist ganz informell.«

Sie sagten ihm noch einmal ihre Namen und berichteten, sie hätten sich über die Verteilung von Prisengeld unterhalten. »Sir«, sagte der kleine Dicke, der seinen Namen mit Ebel angegeben hatte, »Henry behauptet, wir müssten uns mit den Deckoffizieren und Sergeanten ein Achtel teilen, aber das stimmt doch nicht mehr. Wir müssen uns doch mit den Deckoffizieren und der Mannschaft vier Achtel teilen.«

»Sie haben Recht, Mr Ebel. Was Ihr Freund sagte, galt vor 1808. Die jetzige Regelung können wir einmal durchrechnen. Nehmen wir an, das gesamte Prisengeld betrage tausend Pfund. Wie viel erhalte ich?«

John Ebel hob die Hand. »Ein Drittel von den zwei Achteln des Kapitäns, aber im Kopf ausrechnen kann ich das nicht, Sir.«

David lachte. »Probieren wir es gemeinsam. Wie viel sind zwei Achtel von tausend?«

Henry Cirier antwortete zuerst: »Zweihundertfünfzig Pfund, Sir.«

»Gut! Und das durch drei?«

Sie bewegten die Lippen, schlossen die Augen und Henry war wieder der Schnellste. »Etwa dreiundachtzig Pfund, Sir.«

»Ja. Über die Shillings und Pences muss ich mich mit dem Kapitän streiten. Er erhält also etwa einhundertsiebenundsechzig Pfund.«

»Dann hat er ja mehr als Sie, Sir«, wunderte sich der dritte Middy, Tom Singer.

David lachte. »Das stimmt, Mr Singer. Aber ein Admiral erhält das Drittel des Kapitäns von allen Kapitänen seines Geschwaders. Er kommt nicht zu kurz. Aber nun zu den anderen.«

John Ebel sagte: »Der Hauptmann der Seesoldaten, die Leutnants, der Master und der Flottenarzt teilen sich ein Achtel, das sind hundertfünfundzwanzig Pfund.«

David bestätigte und fragte: »Und wer hat das nächste Achtel?«

»Die Leutnants der Seesoldaten, der Sekretär des Admirals, die höheren Deckoffiziere, der Pfarrer und der Gehilfe des Masters teilen es sich. Das sind mehr als beim vorigen Achtel.«

David nickte. »Und jetzt kommen noch mehr. Rund sechshundertzehn Mann und zwölf Midshipmen, die Sergeanten, die Gehilfen der Deckoffiziere teilen sich die restlichen fünfhundert Pfund. Da entfallen auf einen etwa drei Viertel eines Pfundes.«

»Das ist ja nicht mal so viel wie die Monatsheuer«, klagte Tom Singer enttäuscht.

»Auch richtig. Aber eine gute Prise bringt auch mehr als tausend Pfund. Bei einem Ostindiensegler erhielten Sie etwa vierzig Pfund, und 1762, als das spanische Schatzschiff *Hermione* gekapert wurde, erhielt jeder Seemann vierhundertfünfundachtzigPfund.«

Die Midshipmen rissen Mund und Nase auf. »Vierhundertfünfundachtzig«, wiederholte John Ebel, und Henry ergänzte: »Man sagt doch immer, Sie fänden viele Prisen, Sir.«

Aber David hörte nicht mehr hin. Larry war zur anderen Schiffsseite gelaufen, stellte die Ohren auf, schnupperte und knurrte. »Bringen Sie mir eine Sprechtrompete«, forderte David. »Und nehmen Sie sich selbst eine.« Er lief zu Larry und spähte voraus. Nichts zu sehen.

Aber Larry beruhigte sich nicht. Seine Haare sträubten sich. David nahm die Sprechtrompete und hielt das

Mundstück ans Ohr. Den Trichter richtete er dorthin, wohin Larry horchte. Neben ihm standen John und Henry und horchten auch.

Jetzt! Da war doch etwas?

»Kanonendonner, Sir«, meldete John.

Die jungen Burschen hörten sicher besser. David hob die Sprechtrompete an den Mund. »Ausguck! Was ist backbord voraus drei Strich?«

»Nichts zu sehen außer Blitzen über See. Donner ist manchmal zu hören.«

»Siehst du Gewitterwolken, Mann?«

»Nein, Sir.«

»Dann denk mal an Kanonendonner und melde das!«

David wandte sich an John Ebel. »Mr Ebel, bitte fragen Sie den Kapitän, ob es ihm genehm ist, zu mir an Deck zu kommen.«

Als Kapitän Markwood eilends erschien, sagte ihm David: »Wir haben Kanonendonner und Mündungsblitze drei Strich backbord voraus. Der Ausguck ist wohl ein bisschen dumm. Er hielt das auch ohne Wolken für ein Gewitter. Wir haben noch keine Sicht und es wird in Kürze dunkel.«

Markwood hörte durch die Sprechtrompete. »Es klingt nach ungleichen Gegnern, Sir. Vielleicht ein Kaperschiff, das ein Handelsschiff aufbringt.«

»Das könnte es sein«, bestätigte David. »Ein britischer Kaper wäre nicht so sehr wahrscheinlich. Nach meiner Erfahrung tippe ich eher auf nordafrikanische Piraten.«

»Ja, die sind wieder sehr aktiv.«

»Dann hoffe ich, dass wir vor der Dunkelheit die Schiffe noch sichten. Sie sind ja westlich von uns und länger im Licht. Lassen Sie bitte der *Cesar* signalisieren, dass Sie zum Flaggschiff aufschließt, und schicken Sie zwei gute Leute in den Mast.«

Sie erhielten noch die Sichtmeldung, dass ein kleineres Schiff neben einem größeren liege. Die Kanonen feuerten nicht mehr. David beriet mit Mr Markwood und dem Master über die Lage der Schiffe und die Windrichtung und -stärke. Dann legten sie einen Kurs fest.

»Wir müssen in der Dämmerung westlich von denen liegen. Dann bleiben wir im Dunkeln und sie liegen im aufgehenden Licht. Ich werde jetzt Kapitän Rowlandson zurufen, dass er sich auf die Enterung der Prise vorbereitet. Wir sollten uns das Kaperschiff vornehmen. Lassen Sie bitte die Leute mit der Nachtsicht einteilen, Mr Markwood.«

Auf dem Schiff herrschte gespannte Erwartung. Möglicherweise war eine Prise in Aussicht. Aber die Maate schickten die dienstfreien Leute in die Hängematten und achteten darauf, dass alle Lichter gelöscht waren. Nur eine Laterne sandte einen gebündelten Strahl nach hinten, wo die *Cesar* dem Flaggschiff folgte.

Auch David legte sich hin, nachdem er angeordnet hatte, dass Alberto und Mustafa alle Stunde mit Larry an Deck gehen sollten, damit er schnuppern könne. »Ich werde auch öfter kommen.«

David war unruhig und ging in der Nacht öfter an Deck. Sie hatten die Segel gekürzt, waren den beiden anderen Schiffen aber auf Sicht- und Hörweite näher gekommen. Die fremden Mannschaften hatten Laternen an und waren auch nicht leise. Johlen und Schreien waren manchmal zu hören.

Der Wachhabende meldete sich: »Sir, das können doch keine Berberpiraten sein. Das sind doch Muslims und die hier haben bestimmt Alkohol intus.«

»Die Berberpiraten sind meist schlechte Muslims«, antwortete David. »Die greifen immer öfter auch zum Alkohol.«

Bevor die Dämmerung zu ahnen war, hatten sich *Milford* und *Cesar* in eine Position westlich von den beiden anderen begeben. Die Mannschaften hockten gespannt an ihren Kanonen oder waren leise mit ihren Rifles zu den Mastplattformen aufgestiegen.

Die Offiziere starrten durch ihre Nachtgläser. »Da vorn ist eine Schebecke mit etwa zwanzig Kanonen. Wahrscheinlich ein algerischer Pirat«, murmelte Kapitän Markwood.

Das andere Schiff erkannte David als eine Polacca, ein im Mittelmeer gebräuchliches Handelsschiff. Dieses hatte drei Masten mit Rah- und Lateinersegeln.

»Lassen Sie uns zwischen Schebecke und Polacca steuern. Die *Cesar* soll sich neben die Polacca an Backbord legen«, sagte David zu Markwood. »Nicht unter die Wasserlinie schießen, nur auf das Deck! Haben die Entermannschaften Schwefel und Cayenne-Pfeffer?«

»Ja, Sir«, bestätigte Markwood kurz.

David schaute zum Mast. Die britische Flagge und sein Stander wehten.

Jetzt waren die anderen deutlich zu sehen. »Ohne Zweifel ein Pirat, wahrscheinlich aus Algier«, murmelte Markwood. David war auch dieser Meinung.

»Schuss vor den Bug und anrufen«, befahl David.

Der Schuss weckte die Piraten auf. Sie rannten an die Kanonen, setzten aber keine Flagge.

Die *Milford* schoss erneut vor den Bug. Der Wachhabende schrie auf Englisch und Französisch: »Hier ist das britische Linienschiff *Milford*. Zeigt eure Flagge!«

Ein anderer Kanonenschuss dröhnte. David sah zur Seite.

Die *Cesar* hatte die Polacca angerufen und näherte sich, um sich längsseits zu legen. Rowlandson verschenkt keine Zeit, dachte David.

Dann krachte ein Schuss von der Schebecke. David nickte zu Markwood und der schrie: »Feuer frei!«

Die Batterieoffiziere nahmen den Ruf auf. Alle siebenunddreißigKanonen auf dieser Seite der *Milford* schossen und zusätzlich noch Karronaden. Deck und Takelage der Schebecke wurden furchtbar zerfetzt. An Deck bewegten sich nur noch einige Menschen und krochen hinter Aufbauten.

»Lassen Sie bitte entern«, befahl David.

Markwood gab den Befehl weiter und kurz darauf pullten vier Kutter zur Schebecke und hielten sich sorgsam aus den Schusslinien der eigenen Kanonen. Aber sie schossen mit Musketen von der Schebecke.

»Nun schießt doch schon!«, schimpfte Markwood unterdrückt. Dann krachten auf den Kuttern die Musketen der Seesoldaten und die Bugkarronaden. Jetzt stürmten die Seeleute an Deck der Schebecke.

Sie zündeten Schwefelstangen an und warfen sie an den Niedergängen unter Deck der Schebecke. Gelber Schwefeldampf quoll empor. Seesoldaten hatten Cayenne-Pfeffer in ihre Musketen geladen und schossen durch Ritzen unter Deck. Da würde bald keiner mehr atmen und sehen können.

Die Briten zogen sich selbst von den Niedergängen zurück, so beißend ätzte der Schwefel die Lungen und der Pfeffer brannte in den Augen.

Aus dem vorderen Niederdeck stürmte ein Trupp Piraten heraus. Aber sie feuerten nur wild um sich, weil sie kaum sehen konnten. Sie wurden niedergeschossen und niedergeschlagen.

Aus einigen Luken zwängten sich Piraten heraus und ließen sich in die See gleiten. Markwood nahm eine Sprechtrompete. »Kutter zwei wieder bemannen! Piraten aus der See fischen, aber Vorsicht!«

Die Kutterbesatzung war so vorsichtig, wie es ihr eingedrillt worden war. Die Seesoldaten hielten die Gewehre schussbereit. Die Seeleute streckten nicht ihre Arme hinaus, um Piraten aufzunehmen, sondern nur Tauenden.

Aber die Piraten wollten nicht gerettet werden. Als sie sahen, dass sie niemanden mit ihren Messern erreichen konnten, stachen sie sich selbst ins Herz und versanken in der See.

Nur einer zeigte seine leeren Handflächen, griff nach einem Tau und ließ sich an Bord ziehen, bevor ihn seine eigenen Kameraden erstechen konnten. Er war blutjung und hockte weinend und zitternd am Boden des Bootes.

Rowlandson hatte nach dem Warnschuss nicht gefackelt. Es gab keinen Zweifel, dass die Polacca gekapert war. Also galt nur eins: Längsseits gehen und entern.

Seine Entertrupps standen bereit. In den Mastkörben feuerten seine Scharfschützen auf alle Piraten, die sie sahen. Von der Polacca wurde eine Kanone abgefeuert und krachte in den Rumpf der *Cesar*.

Keiner der Briten achtete weiter darauf. Sie kauerten sich hinter die Finknetze mit den Hängematten und warteten, bis ihre Bordwand gegen die der Polacca krachen würde.

Jetzt!

»Mir nach!«, brüllte Rowlandson und sprang an Deck der Polacca, den Säbel in der Hand.

Hinter den Aufbauten kamen Piraten hervor, stürzten sich mit ihren Säbeln auf die Briten. Einige feuerten auch mit Pistolen. Aber die Briten waren zu zahlreich. Sie stachen und trampelten die Piraten nieder.

Hinter dem Mast hatte sich einer mit mächtigem Schnurrbart versteckt und stürmte jetzt mit erhobenem Säbel auf Rowlandson los. Der sprang im letzten Moment zur Seite und stieß dem Schnauzbart seinen Säbel seitwärts in die Brust. Die Wucht des fallenden Gegners riss Rowlandson den Säbel aus der Hand. Er zog seine Pistole und spannte sie. Aber niemand war mehr da, den er niederschießen konnte. Er zog seinen Säbel aus dem Körper des toten Piraten und wischte ihn an dessen Umhang ab.

»Vorsicht an den Niedergängen!«, rief er.

Britische Seeleute hielten den Körper eines toten Piraten vor den Niedergang. Unten knallten zwei Schüsse und bohrten sich in die Leiche. Sie warfen den Körper nach unten und stürmten hinterher. Bevor die Piraten nachladen konnten, wurden sie niedergestochen.

Mit vorgehaltenen Säbeln und Musketen schlichen die Briten im Rumpf die Gänge entlang. In der Heckkajüte saß ein Mann in blauem Jackett gefesselt und geknebelt auf einem Stuhl.

»Bindet ihn los!«, befahl Rowlandson.

»Ich bin Kapitän Rowlandson von Seiner Britischen Majestät Schiff *Cesar*. Wer sind Sie?«

Der Mann schluckte und deutete auf seine Kehle. Rowlandson gab ihm eine Weinflasche, die auf dem Tisch stand. Nach zwei Schlucken konnte der Mann sprechen. »Maat Ribaldo von Schiff *Lucia*. Napoli. Gekapertet gesternes. Banditi Algier«, radebrechte er.

Rowlandson befahl einem Mann, den Maat zu bewachen und nichts anzurühren. Dann rannte er mit den anderen weiter. Erst mussten sie die Pulverkammer besetzen.

Da hinten lief einer weg. Das war keiner von ihnen. »Stehen bleiben!«, brüllte Rowlandson. Ein Seemann wiederholte es auf italienisch. Der Mann rannte weiter.

»Schießt!«, rief Rowlandson und trat zur Seite. Zwei Musketen knallten. Der Mann sank zusammen und sie rannten zu ihm. Ein Pirat mit Feuerstein, Stahl und Zunder. Der wollte sich mit der Pulverkammer in die Luft sprengen. Weiter!

Die Pulverkammer war kleiner als auf einem Kriegsschiff, aber auch gut verschlossen. »Zwei Mann Wache«, befahl Rowlandson und lief weiter. An die Tür eines großen Stauraums klopften von innen Fäuste.

Sie brachen die Tür auf und standen mit Gewehren und Pistolen bereit. Vier Mann hoben die Hände hoch. »Wir Italiano! Nix Pirati. Gekaperet. Wir Napoli.«

»Bringt sie an Deck und bewacht sie«, befahl Rowlandson zwei Mann. Er selbst suchte mit den anderen weiter. Aber sie fanden nichts mehr. Er stieg zurück ans Oberdeck. Dann rief er seinen Sekretär und einen Mann, der Italienisch sprach.

»Gehen Sie in die Heckkajüte, schicken Sie den Maat nach oben und sehen Sie die Papiere durch. Ladung, Signale, Sie wissen schon.«

Als der Maat an Deck erschien, fragte er, wer noch Italienisch könne. Silvio aus Padua meldete sich. Aber dessen Englisch war auch nicht viel besser als das des Maates.

Auf jeden Fall erfuhr Rowlandson, dass die Brigg vor drei Tagen aus Neapel abgesegelt sei und nach Genua wollte. Die Piraten hätten sie zwei Stunden verfolgt und dann eingeholt und gekapert. Den alten und den ganz jungen Matrosen hätten sie sofort die Kehlen durchgeschnitten. Die überlebenden vier Matrosen mussten helfen, die Segel zu setzen. In Algier hätte man sie wahrscheinlich in die Sklaverei verkauft. Sie hätten Getreide und Wein geladen.

Rowlandson sah sich um. Die Polacca war recht gut im Schuss. Es war keine begeisternde, aber eine ganz gute Prise. Getreide und Wein wurden auch überall gebraucht.

Er wandte sich an die Italiener. »Ihr könnt mit nach Palermo segeln und dort von Bord gehen. Ihr könnt aber auch für die britische Flotte anheuern. Entscheidet euch!«

Nur einer meldete sich für die Flotte. Die anderen wollten an Land gesetzt werden.

Rowlandson teilte fünf Mann ein, die mit dem Freiwilligen das Schiff noch einmal vom Mast bis zum Kiel untersuchen sollten. Dann rief er nach seinem Sekretär. Der hatte nichts Besonderes gefunden, und Rowlandson machte sich fertig zur Meldung auf dem Flaggschiff.

Die Entermannschaft der *Milford* hatte gewartet, bis sich der Schwefel verzogen hatte. Von außen hatten sie einige Luken des Piratenschiffes aufgebrochen, damit Luft durchziehen konnte. Es gab keine Gegenwehr mehr.

Dann drangen die Briten vorsichtig unter Deck vor. Wo sie konnten, rissen sie Luken auf. In der Heckkajüte lag in Mann in reich verzierter Kleidung. Er hatte sich selbst erschossen. Leutnant Cooper stellte einen Mann als Wache ab.

Die anderen gingen weiter. Sie fanden Tote und schwer Verletzte. Auf dem unteren Deck stach einer hinter einem Haufen alter Segel mit einem Schwert nach ihnen. Cooper schoss ihn nieder.

Das Schiff war unter Deck nicht beschädigt, aber nach britischen Maßstäben völlig verdreckt. »Ich möchte nicht zur Prisenmannschaft«, flüsterte einer seinem Kameraden zu. »Die müssen eine Woche nur schrubben.«

Sie stellten Posten vor der Pulverkammer auf und schickten einen Kutter zurück zur *Milford*. Nun würden der Sekretär und die Leute kommen, die das Schiff genau untersuchen sollten.

David schickte seinen Flaggleutnant mit seinem Sekretär, Alberto und Mustafa sowie Larry los, um die Schebecke genau zu inspizieren. Er selbst ließ sich mit Mr Markwood den gefangenen Piraten vorführen.

Sie hatten keinen Dolmetscher für Arabisch, aber der junge Bursche sprach ein Gemisch aus Italienisch und Französisch, wie es in Häfen gesprochen wurde, und so konnte man sich verständigen.

Er beteuerte zunächst, dass er an Bord gezwungen sei, weil der zweite Koch ausgefallen war. Er habe in Algier in einem Restaurant gearbeitet. Er sei kein Pirat, könne nicht schießen. Man sei seit vier Wochen auf See. Dies war die dritte Prise. Eine Woche wollte der Kapitän noch kreuzen, dann sollte es zurückgehen.

Sie hätten auch italienische Adelige an Bord gehabt, zwei Männer und zwei Frauen. Bei Port Ércole habe ein Fischerboot Lösegeld gebracht und die vier gefangenen Italiener an Land gesetzt.

Markwood und David schauten sich bedeutungsvoll an.

»Ihr habt gemordet und geplündert. Man wird dich in Palermo aufhängen«, ließ David dem Jungen übersetzen.

Der warf sich auf die Knie, jammerte und weinte. Er sei doch immer unter Deck gewesen, wenn geschossen wurde, und habe die Katze des Kapitäns betreut. Nie habe er jemandem ein Leid zugefügt.

»Ich glaube ihm sogar«, sagte David leise. Markwood bestätigte: »Ich auch.«

David fragte: »Wollen Sie ihn als Küchenhelfer oder Leichtmatrosen an Bord nehmen?«

Markwood überlegte einen Moment. »Ja, Sir. Die Messe könnte einen Gehilfen gebrauchen. Und vielleicht wird aus ihm noch ein Leichtmatrose und später mehr.«

»Ja, man kann nie wissen«, bestätigte David und dachte an Mustafa, den sie vor vielen Jahren als Jungen aus dem Wasser gezogen hatten, als sie das Boot mit albanischen Banditen versenkten. Jetzt war er ein treuer Gefährte.

Leutnant Wale kam zurück von Bord der Schebecke. »Sir, wir haben die Papiere der zuletzt erbeuteten Schiffe und auch die Papiere des Piraten. Er ist in Algier registriert, aber der Name des Besitzers klingt englisch.«

»Das kann durchaus sein. Auf der Admiralität wurde mir schon gesagt, dass die meisten algerischen Piratenschiffe heute für europäische Besitzer segeln. Sonst noch etwas?«

Wales pockennarbiges Gesicht verzog sich zu einem Grinsen. »Ja, Sir, der Hund fand ein Geheimfach in einem Schrank. Zwanzigtausend Pfund in einer Ledertasche. Ich habe dem Hund ein Stück Fleisch versprochen, Sir.«

»Na, dann reden Sie mal mit dem Koch. Vielen Dank für die gute Nachricht.« David wollte gerade fortfahren, dass sie soeben auch etwas von einem Lösegeld erfahren hätten. Aber da fiel ihm noch ein, dass das unklug wäre. Gefundenes Lösegeld könnte im Frieden dem Erpressten zurückgegeben werden. Aber sie hatten Krieg. Er müsste es bei den Behörden in Palermo zur Nachforschung abgeben. Dort würde es die britische Regierung sofort als feindliches Eigentum beschlagnahmen. Ehe er es der Regierung zukommen ließ, verteilte er es lieber als Prisengeld. Aber dann sollte man die Lösegeldfrage ganz vergessen.

David drehte sich um, informierte leise Kapitän Markwood über den Fund und bat ihn, die Prisenbesatzungen für beide Schiffe zu bestimmen. »Die Schebecke werden wir vorläufig in Schlepp nehmen müssen. Schicken Sie doch Zimmermann und Segelmacher hinüber, ob sich die Reparatur der Takelage lohnt. Wir wollen dann mit Kurs auf Palermo absegeln.«

»Sir, da muss die *Cesar* mit ihrem vollen Besatzungsstand aber auch ein paar Leute abstellen. Sonst müssen wir beide noch beim Segelsetzen helfen.«

David lachte. »Gott behüte. Ich komme nicht mehr auf eine Rah. Sagen Sie Mr Rowlandson Bescheid. Aber fair, bitte.«

David ging in seine Kajüte, ließ Larry die Streicheleinheiten zukommen und bat Frederick noch um einen Kaffee und einige Kekse.

Als er mit dem Kaffee kam, erzählte Frederick noch: »Die Mannschaft ist jetzt wieder in Hochstimmung und freut sich auf das Prisengeld.«

David schmunzelte. »Nach der Inspektion waren sie wohl auf dem Tiefstand und schimpften auf den Admiral.«

»Nun ja, Sir. Wie die Kerle so sind. Sind die Prisen denn gut?«

»Na, die Polacca mit Ladung könnte viertausend Pfund bringen, die Schebecke höchstens tausend, aber da sind ja noch die zwanzigtausend Pfund in Geld. Also wären fünfundzwanzigtausend Pfund zu verteilen.«

»Das ist aber eine gute Nachricht, Sir. Da kann ich mir ja eine neue Jacke kaufen.«

Als David wieder an Deck kam, war die Hochstimmung allenthalben zu spüren. Die Mannschaften lachten und scherzten beim Dienst. Alles ging leichter von der Hand.

Kapitän Markwood trat zu ihm und meldete: »Wir werden in drei Stunden querab von Neapel stehen. Möchten Sie in die Bucht hineinschauen, Sir?«

»Nein, Mr Markwood. Lassen Sie uns den Kurs auf Palermo halten. Wie lauten die Meldungen über die Schebecke?«

»Die Beschädigungen sahen schlimmer aus, als sie tatsächlich sind. Wir können zwei Masten weiter verwenden. Nur das Tauwerk muss neu geriggt werden. Aber heute Abend ist es fertig.«

David sah hinüber zur Polacca, die in ihrem Windschatten segelte. Die Leute kamen gut zurecht. Weit dahinter waren die Masten ihrer Fregatte zu sehen.

»Ich werde eine Kleinigkeit essen«, sagte er zu Markwood und ging in seine Kajüte.

Während er mit Genuss verspeiste, was ihm sein Koch zubereitet hatte, legte sich das Schiff kurz auf die Seite. David hielt einen Moment inne, wartete ab und aß dann weiter. Anscheinend eine einzelne Windbö.

Nach dem Essen gab er Larry sein Fressen und ging dann mit ihm zu einem kurzen Verdauungsspaziergang an Deck. »Was war das vorhin?«, fragte er den Wachhabenden.

»Eine unerwartete, heftige Bö aus Richtung Vesuv. Man könnte meinen, der habe gepustet. Schäden wurden nicht gemeldet, Sir.«

David nickte und ging ein paar Schritte auf und ab.

»Deck! Floß oder umgeschlagenes Boot backbord drei Meilen querab!«, schallte es vom Mast.

David griff nach einem Teleskop und schaute durch. Er musste ein wenig suchen, aber dann hatte er den Punkt. Das war ein umgeschlagenes Boot mit Schiffbrüchigen.

»Lassen Sie bitte Kurs auf das Wrack nehmen und einen Kutter zur Aufnahme von Schiffbrüchigen vorbereiten. Bitte informieren Sie dann auch den Arzt«, sagte David dem Wachhabenden. »Schicken Sie mir einen Melder, wenn wir in Rufweite sind.«

David ging in die Kajüte, um sich auf dem Sofa ein kurzes Nickerchen zu gönnen. Als Seemann hatte er sich angewöhnt, zwischendurch Schlaf für die Unterbrechungen in der Nacht zu sammeln.

Er träumte kurz von seinem Heim, da stampfte der Posten vor der Tür schon wieder auf, um jemanden zu melden. Es war ein Midshipman mit der Nachricht, die Schiffbrüchigen seien fast erreicht. David rückte sich die Uniform zurecht und ging mit Larry an Deck.

Auf dem umgeschlagenen Boot waren ein Dutzend Leute. Mittelpunkt der Gruppe war eine ältere Dame, die von einer jungen Frau und einem jungen Mann gestützte wurde. Eine andere Frau war wie eine Zofe gekleidet. Die anderen waren Ruderer.

David ließ Frederick benachrichtigen, dass er einen Kaffee zubereiten möge, und sah der Bergung zu. Für die drei Damen wurde der Bootsmannsstuhl vorbereitet. Die Männer konnten alle selbst an Bord steigen. David begab sich an die Stelle, wo der Bootsmannsstuhl die Damen absetzen würde, und begrüßte zunächst die ältere Dame.

»Ich bin Sir David Winter, Admiral Seiner Britischen Majestät. Ich freue mich, dass wir Sie aus dieser misslichen Lage befreien konnte. Sobald die Damen Ihrer Begleitung an Deck sind, werde ich Sie in meine Kajüte bitten.«

Er gab dem Dolmetscher ein Zeichen und der wollte die Begrüßung auf Italienisch wiederholen, aber die Dame winkte ab. »Nicht nötig. Ich spreche Ihre Sprache noch recht gut, Sir David. Ich bin Gräfin Angela Bernia, dort kommt meine Tochter Sophia und über die Reling klettert gerade mein Sohn Silvio. In unser aller Namen danke ich Ihnen für die Rettung aus Lebensgefahr. Eine unerwartete Windbö hat unser Boot umgeworfen. Meine Kinder hatten mich aus Bacoli abgeholt, wo ich zwei Wochen meine Schwester besuchte, und wir wollten zurück nach Sorrento.«

David bat die Gräfin und ihre Kinder in seine Kajüte und forderte Kapitän Markwood auf, mit ihnen eine Tasse Kaffee zu trinken, sobald die anderen Personen versorgt seien.

David stellte Kapitän Markwood vor und sie tranken alle den Kaffee. Auf Davids Befragen erklärte die Gräfin ihre Sprachkenntnisse damit, dass sie eine englische Gouvernante gehabt habe.

»Ich kenne Sie übrigens, Herr Admiral, wie mir inzwischen einfiel. Es war im Herbst neunundneunzig bei einem Ball zu Ehren des russischen Admirals Ushakow in Messina. Ich erinnere mich darum noch genau, weil sie oft mit der von allen Frauen wegen ihrer Schönheit so beneideten Comtessa Maria Charlotta di Teveri tanzten. Sie hat später den Prinzen Reabandini, sehr reich und sehr alt, geheiratet, der letzten November starb.«

David hatte ihre Worte seit der Erwähnung des Namens Maria Charlotta wie in Trance wahrgenommen. Maria Charlotta und die Liebesnacht in Palermo! Das Wiedersehen drei Jahre später, als er mit Britta in Rom war und keiner ein Zeichen des Wiedererkennens verriet. Er hatte lange nicht mehr daran gedacht, aber nun war es wieder wach: die Leidenschaft, das Verlangen und die Schuld.

»Sie wussten nichts vom Tod des Prinzen?«, plauderte die Gräfin. »Natürlich nicht, Sie waren ja auf See. Die Witwe lebt zurückgezogen mit ihrem Sohn auf den großen Gütern zu beiden Seiten der Adria.«

David bestätigte, dass er nichts über die Familie Reabandini wusste. Um von dem Thema abzulenken, fragte er, wie die gräfliche Familie nun in Murats Königreich lebe.

»Ja, wir waren geflohen, als der Pöbel den Adel vertrieb und die parthenopäische Republik ausrief. Aber dann wurde das Königreich restauriert und wir kehrten zurück, um unseren Anspruch auf unsere Ländereien durchzusetzen. Wir haben uns arrangiert, Sir David. Der Parvenue Murat ist zu ertragen. Er will jetzt nicht in den Niedergang Napoleons hineingezogen werden und verhandelt heimlich mit England, obwohl er Napoleons Schwiegersohn ist und ihm die Krone verdankt. Aber es gibt viel Feindschaft zwischen den neapolitanischen Familien, die nach der Restauration zurückgingen und jenen, die auch danach auf Sizilien blieben.«

Alberto erschien mit einer Schale Kekse in der Tür. David war nicht verwundert, als er sich dann über ihn beugte und ihm ins Ohr flüsterte. Alberto ging und David sah den Sohn der Gräfin prüfend an.

»Sir David«, bat die Gräfin. »Darf ich Sie bitte einen Augenblick allein sprechen?«

»Natürlich«, sagte David und ging mit der Gräfin in die Kartenkammer.

»Sie haben soeben erfahren, Sir David, dass mein Sohn Rittmeister in Murats Leibgarde ist«, stellte sie fest.

»Ja, Gräfin«, bestätigte David.

»Wir sind keine Parteigänger Murats, Sir David. Wir sind nur angepasst. Sie mögen das feige finden, aber es ist in diesem Land sehr schwer, tapfer zu sein. Sie müssen einen potenziellen Kämpfer gegen England Ihren Behörden ausliefern, das weiß ich. Aber mein Sohn würde eine Gefangenschaft auf Sizilien nie überleben. Dafür würden unsere Feinde sorgen. Und mein Sohn hat nie gegen England gekämpft und wird es auch nicht, wenn Napoleons Niedergang fortschreitet. Ich biete Ihnen seinen Schwur an, dass er in diesem Krieg nie gegen England und seine Verbündeten die Waffen erheben wird. Bitte lassen Sie ihn dann gehen. Bitte seien Sie menschlich.«

David überlegte kurz. Dass Murat gegen England kämpfen würde, war sehr unwahrscheinlich. Warum sollte er den jungen Mann den neapolitanischen Familienrachen ausliefern? Entlassung auf Ehrenwort war nicht unüblich.

Er ging zur Tür. »Alberto, komm bitte mit dem jungen Grafen zu mir.«

Als die beiden eintraten, sagte er zur Gräfin: »Ich werde Ihnen den Text englisch vorsprechen. Sie übersetzen und Ihr Sohn spricht nach. Er schwört bei Gott.«

Der Sohn schwor. Alberto nickte kurz auf Davids fragenden Blick. Die Gräfin hatte korrekt übersetzt.

»Ich kann Sie nicht nach Sorrento bringen, Gräfin, weil es zu sehr von unserem Kurs entfernt ist. Aber wir werden Sie in Castellabate an Land setzen. Bitte erfrischen Sie sich noch bis dahin.«

Die Gräfin neigte dankend ihren Kopf und bat Alberto und ihren Sohn mit einer Handbewegung, vor ihr die Kartenkammer zu verlassen.

»Sie haben ein so starkes Schiff, Sir David. Da kann es für Sie ja nicht gefährlich sein, dass Murat zwei neu in Venedig gebaute Schiffe in zwölf Tagen nach Bari verlegen lässt, wenn sie es überhaupt durch die Blockade schaffen. Ich danke Ihnen sehr, Sir.«

»Ich muss die Schiffe nicht fürchten, Gräfin. Danken Sie mir nicht. Ich habe nur ein wenig Menschlichkeit walten lassen.«

Die Gräfin ging und David überlegte, ob er auch so gehandelt hätte, wenn die Gräfin nicht mit der Erinnerung an Maria Charlotta seine Gefühle so aufgewühlt hätte, wenn sie ihm nicht in ihrer beherrschten Art so imponiert hätte. Und sie hatte ihr Wissen nicht verkauft. Sie hatte es als Dank geboten.

David saß an seinem Sekretär und schloss den Brief an Britta ab.

»Wir werden in Kürze Palermo erreichen, und von dort wird hoffentlich bald ein Postschiff nach Gibraltar segeln, sodass dich dieser Brief schnell erreichen kann. Mit Kapitän Markwood komme ich recht gut aus. Er ist kompetent und reserviert. Aber mir fehlt die Möglichkeit, mit einem alten und bewährten Freund ein paar Worte zu wechseln. Mit denen, die ich an Bord länger kenne, von Alberto zu Mr Roberts, kann ich ja nicht über Interna der Flottenführung plaudern. Jedenfalls ist die Mannschaft zufrieden, nachdem wir die Prisen gekapert haben. Eine interessante Episode ergab sich noch, als wir eine ältere Dame, die Gräfin Bernia mit ihrem Gefolge aus Seenot retteten. Sie war eine intelligente, resolute Dame mit sehr guten Englischkenntnissen. Per Zufall erzählte Sie mir von einem Fürsten Reabandini, der vor kurzem starb. Du wirst dich aus Rom an den klugen Mann erinnern, der im Rollstuhl saß und von seiner sehr viel jüngeren Frau gefahren wurde. Sie sah der Frau des russischen Gesandten in Kopenhagen ähnlich.«

Er fügte noch einige Sätze hinzu und schloss dann den Brief. Seit diese Liebschaft mit Maria Charlotta wieder seine Gedanken beschäftigte, fühlte er Schuldgefühle gegenüber Britta. War das wirklich nur eine Folge der christlichen Erziehung, dass er sich an erotischen Wonnen mit fremden Frauen nicht erfreuen konnte ohne schlechtes Gewissen? So hatte es ihm ein Hindupriester in Indien einmal erklärt. Er schob diese Gedanken beiseite, rief seinen Hund und ging an Deck.

In der Ferne konnte man die halbkreisförmig zu den Bergen aufsteigende Silhouette der Stadt erkennen. Die *Milford* bereitete sich zum Salut vor. David sprach Kapitän Markwood an. »Ich werde den britischen Geschäftsträger aufsuchen, Mr Markwood. Richten Sie bitte alles so ein, dass wir morgen Abend mit Kurs Syrakus wieder auslaufen können. Ach ja, ich werde meine Prisenagentur anweisen, dass sie sich um unsere Prisen kümmert. Das Geld lassen Sie bitte mit entsprechender Bewachung zum britischen Hafenkapitän schaffen.«

Markwood nahm die Befehle unbewegt entgegen. »Darf ich fragen, Sir, welches Ihre Prisenagenten sind?«

»Marsh & Creed, Mr Markwood, eine seriöse und bei mir seit Jahrzehnten bewährte Agentur. Aber natürlich ziehe ich auch andere Agenten gern in Erwägung, wenn Sie gute Erfahrungen haben.«

»Nein!, Sir. Ich habe von der Agentur nur positive Erfahrungen gehört und Sie werden sicher korrekt behandelt. Erlauben Sie, Sir, dass ich die Nacht an Land verbringe? Meine Schwester lebt hier mit ihrem Mann, einem sizilianischen Reeder, und ihren Kindern.«

»Davon wusste ich nichts, Mr Markwood. Umso mehr tut es mir Leid, dass ich den Aufenthalt hier so begrenzen muss, da ich Nachrichten habe, dass wir vor Bari feindliche Schiffe abfangen müssen. Natürlich können Sie über Nacht an Land bleiben. Ich werde an Bord sein.«

David erledigte seine Besorgungen in Palermo in Begleitung von Alberto und Mustafa sowie vier Seesoldaten. Er erinnerte sich, dass Palermo als unsichere Stadt galt. Er erinnerte sich noch an viel mehr, als er durch die Straßen fuhr. Dort hatten sie ihn am Denkmal überfallen, nachdem ihn die Agentin Guiletta fast verführt hätte. Dort hatte er sich nach der Nacht mit Maria Charlotta mit seinen Offizieren gegen die rasenden Sizilianer und Türken verteidigt, die gegeneinander kämpften und in allen Unbeteiligten auch Feinde sahen. Palermo war eine Stadt, die seinen Erinnerungen und seinem Gewissen nicht gut bekam.

Glücklicherweise war General Bentinck, der Oberkommandierende der Armee im Mittelmeer, nicht in der Stadt, sodass sich David dort einen Besuch sparen konnte.

Zurück auf dem Schiff kehrte er in eine andere Welt zurück. Mr Roberts hatte die Post für ihn auf den Sekretär gelegt. Larry wollte gestreichelt werden. Alberto ging mit ihm an Deck und David las erst die dienstliche Post. Nichts war eilig oder besonders interessant. Dann trank er einen Schluck Tee, aß einen Keks und öffnete Brittas letzten Brief.

Nachdem er sich im letzten Brief vergewissert hatte, dass daheim alle wohlauf waren, las er dann alle der Reihe nach. Es war so harmonisch und friedlich in Whitechurch Hill. Wann würde er endlich die innere Ruhe finden, um auch so zu leben?

Seiner Tochter Christina ging es gut. Noch merkte kein Fremder etwas von der Schwangerschaft, aber in der engsten Familie herrschte die Vorfreude. Ihr Mann arbeitete sich gut in die Firma ein. »Er sieht als Bankkaufmann manche Dinge anders als wir und hat gute Vorschläge, auf die ich nicht gekommen wäre.«

Auch ihrem Sohn Charles ging es gut. »Er hat zum ersten Mal nach den üblichen Jugendschwärmereien nachhaltiges Interesse an einer jungen Dame gezeigt. Sie lebt auf dem Nachbargut von Nicole und liebt das Landleben. Natürlich habe ich mich nach der Familie erkundigt. Alles gut und solide.«

David lächelte. Natürlich würde sich Britta nach der Familie erkundigen, aber wichtiger war ihr dann doch, was sie selbst sah und im persönlichen Kontakt erfuhr. Sie war eine gute Menschenkennerin. Wenn sie die Gräfin Bernia gehört und ihn gesehen hätte, wären ihm seine Ausreden nicht so geglaubt worden wie damals in Rom.

Schon wieder das schlechte Gewissen! David war auf sich selbst ärgerlich. Konnte er nicht einmal Brittas Briefe lesen, ohne an etwas anderes zu denken?

David ging an Deck und erkundigte sich beim Ersten Leutnant nach der Wacheinteilung.

»Mr Goodwin hat sich bereit erklärt, die Ankerwache zu übernehmen.«

David sagte, dass er auch an Bord bliebe und sofort gerufen werden wolle, wenn sich etwas ereigne. Die Mannschaften hatten in einem befreundeten Hafen Ausgang bis vier Glasen der Morgenwache (sechs Uhr früh). Da konnte man mit einigen Alkoholleichen rechnen. Andere würde man bei den Behörden auslösen müssen, weil sie randaliert und Einrichtungen zerschlagen hatten.

In der Nacht ging er mehrmals an Deck, weil er schlecht schlief und weil die rückkehrenden Urlauber laut randalierten. Einige wurden wegen Befehlsverweigerung vom Profos in Arrest genommen und würden wohl die neunschwänzige Katze spüren.

»Auf See sind die Kerle gehorsam und willig«, schimpfte Mr Goodwin, der Wache hatte. »Und nach ein paar Stunden Landurlaub sind sie wie wilde Tiere.«

David wunderte sich nicht. Das war die Kehrseite der rigiden Disziplin an Bord der britischen Schiffe. Auf See funktionierten die Seeleute wie die mechanischen Figuren in Mr Cox' Museum, das ihm sein Onkel gezeigt hatte, als er nach London kam. Das half ihnen, die Gewalten der Natur zu bändigen und jeden gleich starken Feind niederzukämpfen. Aber da baute sich ein Druck auf wie in den Eiterbeulen, die Blut und Eiter hinausschleuderten, wenn der Schiffsarzt sie aufschnitt.

Mr Wale, sein Flaggleutnant, berichtete ihm am nächsten Morgen, was er von Armeeoffizieren über die gegenwärtigen Verhältnisse auf Sizilien gehört habe.

»General Bentinck hat kaum noch Truppen auf der Insel, Sir. Er musste mehrere Bataillone nach Spanien abgeben. Dabei möchte er in Italien eine neue Front aufbauen und nach Norden vorstoßen. Aber Lord Wellington hat wohl die besseren Kontakte zur Regierung. Die sizilianische Bevölkerung ist zum Teil auch aufsässig und die Volksvertretungen opponieren oft gegen die Pläne des Generals. Er soll sehr cholerisch sein, Sir, sagte mir ein Hauptmann aus seinem Stab.«

David lächelte etwas. »Na, da haben Sie es ja besser, Mr Wale. Aber wenn Sie über meine Eigenarten zu Fremden tratschen würden, könnte ich auch cholerisch werden.«

»Das würde ich nicht tun, Sir. Ich höre meist nur zu.«

»Eine löbliche Einstellung, Mr Wale, aber für einen Admiral nicht mehr praktikabel. Er muss reden, auch wenn er manchmal nicht möchte.«

David nickte seinem Flaggleutnant zu und ging in seine Kajüte.

Der Wind trieb sie fast bis nach Malta, ehe sie Kurs auf Syrakus nehmen konnten. David hatte an seine Zeit vor und auf Malta gedacht und dann die *Cesar* abgeordnet, um eine Piratenschebecke zu verfolgen.

Kurz vor der Einfahrt nach Syrakus holte sie Mr Rowlandson wieder ein. Er hatte die Schebecke vor Einbruch der Nacht nicht erreichen können, aber er hatte sie so hart bedrängt, dass sie ihre Vorräte über Bord warf, um leichter und schneller zu werden.

David hatte Syrakus schon öfter angelaufen, aber seine Aufenthalte waren immer sehr kurz gewesen. Die Stadt kannte er so gut wie gar nicht. Wenn Mr Ballaine ihn fragte, wie ihm der Apollotempel, das griechische Theater und der Hohenstaufenpalast gefallen hätten, musste er schweigen wie ein Banause. Das wollte er diesmal ändern, denn die Einschiffung der Seesoldaten wäre sowieso nicht an einem Tage zu schaffen.

Im Gepäck hatte er auch das Schreiben der Admiralität, das Major Bush zum Oberstleutnant beförderte. Es hatte ihn in Palermo erreicht und würde sicher den Kontakt mit Bush erleichtern. Er bat Hauptmann Marker, die Epauletten für einen Oberstleutnant in der Stadt zu besorgen.

Sie liefen in den Hafen bei strahlendem Sonnenschein ein. Die Mannschaften freuten sich auf den Landgang und hofften, dass die Nachricht der Prisenagentur im Hafen vorlag, dass sie einen Vorschuss auf das Prisengeld auszahlen würde. Einige Seeleute schickten das Geld zu ihren Familien. Andere zahlten es mit Hilfe des Zahlmeisters auch auf Banken ein, aber die meisten verprassten es. David, der eine solche Einstellung seinem Naturell nach verachtete, hatte mit seinen Appellen und Beschwörungen nichts ändern können. Das entzog sich seiner Befehlsgewalt.

Als sie in den Hafen einliefen, sah David schon vor der Meldung des Ausgucks, dass der Kutter *Wight* im Hafen lag. Er bat Kapitän Markwood, dem Kommandanten zu signalisieren, dass er sich an Bord melden möge.

David war nicht überrascht, dass der Kutterkommandant ein junger Leutnant war. Das war die Regel. Nach der Vorstellung tranken sie den üblichen Schluck auf das Wohl des Königs. Dann fragte David, wie lange der Kutter schon im Hafen liege.

»Zwei Tage, Sir«, antwortete Leutnant Holmes.

»Nun, dann können Sie sich ja nicht beschweren, wenn Sie Befehl erhalten, morgen früh mit Depeschen auszulaufen. Aber sagen Sie mir, woher Sie kamen und warum Sie hier warteten!«

Der Leutnant antwortete, dass er Depeschen nach Malta zu bringen hatte. Dort habe er erfahren, wann David die Straße von Gibraltar passiert habe. »Da Sie in dem Ruf stehen, Sir, ohne Verzögerung ein neues Kommando anzutreten, konnte ich ausrechnen, wann etwa Sie den Oberkommandierenden antreffen und wie lange Sie brauchen würden, um Syrakus wegen der Seesoldaten anzulaufen. Zwei Tage hätte ich noch gewartet, weil ich annahm, dass Sie Befehle für die Flottille haben würden, Sir.«

Sieh an, dachte David. Der junge Mann macht sich Gedanken. Laut sagte er: »Mr Holmes, nach meinen Informationen sind *Elizabeth, Tremendous, Apollo, Havannah* und *Partridge* im Raum Triest und Venedig, *Eagle, Bacchante, Cerberus, Weasel* und *Saracen* im Bereich der Sieben Inseln. Sie erhalten von meinem Sekretär Befehle für alle Schiffe. Vor allen anderen sollen Sie aber *Eagle, Bacchante, Weasel* und *Saracen* suchen und auffordern, mich und den Konvoi, der übermorgen früh ausläuft, vor Kap di Leuca zu erwarten. Ich habe Informationen, dass Murat zwei neapolitanische Kriegsschiffe nach Bari beordert hat.«

Leutnant Holmes blickte erstaunt. »Sir, wenn Sie erlauben, möchte ich bemerken, dass Murat so etwas anordnen kann, dass es aber nach meiner Kenntnis der Blockade vor Venedig nahezu ausgeschlossen ist, diesen Befehl auszuführen.«

»Es würde mich freuen, wenn die Blockade so effektiv ist, aber ich habe immer wieder erlebt, dass durch Stürme, Unglücke oder ähnliche Zufälle Schiffe durch die Blockade schlüpfen können. Dann will ich gewappnet sein. Sie erwarten uns nach Erledigung Ihrer Mission in Vis.«

»Aye, aye, Sir.«

Damit war David seiner Pflichten ledig. In Syrakus war kein Gesandter Englands, keine Außenstelle der Admiralität, die David hätte aufsuchen müssen. Da genügte es, wenn Kapitän Markwood sich beim Hafenkapitän meldete und er Hauptmann Marker zu Major Bush schickte, um seinen Besuch anzukündigen.

Die Seesoldaten exerzierten in der Nähe ihrer Quartiere. Davids Besichtigung war für den nächsten Morgen angesetzt. Also stand einem Besuch der Sehenswürdigkeiten nichts im Wege. Alberto und Mustafa, Frederick und Baptiste würden ihn mit Waffen begleiten, und zwei Midshipmen sollte der Erste auswählen, damit sie ihre Bildung bereichern konnten.

Der Hafenkommandant hatte einen Führer vermittelt. Zwei Kutschen warteten am Kai, als Mr Roberts zu David lief und ihn mit einem Hauch von Vorwurf fragte: »Dürfte ich auch mit, Sir? Die alten Bauwerke interessieren mich sehr.«

David ärgerte sich, dass er seinen Sekretär vergessen hatte. »Natürlich, Mr Roberts. Entschuldigen Sie, dass ich vergaß, Sie zu fragen. Gehen Sie nur schon vor. Ich habe auch den Kapitän nicht informiert, dass er Interessenten Besichtigungen anbieten kann.«

David traf den Kapitän auf dem Achterdeck, entschuldigte sich, dass er auf den zwei Kutschen keinen Platz für weitere Interessenten habe. »Aber«, so fügte er hinzu. »wenn Sie für Interessenten in Ihrer Besatzung etwas organisieren wollen, schicke ich nachher gern den Führer zu Ihnen, sofern wir mit ihm zufrieden waren.«

Markwood bedankte sich und wollte sich umhören.

Der Führer stellte sich vor, sprach ein recht passables Englisch und bat sie vor dem Einsteigen noch um Aufmerksamkeit. Er wies mit der Hand auf die Altstadt zur Linken. »Hier auf der früheren Insel Ortygia begann die

Besiedlung. Heute ist die Insel mit dem Festland durch einen Damm verbunden. Hier auf der Innenseite des Dammes ist der Haupthafen. Im vierten Jahrhundert war Syrakus mit über einer Million Einwohnern die Hauptstadt Siziliens und weiter Teile Süditaliens.«

Die Briten schauten sich an. Das sah man der kleinen Hafenstadt von heute wahrlich nicht an. »War das zur Zeit des Tyrannen Dionysios?«, fragte Mr Roberts.

»Ja, Sir. Er ist noch heute ein bekannter Mann und wird bedichtet.«

David fiel eine Szene aus der Adventszeit ein. Frau Rostow hatte ihre Söhne mit verteilten Rollen ein langes Gedicht eines deutschen Dichters vortragen lassen. Sie legte großen Wert darauf, dass sie ihr Deutsch pflegten. Und David war in Erinnerung geblieben: »Zu Dionys, dem Tyrannen schlich …« David wusste sogar den Namen des Dichters, obwohl er von der modernen deutschen Dichtung nach Lektüre von Goethes ›Werthers Leiden‹, das er überspannt und affektiert fand, recht wenig hielt. »Der Dichter hieß Schiller«, sagte er mehr für sich.

»Ja, Sir David, Schillär«, sagte der Führer mit italienischem Akzent. »Ein Besucher aus Deutschland liebte Schillär sehr und hat das ganze lange Gedicht im griechischen Theater deklamiert. Seine Frau ist fast auf den Steinen eingeschlafen.«

David wurde das jetzt zu langatmig. »Dann wollen wir mal einsteigen«, sagte er.

Sie fuhren zuerst zum Dom Santa Maria delle Colonne, und der Führer zeigte ihnen, wie der frühere Athena-Tempel mit seinen riesigen dorischen Säulen von der Kirche umbaut wurde und jetzt in ihr enthalten war.

Der Führer erzählte voller Stolz, dass Aischylos, Pindar und Plato in Syrakus gelebt hätten und dass Archimedes in der Stadt geboren und hier auch durch römische Eroberer getötet worden sei. David merkte mit Vergnügen, dass die Midshipmen die ersten Namen zwar gehört hatten, aber nicht viel mit ihnen anzufangen wussten. Archimedes dagegen war ihnen aus der Navigationslehre bekannt, aber als Mathematiker hatte er bei den jungen Herren nur geringen Sympathiewert.

Die Kutschen rollten weiter zur dicht am Ufer gelegenen Arethusa-Quelle, die von den Seefahrern seit je geschätzt wurde. Dann erreichten sie das griechische Freilufttheater und wanderten durch die Sitzreihen, die einst fünfzehntausend Besuchern Platz geboten hatten.

»Und die konnten alle hören, was die Schauspieler vortrugen?«, fragte Mustafa erstaunt.

»Ja, warten Sie«, rief der Führer. Er lief schnell nach vorn und kletterte auf die Bühne. Dort stellte er sich in Positur und deklamierte aus Shakespeares Hamlet.

Die Briten sahen sich an. »Das ist ja eine fantastische Akustik«, bestätigte David erstaunt.

Andere Töne hörten sie, als sie zu den Kutschen zurückkamen. Die beiden Kutscher liefen ihnen entgegen und klagten, sie seien überfallen worden. »Eine Horde junger Diebe mit Messern«, jammerten sie. »Sie haben die Kutschen durchsucht, aber nur wenig gefunden. Dann haben sie uns die paar Münzen aus den Taschen genommen.«

»Hatte jemand von uns etwas dabei?«, fragte David.

»Ich hatte einen kleinen Beutel Kautabak«, gab Mr Roberts an.

»Ich hatte ein Stück Schinken und ein Fläschchen Rum in ein Tuch gewickelt, Sir«, meldete Alberto. Ein Midshipman hatte noch einen Apfel in ein Tuch eingeschlagen.

»Dann haben sie ja nur magere Beute gemacht«, stellte David fest.

»Aber es war guter Rum, Sir. Ich könnte diese Bastarde von Dieben zerquetschen«, murmelte Alberto. »Wie viele waren es denn?«, fragte er den Kutscher.

Sie hätten nicht zählen können, beteuerten diese. Bei dem Gefuchtele mit den Messern vor dem Gesicht hätten sie die Augen geschlossen.

David mahnte zur Weiterfahrt. »Beim nächsten Halt bleibt einer als Wache zurück«, verkündete er.

Sie waren auf dem Weg zur Piazza Archimede, wo sie den Artemis-Brunnen besichtigen wollten. Eine große beschnittene Hecke trennte die Straße von den Wegen eines Parks. Plötzlich rief ein Kutscher zu Alberto und Mustafa, die neben ihm saßen: »Dort, die beiden waren es!«

Alberto sah die zwei jungen Burschen und rief zu Mustafa: »Komm, die schnappen wir uns!« Sie reichten ihre Windbüchsen in die Kutsche, sagten kurz, was sie vorhatten, und liefen davon.

David war ärgerlich. »Was denken sich die beiden Burschen? Warten Sie hier, Mr Roberts.« Er fasste nach seiner Pistole in der Tasche und stieg aus.

Alberto und Mustafa hatten die beiden Diebe erreicht, packten sie bei den Schultern und rissen sie herum. Alberto hielt einem seine mächtige Faust unter die Nase und sagte mit seinem neapolitanischen Dialekt: »Ihr Söhne dreckiger Huren habt unsere Kutschen beklaut. Wo habt ihr meinen Rum?«

Die beiden wollten sich losreißen und nach ihren Messern greifen. Aber Alberto quetschte dem einen so die Hand zusammen, dass er schrie, und Mustafa hielt dem anderen das Messer an die Kehle. »Pack deine Taschen aus, du Strolch.«

Der Beutel mit dem Kautabak kam zum Vorschein und Albertos Beutel mit der Flasche. Aber den Schinken hatten die beiden verzehrt und auch einen tüchtigen Schluck Rum genommen. Mustafas Mann hatte die vier Münzen der Kutscher.

»Ich werde dir die Hand zerquetschen, damit du nicht mehr klauen kannst«, schimpfte Alberto und drückte zu, bis der Dieb schrie wie am Spieß.

David war herangekommen. »Hört auf!«, herrschte er die beiden an. »Wollt ihr Ärger mit den Behörden wegen Misshandlung und Selbstjustiz bekommen? Die Leute schauen schon. Schneidet ihnen Gürtel und Hosenträger durch, damit sie ihre Hosen festhalten müssen. Dann können sie erst einmal nicht klauen und werden sich in ihr Versteck verkriechen. Sie zur Polizei zu bringen, lohnt doch die Mühe nicht.«

Die beiden ließen es sich nicht nehmen, die Diebe noch kräftig zu knuffen, ehe die wegrannten und ihre Hosen krampfhaft festhielten.

David sah seine beiden Maate an. »Ihr habt auch schon besonnener reagiert.«

Alberto wollte argumentieren, aber Mustafa zupfte ihn am Rock. Sie stiegen ein und fuhren zum Artemis-Brunnen.

An Bord des Schiffes wurde dann weniger vom Dom, vom Theater und den anderen Sehenswürdigkeiten erzählt, sondern mehr von Albertos Jagd auf den Rumräuber.

»Mensch, der hat dem Ganoven die Hand beinahe zu Brei zerquetscht«, berichtete der eine Midshipman in der Messe. »Und den Rum hat er dann doch ausgeschüttet, weil die beiden Hurensöhne den mit ihren Gesichtsärschen berührt hätten. So hat er es gesagt!«, beteuerte er. Die anderen lachten.

Zwei Bataillone standen regungslos im offenen Viereck, als Davids Kutsche auf den Exerzierplatz fuhr. Als er die Kutsche verließ, präsentierten sie auf den laut gebrüllten Befehl hin ihre Gewehre und die Pfeifer und Trommler spielten ›Herzen aus Eiche‹. Major Bush trat David mit gezogenem Säbel entgegen, hob ihn vor die Brust, senkte ihn zu Boden und meldete die beiden Bataillone.

David lüftete seinen Hut und dankte. Dann zog er eine Urkunde aus seiner Tasche und verkündete mit lauter

Stimme: »Auf Vorschlag der Lords der Admiralität haben Seine Majestät geruht, Major Bush zum Oberstleutnant zu befördern. Ich habe die Ehre, Oberstleutnant Bush die Epauletten anzulegen. Bitte treten Sie heran, Herr Oberstleutnant.«

David streckte die Hand nach hinten aus, und sein Flaggleutnant legte die neuen Epauletten hinein und war bei ihrem Anlegen behilflich. David schüttelte einem bewegten Oberstleutnant die Hand und bat: »Mr Bush, bitte lassen Sie die Gewehre abnehmen. Ich möchte ein paar Worte zu den Männern sagen.«

Der Oberstleutnant rief die Befehle. Die Seesoldaten nahmen die Gewehre mit exakt den gleichen Griffen zur gleichen Zeit ab und erwarteten bewegungslos die Worte des Admirals.

»Meine Herren Offiziere, Unteroffiziere und Seesoldaten. Ich habe die Ehre, Sie zu einem der letzten großen Unternehmen dieses Krieges zu führen. Wir werden dem Diktator Napoleon die Illyrischen Provinzen entreißen, die er widerrechtlich unterworfen hat. Wir werden seine Soldaten vertreiben und das Adriatische Meer von seinen Schiffen leer fegen. Ich erwarte, dass jeder seine Pflicht tut und für den Sieg unseres Landes und für seinen König sein Leben einsetzt. Ich bin stolz, diese Bataillone in meinem Geschwader zu haben, und werde sie verantwortungsbewusst einsetzen. Seine Majestät lebe hoch. Hurra, Hurra, Hurra!«

David nickte dem Oberstleutnant nach den Hurrarufen zu und der schritt mit David die Reihen der Soldaten ab. Bei jeder Kompanie stellte er den Hauptmann vor, und zu seiner Freude waren auch darunter wieder Offiziere, die schon mit ihm gesegelt waren.

»Die Truppe macht einen sehr guten Eindruck, Oberstleutnant Bush«, bestätigte David.

Mr Bush bedankte sich und fragte David, ob er jetzt den Berater und die Dolmetscher vorstellen könne, die

die Gesandtschaft in Palermo vor einigen Tagen geschickt hatte. David stimmte zu, und auf einen Wink Bushs lösten sich die Männer aus dem Schatten der Bäume, wo sie gewartet hatten.

Der Berater war ein gebürtiger Kroate, der seit zehn Jahren als Sekretär in der Gesandtschaft die Nachrichten aus Kroatien und angrenzenden Ländern bearbeitete. Er sprach natürlich Kroatisch. Dann war ein Dolmetscher für Italienisch und einer für Türkisch abgeordnet worden.

»Sind die Herren auf den Dienst für die Krone vereidigt worden?«, fragte David. Der Berater bestätigte es.

David wandte sich zu Mr Bush und sagte: »Dann können mich die Herren ja gleich aufs Schiff begleiten.«

»Aber, Sir David«, warf Bush ein. »Der Vorbeimarsch steht doch noch aus.«

David war erstaunt. Noch nie hatte er einen Vorbeimarsch abgenommen. Matrosen taten so etwas nicht, und seine Seesoldaten waren mit ihm in Städte marschiert, aber sie hatten nicht vor ihm paradiert. Für Mr Bush schien das aber selbstverständlich, und so antwortete David: »Ach ja. Wir können dann beginnen.«

Hinter David standen sein Flaggleutnant, sein Sekretär, Alberto und Mustafa sowie der Berater und die Dolmetscher, kein beeindruckendes Gefolge. Aber die Bataillone schulterten die Gewehre, wendeten nach rechts und marschierten los. An ihrer Spitze schritt ein Spielmannszug mit Tambourmajor.

David hatte oft genug erlebt, wie Seesoldaten beim Einmarsch in Städte die Bevölkerung mit ihrem exakten Marschschritt und den taktmäßig emporgerissenen Armen begeisterten.

Hier erlebte er das alles ins Gewaltige gesteigert. Fast tausend Mann stampften wie ein einziger mit den Füßen auf die Erde, rissen zur gleichen Sekunde die Arme hoch und trugen die Gewehre im genau gleichen Winkel geschultert.

Vor jeder Kompanie marschierte der Hauptmann. David und Mr Bush grüßten und sahen dann die aufgerissenen Augen der Seesoldaten, die ihnen die Köpfe zuwandten und auf einen Ruck wieder nach vorn drehten, sobald der letzte Mann der Kompanie vorbei war.

»Das ist eine großartige Demonstration des hohen Ausbildungsstandes Ihrer Truppe, Oberstleutnant Bush«, sagte David. »Sind die Männer auch so gut im Ausbooten und im Kampf an Land geschult?«

»Wir freuen uns darauf, das bald zu demonstrieren, Sir David«, antwortete Bush.

David hatte schon vorgesehen, dass für jede Kompanie ein großes Fass Bier ausgegeben werden konnte, und verkündete das unter dem Jubel der Soldaten nach dem Vorbeimarsch. Mr Roberts lief, um die nötigen Maßnahmen einzuleiten.

Bush lud David noch zu einem Schluck Wein im Kreis der Offiziere in das Kasino ein. Auf dem Weg hörte David mit Freude, dass alles vorbereitet war zur Einschiffung. In zwei Tagen konnte der Konvoi segeln.

Sie hatten Syrakus am Morgen etwa zwei Stunden verlassen, da frischte der Wind auf und drehte auf West-Nordwest. David ließ den Master rufen.

»Na, Mr Goodwin, wie lange wird der Wind aus der Richtung blasen? Wird er stärker?«

»Ein bis zwei Tage, Sir. Mit Sturm rechne ich nicht. Er wird dann mehr auf Süd drehen.«

»Gut! Dann sagen Sie bitte Mr Markwood, er möchte Kurs auf Morea (Peleponnes) nehmen, etwa die Höhe von Kalamata, und das auch dem Konvoi signalisieren.«

Die zwanzig Truppentransporter liefen in drei Kolonnen nebeneinander. Die *Cesar* segelte etwas westlich abgesetzt von der Spitze des Konvois. Die *Milford* war am Ende des Konvois positioniert.

David hatte den Konvoi noch eine Weile beobachtet und sich dann mit dem Flaggkapitän, dem Flaggleutnant und seinem Sekretär Mr Roberts in seine Kajüte zurückgezogen.

Mr Roberts las ihnen aus der Liste vor, welche Bewaffnungen die Truppentransporter hatten. Einige trugen Sechs- oder Achtpfünderkanonen, andere Zwölf- bis Vierundzwanzigpfünder-Karronaden. Die Zahl der Geschütze je Schiff schwankte von sechs bis zwölf.

»Ich dachte nach dem ersten Eindruck, dass wir diesmal nicht so das übliche Sammelsurium zu geleiten hätten. Aber nun ist es doch so ein Flickenteppich. Wie war Ihr Eindruck von den Kapitänen bei der Besprechung, Mr Markwood?«

»Recht gut, Sir. Die Kapitäne sind alle schon im Mittelmeer und alle schon im Geleit gesegelt. Sie machten einen kompetenten und willigen Eindruck, Sir. Aber sie klagten natürlich alle über Besatzungsmangel. Ich habe ihnen erst einmal zur Beruhigung gesagt, dass wir nicht die Absicht hätten, Männer ihrer Besatzungen zu pressen. Das hat ihre Stimmung sehr gebessert.«

»Nun, Sie wissen, ich bin ein Spielverderber«, sagte David. »Ich muss Sie bitten, Mr Markwood und Mr Wale, sich mit dem Ersten je eine Kolonne vorzunehmen und auf jeden Transporter den Befehl zu übermitteln, dass mit allen Kanonen heute noch Kanonendrill anzusetzen sei. Dabei sollen Seesoldaten Lücken in der Schiffsbesatzung füllen und die Scharfschützen sollen auf die Plattformen und die Salings verteilt werden. Fragen Sie bitte nach, ob genügend Pulver und Munition vorhanden ist. Morgen setze ich Scharfschießen auf Scheiben an. Wir haben etwas wenig Geleit für diesen Konvoi, und es sieht so aus, als kämen wir dicht an die Griechische Küste. Ich möchte weder den Piratenbooten der Albaner noch den Kanonenbooten der Franzosen unvorbereitet gegenüberstehen. Machen Sie das den Herren bitte klar. Heute Abend bitte ich Sie mit Mr Webster zum Dinner. Ich hoffe, Sie bringen dann gute Nachrichten mit.«

Mr Roberts kannte David und staunte nicht im Geringsten über den Inhalt der Besprechung. Mr Markwood und Mr Wale schauten sich aber bedeutungsvoll an, als sie die Kajüte verließen. Mr Markwood konnte sich ein gemurmeltes »Vorsichtiger Herr, unser Admiral« nicht verkneifen.

»Aber er hat doch den Spitznamen ›Der Feuerfresser‹, Sir«, entgegnete Wale.

»Aus seiner Jugend, Mr Wale«, ergänzte der Kapitän mit Unterton.

David machte sich keine Gedanken, was die Herren wohl über seine Anordnungen dachten. Er ließ den Signal-Midshipman kommen und fragte ihn aus, ob Signale für den Konvoi vorbereitet seien.

Der Midshipman bejahte und zählte auf, was zur Kurs- oder Formationsänderung und zum Gefecht alles vorgesehen sei. »Jeder Transporter hat eine Liste, Sir.«

»Dann signalisieren Sie jetzt bitte, dass wir Oberstleutnant Bush zu einer Besprechung an Bord der *Milford* holen. Der Wachhabende möchte die *Milford* in die entsprechende Position bringen.«

Der Midshipman wiederholte und verschwand. David ging an das Kartenregal, nahm einige heraus und suchte sich noch zwei Handbücher aus dem Schrank. Dann rief er Frederick.

»Frederick, gleich wird Oberstleutnant Bush zu mir kommen. Den Schluck Claret auf den König müssen wir trinken, ansonsten wäre mir am Vormittag ein Fruchtgetränk lieber. Was kannst du anbieten?«

»Ich kann Orangen auspressen, Sir. Ich habe genug in Syrakus eingekauft.«

»Wunderbar. Mal sehen, ob Mr Bush auch so etwas

trinkt, sonst füllen wir ihn mit Wein ab. Übrigens, heute Abend habe ich drei Gäste, den Kapitän, den Ersten und Mr Wale. Kannst du uns etwas Gutes zubereiten?«

Frederick lächelte, verbeugte sich und verschwand.

Er macht sich wirklich gut, dachte David. Er lässt mich Edward vergessen. Edward, sein früherer Diener, der so tragisch gefallen war.

Oberstleutnant Bush war sehr erfreut, dass sie zum Orangensaft übergehen konnten, und widerlegte Davids vorherrschende Erfahrungen, dass Seesoldaten harte Trinker seien.

David teilte ihm mit, was er für heute und morgen vorgesehen habe, und Bush stimmte mit ihm völlig überein. Aber ihr Hauptthema war die Besatzung von Vis, das als Stützpunkt der Flotte in der Adria vorgesehen war. Sie arbeiteten sich durch die Berichte, die ein Hauptmann Lowen von den Royal Corsican Rangers über die Verteidigungsanlagen in den Häfen der Insel geschrieben hatte. Sie besprachen, wo sie Soldaten und Artilleristen stationieren und wo sie noch Befestigungen anlegen wollten.

»Auf dem Weg werde ich Ihre Truppe aber schon für andere Aufgaben einsetzen, Mr Bush. Wir müssen die Inseln Lastovo und Korčula besetzen. Sie haben nach allen Agentenmeldungen eine geringe Besatzung und die Bevölkerung ist franzosenfeindlich. Andererseits sollten wir die umliegenden Inseln sowieso in unsere Hand bringen, um Vis besser abzusichern.«

Bush stimmte dem zu und fragte, an welche Truppenstärke David gedacht habe.

»Zur Eroberung würde ich ein Bataillon vorschlagen. Zur Besatzung sollte auf Lastovo ein Zug, auf Korčula eine Kompanie ausreichen. Unterstützt werden müssen Sie durch örtliche Miliz. Kommen Sie, schauen wir auf den Karten, wie wir angreifen und wo wir stationieren sollten.«

Es war eine Besprechung, wie David sie liebte. Der Partner begriff schnell, schlug gut begründete Ergänzungen und Korrekturen vor und war angenehm im Umgang. Das wird eine gute Zusammenarbeit, freute sich David und lud spontan Mr Bush als weiteren Gast zum heutigen Dinner ein.

»Ist das noch einzuplanen, Frederick?«, fragte er, als Bush gegangen war. »Sonst esse ich weniger.«

Aber Frederick beruhigte ihn. Einer mehr oder weniger, das mache nicht viel aus.

Dass der Abend recht angenehm gewesen war, merkte David am leichten Kopfschmerz am nächsten Morgen. Das waren doch wieder zwei Gläser zu viel, ärgerte er sich. Und Larry nahm auf seinen Kopf überhaupt keine Rücksicht, sondern wollte gestreichelt werden und dann an Deck. Da fielen David auch sofort seine Pflichten ein. Heute sollte ja Scharfschießen geübt werden. Da musste er doch gleich nach dem Wetter sehen.

Master und Kapitän meldeten gleich bleibend stetigen Wind und ruhige See. »Ein richtiger Soldatenwind, Sir, nur nicht ganz aus der erwünschten Richtung«, stellte der Master fest.

»Wann werden wir wo Land sichten, Mr Goodwin?«, fragte David.

»Wahrscheinlich Kefalonia, Sir, am späten Nachmittag.«

»Wenn er sich bis dahin nicht dreht, müssen wir wohl oder übel nach Nordwest ankreuzen«, stellte David fest. »Aber vorher haben wir gutes Wetter für unser Scharfschießen nach dem Frühstück. Bitte lassen Sie die Scheibe und die Barkasse vorbereiten, Mr Markwood.«

Die *Milford* ließ sich ans Ende des Konvois zurückfallen, setzte Barkasse und Scheibe aus und nahm dann eine Position backbord hinter dem Konvoi ein. Die Barkasse segelte an der Backbordseite des Konvois entlang und schleppte an einer über hundert Meter langen Leine die Scheibe hinter sich her. Der Abstand zum Konvoi betrug etwa dreihundert Meter. Jede Schiffskanone durfte maximal zwei Schuss feuern. Die Transporter durften nur schießen, wenn die Scheibe querab war und die Barkasse das entsprechende Signal setzte. So konnte man die Treffer einem bestimmten Schiff zuordnen.

Die Barkasse überholte den letzten Transporter der Backbordlinie und gab Signal, als die Scheibe querab war. Auf der *Milford* standen David, Kapitän Markwood und der Batterieoffizier mit den Teleskopen am Auge und warteten. Mr Roberts wartete auch mit seinem Schreibblock, denn David würde Treffer und Fehlschüsse notiert haben wollen.

Die ersten Schüsse krachten. Sechspfünder anscheinend. Die Einschläge lagen dicht an der Scheibe, aber kein Treffer war darunter. »Nummer eins, deckend, aber ohne Treffer«, diktierte David.

Und so ging es weiter. Sie schossen mit allen Kalibern, sie schossen dicht und weit daneben, aber immer daneben. In David kroch langsam der Zorn hoch. Wozu hatten diese Pfeffersäcke eigentlich ihre Kanonen? Aber der vorletzte Transporter in der Reihe traf gleich mit zwei Kugeln.

Die Barkasse holte die Scheibe ein, reparierte sie und schleppte sie am letzten Transporter vorbei. Dicht daneben!

»Mr Markwood, lassen Sie bitte signalisieren, dass die Backbordlinie seitwärts nach vorn absegelt. Die mittlere Linie ist dran.«

Als die Zeit des Mittagessens kam, hatte Mr Roberts seinen Notizblock voll, aber es waren nur fünf Schiffe, die überhaupt Treffer erzielt hatten, und die waren eher am Rande der Scheibe und zwangen nicht zu einem Ersatz der Scheibe.

»Diese verdammten Zivilisten!«, schimpfte Kapitän Markwood. »An meiner *Milford* käme die Scheibe nicht vorbei, ohne dreimal ersetzt zu werden. Die können sich doch nicht einmal gegen ein Fischerboot selbst verteidigen.«

David hatte den Ausbruch überhört. Jetzt hatte er seinen Gedankengang beendet und wandte sich wieder Markwood zu.

»Mr Markwood, suchen Sie bitte zwanzig Maate aus, gute Kanoniere, die um acht Glasen der Nachmittagswache zu den Transportern übersetzen und denen beim Drill die richtigen Kniffe zeigen. Ich gebe jedem Kapitän und jedem kommandierenden Offizier der Seesoldaten einen entsprechenden Brief mit. Die Herren werden jede Stunde dieser Reise an den Kanonen exerzieren, bis sie besser treffen.«

Die Briefe, an denen sich Mr Roberts und die Midshipmen mit leserlicher Handschrift die Finger wund geschrieben hatten, die Signale, die von der *Milford* wehten, das alles hatte mit dem Fluchen der Maate wohl doch Wirkung erzielt. Die Treffer wurden häufiger. Die Scheibe musste zweimal ersetzt werden. Und als die letzte Schiffskolonne schoss, schob sich auf einmal ein Fischerboot mit einer britischen Flagge zwischen die Transporter.

»Signal: Feuer stopfen!«, schrie David. »Wo kommt der Fischerkahn her? Lassen Sie feststellen, welcher Ausguck da geschlafen hat!«

Der Ausguck hatte nicht geschlafen. Er hatte nur immer dann seine Meldung gerufen, wenn die Kanonen krachten. »Tut mir Leid, Sir. Dummheit ist kein strafwürdiges Wachvergehen.«

»Dann informieren Sie bitte alle Ausgucke, Mr Markwood, dass ich diese Dummheit eines Ausgucks in Zukunft bestrafen werde!«, entschied David ärgerlich. »Und nun möchte ich wissen, was dieses dämliche Fischerboot mit der britischen Flagge hier will.«

»Es legt diesen Augenblick an, Sir«, meldete Mr Markwood kühl.

Über die Reling kletterten ein Leutnant in der Uniform eines britischen Regiments und ein Zivilist, der David an jemanden erinnerte. Auch der Zivilist musterte David genau, trat dann auf ihn zu und sagte: »Kommodore Winter, sind Sie es?«

Da erinnerte sich David. »Der Bürgermeister von Lefkada«, sagte er. »Ich bin jetzt Admiral. Was führt Sie zu uns, meine Herren?«

Der Leutnant stellte sich als James Coburn vom 35. Regiment vor. »Ich überbringe Meldungen von Hauptmann Wilder, britischer Kommandant von Lefkada, dass Franzosen und albanische Hilfstruppen Santa Maura angreifen und dass auch Kanonenboote gesichtet wurden.«

»Kommen Sie in meine Kajüte. Bitte begleiten Sie uns, Kapitän Markwood und Leutnant Wale.«

In der Kajüte schenkte Frederick wie üblich Wein ein, damit sie auf den König trinken konnten. Dann erklärte David: »Lefkada ist die Nachbarinsel von Kefalonia. Sie liegt dicht am Festland und ist durch einen Damm mit ihm verbunden. Dort liegt Santa Maura, eine starke Festung. Ich kenne die Inseln aus der Zeit, als ich hier um die Jahrhundertwende eine britische Flottille kommandierte. Daher kenne ich auch den Bürgermeister der gleichnamigen Hauptstadt von Lefkada. Aber jetzt berichten Sie uns bitte genau, Herr Leutnant.«

Leutnant Coburn berichtet von dem Angriff der Franzosen und Albaner auf Santa Maura, der bisher abgeschlagen werden konnte. Aber wenn die Feinde mit Booten auf der Insel landeten, konnten sie die Festung abschnüren. Man hätte von Kefalonia aus schon Verstärkungen entsandt, aber dort wären nur schwache Kräfte. Da hätte ein Fischer von dem schießenden Konvoi auf See berichtet, und sie seien sofort hinausgesegelt, um Hilfe zu erbitten.«

David entschied: »Mr Markwood, signalisieren Sie bitte das Ende des Schießübung. Der Konvoi soll die Segel kürzen und vor der Bucht von Argostoli ankern. Wir segeln voraus nach Lefkada und sehen zu, ob wir die Verteidiger mit unseren Kanonen unterstützen können. Leutnant Coburn und Leutnant Wale setzen zu Mr Bush über. Er möchte eine Kompanie bestimmen, die auf Lefkada landet und die Verteidiger unterstützt. Die *Cesar* schützt den Konvoi vor der Bucht von Argostoli, bis die Sache geklärt ist.«

Während die Signale wehten und die Leutnants zum Oberstleutnant übersetzten, spähte David mit dem Teleskop voraus. Ja, das war die Küste von Lefkada. Er war zurückgekehrt an die Küsten Griechenlands und Illyriens, mit denen ihn so viele Erinnerungen verbanden.

Die Freuden des Erfolges
(April und Mai 1813)

David saß in seiner Kajüte und starrte nachdenklich auf die Karte. Einen Augenblick schloss er die Augen, öffnete sie aber wieder, als es an der Tür klopfte.

Kapitän Markwood und Oberstleutnant Bush traten mit Leutnant Coburn ein. Auch Frederick erschien mit dem Tablett, auf dem Wein und Gläser standen. Er stellte alles auf den Tisch und schenkte ein.

Aber David kümmerte sich nicht darum. »Meine Herren«, sagte er. »Es genügt nicht, wenn wir die Angreifer vor Maura beschießen und vertreiben. Wir müssen ihre Angriffswaffen zerstören. Die Franzosen haben auf Korfu mehr als ein Dutzend Kanonenboote. Sie sind im Nu bei der Nachbarinsel Paxi und können von dort immer wieder den Sprung nach Maura wagen. Wir müssen sie bei diesem Sprung erwischen und versenken oder kapern. Ich plane, während der Nacht auf eine Höhe westlich von Paxi zu segeln und im Morgengrauen, wenn ein Angriff der Kanonenboote am wahrscheinlichsten ist, auf Lefkada zurückzukreuzen, um die Kanonenboote im Rücken zu fassen.«

Kapitän Markwood räusperte sich. »Erlauben Sie eine Frage, Sir?«

David nickte.

»Die Franzosen könnten in der Nacht Truppen anlanden und die Festung sturmreif schießen, während wir noch vor Paxi liegen.«

»Das wäre eine Gefahr. Ich möchte ihr dadurch begegnen, dass Leutnant Coburn sofort in die Festung zurückkehrt und dort Signalraketen abschießt, wenn schon während der Nacht feindliche Aktionen beginnen. Wir sind dann relativ schnell vor Ort.«

Nun meldete sich Oberstleutnant Bush. »Aber wir wissen doch überhaupt nicht, ob die Franzosen morgen früh angreifen werden.«

»Da haben Sie Recht, Mr Bush«, bestätigte David. »Dann segeln wir nach Maura zurück und vertreiben mit Ihrer Hilfe die bereits gelandeten Truppen.«

Die Transporter waren in die Bucht von Argostoli gesegelt und ankerten dort, die Breitseiten der See zugewandt. Am Eingang zur Bucht wachte die *Cesar*.

Die *Milford* segelte hinaus in die Nacht auf ihre Position westlich von Paxi. Sie hatte verstärkte Wachen, und David kam öfter an Deck, aber sonst war Ruhe im Schiff. David hatte den Mantel übergezogen, als er nach Mitternacht an Deck kam. Es war relativ kühl, so etwa fünf Grad, und nun setzte leichter Regen ein.

»Das Wetter ist anscheinend nicht mit uns im Bunde, Mr Goodwin«, sagte er zum Master. »Die Sicht lässt nach.«

»Aye, Sir. Vielleicht sollten wir nicht ganz bis auf die Höhe von Paxi segeln, damit wir Signale von Maura noch sehen können.«

David überlegte einen Moment. »Wie weit ist es noch zur Höhe von Paxi?«

»Etwa fünf Meilen, Sir.«

»Dann können wir die Segel kürzen und beidrehen. Veranlassen Sie das bitte.«

In etwa fünf Minuten würde der Morgen grauen und dann bald der Sonne den Weg frei machen. David saß in seiner Kajüte und trank den letzten Rest Kaffee, als die Nachtausgucke riefen: »Kanonenfeuer voraus, zwölf Strich, drei Meilen!«

Noch bevor der wachhabende Midshipman an seiner Tür klopfte, war David aufgesprungen und lief an Deck. Da hörte er den Donner und sah die Blitze. »Das ist doch nicht vor Maura«, stieß er hervor.

»Nein, Sir«, antworte der Erste. »Etwa auf halber Strecke zwischen Maura und uns. Wahrscheinlich sind französische Kanonenboote mit einem Gegner zusammengestoßen, der sich zu wehren weiß. An Berberkorsaren glaube ich nicht. Ich tippe auf eine unserer Sloops, Sir.«

David befahl kurz: »Lassen Sie bitte Kapitän Markwood ausrichten, er möchte alle Segel setzen und Kurs auf das Gefecht nehmen. Klar Schiff!«

Dann überlegte er. Sollten sie das Erkennungssignal schießen? Es würde auch den Gegner warnen, aber es würde einen möglichen Freund ermutigen. Und der Feind konnte nicht zurück nach Paxi. Vor der Küste würden sie ihn auch einholen. Also: Signal!

David ging zu Mr Markwood, der jetzt auf dem Achterdeck kommandierte. »Mr Markwood, lassen Sie bitte das Erkennungssignal für diese Dekade abfeuern.«

Markwood sah ihn einen Moment überrascht an, antwortete aber: »Aye, Sir!« und gab dem Signal-Midshipman Befehle.

Der lief mit seiner Kladde zum Ruderhaus, hielt sie an die Laterne, blätterte und murmelte: »Rot, nach zwanzig

Sekunden gelb, nach fünf Sekunden weiß. Antwort: grün, rot, gelb im gleichen Rhythmus.« Dann eilte er zurück und gab seinem Gehilfen Anweisungen. Sie steckten die Signalraketen in die Halterungen. Der Midshipman griff nach der Lunte, zündete die erste Rakete und zählte die Sekunden bis zu den anderen. Er schaute nicht in die eigenen Raketen, sondern schloss immer kurz die Augen. Dann starrte er in die Richtung des fernen Gefechts.

Da stieg ein grüner Stern in den Himmel. Er zählte. Rot kam zur rechten Zeit und dann gelb. Er lief zum Kapitän: »Sir, Erkennungssignal wurde richtig beantwortet. Es ist ein britisches Schiff.«

»Oder jemand, der unser Signalbuch erbeutet hat«, murmelte David, der die Meldung gehört hatte. Dann schüttelte er den Kopf. Was war er doch für ein krankhaft misstrauischer und übervorsichtiger Flottenführer. Man konnte nicht immer mit dem Unwahrscheinlichsten rechnen.

»Mr Markwood, man wird uns so schnell wie möglich brauchen. Bitte schicken Sie die besten Ausgucke in die Topps.«

Markwood hatte das längst angeordnet und sagte nur ergeben: »Aye, Sir.«

Nach zehn Minuten waren die Ausgucke sicher. Eine britische Sloop wurde von etwa zehn Kanonenbooten angegriffen. In Richtung Maura war noch ein dichter Pulk von Booten zu sehen.

Wahrscheinlich Boote mit Landungstruppen, dachte David und ärgerte sich wieder einmal, dass seine Augen im Alter so an Sehschärfe eingebüßt hatten. Aber er konnte mit dem Teleskop erkennen, dass die Kanonenboote auf ihre Annäherung noch nicht reagierten. Komisch, die mussten doch die Leuchtraketen gesehen haben.

»Wir wollen noch nicht schießen, Mr Markwood.«

Die Kanonenboote waren etwa von der Größe der britischen Hamilton-Klasse, also rund siebzehn Meter lang, vorn zwei Achtzehnpfünder, am Heck ein oder zwei kleinere Kanonen. Nein, ein Pivotgeschütz hatten sie nicht achtern. Die beiden Lateinersegel waren niedergelegt. Sie ruderten mit achtzehn Riemen.

»Es wäre gut, wenn wir einige kapern könnten. Kanonenboote könnten wir gut gebrauchen, Mr Markwood«, sagte David.

»Wir werden sehen, was wir tun können, Sir. Noch zweihundert Meter, dann möchte ich das Feuer eröffnen.«

»Einverstanden«, sagte David nur und studierte ihre Sloop. Es war die *Saracen,* Commander Milton, die im Bereich der Sieben Inseln kreuzte. Sie schlug sich mit ihren sechzehn Kanonen hervorragend. Ihre Vierundzwanzigpfünder-Karronaden hatten schon drei Kanonenboote manövrierunfähig geschossen. Bei der Sloop sah David nur einige abgeschossene Rahen und einige Treffer oberhalb der Wasserlinie.

Jetzt änderte die *Milford* den Kurs ein wenig und donnerte eine Breitseite hinaus. Drei Kanonenboote wurden so zerfetzt, dass sie versanken. Lasst ein paar übrig, dachte David. Aber er konnte sich ja nicht beklagen, dass all ihre Zielübungen Früchte trugen.

Die Kanonenboote ruderte mit aller Hast auf die ferne Küste zu und feuerten nur noch aus ihren Heckkanonen.

»Signalisieren Sie bitte: ›Verfolgung aufnehmen!‹, Mr Markwood. Und lassen Sie bitte auch die Barkasse aussetzen, damit sie die anderen Kanonenboote in Besitz nimmt.«

Saracen und *Milford* jagten hinter den Kanonenbooten her, die sich jetzt auf ein Signal hin zerstreuten. Einige nahmen Kurs auf Paxi, andere flohen zur albanischen Küste, wieder andere steuerten Lefkada an.

Die *Saracen* verfolgte auf Davids Signale hin die nach Paxi flüchtenden Feinde, während die *Milford* auf das nun auch fliehende Rudel der Landungsboote und auf die den Strand ansteuernden Kanonenboote zuhielt.

Die *Milford* feuerte mit ihren Bugkanonen auf die vier Kanonenboote vor ihr. David merkte, dass die Kanoniere nicht den Rumpf, sondern die Segel und die Riemen zerstören wollten. Ein Kanonenboot blieb schon bewegungslos liegen.

»Hervorragend, Mr Markwood«, lobte David.

Markwood stieß ein kurzes »Danke« hervor und konzentrierte sich ganz auf die Schiffsführung. Die Landungsboote waren in Reichweite geraten. Sie waren voll gestopft mit albanischen Kriegern, die ihre Gewehre schwangen und mit kleinen Kanonen auf die Milford schossen.

»Mr Webster, kurz beidrehen für die Steuerbordseite. Mr Hunt, nach Zielerfassung Feuer frei!«

Die *Milford* drehte bei, und die Kanonen der Steuerbordseite zerschlugen mit ihren Kugeln drei Landungsboote völlig und beschädigten zwei schwer.

Als sie sich auf den alten Kurs zurücklegten, zielten die Buggeschütze wieder auf die Kanonenboote. Ein zweites blieb liegen.

»Mr Goodwin, müssen wir mit Untiefen vor dem Strand rechnen?«, fragte David den Master.

»Noch nicht, Sir. In gut einer halben Meile sollten wir beidrehen. Dann ist der Strand aber auch in Reichweite.«

Es war ein richtiges Massaker. Die Franzosen und Albaner hatten keine Chance gegen die schweren Kanonen der *Milford*.

Vier Landungsboote versanken. Drei retteten sich an den Strand und ihre Besatzungen rannten, was sie konnten. Ein Kanonenboot wurde versenkt, eins floh zum Strand und wurde mit den Landungsbooten von den britischen Kanonen in Trümmer geschossen.

»Soll ich Boote für die Albaner aussetzen, Sir?«, fragte der Kapitän.

»Ja, Mr Markwood, es sind ja auch Franzosen im Wasser. Aber befehlen Sie es ruhig noch einmal: Den Albanern dürfen sich unsere Leute nur mit angelegtem Gewehr nähern und nur Taue hinhalten, keine Arme.«

Die Albaner, die sich an Trümmern festgehalten hatten, drohten den Briten mit Messern und Säbeln. Nur drei griffen nach den Tauen und wurden von den anderen furchtbar beschimpft. Die Franzosen ließen sich retten und kauerten frierend in den Booten.

Ein britischer Seesoldat wollte auf einen im Wasser treibenden Albaner schießen, der sie allem Anschein nach verfluchte. »Gewehr runter!«, rief Leutnant Cooper. »Wir schießen nicht auf Wehrlose. Sie können sich in dieser Kälte doch nicht mehr lange halten, diese fanatischen Halsabschneider. Zurück zum Schiff!«

Die *Saracen* hatte ein Kanonenboot kapern können und die beiden anderen versenkt. Sie erhielt Signal, die Kanonenboote vor Lefkada aufzuspüren.

Als David mit Mr Markwood und Commander Milton dann Bilanz zog, hatten sie acht Kanonenboote versenkt oder am Strand zerstört und drei gekapert, davon zwei fast unbeschädigt.

»Das beschädigte Kanonenboot können wir dem britischen Kommandanten von Lefkada verkaufen. Es ist eine sicher willkommene Ergänzung zu seiner Verteidigung. Die beiden anderen Kanonenboote bringen wir nach Vis. Eine Besatzung stellt die *Milford*, die andere *Cesar* und *Saracen*.«

»Sir, wir haben zweiundachtzig gefangene Franzosen. Was machen wir mit denen?«, fragte Mr Markwood.

David war ratlos. »Mr Milton, wie haben Sie es bisher gehalten?«

»Offiziere haben wir gegen britische Gefangene an der italienischen Küste ausgetauscht, Sir. Mannschaften konnten zum Teil auch gegen britische Besatzungen oder Soldaten getauscht werden. Zuletzt haben wir sie auf Vis arbeiten lassen, weil dort Batterien errichtet werden.«

»Gut, dann nehmen wir sie nach Vis mit. Da eine Kompanie unserer Seesoldaten auf Kefalonia und Lefkada die Besatzung verstärkt, sollte Transportraum frei sein. Sagen Sie bitte den Besatzungen meinen Dank. Sie haben sich tapfer geschlagen. Welche Verluste haben wir?«

»Nur sechs Verwundete, Sir.«

»Umso besser. Ich werde nachher nach ihnen schauen.«

Im Morgengrauen kam Korfu in Sicht. David hatte die *Saracen* zum Treffpunkt vorausgeschickt, an dem er sich mit den anderen Schiffen treffen wollte, und geleitete jetzt den Konvoi an der noch von den Franzosen besetzten Insel vorbei.

Als der Ausguck Land gemeldet hatte, war David an Deck gegangen und traf dort Alberto und Mustafa. Sie schauten schweigend auf die Insel, wo jetzt die Ruinen von Gardiki in Sicht kamen.

»Na, Mustafa, denkst du daran, wie wir dich damals auf der anderen Seite aus dem Wasser gezogen haben?«

Mustafa sah ihn traurig an. »Es ist so lange her, aber als die Albaner im Wasser trieben und die Messer schwenkten, war alles wieder ganz frisch. Ich war noch ein Kind und doch einer von ihnen. Mein Bruder kam um, aber ich begann ein neues Leben.«

»Bist du zufrieden mit diesem neuen Leben?«

»O ja, Sir. Diese fanatischen Messerstecher sind mir so fremd geworden. Ich fühle wie ein Engländer, glaube an den Gott der Engländer. Aber als ich sie im Wasser sah, kam ich mir wie ein Verräter vor. Gehöre ich nicht zu ihnen?«

David fasste ihn mit beiden Händen an den Schultern. »Aber nein, Mustafa. Du bist ein anderer Mensch geworden. Der fanatische Hass und die Mordlust deiner früheren Landsleute sind dir fremd geworden. Du weißt, dass es ein Leben ohne Hass gibt, das man zwar verteidigen muss, das aber auf dem Frieden aufgebaut ist. Rache ist primitiv. Für Strafe sorgt das Gesetz. Ich wollte, wir hätten auch deinen Bruder retten können.«

Mustafa nickte. »Sie waren immer gut zu mir. Und du auch, Alberto, und so viele andere.«

»Ist schon gut, Kumpel«, brummelte Alberto. »Wir beide leben ein neues Leben. Und bei dir wird es Zeit, dass du dir eine Frau suchst.«

David musste lachen. »Na, Alberto, du hast dir doch auch lange Zeit gelassen. Du hättest schon früher glücklicher Vater sein können.«

»Darum sag ich's ja diesem jungen Burschen. Kinder sind etwas Wunderschönes. Ich hab zu lange gewartet. Mach du nicht den gleichen Fehler. Such dir eine Frau!«

Mustafa nickte lächelnd. »Hier ist ja auch mächtig Auswahl, nicht wahr, Kumpel.« Und er blickte sich um.

David lachte laut auf, sodass sich die Seeleute nach ihnen umdrehten.

Alberto drohte Mustafa. »Verscheißer mich nicht, du halbe Portion. Im nächsten Hafen werde ich dir zeigen, wie Weiber aussehen.«

David schüttelte den Kopf. »Alberto, du hast mit Lissy eine liebe und anständige Frau. Und deinen Freund willst du an eine Dockschwalbe verkuppeln?«

»Er weiß schon, was ich meine, Sir.«

Korfu verschwand unter dem Horizont, und der Konvoi steuerte mit nordwestlichem Kurs auf den Kanal von Otranto hinaus. Dort würde er sich etwa auf dem achtzehnten Längengrad mit den anderen Schiffen treffen.

David hatte sich in seine Kajüte zurückgezogen und hing seinen Gedanken nach. Vor vierzehn Jahren hatte er mit den Russen und Türken gegen die französische Besatzung von Korfu gekämpft. Viel hatte er seitdem erlebt, war in allen Gefahren behütet worden und immer zu seiner geliebten Frau heimgekehrt.

Jetzt war sein jüngster Sohn auch in der Flotte. Gott sei Dank, die Nachrichten, nun schon wieder eine Woche alt, hatten gut geklungen. Sein Sohn und seine beiden Freunde hatten einen guten Kapitän. Sie hatten schon eigene Bootsaktionen kommandiert und ihre neuen Pistolen eingesetzt. Für Edward war das alles noch ein Abenteuer.

Und für ihn? Ja, manchmal spürte er die alte Abenteuerlust, aber meist stand die Aufgabe im Vordergrund. Er hatte einen Auftrag und er hatte Pflichten. Er musste planen, vorausdenken, neue Wege suchen, Verluste vermeiden, überlegen, wen er einsetzen konnte. Nein, ein Abenteuer war das nicht mehr. Es war Pflichterfüllung, die ihn forderte und auch befriedigte. Aber es war nicht mehr der unbeschwerte Drang der frühen Jahre. Es war ein schwerer Aufstieg geworden.

Aber dann schüttelte er die Gedanken ab und rief nach Frederick.

Sie sichteten die anderen Schiffe auf der Höhe von Brindisi. Die *Eagle*, die *Bacchante*, *Weasel* und *Saracen*, alle waren da.

Markwood lächelte zufrieden. »Na, dann sind wir ja nicht mehr allein, Sir.«

David zeigte auf die vielen Transporter, die leewärts von ihnen segelten. »Allein ist gut, Mr Markwood. Kennen Sie jemanden von den Kapitänen, die bald an Bord kommen werden?«

»Ich war vor fünf Jahren Dritter bei Kapitän Everett,

und Commander Lee war Midshipman, als ich Leutnant wurde. Kapitän Everett hat viel von Ihnen erzählt, Sir.«

»Er war Dritter auf meinem Flaggschiff, als ich vor vierzehn Jahren Kommodore in der Adria war. Die Gewässer hier sind ihm also nicht fremd. Dann ist uns beiden also nur Kapitän Hoste persönlich unbekannt. Nicht mehr lange. Lassen Sie bitte signalisieren: Kommandanten an Bord.«

Kapitän Everett vom Linienschiff *Eagle* kam als Erster an Bord, salutierte zum Achterdeck und begrüßte herzlich David und Kapitän Markwood, die ihn an der Gangway empfingen.

»Wie schön, Sie nach den vielen Jahren gesund und erfolgreich wieder bei mir zu haben, Mr Everett. Kommt es Ihnen nicht auch oft wie ein Wiedersehen vor, wenn Sie in diesen Gewässern segeln?«

»Ich denke oft an unsere damaligen Kämpfe und Erfolge, Sir David, und bin glücklich, wieder unter Ihrem Kommando zu dienen. Darf ich hinzufügen, dass Sie kaum gealtert sind?«

»Sind Sie unter die Schmeichler gegangen? Was soll ich mit jungem Aussehen hier auf dem Schiff? Die Knochen sollten mir nicht so wehtun, wenn das Wetter umschlägt. Aber nun höre ich auf zu jammern. Wir gehen vor in meine Kajüte und warten dort auf die anderen Herren, die uns Kapitän Markwood, den Sie ja auch kennen, schicken wird.«

David und Mr Everett hatten bereits den ersten Schluck Wein getrunken, als Kapitän Hoste eintrat, ein mittelgroßer Mann, Anfang dreißig, mit ein wenig gelockten rotblonden Haaren.

David setzte sein Glas ab, wandte sich zu Kapitän Hoste um und sagte freundlich: »Nun lerne ich endlich den Sieger von Vis kennen. Ich freue mich, Mr Hoste, und hoffe auf gute Zusammenarbeit. Mit Kapitän Everett muss ich Sie ja nicht bekannt machen?«

Hoste bedankte sich für die freundliche Begrüßung, gab seiner Freude Ausdruck, mit David neuen Erfolgen entgegenzusehen, und begrüßte dann Mr Everett etwas reserviert, wie David fand.

Aber er konnte nicht viel darüber nachdenken, denn Commander Lee erschien, wurde an die gemeinsame Zeit in der Karibik erinnert, als er Fünfter Leutnant auf Davids Flaggschiff war. David musste Kapitän Rowlandson den anderen vorstellen und betonte, dass er Mr Rowlandson seit seinem Ostseekommando kenne. Mit Commander Milton von der *Saracen* waren sie dann vollzählig und konnten auf den König trinken.

David begrüßte sie alle noch einmal und berichtete kurz, dass sie vor zwei Tagen einen Angriff auf Maura vereitelt, acht Kanonenboote versenkt, drei erobert und viele Landungsboote mit Albanern in Trümmer geschossen hätten. Die bereits vor Maura gelandeten Belagerer hätten sich ergeben.

Die Kapitäne gratulierten, aber Everett fügte hinzu: »Das wird Sie bei den Albanern nicht beliebter machen, Sir David. Es wird der alten Blutrache neue Nahrung geben.«

»Ich weiß«, sagte David ernst. »In meinen Flottenbefehlen werden Sie neben anderen zwei Bestimmungen finden. Die erste ist formal und besagt, dass an Bord unserer Schiffe kein Adelstitel benutzt wird und auch der Admiral lediglich mit ›Sir‹ anzureden ist. Die zweite besagt, dass kein Kapitän eines Schiffes in nicht von Engländern besetztem Gebiet ohne bewaffnete Begleitung von zehn Mann an Land gehen darf. Wenn er sich mehr als zwei Meilen vom Ufer entfernt, muss die Begleitung dreißig Mann betragen. Diese Regel gilt auch für mich, aber für Sie darum, weil die Albaner ihren Hass auf jeden britischen Offizier ausdehnen werden, besonders auf Kapitäne. Bitte nehmen Sie diese Vorsichtsmaßnahme ernst. Ich habe es erfahren, wie rachsüchtig Albaner sein können.«

»Es sind die geborenen Halsabschneider, Sir, wahrhaftig. Aber die Begleitung bewaffneter Soldaten engt doch auch sehr ein, wenn wir zum Beispiel der Einladung eines Bürgermeisters folgen sollen«, sagte Everett als ältester Kapitän.

»Es engt ein, Mr Everett, mehr als beim Bürgermeister noch, wenn Sie der Einladung einer Dame folgen wollen.« Die Umstehenden lachten etwas gezwungen. »Aber, Mr Everett, ich habe offizielle Besuche immer vom Adjutanten vorbereiten lassen. Ein Teil der Begleitung konnte vor meinem Kommen unauffällig Positionen im Rathaus beziehen. Für den Weg reichte dann eine geringere Zahl als Begleitung. Diese Vorsicht hat mir mehrfach das Leben gerettet.«

David sprach dann über ihre nächsten Aufgaben. »*Eagle*, *Bacchante* und *Saracen* werden den Konvoi nach Vis geleiten und dort meine Ankunft erwarten. *Milford*, *Cesar* und *Weasel* werden versuchen, zwischen Bari und Barletta feindliche Kriegsschiffe abzufangen, die König Murat angefordert haben soll.«

Hoste verzog sein Gesicht, weil ihm anscheinend der Auftrag nicht gefiel, aber er schwieg. »Danach werden wir uns unserer Hauptaufgabe zuwenden, der Befreiung der illyrischen Provinzen. Das Adriatische Meer war immer ein gutes Operationsgebiet für die Störung des feindlichen Handels. Wir müssen auch jetzt die Häfen in Illyrien abschneiden, um Nachschub zu verhindern. Aber vor allem sollen wir sie erobern. Die eigenen Truppen, die uns dafür zur Verfügung stehen, sind zu schwach. Wahrscheinlich können wir im Laufe des Jahres mit Österreich als Bündnispartner rechnen. Vorher müssen wir die Unzufriedenen ermuntern und Aufstände im Lande schüren. Das wird nicht einfach sein, und ich bitte

Sie, allen Nachrichten über Widerstand gegen Frankreich sorgfältig nachzugehen und mir zu melden. Bitte informieren Sie mich jetzt, welche Vorschläge Sie zur Erfüllung dieser Aufgaben haben.«

Lee als Dienstjüngster durfte beginnen und wies darauf hin, dass in Dubrovnik die Unzufriedenheit wohl am größten sei, weil die Stadt ihre Unabhängigkeit und ihre Handelsmacht verloren habe. Aber die Besatzung sei dort sehr stark und die Bürger könnten kaum zum Aufruhr bewegt werden.

David sah, wie Everett zu dieser Beurteilung bestätigend nickte. Auch Commander Milton bestätigte Lees Einschätzung und fügte hinzu, dass es ohne Österreichs Unterstützung auch im Triester Raum schwer werde, den französischen und italienischen Besatzern Schaden zuzufügen. Am ehesten sei das wohl im dalmatinischen Raum möglich. »In Rijeka haben sie wenig zuverlässige Truppen, Sir, und in ganz Istrien so gut wie gar keine.«

Da Rowlandson die Adria nicht kannte, wartete David interessiert auf Hostes Stellungnahme. Er stimmte den Einschätzungen seiner Vorgänger zu, meldete aber auch Bedenken an. »Wenn wir im dalmatinischen Raum Häfen besetzen, Sir, müssen wir immer mit der Gefahr rechnen, dass aus dem Hinterland stärkere feindliche Kräfte herangeführt werden und wir uns wieder zurückziehen müssen. Das wäre unserem Ansehen nicht förderlich. Ich schlage vor, dass wir zunächst einige wichtige Inseln besetzen, die unsere Stellung in Vis abrunden und die wir mit Hilfe unserer Schiffe gegen jeden Angriff verteidigen können. Ich habe gesehen, dass zwei Transporter je ein Kanonenboot schleppen, und schließe daraus, Sir, dass Sie ähnliche Pläne haben. Kanonenboote sind in den engen Kanälen zwischen den Inseln gut einzusetzen.«

David war beeindruckt. Hoste war nicht nur ein Taktiker. Er schätzte die strategische Situation seiner Meinung nach treffend ein. »Ich stimme Ihnen vollkommen zu, Mr

Hoste, und danke auch den anderen Herren für die wichtigen Ratschläge. Wir werden, nachdem ich in Vis eingetroffen bin, *Bacchante* und *Saracen* entsenden, um die Besetzung Lastovos zu decken. Das wird Mr Hoste und Mr Milton für den bevorstehenden wenig attraktiven Geleitdienst entschädigen.«

Hoste und Milton nickten lächelnd, aber Mr Everett hob die Hand. David wandte sich an ihn.

»Sir«, sagte Everett, in gespieltem Ernst, »ich muss eine Beschwerde anmelden. Unter den jungen Herren bin ich nicht zu Wort gekommen, und für den Konvoidienst erhalte ich auch keinen Ausgleich.«

David lachte. »Dafür haben Sie jetzt das Wort, Mr Everett, und wir hören Ihnen genau zu.«

Everett lächelte, wurde aber schnell ernst. »Ich weiß nicht, Sir, ob Sie jemanden im Stab haben, der sich mit geheimen Informationen beschäftigt. Wir schnappen alle irgendwo irgendetwas auf, aber wenn niemand die Informationen sammelt, ordnet und bewertet, dann nützen sie uns nichts. Es müsste jemand im Geschwader zuständig sein, der einen Mittelsmann auf jedem Schiff hat und mit ihnen mündlich und schriftlich Kontakt hält.«

»Ausgezeichnet, Mr Everett. Sie haben behalten, was wir damals in Dubrovnik lernten. Ich denke oft an den ›Herren der Zettel‹, wie sie ihren Geheimdienstchef nannten«, musste David zugeben. »Ich habe in meinem Stab einen politischen Berater für dieses Gebiet. Er hat in der britischen Gesandtschaft seit zehn Jahren Nachrichten gesammelt und wäre der erste Anwärter für die von Ihnen vorgeschlagene Funktion. Aber ich zögere noch etwas, weil ich ihn ein wenig besser kennen lernen muss. Doch in einer Woche wird jeder von Ihnen wissen, wer in meinem Stab die Nachrichten koordiniert und Sie werden mir Ihren Vertreter benennen. Ich will auch kurz noch ein Thema anschneiden, das ich Ihnen in Kürze vortragen werde, zu dem ich aber noch Informationen brauche. An der nordspanischen Küste hatten wir mit großem Erfolg einen Planungsstab aufgebaut, in dem sich zwei Arbeitsgruppen mit je drei Fachleuten die Küste in Abschnitte aufteilten und der jeweils zuständige Experte alle Informationen über seinen Abschnitt sammelte. Dazu gehörten Festungsanlagen, Guerillas hinter der Küste, Verbindungslinien, Küstenbeschaffenheit, einfach alles, was man braucht, wenn man Landungen plant. Das Problem ist nur: Wir beschäftigten uns damals mit einem Abschnitt von dreihundert Kilometern Länge. Hier sind es etwa achthundert mit zusätzlich über tausend Inseln. In Spanien hatten wir alle Unterlagen zentral auf dem Flaggschiff verfügbar. Das ist hier bei diesen Dimensionen von Venedig bis Kotor gar nicht möglich. Bevor wir uns wieder in Vis treffen, muss ich eine Lösung gefunden haben.«

Everett meldete sich. »Sir, aus der Erfahrung der letzten Jahre möchte ich einen Gedanken anfügen. Der Abschnitt von Venedig bis Triest fällt so aus dem anderen Rahmen hinaus, dass er nicht in das zentrale Dossier einbezogen werden sollte. Dort sind unsere Schiffe ständig zur Blockade eingesetzt. Sie brauchen ein regionales Planungszentrum, kein weit entferntes überregionales.«

»Danke, Mr Everett. Ich werde das berücksichtigen. Und jetzt will mein Koch Ihnen eine kleine Erfrischung servieren. Er gab mir das Signal, ihn nicht länger aufzuhalten.«

Lachend sahen sie Frederick entgegen, der mit seinen Helfern die Platten hereintrug.

Die *Weasel* hatte ein Fischerboot aufgebracht. Die Fischer mussten an Bord der *Milford* steigen und wurden von David beruhigt. Er brauche ihr Schiff für maximal zwei Tage und werde sie reichlich für den entgangenen Fang entschädigen. Man würde sie gut verpflegen und sie könnten sich ausruhen.

Die Fischer meuterten, dass ihre Familien sich sorgen würden. Aber als ihnen Mr Roberts einen Beutel mit Talern gab und sagte, das sei die Anzahlung, wurden sie ruhig. Fünf ausgewählte Seeleute bestiegen den Fischkutter und segelten davon. Die drei britischen Schiffe versteckten sich in einer unbewohnten Bucht an der Küste vor Foggia.

David fiel das Warten schwer. Während die Besatzungen an den Kanonen gedrillt wurden, versuchte er, mit Mr Roberts die Akten aufzuarbeiten. Aber nach einer Weile stand er auf und ging mit Larry an Deck. Frederick murmelte beim zweiten Ausflug zu Alberto: »Er könnte im Alter nun doch mal etwas ruhiger werden.« Alberto zuckte nur mit den Schultern.

Endlich am Abend des zweiten Tages kehrte das Fischerboot zurück und meldete, man habe bei den Tremiti-Inseln einen Vierundsiebziger und eine Fregatte mit etwa zweiunddreißig Kanonen gesichtet, die einen Konvoi von fünf Vincos geleiteten. David ließ die Kommandanten an Bord rufen und berichtete, dass man am nächsten Morgen dieses Geleit auf ihrer Höhe erwarten könne.

»Sir, erlauben Sie: Was sind Vincos?«, fragte Rowlandson, der noch nicht im Mittelmeer gesegelt war.

»Das sind ursprünglich genuesische Handelsschiffe mit drei Masten. Am Fock tragen sie Rah- und Schratsegel, an den kleineren anderen Masten Lateinersegel. Von den Vincos war mir nichts gemeldet worden«, sagte David. »Nun müssen wir sehen, wie wir die Kriegsschiffe von ihrem Geleit trennen.«

Commander Lee fragte ihn: »Erinnern Sie sich an die Maskerade, Sir, die damals in der Karibik Commander Henderson mit seiner *Recruit* aufgeführt und damit den Feind an sich herangelockt hat?«

David musste lachen. »Ja, er hat eine Sloop in ein brennendes Handelsschiff verwandelt.« Und zu Mr Markwood gewandt fügte er hinzu: »Er hatte eine Leinwand mit Fässern und anderem Transportgut bemalen lassen. Durch Löcher in der Leinwand konnten Seeleute winken. Mit Ölfässern erzeugte er Rauch, mit bengalischem Licht täuschte er Flammen vor. Aus dreihundert Metern wirkte es überzeugend echt, und das Kaperschiff fiel auf die vermeintlich leichte Beute herein. Aber uns würde das morgen nicht viel helfen. Sie würden sicher nicht beide Schiffe vom Konvoi entfernen, um einem brennenden Handelsschiff zu helfen oder es zu erbeuten.«

Die anderen dachten schweigend nach.

»Ein vorgetäuschtes Seegefecht, Sir«, schlug Mr Markwood zweifelnd vor.

David schlug mit der Hand auf den Tisch. »Das ist es, Mr Markwood! *Cesar* mit britischer Flagge beschießt *Weasel* mit neapolitanischer Flagge aus allen Rohren. *Weasel* hat Segel verloren, Rauch steigt auf. Die *Milford* versteckt sich unter dem Land. Alle werden nur das Gefecht beobachten. Der feindliche Kommodore wird es nicht wagen, nur eines seiner Schiff mit den unerprobten Mannschaften zur Hilfe zu entsenden. Beide werden den Konvoi verlassen. *Weasel* setzt Segel und flieht in Richtung Konvoi. *Cesar* verfolgt und schießt. *Milford* stößt hervor und nimmt mit *Cesar* die Feinde in die Zange. *Weasel* sammelt die Handelsschiffe ein.«

»Entschuldigen Sie, Sir«, sagte Mr Lee. »Da muss ich aber einige Vorbereitungen treffen und mich mit Mr Rowlandson absprechen.«

»Aber selbstverständlich, Mr Lee. Wir müssen das jetzt genau durchsprechen und mögliche Alternativen erörtern. Aber vorher haben wir einen Schluck Kaffee und ein paar von meinen Keksen verdient.«

Kapitän Marceau beobachte die See, die aufgehende Sonne im Rücken. »Wir werden morgen Bari erreichen, denn der Wind ist zwar schwach, aber er bläst aus der richtigen Richtung. Heute Vormittag müssen die Mannschaften an den Kanonen exerzieren, heute Nachmittag an den Segeln.«

Leutnant Palucci, ein Neapolitaner, antwortete seinem französischen Kapitän ergeben: »Sehr wohl, Monsieur. Die Leute machen gute Fortschritte. Finden Sie nicht auch, Monsieur?«

Marceau blickte ihn aus seinen eng zusammenstehenden Augen schweigend an und sagte schließlich: »Wenn Sie es für einen Fortschritt halten, dass sie nun Pulver und Kugel unterscheiden können, dann muss ich zustimmen.«

Der Leutnant grüßte und entfernte sich ärgerlich. Dieser Franzose war nie zufrieden, ein Perfektionist und Leuteschinder. Selbst seine Landsleute nannten ihn ›Marceau, den jakobinischen Drachen‹. Er verließ sich höchstens auf seine französischen Landsleute an Bord. Für die Italiener hatte er nur subtile Verachtung. Aber Italiener stellten zwei Drittel der Besatzung des Linienschiffes, das formal die Flagge der neapolitanischen Krone führte, aber faktisch die Befehle der Franzosen ausführen musste.

Die Besatzung strömte an Deck. Die Italiener schwatzten meist, aber vorwiegend unter sich. Nur in wenigen Gruppen unterhielten sie sich und radebrechten die Sprache des anderen. Sie gingen zu den Kanonen.

»Mon dieu!«, schimpfte der Kapitän. »Machen Sie dem Pack Beine, Monsieur Palucci. Wir sind doch nicht auf dem Marktplatz.« In seinem harten Italienisch hörte sich der Verweis noch unfreundlicher an.

Leutnant Palucci rief Befehle durch die Sprechtrompete. Die Batterieoffiziere stießen einen Wortschwall nach dem anderen aus. Die Maate packten Männer bei den

Übersichtskarte Adria

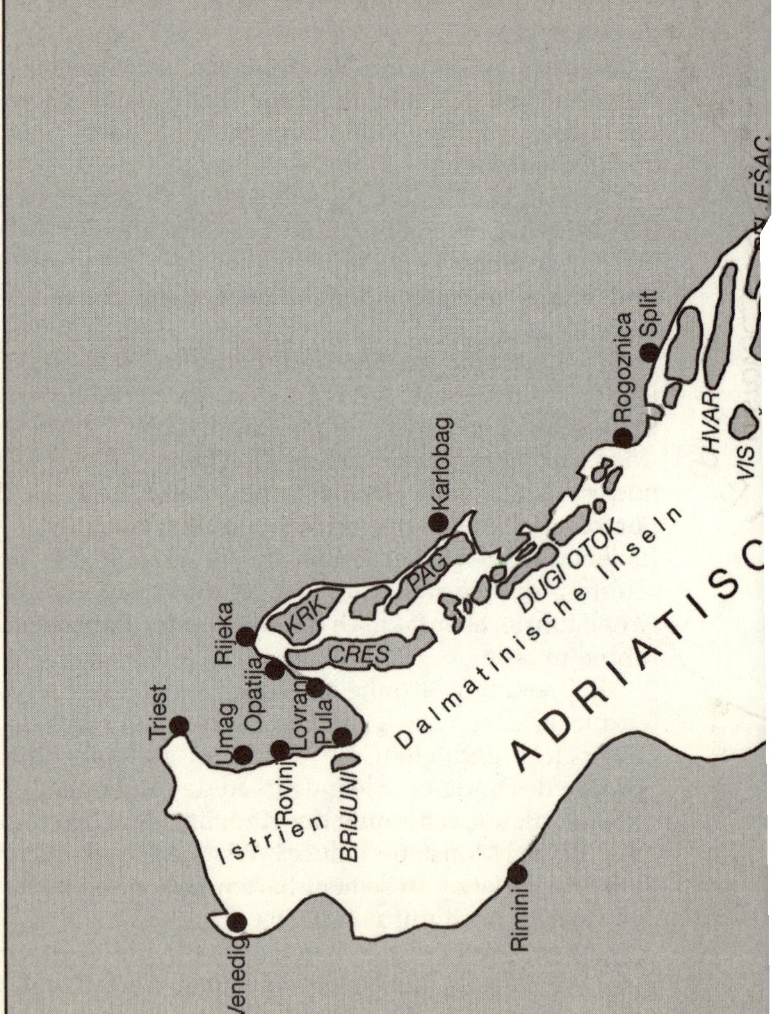

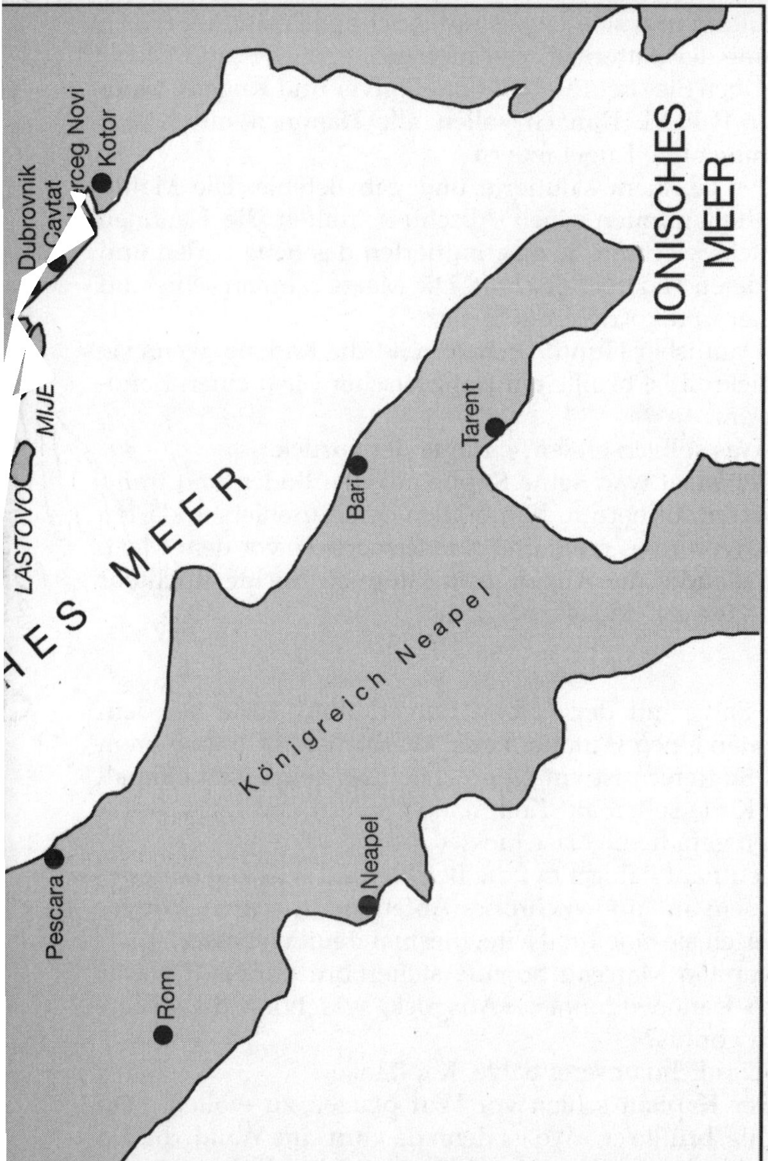
Dubrovnik
Cavtat
erceg Novi
Kotor
LASTOVO
MIJE
HES MEER
Bari
Tarent
IONISCHES MEER
Königreich Neapel
Pescara
Neapel
Rom

Schultern und stellten sie in die richtige Position. Endlich konnte der Batterieoffizier melden.

»Üben Sie drei Runden ohne Pulver und Kugeln, Monsieur Palucci. Danach sollen alle Kanonen mit halber Ladung ohne Kugel feuern.«

Der Leutnant salutierte und gab Befehle. Die Mannschaften mimten einen Abschuss, rollten die Kanonen zurück, wischten sie aus, imitierten das neue Laden und meldeten Feuerbereitschaft. Die Maate rannten schreiend umher und korrigierten Fehler.

»Dämlicher Hund! Dich zerreißt die Kanone, wenn sie zurückrollt!«, brüllte ein französischer Maat einen Kanonier an.

»Was soll ich reißen?«, fragte der zurück.

Der Maat warf seine Kappe auf den Boden und trampelte darauf herum. Kameraden des Kanoniers erklärten ihm, worum es ging, und nun dienerte er vor dem Maat. Der wandte die Augen zum Himmel, fluchte furchtbar und ging zur nächsten Kanone.

Die Salve mit der halben Pulverladung löste bei dem Kapitän einen Wutanfall aus. »Parbleu, ein Gesangverein aus Stotterern ist ein Opernchor dagegen. Noch einmal! Die Kerle sollen auf Kommando feuern und nicht, wenn ihnen gerade die Nase juckt.«

Leutnant Palucci rief die Befehle und wies die Batterieoffiziere an, auf synchrones Abfeuern zu achten. Wieder feuerten sie eine Breitseite, diesmal deutlich besser.

Kapitän Marceau horchte steuerbord voraus. Da war doch Kanonendonner. »Ausguck, was hörst du steuerbord voraus?«

»Das Echo unserer Salve, Kapitän.«

Der Kapitän schien vor Wut platzen zu wollen. »Du Idiot!«, brüllte er. »Wo ist denn da vorn eine Wand, die ein Echo zurückwerfen würde. Da ist doch nur das gottverdammte Brett, das du vor dem Kopf hast. Leutnant Palucci, ein Kadett soll mit der Sprechtrompete horchen, und lösen Sie diesen Ochsen ab, der auf See Echos hört.«

Der Kadett meldete nach kurzer Zeit Kanonendonner. »Mindestens zwei fremde Schiffe im Kampf.«

»Die besten Leute in den Ausguck!«, befahl der Kapitän.

Nach einer halben Stunde waren sie sicher, dass eine Fregatte und eine Korvette miteinander kämpften. Nach weiteren fünfzehn Minuten erkannten sie, dass die Fregatte britisch war, während die Korvette die Fahne ihrer Krone führte.

»Landsleute in Gefahr, Monsieur Kapitän. Unsere Fregatte muss sofort eingreifen«, drängte Leutnant Palucci.

»Haben Sie schon gegen ein britisches Schiff gekämpft, Leutnant?«, fragte der Kapitän.

»Nein, Monsieur.«

»Das dachte ich mir. Ich kann die reaktionären Pfeffersäcke wirklich nicht leiden, aber Seemannschaft trinken die schon an der Mutterbrust. So wie die segeln und schießen, schaffen wir es mit unseren Leuten erst nach drei Jahren harten Drills.«

»Aber wir sind doch erst zwei Monate auf dem Schiff und erst zwei Wochen zur See, Kapitän.«

»Sie begreifen aber schnell. Darum wünschte ich mir auch, ich hätte noch drei Linienschiffe. Dann würden die Briten vielleicht dem Kampf ausweichen. Wenn ich denen nur die Fregatte entgegenschicke, dann stampfen sie die unter Wasser. Beide Schiffe klar zum Gefecht. Alle Segel gesetzt. Vielleicht schaffen wir es. Feuern Sie die Mannschaften an. Es geht um Leben und Tod!«

Die *Milford* lag in einer Bucht, etwa dreihundert Meter vor dem Strand. Zur Tarnung hatten sie das Achterdeck mit einem Netz und den Bug mit einem alten Segel verhüllt, das über dem schräg nach vorn führenden Ankerkabel hing. Das alte Segel war vorher noch mit farbigen Kurven und Kreisen bemalt worden. So wurden die scharfen Konturen vorn und achtern verdeckt. An den Masten waren hier und da Baumzweige und Büsche angebunden. Ein flüchtiger Blick konnte kein Schiff entdecken.

David und Kapitän Markwood standen im Topp des Hauptmastes und spähten mit dem Teleskop zur See. »Die beiden bieten aber ein tolles Schauspiel. Sehen Sie nur! Da lässt Mr Lee wieder ein Segel fliegen. Und das Bramstengestag am Fock hängt schon herunter.«

David stimmte zu: »Ja, die machen es gut. Man muss verdammt genau hinsehen, um zu erkennen, dass sie die Wasserfontänen bei ihren Schiffen selbst mit ihren Drehbassen aus dem Wasser schießen. Und der Pulverdampf verhindert genaues Erkennen.«

»Feindliche Schiffe backbord querab in Sicht«, meldete der Ausguck. David und Markwood wandten die Teleskope nach links und sahen ein Linienschiff und eine Fregatte mit allen Segeln auf das Gefecht zulaufen. Sie waren noch zwei Meilen vom »Gefecht« entfernt.

»Keiner bewegt sich an Deck!«, rief Kapitän Markwood.

David sagte zu ihm: »Lassen Sie bitte in zehn Minuten klar Schiff machen und Segel setzen. Ich entere ab.« Etwas steif stieg er durch das Soldatenloch die Wanten hinab und achtete darauf, dass der Mast zwischen ihm und dem Gegner war.

Frederick legte David in der Kajüte den Gurt mit dem Säbel und der Pistole um. Dann riefen an Deck auch bald die Maate »Klar Schiff zum Gefecht« aus. Auf Trommeln und Pfeifen verzichteten sie.

Als die *Milford* ihre Bucht verließ, hatten sie auf der *Weasel* gerade ein altes Ölfass angezündet, als ob das Schiff in Brand geschossen sei. Die *Weasel* setzte mehr Segel und hielt von der *Cesar* ab, als ob sie fliehen wollte.

Auf dem fremden Linienschiff schossen sie schon mit ihren Bugkanonen.

»Das sind doch wirklich Dilettanten«, wunderte sich Mr Markwood. »Was soll das Geknalle auf diese Entfernung?«

»Lassen Sie doch«, wandte David ein. »Dann schauen sie nur auf ihre Einschläge und bemerken uns viel zu spät. Haben Sie zwei Kugeln laden lassen?«

»Selbstverständlich, Sir«, konnte sich Markwood nicht verkneifen.

Auf dem neapolitanischen Linienschiff hüpfte Leutnant Palucci fast in die Höhe. »Monsieur, bald haben wir die Fregatte. Sehen Sie nur, unsere Einschläge kommen ihr näher!«

»Es ist Unsinn, auf diese Entfernung zu feuern. Ich tue es nur, damit diese Hornochsen sich ein wenig an das Geknalle gewöhnen. Halten Sie Ihren Säbel bereit! Wenn die zurückschießen, werden unsere ›Helden‹ wegrennen wollen. Dann müssen wir sie an die Kanonen zurücktreiben«, knurrte der französische Kapitän.

Aber die britische Fregatte schien mit der Korvette oder Sloop beschäftigt. Das Linienschiff kam näher, drehte etwas bei und feuerte eine Salve. Drei Schüsse trafen sogar. Sie hatten eine sonderbare Wirkung. Auf der angegriffenen Korvette wurden die Segel straff gezogen. Der Rauch hörte auf, und die britische Flagge stieg am Mast empor.

»Verdammte Falle!«, rief der französische Kapitän. Leutnant Palucci stotterte: »Wa…was ist denn los?« Da krachte die erste Salve der *Milford* in ihren Rumpf, fetzte Splitter durch die Luft, warf Kanonen um und verwundete und tötete Seeleute. Fast alle schrien und wollten unter Deck, auch Palucci.

Aber der Kapitän brüllte mit ungewohnter Lautstärke:

»An die Kanonen! Neues Ziel auffassen!« und schlug die ersten beiden Flüchtlinge nieder. Palucci besann sich und riss seinen Säbel heraus. »Nachladen!«, schrie er die Kanoniere an.

Kapitän Marceau sah nach dem Kadetten, der die Signale betreute. »Signal an unsere Fregatte: Feindliche Fregatte angreifen!«

Aber die *Cesar* hielt schon längst auf die italienische Fregatte zu und deckte sie mit einer Salve ein.

»Monsieur«, rief der Kadett. »Die feindliche Korvette greift unseren Konvoi an!«

In was für eine Falle haben uns diese Schweine gelockt, dachte Kapitän Marceau und rannte von Kanone zu Kanone und trieb die Kanoniere an. Und überall waren welche unter ihnen, die den Mut nicht verloren, die luden, zielten und schossen.

Auf der *Milford* merkten sie es. Kugeln krachten durch Rahen und Segel. Splitter bohrten sich ins Fleisch. Aber das war für die Briten Routine. Sie schleppten die Verwundeten unter Deck und schossen weiter.

»Mr Markwood, wir wollen den Rumpf nicht zu stark beschädigen. Lassen Sie bitte das obere Deck Kettenkugeln feuern, das untere Traubengeschosse auf das feindliche Deck.«

Markwood bestätigte und gab die Befehle aus. Die Melder rannten zu den Decks. David spähte zu *Cesar* und *Weasel*. Rowlandson hatte mit seiner Fregatte den Gegner gut im Griff. Eben kreuzte er hinter dem Heck und jagte ihm eine Breitseite längs durch den Rumpf. Commander Lee war mit seiner *Weasel* beim Konvoi und feuerte Warnschüsse, damit die Transporter sich ergaben.

Die Traubengeschosse der *Milford* hatten an Deck des fremden Linienschiffes eine verheerende Wirkung. Überall lagen Verletzte in ihrem Blut. Leutnant Palucci starrte entsetzt auf die schreienden und sich windenden Männer. Nur Kapitän Marceau trieb die Kanoniere an. Aber dann zerschmetterte ihm eine Traubenkugel den Hals. Palucci sah geschockt, wie eine Blutfontäne aus dem Hals schoss, der den Kopf kaum noch hielt, und wie der Körper in die Blutlache stürzte.

»Aufhören!«, schrie er. »Aufhören. Holt die Flagge nieder!«

»Feigling! Verräter!«, wehrten sich zwei Maate laut gegen seinen Befehl, aber die Mehrheit der Matrosen rannte sie über den Haufen und holte die Flagge ein. »Feuer einstellen!«, riefen sie und schwenkten weiße Lappen. Hier und da schoss noch eine Kanone. Aber dann schwiegen alle.

»Linienschiff streicht die Flagge, Sir«, meldete Markwood an David, der gerade den Kampf der Fregatten verfolgte.

»Gratuliere, Mr Markwood«, entgegnete David und fügte hinzu: »Ich fürchte, Sie müssen sechzig Seeleute und vierzig Seesoldaten rüberschicken. Mit der schnellen Kapitulation sind bestimmt nicht alle einverstanden und könnten Ärger machen.«

Mr Markwood erteilte die Befehle und sagte zu David: »Sollen wir die *Cesar* unterstützen, sobald unsere Boote abgelegt haben oder zum Konvoi segeln?«

»Warten Sie bitte, bis unsere Leute das Linienschiff in der Hand haben. Dann können wir den Sieg der *Cesar* beschleunigen.«

Aber die neapolitanische Fregatte war zäher als ihr Linienschiff. Ihre Mannschaft hatte mehr Erfahrung. Sie wehrte sich gegen Rowlandsons Schiff, obwohl fast alle Segel in Fetzen hingen und mehrere Kanonen umgestürzt waren. Aber dann legte sich die *Milford* neben die feindliche Fregatte und feuerte einige Warnschüsse. Da gab der Feind auf und strich die Flagge.

Sofort legten von der *Cesar* drei Kutter ab und nahmen die Beute in Besitz.

»*Cesar* signalisiert: ›Erbitte Erlaubnis, zum Konvoi zu segeln‹, Sir«, meldete der Signal-Midshipman.

»Erlaubnis erteilt«, entschied David. Zu Mr Markwood sagte er: »Wir werden sehen, dass die beiden Prisen Segel setzen können. Dann nehmen wir Kurs auf Vis.«

Die fünf Vincos gaben auf und ließen die Prisenbesatzungen apathisch an Bord klettern. Nach einer Stunde ließ sich Kapitän Rowlandson an Bord der *Milford* übersetzen und übergab David eine Liste.

»Sir, die Handelsschiffe brachten Ausrüstung und Proviant für die Armee im Königreich des Herrn Murat. Zwei Vincos sind voll gestopft mit Gewehren, Pulver und Blei, eine führt Stiefel, Uniformtuch und Lederzeug und zwei haben die Verpflegung geladen.«

»Wunderbar, Mr Rowlandson. Besser hätten wir es für unseren eigenen Feldzug nicht bestellen können. Linienschiff und Fregatte sind kürzlich in Venedig gebaut und ausgerüstet worden. Die Beschädigungen sind zu reparieren. Aber woher wir all die Prisenbesatzungen nehmen sollen, das wissen wir noch nicht.«

Der kleine Rowlandson zeigte ein breites Grienen. »Darf ich mir die Bemerkung erlauben, Sir. Das sind mir die liebsten Sorgen.«

David lachte. »Kommen Sie, darauf trinken wir ein Glas. Und Kapitän Markwood soll mit uns trinken.«

Am Spätnachmittag waren die Prisen so weit repariert, dass sie aus eigener Kraft segeln konnten. Die feindlichen Offiziere waren alle auf *Milford* und *Cesar* einquartiert. Die Prisenbesatzungen hatten die Beuteschiffe unter

Kontrolle. Die *Weasel* führte die Kiellinie der sieben Beuteschiffe an. *Milford* und *Cesar* segelten windwärts abgesetzt. Alle hatten Kurs auf Vis. Die britischen Seeleute waren in Siegeslaune. Nur die Verwundeten quälten sich im Lazarett.

David sah die Midshipmen an Deck stehen, mit denen er damals über die Verteilung des Prisengeldes diskutiert hatte. Als er zu ihnen trat, standen sie stramm und legten die Hand an den Hut.

David dankte und sagte: »Stehen Sie bequem, meine Herren. Haben Sie schon Ihren Prisenanteil ausgerechnet?«

»Nein, Sir. Wir kennen den Wert der Prisen nicht. Aber es wird ganz schön was geben«, antwortete der kleine dicke Ebel.

David nickte. »Die Vincos werden nicht mehr als fünfhundert Pfund je Stück bringen. Aber die Ladungen sind insgesamt sicher zwanzigtausend wert. Das Linienschiff schätze ich auf zwölftausend, die Fregatte auf neuntausend. So, und nun können Sie rechnen.«

»Das ist ja fantastisch!«, rief Henry Cirier. Und sie steckten die Köpfe zusammen und rechneten.

David ging schmunzelnd weiter. Nichts motivierte die Besatzungen so wie gutes Prisengeld.

Dann rief er den Signal-Midshipman. »Signalisieren Sie an *Weasel*: ›Detachiert nach Plan!‹«

Die *Weasel* würde nach Vis voraussegeln und seine Befehle überbringen. Die Entladung der Gefangenen musste vorbereitet werden. Die Truppentransporter mussten Platz für die Vincos räumen, und der Beauftragte für den Austausch von Gefangenen sollte Pläne vorbereiten.

Während der Konvoi langsam, aber beharrlich seinem Ziel entgegenkroch, führte David lange Gespräche mit Mr Marin Zlanin, seinem kroatischen Berater, mit Mr Roberts und seinem Flaggleutnant. Es ging um die Frage, welche Informationen Mr Zlanin über die illyrischen Provinzen hatte und wie er sich die Sammlung weiterer Informationen vorstellte.

Mr Zlanin war ein schmächtiger Mann von etwa vierzig Jahren, dessen Gesicht von einem schwarzen Schnauzbart beherrscht wurde. Aufgewachsen und zur Schule gegangen war er in Zadar in Dalmatien. Die Firma seines Vaters schickte ihn nach Malta, und von dort führte sie der Weg nach Palermo, wo Mr Zlanin als Sekretär der Botschaft die Nachrichten aus dem alten Königreich Kroatien sammelte.

Als er von Lord Hamilton, dem früheren Botschafter, und seinem Kunstverstand schwärmte, wurde seine erst leise Stimme kräftiger. Die Informationen über Illyrien teilte er dann sehr gut geordnet und sachlich mit.

»Haben Sie noch Kontakte zu Informanten, Mr Zlanin?«, fragte David.

»Ja, Sir, ich habe Informanten an vier verschiedenen Orten in Illyrien. Ich habe sie etwa alle zwei Jahre persönlich mit einem französischen Pass besucht. Sonst korrespondieren wir mit Code und Geheimschrift. Die Informanten haben wieder Unteragenten, sodass ich von etwa zwanzig Orten Informationen erhalte. Aber die Namen der Unteragenten kenne ich nicht.«

David fragte ihn, was er davon halte, dass die verschiedenen Informationen, die auf verschiedenen Schiffen, bei ihren Armeeverbänden, ihren Zulieferern und anderswo eingingen, zentral gesammelt, ausgewertet und gespeichert würden.

Zlanin überlegte einen Moment. »Wenn die Zentrale nicht die Namen der Informanten speichern und wenn sie nicht alle Informationen breit streuen muss, dann ist das die einzig richtige Möglichkeit.«

Er wurde gebeten, seine beiden Einschränkungen zu begründen, und tat das sehr überzeugend. Kein Mitarbeiter der Zentrale sei dagegen gefeit, in feindliche Hände zu fallen. Und dann seien alle Agenten verloren. »Sie haben auf dem Balkan Methoden, alles aus jedem herauszufoltern, Sir«, bekräftigte er.

»Und warum wollen sie nicht alle Informationen jedem Kapitän zugänglich machen?«, fragte David.

»Sir, der Kapitän hat Sekretäre, Offiziere, Maate, mit denen er die Informationen teilt. Und wer eine Zeit lang alle Informationen erhält, kann kombinieren, wo unsere Informanten sitzen. Darum sollte jeder nur die Informationen erhalten, die er für seinen Abschnitt und seinen Auftrag braucht.«

»Das leuchtet mir ein, Mr Zlanin«, sagte David. »Aber wie können wir hinsichtlich Ihrer Zentrale sicher sein? Sie brauchen doch einen Schreiber.«

»Außer Ihnen, Sir, dürfen nur Mr Wale, Ihr Flaggleutnant, und Mr Roberts, Ihr Sekretär, vollständigen Zugang haben. Wichtige Anfragen werde ich selbst schreiben. Ansonsten werde ich den Schreiber alle vier Wochen wechseln. Am besten wäre es, Sie könnten immer einen anderen Midshipman abordnen, Sir.«

»Das muss ich mit Mr Markwood besprechen. Ansonsten bin ich einverstanden. Sie erhalten einen Schreibplatz im Kartenraum und einen Schrank in meiner Schlafkajüte. Da kommt kein Unbefugter ran.«

Im Morgengrauen umrundete der Konvoi Kap Stončica und nahm Kurs auf die Bucht von Vis. Vor der tief eingeschnittenen Bucht lagen kleine Inselchen. Auf der direkt vor dem Hafen stand ein kleiner Wachturm, und die britische Flagge wurde zum Gruß gedippt. Zu Davids Erleichterung war die Bucht bis auf *Saracen*, *Bacchante* und zwei Transporter leer.

»Kennen Sie Vis aus Ihrer früheren Dienstzeit, Sir?«, fragte Markwood.

»Nach meiner Erinnerung bin ich nur an der Insel vorbeigesegelt, habe aber nie den Hafen angelaufen. Der Schwerpunkt unserer Operationen war ja auch bei den Ionischen Inseln. Aber sehen Sie nur dort, Mr Markwood! Da stehen schon Truppen bereit, um unsere Gefangenen zu übernehmen. Und dort an den Bastionen wird kräftig gebaut. Das ist hier kein verschlafenes Adrianest.«

»Ich bin froh, wenn die Gefangenen ausgebootet sind, und ich wieder meine Prisenmannschaften an Bord habe, Sir. Mr Rowlandson wird nicht anders denken.«

»Sicher nicht, aber wer denkt an meine Sorgen, wie ich die Prisen nach Syrakus oder Palermo schaffe? Und wie wir die Gefangenen loswerden. Aber lassen Sie bitte meine Gig fertig machen, sonst höre ich nicht auf zu jammern. Ich informiere mich an Land über neue Probleme, die ich lösen soll.«

»Aye, Sir«, lächelte Markwood verhalten. »Die Bürden des hohen Amtes.«

»Da fällt mit noch etwas ein, Mr Markwood. Lassen Sie einen Kutter fertig machen mit einem guten Steuermannsmaat, alle Midshipmen hinein, ein paar Leute Stammpersonal. Dann sollen die jungen Herren die Insel umrunden, ihre Segelkünste verbessern und gleichzeitig die Küste kennen lernen.«

Vis war ein kleines Städtchen mit einigen älteren, größeren, aber sonst meist kleineren Gebäuden. Auf einem kleinen Palast wehte die britische Flagge. »Der Palast Gariboldi, Sir«, informierte ihn Mr Zlanin.

Kapitän Everett und Oberstleutnant Bush hatten dort das britische Hauptquartier aufgeschlagen und begrüßten David herzlich.

»Vielen Dank, Mr Everett, dass Sie uns die Ankerplätze so gut freigemacht haben. Wo haben Sie die vielen Transporter nur versteckt?«

»Ich habe sie nach Komiža geschickt am anderen Ende der Insel. Die Bucht dort ist noch größer und auch gut geschützt, Sir.«

»Ausgezeichnet, Mr Everett. Lassen Sie mich gleich sagen, was ich heute in Vis erledigen muss. Am Nachmittag muss ich mit Mr Hoste, Mr Milton, dem kommandierenden Offizier der Landungstruppen, mit Mr Zlanin, meinem Berater, und einem Offizier, der seit längerem auf Vis ist und die Verhältnisse auf Lastovo kennt, über die Besetzung von Lastovo sprechen. Ihnen steht die Teilnahme natürlich frei. Vor allem aber muss ich mit Ihnen heute über die Verteidigungsanlagen von Vis, die Besatzung und den Gefangenenaustausch sprechen, natürlich auch über das, was Sie dringend geregelt haben wollen.«

Sie hatten die Karte der Insel vor sich, berichteten über die Königlich Korsischen Ranger, die mit zwei Kompanien seit Beginn der Besetzung auf der Insel waren, über die zweihundertsechzig Schweizer Söldner, die beiden Kompanien des 35. Regiments aus Sussex, dreihundert Italiener des kalabrischen Korps und die neu angelandeten britischen Seesoldaten.

»Mein Gott«, sagte David zu Oberstleutnant Bush. »Da haben Sie ja wirklich eine Babylonische Mischung, schlimmer als wir auf unseren Schiffen. Und Frankreich hat in den illyrischen Provinzen auch in der Mehrzahl Ausländer unter Waffen. Da kämpfen Schweizer gegen Schweizer, Italiener gegen Italiener, wahrscheinlich auch Kroaten gegen Kroaten, und das alles nennt man einen Krieg zwischen England und Frankreich.«

»Ach, Sir, in der Flotte mag das anders sein, aber an Land finden Sie seit vielen hundert Jahren in den großen Kriegen dieses Völkergemisch. Sollen wir unter den Gefangenen fragen, wer auf unserer Seite kämpfen will, Sir?«

David wiegte den Kopf hin und her. »Da ist mir gar nicht wohl dabei, Mr Bush. Einzelne Matrosen nehmen wir ja auch in unsere Reihen auf, aber die können wir integrieren und beaufsichtigen. Ich bin seit Quiberon anno fünfundneunzig ein gebranntes Kind. Da hatten sie die Emigrantenregimenter kompanieweise mit französischen Gefangenen aufgefüllt, und die sind bei erster Gelegenheit übergelaufen und unsere Truppen konnten sich nur durch Flucht retten, wenn überhaupt.«

Ihm war, als sähe er die furchtbaren Bilder von damals noch einmal. Aber Mr Bushs Stimme riss ihn aus seinen Gedanken.

»Sir, wir fragen und prüfen sehr genau, ehe wir jemanden nehmen. Aber es gibt immer wieder welche, die von den Franzosen zu den Waffen gezwungen wurden, obwohl die Franzosen zum Beispiel den Vater zu Tode quälten. Auch Sizilianer, deren Brüder gegen Frankreich kämpfen, gerieten manchmal in die Hände ihrer Rekrutierungskommandos.«

»Gut, Mr Bush, wenn sie gute Gründe haben, dann nehmen Sie die Leute in unsere Legionen. Aber jetzt orientieren Sie mich bitte über die Befestigungsanlagen, die ich im Bau gesehen habe.«

Sie sprachen über das Fort George, dessen wichtigste Mauern schon standen, und über die ihnen allen aus Südengland so bekannten Martello-Türme, die auf drei Hügeln über dem Hafen emporragten und nach Wellington und anderen britischen Offizieren benannt waren.

»Ich will das in den nächsten Tagen noch genauer studieren, aber die Einfahrt zum Hafen schien mir zu verwundbar. Vielleicht wäre ein Turm auf der kleinen Insel der Abschluss, der uns noch fehlt«, sagte David.

Am Nachmittag hatten sie die Karte von Lastovo, das einige der älteren Leute auch ›Augusta‹ nannten, an der Wand. Die Insel hatte etwa die gleiche Größe wie Vis, war aber stärker durch Buchten und Nachbarinseln gegliedert.

Major Havell von der *Milford* würde die Seesoldaten kommandieren, die durch eine Kompanie von der italienischen Legion verstärkt wurden. Hauptmann Lowen von den korsischen Rangern und Mr Zlanin, Davids Berater, orientierten die Versammelten über die Insel Lastovo und ihre gegenwärtige Besatzung.

Etwa sechzig kroatische und italienische Soldaten unter dem Befehl eines französischen Leutnants waren auf der Insel stationiert. Eine kleine Batterie schützte den Hafen bei der Stadt Ubli.

»Achtpfünder!«, lachte Kapitän Hoste. »Die pusten wir doch weg.«

Mr Zlanin achtete nicht weiter auf die Unterbrechung und berichtete, dass etwa fünf französische Beamten die Zivilverwaltung organisierten. »Bei einem vermuten wir, dass er Agent des Geheimdienstes ist. Sie haben natürlich auch freiwillige oder gekaufte Helfer unter den Einwohnern. Aber wir haben auch Informanten, die ich dann gleich kontaktieren werde.«

David hörte sich die Diskussion noch eine Weile an und entschied dann, dass die Truppen beim Dorf Kručica in der gleichnamigen Bucht landen und sich dann aufteilen und nach Ugli und dem Städtchen Lastovo marschieren sollten.

Sie fanden keinen Widerstand in der Bucht von Kručica. Die Seesoldaten unter Major Havell hatten den Strand gesichert, und nun ruderten die Seeleute unentwegt mit Truppen von den Transportern zum Land. Die in Landungstrupps geschulten Seesoldaten übernahmen die Vorhut. Die anderen folgten in Zweierreihen rechts und links der befestigten Landstraßen nach Lastovo und Ubli.

Mr Zlanin, Davids Berater, begleitete die Truppen nach Lastovo. Dort hatte er seinen Informanten. Mustafa und Baptiste hatte David zu seinem Schutz abgeordnet, denn

Mr Zlanin wollte nicht mit uniformierten Seesoldaten in der Nähe seines Informanten auftauchen. So stapften die beiden in ihren schlichten blauen Marinejacken an seiner Seite.

Dorfbewohner standen an der Straße und starrten sie mit offenen Mündern an. Kinder rannten mit ihnen mit und streckten bittend die Hände aus. Der eine oder andere Dorfbewohner wollte seine Welterfahrung zeigen und rief: »Good morning. Friends!«

Widerstand regte sich nicht. Sie marschierten vorwiegend durch karges Felsenland. Nur hin und wieder standen kleine Baumgruppen zusammen. Nach einer halben Stunde wurde eine kurze Rast eingelegt, damit jeder sein Schuhzeug richten und sein Koppel zurechtziehen konnte.

»Verdammte Latscherei«, schimpfte Baptiste.

Mustafa lachte. »Du kannst dich gerade beklagen, du langer Lulatsch. Wenn du einen Schritt machst, muss ich zwei gehen.«

Mr Zlanin, der Baptiste eher mit vorsichtiger Zurückhaltung behandelt hatte, fragte. »Woher kommen Sie, Monsieur Baptiste?«

»Aus Martinique. Ich habe dort auf dem Flaggschiff des Admirals angeheuert und bin seitdem bei ihm.«

Als die Kolonne Lastovo erreichte, krachten vorn an der Spitze Schüsse. Als Zlanin und seine Begleiter vorbeikamen, sahen sie ein Postenhäuschen, vor dem zwei Leichen lagen.

»Ein Straßenposten«, murmelte Zlanin. »Warum legen die sich mit einer Marschkolonne an?«

Die Kleinstadt Lastovo wuchs im Halbkreis an einem kleinen Berg aufwärts. Der Berg wirkte wie eine gleichmäßig angehäufte kegelförmige Spitze. Auf dem höchsten Punkt war eine Festung.

»Dort wird die Besatzung sitzen. Die Festung war einmal viel größer und wurde von den Venezianern zerstört. Aber auch jetzt können sich zwei oder drei Dutzend Besatzer gut halten«, erklärte Mr Zlanin.

Ein Teil der Seesoldaten marschierte in die Stadt, ein anderer stieg mit italienischen Legionären zur kleinen Festung empor.

»Ich muss erst mit zum Rathaus«, sagte Mr Zlanin. »Ich bin hier als Dolmetscher, wenn jemand fragt, und als nichts anderes.«

Vor dem Rathaus hing eine weiße Fahne und im Zimmer des Bürgermeisters radebrechte Major Havell mit dem Bürgermeister und seinem Stellvertreter, von denen keiner mehr als einige Worte Englisch sprach.

»Gott sei Dank, dass Sie kommen, Mr Zlanin«, sagte der Major. »Erklären Sie den beiden Herren, dass bis heute Abend alle Waffen abgegeben werden müssen. Über Nacht gilt Ausgangssperre, und morgen Abend muss ich Listen haben, wer in jedem Haus wohnt.«

»Hier hat keiner Waffen, außer mal einer Vogelflinte«, wandte der Bürgermeister ein.

»Muss abgegeben werden«, entschied der Major barsch. »Kriegen ja alles zurück, wenn sie eine eigene Verwaltung haben. So, und jetzt fragen Sie die Leute, wo sie dreißig Seesoldaten unterbringen können.«

Der Bürgermeister sah seinen Stellvertreter an. »Wir haben ein Waisenhaus. Wenn wir die Kinder auf Familien aufteilen, könnten dreißig Soldaten unterkommen. Natürlich nur für einige Zeit.«

Der Major hörte sich die Übersetzung an und brüllte: »Sergeant!«

Als dieser krachend mit den Füßen vor dem Major aufstampfte, befahl der: »Nehmen Sie sich zwei Mann und lassen Sie sich das Waisenhaus zeigen, ob es als Quartier geeignet ist. Schicken Sie Leutnant Zorker rein.«

Der Sergeant salutierte und zog mit dem Vertreter des Bürgermeisters ab.

»So«, sagte der Major. »Jetzt wollen wir einmal Tacheles reden. Wie viel Mann sind oben in der Festung? Wie steht es dort mit Wasser und Proviant? Haben sie Kanonen?«

Der Bürgermeister zuckte mit den Schultern. »Sie sind mit zwei oder drei Dutzend Soldaten oben. Die Festung hat einen Tiefbrunnen. Zu essen werden sie wohl auch haben, aber Kanonen haben sie nicht.«

»Leutnant, wie steht es mit Ihrem Französisch?«, fragte der Major.

»Für französische Soldaten reicht es, Sir.«

»Mit wem wollen Sie denn sonst parlieren?«

»Mit französischen Damen, Sir.«

Der Major schüttelte den Kopf und lachte. »Es wird Zeit, dass Sie mal in ein richtiges Gefecht kommen, damit Sie Ihre Gedanken von den Weiberröcken lösen. Jetzt begeben Sie sich unverzüglich zu den Heinis da oben und sagen ihnen, sie hätten zwei Stunden Zeit zu kapitulieren. Freier Abmarsch, Abtransport nach Italien oder Illyrien. Nach zwei Stunden ist alles vorbei. Dann holen wir unsere Mörser und reden erst wieder, wenn kein Stein über dem anderen steht. Alles klar?«

Der Leutnant salutierte und marschierte stramm hinaus.

»Tüchtiger Kerl«, murmelte der Major zu Mr Zlanin. »Aber wenn der Feind mit nackten Weibern anmarschieren würde, könnte der nicht schießen, sondern würde nur die Hosen herunterreißen.«

Mr Zlanin griente pflichtschuldig, aber Verständnis schien er für sexuelle Bedürfnisse nicht aufzubringen. Mustafa dagegen ließ seine Gedanken schweifen und hörte nicht mehr zu, was die drei anderen für die Verwaltung der Insel festlegten. Erst als Zlanin sich verabschiedete, griff er seine Windbüchse, salutierte und folgte Mr Zlanin.

In dem kleinen Ort hatte sich alles normalisiert. Zwar standen an den Straßenecken und auf den kleinen Plätzen noch Seesoldaten, aber die Bürger gingen ihren Verrichtungen nach, fuhren mit ihren Karren auf die Felder, trieben ihre Esel vor sich her oder was sonst der Tag erforderte.

Mr Zlanin bat seine Begleiter, am Eingang einer kleinen Gasse zu warten.

»Ich muss in Ihrer Nähe bleiben, Mr Zlanin, hat der Admiral gesagt. Ich kann vor dem Haus warten, nachdem ich es durchsucht habe, und Baptiste kann hier warten, aber uns ganz zurückziehen dürfen wir nicht«, wandte Mustafa ein.

Mr Zlanin schien ärgerlich. »So kann man doch keine Geheimoperationen ausführen. Kommen Sie, gehen Sie fünf Schritte hinter mir. Wenn ich in ein Tor husche, machen Sie das auch ganz schnell und unauffällig.«

Mustafa folgte Zlanin, der in einem Tor verschwand, an eine Tür mit einem bestimmten Signal klopfte und einige Worte flüsterte, als geöffnet wurde.

»Sie können kommen, aber mein Informant wird sein Gesicht verhüllen. Der andere Mann im Haus ist sein Diener«, erklärte Mr Zlanin.

Mustafa ging durch die drei Zimmer des Hauses, öffnete große Schränke, in denen sich jemand hätte verbergen können, sah in der Küche einen alten Mann, den Diener, der kein Wort Englisch sprach. Dann ging Mustafa zu Mr Zlanin und flüsterte ihm zu, dass er vor der Hintertür wachen werde. Wenn etwas geschehe, müsse er laut schreien oder etwas durch das Fensterglas werfen. Mr Zlanin nickte nur.

Es war eine alte Tür, vor der Mustafa wartete. Durch einen großen Riss konnte Mustafa den Diener am Tisch hocken sehen. Dann kam sein Herr, jetzt unverhüllt, und befahl anscheinend auf kroatisch, dass er ihnen Wein und zwei Gläser bringen solle. Und dann sagte er noch etwas in einer Sprache, die Mustafas Herz berührte. Es war albanisch, die Sprache seiner Kindheit, die er so lange nicht gehört hatte.

Er musste den Satz erst leise nachsprechen, ehe er seine Bedeutung erfasste. »Wenn sie weggehen, lauf schnell zu ihm und sag, dass sie ihn heute Nacht ergreifen wollen. Er soll sich auf Petrovac verstecken.«

Als sie aus dem Haus gehuscht waren und an der Ecke auf den wartenden Baptiste gestoßen waren, hielt Mustafa Mr Zlanin, der davoneilen wollte, am Arm fest und sagte ihm, was er gehört habe.

»Sind Sie sicher? Woher können Sie albanisch?«

»Ich bin sicher. Ich bin als Kind in Albanien aufgewachsen, ehe mich die Briten im Alter von zwölf Jahren aus dem Wasser zogen. Ich verstehe die Sprache immer noch.«

Mr Zlanin ging schweigend voraus. »Es geht um den französischen Geheimdienstmann. Ich habe seinen Unterschlupf erfahren und wollte ihn heute Nacht verhaften.«

»Dann müssen wir es sofort tun«, warf Mustafa ein. »Und was heißt ›Petrovac‹?«

»Das ist eine winzige Insel im Nordosten von Lastovo«, antwortete Mr Zlanin abwesend. »Wir wollen die Seesoldaten an der nächsten Straßenecke mit uns nehmen und den Franzosen gleich verhaften«, fuhr er dann entschlossener fort.

Er eilte voraus, ging eine Straße links, eine rechts, holte sich zwei Seesoldaten und steuerte auf ein Haus zu, das klein und unauffällig neben einem großen, mit Säulen verzierten Haus stand. Er klopfte, aber niemand antwortete. Er spähte durch die Fenster, sah aber niemanden.

»Schlagt die Tür mit dem Kolben ein«, forderte er die Seesoldaten auf.

Das Haus war leer. Die Fächer eines Schreibtischs

waren aufgezogen und anscheinend in aller Eile entleert. Kleider hatte der Franzose aus Zeitnot nicht mitgenommen.

»Kommen Sie, wir werden jetzt meinen Informanten, diesen Verräter, verhaften, und dann fahren wir nach Petrovac.«

»Mr Zlanin«, mischte sich Mustafa ein. »Ihren Verräter können Sie verhaften. Aber das Übersetzen zur Insel ist eine Marineoperation. Die spreche ich mit Mr Hoste oder Mr Milton ab.«

Mr Zlanin sah ihn verwundert an, wollte protestieren, ließ es aber, als er Mustafas entschlossenes Gesicht sah.

Die Sloop *Saracen* ankerte in der Bucht Zalučje vor dem Städtchen Lastovo und setzte ein Boot aus. Mustafa lief zum Strand und hatte Glück, dass Commander Milton sich an Land bringen ließ.

Milton kannte Davids ständigen Begleiter und fragte: »Was wollen Sie, Mr Dukat?«

Mustafa erklärte ihm die Situation. »Sir, ich würde gern mit Baptiste im Dunkeln auf der Insel landen. Wenn Sie am Morgen dann einen Kutter mit Seesoldaten schicken, würden wir merken, wo der Kerl sich versteckt.«

»Sie dürfen ihn aber nicht abknallen. So einen Burschen brauchen wir lebend. Besprechen Sie das mit meinem Ersten. Ich muss jetzt in die Stadt, um Major Havell zu melden, dass wir den Hafen und Ubli besetzt haben.«

Als am nächsten Morgen die Sonne den Horizont zu erhellen begann, lagen Mustafa und Baptiste hinter einem höher gelegenen Busch auf der winzigen Insel Petrovac. Mustafa schützte seine Augen gegen die Sonnenstrahlen und spähte sorgfältig über die Kalkfelsen und vereinzelten Büsche.

»Wenn man Jahre mit ihm zusammen ist, fängt man an, wie er zu denken«, murmelte Mustafa leise.

»Wen meinst du?«, flüsterte Baptiste.

»Na, den Admiral natürlich. Wenn ich nicht mit ihm zusammen wär, würde ich denken: zwei Dutzend Seesoldaten gelandet, die Insel durchgekämmt und dann hat man den Kerl.«

»Und warum machen wir es nicht so?«

»Wenn wir mit den Seesoldaten anrücken, merkt er es sofort und kann Geheimpapiere vernichten. Er braucht bloß einen Stein in den Sack zu packen und dort in den Strudel zu werfen. Da holst du nichts raus. Wenn wir aber sehen, wie er auf die Seesoldaten reagiert, ob er was vernichten will oder ob er sich verstecken will, dann können wir ihn zu unseren Bedingungen fassen.«

Baptiste grunzte nur, aber Mustafa wusste, dass er in Zukunft auch daran denken würde.

Mustafa stieß Baptiste an und zeigte nach Südwesten. Dort landete ein Kutter an einem Felsplateau. Zwei Dutzend Seesoldaten sprangen heraus. Sechs Matrosen sicherten den Kutter.

»Jetzt auf die Insel achten!«, zischte Mustafa. »Du den Teil, ich den hier.«

Sie atmeten unwillkürlich flacher und tasteten mit den Augen jeden Stein, jeden Busch, jede Vertiefung ab.

»Da!«, stieß Baptiste leise hervor.

Mustafas Blick folgte seinem ausgestreckten Arm. Dort lief ein Mann gebückt zwischen Büschen und verschwand plötzlich zwischen zwei kleinen Felsen. Die beiden warteten ein Weilchen, standen dann auf, griffen ihre Gewehre und gingen vorsichtig und leise auf die beiden Felsen zu.

Sie kauerten sich hinter den ersten, streckten ihre Gewehre vor und spähten um den ersten Felsen. Niemand war zu sehen.

Sie gingen behutsam zum zweiten Felsen. Nichts!

Mustafa flüsterte in Baptistes Ohr: »Er muss hier eine verdeckte Erdhöhle haben. Geh und winke den Seesoldaten. Sie sollen das Gelände hier absperren, aber keinen Laut von sich geben. Dann kommst du wieder zu mir.«

Baptiste schlich davon. Mustafa kniete sich nieder und schob sich langsam vorwärts, jeden Zentimeter des Bodens absuchend. Er stieß sein Messer immer wieder vorsichtig in den Boden. Und dann schien er zu erstarren. Er beugte sich dicht zum Boden hinunter, schob Grashalme auseinander, stach mit dem Messer den Boden Zentimeter für Zentimeter ab und richtete sich wieder auf, ein zufriedenes Lächeln im Gesicht. Er hatte die Luke zum Versteck gefunden.

Er musterte die nähere Umgebung, sah dort den alten Stamm, der aus dem Boden ragte und ein Loch in der Mitte hatte. An der anderen Seite sah er einen dünneren Weidenstock, der abgebrochen schien, aber auch hohl war. Das waren also schon zwei Luftschächte. Das Versteck musste klein sein.

Baptiste kam wieder angeschlichen und deutete mit Handbewegungen an, dass die Seesoldaten den Platz rundum umstellt hätten. Mustafa zeigte ihm die Abdeckung. Es war eine Grasplatte, auf der zwei kleine Steine lagen. Mustafa fasste sie vorsichtig an. Sie ließen sich nicht bewegen. Er nickte Baptiste zu. Natürlich waren die Steine mit der Platte verankert, damit sie nicht wegrollten, wenn die Abdeckung zurückgeklappt oder weggeschoben wurde.

Mustafa nahm sein Messer und schob es in den winzigen Spalt zwischen Abdeckung und Rahmen. Er deutete Baptiste an, dass er an der anderen Seite auch sein Messer ansetzen sollte. »Wenn du festen Halt hast, dann auf ›Drei‹ die Platte hoch und die Gewehre reingesteckt!«, flüsterte er ganz leise.

Baptiste nickte, schob sein Messer in den Spalt und sah

zu Mustafa. Der bewegte die Lippen. Bei ›Drei‹ stemmten beide die Platte hoch, griffen nach ihren Gewehren und hielten die Läufe in die Höhle. Unten kauerte ein Mann, der jetzt in das grelle Licht blinzelte.

»Komm hoch!«, rief Baptiste auf Französisch. »Schnell oder wir schießen!«

Der Mann stemmte sich hoch, stieg auf einen Tritt und wollte schnell unter seine Jacke fassen. Baptiste schlug ihm den Lauf seiner Rifle über den Kopf, sodass er zusammensackte.

»Nimm meine Rifle!«, rief Baptiste, reichte sie Mustafa, stieg schnell in das Erdloch, holte aus der Jacke des Mannes eine Pistole und stemmte den Bewusstlosen dann wie eine Feder nach oben. Mustafa nahm ihn ab, fesselte ihm die Hände und rief dann nach den Seesoldaten.

Während die heranliefen, durchsuchte er die Taschen des Gefangenen. Einige Papiere, ein Messer, nichts von Bedeutung. Aber Baptiste langte aus der Höhle ein Gewehr, eine Signallampe und einen kleinen Koffer mit Geld und Papieren.

Der Korporal der Seesoldaten stand mit seinen Leuten im Kreis herum und musterte die Szene. »Wie habt ihr, verdammt noch mal, dieses kleine Loch gefunden?«

»Wir sahen, dass er genau hier verschwand, wie vom Erdboden verschluckt. Da haben wir Zentimeter um Zentimeter gesucht. War gar nicht so schwer. Wir können jetzt gehen. Könnt ihr ihn nehmen? Wir bringen den Kram hier zum Admiral.«

»Dann sagt ihm aber, dass wir bei der Öffnung des Koffers dabei waren und daher Anteil am Prisengeld haben.«

Mustafa lachte. »Er ist nicht kleinlich.«

Bevor alles nach Vis gebracht wurde, durfte aber Mr Zlanin noch die Papiere durchsehen.

»Sir«, berichtete er am nächsten Tag Kapitän Hoste in Ubli, »das sind nur kleine Helfer, keine Profis. Die haben die Listen ihrer Vertrauensleute und die der Sympathisanten Österreichs und Englands nicht einmal verschlüsselt. Außerdem stehen auch die Kontaktpersonen auf den Nachbarinseln drauf.«

»Na, dann brauchen wir sie ja gar nicht mehr zu vernehmen.«

»Ach, Sir. Die haben sich schon gegenseitig beschuldigt, weil ich jedem suggerierte, der andere habe ihn verraten. Ich weiß jetzt auch, wo sie sich treffen wollten, falls die Inseln besetzt werden. Ich kenne auch ihre Waffenverstecke.«

»Teilen Sie das dem Inselkommandanten mit, den Major Havell vorläufig beauftragt, Mr Zlanin. Dann können Sie morgen mit uns zum Admiral segeln. Die beiden Schurken nehmen wir natürlich auch mit.«

David war in der Zwischenzeit auf Vis nicht untätig. Er besichtigte alle Befestigungswerke, die meist noch im Bau waren, und beschloss, auf der kleinen Hafeninsel einen weiteren Martello-Turm errichten zu lassen. Handwerker der *Milford* würden alles überwachen. Die auf den Kanonenbooten gefangenen Franzosen würden die Steine und Balken heranschleppen.

Oberstleutnant Bush hatte unter den Gefangenen des gekaperten Konvois vierzig Seeleute gefunden, die in ihren Dienst treten wollten, und zwanzig Soldaten, die in ihrer Miliz dienen wollten.

»Wie viel Mann haben Sie jetzt für die Miliz zur Verteidigung von Vis?«

»Hundert Mann, Sir. Sie werden schon kräftig gedrillt.«

David zeigte seine Zufriedenheit und freute sich auch

über vierzig zusätzliche Seeleute. »Das hilft, die Kanonenboote zu bemannen. Aber wie ich das Linienschiff und die Fregatte nach Syrakus bringen soll, ist mir ein Rätsel.«

Bush strahlte. »Ich habe noch eine gute Nachricht, Sir. Der verhandelnde Offizier für die Kriegsgefangenen teilte mir mit, dass man in Bari neunzig gefangene britische Handelsschiffmatrosen gegen die doppelte Anzahl von Italienern tauschen wolle.«

»Wunderbar. Ist diese Relation eins zu zwei üblich?«

»Meist ja, Sir. Wenn wir Gefangene aus Eliteeinheiten haben, können wir auch eins zu eins erreichen. Aber meist haben wir ein Überangebot und sind froh, wenn wir die hungrigen Mäuler nicht stopfen müssen.«

»Gut«, entschied David. »Dann wollen wir es so machen. Die befreiten Briten werden Kapitän Markwood überstellt.«

Und dann meldete ihm sein Adjutant noch zwei Zivilisten. »Sie wollen Sie persönlich sprechen, Sir. Sie würden sie erkennen, sagten sie. Auf Waffen sind sie bereits durchsucht.«

»Dann lassen Sie sie rein. Larry und Alberto sind ja bei mir.«

Zwei gut gekleidete Bürger betraten das Zimmer und verbeugten sich. »Er ist es«, sagte der eine zum anderen. »Und der starke Bursche war damals auch bei ihm.«

»Herr Admiral, erkennen Sie mich nicht«, sagte einer der Zivilisten in akzentgefärbtem Englisch. »Anno neunundneunzig in Korčula.«

Da traf die Erinnerung David wie ein Schlag. Der jubelnde Empfang in Korčula. Das waren der Bürgermeister und sein Bruder. Er stand auf und ging mit ausgestreckten Armen auf die beiden zu. »Sie waren der Bürgermeister und Sie sein Bruder, den wir mit Frau und Kind aus der Hand der Piraten befreit haben.«

Er schüttelte Hände, wurde umarmt. »Alberto! Frederick soll uns Wein bringen, und hole auch einen Dolmetscher für Kroatisch, damit die Herren es einfacher haben.«

Aber Alberto konnte nicht gehen, ehe er nicht auch umarmt wurde. »Er war auch dabei damals«, sagte der befreite Bruder. »Der Mann mit dem leisen Gewehr. Wir haben immer gebetet, dass wir Sie noch einmal sehen dürften, und nun ist es eingetroffen.«

Sie saßen endlich, tranken Wein und aßen Davids Kekse. Ihm blieb keine Wahl. Er musste sich an alles erinnern, vom Sturm mit den Österreichern auf die kleine Pirateninsel über die kurze Geiselnahme, die Rückkehr der Befreiten und die herzerwärmenden Feiern in Korčula.

Und dann war es endlich so weit.

»Sie müssen uns wieder befreien, Sir. Bitte! Wir wollen die Franzosen und ihre Söldner nicht mehr ertragen. Wir wollen frei sein.«

David nickte. »Das kann ich verstehen. Wie stark ist denn die Besatzung?«

»Knapp hundert Mann, Sir. Etwa zwanzig Franzosen und der Rest sind zu den Waffen gezwungene Kroaten und Italiener. Viele davon würden gern desertieren.«

In Davids Plan war die Befreiung Korčulas sowieso vorgesehen, aber in seiner Notlage bezüglich der Prisen musste er dafür etwas herausholen. Er rieb sich das Kinn. »Meine Herren! Ich muss als Admiral handeln und kann nicht nur Freund sein. Wenn ich Truppen und Schiffe bereitstelle, um Korčula zu befreien, dann müssen Sie mir auch helfen. Sie haben im Hafen ein Linienschiff und eine Fregatte vor Anker gesehen. Wir haben sie erobert, verfügen aber nicht über genug Seeleute, um sie nach Syrakus zu bringen. Wenn Sie mir für einen Monat einhundert Seeleute vermieten, um die Schiffe wegzuschaffen, befreie ich Korčula. Die Seeleute erhalten die Heuer britischer Seeleute und werden mit Transportern zurückgebracht.

Als Freund Korčulas würde ich das nie verlangen. Als Admiral muss ich es leider.«

Der Bürgermeister und sein Bruder sahen sich überrascht an. »Werden Sie uns denn nach der Befreiung auch den Schutz Englands gewähren, Herr Admiral?«, fragte der Bürgermeister.

»Ja, ich werde dort Truppen stationieren, die Ihre eigene Miliz, die Sie aufstellen müssen, verstärken. Und ich werde ein Kanonenboot in Korčula stationieren. Die Insel wird eine Verfassung ähnlich der britischen erhalten und zunächst unabhängig sein, bis in einem Friedensvertrag endgültige Regelungen durch die Regierungen vereinbart werden.«

Der Bürgermeister sah etwas ratlos aus. »Herr Admiral, es wird nicht einfach sein, hundert Freiwillige zu finden. Es ist aber ganz unmöglich, dafür zu werben, solange die Franzosen und ihre Helfer die Insel noch beherrschen. Ich kann Ihnen nur versprechen, dass ich alles tun werde, um Ihre Forderung zu erfüllen, aber erst nach der Befreiung.«

»Das sehe ich ein. Ich vertraue Ihnen. Schicken Sie in zwei Tagen jemanden, dem Sie auch vertrauen, mit der genauen Aufstellung, wo wie viel fremde Soldaten sind. Ich sage Ihnen dann den Angriffstermin. Erkennungswort für den Boten ist der Name der Insel, auf der wir Ihren Bruder befreit haben.«

»Palagruza«, sagte der Bruder des Bürgermeisters leise.

David nickte. »Seien Sie sicher, wir werden auch Korčula befreien und alle Ihre Leute kommen zurück, sofern sie sich nicht in Syrakus in ein Hafenmädchen verlieben.«

Da lächelten sie wieder.

»Diese Knappheit an Mannschaften zwingt mich zu Maßnahmen, die ich ablehne«, klagte David zu Kapitän Markwood. »Den Vertretern von Korčula, die mich vor Jahren so herzlich aufnahmen und mein Schiff reparierten, musste ich die Bedingung stellen, dass sie mir hundert Seeleute für einen Monat vermieten, um unsere Prisen nach Syrakus zu schaffen.«

»Dann waren wir aber als Menschenfänger recht erfolgreich. Neunzig kommen aus Bari, vierzig vom Konvoi und hundert aus Korčula. Dann müssten wir es doch mit den Prisen schaffen, Sir.«

»Im Prinzip ja, aber Sie müssen sich die Leute noch ansehen, Mr Markwood. Zweihundertfünfzig Mann müssten das Linienschiff segeln können und hundert die Fregatte. Auf jedes Schiff ordne ich noch dreißig Soldaten zur Sicherheit ab. Die *Apollo* kann den Konvoi mit drei Transportern begleiten und die Mannschaften zurückbringen.«

»In Syrakus wird man die Leute behalten wollen.«

»Ja, aber diesmal bin ich in der glücklichen Lage, die Befehle erteilen zu können. Die sollen selbst sehen, wie sie zu Mannschaften kommen. Aber wir beide besprechen jetzt die Besetzung Korčulas. Ich möchte, dass die *Milford* zur Verfügung steht, um die Batterien am Stadtrand niederzukämpfen. Da brauche ich Scharfschützen, sonst leidet die schöne Stadt. Und die Prisen können doch erst absegeln, wenn Sie wieder zurück in Vis sind.«

Es war noch dunkle Nacht in Korčula, als einige Männer durch die Gassen schlichen. Sie hielten in der Nähe des Turms Zakerjan inne. »Haben unsere Leute den Turm in der Hand?«, fragte der Bürgermeister.

»Ich glaube schon. Sie wollen die beiden Franzosen niederschlagen, wenn das Alarmsignal kommt, die weiße Flagge hissen und die Tür öffnen«, antwortete ein junger Mann.

»Dann bleibst du mit zwei Mann hier und gehst in den Turm, sobald die Tür geöffnet wird. Die Franzosen müssen gefesselt sein und zum Rathaus geschafft werden«, ordnete der Bürgermeister an. »Weiter zum Turm Kanavelič!«

Hier waren sie nicht so sicher, ob ihre Leute die Franzosen überwältigen könnten. Sie hatten nur drei sichere Verbündete unter der Besatzung. Vom Ende der Gasse pfiff jemand. Er kam leise angerannt und meldete: »Die Engländer sind in den Hügeln oberhalb der Stadt. Sie haben kurze Blinkzeichen gegeben. Und ihre Schiffe sind in der Bucht. Es gab ein kurzes Antwortsignal.«

»Gott sei Dank. Gehen wir weiter zum großen und kleinen Fürstenturm.«

David und Markwood standen fröstelnd auf dem Achterdeck. Die *Milford* lag wartend mit eingeholten Segeln da. Hinter ihr in der Dunkelheit war die Sloop *Imogene* verborgen.

»Wenn sich in einer Viertelsunde die Dämmerung hebt, wird sie Ihnen einen der schönsten Anblicke präsentieren, die ich bisher auf der Welt sah: eine mittelalterliche Stadt, die ins Meer hineingebaut wurde. Sand- und Felsenstrände mit Palmen oder Büschen können Sie überall sehen. Aber alte Städte im Meer, das sehen Sie nur an dieser Küste. Mir gefiel Korčula besser als Dubrovnik.«

»Hoffentlich müssen wir dieses Kleinod nicht in Trümmer schießen«, warf Markwood ein.

»Um Gottes willen«, erwiderte David. »Dafür habe ich ja Ihre Scharfschützen an die Backbordseite postiert. Es sind doch nur eine Handvoll Franzosen in der Stadt und ein paar Dutzend kroatische und italienische Hilfstruppen. Ich hoffe, sie hissen die weiße Fahne, wenn sie die *Milford* erblicken.«

Kaum tauchte die Stadt aus dem Morgendunst auf, da wurde in den Mauern Alarm geblasen.

»Jetzt kommt es darauf an«, sagte David. »Sehen Sie da am Hafen den großen Fürstenturm, den dicken, kürzeren, dahinter seitlich den kleinen Fürstenturm, größer und schlanker als der andere. Dann folgen Kanaveliĉ und Zakerjan, beides große Türme mit Vierundzwanzigpfündern, wenn ich mich recht erinnere.«

»Deck, die beiden linken Türme hissen weiße Flaggen!«

An den beiden Fürstentürmen stiegen dagegen französische Flaggen empor.

»Lassen Sie bitte die ausgewählten Kanonen auf die Fürstentürme zielen und nach Zielauffassung Feuer aufnehmen, Mr Markwood«, ordnete David an.

In der Stadt waren die Korĉulaner in den Turm Zakerjan eingedrungen, als sich die Tür öffnete. Sie hissten die weiße Flagge.

Im Turm Kanaveliĉ öffnete sich auch die Tür, und zwei Korĉulaner schlüpften hinein. Drinnen standen aber zwei Franzosen und rammten ihnen die Bajonette in den Leib.

»Hab ich doch geahnt, dass hier Verrat im Spiel ist«, schimpfte ein großer, kräftiger Franzose. »Los, komm rauf an die Kanonen!«

Sie rannten die Treppe hinauf und der Franzose schrie: »An die Kanonen, wer zur Trikolore steht!«

Auf der obersten Plattform sah er einen der Italiener, der eine weiße Flagge gehisst hatte. »Du Schwein!«, brüllte er, zielte und schoss den Italiener über den Haufen. Dann riss er die weiße Flagge herunter.

»Hisst die Trikolore! Bemannt die Geschütze!«

»Siehst du nicht, was da für ein Riesending liegt?«, fragte ein junger Franzose. »Da können wir doch nicht gegen anstinken.«

»Du feiger Hund!«, schrie der Korporal. »Drei Treffer und der segelt ab!«

Auf der *Milford* hatten die ersten schweren Kanonen geschossen und die Fürstentürme getroffen.

»Ausgezeichnet, Mr Markwood«, lobte David.

Der Ausguck enthob den Kapitän einer Antwort. »Deck! Der dritte Turm hat die weiße Flagge eingezogen und die Trikolore gehisst!«

»Lassen Sie bitte den Turm auch unter Feuer nehmen, Mr Markwood. Und Barkasse und zwei Kutter können im weiten Bogen herumrudern und am Nordoststrand landen. Signal für die anderen Truppen: In die Stadt vorrücken!«

Markwood bestätigte, rief Befehle und schickte Melder los.

In der Stadt waren die Bürger in die Häuser gerannt, als die schweren Kanonen losdonnerten. Nur der Bürgermeister und seine Gruppe liefen zu den landeinwärts gelegenen Toren, um sie für die britischen Truppen zu öffnen. Sie hatten weiße Tücher und Fahnen bei sich. Einige Soldaten wollten sie hindern, das Tor zu öffnen. Aber sie schienen vom Donner der schweren Kanonen gelähmt und ließen sich die Gewehre entreißen.

Kaum war das Tor geöffnet und die weiße Fahne geschwenkt, da löste sich ein Trupp Seesoldaten vom Waldrand und ging eilig auf das Tor zu, die Gewehre an den Hüften bereit.

Ein Leutnant führte den Trupp und ließ durch den Dolmetscher fragen, wo die Franzosen seien. Der Bürgermeister zählte die drei Türme auf, auf die geschossen werde. Der Oststrand sei frei, aber im Palast Gabrielis am Platz des Heiligen Markus hätten sie ihr Hauptquartier.

Der Leutnant verteilte seine Leute rechts und links vom

Tor und winkte weitere Soldaten vom Wald heran. Zwei Trupps marschierten zum Ostrand der Stadt, zwei andere ließen sich zum Palast Gabrielis führen.

Die Kanonen der *Milford* hatten mit äußerster Präzision geschossen.

»Auf dreihundert Meter treffen sie noch eine Fliege«, lobte David. »Lassen Sie bitte heute Abend eine Extraration Grog an die Kanoniere der Backbordseite ausgeben, Mr Markwood. Am Ufer kann doch kaum noch ein Geschütz feuern.«

Wie zur Bestätigung seiner Worte stiegen an den drei Türmen weiße Flaggen empor.

»Gratuliere!«, sagte David zu Markwood. »Lassen Sie bitte gemäß Plan ausbooten. Bitte auch das entsprechende Signal an *Imogene*.«

Aus den Häusern der kleinen Stadt traten die Bürger auf die Straßen, schwenkten Flaggen ihrer Stadt und des alten Kroatiens und jubelten. Als am Markusplatz Gewehrschüsse laut wurden, drückten sich einige ängstlich an die Wand, aber andere ermunterten sie.

»Kommt! Das sind doch nur die Sesselfurzer von der Kommandantur. Die schießen doch nur in die Luft pour l'honneur, für die Ehre.«

In der Tat verstummten die Schüsse bald. David ließ sich am Hafen absetzen.

»Sollen wir mit Pfeifen und Trommeln einmarschieren?«, fragte der Leutnant der Seesoldaten.

»Dazu sind die Gassen zu eng, alle mit Treppen und ansteigend. Lassen Sie die Leute im gewöhnlichen Marschschritt in Zweierreihen einrücken. Pfeifer und Trommler können in Zweierreihen pfeifen und trommeln. Wir gehen hier entlang und dann an der breiteren Gasse nach links zum Platz des Heiligen Markus, halbe Truppe vor mir, die anderen hinter mir.«

»Aye, aye, Sir«, bestätigte der Leutnant und brüllte Befehle.

Der Bürgermeister kam angelaufen.

»Sagen Sie ihm, er mögen neben mir gehen, Mr Zlanin«, bat David und schüttelte dem Bürgermeister herzlich die Hand.

Es war fast wie vor dreizehn Jahren. Die Menschen jubelten ihnen zu. Die meisten kannten David noch von damals und sagten ihren Kindern, wer der Mann in Gold und Blau mit den vielen Orden sei. David lachte und winkte.

Alberto und Mustafa blickten aufmerksam zu den Fenstern empor, aber hier und da fasste sie auch einer an. »Erinnerst du dich, Kumpel?«

Korčula war in britischer Hand. Sie würden wieder ein großes Fest feiern. Die Briten nahmen die Kommandantur in Besitz. David würde in den nächsten Tagen darin wohnen. Frederick, Baptiste und Peter, der Koch, besichtigten das Haus und überlegten, was alles getan werden müsse, um es für ihre Zwecke herzurichten.

Mr Zlanin ging zum Bürgermeister und fragte, wer zuständig sei für die Festnahme der französischen Agenten. Und der Bürgermeister wunderte sich wieder einmal, warum die Briten so wenig Sinn für Feiern hätten. Immer erst noch dieses und jenes. Aber am Abend loderten am Hafen und auf den Plätzen die Feuer. Ochsen und Lämmer drehten sich am Spieß. Weinfässer wurden herbeigerollt, Bänke aufgestellt.

David empfing Mr Markwood am Eingang des Palastes. »Sehen Sie! Nun haben sie wieder eine Gelegenheit zum Feiern. Hier sind wir als Freunde willkommen. Morgen, wenn Sie schon ausgelaufen sind, werde ich drüben in der Kathedrale am Dankgottesdienst teilnehmen. Ich bin schon bald katholisch, so oft habe ich im Mittelmeer an Dankgottesdiensten teilgenommen. Aber nun lassen Sie uns erst die Feier genießen!«

Markwood hörte die Glocken der Kathedrale, als die *Milford* nach Vis auslief. Sein Schädel brummte und er war müde. Ein Glück, dass ich den Kopf in die kühle Brise halten kann und nicht den Weihrauch atmen muss wie der Admiral. Na ja, wer die Ehre hat, muss auch ein wenig Qual ertragen.

David hatte seine treuesten Gefährten neben und hinter sich und folgte beflissen den Bewegungen der Gemeinde. Er stand auf, wenn alle aufstanden, setzte sich, wenn die anderen das taten, und hielt die Hände die ganze Zeit gefaltet. Eigentlich mochte er die Riten der alten Kirche, waren sie nun orthodox oder katholisch. Für ihn hatten sie etwas Beruhigendes, Einhüllendes. Und seine Gedanken konnten wandern.

Als der Bischof in seinem Gebet Gott dankte, dass er die Insel von den atheistischen Franzosen befreit hätte, und die Leute verstohlen zu David schmulten, sahen sie seinem verschlossenen Gesicht nicht an, dass er überlegte, wie er die Truppen auf der Insel verteilen sollte. Die Inseln waren immer auch eine Flucht- und Versorgungsbasis für die französischen und afrikanischen Kaper gewesen. Die Sloop *Imogene* müsste noch eine Weile im Raum Korčula kreuzen, und ein Kanonenboot müsste hier stationiert werden, um Übergriffe von der Halbinsel Pelješac zu verhindern, die fast bis auf einen Steinwurf an Korčula heranragte.

Nach dem Gottesdienst und einem kurzen Lunch scheuchte David seine Begleitung schon wieder auf. Eine Kutsche und vier Kastenwagen warteten vor dem Tor. In die Kutsche stiegen außer David, Hauptmann Marker, Mr Zlanin und Mr Roberts auch der Bürgermeister von Korčula. Er hatte sich daheim bitter beklagt, dass er sich nicht ausruhen könne. »Wenn die Briten sich immer ausgeruht hätten, wäre dein Bruder noch in Piratenhand«, hatte seine Frau ungewöhnlich aggressiv kommentiert.

Auf dem Bock der Kutsche saß Alberto. Voraus fuhr ein Kastenwagen mit Seesoldaten, die es sich auf Säcken mit Stroh bequem machten. Dort auf dem Bock saßen Mustafa und Baptiste. Zwei Kastenwagen mit Seesoldaten folgten.

David wollte heute die Gegend im Nordosten der Insel erkunden von Račišće über Pupnat, Zrnovo und Lumbarda. Er hatte die Namen der Orte auf der Karte, aber die Aussprache ließ er sich immer wieder vom Bürgermeister vorsagen.

Die Straße nach Račišće war eine Art Feldweg, natürlich ungepflastert und voller Unebenheiten. David bemerkte zu Hauptmann Marker, dass man hier wohl Kavallerie brauche, um Truppen schnell zu dem Teil der Insel zu bringen, der angegriffen werde. »Die Insel ist ja fast fünfzig Kilometer lang, wenn auch nur maximal acht Kilometer breit.«

»Ja, Sir, aber Pferde sind auf den Inseln auch sehr selten. Wir sollten immer ein Schiff in der Nähe haben, das schnell Truppen von einen Ort zum anderen bringen kann. Und für den Notfall dachte ich daran, dass wir unsere Hauptmacht in Cara stationieren, etwa in der Mitte der Insel. Dort sollten wir fünf oder sechs dieser Wagen haben, noch etwas verbessert natürlich, dann könnten wir einen Zug Soldaten in drei Stunden an jedes Ende der Insel transportieren. Und die vielen Gefangenen, die wir auf Vis haben, könnten hier die Straßen etwas ausbessern.«

David ließ Mr Zlanin die Stellungnahme für den Bürgermeister übersetzen und fragte diesen nach seiner Meinung.

»Das ist ein sehr guter Vorschlag, Sir. Bitte vergessen Sie nicht, so werden wir auch unsere Miliz aufstellen. Die wäre auch an verschiedenen Orten präsent. Und den Straßen täte eine Ausbesserung sehr gut.«

David bemerkte zu Hauptmann Marker, dass sie noch über den Drill und die Führung der Miliz reden müssten, als sie Račišče vor sich liegen sahen. Der kleine Ort schloss eine Bucht ab, die nach Norden hin von einer bewaldeten Halbinsel begrenzt wurde. Aber darüber ragten, fast zum Greifen nah, die Gebirgszüge der Halbinsel Pelješac.

»Das ist ja nur ein Katzensprung«, murmelte David.

»Sir«, wandte der Hauptmann ein. »Das ist nicht einmal die engste Stelle. Hier ist der Kanal fast zwei Kilometer breit. Bei Korčula ist es nur gut ein Kilometer. Wenn die Franzosen nicht so knapp an Truppen wären, säßen wir auf dem Präsentierteller, Sir.«

Der Ort bestand aus kaum mehr als ein paar Dutzend Hütten. »Es sind Einwanderer, Herr Admiral, die vor den Türken vor zweihundert Jahren vom Festland geflüchtet sind. Sie leben hauptsächlich vom Fischfang«, erklärte der Bürgermeister.

David ließ die Bewohner, die die Neugier nicht schon hatte herbeieilen lassen, zusammenrufen und hielt die Ansprache, die er in jedem der Inselorte wiederholte. Er sagte, dass England sie befreit habe und sie beschützen werde. Sie sollten aber auch zu ihrem Schutz die Miliz unterstützen und England helfen, das für einen Transport für einen Monat Seeleute brauche. Jeder Mann erhielte die Heuer eines britischen Seemannes, die anderthalb Pfund im Monat betrage, davon ein Pfund bei Reiseantritt. Sie sollten zwei Schiffe nach Syrakus segeln und würden sofort zurückgebracht. Er verpfände sein Wort dafür.

Als der Bürgermeister noch anspornende Worte hinzufügte, meldeten sich acht Mann, die in vier Tagen in Korčula sein wollten. Ob man dort schon das Pfund erhalte, fragte eine der Frauen. Wenn die Männer einverstanden seien, ginge das, ließ David erklären und erntete böse Blicke der Männer und ein Lächeln der Frauen.

Der Flaggleutnant Wale saß mir Mr Goodwin, dem Master, in einer kleinen Taverne am Hafen, trank seinen Wein und klagte sein Leid.

»Flaggleutnant bei einem Admiral, der bekannt ist für spektakuläre Unternehmungen und spannende Abenteuer, das hab ich mir anders vorgestellt. Tag für Tag fahren wir die kleinen langweiligen Dörfer ab, rütteln uns die Knochen auf den ausgeleierten Sandwegen durch, lassen uns von den Bauerntrotteln anstarren, und ich muss notieren, was die Bürgermeister dem Admiral für Wünsche vortragen, muss immer wieder den Vortrag anhören, wie er Seeleute anwirbt für die Prisen. Gott sei Dank, die zwölf Dörfer haben wir hinter uns.«

»Aber ich habe gehört, dass man morgen sogar über hundert Seeleute erwartet. Dann hat sich das alles gelohnt, und wir werden bald unser Prisengeld erhalten. Was erwarten Sie denn?«

»Na, auf keinen Fall die langatmigen Gespräche über eine Bürgervertretung auf Korčula, nein, Kampf, Aktion, das habe ich erwartet.«

Der Master schüttelte den Kopf. »Sie sind ja noch ein richtiger dummer Junge, Mr Wale. Vor wenigen Wochen haben Sie den Kampf mit einem Linienschiff und einer Fregatte erlebt sowie die Kaperung eines Konvois. Das ist schon mehr, als vier Fünftel aller Seeoffiziere in ihrer ganzen Dienstzeit erleben. Konvoidienst, Blockade, Depeschendienst, Hafendienst, das füllt deren Alltag aus. Warten Sie doch ab. Sie erleben in den nächsten vier Wochen mehr, als Ihnen lieb sein wird.«

Am nächsten Morgen drängten sich die Seeleute am alten Hafen. Britische Matrosen stellten sie in langen Schlangen auf. Der Zahlmeister und sein Vertreter saßen an zwei Tischen. Seesoldaten bewachten die Kassen. Zwei Transporter lagen am Kai.

Als die Reihen geordnet waren, kamen zwei Schiffsärzte und nahmen eine flüchtige Untersuchung vor, als die Reihe vorrückte. Ein Blick in den Hals, einer in die Augen, Puls gefühlt, Haut angesehen, weiter! Und doch sortierten sie ein halbes Dutzend Bewerber aus.

Viele Frauen kamen mit zum Zahltisch. »Kein Ärger!«, rief Mr Zlanin. »Die Ehefrau kann das halbe Handgeld erhalten, mehr nicht.«

»Aber der Admiral hat gesagt …«, keifte eine Frau.

»Na und, die Bürgermeister haben ihn überzeugt, dass die kroatischen Frauen nur alles für bunte Tücher ausgeben und nichts für die Familie bleibt.« Mr Zlanin und die Männer lachten. Die Frauen protestierten, bis Hauptmann Marker sich brüllend Ruhe verschaffte. Aber es ging lächelnd und gemütlich vor sich. Die Briten hatten einhundertunddrei Seeleute, die Männer und Frauen ihr Geld. Die beiden Transporter konnten ablegen und nach Vis segeln.

An ihrer Stelle lief ein Kanonenboot in den Hafen ein. David schickte einen Melder, der Commander Woodbridge und den Kommandanten des Kanonenbootes in sein Hauptquartier bestellte.

Beides waren junge Leute. David hatte überhaupt das Gefühl, dass heutzutage die Herren direkt von der Schulbank aufs Achterdeck der Schiffe stiegen. Aber sein alter Freund Andrew Harland hatte ihm erst im vergangenen Jahr gesagt: »Wir waren nicht älter, David, und sahen damals keinen Tag älter aus. Ich weiß noch genau, wie mitleidig mich die Hafenhuren damals anschauten und schnell ihren Busen zudeckten.«

Commander Woodbridge kannte David schon. Abgesehen davon, dass er David immer sehr nervös anblickte, war er ein kompetenter Mann, der schon im Atlantik und in der Karibik Erfahrungen gesammelt hatte.

Den Kommandanten des Kanonenbootes kannte David von der *Milford*. Er war dort dienstältester Midshipman gewesen und hatte dem Batterieoffizier assistiert. Er stand zum Leutnantsexamen an und hatte bereits die Prüfung als Steuermannsmaat bestanden. Er hieß Anton Warring.

David kündigte ihm an, dass sich morgen bei ihm ein alter Seemann melden werde, der ihn für zwei Monate als Lotse in die hiesigen Gewässer einweise. »Danach müssen Sie selbst zurechtkommen, Mr Warring. Das Kanonenboot hat seinen Heimathafen in Korčula, wo es etwa jede zweite Nacht verbringt. Die *Imogene* wird am anderen Teil der Insel in Vela Luka stationiert und überwacht den Küstenabschnitt von Dubrovnik bis Split. Sie, Mr Warring, patrouillieren an den Küsten von Pelješac und beschießen dort feindliche Batterien, bis ihre Kanoniere sicher treffen. Die ersten drei Fahrten unternehmen Sie gemeinsam, meine Herren. Unterbinden Sie den feindlichen Schiffsverkehr an der Küste und vertreiben Sie Kaper. Wir werden auch die umliegenden Inseln Mljet und Hvar in nächster Zeit besetzen und wahrscheinlich mehr Kanonenboote hier stationieren. Wann sind Sie mit dem Leutnantsexamen dran, Mr Warring?«

»Jederzeit, wenn genügend Kapitäne im Hafen sind und die Kommission zusammentritt, Sir.«

»Das wird bald sein. Ich schicke Ihnen ein Boot. Dann werden Sie noch Commodore unserer Kanonenboote. Wir müssen sie nur noch erobern.«

Als David die Insel Korčula verließ, atmeten viele auf. Er hatte Hauptmann Lowen von den Korsischen Rangern als Truppenkommandanten eingesetzt. Ein Kroate, der in russischen Diensten Hauptmann gewesen war, drillte die örtliche Miliz. Leutnant Mixel kommandierte die Seesoldaten. Eine Versammlung der Bürgermeister war konstituiert und hatte ihren Fahrplan zur Vorbereitung der

Wahlen für eine Volksvertretung. Der Bau eines Forts Wellington oberhalb von Korčula war projektiert.

»Sie haben die Korčulaner ja ganz schön gehetzt, Sir«, stellte Kapitän Markwood lächelnd fest, als David wieder an Bord der *Milford* war.

»Mir ist jetzt auch ein wenig zum Ausruhen, Mr Markwood. Aber ich muss mich ja noch über die Kanonenboote und die Verteilung der Mannschaften orientieren.«

»Das klappt recht gut, Sir. Wenn unsere Prisenmannschaft aus Syrakus zurück ist, haben wir fast unsere Sollstärke.«

»Und wie viele Kanonenboote konnten Sie bemannen?«

»Drei, Sir. Eins davon ist in Korčula.«

»Respekt, Mr Markwood. Woher haben Sie die Seeleute gezaubert?«

»Die *Havannah* hat vor Zadar die Besatzung einer britischen Handelsbarke gerettet, die im Sturm gestrandet war. Das brachte zwanzig Mann. Zehn Hospitalabgänger kamen aus Syrakus mit dem Schoner, vierzig Freiwillige konnten wir in Lastovo anwerben. Das reichte, Sir.«

»Sehr gut, Mr Markwood. Bis zur Ankunft in Vis bin ich jetzt ein alter Mann als Passagier, der sich auf dem Heckbalkon ausruht.«

»Gute Erholung, Sir.«

Ein Vorstoß zur dalmatinischen Küste
(Juni 1813)

Der Kutter *Wight* lief in den Hafen von Vis ein. David war gerade auf der winzigen Insel an der Hafeneinfahrt, die sie Insel Hoste genannt hatten, und besichtigte den Bau des Martello-Turmes. Er sah das Signal am Mast des Kutters, dass er eilige Depeschen an Bord habe.

»Wann hat ein Depeschenkutter keine eiligen Nachrichten an Bord?«, scherzte David zu dem Maat der *Milford*, der die Bauarbeiten beaufsichtigte. »Ich bin mit Ihrer Arbeit sehr zufrieden, Mr Sanbos. Wie bewähren sich die italienischen Gefangenen?«

»Danke, Sir. Sehr gut, Sir. Wir behandeln sie ordentlich, geben ihnen reichliches Essen, da arbeiten sie auch willig und gut. Sie lachen viel.«

»Das höre ich gern. Aber nun muss ich zur *Milford*. Vielleicht teilt uns die Admiralität mit, dass der Friede ausgebrochen ist.«

»Das wäre die beste Nachricht, Sir.«

»Und was machen Sie, wenn die Flotte abgerüstet wird, Mr Sanbos?«

»Ach, Sir. Schlosser und Maurer braucht man immer. Bestimmt wird im Frieden viel gebaut.«

»Wenn es mal so weit ist, Mr Sanbos, geben Sie meinem Sekretär eine Adresse, wo Sie zu erreichen sind.«

»Danke, Sir«, freute sich der Maat und nahm die Finger an den Hut.

»Ein sehr tüchtiger Mann«, sagte David zu Alberto.

»Aye, Sir, freundlich und ehrlich. Ziemlich beliebt.«

Die Admiralität hatte keinen Frieden zu verkünden, obwohl Napoleon weiter zurückgetrieben wurde. Mit Österreich verhandele man um einen Frontenwechsel. Die Ausgaben auf Vis sollten beschränkt werden. Bei dieser Nachricht lag ein Zettel.

»Dummköpfe!«, hatte Pellew notiert. »Malta fällt durch eine Pockenepidemie aus. Sollen froh sein, dass wir Vis haben.« David war der gleichen Meinung und lachte über Pellews direkte Art.

Dann war da noch die Mahnung, dass Venedig unter Kontrolle gehalten werde. Die Franzosen wollten ihre Bautätigkeit verstärken.

David legte die Dienstpost zur Seite. Das konnte wirklich warten. Erst die Privatpost. Drei Briefe von Britta, einer von William, einer von Edward und einer vom Herzog von Chandos, immer noch Gouverneur auf Barbados.

Er las Brittas Briefe zuerst und war glücklich, dass alle gesund waren, dass alles seinen gewohnten Gang ging. Bei Britta war Friede, Glück und Geborgenheit. Wie sollte man sich da Änderungen wünschen? Die kleinen Neuigkeiten, die erfreuten und amüsierten. Charles hatte das andere Geschlecht entdeckt. Margarete, die junge Tochter von Nicoles Nachbargut, schien ihm nicht aus dem Kopf zu gehen. Er fragte schon immer, wann sie Nicole und James besuchen würden. Britta war mit seiner

Wahl ja durchaus einverstanden, aber Charles stürmte ihr jetzt ein wenig zu schnell voran.

Christina ging es gut. Im Juli würde das Kind wohl auf die Welt kommen. Sie hatte keine Beschwerden. Der Arzt war zufrieden. Sie war sehr glücklich mit ihrem Mann.

David war etwas heiß geworden bei der Lektüre. Die Geburt seines Enkelkindes rückte näher und näher und er konnte nichts tun, um seiner geliebten Tochter zu helfen. Aber sie hatte ja jede mögliche Hilfe, und Britta hatte auch drei Kinder ohne Komplikation geboren. Aber die Angst um die Kinder konnte man nicht so einfach verdrängen.

Er griff nach Edwards Brief. Ihm war nichts geschehen. Sein Schiff hatte eine französische Korvette niedergekämpft. Gregors Sohn Alexander hatte eine leichte Splitterwunde davongetragen, aber Edward und John blieben unverletzt. Nach einer Bootsaktion war er belobigt worden, weil er vorausgeschwommen war und das Ankertau des Feindes durchtrennt hatte. David atmete tief ein. Es war etwas anderes, ob man so etwas selbst tat oder der eigene Sohn.

Williams Brief überflog er. Da war nichts von Bedeutung. Genau würde er ihn am Abend durchlesen. Und Martin Balcor, Herzog von Chandos? Schon nach den ersten Zeilen stockte David. Martins Frau Susan war an Gelbfieber gestorben. David nahm die Hand vor den Mund. Wie furchtbar! Susan, seine erste Geliebte, die Mutter seines Sohnes John, den er nie anerkennen durfte, um für ihn die Lordschaft nicht zu gefährden, John, der in seinen Armen an einer schweren Verwundung starb.

Erinnerungen stiegen auf an die hübsche, strahlende Susan MacMillan auf dem Ball in Gibraltar, als die *Shannon* sie und ihre Eltern aus Piratenhand befreit hatte. Sie hatte dann den charmanten Lord Bentrow geheiratet, als David als junger Midshipman in Amerika kämpfte. Und nach der Hochzeit hatte sie erfahren, dass der Lord homosexuell war und die Ehe nicht vollziehen wollte. Als sie

David dann in London wieder sah, flammte die Liebe erneut auf und sie zeugten einen Sohn, der David immer nur Onkel nannte. Susan hatte ihrem zweiten Mann, dem Herzog von Chandos, nie die Wahrheit über ihren Sohn und ihr Enkelkind gesagt. Sie hatte sich David entfremdet. Aber nun war sie tot. Er dachte an sie wie in der ersten Zeit.

Ob Britta es auch schon erfahren hatte? Sie wusste über sein Verhältnis zu Susan. Nicole, die eigentlich Davids Schwiegertochter war, wurde ihre beste Freundin. Und John David, eigentlich sein Enkelsohn, war seines Sohnes enger Freund und nun mit ihm Midshipman. Was war das alles kompliziert, weil Susan nie die Adelstitel für sich und den Sohn gefährden wollte. Gott wird sie in Frieden aufnehmen und ihr Ruhe geben, dachte David und verharrte kurz im Gebet.

Aber dann ging er mit Larry an Deck. Er brauchte frische Luft. Als er einige Male auf dem Achterdeck hin- und hergegangen war, kehrten seine Gedanken in die Gegenwart zurück und er bemerkte, dass Kapitän Markwood auch an Achterdeck war.

»Auf ein Wort, Mr Markwood«, sagte er und ging mit ihm an die Reling. »Wie geht es mit der Bemannung der Kanonenboote voran?«

Markwood berichtete ihm, dass das eine Kanonenboot in Korčula voll bemannt und trainiert sei. Zwei weitere seien bemannt und würden trainiert. Eines werde noch repariert und komme in einer Woche aus der Werft. Bisher habe er nur eine Stammbesatzung.

David rieb sich das Kinn. »Ich überlege gerade, ob wir die Kanonenboote nicht der Armee unterstellen sollten, wie das z. B. an einigen Fronten in Spanien geschehen ist. Dann wären wir die Mannschaftssorgen los, könnten beim Training helfen, könnten auf die Boote zurückgreifen, wenn wir sie brauchen, wenn auch nicht so leicht wie jetzt. Was denken Sie darüber?«

Markwood überlegte einen Moment.

»Die Schwierigkeiten bei der Rekrutierung wachsen uns über den Kopf, Sir. Insofern sollten wir die Kanonenboote loswerden. Aber bei manchen Einsätzen wären sie hochwillkommen. Wenn wir dann immer betteln müssten, wäre das auch nicht gut.«

»Glücklicherweise ist bei uns das Armeekommando nicht so mächtig und noch von uns abhängig. Wir müssten uns ein bestimmtes Zugriffsrecht schriftlich sichern. Ich werde mit Oberst Bush verhandeln. Inzwischen setzen Sie bitte die Ausbildung fort. Ich will morgen mit der *Eagle* vor Dubrovnik erkunden. Ich werde die *Weasel* und die *Saracen* sowie zwei Transporter mitnehmen, damit wir die Inseln Mljet, Sipan, Lopud und Koločep besetzen. Dann können wir den Druck auf die französische Besatzung in Dubrovnik beträchtlich erhöhen. In zwei Wochen, wenn Sie Ihre Mannschaften wieder an Bord haben, segeln wir in die nördliche Adria. Wir werden praktisch mit den Schiffen, die jetzt dort sind, die Positionen tauschen. Mr Roberts wird die Befehle ausfertigen. Meinen Koch lasse ich bei Ihnen, er kann Ihnen in den beiden Wochen meine Lieblingsgerichte servieren.«

»Sie verwöhnen mich, Sir«, antwortete Markwood lachend.

Sie saßen in Kapitän Everetts Kajüte in der *Eagle* zusammen, die er vorübergehend für David geräumt hatte. Außer Everett war Major Havell anwesend, der die Landungsoperationen leiten sollte, Mr Lee von der *Weasel*, Mr Milton von der *Saracen* und Mr Zlanin, Davids Berater.

Zlanin orientierte gerade alle über die Situation in Dubrovnik. »Sie alle wissen, dass Dubrovnik über Jahrhunderte ein unabhängiger Stadtstaat war, reich, mit einer Handelsflotte von über dreihundert Schiffen und Verbindungen von der Levante bis England. Frankreich hat mit seinem Einmarsch 1808 der Unabhängigkeit ein Ende bereitet und Dubrovnik mit den ihm gehörenden Inseln den illyrischen Provinzen einverleibt.«

Major Havell meldete sich zu Wort: »Dann sind die Bewohner Dubrovniks doch unsere natürlichen Verbündeten. Wer reich war, unabhängig und einflussreich, der lässt sich doch nicht willig zur Provinz degradieren.«

»So einfach ist das leider nicht, Sir«, widersprach Zlanin. »Dubrovnik war eine Adelsrepublik. Jeder Adlige, der älter als zwanzig Jahre war, erhielt einen Sitz im Großen Rat. Das war die gesetzgebende Versammlung, die dann fünfundvierzig Senatoren wählte, die über vierzig Jahre alt sein mussten, und einen Kleinen Rat mit sieben Mitgliedern. Aus seinen sieben Mitgliedern wählte der Kleine Rat monatlich immer ein anderes Staatsoberhaupt, den Rektor. Dieser war nur Sprecher des Kleinen Rates, der eigentlich in seiner Gesamtheit den Staat regierte. Das Bürgertum, gegliedert in Besitzbürgertum mit Vermögen und gewerbetreibendes Bürgertum einschließlich der Seekapitäne hatte keinen Anteil an der Regierung. Und natürlich auch nicht das Landvolk, das mit dem Grund und Boden verkauft werden konnte, aber gut behandelt werden musste. Als nun die Franzosen die Macht übernahmen, haben sie dem Adel zwar jede Regierungsmacht genommen, den anderen, Bürgertum und Bauern, haben sie aber Bürgerrechte gegeben. Sie bestimmen jetzt bei der Verwaltung der Stadt und der Inseln mit. Dadurch und durch manches liberale Gesetz haben sich die Franzosen im Bürgertum Freunde geschaffen. Diese Freundschaften haben sie sich im Laufe der Zeit wieder verscherzt, und zwar durch hohe Steuern, unter denen besonders die Landbevölkerung leidet, durch ihre Soldatenrekrutierungen und durch arrogant auftretende französische Beamte. Aber meine Mittelsmänner berichten mir, dass zwar gemeckert wird, aber kein Klima für einen Aufstand vorhanden sei.«

»Informieren Sie uns nun bitte über die französischen Truppen in der Stadt und auf den Inseln, Mr Zlanin«, forderte David.

»Kommandant ist General Montrichard, Sir. Er verfügt über siebenhundert italienische, vierhundert französische und fünfzig kroatische Soldaten. Die Wälle und Festungen sind mit etwa hundertsiebzig Kanonen bestückt. Munition und Lebensmittel sollen reichlich vorhanden sein. Auf den Inseln sind nur Wachtruppen, von denen auf Sipan zeitweilig etwa dreißig Mann zu finden sind.«

David trank einen Schluck Kaffe und sagte: »Sie werden die Wälle und Türme der Stadt bald sehen, meine Herren, und dann erkennen, dass von außen nur mit starken Kanonen und reichlich Truppen etwas zu erreichen ist. Aber unser Ziel sind ja auch nur die Inseln, um den Zugang Dubrovniks zum Meer besser zu kontrollieren und möglichst zu verhindern. Wir werden zunächst Sipan angreifen. Währenddessen wird Mr Lee mit seiner Sloop eine Unterstützung aus Dubrovnik verhindern. Dann, ich hoffe, am nächsten Tag, werden wir die beiden restlichen Inseln besetzen. Wenn wir das hinter uns haben, können wir uns Mljet zuwenden.«

Major Havell meldete sich: »Sir, nach unseren Unterlagen sind auf den Inseln alte Festungen und Wehrtürme gegen die früher häufigen Angriffe von Piraten. Das kann unseren Angriff behindern, ist aber auch ein Vorteil für die Stationierung unserer Truppen.«

»Ich will mich noch nicht festlegen, Mr Havell, aber ich tendiere zu Lopud, der mittleren Insel. Es gibt dort ein befestigtes Franziskanerkloster, und die Entfernung zu den Nachbarinseln beträgt maximal einen Kilometer. Aber auch auf Sipan ist ein befestigtes Familienschloss. Wir werden uns entscheiden, nachdem wir die Örtlichkeiten besichtigt haben. Auf jeden Fall werden wir ein oder zwei Kanonenboote stationieren müssen, und eine Sloop muss ständig in diesem Revier patrouillieren.«

Die *Eagle* lag vor der Bucht von Sipanska Luka, während die *Saracen* vorsichtig tiefer in die Bucht hineinsegelte, um den Booten mit den Seesoldaten Schutz zu bieten. Aber nichts ereignete sich.

Die Boote landeten. Die Seesoldaten gingen in lockeren Trupps mit schussbereiten Gewehren zu den paar Hütten des Hauptortes der Insel hinauf.

»Guck mal«, sagte ein Sergeant zu seinem Korporal. »Hier unten die mickrigen Hütten und da oben dieser etwas ramponierte, aber immer noch stattliche Palast. Wer wohnt denn da?«

»Mir wär dat zu unjemütlich«, antwortete der Korporal. »Hier is doch nischt los. Und dann son großer Schuppen.«

Für David war die Information weniger anschaulich. »Das ist der frühere Rektorenpalast aus der Blütezeit Dubrovniks. Seit langem nicht genutzt«, erklärte ihm Mr Zlanin.

Die Seesoldaten trennten sich. Ein Trupp marschierte zur Nordwestspitze der kleinen Insel, der größere Trupp durchkämmte die Insel in Richtung auf das östliche Ende. Die Insel Sipan war stark bewaldet. Sogar Palmen gediehen in diesem Klima.

Der Haupttrupp verließ gerade einen kleinen Kiefernwald, als drei Schüsse knallten. Die Soldaten rannten hinter Bäume oder knieten sich nieder und hielten die Gewehre schussbereit.

»Wer sieht was?«, rief der Leutnant.

»Da unten, Sir, backbord, zum Ufer hin. Da bewegen sich Büsche.«

Alle schauten hin. Da liefen drei Mann über einen Strand, kletterten in ein Boot und ruderten mit aller Macht über den Kanal zum Festland.

»Sollen wir denen eins aufbrennen, Sir?«, fragte ein Korporal.

»Die erreichen wir doch nicht mehr. Die Kerle, die daneben schießen, die lassen wir laufen. Sonst stellen sie andere ein, die treffen.«

Die Soldaten lachten und trotteten weiter.

Es waren keine feindlichen Soldaten auf Sipan. Die Bewohner berichteten, dass nur Wachtposten ständig auf der Insel waren. Ja, wenn die Franzosen Übungen machten, seien auch mal dreißig Mann mit dem Boot gekommen.

»Na, dann wird sich ja wahrscheinlich nicht viel ändern«, sagte Major Havell zu seinem Leutnant. »Sie möchten doch hier auch nicht stationiert sein.«

»Ich fürchte, Sir, die anderen Inseln bieten auch nicht mehr.«

David unterhielt sich mit Kapitän Everett. »Jetzt lernen wir das Problem der Franzosen am eigenen Leib kennen.«

»Wieso, Sir?«

»Na, sie müssen auch jeden Abschnitt der ödesten Küste besetzen, damit wir nicht landen. Wir konnten auf dem Meer kreuzen und uns aussuchen, wo wir überraschend angreifen.«

»Aber die Franzosen haben doch keine Schiffe, um die Inseln anzugreifen, Sir.«

»Im Prinzip stimmt das schon, Mr Everett. Aber schauen Sie, das Festland ist nur einen Kilometer entfernt. Da können sie jederzeit mit Booten übersetzen. Doch dann beginnt der Unterschied. Sie sitzen auf der Insel fest, wenn unsere Schiffe kommen. Darum will ich unsere Soldaten nicht verzetteln. Kleine Wachtposten genügen, wenn wir die nahe gelegenen Inseln und die Schiffe informieren können. Dazu brauchen wir Signalraketen. Ich werde mich mal mit Ihrem Feuerwerker unterhalten, was wir zur Verfügung haben.«

»Sir, seien Sie vorsichtig. Der ist so verliebt in sein Pulver, der baut Ihnen eine Rakete, die zu den Sternen fliegt.«

»Wer soll sie denn da sehen, oder glauben Sie an den Mann im Mond, Mr Everett?«

Auf Lopud fanden sie am nächsten Tag Widerstand. Ausgerechnet auf der lang gestreckten Halbinsel Samostan hatten sich etwa zwanzig Franzosen verbarrikadiert und schossen auf Seesoldaten, die das Gebiet durchkämmten.

Der britische Sergeant formierte die Seesoldaten schon zum Angriff und wollte mit gefälltem Bajonett vorrücken als Davids Flaggleutnant erschien.

»Halt«, befahl er sofort. »Sind Sie wahnsinnig, hierfür das Leben unserer Soldaten aufs Spiel zu setzen?«, herrschte er den Sergeanten mit unterdrückter Stimme an. »Alle Mann in Deckung. Melder zu mir!«

Und er instruierte den Melder, dass er sofort mit einem Boot zur *Saracen* übersetzen und melden solle, dass sie hier Widerstand mit ihren Kanonen brechen müsse.

Sie warteten eine Stunde. Hin und wieder tauschten sie Schüsse mit den Franzosen aus, aber vor allem ärgerten sie sich über die Fliegen und Mücken, die sie immer wieder belästigten. Sie steckten die Hände in die Uniformjackets, aber dann konnten sie die Viecher nicht im Gesicht abwehren. Sie fluchten fürchterlich.

»Ich glaub, ihr Dussels wärt lieber tot, ehe ihr unter den Fliegen leidet«, wunderte sich Leutnant Wale.

Aber dann krachte die erste Salve der *Saracen*. Sie sahen zu, wie sich das Haus in Schutt auflöste. Sie sprangen auf und jubelten, als Franzosen staubbedeckt aus den Trümmern krochen und weiße Fahnen schwenkten.

»Nun geht und sammelt sie ein«, lachte Leutnant Wale.

Aber als sie sich dem Trümmerhaufen näherten, krachte ein Schuss.

»An die Seite mit erhobenen Händen!«, brüllte der Sergeant die Franzosen an, die sich ergeben hatten. »Durchsiebt den Trümmerhaufen mit euren Kugeln!«, befahl er seinen Soldaten.

Dann regte sich nichts mehr. Zwei Freiwillige schlichen sich an. »Nur Tote!«, riefen sie.

»Wer war denn der Verrückte?«, fragte Leutnant Wale die Gefangenen.

»Jean Gangloff, der Sergeant«, antworteten sie. »Der war verrückt, komplett. Er hat auf der Insel so viel betrogen, geklaut und vergewaltigt, der konnte sich nicht ergeben. Immer wieder fand er welche, die ihm mit Lügen aus der Klemme halfen. Nun hat er uns gezwungen, uns zu verteidigen. Mit seinem Gewehr stand er hinter uns.«

»Sehen Sie, Sergeant«, sagte Wale. »Dafür brauchen wir keinen unserer Leute zu opfern. Und nun begleiten Sie mich zum Franziskanerkloster. Der Admiral will wissen, ob er dort eine Garnison unterbringen kann.«

David besuchte die Insel am Abend. Er sprach mit den Mönchen, die nichts gegen eine Einquartierung einzuwenden hatten, wenn man ihre Gottesdienste nicht störe. Seit der Zeit der französischen Besatzung hätte das Kloster keinen Nachwuchs mehr gehabt.

In Lopud, dem einzigen Ort der Insel, servierten ihm die Bewohner dann noch Hummer. Er schmeckte köstlich, aber David erinnerte sich an seinen Gichtanfall vor einem guten Jahr und aß nur kleine Portionen.

»So könnte man sich an den Krieg gewöhnen, Sir«, stellte Leutnant Wale fest. »Keine Verluste. Gutes Essen und Wein.«

»Hat es auf Koločep auch keine Ausfälle gegeben?«, fragte David.

»Nein, Sir. Dort waren nur ein paar Invaliden, die eine Fahne hissen mussten, wenn jemand auftauchte.«

»Haben sie das getan?«

»Nein, Sir. Die *Saracen* hat ihnen den Mast weggeschossen.«

David lachte. »Na, dann schauen wir uns morgen auch diese Insel an und entscheiden über die Besetzung. Mehr als einen Zug der korsischen Ranger will ich aber nicht opfern.«

Koločep war grün wie die anderen Inseln auch. Kiefern, Zypressen, Palmen, Feigen und Wein, alles schien hier zu wachsen. Reiche Bewohner Dubrovniks hatten sich Sommervillen gebaut. Ständig wohnten nur ein paar Dutzend Einwohner auf der Insel, die sich hauptsächlich von Korallenfischerei ernährten.

David hätte die Insel gern umgedreht, denn die Südwestküste fiel fast senkrecht etwa vierzig Meter ab, ein schwer zu überwindendes Hindernis gegen jede Landung.

»Hätte die Steilküste nicht zum Land hin liegen können?«, schimpfte David scherzhaft. »Dann hätten wir keine Sorge vor Überfällen der Franzosen. Aber nein, zum Land hin fällt der Boden sanft und terrassenförmig ab, eine Einladung zur Landung.«

»Sir, wir bauen hier den alten Wehrturm wieder aus. Mit einem Zwölfpfünder beherrschen wir dann die Küste und einen Teil der Einfahrt zum Hafen von Dubrovnik. Wenn wir dann noch drei, vier kleine Kanonenboote haben, können wir die Schifffahrt für Dubrovnik fast ganz verhindern«, schlug Major Havell vor.

»Mr Havell«, protestierte David. »Das kostet uns ja mehr Leute, als ich für alle drei Inseln opfern wollte.«

»Aber Sir, die Besatzung der Kanonenboote wird doch überwiegend von der Armee gestellt. Sie haben doch mit Mr Bush verhandelt.«

»Und das Ergebnis verbreitet sich in der Armee, bevor ich es meinen Kapitänen berichten kann. Da wird ja noch mehr geklatscht als in der Flotte.«

Die Umstehenden hatten sich über Davids Bemerkung amüsiert. Aber sie konnten nicht bei dem Thema bleiben, denn Mr Zlanin näherte sich augenscheinlich in Eile und fragte David, ob er ihn allein sprechen könne.

David ging mit ihm ein paar Schritte zur Seite und fragte: »Was gibt es, Mr Zlanin?«

»Sir, einer meiner Verbindungsleute hat mir eben die Nachricht geschickt, dass Graf Giralamo Natali von den Franzosen verhaftet wurde und heute Abend auf den Weg nach Triest gebracht werden soll, um dort wegen Hochverrats angeklagt zu werden.«

David überlegte. »Graf Natali, ist das nicht einer der Führer des Adels in Dubrovnik?«

»Einer der entscheidenden, wenn nicht der entscheidende Führer, Sir. Er gilt als klug, unbestechlich und freiheitsliebend. Er wird allenthalben verehrt, ja geliebt, nicht nur im Adel.«

»Und was können wir für den Herren tun, Mr Zlanin?«, fragte David.

»Wenn es geht, ihn befreien, Sir. Wenn er bei uns wäre und uns seine Freiheit verdanken würde, hätten wir einen unschätzbaren Verbündeten, der die Hälfte der Bevölkerung Dubrovniks auf unsere Seite zieht. Er allein ist ein Bataillon Soldaten wert, Sir.«

»Wenn Sie das behaupten, hätten wir einen Grund zur Befreiung. Haben wir auch die Möglichkeit dazu, Mr Zlanin?«

»Dafür bin ich kein Fachmann, Sir. Ich weiß nur, dass er nach Einbruch der Dunkelheit um einundzwanzig Uhr vom Fort Lovrjenac auf der Küstenstraße nach Slano gebracht werden soll. Vier Dragoner begleiten die Kutsche. Drei Leute des Geheimdienstes sind in der Kutsche dabei. Die Straße führt manchmal ganz dicht an die Küste heran, Sir. Und die Mannschaften sagen, so etwas hätten Sie schon öfter gemacht.«

»Was die Leute so sagen«, murmelte David, war mit seinen Gedanken aber schon woanders.

»Alberto«, rief er seinen Begleiter. »Besorg mir doch eine genaue Karte der Küste zwischen Dubrovnik und Slano. Wir treffen uns dann in dem großen Haus direkt an dem kleinen Hafen.«

In dem Haus am Hafen hatte David mit den Kapitänen und Major Havell die Besetzung der drei Inseln besprochen. Die Herren gingen gerade, als Alberto mit der Karte kam.

»Ich habe auch eine Lupe mitgebracht, Sir«, meldete Alberto.

»Ich bin doch nicht blind«, sagte David. Aber als er der Küstenstraße mit dem Finger folgte, war er doch froh, dass er Einzelheiten mit der Lupe überprüfen konnte. Die Straße kam tatsächlich manchmal ganz dicht an die Küste heran.

Er winkte Mr Zlanin. »Holen Sie mir bitte den Bürgermeister und einen Mann, der oft am gegenüberliegenden Land zu tun hat. Übersetzen Sie dann, wenn die Leute hier sind.«

Die Männer kamen und David forderte sie auf, ihm alles über die Küstenstraße zwischen den Buchten Ombla und Zaton zu berichten. Sie fingen an, von der Beschaffenheit der Straße zu erzählen, aufgeschütteter Schotter mit Sand darüber. Er lenkte sie mit Fragen dahin, dass sie auch über den Bewuchs an den Rändern der Straße und über die Nähe zum Strand, die Beschaffenheit des Strandes und andere Dinge im Zusammenhang mit der Straße sprachen. Dort ließ ein Schäfer immer seine Herde übernachten, wenn er mit ihr wanderte. Dort stand die Hütte eines alten Tagelöhners und dort plätscherte ein winziger Bach über die Straße.

David bedankte sich bei den beiden und rief nach Alberto und Mustafa. Er zeigte ihnen die Karte und sagte, dass er den Abschnitt bei Lucika für den am besten geeigneten halte. Vor der Küste liege die winzige Insel Daksa, anscheinend unbewohnt. »Ihr nehmt euch jetzt einen Kutter der *Eagle* und rudert mit einem Landungstrupp zur Insel. Von dort studiert ihr mit dem Teleskop sehr sorgfältig Ufer und Straße. Macht euch Zeichnungen, aber seht zu, dass ihr kein Aufsehen an Land erregt.«

Sie kamen zur Kaffeezeit zurück, und David ließ Frederick Kaffee für alle drei bringen. Dann berichteten sie ihm, was sie gesehen hatten. Die Insel war unbewohnt, aber mit Bäumen und Sträuchern bewachsen. Die Entfernung zum Strand betrage etwa dreihundert Meter. Auf zweihundert Meter rage ein Felsstück ins Meer hinein. Dort liege die Küste etwa zwei Meter über dem Meer. Die Brandung sei wegen der gegenüberliegenden Insel gering.

»Boote könnten sich dort verstecken, Sir. Die Straße kommt bis auf dreißig Meter an die Küste heran, weil sie einen Geröllhang umgeht. Das wäre ein sehr guter Ort für einen Überfall, Sir«, sagte Alberto.

»Zeichnet mir das hier einmal auf und erzählt mir, was ihr zeichnet«, bat David. Als sie fertig waren, konnte er sich die Lage sehr gut vorstellen.

»Ihr braucht je einen Landungstrupp, um die Straße vorn und hinten abzuriegeln, und ihr braucht zwei Landungstrupps, um die Dragoner auszuschalten und die Kutsche in eure Hand zu bringen. Wer soll kommandieren?«

»Mit dem Ersten Leutnant ginge es am besten, Sir.«

David bat Frederick, Leutnant Galton zu holen.

Leutnant Galton hörte aufmerksam zu, als David berichtete, wer wo und wann befreit werden solle. Er studierte die Karte und Albertos Zeichnung, während David von

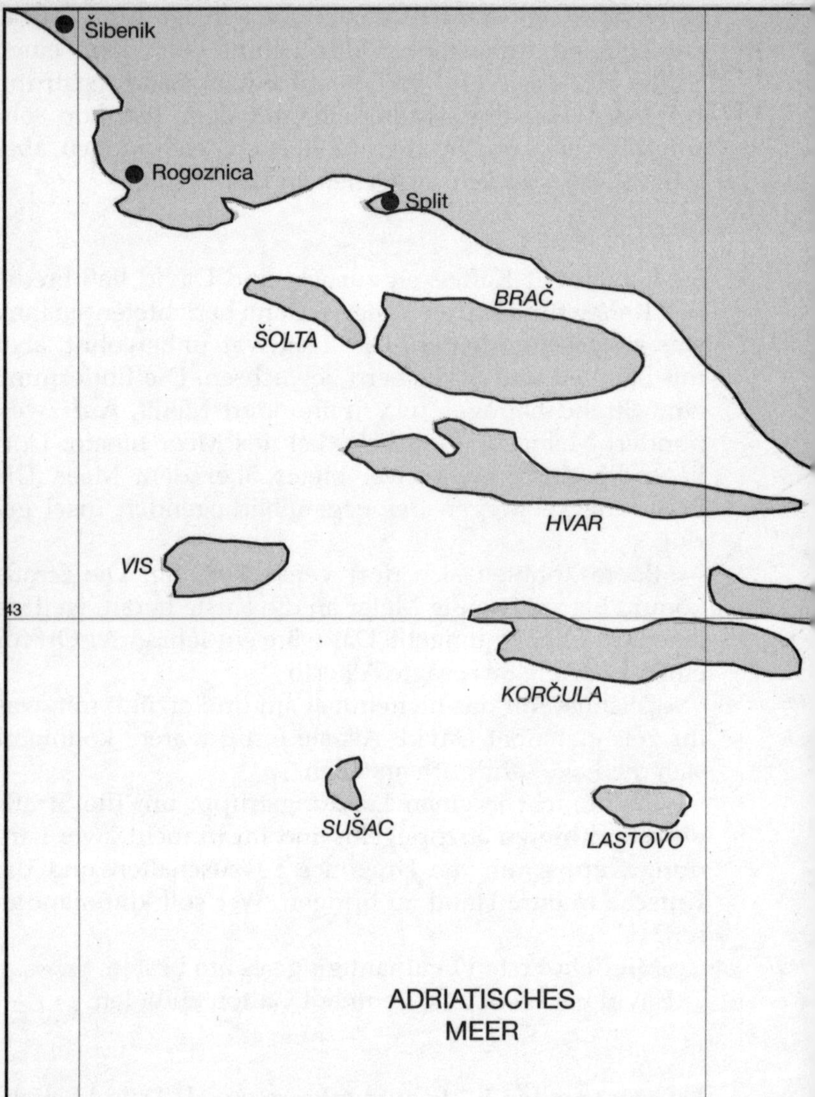
Šibenik
Rogoznica
Split
BRAČ
ŠOLTA
HVAR
VIS
43
KORČULA
SUŠAC
LASTOVO
ADRIATISCHES
MEER
16
17

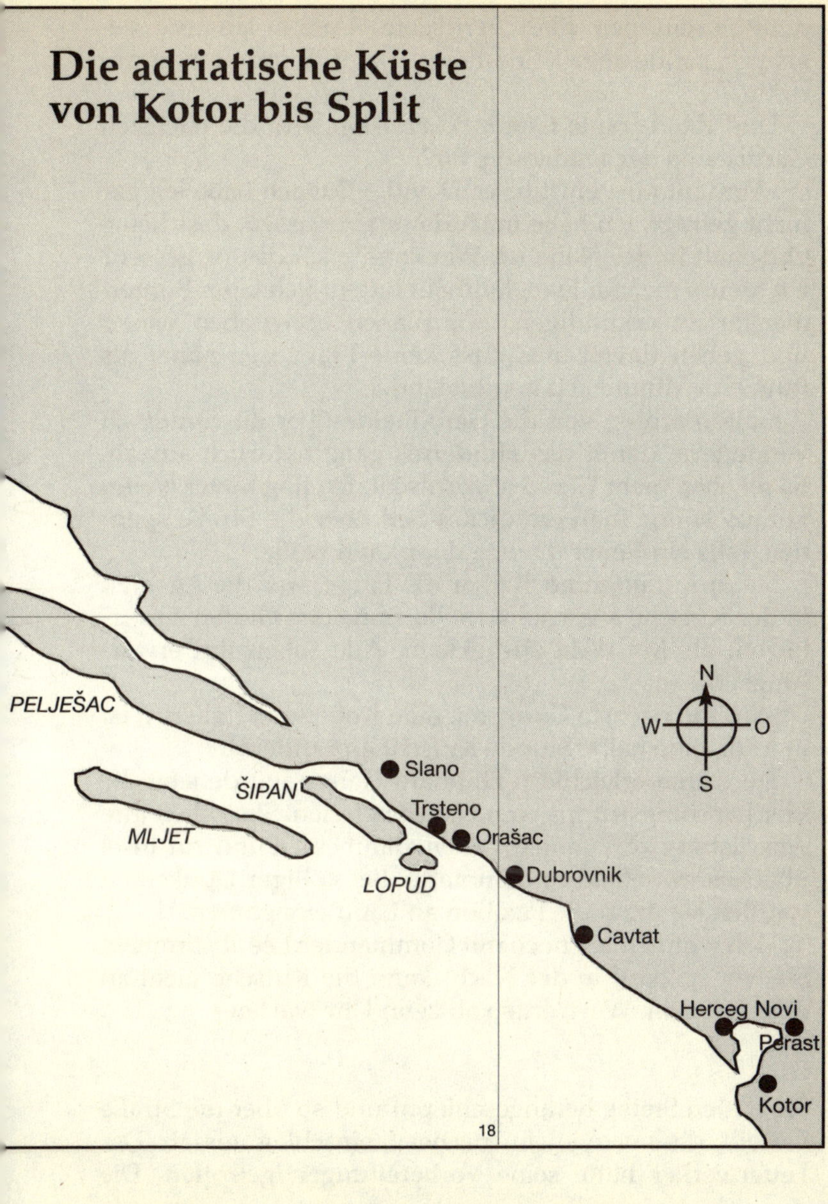
Die adriatische Küste
von Kotor bis Split
PELJEŠAC
ŠIPAN
MLJET
LOPUD
Slano
Trsteno
Orašac
Dubrovnik
Cavtat
Herceg Novi
Perast
Kotor
N
W
O
S
18

dem vorläufigen Plan berichtete. Galton lauschte gespannt, stellte aber keine Frage. David wurde schon unruhig.

Und dann fragte Galton kurz: »Wo sind die nächsten Garnisonen der Franzosen, Sir?«

»Verdammt!«, entfuhr es David. »Danach habe ich gar nicht gefragt. Ich habe mich darauf verlassen, dass keine Ortschaft in der Nähe ist. Wie konnte ich das vergessen? Ich werde meinen Flaggleutnant bitten, sich beim Bürgermeister zu erkundigen. Wir planen inzwischen weiter und gehen davon aus, dass keine Franzosen näher als fünfzehn Minuten stationiert sind.«

Galton schlug vor, die Geröllhalde über die Straße zu verlängern, damit das Hindernis ganz natürlich aussah. Es sei eben mehr Geröll abgerutscht. Dreißig Meter weiter voraus könne man ein dickes Seil über die Straße spannen, falls ein Reiter davongaloppieren wolle.

Sie diskutierten noch über die Frage, wer die Agenten in der Kutsche ausschalten solle, ohne den Grafen zu verletzen, als Mr Wale zurückkam. Alle sahen ihn erwartungsvoll an.

»Sir, die nächste Garnison, eine Kompanie Italiener, ist in Mali, eine halbe Stunde Kutschfahrt entfernt.«

Sie waren erleichtert. Leutnant Galton würde jetzt die vier Landungstrupps vom Dienst befreien. Sie sollten ihre Ausrüstung vorbereiten, ruhen, dann essen und zur Insel übersetzen, sobald es dämmerte. Bei völliger Dunkelheit würden sie dann die Position an Land einnehmen.

»Ich werde mich noch mit Commander Lee abstimmen, Sir. Vor halb elf in der Nacht kann die Kutsche nicht an dem Ort sein. Wir werden ab zehn Uhr warten.«

Sie hatten Steine herangeschleppt und so über die Straße verteilt, dass es wie ein frischer Steinschlag aussah. Der Feuerwerker hatte seine Vorbereitungen getroffen. Die

Trupps, die den Ort nach vorn und hinten absicherten, waren abgezogen. Die Scharfschützen nahmen ihre Position ein. Alberto und Mustafa überprüften ihre Druckluftbüchsen. Dann warteten sie. Auf Rat des Arztes hatten sie sich mit Creme eingerieben, die die Fliegen abhalten sollte. Nun ja, es half ein wenig.

Dann hörte Galton in der Ferne Hufschlag und pfiff ganz kurz. Alle duckten sich tiefer. Die Kutsche kam. Zwei Reiter ritten sorglos voraus und unterhielten sich. Erst als ihre Pferde vor den Steinen scheuten, bemerkten sie das Hindernis.

»He!«, rief einer zum Kutscher zurück. »Hier ist frischer Steinschlag. Kommt mal her und helft, das Zeug wegzuräumen. Für uns allein ist das zu viel.«

Der Kutscher hielt die Pferde an. Ein Käuzchen schrie. Alle Briten zählten und deckten ab zehn die Augen ab. Zwanzig Sekunden nach dem Käuzchenschrei hatte die Lunte das Pulver für Leuchtraketen erreicht. Ein heller Blitz jagte über die Straße, ließ die Pferde wiehernd in die Höhe steigen und die Franzosen die Augen geblendet schließen. Nun war die andere Lunte an der Schüssel mit Tranöl. Sie erleuchtete die Szene und der Feuerwerker schoss zwei Leuchtraketen.

Die Scharfschützen hatten die Reiter von den Pferden geholt und den Kutscher und seinen Wachmann erschossen. Alberto schoss zum zweiten Mal. Der zweite Agent war aus der Kutsche gestiegen und neben seinem Kollegen zusammengesunken.

Und wo war der dritte Agent?

»Aufhören!«, schrie es aus der Kutsche. Erst auf Italienisch, dann Französisch, dann Englisch. »Ich komme raus. Ich habe den Grafen. Wenn ihr mich nicht gehen lasst, jage ich ihm eine Kugel in den Kopf!«

Die Briten warteten ab.

Ein an den Händen gefesselter Mann wurde aus der Tür geschoben. Dicht an seinen Körper gepresst wand sich ein zweiter Mann aus der Tür und hielt dem Grafen eine Pistole an den Kopf.

Neben Alberto flüsterte Leutnant Galton: »Ich lenke ihn ab. Erschießen Sie ihn!«

Galton schob sich vor in den Schein des flackernden Ölfeuers. »Nicht schießen!«, rief er seinen Soldaten zu. Dann wandte er sich an den Agenten und sagte langsam und deutlich: »Sie haben doch keine Chance. Lassen Sie den Mann los, dann werden Sie als Kriegsgefangener behandelt. Ich verbürge mich dafür.«

»Nein! Auf keinen Fall. Machen Sie die Straße frei!«

Galton trat näher auf ihn zu. »Nehmen Sie Vernunft an. Sie haben ein oder zwei Schüsse.« Er ging noch einen Schritt weiter.

Der Agent zielte mit der Pistole auf ihn. »Zurück!«, wollte er schreien, aber mitten im Wort zerplatzte sein Kopf. Blut überströmte seinen Gefangenen, der im Schock zusammensank.

Briten rannten auf das Paar zu, schoben den toten Agenten zur Seite und richteten den Grafen auf. Einer schüttete ihm Wasser aus der Flasche über das Gesicht. Andere schnitten seine Fesseln durch. Alberto fragte auf Italienisch: »Conte Natali, verstehen Sie mich? Sie sind gerettet. Wir sind Briten und bringen Sie auf unser Schiff.«

Der Graf atmete tief. »Madonna. Danke! Bringt mich weg.«

Leutnant Galton pfiff auf der Pfeife und rief den Leuten Befehle zu. Die Kutsche und die toten Agenten wurden schnell auf Dokumente durchsucht. Dann löschten sie das Feuer und eilten zu den Booten. Minuten später legten sie vom Ufer ab.

»Signal an *Weasel*: Operation beendet!«, befahl Leutnant Galton. »Durchzählen, dass keiner fehlt.«

»Keine Verluste, Sir. Abgesehen davon, dass ein Agent nicht ausgeschaltet werden konnte und versuchte, den Grafen als Geisel zu nehmen, verlief alles planmäßig.«

»Wie haben Sie die Geiselnahme beendet, Mr Galton?«, fragte David.

»Mr Rosso hat ihn in den Kopf geschossen, Sir. Der Graf blieb unverletzt, hatte aber einen Schock. Dr. Clark untersucht ihn vorsorglich.«

»Ich gratuliere Ihnen zu der gelungenen Operation, Mr Galton. Ich werde Sie in meinem Bericht an die Admiralität erwähnen. Kommen Sie, trinken wir auf den Erfolg.«

Graf Natali erholte sich schnell und bedankte sich am nächsten Vormittag temperamentvoll für die Befreiung. »Das war wie eine Inszenierung auf der Bühne, Sir David. Bevor die Franzosen etwas begriffen, waren sie schon tot. Nur der eine Agent versuchte es noch, aber Ihr Leutnant hat ihm eine Opera vorgespielt und ein Scharfschütze hat ihn erschossen. Mein Gott, mein Kopf war nur Zentimeter entfernt. Seiner platzte und meiner blieb heil.«

David führte ihn zum Sessel. »Ja, Graf, wir haben Spezialisten für alle Fälle. Ich vertraue ihnen oft mein Leben an und sie haben mich nie enttäuscht. Aber darf ich Ihnen nun einige Gedanken zu unseren Plänen vortragen?«

Bei einem Glas Gin, der Graf zog tatsächlich Gin dem Wein vor, berichtete David von den Plänen zur Befreiung Illyriens. Die Befreiung der Inseln sei dabei die leichteste Aufgabe, aber die befestigten Küstenstädte könne die Flotte allein nicht einnehmen. Österreich werde auf lange Sicht gegen Napoleon Partei ergreifen, aber wann?

Graf Natali empfahl, auf den Inseln eine bürgerfreundliche, freiheitliche Verwaltung einzurichten und die Bewohner des Festlandes mit diesem Vorbild und intensiver Propaganda gegen die Franzosen aufzuhetzen.

»Die Franzosen haben wenig zuverlässige Truppen im Lande, Sir David. Wenn sich die Bevölkerung gegen sie auflehnt, sind sie verloren. Ich will gern meinen Beitrag zu diesem Werk leisten. Ich habe mir schon einmal Gedanken gemacht, wie man den Aufbau der Miliz in den befreiten Gebieten fördern könnte. Ich möchte mir das alles etwas systematischer durch den Kopf gehen lassen und Ihnen dann an einem der nächsten Tage meinen Vorschlag unterbreiten, wenn es Ihnen recht ist, Sir David.«

David bedankte sich für die Bereitschaft und sagte, man werde in den nächsten Tagen eine Aufgabe finden, die den Grafen befriedige und der gemeinsamen Sache nütze. Dann musste er den Grafen verabschieden, um mit seinen Kommandanten die Besetzung Mljets zu besprechen.

Sie mussten die Besetzung Mljets um einen Tag verschieben. Nach der Besprechung war Mr Zlanin zu David gekommen und teilte ihm voller Erregung mit, dass ihm sein Agent – »derselbe, der uns zu Graf Natalis Befreiung verhalf« – mitgeteilt habe, dass sich General Montrichard, Kommandant in Dubrovnik, zu einer streng geheimen Besprechung mit David treffen wolle. »Morgen Abend, Sir, am Strand von Orašac. Dort steht ein kleines Sommerhaus direkt am Strand. Jeder darf nur einen Mann mitbringen. Ich nehme an, er will über die Kapitulation Dubrovniks verhandeln.«

David sah ihn nachdenklich an. »Die Nachricht stammt vom Agenten, der Graf Natalis Verhaftung und Abtransport gemeldet hat?«

»Ja, Sir. Der Mann hat seine Zuverlässigkeit bewiesen.«

David brummelte nur: »Ich überlege es mir«, und ging in den Kartenraum. Dort sah er sich alle Karten von diesem Küstenabschnitt an und ließ Graf Natali rufen.

»Was wissen Sie von General Montrichard, Graf?«

»Ein erfahrener Mann, Sir. Tapfer, hart, klug. Ein ergebener Anhänger Napoleons.«

»Schildern Sie mir bitte sein Alter und sein Aussehen.«

»Er ist etwa Mitte vierzig. Etwas größer als Sie, korpulent und mit schwarzem Backenbart. Warum fragen Sie, Sir David?«

»Angeblich will er sich morgen Abend mit mir in einer kleinen Strandvilla bei Orašac treffen.«

»Die Villa kenne ich. Ein Freund von mir ließ sie direkt am Strand bauen. Er ist einer dieser neumodischen Badeanhänger, einer Sitte aus Ihrer Heimat. Die Villa hat nur zwei Zimmer und eine Kammer. Aber Sie sind misstrauisch gegenüber diesem Treffen, Sir David?«

»Ich bin immer misstrauisch, Graf.«

»Eine furchtbare Eigenschaft im Privatleben, Sir David. Aber vielleicht im Krieg ganz nützlich.«

»Ganz sicher, Graf. Bitte beschreiben Sie mir die Umgebung der Strandvilla.«

Kapitän Everett, die Leutnants Galton und Wale und die Maate Alberto Rosso und Mustafa Dukat sahen David verblüfft an.

»Der französische General will sich an einem einsamen Strand heimlich mit Ihnen treffen, Sir?«, fragte Kapitän Everett ungläubig.

»So lautet die Nachricht, die Mr Zlanin vom selben Agenten erhalten hat, der uns zu Graf Natali verholfen hat.«

»Aber Sie sind misstrauisch, Sir?«

»Ach, Mr Everett, Sie kennen mich doch. Es klingt doch alles zu plausibel. Man bringt ein Bauernopfer, den Grafen Natali, erwirbt dadurch Vertrauen und baut dann die Falle auf. Graf Montrichard kann sich nur heimlich mit mir treffen, denn offizielle Kapitulationsverhandlungen würden sofort von den anderen Napoleonanhängern und seinen Vorgesetzten unterbunden. Wenn sie vorher drei oder vier Bauernopfer gebracht hätten, dann wäre ich vielleicht beruhigt worden. Aber so?«

Die Leutnants sahen sich überrascht und unsicher an.

Doch David fuhr fort: »Lassen Sie uns überlegen, wie sie versuchen könnten, mich zu fangen, und wie wir den Plan durchkreuzen könnten.«

»Gehen Sie nicht hin, Sir. Wir bepflastern den Strand zur verabredeten Zeit mit mehreren Salven. Dann sind die Kerle erledigt«, schlug Mr Everett vor.

»Und wenn es nun doch der General wäre, Mr Everett? Eine Chance von zehn bis zwanzig Prozent räume sogar ich dieser Nachricht ein.«

Sie diskutierten eine Weile und einigten sich dann darauf, dass sich noch heute Nacht zwei Landungstrupps oberhalb der Straße nördlich und südlich von Orašac verstecken und in der kommenden Nacht die Straße abriegeln würden. Mustafa, Baptiste und drei ausgesuchte Gefährten würden sich im Wald in der Nähe des Strandhauses verstecken und morgen Abend zum Strandhaus aufschließen. Alberto würde David begleiten und das Strandhaus vor dem Betreten überprüfen.

Die Gig ruderte im letzten Dämmerlicht an Land. Es gab praktisch keine Brandung. Sie hielten mit dem Rudern inne. David stand auf. Ihm war flau, denn jetzt bot er ein gutes Ziel. Aber sie würden ihn lebend haben wollen. »Ist dort jemand?«, rief er.

Eine Gestalt trat vor an den Wasserrand. »Hier bin ich und hier ist mein Dolmetscher«, sagte sie auf Französisch und der Dolmetscher übersetzte.

David gab einen Wink, und die Gig wurde zum Ufer gerudert. Seeleute bewahrten das Boot vor dem Umkippen. David sprang an Land. Ihm folgte Alberto.

David registrierte die Generalsuniform, den schwarzen

Backenbart und die korpulente Figur. »Das ist mein Maat, Mr Rosso. Er wird jetzt das Strandhaus überprüfen. Ich bin Sir David Winter, Admiral Seiner britischen Majestät Geschwader in der Adria.«

Der General streckte sein Hand aus. »Ich bin General Montrichard, Kommandeur Seiner Kaiserlichen Majestät Truppen in Dubrovnik. Ich freue mich, Sie kennen zu lernen, Admiral. Ihr Maat kann gern das Häuschen überprüfen.«

Alberto ging davon und sah sich schnell in den kleinen Räumen um, öffnete die Schränke und bemerkte nichts Auffälliges. Dann ging er um das Haus herum, kehrte zu David zurück und nickte ihm zu.

Montrichard hatte das gesehen und sagte: »Dann lassen Sie uns eintreten, Admiral.«

Alberto und der Dolmetscher begleiteten sie. David sagte: »Wenn Sie langsam sprechen, General, brauchen wir keinen Dolmetscher. Lassen Sie uns unter vier Augen sprechen.«

Der General schien erfreut und gab dem Dolmetscher die entsprechenden Weisungen. David winkte Alberto.

Alberto folgte dem Dolmetscher und schloss die Tür hinter sich. Als er das tat, öffnete sich in der Dachverschalung über ihm lautlos eine Luke. Eine Hand mit einem umwickelten Eisenstab wurde herausgestreckt und schlug Alberto so über den Kopf, dass er zusammensackte.

David hörte ein Geräusch und stand aus einem Sessel auf. »Was war das?«

Der General griff in den Blumenstrauß, der den kleinen Tisch zierte, holte eine Pistole heraus, richtete sie auf David und sagte: »Sie ist geladen und entsichert. Strecken Sie die Hände zur Seite. Wir kennen Ihren Messertrick.«

Dann stapfte er mit einem Fuß auf, und unter David klappte der Boden weg. Er stürzte in einen kleinen Keller, wurde sofort von zwei kräftigen Männern gepackt, die ihm seine Armmanschetten mit den Wurfmessern wegrissen und seine Hände auf dem Rücken fesselten. Als er den Mund zum Schrei öffnete, hatte er sofort einen Knebel im Mund und brachte nur noch ein Gurgeln hervor. Sie hoben ihn wieder hoch ins Zimmer.

Der General schaute vor die Tür und rief leise seinen Dolmetscher herein. »Sollen wir seinen Maat fesseln?«, fragte der, aber der General wehrte ab.

»Der wacht noch lange nicht auf, wenn überhaupt. Holt Paul vom Dach und dann weg!«

Der General pfiff einmal laut, und sofort kamen zwei Reiter mit fünf Pferden an Leinen heran. Die Franzosen schwangen sich auf die Pferde.

Dem Kleinsten legten sie den nun auch an den Füßen gefesselten David quer vor sich über den Pferderücken. Dann trabten sie an.

Mustafa schlich mit seinem Trupp zur Strandvilla. Auf einmal hörte er Pferdetrappeln. »Verdammt! Sie lassen die Kutsche stehen und reiten mit Pferden weg. Du rennst hin und siehst zu, ob einer von unseren beiden dort liegt. Dann bleib bei ihm und komm mit ihm nach. Wir laufen in Richtung Trsteno.«

Ohne ein Wort lief der Mann zur Strandvilla.

Mustafa gab Larry, der schon an der Leine riss, mehr Freiheit. »Lauf und such, Larry.« Der hechelte los. Mustafa, Baptiste und die beiden anderen eilten hinterher.

»Sie reiten strandwärts von der Straße. Sie kommen nicht an unsere Sperre«, keuchte Baptiste.

Im Laufen befahl Mustafa: »Richard, du suchst unseren Trupp an der Straße. Sie sollen uns in Richtung Trsteno folgen und einen zum Strand schicken, der dem Kapitän Meldung macht.«

Mustafa mit dem verbleibenden Trupp rannte weiter, so schnell sie ihre Füße trugen. Sie hörten noch einmal schwaches Pferdegetrappel, dann nichts mehr. Aber Larry hatte die Spur und zog an der Leine, als wüsste er, dass sein Herr auf einem dieser Pferderücken lag.

David hatte Erstickungsanfälle. Er bekam kaum Luft, und durch das Schütteln auf dem Pferderücken wurde ihm immer wieder die Lunge zusammengepresst. Er würgte und sackte zusammen.

»Haltet mal an!«, rief sein Reiter unterdrückt. »Der Kerl krepiert hier.«

Der Trupp hielt. Der General ritt heran. »Was ist los?« Er riss Davids Kopf an den Haaren hoch. Der Schmerz weckte David und er röchelte.

Der General zog David den Knebel aus dem Mund. »Dich hört hier keiner mehr. Wenn du trotzdem schreist, schlägt er dir die Pistole über den Schädel. Weiter!«

Sie ritten weiter. David konnte ohne Knebel freier atmen. Er versuchte zu erkennen, wo sie entlang ritten. Aber er erkannte nichts.

Alberto wachte auf, als ihm der Gefährte Wasser über den Kopf schüttete. Der Schmerz bohrte in seinem Hirn und er stöhnte.

»Was ist los?«, jammert er.

»Sie haben dich niedergeschlagen und sind mit dem Admiral auf Pferden davon.«

In Albertos Hirn sickerte der Gedanke ein. Mit Pferden davon. Dann kamen sie auch nicht an der Straßensperre vorbei. Sie würden eine Abkürzung nehmen. Sie haben den Admiral!

Er sprang auf, taumelte und sackte wieder zusammen. Er stöhnte. »Gib mir die Zinnflasche aus meiner Jacke!«

Der andere drückte sie ihm in die Hand und Alberto trank einen großen Schluck von seinem Rum.

»Das tut gut. Nimm auch einen!«

Der Gefährte trank auch, Alberto nahm noch einen kräftigen Schluck. Dann stand er auf. »Los! Ich kann wieder.« Und er lief im Zuckeltrab los und kam immer besser in den Rhythmus.

Mustafa war mit seinen Begleitern weit voraus. Larry hatte immer noch die Spur und lief ohne Zögern. Vorn tauchten die Häuser von Trsteno auf. Mustafa erinnerte sich an die Einweisung durch Mr Zlanin und Graf Natali. Trsteno hatte eine französische Garnison, und dort war ein Hauptquartier. Sie konnten nicht einfach in den Ort hineinlaufen. Er spähte voraus. Dort waren Lichter im Haus. Da hörte man Singen und Lachen. Aber hier, seitwärts der Straße, zog sich ein Gebüsch entlang. Doch der Hund brauchte die Spur.

Mustafa hielt kurz an und riss an der Leine, damit Larry stoppte. »Geht vorsichtig da im Gebüsch voran. Ich schleiche mit Larry auf der Straße, so lange es geht.«

»He«, mischte sich Baptiste ein. »Das ist doch Trsteno. Da ist doch das Hauptquartier in der Villa Gozze. Das wär doch ein Ziel für die.«

»Kann sein.« Mustafa kratzte sich an der Stirn.

»Geräusche von hinten«, flüsterte einer ihrer Gefährten.

Sie hockten sich hin, griffen nach Windbüchsen und Messern. Zwei kamen angelaufen.

»Das ist Alberto mit Richard«, erkannte Mustafa.

Schnell wurden die beiden eingeweiht. »Villa Gozze. Das ist doch der Palast im Park, wie der Graf sagte. Zwei Kilometer im Ort, steuerbord der Straße. Dann lasst uns doch im Gebüsch in den Ort vorangehen, und bevor es in die Villa geht, soll Larry wieder schnuppern. Dann sparen wir Zeit.« Während Alberto das sagte, rieb er sich die schmerzende Stelle am Kopf.

»Gute Idee. Übernimm du, Alter«, stellte Mustafa fest, und Alberto lief los, ohne mehr zu reden.

Der General und sein Trupp hatten sich den Wachen an der Straße zu erkennen gegeben und waren in den Park hineingeritten. Sie hielten an den Ställen an und gaben die Pferde den beiden, die sie auch vorhin gebracht hatten. Zwei nahmen David und trugen ihn zum Palast. David hatte das Gebäude nie gesehen, aber nach der Zeit, die sie geritten waren, und der Lage im Park gab es hier nur einen Palast: die Villa Gozze, Hauptquartier der französischen Truppen an der Küste von Dubrovnik bis Neum.

Der General ging zum hinteren Eingang und fragte den Posten: »Ist der General da?«

»Nein, Monsieur Inspektor, er kommt erst am Nachmittag aus Pelješac zurück.«

Also einer meiner Freunde vom Geheimdienst, dachte David, als er ›Inspektor‹ hörte, und ihm war sehr flau im Magen. Ob seine Leute Fühlung halten konnten bei diesen unvorhergesehen Manövern?

Die Franzosen gingen in den Keller und legten David in einem Raum, der anscheinend für Verhöre diente, auf den Boden. Jetzt nahmen sie sich die Zeit, seine Sachen gründlich zu durchsuchen. Sie fanden aber das kleine Messer nicht, das in seinem Kragen steckte.

Als der Inspektor in den Raum trat, hatte er die Generalsuniform ausgezogen und den Backenbart abgenommen. »Nun, Sir David, inzwischen wird Ihnen klar geworden sein, dass ich nicht General Montrichard bin. Er weiß nichts von unserer Falle. Ich bin Inspektor Labasse vom Geheimdienst Seiner Kaiserlichen Majestät. Wir haben seit langer Zeit versucht, Sie zu fangen. Wir haben nicht mehr viel Geduld mit Ihnen. Wenn Sie nicht reden, werden wir Sie foltern. Reden werden Sie doch.«

David stand gefesselt vor einem Tisch. Der Inspektor setzte sich hinter dem Tisch auf einen Stuhl und goss sich etwas von dem Wein ein, der dort stand. »Nehmt euch auch etwas!«, sagt er zu den beiden Leuten, die an der Wand warteten.

Davids Durst verstärkte sich, als er die anderen trinken sah. Er sammelte Speichel im Mund und verteilte ihn mit der Zunge.

»Meine erste Frage«, kündigte Labasse an. »Wie viel Landtruppen haben Sie auf Ihren Schiffen?«

»Ich heiße Sir David Winter, Konteradmiral, geboren am 27.10.1761. Ich werde keine Fragen beantworten und verlange die Behandlung als Kriegsgefangener.«

Labasse winkte einem seiner Handlanger. Der griff mit der linken Hand nach Davids Schulter, riss ihn herum und schlug ihm die rechte Faust in den Magen. David hatte den Schlag kommen sehen, ließ sich etwas zusammensacken und entspannte den Magen, aber der Schlag war so schmerzhaft, dass er ihm einen ungewollten Schrei herauspresste.

Labasse griente und wiederholte seine Frage.

»Ihre persönliche Tapferkeit ist sicher in vielen Kämpfen erprobt und imponiert mir sehr, aber ich bin Kriegsgefangener und kann solche Fragen nicht beantworten.«

Das Gesicht des Inspektors rötetet sich bei dieser zynischen Bemerkung vor Wut. »Gib's ihm noch mal, dem arroganten Schnösel!«

Und wieder rammte der Kerl David die Faust in den Magen. Diesmal klappte David zusammen und erbrach sich würgend.

»Du Schwein«, brüllte Labasse. »Du bist hier nicht in einem englischen Palast. Hier kotzt man nicht auf den Boden. Bindet ihn los und gebt ihm einen Lappen zum Aufwischen.«

David rutschte auf den Knien hin und her und wischte auf. Er wollte Luft und Kraft sammeln. Fieberhaft überlegte er, was er gegen die drei Kerle tun könne. Aber sie waren zu stark und hatten große Messer im Gürtel. Und vor der Tür stand ein Mann mit Pistole.

»Genug!«, schrie Labasse. »Steh wieder auf!«

David richtete sich auf. »Ich duze mich nicht mit Ihnen

und hatte bisher Achtung vor der französischen Armee. Ich hatte nicht gedacht, dass sie gefangene Gegner in ihrem Hauptquartier feige misshandeln lässt.«

Labasse lachte böse. »Der kleine Klugscheißer weiß also, wo er ist. Aber Gefangener der Armee ist er nicht. Wir sind nicht so zimperlich und werden ihn dahin bringen, wo die Welt nie wieder von ihm etwas hört.«

Seine Kumpane nickten grinsend. Labasse trank wieder einen Schluck Wein.

»Nun sag mir mal, du Ratte, wer kommandiert eure Truppen auf Vis?«

David schwieg.

Labasse sah seinen Schläger an. »Nicht immer dasselbe und nicht ins Gesicht. Der General muss ihn noch sehen. Aber mach ihn fertig!«

Der Schläger riss David zur anderen Seite herum und schlug ihm die Faust in die Nieren. David konnte einen lauten Schmerzensschrei nicht unterdrücken und sackte zusammen.

»Viel hält so ein britischer Goldhamster nicht aus. Ich muss einfacher fragen: Welche Stadt wollt ihr zuerst erobern?«

David schüttelte den Kopf und sagte dann keuchend: »Paris.«

Das brachte ihm den Schlag in die andere Niere und die erste Ohnmacht ein.

Alberto und die anderen saßen im Gebüsch. Larry hatten sie an der langen Leine auf die Straße gelassen, damit er schnuppern sollte. Nach kurzer Zeit hatte er die Spur wieder und gab kurz Laut.

»Kommt weiter. Da vorn geht der Fahrweg in die Villa.«

Larry schnupperte wieder. Ja, die Spur bog hier ab. Sie überlegten. Der Eingang hier mit dem großen Gartentor war zu leicht einzusehen.

»Da! Fünfzig Meter weiter. Da gehen die großen Rhododendrenbüsche bis an den Zaun.«

Sie schlichen sich vorsichtig dorthin. Ja, die Stelle war gut. Sie prüften und warteten, bis sie sicher waren, dass niemand die Straße oder einen Gartenweg entlang kam. Dann kletterten sie über den Zaun und hoben Larry hinüber. Vorsichtig pirschten sie sich weiter voran. Sie sahen das Dach der Villa. Zwischen ihnen und dem nächsten Gebüsch war ein breiter Rasenstreifen mit einem Weg in der Mitte. Den gingen jetzt zwei Posten entlang, die Gewehre lässig am Riemen über der Schulter.

Baptiste deutete auf die Druckluftbüchsen, aber Alberto schüttelte den Kopf. Zwei tote Posten würden allein schon durch ihr Fehlen auffallen, selbst wenn sie die Leichen versteckten. Und bevor sie nicht wussten, wo der Admiral war, wollten sie keine Aufmerksamkeit erregen. Sie beobachteten den weiteren Weg der Posten und huschten dann über den Weg.

Im Gebüsch stand ein Holzschuppen. Ein ausgetretener Pfad führte zu ihm. Der Schuppen enthielt Schieber und Besen zur Schneebeseitigung.

»Das wird ja wohl in den nächsten drei Tagen niemand brauchen«, lachte Mustafa. »Hier können wir den Tag abwarten.«

Alberto guckte sich um, prüfte die Umgebung und entschied schließlich: »Könnte sein. Erst zeigt einmal, was wir zu essen und zu trinken haben. Dann teilen wir Wachen ein und die anderen nehmen eine Mütze Schlaf.«

Als David wieder zu sich kam, lag er in einem anderen Kellerraum auf einem stinkenden Sack. Hände und Füße waren gefesselt. Der Leib schmerzte überall, ihm war speiübel, die Blase drückte und er hatte brennenden Durst.

»Hallo!«, schrie er, aber es war eher ein Krächzen. »Hallo!« Diesmal war es etwas lauter. »Hallo!«

An der Tür rumpelte es. Sie wurde vorsichtig so weit geöffnet, dass zwei Gewehrläufe hindurchgeschoben werden und zwei Gesichter dahinter zu ihm hineingucken konnten.

»Was ist los?«, fragten sie in einem französischen Dialekt, den er nicht kannte.

»Wasser, Toilette«, stöhnte er.

Die beiden riefen nach hinten. Weitere zwei Mann kamen. Jetzt öffneten sie die Tür ganz. Zwei zielten mit dem Gewehr auf ihn. Die beiden anderen näherten sich vorsichtig und schauten, ob seine Fesseln unbeschädigt waren.

Die haben ja wahnsinnige Angst vor mir, dachte David und wiederholte leise: »Wasser, Toilette.«

Die Posten schnatterten für ihn unverständliches Zeug. Dann ging einer und holte eine Schale mit Wasser, die er ihm vorsichtig an den Mund hielt. David schlürfte gierig. Es war kühles Wasser. Wunderbar.

Dann hoben ihn die beiden auf und trugen ihn in einen Raum, der eine Stehtoilette enthielt. Die anderen beiden zielten unentwegt auf ihn mit den Gewehren. Dann waren sie ratlos. Sie wollten ihn auf keinen Fall losbinden. Schließlich ließen sie seine Hose bis auf die Knie herunter und hielten ihn so fest, dass er gebückt über der Toilette hockte. Er entleerte sich. Hastig zogen sie die Hose wieder hoch und schleiften ihn zurück.

Als David wieder geweckt wurde, hatte er immer noch Schmerzen und einen furchtbaren Geschmack im Mund. Lange halte ich das nicht aus, dachte er.

Ich muss einen Weg finden, an das kleine Messer zu gelangen, damit ich mir die Pulsadern durchschneiden kann.

Dann schleppten ihn die Posten wieder in den Verhörraum, wo Labasse mit seinen Schlägern wartete.

»Schade, dass Sie zu müde waren, mit uns zu speisen, Herr Admiral. Wir hatten eine ausgezeichnete Rindsbrühe mit Klößchen, dann Entenbrust ... Sie hören mir ja gar nicht zu, Sie ungehobelter Kerl.« Labasse tat, als ob er wütend sei.

David war bei der Aufzählung schlecht geworden. Erst jetzt merkte er, dass er furchtbaren Hunger hatte. Aber die Schmerzen im Leib waren so groß, dass er wahrscheinlich nichts essen konnte.

»Wasser«, stammelte er. »Wasser!«

Labasse lachte dröhnend. Er ahmte Davids Stammeln nach: »Informationen! Informationen. Wie viel Soldaten haben Sie an Bord?«

David ließ sich fallen.

»Gießt ihm das Wasser über den Kopf«, befahl Labasse.

David schlürfte das Wasser, das über seinen Kopf rann. Seine Zunge suchte Wasser zu sammeln. Aber das war kein kaltes sauberes Wasser. Das war abgestandenes Aufwischwasser. Aber es war nass.

»So und nun antworte!«, befahl Labasse drohend.

Gleich kommt der furchtbare Schlag, dachte David. Aber seine Folterer beschäftigte etwas anderes.

»Das waren Kutschen und Reiter«, sagte einer.

»Sieh nach, ob der General schon zurück ist!«, ordnete Labasse an.

Der Schläger kam zurück. Es war der General. Sie schienen verwandelt. Sie brachten eine Waschschüssel, rieben sein Gesicht, trockneten es ab. Sie richteten seine Haare und lösten die Fesseln, damit er sich die Hände waschen konnte. Auf seine Bitten hin durfte er auf die Toilette und konnte sich selbst die Hosen öffnen. Er hatte Blut im Urin. Aber es ließ ihn seltsam unberührt. Das spielte nun auch keine Rolle mehr.

In seinem großen Arbeitszimmer ließ sich der französische General auf seinen Schreibtischstuhl sinken und fragte den Adjutanten: »Ist etwas Wichtiges unter all diesen Meldungen? Kriegen wir vielleicht einmal die Truppen, die wir brauchen?«

Der Adjutant lächelte gequält. »Mon général, der Geheimdienst hat den britischen Admiral in eine Falle gelockt und hält ihn unten im Kerker gefangen. Mit Ihrer Einwilligung wollen sie ihn nach Triest bringen. Es soll ein gefährlicher Kerl sein.«

»Wie heißt er denn?«

»Sir David Winter, mon général.«

Der Adjutant merkte nicht, dass es den General wie ein Kolbenschlag getroffen hatte.

»Winter, das ist doch unser Wort ›l'hiver‹ nicht wahr?«, fragte er äußerlich ganz unbeteiligt.

»Aber ja, mon général. Man wird ihn oft mit Sommer und Frühling geneckt haben.«

»Nun gut«, sagte der General. »Ich will ihn sehen. Sorgen Sie dafür, dass ich allein mit ihm sprechen kann. Mein Diener Henri soll draußen an der Tür warten. Halten Sie mir diesen schrecklichen Labasse vom Leibe.«

Als der Adjutant gegangen war, saß der General wie gelähmt da. Mein Gott, David Winter, der britische Kapitän, mit dem er an der Küste der Vendée gemeinsam gegen die Königsmörder gekämpft hatte, der seine Frau und seine Tochter nach England in Sicherheit gebracht und ihn immer fair und zuverlässig unterstützt hatte. Dieser gute Freund war in den Händen des Unmenschen Labasse. Er musste ihn retten. Aber wie?

Er läutete nach seinem Diener und sprach mit ihm leise und hastig. Der Diener sagte abschließend: »Das ist unsere Christenpflicht, Herr Graf. Verlassen Sie sich auf mich.«

Es klopfte an der Tür, und der Adjutant meldete: »Der britische Admiral Sir David Winter, mon général.«

Lejeune hatte sich abgewandt. »Danke. Setzen Sie den Admiral auf einen Stuhl und lösen Sie die Fesseln, Hauptmann.«

»Die Fesseln, mon général?«

»Ich sagte es. Lassen Sie uns dann bitte allein. Henri ist doch vor der Tür?«

»Ja, mon général«, antwortete der Adjutant und verschwand. Jetzt erst wandte sich Graf Lejeune um.

»David Winter, mein alter Freund. So sehen wir uns nach zwanzig Jahren wieder.« Er breitete die Arme aus und ging auf David zu.

Der reagierte nicht. Jetzt habe ich Halluzinationen, dachte er. Aber das Phantom sprach ja auch. Er schüttelte den Kopf und riss die Augen auf. Sein Körper zitterte vor Anstrengung und gehorchte ihm doch nicht. »Graf Lejeune«, keuchte er und Tränen schossen ihm in die Augen.

»Ja, ich bin es, lieber Freund«, sagte Lejeune und fasste ihn an den Schultern. »Hat man Sie misshandelt?«

David nickte. Sein Mund war ausgedörrt.

»Henri!«, rief der Graf. Als dieser die Tür öffnete, befahl er: »Klares Wasser mit einem Schuss Kognak. Schnell.«

Henri kam gleich mit einem Tablett und einem Glas herbeigeeilt. Lejeune nahm das Glas und setzte es vorsichtig an Davids Mund. Der trank, bis das Glas leer war. »Mehr«, bat er.

Henri brachte das nächste Glas, auch das trank David zur Hälfte aus. »Danke, Graf«, sagte er leise.

Lejeune zeigte auf seinen Diener. »Sie werden sich nicht an ihn erinnern. Er war damals zehn Jahre alt und war unser Melder. Er kam immer durch. Seitdem ist er bei mir und ist mir wie ein Sohn ans Herz gewachsen. Vertrauen Sie ihm wie mir.«

David reichte Henri die Hand und lächelte ihn an. Dann verschwand Henri.

»Sir David, wir haben nur wenig Zeit«, flüsterte Lejeune. »Ich werde Sie befreien, aber man darf mich damit nicht in Verbindung bringen. Als Bonaparte die Amnestie für die Vendée erließ, bin ich mit meiner Familie auf die Güter zurückgekehrt. Als er Ordnung im Land schuf und dem Adel wieder Rechte gab, trat ich in die Armee ein. Ich habe viele Jahre gerne für ihn gekämpft. Aber er wurde größenwahnsinnig und nun ist er am Ende. Doch seine Anhänger sind zahlreich und mächtig. Wenn ich Sie offen befreie, sind meine Familie und ich verloren. Meine Frau und Tochter sind gesund. Wir haben zwei Enkelkinder. Ich las, dass Sie verheiratet seien.«

»Ja«, sagte David. »Ich habe zwei Söhne und eine Tochter. Sie hat geheiratet und erwartet in Kürze ein Kind.«

»Wie schön«, sagte Lejeune hastig. »Ich werde befehlen, dass Sie mir morgen früh wieder vorgeführt werden. Das schützt Sie bis dahin vor Folter. Nach Einbruch der Dunkelheit wird Henri Ihren Kerkerposten niederschlagen, Ihnen die Tür öffnen und Sie zu einer Seitentür hinauslassen, vor der kein Posten steht. Er zeigt ihnen die Richtung zum Strand. Dort wartet ein Fischer mit einem kleinen Ruderboot. Er bringt Sie zu einem Ihrer Schiffe oder nach Lopud. Haben Sie alles verstanden?«

David nickte. »Bringt Sie das auch nicht in Gefahr?«

»Nein, heute ist der zehnte Jahrestag des Bestehens unserer Einheit. Ich gebe ein großes Essen, an dem auch die Leute vom Geheimdienst anwesend sind. Henri bedient. Alle werden schwören, dass wir anwesend waren. Ich wünschte, ich könnte mehr für sie tun. Henri wird Ihnen ein Messer und eine Pistole geben und ein Fläschchen Kognak, damit Sie zu Kräften kommen. Ich bete zu Gott, dass Sie zu Ihren Schiffen zurückkehren. Geben Sie ein Signal, damit die Küste weiß, der Admiral ist an Bord.«

David griff nach seiner Hand. »Sie sind der Ehrenmann, der Sie immer waren. Nach dem Krieg hören Sie von mir. Ich weiß ja, wo Sie wohnen. Gott segne Sie und Ihre Familie.«

Lejeune rief Henri und ordnete an, dass die Posten den Admiral zurückbringen sollten. »Morgen früh will ich ihn noch einmal sprechen.« Er zwinkerte David zu und wandte sich ab.

Alberto und sein Trupp hatten beobachtet, dass ein hoher Offizier am Nachmittag in die Villa fuhr. Sie sahen dann den ganzen Tag Wagen von Bäckern, Metzgern und sonstigen Händlern Waren zur Villa liefern.

»Die feiern ein Fest«, flüsterte Mustafa.

»Umso besser, dann passen sie nicht so gut auf«, antwortete Baptiste.

»Wir müssen Verbindung zu den Trupps vom Schiff aufnehmen und herausfinden, wo sie den Admiral festhalten. Mustafa, du schleichst zur Straße und zum Gebüsch. Finde einen Trupp und wenn du bis zum Strand gehst. Sag ihnen, wo wir sind, und bringe einen als Melder mit. Ich schleiche mich vor und beobachte genau das Haus.«

David lag auf dem stinkenden Strohsack und war froh, dass Labasse ihn nicht rufen ließ. Er erhielt sogar einen Haferbrei zum Mittag und zwang sich zum Essen. Er brauchte Kraft. Im Haus verstärkten sich die Geräusche, als ob viele Menschen hin und her liefen.

»Große Feier heute Abend«, teilte ihm ein Posten ungewöhnlich leutselig mit. »Hoffentlich fällt für uns auch etwas ab.«

Und für mich die Freiheit, dachte David.

Es wurde dunkel. Er erhielt noch einmal Wasser und

konnte auf die Toilette. Ein Tag ohne Folter. Er fühlte sich kräftiger. Dann hörte er das Rollen von Kutschen. Kommandos schallten. Rufe tönten durch das Haus. Das große Essen! Dann musste er bereit sein.

Aber da ging die Tür zu seinem Kellerloch auf. Der Posten brachte einen Becher Wasser und einen Kanten Brot. »Hier ist dein Abendbrot. Mach schnell. Die Küche will uns Essen auf die Wachstube bringen.«

David aß schnell und kaute doch sorgfältig. Dann brauchte Henri vielleicht gar keinen Posten niederzuschlagen.

David war im Sitzen eingenickt, als ihn jemand wachrüttelte. Er fuhr auf. Es war Henri, der den Finger auf den Mund legte. Er zeigte ihm ein Messer und steckte es in die rechte Jackentasche. Er hielt ihm einen Pistole vor die Augen, ließ den Hahn langsam zuschnappen und steckte sie in Davids linke Tasche. Dann holte er eine kleine Zinkflasche hervor und machte fragend die Bewegung des Trinkens. David nickte und nahm einen Schluck. Guter Kognak! Dann steckte er die Flasche in die Brusttasche.

Henri legte wieder den Finger vor den Mund und zog David zur Tür. Er öffnete sie ganz leise. Vorn am Gang schallten Gelächter und Gesang. Der Gang war leer. Henri schloss die Kellertür wieder zu und huschte voran. Er hielt ein Eisenrohr in der Hand. David folgte ihm. Sie schlichen an der Tür vorbei, bogen um eine Ecke und standen vor einer Pforte, die Henri lautlos aufschloss.

Er trat vor die Tür und sah nach beiden Seiten. Dann winkte er David. Er zeigte halblinks voraus. »Dort zu den Büschen und dann immer weiter in dieser Richtung. Vorsicht beim Überqueren des Gartenweges und der Straße. Gott sei mit Ihnen, Sir David.« Er verbeugte sich. David griff nach seiner Hand und drückte sie.

Im Saal der Villa hatten sie den Hauptgang hinter sich. Der General hatte seine Ansprache nach der Vorspeise gehalten. Jetzt war der Major der kroatischen Hilfstruppen an der Reihe. Er fasste sich kurz und dann tranken sie auf den Kaiser.

Am lautesten schrie Inspektor Labasse: »Vive l'Empereur!«

Graf Lejeune sah ihn angewidert an. Hoffentlich war die Zeit dieser skrupellosen Emporkömmlinge bald vorbei. Dann wandte er sich der Frau des Bürgermeisters zu, die noch besser aussah als sie Französisch sprach. Aber er war nicht sehr konzentriert. Immer wieder musste er an David denken. War alles glatt gelaufen? Dann kam Henri und schenkte Champagner nach. Er nickte Lejeune bestätigend zu. Der lehnte sich zurück. Gott sei Dank!

David schlich durch das Gebüsch und sah dann den Rasenstreifen und in der Mitte den Gartenweg. Er streckte vorsichtig den Kopf aus den Büschen und sah nach links und rechts.

Nichts war zu sehen und zu hören. Aber es war auch sehr dunkel.

Am gegenüberliegenden Buschrand hielt Alberto sein Nachtglas an das Auge. Da bewegte sich ein Busch. In seinem Teleskop sah er den Kopf des Admirals. »Großer Gott!«, stieß er hervor. »Unser Admiral!«

»Wo?«, flüsterte Mustafa.

»Dort drüben am Busch. Jetzt kommt er heraus. Er will über den Weg zu uns. Geh nach rechts und ruf ihn leise an, wenn du ihn siehst.«

Aber da rief ein Franzose laut: »Halt. Stehen bleiben!« Er und der zweite Posten entsicherten ihre Gewehre.

David war vor Schreck zusammengezuckt. Wo kamen die her? Er fasste nach dem Messer in der Tasche. Einem musste er es in die Kehle werfen und den anderen abschießen. Aber es war kein Wurfmesser und er konnte die Posten kaum sehen.

Die Posten waren alte Hasen. Sie gingen auseinander und kamen von zwei Seiten auf ihn zu, die Gewehre immer im Anschlag.

»Wen haben wir denn da? Mach deine Fackel an, Gerald. Ich behalt ihn im Visier.«

Der andere schlug seinen Feuerstein. Die Fackel fing an zu brennen, und der Posten nahm das Gewehr wieder mit einer Hand.

»Das muss der englische Admiral sein«, stellte er erstaunt fest und hielt die Fackel etwas höher.

David schwankte vor Schwäche und Schock.

Alberto und Mustafa hatten ihre Windbüchsen gehoben. »Du den Linken, ich den Rechten«, flüsterte Alberto. »Eins, zwei, drei!«

Ganz dicht hintereinander machte es zwei mal leise ›Plopp‹.

Der eine Posten griff an sein Herz, ließ das Gewehr fallen und fiel um. Der andere griff an seine Kehle und wollte den Blutstrom stoppen. Unmöglich! Die Fontäne schoss weiter aus seinem Hals und er sackte stöhnend zusammen.

David wusste: Das waren seine Leute! Erleichterung ließ sein Herz schneller schlagen. Und dann sauste das Fellbündel heran, winselte zu seinen Füßen und leckte ihn ab, als er niederkniete. »Larry, mein Guter. Ich bin ja wieder da. Komm, nun ist gut. Fuß!«

Larry setzte sich vor ihn, mauzte aber immer noch. Alberto und Mustafa waren heran. »Wir müssen schnell weg!«, sagte Alberto bestimmend. »Baptiste und Richard, ihr nehmt den Admiral bei den Armen und führt ihn zum Ufer. Bill und John sichern nach vorn. Zoran und Renato zu den Seiten, Mustafa und ich nach hinten. Ab!«

Sie zerrten David davon. Er war zu schwach, um selbst die Sache in die Hand zu nehmen. Seine Nieren und sein

Leib schmerzten. Aber er dachte voller Glück: Ich bin gerettet. Ich werde Britta und die Kinder wiedersehen.

Sie trafen den Landungstrupp vor der Straße, und nun müssten die Franzosen schon mit einer Kompanie angreifen, um sie zu gefährden. Einige Männer rannten voran zum Strand, um die Boote zu alarmieren. Die anderen sicherten zu den Seiten und nach hinten. Einen Fischer mit einem kleinen Boot verjagten sie, obwohl er laut protestierte

David sah das Wasser im Schein des aufgehenden Mondes. Auf der Hälfte der Strecke zur Insel krochen die Boote schon heran wie große Insekten. Dann waren sie da.

»Vorsicht!«, rief Alberto. »Der Admiral ist verletzt. Baptiste, pack dort an, ich hebe hier. Und jetzt!« Sie hoben den Admiral über die Bordwand. Matrosen nahmen ihn entgegen und betteten ihn vorsichtig auf eine Bank. Der Schiffsarzt beugte sich über ihn. »In meiner Jacketttasche ist eine Flasche. Geben Sie mir bitte einen Schluck!«

Der Schiffsarzt wollte David nichts geben, bevor er nicht mehr über die Verletzungen wusste. Aber er wagte keine direkte Ablehnung.

»Bitte, Sir, sagen Sie mir erst, wo es Ihnen wehtut«, bat er.

»Mann, die haben mich in den Magen und in die Nieren geschlagen. Ich habe aber schon gegessen und getrunken und normal abgeführt. In dem Fläschchen ist guter Kognak, der mir jetzt ein wenig Kraft geben soll. Nun langen Sie die Flasche schon her.«

Sie ruderten um die Landzunge herum, wo die *Eagle* lag. David wurde mit dem Bootsmannsstuhl an Deck gehievt, wo ihn Kapitän Everett, der Flottenarzt und sein Diener Frederick empfingen.

»Sir, ich kann Ihnen nicht sagen, wie glücklich ich bin, dass Sie befreit wurden«, sagte der Kapitän und griff nach Davids Hand.

»Aber, Mr Everett, Sie müssten doch aus unseren alten Zeiten wissen, dass ich nicht klein zu kriegen bin. Aber diesmal war es knapp. Danke für Ihre Anteilnahme.«

Frederick hatte Davids andere Hand gegriffen und drückte sie nur.

»Dr. Clark, bringen Sie mich in meine Kajüte, ehe die Herren mich zum Weinen bringen. Sie müssen mich schon noch ein wenig kurieren.«

Der Flottenarzt stellte Nierenquetschungen und eine angebrochene untere Rippe fest. »Ich werde Ihnen Medizin für die Nieren und Tropfen gegen die Schmerzen geben. Dann werden Sie erst einmal einige Stunden schlafen.«

»Warten Sie, mein Herr, erst muss ich meinen Flaggoffizier und den Kapitän sprechen.«

Als die beiden an seinem Lager standen, fragte er: »Wann kann die Besprechung zur Eroberung von Mljet stattfinden, Mr Everett?«

»Ich habe sie in zwei Stunden angesetzt. Ich hoffe sehr, dass Sie mich als einen Offizier in Erinnerung haben, der solche kleinen Aufgaben selbstständig erledigen kann, wenn der Vorgesetzte aus gesundheitlichen Gründen verhindert ist.«

David merkte, dass er dicht davor war, einen bewährten Offizier ernsthaft zu kränken.

»Ich habe Sie so in Erinnerung, Mr Everett, und weiß, dass ich mich beruhigt Dr. Clarks Schlaftropfen hingeben kann. Ich wünsche Ihnen viel Erfolg, meine Herren, und schießen Sie nicht zu laut, damit ich nicht aufwache.«

Everett lächelte besänftigt. »Gute Besserung, Sir.«

In der Villa Gozze standen der wachhabende Offizier, Inspektor Labasse und der Adjutant vor Graf Lejeunes Schreibtisch. Der zwang sich zu Zorn und Wut. »Ich bin empört, meine Herren, mit welcher Sorglosigkeit ein so bedeutender Gefangener bewacht wurde. Was soll das heißen: Die Tür war unbeschädigt und der Gefangene fort? Haben Sie keinen Ihrer Leute vor der Kerkertür gehabt, Inspektor Labasse? Sind die beiden toten Posten die Einzigen, die ihre Pflicht getan haben? Ich will genau wissen, wer in der Nacht wann als Wache vor dem Kerker eingeteilt war. Ich will wissen, warum die anderen Posten keine Schüsse hörten. Und ich will wissen, wo Sie jede Minute der letzten Nacht waren, Inspektor Labasse! Und ich will das schriftlich! Und nun lassen Sie mich meine Arbeit tun, damit Seine Majestät wenigstens mit einem treuen Diener rechnen kann.«

Betreten gingen die anderen hinaus. Graf Lejeune zwinkerte seinem Diener Henri zu.

Die Kanonen weckten David doch. Frederick hatte vorsorglich durch die Tür geschaut und ging jetzt zum Bett, als er sah, dass David sich aufrichten wollte.

»Kann ich Ihnen etwas bringen, Sir? Kaffee, Milch, Orangensaft?«

»Bitte einen Saft, Frederick. Was schießen die denn da?«

»Ach, das ist eher ein Nachhall, Sir. Sie haben heute früh Mljet eingenommen. Zwei Mann wurden verwundet, Sir, fünfzig Kroaten und Italiener gefangen. Jetzt wollten Sie einen Trupp im Hauptdorf landen, und da spielt eine kleine Batterie mit zwei Sechspfündern verrückt. Aber sie ist schon zerstört. Babino Polje heißt der Hauptort. Ich kann mir sonst die verrückten Namen nicht merken, aber das erinnert mich an das italienische Wort für Kleinkind, Sir.«

David hatte Fredericks Geplauder geduldig angehört.

Frederick war sonst sehr schweigsam. Aber so zeigte er seine Freude über die Rückkehr seines Herrn.

»Nun bring mir den Saft, Frederick. Dann wollen wir mich ein wenig herrichten und dann kann Kapitän Everett zu mir kommen, wenn es ihm genehm ist. Dann sollten wir einen Kaffee trinken können.«

»Sehr wohl, Sir«, antwortete Frederick und eilte geschäftig davon.

»Ich gratuliere zur Eroberung der Insel, Mr Everett. Wie ich hörte, hatten wir nur geringe Verluste.«

»Zwei Verwundete, Sir. Aber ich habe auch eine schlechte Nachricht, Sir.«

»Dann heraus damit, bevor sie uns den Kaffee verdirbt.«

»Sir, der zweite Landungstrupp kam gestern nach Ihnen an Bord. Mr Zlanin hatte ihn als Dolmetscher und Berater begleitet. Der Maat, der den Trupp führte, berichtete, dass Mr Zlanin, als sie an einem Haus am Ortsrand vorbeikamen, um einen Moment Geduld bat. Das sei das Haus seines Verbindungsmannes, mit dem er ein Wort reden müsse. Mr Zlanin war kaum im Haus verschwunden, da knallten zwei Schüsse. Unsere Männer fanden Mr Zlanin und einen anderen Mann im Sterben. Sie hatten sich gegenseitig erschossen. Mr Zlanin sagte noch, nun habe der Verräter gebüßt. Der Trupp hat Zlanins Leiche mit an Bord gebracht.«

»Armer Kerl«, sagte David. »Es ist leichter, Agentenmeldungen in der Botschaft zu ordnen, als Agenten im Feld zu führen. Er hat sich sicher Vorwürfe gemacht, dass er dem Mittelsmann zu sehr vertraute, nachdem er uns mit der Befreiung des Grafen Natali geködert hatte. Glauben Sie, dass Mr Zlanin ein Seebegräbnis gewünscht hätte?«

Kapitän Everett schüttelte den Kopf. »Wie ich ihn kennen gelernt habe, eher nein, Sir.«

»Nun, dann soll er in Mljets Erde ruhen. Wir haben doch hier ein bekanntes Benediktinerkloster. Die Mönche können ihn zur letzten Ruhe bestatten. So, und nun lassen Sie uns Kaffe trinken. Dann werde ich Dr. Clark noch einmal untersuchen lassen und dann reden wir mit unseren Seesoldaten und Graf Natali über die Verwaltung der Inseln.«

»Wenn ich das noch sagen darf, Sir. Graf Natali hat uns auf Mljet sehr geholfen. Er kannte Weg und Steg und hat die Truppen zur Aufgabe bewogen.«

David stieg noch etwas schwerfällig an Bord seines Flaggschiffs *Milford*, wo er mit Pfeifen, Trommeln und einem Dudelsackpfeifer begrüßt wurde. Kapitän Markwood und seine Offiziere grüßten ihn, und Markwood fragte leise und besorgt: »Muten Sie sich auch nicht zu viel zu, Sir?«

»Danke für die Fürsorge, Mr Markwood, aber ich habe mich ja schon zwei Tage vor Mljet erholt. Können Sie bitte in einer halben Stunde zu mir kommen, damit wir uns gegenseitig über die letzten Entwicklungen informieren?«

»Selbstverständlich, Sir.«

Die gewohnten Räume wirkten auf David besonders anheimelnd. Er schaute sich intensiv die Bilder von Britta und seinen Kindern an. Beinahe hätte er sie nicht wiedergesehen. Er setzte sich in einen Sessel, und Peter Kemp, sein Koch, kam, um ihn zu begrüßen. »Was darf ich Ihnen heute Abend zubereiten, Sir?«

»Ragout fin mit einer Pastete, Peter, darauf hätte ich Appetit. Und morgen muss ich den Kapitän, Dr. Clark und Oberst Bush einladen. Bitte überleg dir was. Ist es dir gut ergangen, während wir nicht an Bord waren?«

Peter bejahte und David fragte ihn, wie denn der Schmied der *Milford* sein Handwerk verstehe. Er müsse doch öfter Messer schleifen lassen.

»Er ist ein Meister, Sir. Gut und zuverlässig.«

»Dann will ich es einmal mit ihm versuchen. Die Banditen haben mir meine Wurfmesser gestohlen, und die herzustellen ist nicht einfach.«

Markwood erschien und musste zunächst einige Informationen über Davids Entführung und Befreiung erfahren. David vermied es aber, die Rolle des Grafen Lejeune zu erwähnen. Er hatte auch gegenüber Alberto, Mustafa und Baptiste diesen Namen nicht erwähnt, sondern nur gesagt, dass seine Zellentür auf einmal unverschlossen gewesen sei, als die Wachmannschaft ihren Anteil am Festmahl erhielt. Da habe er sich aus dem Haus geschlichen, sei aber dem Doppelposten in die Hände gefallen. Gott sei Dank konnten ihn seine Gefährten befreien.

Markwood beteuerte, wie glücklich alle über die Befreiung seien, und riet dringend von ähnlichen Unternehmen ab.

David wollte dieses Thema nicht weiter verfolgen und lenkte zu Graf Natali über, den er als außergewöhnlich gut orientiert, intelligent und einfallsreich kennen gelernt habe.

»Er hat mir, während ich mich zur Erholung wenig bewegen konnte, einen Plan unterbreitet, den ich Ihnen kurz skizzieren will, ehe wir ihn dann mit den Militärs diskutieren. Er sagte, dass wir die zu besetzenden Inseln und Landesteile nur dann wirklich in den Griff bekommen würden, wenn wir eine gut organisierte Miliz aufstellen könnten, die Feinde von außen abwehrt und für Ordnung im Inneren sorgt. Eine solche Miliz könne man nicht von Fall zu Fall aus dem Boden stampfen. Man müsse Stammpersonal vorher auswählen und ausbilden. Dazu müssten wir ein Ausbildungslager einrichten, in dem wir Offiziere und Unteroffiziere für die Miliz ausbilden könnten. Er kenne einen früheren kroatischen Major, entschiedenen Franzosengegner, der als Pferdehändler unauffällig die Landesteile bereisen und Patrioten für die Ausbildung anwerben könne.«

Markwood stimmte zu. »Das hört sich einleuchtend an, Sir. Werden wir aber Zeit haben für eine solche Ausbildung?«

»Da hatte ich auch Bedenken. Der Graf meinte aber, man müsse sicher in früher besetzten Inseln bei der Aufstellung improvisieren. Nach drei Monaten Ausbildung könne man dann dieses Personal einsetzen und einen Teil der ursprünglichen Leute nachschulen lassen. Ein Kurs solle etwa drei Monate dauern.«

»Dazu sollten wir nicht nur unsere Seesoldaten, sondern auch Männer von den Armeeverbänden in Vis heranziehen, Sir«, empfahl Markwood.

Die Schiffe, die der Kutter *Wight* nach Vis beordert hatte, liefen innerhalb von zwei Tagen ein, und David hatte mit Ausnahme der mit der Blockade Venedigs betrauten Schiffe seine Kommandanten beisammen.

»Nun wird er bald alle an Bord holen«, bemerkte Flaggleutnant Wale leise zu Edwin Marker, Hauptmann der Seesoldaten. »Seine Augen funkeln schon wieder so unternehmungslustig.«

»Ja, er hat sich erstaunlich schnell erholt. Dabei sollen ihn die Froschfresser ganz schön misshandelt haben«, sagte Marker.

»Was mich wundert, ist, dass er noch kein Wort geäußert hat, dass er diesen Inspektor Labasse irgendwie in die Hände bekommen will. Also, ich wäre so voller Rachegedanken, dass ich mich Tag und Nacht damit beschäftigen würde.«

Marker schüttelte den Kopf. »Du, der Admiral setzt die Prioritäten anders. Aber ich glaube nicht, dass er diesen Inspektor vergisst. Warte nur ab.«

David hatte in der Tat andere Prioritäten. Der Tod seines Beraters Zlanin drängte die Frage, wer nun Geheimdienstinformationen sammeln und ordnen solle, ganz in den Vordergrund. Für die Informationssammlung dachte David jetzt mehr an Mitarbeiter an Land, wie er sie auch in Spanien gehabt hatte. Er bat Graf Natali, den Bürgermeister von Korčula und zuverlässige Patrioten aus Vis um Vorschläge. Am meisten erstaunte ihn wieder einmal Graf Natali.

Er schlug eine Frau vor. »Sie ist aus gutem Hause, verwitwet, ein wenig in Geldschwierigkeiten und seitdem häufiger mit spendablen Männern zusammen, auch mit Franzosen und ihren Verbündeten.«

»Aber Graf«, protestierte David. »Ich brauche eine absolut loyale Person.«

»Verzeihen Sie, Sir David. Die Dame braucht Ihnen gegenüber nur bei den Informationen loyal zu sein, für die Sie bezahlen. Und nach meiner Kenntnis betrügt sie niemanden bei etwas, für das er zahlt. Allerdings würde ich auch erwarten, dass sie den Franzosen Informationen reell verkauft. Sie dürfen ihr von sich also keine wichtigen Informationen geben.«

David wehrte mit einer Handbewegung ab. »Jeder Auftrag, den ich ihr erteile, ist schon eine wichtige Information, Graf. Wenn ich wissen will, wie stark eine bestimmte Batterie ist, können die Franzosen ihre Rückschlüsse ziehen.«

»Aber nicht, wenn Sie diese Information über fast alle Batterien haben wollen, Sir David.«

»Kann ich das noch bezahlen, wenn ich derartige Sammelaufträge erteile? Aber ich werde es versuchen. Ich werde meine Aufträge unspezifisch halten und nur dafür bezahlen, was ich an realen Informationen erhalte.«

Und David behielt sich auch vor, ohne Wissen der anderen ebenfalls die Agenten zu erproben, die ihm von englandfreundlichen Bürgern empfohlen wurden.

Elf Kapitäne wurden am Morgen auf dem Flaggschiff empfangen und in Davids Kajüte geleitet. Unter ihnen waren auch Kapitän Jerome Hastings, den er von der Ostsee kannte und als zuverlässig und tüchtig schätzte, sowie Commander William Malden, der im gleichen Operationsgebiet mit ihm zusammen gewesen war, ein entschlussfreudiger Offizier.

Alle Kapitäne erlebten einen sehr konzentrierten Admiral, der ihnen sofort seine Vorstellung von einem Planungsstab erläuterte, der sich in Spanien so sehr bewährt habe. Er wies auf die erforderlichen Variationen hin. So müsse das Gebiet von Venedig bis Triest gesondert behandelt und das Material dort auf dem Schiff des dienstältesten Offiziers gesammelt werden.

Für die Küste von Triest bis Kotor, die er in drei Abschnitte mit je vier Bearbeitern teilen wolle, werde das Material in Vis gesammelt. Er erläuterte, wer Seeoffiziere, Offiziere der Seesoldaten und Steuermannsmaate zumindest vorübergehend delegieren müsse. Er beschrieb, wie alle Informationen über Batterien und sonstige Befestigungen, Truppen, Depots, aber auch Schiffsbewegungen und die Beschaffenheit der Küste zentral gesammelt und allen, die an einem Küstenabschnitt operierten, zur Verfügung gestellt würden.

»Niemand kann alle Details über die gesamte Küste kennen. Aber von einem Abschnitt von fünfzig bis siebzig Kilometer kann ein Mann, der die Informationen verwaltet, sofort und detailliert Auskunft geben. Wir wussten in Spanien durch diese Abschnittsexperten sofort, wo wir landen konnten, mit welchem Widerstand unmittelbar oder in Stunden zu rechnen war, ob Verbündete an Land zu aktivieren waren und so fort. Niemand wollte mehr auf diese Planungsarbeit verzichten. Auch in der Adria können wir davon profitieren.«

In der anschließenden Diskussion wurden auch Bedenken laut, ob das System nicht zu schwerfällig sei, ob die

Informationen nicht zu schnell veralteten. Aber die Mehrheit der Anwesenden erkannte die Chancen und sah ein, dass Flaggleutnant Wale die Informationsverarbeitung leiten und von vier Schreibern und Dolmetschern unterstützt werden solle.

David informierte die Anwesenden, dass er Graf Natali zum Gouverneur von Sipan, Lopud und Koločep ernannt habe und in Kürze auch Gouverneure für Mljet und Lastovo ernennen werde. Die Gouverneure sollten die Zivilverwaltung aufbauen und leiten und mit der britischen Flotte und Armee eng zusammenarbeiten. Er berichtete, dass Graf Natali ein Ausbildungszentrum für die Miliz vorgeschlagen habe.

»Ich habe diesen Vorschlag nach reiflichen Überlegungen angenommen und werde ihn heute mit den Vertretern der Seesoldaten und der Armee erörtern. Wir werden dieses Lager in der Nähe der neuen Festung Forteca errichten, die wir oberhalb von Korčula bauen. Korčula ist durch die Nähe zu Pelješac besonders gefährdet. Daher ist eine zusätzliche Einheit sehr willkommen. Sobald die Planung abgeschlossen ist, werden Sie nähere Informationen erhalten, meine Herren. Aber jetzt haben wir uns eine Stärkung redlich verdient. Ich lade Sie herzlich zu einem kleinen Lunch ein.«

Am übernächsten Tag erschien David zur Überraschung aller schon in aller Herrgottsfrühe an Deck, grüßte nur kurz und stand dann an der Reling und schaute zurück auf das hinter dem Horizont verschwindende Vis. Mit der *Milford* segelten die Fregatte *Apollo* und die Sloop *Wizard*.

David atmete tief ein und aus und reckte die Arme. Ganz automatisch sah er, dass der Matrose, der mit der ›Bibel‹, dem buchgroßen Bimsstein, das Deck an Karronade acht scheuerte, den Stein dauernd verkantete und dadurch Rillen in die Deckplanken ritzte. Aber er wollte sich nicht einmischen. Er war nicht Diensthabender Maat, und in der Hierarchieleiter bis zum Admiral gab es mindestens fünf Stufen, deren Inhaber so etwas vor ihm bemerken mussten. Er wollte heute einmal einen Tag genießen nach dem, was hinter ihm lag.

Larry kam von seiner Deckschütte zurück und drückte sich an ihn. Gedankenversunken kraulte David seinen Nacken. Dann gab er ihm einen Klaps und sagte: »Na, Alter, wir müssten uns auch ein paar Schritte bewegen. Ich habe zu oft nur gesessen an den beiden letzten Tagen. Mit dir ist der Alberto gegangen, aber du hast auch vier Beine und brauchst die doppelte Strecke.«

Sie waren gerade ein paar Abschnitte hin und her geschritten, da zog Kapitän Markwood grüßend seinen Hut. David war eigentlich noch nicht nach einem Gespräch zu Mute, aber er wollte den Flaggkapitän auch nicht zurückstoßen. »Kommen Sie, Mr Markwood, schließen Sie sich uns an. Ich habe Larry gerade erzählt, wie furchtbar die beiden letzten Tage waren. Nur Gerede um Organisation, Formulierungen, Zeitpläne, bis das ganze Gebäude an Regelungen fertig war. Ich habe mich so nach Wind und Wellen gesehnt.«

»Aber alle sagen, dass Sie ein hervorragender Organisator seien, Sir.«

David hob die Arme in gespieltem Zorn. »Das sind doch nur heuchlerische Schmeichler, Mr Markwood, die sich selbst vor dieser Arbeit drücken wollen und einen anderen mit falschem Lob in die Schusslinie rücken. Jeder könnte die Planung übernehmen, wenn er nur bereit wäre, sich in die Sache hineinzuknien und die notwendigen Maßnahmen zu durchdenken.«

»Was haben Sie konkret festgelegt, Sir?«

»Wir richten ein Ausbildungszentrum für Sergeanten und Korporale der Milizen ein. Leiter wird unser Hauptmann Marker mit je einem Leutnant von den Königlich Korsischen Rangern und vom Sussex-Regiment. Ausbilder sind zwanzig bewährte Sergeanten aus den drei Einheiten und vier von der Königlichen Artillerie. Ausgebildet werden neunzig bis hundert Anwärter für die Miliz und etwa zwanzig für Küstenbatterien.«

»Und wie bilden Sie die Offiziere für die Miliz aus, Sir?«

»Gar nicht! Offiziere werden Briten oder kroatische Offiziere, die in venezianischen, österreichischen oder kroatischen Diensten standen.«

»Hoffentlich lernen die Leute nicht nur den Stechschritt unserer Seesoldaten.«

»Sie wollen mich doch nicht ärgern, Mr Markwood? Ich habe gestern manches Machtwort sprechen müssen, bis festgeschrieben war, dass die Ausbildung im Schießen, Bajonettkampf, Kommandounternehmen, in Waffenkunde einschließlich Handgranaten und Pulverladungen im Vordergrund steht und Marsch- und Griffdrill erst an letzter Stelle kommt.«

»Das ist doch dann ein gutes Programm, Sir. Warum sind Sie so unzufrieden über diese Sitzungen?«

»Weil ich das Programm gern so vorgelegt bekommen hätte und nicht vierzehn Stunden darum hätte diskutieren müssen. Wenn ich genug von der Infanterieausbildung verstehen würde, dann hätte ich sagen können, soundsoviele Stunden Ausbildung und Schießübung mit der Pistole, soundsoviele Stunden mit der Blunderbüchse, den und den britischen und französischen Musketentypen und so weiter. Aber ich musste ja alles erfragen und im Widerstreit der Meinungen erkunden, was denn nun wichtig und richtig war. Sie ahnen gar nicht, dass es Herren gibt, die fast einen Monat für die Abwehr von Kavallerieangriffen reservieren wollten, obwohl ich beim besten Willen nicht weiß, woher auf den Inseln gegnerische Kavallerie kommen soll.«

Markwood lachte. »Erhält die Miliz auch eine einheitliche Uniform?«

»Darüber waren die Diskussionsmöglichkeiten zum Glück sehr begrenzt. Wir haben vor ein paar Wochen ja diese Vincos an der italienischen Küste aufgebracht, die neben Schuhen und Ledergürteln auch Uniformtuch geladen hatten. Es war dunkelgrün. Also erhält die Miliz dunkelgrüne Hosen und Jacken mit roten Aufschlägen. Die Experten erzählten etwas von der Uniform des Regiments aus Modena, aber das lässt mich kalt. Dunkelgrün fällt auch im Gelände nicht so auf und erspart uns eine eigene Rangerkleidung.«

»Sir, das hört sich doch alles nach einem runden und guten Plan an. Aber was wird mit den Milizen, die jetzt sofort aus dem Boden gestampft werden?«

»Die werden nach dem gleichen Plan, nur viel weniger intensiv ausgebildet. Dafür müssen unsere Kompanien auch wieder Sergeanten abstellen. Und wenn dann ein Lehrgang das Ausbildungszentrum absolviert hat, kommen die ›Angelernten‹ aus den bestehenden Einheiten zum Intensivkurs.«

»Sir, auf dieses Ergebnis können Sie stolz sein, und ich garantiere Ihnen, es wird auch anderweitig übernommen werden.«

David tat die Anerkennung gut, obwohl er es nicht zeigen wollte. »Nun müssen wir nur noch sehen, dass wir aus den künftig zu besetzenden Gebieten genügend Anwärter finden. Wir wollen uns zunächst bei den Inseln Pag, Krk und Cres umsehen, Mr Markwood.«

Die kleine Flottille segelte zunächst in Richtung auf die italienische Küste, wobei sie die übliche Suchformation einnahm, bei der Fregatte und Sloop je etwa vier Seemeilen seitwärts vom Flaggschiff segelten. Sie hofften, dass sich in dem breiten Abschnitt, den sie so überblickten, ein fremdes Schiff fangen ließ. Aber ihre Hoffnung wurde enttäuscht.

Zwar sichteten sie kurz vor Ancona zwei Handelsschiffe, die von einer Kanonenbrigg geleitet wurden, aber der Wind war denen so gut gesonnen, dass sie schnell vor Davids Schiffen im Hafen von Ancona Zuflucht fanden.

»Dann beim nächsten Mal«, sagte David zu Leutnant Hunt, der gerade Wache hatte. »Lassen Sie bitte signalisieren, dass die anderen Schiffe dichter zum Flaggschiff aufkreuzen, Nachtbesegelung setzen und Kurs auf Dugi Otok nehmen.«

Kurz nach acht Uhr Morgens meldete der Ausguck »Land voraus!«

Es war der südliche Zipfel der Insel Dugi Otok, deren Kreidefelsen hier hundert Meter steil ins Meer abfielen und die dem höchsten Berg der Insel mit seinen zweihundert Metern kaum eine Chance ließen, im Hintergrund noch aufzufallen.

»Mr Markwood, lassen Sie bitte die Barkasse fertig machen. Leutnant Cooper kann sie kommandieren. Verpflegung für einen Tag. Zehn Seesoldaten an Bord. Das Boot soll die Südspitze umsegeln und den Hauptort Sali anlaufen. Dort sollen sie sich erkundigen, ob auf dieser und den benachbarten kleinen Inseln irgendwelche Stützpunkte der Franzosen sind. Ich werde noch selbst mit Leutnant Cooper sprechen. Wir treffen uns dann mit der Barkasse an der Nordspitze der Insel, nachdem wir uns Molat und die umliegenden Inseln angesehen haben.

John Ebel und Tom Singer waren bei Leutnant Cooper als Midshipmen im Boot und hatten den Auftrag, alles zu notieren, was an Wichtigem zu sehen war. Sie hatten die Schreibblöcke auf den Knien und schauten aufmerksam umher. Ein Steuermannsmaat peilte mit dem Sextanten, um Entfernungen zu messen.

»Geschützte Bucht, etwa acht Kilometer tief, mit Kegelberg am südlichen Ende!«, rief der Maat den Middys zu.

Eine kleine Kalksteininsel schob sich in ihren Kurs und ließ an jeder Seite nur eine schmale Durchfahrt frei. Mr Cooper ließ loten, aber die Durchfahrt an Steuerbord hatte über fünf Meter Wassertiefe.

Ein Gewirr von kleinen und kleinsten Insel erstreckte sich zu allen Seiten. Manche waren nur große Felsbrocken. »Kein Wunder, dass der Admiral hier nicht mit seinem Flaggschiff langgesegelt ist«, sagt Tom zu John.

»Notieren Sie, meine Herren«, meldete sich der Leutnant. »Schwer zu navigierendes Inselgewirr. Wir segeln backbord in den Lavarski-Kanal hinein.«

Dieser Kanal östlich der Insel war auch für große Schiffe breit und tief genug. Vor ihnen wurde Sali sichtbar, ein kleines Dorf mit höchstens hundert Einwohnern, aber Hauptort dieser wenig besiedelten Insel.

Sie ruderten das letzte Stück und legten neben einigen Fischerbooten an einem natürlichen Kai an. Die Seesoldaten booteten zuerst aus und hielten ihre Gewehre bereit. Leutnant Cooper teilte ein, welche Seeleute zuerst wo Wache halten sollten. Dann marschierte er mit den Seesoldaten, John Ebel und dem Dolmetscher auf ein größeres Steinhaus am Hafen zu.

Auf ihr Klopfen öffnete ein kräftiger, bärtiger Mann, dem Cooper durch den Dolmetscher sagen ließ, er sei Leutnant der britischen Marine. Der bärtige Mann grinste. »Nun lassen sich die Engländer auch mal blicken. Kommen Sie rein! Einen Schluck Wein haben wir immer.«

Leutnant Cooper gab Zeichen, welche Seesoldaten vor und welche hinter dem Haus wachen sollten. Er folgte mit John und dem Dolmetscher dem bärtigen Mann.

Der schenkte ihnen einen Rotwein ein. Cooper hob sein Glas und sagte: »Auf die Befreiung Dalmatiens!« Als er trank, sah er John warnend an und der nippte nur einen kleinen Schluck.

»Guter Trinkspruch!«, ließ der Bärtige übersetzen. »Wir hätten gern wieder ein freies Kroatien.«

Cooper fragte, ob jetzt Franzosen auf der Insel seien, doch der Bärtige verneinte. Nein, es kämen auch keine Patrouillen, nur die beiden Gendarmen, die alle Vierteljahr mit dem Beamten die Steuer abholten.

Wer die Steuer einsammele, wollte Cooper wissen.

»Na, der Jarovik, der es schon immer macht«, antwortete ihm der Bärtige.

Die Franzosen kämen immer am dritten Tag nach Ablauf des dritten Monats und sammelten auf allen Inseln das Geld ein. Nach Dugi Otok kämen sie zuletzt, übernachteten hier und ruderten am nächsten Morgen schnurstracks zurück nach Zadar. Nur wenn der dritte Tag ein Sonntag sei, kämen sie einen Tag später. »Sonntags ist der Jarovik auch immer besoffen«, lachte er.

Cooper erkundigte sich noch nach der Stimmung auf der Insel gegenüber Frankreich.

Der Bärtige meinte, dass es den Leuten nicht viel ausmache, wer das Land regiere, wenn nur die Ernte nicht verdorre und die Fische ins Netz gingen. Aber die Steuern, die die Franzosen jetzt haben wollten, seien viel zu hoch, und dass sie die jungen Männer alle eingezogen hätten, habe die Eltern sehr wütend gemacht. Es seien auch viele junge Leute desertiert. Selbst auf ihrer Insel lebten Deserteure in den Höhlen an der Westküste. Alle paar Monate kämen die Franzosen mit einer ganzen Kompanie und durchsuchten die Insel. Razzia, sagten sie dazu. Aber sie hätten noch keinen gefangen. Er grinste verschmitzt und wollte wissen, ob es unter den Engländern besser sei.

Cooper versicherte das und stellte in Aussicht, dass die Engländer bald die Verwaltung übernähmen. Er müsse nur noch mit dem Admiral reden. John Ebel konnte sich ein Lächeln nicht verkneifen, was ihm einen bösen Blick des Leutnants einbrachte.

Und dann fragte der Midshipman noch nach, wie denn die Franzosen mit der Kompanie auf die Insel kämen.

»Na, mit Booten«, antwortete der Bärtige. »Nicht so groß wie Ihres, aber jedes hat acht Ruderer und zwanzig Soldaten.«

Die Briten verabschiedeten sich freundlich. John Ebel trank in einem günstigen Moment sein Glas schnell leer, und dann gingen sie zur Barkasse zurück.

»Machen Sie sich Notizen über das Gespräch. Vor allem das mit den Steuern und den Deserteuren muss ich dem Admiral melden«, wies Cooper John Ebel an.

Die Barkasse segelte an der gut vierzig Kilometer langen Küste der Insel entlang. An manchen Einfahrten ließ Cooper loten. Sie liefen auch noch Bribinj und Božava an, kleine Nester, wo Cooper auch nicht mehr über die Stimmung erfuhr. Über Steuern und Rekrutierungen schimpften alle. Dann sahen sie vor der Insel Molat ihr Flaggschiff. Es hatte mehrere Boote ausgesetzt, die die große Bucht ausloteten.

Coopers Mannschaft schien froh zu sein, dass sie wieder an Bord war. Der Leutnant meldete sich beim Admiral und erstattete seinen Bericht.

»An die Steuern habe ich überhaupt noch nicht gedacht«, bekannte David. »Mr Roberts, bitte machen Sie eine Notiz, dass wir herausfinden, welche Steuersätze wofür erhoben werden und ob es regionale Unterschiede gibt.«

Dann wandte sich David wieder Leutnant Cooper zu. »Mit dem Problem der Deserteure wurden wir auch sofort konfrontiert. Acht baten um Aufnahme auf unserem Schiff. Molat ist zu klein, um sich zu verstecken. Ich werde sie in unser neues Ausbildungszentrum bringen und auf den Inseln bekannt geben, dass wir Meldungen für die Miliz auch von Deserteuren annehmen. Und die Termine des Bootes für die Steuereinnahmen hat Mr Roberts auch notiert. Da werden wir erst einmal kassieren und dann die Steuern etwas senken, um uns beliebt zu machen.«

David hatte den Flottenarzt, Major Havell und Kapitän Markwood zum Dinner eingeladen. Der Flottenarzt, medizinisch im Augenblick nahezu unbeschäftigt, war am Tage mit den Booten zum Loten hinausgefahren und noch ganz erfüllt von den Eindrücken.

»Erst wenn man drin ist, merkt man so richtig, was das hier für ein Inselgewirr ist. Einige große Inseln sind bewohnt, aber so viele kleine Inseln sind menschenleer. Wie wollen Sie die kontrollieren, Sir?«

David lachte. »Eigentlich wollte ich nur ab und an mal vorbeisegeln und unsere Flagge zeigen. Weder ich noch jemand anders hatte daran gedacht, dass diese Inseln für die Franzosen eine Steuerquelle sind und eine Rekrutierungsreservoir. Und wer die Steuern einziehen und die Rekruteneinberufung verhindern will, muss ein Minimum an Verwaltung und Schutz bieten und kann nicht nur vor der Küste segeln.«

Major Havell fasste sich mit beiden Händen an den Kopf und mimte Entsetzen. »Das bedeutet noch mehr Milizen, und wir müssen wieder Sergeanten abstellen.«

Dr. Clark lachte. »Dann haben Sie bald niemanden mehr, der Ihnen vormacht, wie Sie gehen müssen, Richard.«

In das allgemeine Gelächter hinein sagte David: »So viel Milizen werden wir gar nicht brauchen, und wir werden sie an anderer Stelle einsparen.«

Alle schauten ihn an.

»Mir ist bei diesem Inselgewirr klar geworden, dass wir nicht überall einen Posten hinstellen können. Wir müssen die Miliz auf Kanonenboote oder kleine Briggs bringen, die zwischen den Inseln patrouillieren. Dadurch sparen wir eigenes Personal für die Kanonenboote. Wir müssen nur noch ein paar Kanonenboote und kleine Schiffe von den Franzosen erobern und die Milizen ausbilden.«

»Ist dafür der Flaggkapitän zuständig, Sir?«, fragte Markwood betont betroffen.

Wieder lachten alle und David beruhigte ihn. »Sie sind

zwar für alles zuständig, worauf der Admiral keine Lust hat, aber die Prisen werden wir schon finden, die Deserteure flüchten uns in die Arme und Ausbilder treiben wir dann auch noch auf. Jetzt aber wird mein Koch servieren, und ich wünsche allen guten Appetit.«

Die *Milford* lag im Paški-Kanal zwischen den Inseln Rab und Pag, während David mit Hastings Fregatte *Apollo* in Richtung Prizna in die Nacht hinein gesegelt war.

»Wie Sie wissen, Kapitän Hastings, ist Prizna ein Fährhafen für die Verbindung zur Insel Pag. Ich soll dort gegen Mitternacht auf ein Fährboot warten und auf ihm einen Agenten treffen. Das kleine Fährboot setzt Grün über Gelb. Ich werde mit einem Kutter zu ihm übersetzen. Ein anderer Kutter sollte als Wachboot den Ort umkreisen, und die *Apollo* sollte ›Klar zum Gefecht‹ in unmittelbarer Nähe liegen, Leuchtraketen bereit.«

»Wer untersucht das Fährboot vorher, Sir?«

»Das machen Mr Rosso und Mr Dukat mit Larry. Sie bleiben auch auf dem Boot, während ich dort konferiere.«

Das Fährboot kam pünktlich und zeigte das vereinbarte Signal. Alberto und Mustafa gaben das Zeichen, dass alles in Ordnung sei. David stieg auf die Fähre und ging mit Larry zu der kleinen Kajüte, die für besser zahlende Passagiere Schutz bot. In der Kajüte saß eine verschleierte Frau, die bei seinem Eintritt den Schleier zurückschlug.

»Guten Abend, Sir David«, sagte sie mit erstaunlich tiefer Stimme.

»Guten Abend, Baronin«, antwortete David. »Ich freue mich, dass ich Sie kennen lernen kann und dass das Treffen so gut klappte. Ich hoffe, Sie haben interessante Neuigkeiten für mich.«

»Ich kenne Sie noch nicht, Sir David, und weiß nicht, was Sie am meisten interessiert. Ich werde mit dem beginnen, was mir zuerst einfällt. Ihre Flucht hat große Aufregung hervorgerufen. Die Posten für jene Nacht stehen vor Gericht. Graf Lejeune hat durchgesetzt, dass der Inspektor nach Karlobag versetzt wurde. Auf Graf Natali wurde ein Kopfgeld von zehntausend Dollar ausgesetzt, das für Sie wurde auf hundertfünfzigtausend erhöht. Tot oder lebendig, Sir David. Sie müssen sehr vorsichtig sein.«

»Ich weiß«, sagte David, und sie fuhr fort.

»Auf Pag wurden gestern etwa zwanzig Kroaten verhaftet, zum Teil Deserteure, und nach Karlobag gebracht, wo sie Inspektor Labasse übergeben wurden. Man sagt, sie wollten in britische Dienste treten. In Karlobag ist jetzt eine Halbkompanie Italiener stationiert. Die Hafenbatterie ist mit kroatischen Rekruten besetzt. Die erfahrenen Truppen wurden nach Triest verlegt. In Rijeka wurden mehrere Kanonenboote und kleine Schiffe neu stationiert, die den Nachschub über See schützen sollen. Aber auch hier wurden zwei Kompanien Schweizer und Franzosen nach Oberitalien in Marsch gesetzt. Eine italienische und eine kroatische Kompanie sollen sie ersetzen, wobei die kroatische erst aufgestellt werden muss.

An der Spitze der französischen Verwaltung haben sich Veränderungen ergeben, die Ihnen vielleicht noch nicht bekannt sind. Sie werden wissen, dass Marschall Junot im März sein Amt als Generalgouverneur Illyriens angetreten hat. Er fand den Erlass schon vor, dass zur Deckung der französischen Finanznöte auch auf Kirchenschätze zurückgegriffen werden soll. Das hat die Bevölkerung in den Städten empört, und diese Empörung wird um sich greifen. Ob dieser Ärger irgendwie dazu beitrug, weiß ich nicht, jedenfalls wurde Marschall Junot geisteskrank. Die allerneueste Meldung von gestern ist, dass ihn Fouché, der Herzog von Otranto, ablösen wird. Wann er allerdings hier eintrifft, ist noch nicht bekannt.«

»Fouché, ist das nicht der frühere Polizeiminister Napoleons?«, fragte David.

»Genau der, Sir David, und er wird die Bedeutung des hiesigen Geheimdienstes sicher nicht mindern.«

David hatte die Baronin Filipini während ihres Berichtes sorgfältig studiert. Sie war eine reife, schöne, selbstsichere Frau. Ihr Auftreten verriet Energie und Intelligenz. Sie hatte demonstriert, dass sie über Kleinigkeiten wie die Verhaftung von Britenfreunden ebenso orientiert war wie über die neuesten Veränderungen an der Regierungsspitze. Er würde die Richtigkeit der Angaben überprüfen müssen. Aber schon jetzt war er sicher, dass diese Frau eine bedeutende Nachrichtenquelle war.

David vereinbarte mit ihr neue Treffen und Signale, bat sie um Informationen über die Insel Cres, über Istrien und Triest und fragte sie zum Schluss ganz direkt, welche Zahlung sie für ihre Informationen erwarte.

Sie schien etwas irritiert. »Ich habe meinen Preis noch nie selbst festsetzen müssen, Sir David.«

»Ich darf Sie beruhigen, Baronin, auf dem Agentenmarkt ist es nicht unüblich, dass Geldforderungen für Nachrichten genannt werden. Der Empfänger sagt dann auch seine Einschätzung des Wertes, und so einigt man sich meist.«

»Könnten Sie, Sir David, mit der größeren Erfahrung in diesem Bereich nun zu Beginn unserer Beziehung einmal mit der Einstufung vorangehen?«

»Wenn Sie es wünschen, Baronin. Für mich sind die Nachrichten hundert Pfund wert, sofern sich ihre Richtigkeit bestätigt. Andernfalls würden beim nächsten Treffen Abzüge zu vereinbaren sein.«

»Ein eigenartiger Markt, Sir David. Vielleicht finde ich noch Gefallen daran. Mit Ihrem Vorschlag bin ich gern einverstanden und hoffe auf weiterhin gute Zusammenarbeit.«

David wünschte sich das auch und bat um Verständnis, dass er sich etwas unvermittelt entferne.

Auf der *Apollo* ließ David sofort Kapitän Hastings in die Kajüte bitten. »Ich habe erfahren, dass unsere Rekruten für die Milizausbildung verhaftet wurden und dem Geheimdienst in Karlobag übergeben wurden, Kapitän Hastings. Ich möchte, dass wir im frühen Morgengrauen die dortigen Batterien zusammenschießen und dass vier Landungstrupps, davon einer von der *Partridge*, schon vorher an Land gehen und dafür sorgen, dass die Gefangenen befreit werden können. Die Batterien sind nur durch Rekruten bemannt. Die Besatzung der Stadt besteht aus einer Halbkompanie Italiener. Das Geheimdienstgebäude liegt etwas abseits. Wer kann den Landeinsatz kommandieren?«

»Der Erste Leutnant ist bestens geeignet, Sir.«

»Gut, dann rufen Sie ihn bitte mit seinem Vertreter bei dem Unternehmen. Sie lassen bitte schon Kurs auf Karlobag nehmen. Die *Partridge* soll uns begleiten.«

Karlobag war ein kleines unbedeutendes Hafenstädtchen. Es verdankte seine Existenz der Tatsache, dass sich hier die Küstenstraße und der in Serpentinen nach Gospič ansteigende Handelsweg, der beste Übergang über das Gebirge, kreuzten und dass die Bucht gut gegen Stürme geschützt war.

Im Keller eines neben dem Jakobinerkloster stehenden Gebäudes lagen etwa zwanzig junge Männer ohne Decken und Unterlagen in einem Schlaf der Erschöpfung und Angst. Einige schreckten immer wieder auf und sahen die grauenhaften Szenen des letzten Tages vor sich: der Trupp, der sie plötzlich umringte, ihnen Waffen vorhielt und sie gefangen nahm, der dicke Inspektor, der einen aus ihrer Mitte herausgriff und ihn einfach erschoss, um den entsetzten Zuschauern zu verkünden, dass ihr Leben nichts wert sei und er jeden erschießen werde, der nicht aussage, und schließlich der von Peitschenhieben erzwungene Weg in dieses Gewölbe. Was würde der nächste Tag bringen?

Aber die ersten Schläfer, die an den Kellerfenstern ein frühes Morgengrau erblickten, hörten auch fast gleichzeitig ein furchtbares Krachen und Donnern. Die anderen erwachten und drängten sich vor Angst zusammen. Das waren schwere Kanonen, die unablässig schossen.

Einer der Gefangenen, etwas beherzter als die anderen, rief: »Das können nur britische Schiffe sein! Niemand anders könnte und würde die Hafenbatterien beschießen.«

Jubelrufe wurden laut.

Aber mit einem Mal wurde die Tür aufgerissen. Der dickliche Inspektor stand da, hielt eine Pistole vor sich und schrie: »Ruhe! Ihr dreckiges Pack freut euch zu früh. Raus jetzt hier, aber einzeln! Wir bringen euch weg.«

Ungeübt, wie er als Kämpfer war, stellte er sich so an die Seite der Tür, dass alle auf halbe Armeslänge an ihm vorbei mussten. Aber schon der erste war ein erfahrener Raufbold. Er riss dem Dicken die Pistole aus der Hand, umschlang mit dem linken Arm seinen Hals, hielt ihm die Pistole mit der rechten Hand an die Schläfe und schrie in gebrochenem Französisch: »Runter mit euren Gewehren, sonst ist er tot! Werft die Gewehre zu Boden und lauft weg, sonst zerfetze ich seinen Schädel!«

Der Dicke rief in Todesangst: »Tut, was er sagt! Gewehre runter! Lauft weg!« Und der Kanonendonner unterstrich sein Jammern.

Die Gefangenen sammelten die Gewehre ein, fesselten dem Inspektor die Hände auf dem Rücken und erkundeten vorsichtig die Umgebung. Das Gebäude über ihrem Keller war in Eile verlassen worden. Nicht nur Akten lagen herum. Auch Brot, Wurst und Getränke fanden sie und schlangen alles gierig in sich hinein.

Die Menschen, die bisher an ihnen vorbei in die Berge geflohen waren, kehrten jetzt in Panik zurück. »Inglesi!«, schrien sie.

»Türen zu!«, rief der Gefangene, der dem Dicken die Pistole entrissen hatte. »Die mit Gewehren an die Fenster! Haltet die Flüchtlinge ab, bis die Engländer hier sind!«

Die Landungstrupps der Engländer hatten den Halbkreis um den kleinen Ort geschlossen und sich an dem Weg nach Gospič getroffen. Dort hielten sie flüchtende italienische Soldaten an, nahmen ihnen Gewehre ab, sofern sie noch welche trugen, und trieben sie unter Bewachung zusammen.

»Was sollen wir mit dem Pack?«, sagte ein britischer Leutnant zu seinem Sergeanten. »Suchen Sie ein halbes Dutzend raus, die alle Gewehre entladen und zum Hafen tragen. Dann können sie auch nach Hause gehen. Und wir marschieren jetzt stadteinwärts und kämmen die Verwaltungsgebäude durch.«

Sie kamen bald an das Gebäude des Geheimdienstes und rissen erst ihre Gewehre feuerbereit an die Schultern, als die Tür aufging und junge Männer jubelnd herausstürmten. »Wir Freiwillige für kroatische Miliz!«, schrien sie immer, bis der Leutnant einen Dolmetscher herbeigerufen hatte.

Der konnte dann die Geschichte erläutern und auf den gefangenen Inspektor verweisen. »Ein Mörder! Inspektor Labasse«, riefen die Befreiten.

Ein Brite trat zum Leutnant. »Sir, ich glaube, so hieß der Inspektor, der unseren Admiral in die Falle gelockt und ihn misshandelt hat. Ich bin mit dem Koch des Admirals etwas befreundet, und der erzählte davon, wenn ich mich recht erinnere.«

Der Leutnant musterte Labasse kritisch von oben bis unten. Hinterhältig genug sah der Kerl ja aus. »Ihr beiden da!«, bestimmte er. »Ihr bringt den Kerl zu Kapitän Hastings und berichtet, dass er Rekruten gemordet und vielleicht den Admiral gefangen hatte. Bajonett aufgepflanzt!

Und die Rekruten sollen mit den beiden zum Kapitän marschieren. Zweierreihe!«, fügte er für den Dolmetscher hinzu.

Dann suchte er mit den Trupps andere Gebäude durch. Ein Gebäude war das Arsenal, angefüllt mit Gewehren, Säbeln, Munition und Uniformteilen. »Dafür gibt der Admiral jedem einen Kuss«, jubelte der Leutnant. »Sofort Wachen aufstellen. Melder zum Kapitän. Wir brauchen jede Menge Träger.«

Der Melder lief los und sah bald vor sich die Rekruten und die beiden Posten mit dem Inspektor. Aber der hatte ja plötzlich die Hände frei, zog ein Messer und stach auf den Posten neben ihm ein. Die Kroaten riefen warnend, und der zweite Posten riss sein Gewehr herum und rannte Labasse das Bajonett in die Brust. Er zog es nicht heraus, sondern beugte sich zu seinem Kameraden, der seinen rechten Oberarm festhielt und stöhnte. Das Messer hatte eine tiefe Fleischwunde geschnitten, die heftig blutete. Der Posten nahm ein Tuch aus der Tasche und band den Arm oberhalb der Wunde ab.

»Zwei Mann her!«, befahl er und hielt zwei Finger in die Luft. »Kamerad zum Schiff führen.« Er machte die Bewegungen vor, und zwei Rekruten hoben den verletzten Posten vorsichtig hoch.

Als der Brite ihm den Rücken zudrehte, hatte ein anderer Kroate das Bajonett aus der Brust des Inspektors gezogen und stieß es noch einmal kräftig ins Herz. »Inspektor tot«, sagte er dann und hielt dem Briten das Gewehr hin.

Der betrachtet den Toten. Das soll doch aber ein wichtiger Kerl gewesen sein, dachte er sich. Dann wandte er sich an die Kroaten. »Vier Mann zum Schiff tragen.« Und er zeigte vier Finger und deutete an, was er wollte.

Kapitän Hastings war mit einem Kutter in den Hafen gefahren, nachdem jeder Widerstand gebrochen war. Im Hafen lagen ein Lastschiff mit Verpflegung, eine leere Vinco, ein Leichter mit acht Achtpfünder-Kanonen und eine Ketsch mit zwei Achtpfündern vorn und achtern und zwei Zwölfpfünder-Karronaden an jeder Breitseite.

»Ein schönes Patrouillenschiff«, sagte Hastings. »Gehen Sie sofort mit sechs Mann an Bord, sichern alles und bringen die Ketsch aus dem Hafen!«, befahl er einem Maat. Zum Bootssteuerer sagte er: »Ich gehe auf den Leichter. Sie kehren an Bord zurück und holen einen weiteren Kutter mit einer Prisenbesatzung für die Vinco. Der *Partridge* muss signalisiert werden, dass sie zwei Kutter mit Prisenbesatzungen schickt.«

Dann stieg Hastings auf den Leichter und inspizierte die Achtpfünder-Kanonen. Sie waren anscheinend neu, von bester Qualität. Pulver und Munition waren auch auf dem Leichter gelagert. Das muss alles an Bord der *Apollo* gebracht werden, sagte er sich und überlegte, wie man den Leichter am besten zur *Apollo* schleppe.

Es war für die nächsten zwei Stunden der letzte ruhige Gedanke, den Hastings fassen konnte. Von Land aus rannten zwei Melder heran und riefen schon von weitem: »Sir!« An Deck der Ketsch winkte der Maat mit beiden Händen und rief nach ihm. Auf dem leeren Lastschiff wurde eine Muskete abgefeuert, und zerlumpte Menschen stürzten an Deck.

Hastings zog seine Pistole und rannte an die Seite des Leichters, die dem leeren Lastschiff am nächsten lag. »Was ist los?«, brüllte er, und ein ganzer Chor antwortete in verschiedenen Sprachen. Er schoss mit der Pistole über die Köpfe und zog seinen Degen.

Mit aller Kraft brüllte er: »Ruhe!« und winkte mit den Händen. Die beiden britischen Matrosen an Bord brachten die Menge zum Schweigen.

Dann rief einer durch die zum Trichter geformten

Hände: »Bauern aus Pag. Arrestiert, weil sie keine Steuern gezahlt haben. Seit zwei Tagen ohne Wasser und Brot.«

Hastings dachte, er sei im Tollhaus. Steuerschuldner auf Hungerration! Wo sollte er Essen und Trinken so schnell beschaffen? »Eimer und Kannen an Bord sammeln!«, schrie er laut. »Mit dem Beiboot Wasser an Land holen. Nur zwei Mann. Die anderen sollen noch etwas warten. Wir helfen bald!«

Dann rief der eine Melder, dass die kroatischen Milizanwärter befreit seien und ein toter Geheimdienstler identifiziert werden müsse.

Die Milizanwärter beorderte Hastings auf den Leichter. Sie mussten sich setzen. Später konnten sie helfen. Die Leiche wurde am Bug abgelegt.

Von der Ketsch konnte sich jetzt der Maat verständlich machen. Zwei französische Offiziere hätten sich an Bord versteckt und seien jetzt in einer Kammer eingeschlossen.

»Kommen sie an die Pulverkammer oder haben sie Sprengmaterial?«, fragte Hastings.

Der Maat verneinte.

»Bringt das Schiff aus dem Hafen. Sobald ihr Verstärkung von der *Apollo* habt, schießt die Kammer auf!«, rief er.

Dann kam der Melder vom Arsenal. Hastings hörte sich die Meldung an und dachte, auch übergroße Beute könne zum Problem werden. Da sah er, wie zwei Kutter der *Apollo* in den Hafen ruderten.

Ein Kutter wurde eingeteilt, um Brot vom erbeuteten Verpflegungsschiff zu bringen und beim Wasserholen zu helfen. Dann sollten Posten abgestellt werden, um Unruhen zu vermeiden. Den Schuldnern sei Rückkehr auf ihre Insel zuzusichern. Danach müsse der Kutter den Leichter zur Apollo schleppen.

Vom zweiten Kutter holte sich Hastings den Midshipman und befahl ihm, sofort mit der Gig der *Apollo* zur *Milford* zu rudern und dem Admiral zu melden, dass dringend Hilfe benötigt werde, weil 1. ein Arsenal abzutransportieren sei, 2. die kroatischen Milizrekruten befreit seien, 3. drei Prisen zu besetzen seien, auf denen sich zwei französische Offiziere gegenwärtig noch verschanzt hätten, und 4. Steuerschuldner aus Pag zurücktransportiert werden müssten.

Eine Stunde später sah Hastings zu seiner Erleichterung, wie die Segel der *Milford* sich vorsichtig den Kanal entlang nach Karlobag bewegten und vier Kutter des Flaggschiffs schon die Hafeneinfahrt erreicht hatten. Leutnant Hunt von der *Milford* meldete sich bei Hastings und sagte, er habe Auftrag, mit zwei Kuttern das Arsenal zu räumen.

»Bei der *Apollo* liegt ein Leichter, Sir. Können wir mit ihm für den Transport rechnen?«

»Sobald die acht Achtpfünder und die Munition auf die *Apollo* gebracht worden sind, können Sie mit dem Leichter rechnen. Aber das wird noch mindestens eine Stunde dauern.«

»Können uns auch Männer der *Apollo* helfen, Sir?«

»Sobald wir die ausgehungerten Leute dort, die wegen ihrer Steuerschulden auf dem Schiff eingesperrt waren, nach Pag gebracht haben, stehen wir Ihnen zur Verfügung.«

»Ich glaube, Sir, Sie haben hier wirklich ungewöhnliche Probleme am Hals.«

»Der Gedanke ist mir auch schon gekommen, Mr Hunt. Aber was soll's. Versuchen wir unser Bestes.«

Es war eine Stunde vor Mitternacht, als Hastings dem Admiral auf dem Flaggschiff Meldung erstatten konnte.

»Mein Gott, Mr Hastings, Sie sollten doch bloß ein paar Kanonen zusammenschießen und eine Handvoll Rekruten befreien. Und was bringen Sie uns? Ein Arsenal, mit dem wir ein ganzes Bataillon ausstatten können. Ein Schiff, das auch noch die Verpflegung für das Bataillon enthält, eine Patrouillenketsch, wie sie für uns nicht besser hätte gebaut werden können, und auch noch acht neue Kanonen mit Munition. Außerdem liefern Sie mir die Leiche meines Peinigers. Sie muss ein Admiral ausschicken, wenn er mal richtig Beute machen will. Ich gratuliere Ihnen zu Ihrem Erfolg und werde den Herren der Admiralität davon berichten.«

»Ergebensten Dank, Sir. Das fiel uns alles in den Schoß. Ich habe nur das getan, was mir aufgetragen war, Sir, und war von den Zugaben mehr als überrascht. War der tote Inspektor der Mann, der Sie in die Falle lockte?«

David nickte. »Ja, sein Tod hat uns ein Gericht erspart. Aber Leutnant Hunt erzählte, sie hätten noch einen ganzen Haufen verhungerter Steuerschuldner am Hals.«

»Sie wurden schon zurück auf die Insel Pag gebracht. Die Franzosen haben sie doch tatsächlich auf dem Schiff hungern lassen.«

»Also, so brutal werden wir nicht vorgehen. Aber wir müssen jetzt auch auf allen Inseln Steuern eintreiben. Einmal müssen wir Frankreich von dem Geldzufluss abschneiden, und dann brauchen wir auch Geld für die Milizen, die die Inseln verteidigen sollen. Was so alles auf uns zukommt! Lassen Sie uns einen Schluck zur Nacht trinken. Morgen früh setzen wir Segel in Richtung Rijeka.«

Die Erstürmung von Rijeka (Juli und August 1813)

Sie hatten die eroberte Patrouillenketsch *Argus* genannt, weil sie mit Argusaugen alles beobachten sollte. Sie verfügte mit neunzehn Briten und zweiundzwanzig Kroaten über den vollen Mannschaftsbestand, und es war höllisch eng auf dem kleinen Schiff. Freiwillige Kroaten hatten sich in ausreichender Zahl gemeldet, als die Steuerschuldner nach Pag heimgebracht worden waren und als die *Partridge* auf Rab, Cres und kleineren Inseln die Angebote für Miliz und Seedienst verkündet hatte. Dienst bei den Briten bot Schutz vor Hunger, Durst und französischen Repressalien. Für viele bedeutete das eine Menge.

Kommandant und amtierender Leutnant war Midshipman Warner von der *Eagle* geworden, der auch das Patent eines Steuermannsmaats besaß. Um ihm in den ersten zehn Tagen mit der gemischten Besatzung zu helfen, war Leutnant Hunt an Bord, Zweiter der *Milford*, der viel Erfahrung mit kleinen Schiffen und fremdsprachigen Besatzungen hatte.

Jeder britische Seemann hatte einen Kroaten zugeteilt erhalten, einen ›Zwilling‹, der ihm bei allen Manövern folgen sollte. Die *Argus* sollte zunächst nur die *Partridge* nach Vis begleiten. Das war gewissermaßen die Ausbildungsfahrt.

Kommandant Warner stand auf dem kleinen Achterdeck, die Sprechtrompete in der Hand. Leutnant Hunt stand auf dem Vordeck. Er würde alle Befehle auf Englisch wiederholen. Dann würden sich die vier Dolmetscher einschalten und jeden Befehl zweimal auf Kroatisch brüllen. Danach wurde er noch einmal auf Englisch wiederholt.

Zehn Befehle mussten am Tag gelernt werden. Wer sie abends nicht konnte, erhielt keinen Rum. Nach zehn Tagen war mit den Befehlen Pause. Dann waren die Bezeichnungen für die Takelage und die Waffen dran, soweit sie nicht schon in den Befehlen enthalten waren.

Mr Warner brüllte den Befehl zum Anker einholen. Leutnant Hunt wiederholte. Die britischen Seeleute, die es betraf, rannten los und schleiften ihren ›Zwilling‹ mit. Die Dolmetscher riefen ihnen zu, wie der Befehl auf Kroatisch lautete, und während sie ihn ausführten, hörten sie noch einmal die englische Version.

»Die Burschen sind ja nicht ungeschickt«, sagte der eine Rudergänger zum anderen. »Die meisten waren Fischer. Aber dass sie kein Englisch verstehen, ist doch blöd.«

Der Steuermannsmaat, der hier die Funktion des Masters versah, war ein ›Gelernter‹ und sagte zu den beiden: »Die meisten Menschen auf der Welt verstehen kein Englisch.«

»Dat gibt's doch nich«, erwiderte der zweite Rudergänger. »Wie wissen die dann, wat der andere will?«

Der Steuermannsmaat schüttelte nur den Kopf und drehte sich um.

»Du Dussel«, sagte der erste Rudergänger. »Die haben alle ihre eigenen Sprachen. Die hier verstehen sich auf kroatisch. Italienisch hast du doch auch schon gehört. Das verstehen wir wieder nicht.« Aber dann mussten sie ihr

Gespräch unterbrechen, denn nun wurden zum ersten Mal die Segel gesetzt.

Und da waren dann alle schönen Pläne vorbei. Kommandant Warner wiederholte nicht nur den Befehl, sondern schloss eine Reihe von Flüchen an, weil einige an die falschen Plätze liefen. Die Dolmetscher fluchten mit, und schließlich wusste keiner mehr, was er tun sollte.

Leutnant Hunt kam zum Achterdeck gelaufen und nahm Warner an die Seite. »So wird das nie etwas, Michael. Du darfst nur die Befehle rufen, keinen Fluch, sonst wissen die gar nicht, worauf sie hören sollen. Immer wieder: nur den Befehl! Und immer wieder dieselbe Übung, bis es sitzt.«

Er rannte zurück zum Vordeck. Erneut rief Warner den Befehl. Diesmal wurden die richtigen Brassen bemannt und an den Tauen gezogen. Die Segel stiegen empor.

Dann wurden sie wieder geborgen. Dann wieder gesetzt. Das alles geschah mit drei Wiederholungen, ehe die Segel erstmals richtig getrimmt wurden.

Commander Malden auf der *Partridge* stöhnte zu seinem Ersten: »Mein Gott, wie sollen wir mit denen denn nach Vis kommen? Wir müssen doch auch noch auf die beiden Transporter aufpassen.«

»Das wird bald werden, Sir. Sobald sie die ersten hundert Kommandos intus haben, merken Sie keinen Unterschied mehr. Heute Abend segeln die schon wie alte Hasen, wenn der Wind stetig bleibt.«

»Und wenn er wechselt und ein Dutzend Kanonenboote der Froschfresser taucht auf?«

»Wenn dann nicht die *Milford* noch in der Nähe ist, Sir, wird es mulmig. Schießen lernen die erst morgen.«

David hatte die ersten Übungen der *Argus* beobachtet und gelächelt. Mein Gott, wie lange war das her, dass er vor Amerika und in der Karibik lernen musste, auch kleine

Schiffe zu segeln. Die *Argus* würde es schon schaffen, und Midshipman Ebel, der zu Warners Unterstützung mit an Bord war, würde eine Menge lernen.

Als David seine Kajüte betrat, wo Mr Roberts auf ihn wartete, war sein Gesicht wieder ernst. »Trinken Sie einen Tee mit, Mr Roberts?«

»Vielen Dank, Sir. Gerne.«

Frederick war schon wieder mit dem Tablett da, bevor ihn jemand gerufen hatte. Der muss alles mitbekommen, was in meinen Räumen geschieht, dachte David wieder einmal. Aber es störte ihn nicht. Frederick würde nie zu einem anderen sagen, was er alles erfuhr.

David nippte an seiner Tasse und sagte zu Mr Roberts: »Wenn die Österreicher nicht bald auf unserer Seite in den Krieg eintreten, wächst uns die Sache hier über den Kopf. Wir sollen den Küstenverkehr der Franzosen unterbinden. Wir sollen verhindern, dass die Inseln Steuern an Frankreich abführen. Aber es gibt hier über tausend Inseln an dieser langen Küste, und zweihundert sind wahrscheinlich bewohnt. Wir können die Inseln nicht besetzen, und ich brauchte etwa vierzig Sloops, um sie mit Schiffen zu kontrollieren. Ich habe aber nur sechs. Wir müssen Häfen angreifen, um eine Verstärkung ihrer Verteidigung zu provozieren und Truppen zu binden. Ich soll die Küstenstraßen unterbrechen, damit sie auf ihnen nicht ungestört transportieren können. Aber woher soll ich all die Leute nehmen, Mr Roberts?«

»Aber Sir, unsere Anfänge mit den kroatischen Milizen und Schiffsbesatzungen sind doch recht vielversprechend. Dadurch verdoppeln und verdreifachen wir unsere Kräfte bereits.«

»Sicher. Die größten Inselgruppen könnten wir schon unter Kontrolle bringen. Aber das Festland bleibt trotz aller Handstreiche in der Gewalt unserer Feinde.«

Die *Milford* lag nach Mitternacht vor Jablanac, dem Fährhafen zur Insel Rab. Sie setzten die Barkasse und einen Kutter aus, denn David sollte einen Kilometer vor dem Fährhafen einen der Agenten treffen, die ihm auf Korčula empfohlen worden waren.

Grün sollte die Blendlaterne zeigen und nach vier Sekunden weiß.

Die Riemen waren umwickelt. Fast lautlos glitt die Barkasse voran. David hatte die Augen geschlossen, damit er nachher in der Dunkelheit besser sehen konnte. Larry saß mit Alberto vorn am Bug. Jetzt wurde die Meldung durchgeflüstert, dass der Hund knurre.

»Siehst du etwas mit dem Nachtglas?«, fragte David Mustafa.

»Noch nicht, Sir.«

Sie ruderten weiter.

»Jetzt sehe ich ein dunkles Gebilde, Sir, könnte ein Boot sein.«

»Gut. Dann wollen wir unser Signal setzen.«

Das Antwortsignal stimmte, und sie ruderten vorsichtig weiter aufeinander zu. David spähte angestrengt in die Dunkelheit. Ja, das war ein Boot. Etwa acht Ruderer.

»Rudert heran!«, befahl er. »Fragt, ob Mr Citluk an Bord ist.«

Er war es. Das Boot legte am Heck der Barkasse an. Der Agent kletterte herüber. Das Boot entfernte sich auf zehn Meter, und ihr Kutter begann seine Wachrunden um beide Boote. Die Ruderer in der Barkasse räumten die drei letzten Reihen, sodass David mit dem Agenten ungestört war. Nur Mustafa saß auf der letzten Reihe, hielt die Windbüchse im Arm und ließ kein Auge von dem Agenten.

»Mr Citluk, ich bin Sir David Winter. Ich freue mich, Sie hier zu treffen, und hoffe auf gute Zusammenarbeit. Können Sie sich auf Ihre Ruderer verlassen?«

Der Agent sprach Englisch langsam und mit starkem Akzent, aber David verstand ihn. »Absolut, Sir David. Sie sind alle Mitglieder unserer Familie. Sie denken wie ich und kämpfen gegen die Franzosen.«

David bat ihn zunächst um einen Bericht über die französische Präsenz an der Küste und auf den Inseln. Der Agent war gut informiert, wusste auch schon von der Erstürmung Karlobags und konnte berichten, dass der Kommandant von einem Kriegsgericht bereits zum Tode verurteilt sei.

David fragte ihn nach den Steuerzahlungen auf den Inseln und erfuhr, dass das allein in der Hand lokaler Steuereinnehmer lag. Die Franzosen würden nur bei Steuerschulden mit drakonischen Strafen eingreifen. Sie hätten aber nicht das Personal und die Truppen, um selbst den Zugang zu den Inseln zu erzwingen.

In Rijeka hätten sie mit der kroatischen Kompanie, die die abgerückten Franzosen ersetzen sollte, die größten Probleme. Ein Drittel der Soldaten sei desertiert. Im Hafen suche gegenwärtig eine große Zahl von Handelsschiffen Schutz, seitdem Karlobag angegriffen worden sei. Von den fünf Kanonenbooten seien zwei nicht einsatzbereit, weil die Planken erneuert werden müssten. Die Bevölkerung lehne die französische Herrschaft ab, sabotiere aber nicht aus Furcht vor Vergeltung.

In Pula seien drei neue Kanonenboote auf den dortigen Werften gebaut worden. Sie hätten neue Besatzungen erhalten und würden in den nächsten drei bis vier Nächten nach Rijeka überführt werden. Da die Nächte kurz seien und der Wind oft abflaue, legten sie meist in der Bucht vor Labin am Tag eine Pause ein, da es zu anstrengend sei, die ganze Strecke in einem Stück zu rudern. Sie gingen dann in eines der kleinen Dörfer, um sich zu unterhalten oder zu schlafen, nicht immer allein.

David war mit den Informationen sehr zufrieden, einigte sich mit Mr Citluk auf einhundert Pfund Bezahlung und verabredete Signale für künftige Treffen.

Am frühen Morgen waren die Depeschen fertig und die Gig brachte sie zu *Apollo* und *Partridge*. *Apollo* setzte sofort Segel und das Abschiedssignal und verschwand mit Südkurs. *Partridge* setzte Signale für die *Argus* und brachte die Befehle mit der Gig zu den beiden Transportern. Dann setzten die vier Schiffe Segel und folgten der *Apollo*.

David hatte mit Kapitän Markwood noch beobachtet, wie das Segelsetzen bei *Argus* und den Transportern ablief. »Nun, Sir, die *Argus* macht das doch schon viel besser als gestern.«

»Das musste sie aber auch, Mr Markwood, sonst hätte die *Partridge* sie in Schlepp nehmen müssen, um nach Vis zu gelangen. Wenn sie heute Schießen üben, kriegt Mr Warner mit Sicherheit einige Wutanfälle. So, ich lege mich jetzt ein Weilchen aufs Ohr, denn heute Nacht kam ich nicht dazu. Wenn Sie vor Beli stehen, lassen Sie mich bitte holen.«

David hatte schon zu Mittag gegessen, bevor sie Beli erreichten. Das war ein kleines Dorf im Norden der Insel Crez. Die *Milford* hatte ständig in den engen Kanälen gegen den Wind ankreuzen müssen.

»Da hatte die *Argus* auf dem Weg nach Vis wenigstens günstigen Wind. Wenn die dauernd kreuzen müssten, wären Warner und Hunt doch glatt verrückt geworden«, bemerkte Markwood noch zum Master, bevor er den Melder losschickte, um David zu holen. David stieg in die Barkasse, wo bereits ein Dutzend Seesoldaten sowie Alberto und Mustafa Platz genommen hatten. Mr Roberts war mit einem Dolmetscher auch an Bord, weil er Details des Steuersystems notieren sollte.

Im Dorf waren keine Franzosen, wie Alberto mit den Seesoldaten schnell herausfand. Zwei Zivilbeamte sollten in der Stadt Cres sein. Ja, Steuern mussten sie zahlen. Da kam immer jemand und holte das Geld ab. Aber sonst wusten die Dörfler nicht viel. Ja, Deserteure versteckten sich auch auf der Insel. Die Angebote für Freiwillige der Miliz und des Seedienstes nahmen sie ohne Reaktion zur Kenntnis. Wer wolle, würde sich melden, wenn die *Milford* wieder ihren Ort anlaufe.

»Wir müssen noch vor dem Hafen von Cres ankern, Mr Markwood«, sagte David. »Die Dörfler hier sind oder tun so dämlich, dass wir nichts erfahren können. Dort sollen zwei französische Verwaltungsbeamte sein, aber die werden wegrennen, wenn sie unser Boot sehen.«

Das bestätigten ihnen dann die Einwohner der kleinen Inselhauptstadt. Sie konnten Mr Roberts auch Auskunft geben, wonach die Steuer festgesetzt wurde. Nach der Größe des Hauses, gemessen an der Zahl der Fenster zur Hauptstraße.

»Darum haben die an den Seitenfronten der Häuser immer mehr Fenster als zur Vorderseite«, amüsierte sich später Dr. Clark, der Flottenarzt.

»Aber man kann die Steuer einfach ermitteln und jeder kann es nachprüfen«, gab der Master in der Messe zu bedenken.

In Cres fanden sie deutlich mehr Interesse bei ihrer Freiwilligenwerbung. Ein Mann fragte David vertraulich, ob die *Milford* in einer Stunde bei Kap Pernat ein Boot aussetzen könne. Er werde sofort voraussegeln. Dort habe sich ein Dutzend Deserteure versteckt. Er werde sie informieren und sie würden sich sicher alle melden, denn jetzt seien sie ständig in Gefahr.

David sagte zu und bot dem Mann Geld an, falls er auch aus anderen Orten der Insel Freiwillige herbeischaffe, wenn die *Milford* wieder vor der Küste auftauche.

Die *Milford* nahm die Deserteure bei Kap Pernat auf, alles junge, etwas verwahrloste und verhungerte Burschen. Der Schiffsarzt untersuchte sie und war zufrieden.

»Füttert sie zwei Wochen gut, dann sind sie dem Dienst voll gewachsen«, bemerkte er zum Ersten.

Der nickte nur und war ganz mit einem der jungen Männer beschäftigt, der recht gut Englisch sprach. Solche Leute wurden immer wichtiger.

Mr Webster ließ den Dolmetscher rufen, mit dem er am liebsten zusammenarbeitete, und trug ihm auf, den jungen Mann mit in seine Backschaft zu nehmen, ihn beim Dienst anzuleiten und ihm besonders die Fachausdrücke der Seemannschaft beizubringen.

David ließ die *Milford* an der Westküste von Cres entlang segeln, hielt bei dem ein oder anderen Hafenort an und schickte ein Boot an Land, um nach Freiwilligen und nach Steuereinnehmern zu fragen. Er segelte auch an der reich bewaldeten Küste von Lošinj sowie an Unije und den benachbarten kleinen Inseln entlang.

Am Hauptort Mali Lošinj erlebte er eine Überraschung, als sich ein schlanker Herr von etwa vierzig Jahren an Bord meldete, David in fließendem Englisch ansprach, sich als Major Skarda vorstellte, sagte, dass er in Ungarn gedient habe, und fragte, ob David Verwendung für ihn habe. Er kommandiere jetzt auf Cres eine Widerstandsgruppe von dreißig Kroaten, die vor allem Sabotageakte an französischen Einrichtungen verübe.

David war zunächst skeptisch, wie er es bei allen zu gut passenden Neuigkeiten war. Er wollte sich ein Bild von Major Skarda verschaffen, ließ ihn zu einer Tasse Kaffee bitten und lud auch Mr Roberts und Dr. Clark ein. Major Skarda berichtete unbefangen von seiner Dienstzeit in der österreichisch-ungarischen Armee. »Sie wissen vielleicht, Sir David, dass dieser Teil Dalmatiens von 1797 bis 1808 von Ungarn aus regiert wurde. So wurde auch ich einem ungarischen Infanterieregiment zugeteilt. Während Österreich-Ungarn mit Frankreich verbündet war, wurde ich verschiedentlich in französisch besetzte Länder delegiert. Bei der Landung der Engländer auf der holländischen Insel Walcheren bin ich dann in britische Gefangenschaft geraten, von der ich drei Jahre in der Nähe von Liverpool verbracht habe. Als ich dort den Sohn eines einflussreichen Gutsbesitzers und Unterhausabgeordneten vor dem Ertrinken gerettet habe, ist mir die Freiheit geschenkt worden. Wegen dieser Zeit in England misstrauen mir die Franzosen, und ich bin vor der Verhaftung zu den Deserteuren geflohen.«

Zu Davids Erstaunen mischte sich Dr. Clark ein, fragte nach dem Namen des Gutsbesitzers und dem seines Sohnes, der Zahl der Kinder insgesamt. »Ich kenne die Familie, Herr Major, habe auch in einem Brief meiner Frau beiläufig erfahren, dass ein Sohn fast ertrunken sei, aber ich bin dem nicht weiter nachgegangen. Lassen Sie uns noch ein wenig plaudern, wo Sie untergebracht waren und was und wen Sie kennen gelernt haben.«

Sie entdeckten gemeinsame Bekannte. Major Skarda berichtete von den abendlichen Schachspielen mit einem Arzt, der wiederum ein Freund des Flottenarztes war.

»Mein Freund ist ein Franzosenhasser, Sir. Mit einem Sympathisanten der Franzosen hielte er es keine Stunde aus.«

David war beruhigt, erzählte von dem Ausbildungslager auf Korčula und fragte den Major, ob er bereit wäre, eine Milizeinheit zu kommandieren. Der bejahte mit Freuden und wurde mit seinen Leuten auf der *Milford* untergebracht. David trug ihm auf, jeden Vor- und Nachmittag mit den Kroaten zwei Stunden britische Befehle zu lernen.

Als David Kapitän Markwood von Major Skarda und den anderen Anwerbungen berichtete, reagierte dieser mit Freuden. »Bisher sind unsere Erfahrungen mit freiwilligen Kroaten recht positiv, Sir. Und wenn die Reaktion auf unsere Werbung weiter so gut ist, dann können wir unsere Besetzungssorgen auf den Schiffen und an Land bald vergessen.«

»Es wäre wunderbar, Mr Markwood. Und mit unserer Ausbildung sind wir, so hoffe ich zuversichtlich, auch auf dem richtigen Weg. Nun müssen wir heute Nacht nur noch den Kurs nach Labin finden, damit sich unsere Boote in der Bucht im Morgengrauen verstecken können. Und dann fehlen uns nur noch die Kanonenboote, die dort eine Rast einlegen.«

»Hoffentlich müssen wir nicht zu lange warten, Sir. Wir haben ja noch ein anderes Rendezvous.«

Die *Milford* setzte ihre Boote so früh aus, dass der Morgen noch nicht einmal als leichtes Grau zu ahnen war. Im vordersten Boot hockten zwei Steuerbootsmaate und horchten mit Sprechtrompeten. Steuerbord voraus war leichte Brandung zu hören. Das musste das kleine Kap vor Rabac sein.

»Etwas mehr backbord«, flüsterte der Maat.

Dann war dort an Backbord ebenfalls ein leichtes Rauschen zu hören. Das musste der Strand unterhalb von Vidas sein.

»Zwei Punkt mehr Steuerbord und dann halten, wie's geht.«

So fanden sie die Bucht. Das kleine Fischerdorf Rabac lag nördlich an der Küste und konnte den hinteren Teil der Bucht nicht einsehen. Der größere Ort Labin lag gut vier Kilometer landeinwärts. Dorthin wanderten die Matrosen der Kanonenboote, die tagsüber etwas erleben wollten.

Die Boote der *Milford* fanden Zuflucht im Schilf am Ende der Bucht. Es wurde langsam hell.

Leutnant Webster kommandierte das Unternehmen.

Als die Boote beieinander lagen, sagte er zu Leutnant Cooper im Nachbarboot: »Kannst du mir sagen, Benjamin, wie die Franzmänner in der Nacht die Bucht finden sollen?«

Cooper schüttelte den Kopf. »Nein, das kann ich mir nicht vorstellen. Entweder gibt ihnen jemand ein Leuchtsignal, der weiß, dass sie kommen, oder sie laufen erst ein, wenn man schon etwas sehen kann.«

»Das sind ja herrliche Aussichten. Dann würden wir heute vergeblich warten«, murrte der Erste Leutnant.

Sie warteten in der Tat vergeblich. Die *Milford* war an der Küste vorausgesegelt, wo zwischen den Buchten von Labin und Plomin keine Siedlung war. Nach dem Mittagessen stellte David fest: »Heute laufen die Franzosen nicht mehr ein. Segeln Sie bitte auf die See hinaus und kehren dann so zurück , dass wir von Rabac nicht zu sehen sind, Mr Markwood. Wir nehmen unsere Leute wieder auf. Dort in den kleinen Booten zu warten ist ja stumpfsinnig.«

Am nächsten Morgen ruderten die Boote etwas später zur Bucht. Ein Leuchtsignal war nicht zu entdecken. Also mussten auch die Franzosen etwas Licht abwarten.

Sie hatten ihre Plätze im Schilf eingenommen und suchten sich bequeme Plätze auf und zwischen den Bänken, als ein Ausguck zu Leutnant Webster flüsterte: »Sir, ein kleines Ruderboot vom Land!«

Der Erste blickte sich um. Tatsächlich! Da kam aus der Richtung Labin ein kleines Ruderboot in Sicht, gerudert von einer jungen Frau. Sie steuerte weiter vorn den Schilfgürtel an und suchte sich dort einen Platz.

»Was soll denn das bedeuten?«, murmelte Webster.

Sein Melder, ein vorlauter Midshipman, flüsterte: »Die wartet dort auf einen Liebhaber, Sir.«

»Sie können wohl an nichts anderes denken?«, knurrte

Webster. »Ich würde Sie ja hinschicken, aber dann fordert das Weib noch die andere Hälfte dieser kleinen Portion nach.«

Die Seeleute grienten und der Midshipman dachte, wenn er dem Großmaul nur antworten dürfte.

Dann zischte der Ausguck: »Kanonenboote laufen Bucht an!«

Tatsächlich! Drei Kanonenboote in Kiellinie ruderten in die Bucht und legten vorn an der Seite von Rabac nebeneinander am Ufer an. Sie vertäuten ein Schiff am anderen und legten einen Steg zum Ufer. Leise waren sie nicht. Sie lachten und scherzten.

»Das sind Italiener, Sir«, flüsterte Cooper.

Dann gingen sie in Gruppen von Bord. Einige Gruppen schienen nach Rabac zu wandern, aber die meisten schlugen den Weg nach Labin ein. Nur Wachen hockten auf den Kanonenbooten.

»Fertig machen!«, befahl Webster leise.

Aber da ruderte das kleine Boot aus den Schilf heraus und fuhr zum Heck des einen Kanonenbootes. Ein Mann ließ sich herab, und dann ruderte das kleine Boot zurück.

Während Leutnant Webster noch grübelte, was das bedeuten solle, flüsterte der Vollmatrose Tony seinem Kumpel Edward zu: »Die hat sich ihren Macker für einen ordentlichen Bums im Schilf geholt. Und sein Käptn denkt, er schiebt Wache. Der schiebt ganz was anderes.«

Tony schien Recht zu haben. Als der Ausguck sein Sprachrohr ans Ohr hielt, hörte er kaum unterdrücktes Stöhnen und Jauchzen.

»Die sind voll dabei, Sir«, flüsterte er Webster zu.

»Dann können wir sie ja greifen«, meinte Cooper.

»Nein!«, entschied Webster. »Weiber kreischen zu laut, egal, wie viele Musketen man ihnen unter die Nase hält. Dann sind nicht nur die Wachen alarmiert. Auch die Landgänger kommen zurück. Ruhe jetzt und lasst mich überlegen.«

Das Problem löste sich von selbst. Aus dem Liebesnest war lautes Platschen zu hören. Die Frau schrie kurz, dann prustete und gurgelte sie. Der Mann schlug mit Armen und Beinen ins Wasser und kam aus dem Schilf heraus. Die Frau konnte etwas schwimmen und war nun auch zu sehen.

Auf den Kanonenbooten hatte man sie bemerkt, anscheinend auch erkannt, denn die Wachen ließen ein Boot zu Wasser. Vier Mann ruderten auf das halb nackte Paar zu. Sie holten erst die Frau ins Boot und waren wohl nicht zimperlich mit ihren Griffen, denn die Frau schimpfte und schlug um sich. Dann zogen sie den Mann ins Boot und ruderten zurück.

»Fertig machen!«, zischte Webster. »Wenn sie ihr Theater an Bord abziehen, entern wir.«

Auf dem Kanonenboot gab es ein Gelächter, als die Frau ihre Brüste und ihren Unterkörper bedecken wollte und die Hände nicht ausreichten. Der wachhabende Offizier erschien und schrie die Leute an. Mit dem Liebhaber hatte er einen besonders lauten Disput. Niemand achtete auf die Engländer, die mit aller Kraft heranruderten.

Sie reichten der Frau auf dem Kanonenboot schließlich eine Decke. Der Wachhabende befahl, den Liebhaber zu arrestieren, aber da schien niemand willens zu sein. Und dann rumpelten die Boote der Engländer an die drei Kanonenboote, und die Briten rannten mit geschwungenen Säbeln übers Deck.

Die Männer hoben die Arme und ließen sich auf dem Vordeck zusammentreiben. Die Frau aber schrie, bis ihr Webster mit aller Kraft über den Mund schlug und befahl, sie zu knebeln und an Land abzulegen. Auch die Italiener trieb er an Land und befahl seine Leute auf ihre Posten.

Das erste Kanonenboot legte ab, setzte das Hilfssegel und lief hinaus auf die See. Dann folgte das zweite und das dritte. Die Boote der *Milford* hatten sie jeweils am

Heck angebunden. Webster ließ sich melden, ob sich jemand an Bord versteckt hatte und wer verwundet war.

Einem hatte die Frau in die Hand gebissen, was die anderen zu schadenfrohem Gelächter veranlasste. Außer ihm war niemand verletzt. »Sonst zahlt man beim Bums zu«, sagte ein Maat zu seinen Leuten. »Diesmal haben wir Verluste gespart und Prisengeld gibt's auch.«

»Davon hat mein Schwanz auch nichts«, maulte einer.

David saß mit Mr Roberts wieder vor einigen der zahllosen Meldungen, die die Admiralität anforderte, als die drei Kanonenboote gemeldet wurden. Nur zu gern ließ er die Akten liegen und ging an Deck.

»Sie scheinen völlig unbeschädigt zu sein, Sir«, meldete Markwood.

Leutnant Webster wurde an Bord wie der Kommandant eines Schiffes empfangen, stutzte erst und schmunzelte dann. Nun ja, er war ja Kommandant von drei Kanonenschiffen.

»Kommen Sie, meine Herren. Die *Milford* nimmt die drei Schiffe mit halber Besatzung in Schlepp. Kurs auf unseren Treffpunkt bei der Insel Susak. Und wir trinken ein Glas auf die Prisen und besprechen, wie wir mit ihnen verfahren.«

Sie tranken auf den König und auf ihre Prisen, während die *Milford* mit den drei Kanonenbooten im Schlepp nach Süden segelte.

»Meine Herren, wir haben etwa fünfzig Kroaten an Bord, von denen dreißig zur Flotte, der Rest zur Landmiliz will. Das reicht nicht aus, um drei Kanonenboote zu bemannen. Wir müssen auf jedes Kanonenboot zehn unserer Leute schicken und dazu einen erfahrenen Maat. Die fünfzig Kroaten verteilen wir auf die drei Boote. Wir werden sie in Susak stationieren, während wir Rijeka angreifen. Der kroatische Major kann in dieser Zeit mit der *Argus* die umliegenden Inseln anlaufen und für Freiwillige werben. Auf Susak werden die Besatzungen für die Kanonenboote gedrillt. Sie können die Insel auch gegen Angriffe verteidigen, mit denen aber keiner rechnet.«

David sah seine Offiziere an, aber keiner schien etwas fragen zu wollen. »Wenn wir nach Vis zurückkehren, können wir die Kanonenboote in Susak abholen.«

Am vereinbarten Treffpunkt in der Nähe der Insel Susak warteten die Linienschiffe *Elizabeth* und *Eagle* sowie die Fregatte *Cesar,* die Sloops *Haughty* und *Partridge* sowie die *Argus* und zwei Transporter.

»Alle pünktlich, nur wir sind etwas zu spät«, sagte David zu Kapitän Markwood. »Lassen Sie bitte signalisieren, dass die Kommandanten an Bord kommen möchten. Ich gehe schon in meine Kajüte.«

David brauchte Frederick nicht zu sagen, dass er Wein und Gebäck für etwa zehn Leute bereithalten müsse. Als der die Schiffe gesehen hatte, wusste er selbstverständlich, dass eine Besprechung in der Kajüte des Admirals bevorstand. Außer Commander Craig von der Sloop *Haughty* kannten ihn auch alle und nickten ihm freundlich zu.

David begrüßte die Kapitäne. »Meine Herren, ich habe erfahren, dass die Verteidigung Rijekas im Augenblick sehr geschwächt ist, dass aber andererseits durch unsere Aktivitäten viele Schiffe im dortigen Hafen Zuflucht gesucht haben. Wir werden Rijeka erobern. Aber vorher lassen Sie uns noch auf das Wohl Seiner Majestät trinken.«

David stellte dann den anderen Mr Warner als Kommandanten der *Argus* vor und fragte ihn, wie weit er mit der Ausbildung gekommen sei.

»Die Segelmanöver klappen schon recht gut, Sir. Mit dem Kanonendrill bin ich zufrieden. Gestern hatte ich das erste Scharfschießen. Die Ergebnisse waren noch nicht befriedigend.«

»Sie gehen wieder an Bord Ihres Schiffes, Mr Warner, und laufen die Insel Susak an, wo wir drei gekaperte Kanonenboote hingebracht haben. Dort finden Sie einen kroatischen Major Skarda, der gut Englisch spricht. Mit ihm segeln Sie zu den umliegenden Inseln und werben Freiwillige an. Wenn wir zurückkommen, werden wir vor Susak genügend Kapitäne haben, damit eine Kommission zur Abnahme des Leutnantsexamens gebildet werden kann. Beten Sie, dass die Herren genügend Prisen gemacht haben, um gute Laune mitzubringen.«

In das Gelächter der Kapitäne hinein verabschiedete sich Mr Warner.

David ging mit den anderen Kapitänen zum Tisch, auf dem die Karten lagen. Sie sprachen über die Batterien, die auf der weit in das Meer hineinragenden Mole stationiert waren, und über die anderen, die direkt an der Küste lagen. Die Linienschiffe würden vor der Mole ankern und die beiden dortigen Batterien ausschalten. Dann würden sie an die Küste heransegeln und die dortigen Batterien zusammenschießen. Major Havell würde mit den Seesoldaten des Geschwaders die Stadt dann aus westlicher Richtung angreifen. Kapitän Rowlandson würde die Truppen auf den beiden Transportern vom östlichen Strand her führen.

»Meine Herren, nach unseren Informationen besteht die Besatzung Rijekas aus nicht mehr als dreihundertfünfzig Mann. Die Kampftruppen sind vor allem eine italienische Kompanie und eine kroatische, von der aber ein Drittel schon desertiert sein soll. Man muss natürlich auch mit französischem Stammpersonal rechnen. Wenn Sie in die Stadt einrücken, wird es zu Straßenkämpfen kommen. Kapitän Rowlandson hat dafür eine sehr gute Methode entwickelt, als er einen Zug Seesoldaten und mich aus einer spanischen Stadt rettete, wo wir in eine Falle geraten waren. Mr Rowlandson, schildern Sie doch bitte einmal, was Sie getan haben!«

Der kleine Rowlandson war überhaupt nicht befangen, sondern schilderte kurz und sachlich, dass ein erster Vorstoß der Seesoldaten durch die Hauptstraße verlustreich gescheitert war. Der Feind hatte sich in die Häuser zurückgezogen und schoss auf die Seesoldaten, die auf den Straßen ohne Deckung vorrücken sollten. Die Soldaten hätten sich keine Chance ausgerechnet und zurückgezogen.

Aber dann sahen sie, dass im Hafen Pferdekarren und -wagen standen und Säcke mit Korn ausgeladen hätten. Sie hätten Karren und Wagen wieder mit Säcken beladen und mit Leinwand bespannt. Die Karren hätten sie rückwärts in die breite Straße geschoben. An der Seite liefen die Soldaten und waren gegen Schüsse aus den Häusern gut gedeckt. Sie schossen auf die Fenster und warfen Handgranaten. Zwischen zwei großen Wagen hätten sie eine Karronade vorangeschoben und befestigte Häuser zusammengeschossen.

»Man kann natürlich auch Erde oder Steinkohle in die Säcke packen. Hauptsache, die Karren können rückwärts geschoben und dirigiert werden und bieten Deckung. Natürlich hatten wir vorn die besten Schützen und haben ihnen immer geladene Gewehre zugereicht. Wir hatten kaum Verluste und kamen gut voran«, schloss Rowlandson seinen Bericht.

Die Kapitäne klatschten, und David sagte: »Ohne dieses überlegte und entschlossene Vorgehen brauchten Sie sich jetzt nicht mit mir herumzuärgern. Bitte bereiten Sie Ihre Kontingente auf diese Möglichkeit des Straßenkampfes vor.«

Sie besprachen, wo sie vor Rijeka die Nacht ankern würden und wie sie im Morgengrauen die Angriffs-

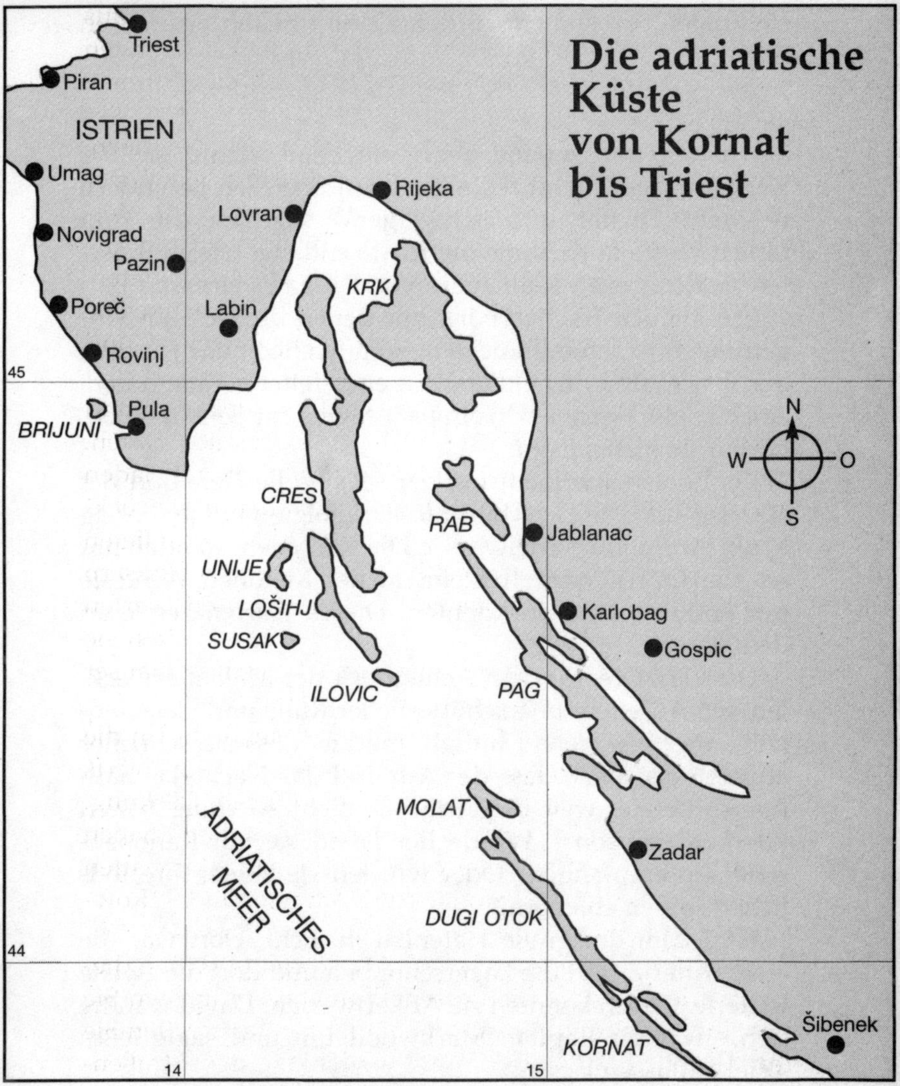
Die adriatische Küste von Kornat bis Triest
Triest
Piran
ISTRIEN
Umag
Novigrad
Pazin
Poreč
Labin
Rovinj
Lovran
Rijeka
KRK
45
BRIJUNI
Pula
N
W
O
S
CRES
RAB
Jablanac
UNIJE
LOŠIHJ
SUSAK
Karlobag
Gospic
ILOVIC
PAG
MOLAT
ADRIATISCHES MEER
Zadar
DUGI OTOK
44
Šibenek
KORNAT
14
15

stellungen einnehmen würden. Dann tranken sie auf den Sieg.

Sie hatten die unteren Segel eingeholt, damit sie die Kanonen des Oberdecks nicht beim Schießen behindern würden. Düster und schweigend segelten die drei Linienschiffe in Kiellinie die Küste entlang. Gleich müssten sie die großen Kaimauern von Rijeka erreichen.

Die kleinen Fischerboote, vor denen die riesigen Ungetüme plötzlich auftauchten, konnten noch das Knarren der Blöcke und das Quietschen eingefetteter Taue hören. Aber als die Fischer sich ein paar Meter zur Seite retteten, hörten sie nichts mehr.

Ein Bootsmann lotete auf der *Milford* die Tiefe und rief sie leise aus. Die *Eagle* und *Elizabeth* folgten mit je fünfzig Meter Abstand im Kielwasser. Die Kanoniere standen mit nackten Oberkörpern fröstelnd an den Kanonen. Wenn sie nur endlich schießen könnten. Dieses Warten zerrte an den Nerven.

Die Offiziere auf dem Achterdeck der *Milford* erweckten den Anschein unerschütterlicher Ruhe und Gelassenheit. Aber wer genau hinsah, merkte, dass sie schneller atmeten als sonst, dass der Admiral das Nachtglas häufiger absetzte, weil die Arme es nicht so ruhig halten konnten wie sonst. Würde der Feind sie mit Kanonenschüssen empfangen? Oder würden sie zuerst ihre tödlichen Salven abfeuern?

Jetzt kam der große Hafenkai in Sicht. Dort war die erste Batterie, dort die Lagerschuppen und dort die zweite Batterie. Gleich konnten sie Anker werfen. David wandte sich etwas zu Kapitän Markwood um und sagte leise: »Ziel auffassen lassen!«

Markwood gab nur ein Zeichen und die Melder rannten los. Die Batterieoffiziere gingen mit ihren Midshipmen hinter den Kanonen entlang und wiesen die Ziele zu.

Die Richtkanoniere linsten über die mattschwarzen Rohre.

Jetzt kam das Signal zum Ankern. Die Ketten rauschten ins Wasser. Die Brassen wurden gezogen. Die Schiffe verloren an Fahrt und zerrten nur noch wenig an den Ankern. Dann gab David den ersehnten Befehl: »Feuer frei!«

Der Signal-Midshipman riss an der Leine. Das Signal wehte aus. Die Sloop *Partridge*, die seewärts von ihnen gesegelt war, wiederholte das Signal. Jeder in der Linie konnte es sehen, und alle Batterieoffiziere brüllten zum ersten Mal an diesem Tag: »Feuer!«

Feuerzungen bleckten aus allen Rohren. Kugeln wurden hinausgeschleudert. Die schweren Kanonen rollten polternd zurück in die Dunkelheit des Rumpfes. Die Bremstaue stoppten sie. Männer sprangen von den Seiten hinzu, stießen den ›Wurm‹, die lange Stange mit den spitzen Eisenspiralen, in das Rohr und entfernten Rückstände. Dann kamen andere mit dem Wischer, der Pulverrückstände und Glut auswischte.

Wieder andere stießen sie zur Seite, führten die Kartusche ein und stampften sie mit dem Rammer fest. »Propf drauf!«, schrie einer und dann kam der kräftige Kanonier mit der Kugel. Ein anderer stieß sie mit einem anderen Propf fest ins Rohr, sprang zur Seite und rief: »Fertig!« Vier Mann rissen die Kanone vorwärts, sodass die Mündung wieder aus dem Rumpf ragte.

Der Geschützführer stieß das Zündrohr durch das Zündloch in die Kartusche, peilte das Ziel über den Lauf an, gab Anweisungen, wie Richtung und Höhe zu verändern waren, und riss am Zündschloss. Wieder donnerte ein Schuss hinaus.

Die Batterien auf dem Hafenkai waren überrascht worden. Erst jetzt stotterten ihre ersten Schüsse heraus. Aber drei der acht Vierundzwanzigpfünder waren durch den gewaltigen Eisenhagel der drei Linienschiffe schon zerstört. Und wieder lagen die Kugeln von See deckend.

Jetzt atmeten die Offiziere auf dem Achterdeck ruhiger. Alles verlief planmäßig. Nur noch wenige Salven, dann würden sie die Küstenbatterien als Ziel nehmen. Jetzt antwortete der Gegner nur noch mit zwei Kanonen.

Mr Goodwin, der Master, kam angerannt. »Sir!«, rief er, und David wusste nicht, ob er ihn oder den Kapitän meinte. Aber sie wandten sich ihm beide zu und er sprach beide an. »Wir können die Position nicht halten. Eine unerwartet starke Strömung versetzt uns nach Süden und der Wind dreht das Schiff nach Osten. Wir müssen den Anker aufholen und uns eine neue Position suchen.«

David entschied sofort. »Mr Markwood, lassen Sie bitte den Landungstrupps signalisieren, dass die Landung beginnt. Dann Signal an *Eagle* und *Elizabeth*: Anker auf und Position zum Beschuss der Küstenbatterien einnehmen.«

Alle reagierten wie bei einer Übung. Die Boote stießen hinter den Schiffen hervor und ruderten mit höchstem Tempo zum Kai. Die Soldaten sprangen die Mauer hinauf, schossen die Kanoniere zusammen und richteten die unbeschädigten Kanonen gegen die Küstenbatterien.

Die Fregatte *Cesar* und die drei Linienschiffe feuerten jetzt auf die am Stadtrand liegenden Batterien. Kapitän Rowlandson landete mit seinen Männern am östlichen Ende des Hafenkais und stürmte in Richtung auf das Stadttor vorwärts. David sah, dass einige seiner Männer zu den Karren liefen, die an den Hallen standen.

Ein Leutnant der Sussex-Infanterie führte diese Trupps. Kapitän Rowlandson hatte ihm, den Sergeanten und Korporalen gestern auf dem Transporter noch genau erklärt, worum es ging. Einen zweirädrigen Lastkarren sollten vier Mann schieben. Einer hatte das Kommando. Zur Beladung mussten sie Säcke mit Sand, Korn, Salz oder Ähnlichem finden. Eng gepresste Wolle sei auch gut geeignet, hatte Rowlandson zu aller Überraschung gesagt. Auch sie halte Kugeln auf.

Für einen vierrädrigen Wagen wurden acht Mann gebraucht. Wenn die Wagen rückwärts geschoben wurden, müssten sie darauf achten, dass die Deichseln an der den Häusern zugewandten Seiten nur dicht am Wagen angefasst würden. Sonst könnten die Schützen in den Häusern sie erreichen.

Vorn an der Uferstraße schossen sich die Infanteristen schon mit den Verteidigern in den Häusern herum.

»Tempo!«, brüllte der Leutnant vom Sussex-Regiment. »Habt ihr nun endlich was gefunden zum Beladen?«

»Hier sind Säcke mit Sand!«, rief ein Sergeant. »Bringt einen Karren heran! Los! Ihr anderen füllt die Säcke da hinten mit Korn. Da stehen die Schaufeln. Her mit dem zweiten Karren!«

Die beiden ersten Karren holperten los. »Nicht zu der engen Straße, ihr Idioten! Dort zur breiten Allee. In der engen Straße bleibt ihr doch stecken«, brüllte der Leutnant seine Leute an.

Als die Karren an der Straße ankamen, sprangen gleich fünf Mann zu jedem Karren. Vier trugen Rifles, einer einen Kasten mit Handgranaten. Sie drängten sich an die den Häusern abgewandte Seite des Karrens und zielten auf die Fenster.

»So, jetzt langsam und gleichmäßig voran!«, befahl ein Sergeant den Männern, die die Karren schoben. Nun ging es in die Straße hinein. Die Schützen feuerten. Wenn die Karren anhielten, halfen die Karrenschieber beim Nachladen. Der Handgranatenwerfer nahm eine Handgranate aus dem Kasten, zündete die Lunte, holte kräftig Schwung und schleuderte sie zielsicher in einen Torgang, in dem sich Verteidiger versteckt hatten. Schreien und Jammern waren das Echo auf den Explosionsknall.

Zug um Zug rückten die Karren vor. Und jetzt kamen auch zwei größere Wagen und zwischen ihnen die

Karronade. »An die Seite mit den Karren! Deckung!«, brüllte der Leutnant, und dann schoss die Karronade auf die vorn an der Straße stehende Schanze der Franzosen.

Die Briten passten sich dem ungewohnten Häuserkampf an. Wer nicht hinter Karren und Wagen Deckung fand, sprang von Hauseingang zu Hauseingang und schoss auf die gegenüberliegenden Fenster. Einige Trupps waren auch hinter den Häusern entlang gelaufen, stürmten von hinten die Treppen hinauf und warfen die Schützen nach vorn aus den Fenstern.

Der Widerstand bröckelte. Immer schneller wurden die Karren vorwärts geschoben. Ein Platz lag vor ihnen. Ein Haus war von vielen Verteidigern besetzt, die alle in die Straße feuerten. Nun musste ihre Karronade vor und schoss das Haus in Trümmer.

Die Sussex-Kompanien waren jetzt auf dem Platz vor dem ehemaligen Rathaus und hörten aus östlicher Richtung das Hurrageschrei der Seesoldaten.

»Nehmen Sie sich zwei Züge und stoßen Sie ihnen entgegen«, befahl Kapitän Rowlandson einem Hauptmann. »Die anderen kommen mit mir zum nördlichen Stadttor. Wir werfen die Kerle raus aus der Stadt.«

Die Kämpfe dauerten nicht mehr lange. Ein Teil der Verteidiger warf die Waffen fort. Die anderen flüchteten aus der Stadt in Richtung auf das Gebirge. Die Briten besetzten die Stadttore und richteten sich ihrerseits zur Verteidigung ein. Aber es gab ja keine Angreifer.

Die *Partridge* schob sich in den Hafen, der mit Schiffen angefüllt war, und rannte ihre Kanonen aus, falls jemand Schwierigkeiten machen wollte. Die Boote der Briten ruderten von Schiff zu Schiff und untersuchten sie. Alle auf britischen Schiffen verfügbaren Schreiber waren damit beschäftigt, Listen mit den Angaben über die Schiffe und die Ladung aufzunehmen.

Die feindlichen Kriegsschiffe im Hafen waren von den Besatzungen verlassen worden. Es waren zwei Kanonenboote und eine zweimastige Kanonenbrigg.

»Sie wollten ihre Kähne anstecken, aber wir haben ihnen gesagt, dann ließen wir sie nicht durch und sie müssten mit ihren Kähnen verbrennen«, sagte der Kapitän eines nahe gelegenen Handelsschiffes, der die Briten für sich einnehmen wollte.

David wusste, dass nach dem Kampf immer das große Aufräumen und Registrieren begann. Mit Sehnsucht dachte er dann an die Zeiten seiner Jugend, wo er voranstürmen und den Feind besiegen und sich über den Sieg freuen konnte. Aber er hatte vorgesorgt, sodass sich das Chaos nach dem Sieg in Grenzen hielt.

Mr Roberts war mit Dolmetscher, zwei Midshipmen und einer Gruppe Seesoldaten schon zum Rathaus unterwegs, um Kontakt mit der Verwaltung herzustellen. Der Erste Leutnant der *Eagle* mit zwei anderen Leutnants und hundert Seesoldaten sorgte im Hafen für Ordnung. Major Havell würde die militärisch wichtigen Punkte in der Stadt besetzen und feststellen, welche Waffen und Munition abtransportiert werden könnten.

Am meisten freute David die Meldung des Flottenarztes, dass die Erstürmung der Stadt sie nur einen Toten und sechs Verwundete gekostet habe. »Das sind sensationell niedrige Verluste, Sir. Ein kleines Gefecht auf See bringt oft mehr Ausfälle. Ich dachte mir, das würde Sie freuen, Sir.«

»In der Tat, Dr. Clark, das ist eine sehr gute Meldung. Unsere Offiziere müssen ihre Truppen beim Straßenkampf sehr umsichtig geführt haben. Ich werde das der Admiralität melden. Könnten Sie sich bitte noch in den Hospitälern der Stadt umsehen, dass für verletzte Zivilisten alles getan wird?«

»Werden wir lange in der Stadt bleiben, Sir?«

»Das glaube ich kaum. Die Franzosen werden Truppen

schicken, und wir sind an der Landfront immer unterlegen. Wir werden die Befestigungen und Waffen zerstören und sehen, wo wir wieder zuschlagen können.«

Dr. Clark nickte. »Aber wir werden doch hoffentlich einige Schiffe als Prisen entführen. Sie wissen, wie das die Mannschaft belebt, Sir.«

»Das werden wir sicher, und ich habe das Gefühl, es tut auch Flottenärzten gut.«

Mr Galton, der Erste Leutnant der *Eagle*, meldete sich mit seinen Listen bei David. »Sir, im Hafen liegt alles, was das Mittelmeer zu bieten hat. Einige Bezeichnungen musste ich mir erst sagen lassen. Am zahlreichsten sind griechische Trekandinis, Trabakkel aus Venetien, Navicellos aus Neapel und Felukken aus Spanien. An Ladung haben die meisten Öl, Korn und Handelswaren wie Textilien und Werkzeuge. Aber wir haben auch eine Vinco mit gutem Schießpulver.«

David meinte: »Das hört sich ja nach reicher Beute an. Zuerst möchte ich die Kanonenboote und die Kanonenbrigg loswerden. Ich werde signalisieren, dass Kapitän Malden sich bei mir meldet. Er kann die drei Schiffe schon nach Susak geleiten, wo hoffentlich kroatische Freiwillige zu ihrer Bemannung warten. Aber welche Vorschläge haben Sie für die anderen Schiffe?«

»Sir, die Schiffseigner aus Rijeka haben jeden Briten am Hafen schon bestürmt, dass ihnen ihre Schiffe zurückgegeben werden, wenn sie keine militärische Fracht für die Franzosen geladen haben. Das träfe ja für alle bis auf das eine Pulverschiff zu. Ich würde vorschlagen, dass wir die Waren auf die großen und seetüchtigen Frachter umladen, auch die Waffen, die in der Stadt gefunden wurden, dass wir die nicht gebrauchten Schiffe aus Rijeka zurückgeben und den Rest zerstören.«

»Gut, so kann es geschehen. Wir brauchen aber ein größeres Schiff ohne Ladung, damit wir unterwegs angeworbene Kroaten abtransportieren können. Wie sieht es übrigens hier im Hafen aus? Melden sich Schiffer für den Dienst in unserer Flotte?«

»Nicht viele, Sir. Etwa zwanzig. Aber wir haben auch nicht geworben, Sir.«

»Gut, Mr Galton. Wie ich höre, kommt Mr Malden. Wir werden über die Bemannung der drei Schiffe reden. Und ich werde veranlassen, dass wir in Stadt und Hafen für unsere Flotte und für die Milizen werben. Wenn unsere Besprechung beendet ist, verfahren Sie im Hafen so, wie Sie es vorgeschlagen haben. Ich bin mit Ihren Handlungen sehr zufrieden.«

Am nächsten Morgen lief die *Partridge*, gefolgt von der spärlich bemannten Kanonenbrigg *Rijeka* und den beiden Kanonenbooten nach Susak aus. In Stadt und Hafen wurde eifrig gearbeitet. Die im Zeughaus der Stadt beschlagnahmten Waffen, Uniformen und Munition wurden auf Schiffe verladen. Beutewaren wurden auf große Schiffe gebracht. Fremde Schiffe wurden von Booten aus dem Hafen geschleppt und versenkt. Schiffe, die nach Rijeka gehörten, wurden ihren Eigentümern zurückgegeben. Dafür mussten sie nach Mr Roberts Vorschlag eine geringe Bearbeitungsgebühr zahlen.

»Wir erlegen der Stadt keine Kontribution auf, wie es die Franzosen tun. Aber die, die einen Vorteil davon haben, dass wir auf Kriegsbeute verzichten, können doch einen kleinen Anteil zahlen, damit wir die Milizen besolden können, Sir.«

»Sie haben völlig Recht, Mr Roberts. Verkünden Sie das den Schiffseignern auch so, dass sie es als Vorteil ansehen, der übrigens nur heute gilt. Wer heute nicht bezahlt, verliert das Schiff.«

Der Rat der Stadt schickte eine Abordnung zu David,

bedankte sich herzlich, dass alle Plünderungen in der Stadt unterblieben seien, und bat untertänigst, David möge sich im Rathaus ins Goldenen Buch eintragen.

David sagte zu und übergab einige Handzettel mit der Bitte um Bekanntgabe durch die Ausrufer. In den Handzetteln wurden Freiwillige zur Meldung aufgerufen.

Um ein Uhr Mittags marschierte David mit den Seesoldaten in die Stadt. Pfeifer und Trommler gingen voran. Dann kam die Hälfte der Seesoldaten und nach David der Rest. Es war das übliche Spektakel. Und da die Stadt bei der Erstürmung weit gehend unversehrt geblieben war, mischte sich in den Jubel der Bewohner wohl auch echte Dankbarkeit.

Der Rat trug prächtige Talare. Der Bürgermeister schien die große goldene Kette über alle Plünderungen gerettet zu haben und begrüßte David in kroatischer Sprache. Er dankte für das disziplinierte und menschliche Verhalten der Briten, für die großzügige Rückgabe der Schiffe im Hafen und wünschte sich für alle Parteien eine friedliche Zukunft.

Nachdem der Dolmetscher übersetzt hatte, sagte David noch einige unverbindliche Worte und trug dann ein:

Sir David Winter, K.B., Kommandierender Admiral Seiner Britischen Majestät Schiffe im Adriatischen Meer

Der Schreiber trocknete ab, und David blätterte einige Seiten zurück, um nach der Eintragung des französischen Stadtkommandanten zu sehen. Er fand sie nicht, aber er hörte, wie der Bürgermeister den Schreiber mit österreichischen Dialekt fragte: »Hast du auch das richtige Buch rausgelegt?«

David wandte sich lächelnd um und sagte auf Deutsch: »Dann haben Sie zwei Goldene Bücher, Herr Bürgermeister, je nach politischer Konvenienz?«

»Ja moi, Herr Admiral. Das müssens verstehen, bittschön. Wir müssen uns doch nach den Mächtigen richten und uns durchwursteln. Nicht jeder der Herren ist tolerant.«

Und dann fiel ihm auf, dass sie Deutsch sprachen.

»Sie sprechen ja Deitsch, Herr Admiral.«

David erklärte ihm, dass er in Hannover aufgewachsen sei und daher Deutsch spreche. »Aber mit Rücksicht auf meine Begleitung sollten wir wieder über den Dolmetscher reden.«

»Einen Augenblick, noch Herr Admiral. Das hätt ich gern etwas vertraulich. Wir haben fünfzig Freiwillige auf Ihren Aufruf hin. Sie sind im mittleren Schuppen auf der Mole. Verstehns bittschön! Sie bleiben nicht hier, und wenn der französische General erfährt, dass all die Deserteure und Franzosenfeinde mit unserer Billigung zu den Englischen dürfen, dann muss die Stadt leiden. Bittschön.«

David nickte ihm zu. Dann stand er auf und versicherte der Versammlung in englischer Sprache, dass die Zeit des Tyrannen Napoleon vorbei sei. »Preußen ist mit Russland auf unserer Seite. Österreich wird bald an unserer Seite kämpfen. Das Meer ist jetzt schon frei. Es ist nur eine Frage der Zeit, bis auch ihr Land ohne die Besetzung durch fremde Eroberer erneut aufblühen kann.«

Als David wieder auf der *Milford* war, erzählte er Kapitän Markwood von dem Erlebnis im Rathaus. »Schicken Sie bitte jetzt einen kroatisch sprechenden Mann in den mittleren Schuppen. Wenn die Leute etwas brauchen, soll es unauffällig gebracht werden. Nach Einbruch der Dunkelheit lassen Sie die Leute bitte mit Booten auf das Schiff ohne Ladung bringen, das wir zur Prise erklärt haben. Wir müssen auch eine Rumpfbesatzung stellen und zehn Seesoldaten. Der Zahlmeister soll für Decken und Verpflegung sorgen. Wir werden mit der Sloop *Haughty* und den

Prisen nach Susak und dann nach Vis segeln. *Eagle* und *Elizabeth* werde ich nach Triest senden, wohin wir ihnen bald folgen werden. Die *Cesar* soll an der italienischen Küste operieren. Aber alle drei werden kurz Susak anlaufen, damit wir die Leutnantsprüfung abhalten können. Bitte lassen Sie die Kapitäne der zu detachierenden Schiffe an Bord rufen.«

David ließ sich von Mr Roberts die Befehle für die Schiffe bringen und unterzeichnete sie. Als Mr Everett von der *Eagle*, Mr Pringle von der *Elizabeth* und Mr Rowlandson von der *Cesar* kamen, erklärte er ihnen die Befehle und verabredete Treffpunkte.

»Wir sehen uns ja dann bald wieder vor Susak und dann vor Triest. Ich wünsche Ihnen viel Erfolg bei Ihren Unternehmungen.«

Mr Everett bat noch um Auskunft, wie David die Zukunft Rijekas sehe.

»Ich nehme an, die Franzosen werden es wieder besetzen. Wir haben nicht genügend Soldaten, um die Stadt gegen Angriffe von Land zu halten. Aber da wir alle Verteidigungsanlagen nachhaltig zerstört haben, werden es auch die Franzosen schwer haben, Rijeka künftig zu verteidigen. Nach meinen Informationen wird Österreich in Kürze Frankreich den Krieg erklären. Dann wird es auch Rijeka besetzen wollen. Wenn wir das von See aus unterstützen, muss Frankreich die Stadt aufgeben und dann auf Dauer.«

Die *Elizabeth* hatte in der Nähe von Rijeka die kleineren Forts von Porto-Ré und Bocca-Ré besetzt, während die *Eagle* gleich weitersegelte in die Meerenge zwischen der Insel Cres und dem Festland. Hier war die Festung von Farasina ihr Ziel, die mit fünf Achtzehnpfündern den kleineren britischen Schiffen Schwierigkeiten bereiten konnte.

David wollte Cres besetzen, sobald er genügend Miliztruppen aufstellen konnte.

Die *Eagle* nahm die Batterie mit ihren schweren Kanonen heftig unter Feuer. Die meisten französischen Kanonen schwiegen bereits. Seitwärts von der Festung lagen britischen Seesoldaten und schmiegten sich an die Erde, um dem feindlichen Feuer kein Ziel zu bieten und nicht von den Splittern der eigenen Geschosse getroffen zu werden.

Einer von ihnen war der Soldat Henry Back. Er war achtzehn Jahre alt, vor drei Wochen mit dem Nachschub aus England gekommen. Es war sein erstes Gefecht und er hatte große Angst. Eben erst hatte er sich hinter einem Busch entleert und schon jetzt hatte er wieder Bauchschmerzen.

Er sah zu den anderen. Der Leutnant lag vor ihm und hob immer wieder den Kopf, um zur *Eagle* und zur Festung zu sehen. Von Angst war ihm nichts anzumerken. Der Korporal an seiner linken Seite hatte die Augen geschlossen und bohrte genussvoll in der Nase. Mein Gott, dachte Henry, macht dem der furchtbare Krach gar nichts aus? Hat der keine Angst, dass eine Kugel mal bei uns einschlägt?

Der Leutnant richtete sich halb auf. Henry sah es jetzt auch. Die *Eagle* hatte das Signal gehisst, dass sie in zwei Minuten das Feuer einstellen werde und dass die Truppen dann die Festung stürmen sollten.

»Fertig machen! Bajonett aufpflanzen! Durchsagen!«, rief der Leutnant im Krachen der Kanonen, und Henry gab es weiter. Der Korporal zog den Finger aus der Nase und machte die Augen auf.

»Auf zum Sturm!«, schrie der Leutnant in die einsetzende Stille hinein, zog seinen Degen, lief los und rief immer wieder: »Mir nach!«

Henry Back fürchtete, dass er keinen Schritt laufen könne, aber als er sich erhob und in das allgemeine

Schreien einstimmte, stolperte er ganz mechanisch vorwärts. Die vereinzelten Gewehrschüsse hörte er gar nicht. Als der Korporal die Arme hochwarf und zu Boden fiel, verstand er es nicht. Er folgte dem Leutnant und schrie: »Hurra!«

Jetzt waren sie an der Mauer und dort war eine Bresche. Der Leutnant sprang über die Steine. Neben Henry liefen andere. Aber er war dem Leutnant am nächsten. Und darauf war er jetzt stolz. Der Leutnant wollte zu den Kanonen an der Brüstung, aber da sprang von der Seite ein feindlicher Soldat hinter ihn und holte mit dem Gewehr aus, um ihm das Bajonett in den Rücken zu stoßen.

Henry blieb seltsam unbeteiligt. Er änderte seine Richtung ein wenig, hob das Bajonett etwas höher und mehr nach vorn und rannte es dem Feind in die linke Brustseite. Der riss den Mund auf, aber Henry hörte den Schrei gar nicht. Er spürte, wie sein Bajonett schwer wurde und sich der Erde zuneigte. Der zusammensinkende Körper des Feindes zog es nach unten.

Wie er es in Portsmouth an Sandsäcken oft geübt hatte, trat er mit einem Fuß auf den Körper des Feindes, zog das Bajonett heraus, stieß zur Sicherheit noch einmal zu, riss die Waffe wieder heraus und rannte weiter.

Der Leutnant war an der Kanone angekommen, und die Kanoniere hoben die Hände und ergaben sich. Von allen Seiten erscholl Triumphgeschrei. Die Festung war in britischer Hand.

»Das ist ein toller Hecht, Sir, der Henry. Hat Ihnen das Leben gerettet und macht gar kein Aufheben davon.«

»Mir das Leben gerettet?«, fragte der Leutnant ungläubig.

Der Sergeant erzählte es ihm. Der Leutnant blickte sich um. »Wo ist Henry?«

»Der ist um die Ecke gegangen, Sir. Er hat Durchfall vor Aufregung.«

Alle lachten, aber der Leutnant sagte: »Durchfall hin,

Angst her. Solange er sich davon nicht beeindrucken lässt und anderen das Leben rettet, ist der Junge in Ordnung.«

Henry kam zurück und sah etwas blass aus.

»Du hast dich tapfer geschlagen, Henry. Respekt und weiter so! Willst du einen Schluck guten Gins?«

»Gern, Sir. Danke, Sir.« Und nun merkte Henry, dass er sein erstes Gefecht überlebt hatte, und freudige Entspannung erfüllte ihn.

Der Sergeant meldete, dass nur Midshipman Eden einen Streifschuss an der Schulter habe. Sonst sei kein Ausfall zu beklagen.

Henry Back war erstaunt. Er drehte sich zu seinem Nachbarn um, einem älteren Soldaten. »Aber der Korporal ist doch gefallen?«

Der ältere Soldat antwortete leise: »Der steht schon wieder munter da ganz links. Das ist sein alter Trick. Wenn ein neuer Offizier kommandiert, sagt er immer, ein Querschläger am Patronengurt hätte ihn umgeworfen. Feige ist der Hund. Aber sei vorsichtig, er ist auch gemein.«

Die winzige Insel Susak hatte sich in den letzten Tagen sehr verändert. David sah erstaunt auf die Zelte aus Segelleinwand, die neben den paar Häusern aufgeschlagen waren. Fünf Kanonenboote lagen in der kleinen Bucht. Die Briggs *Argus* und *Rijeka* ankerten neben *Partridge* und all den großen Schiffen, die von Rijeka gekommen waren.

»Da könnten wir ja direkt eine Flottenparade abhalten, Mr Markwood«, sagte David.

»Die jungen Herren fürchten eher eine Wissensparade, Sir. Sehen Sie nur, wie aufgeregt sie in ihren besten Uniformen an Deck herumschwänzeln.«

»Ja, wie konnte ich das nur vergessen. Wir haben ja Leutnantsexamen angesetzt. Kommen die alle zu Ihnen an Bord?«

»Nein, Sir. Ich habe mit Kapitän Pringle verabredet, dass er die Kommission an Bord der *Elizabeth* bewirtet. Zu uns kommen ja noch Kapitäne und Truppenkommandeure, um mit Ihnen zu sprechen, und dann wird es zu turbulent.«

»Das ist eine gute Lösung. Wer bildet die Prüfungskommission und wie viele Kandidaten haben wir?«

»Die Kommission bilden die Kapitäne Everett, Pringle und Rowlandson, Sir. Ich habe gehört, dass sich neun Kandidaten gemeldet haben.«

»Eine stolze Zahl, Mr Markwood. Aber wir haben ja auch einen großen Bedarf an Leutnants. Bei uns kann man Karriere machen. Aber die Unruhe bei uns an Bord beginnt schon. Sehen Sie, dort im Boot sitzt Major Skarda. Bitte empfangen Sie ihn mit allen Ehren und schicken Sie ihn dann zu mir.«

Man sah Major Skarda an, dass er den militärischen Empfang an Bord genossen hatte. Er wartete kaum das Glas Wein und den ersten Schluck auf den König ab, ehe er David mitteilte, dass auf der Insel zweihundertzwanzig freiwillige Kroaten zum Einsatz unter britischem Kommando warteten, davon achtzig für den Dienst auf See.

»Eine erfreuliche Nachricht, Herr Major. Werden die Freiwilligen aber auch durchhalten, wenn sie einmal angegriffen werden?«

»Das kann man nie vorhersagen, Sir. Aber ich bin eigentlich guten Mutes, dass sie bei der Stange bleiben. Wir haben schon mit den Grundzügen der Ausbildung angefangen. Ein Teil ist ja auch bereits bei den Franzosen ausgebildet worden.«

»Gut, Herr Major. Dann wollen wir mal so vorgehen. Die Freiwilligen für die Flotte werden sofort Commander Malden übergeben, der sie einteilt. Die Anwärter für die

Miliz, die noch keine Ausbildung besitzen, werden unter Ihrem Kommando sofort nach Korčula verlegt. Wir werden mit der Kompanie des Sussex-Regimentes und den Seesoldaten der Fregatte *Cesar* die Insel Cres besetzen. Sie werden Gouverneur dieser Insel und kommandieren zu diesem Zweck hundertzwanzig Mann Miliz. Bringen Sie aus Korčula genügend Leute mit, um mit den hier anwesenden Ausgebildeten diese Zahl zu erreichen. Aber ich will keine Leute aus Cres als Miliz auf der Insel haben. Von See her werden drei Kanonenboote, die Briggs *Argus* und *Rijeka* sowie die Sloop *Partridge* ständig hier im Kvarner Becken patrouillieren. Ich erwarte, dass Sie hin und wieder die Schiffe mit Milizsoldaten begleiten, um sicherzustellen, dass sich auf den anderen Inseln keine feindlichen Truppen festsetzen. Alle Fragen, die Sie hinsichtlich der Ausrüstung der Milizsoldaten haben, können Sie mit Major Havell besprechen.«

Major Skarda war sehr beeindruckt, dass er Gouverneur von Cres werden sollte, und bedankte sich. David war ziemlich sicher, dass er sich auf ihn stets verlassen konnte.

Kurz nach dem Lunch war auf dem Schiff Lachen und Hurrageschrei zu hören. »Was ist denn los, Frederick?«, fragte David.

»Sir, drei Midshipmen der *Milford* haben das Examen bestanden und werden mit Jubel empfangen.«

»Das sei ihnen gegönnt«, sagte David und dachte daran, wie er sich freuen würde, wenn sein Sohn das Examen bestanden hätte.

»Dann können wir ja auch bald die Besprechung mit den Kapitänen ansetzen. Lassen Sie doch bitte Kapitän Markwood fragen, ob er einen Moment Zeit hätte.«

David trug den Kapitänen und den Offizieren der Seesoldaten und der Armee, zu denen auch Major Skarda zählte, seine Pläne für die Einteilung der Operationsgebiete vor.

Vis blieb die Hauptbasis der Flotte. Im nördlichen Dalmatien war Korčula ihre Basis für die Inseloperationen. In der Kvarner Bucht vor Rijeka würde Cres diese Rolle spielen. An der Küste Istriens könnten Rovinj oder Izola mit den vorgelagerten kleinen Inseln vielleicht diese Funktion erfüllen.

»Jeder der Hauptstandorte hat eine Sicherungsflottille mit drei Kanonenbooten, zwei Briggs und einer Sloop. Diese Schiffe überwachen ständig die umliegenden Inseln und arbeiten dabei mit der Miliz der Hauptinsel zusammen. Die anderen Schiffe werden wir für Angriffe auf die Schifffahrt an der italienischen Küste oder auf Triest einsetzen. Wie werden unsere Informationen aus Agentenmeldungen auch für diese Gebiete auf den Hauptinseln stationieren. Ein zentraler Standort ist doch zu unpraktikabel. Leutnant Wale wird das organisieren. Wir müssen für die drei Kanonenboote bei den Hauptinseln einen Leutnant als kommandierenden Offizier haben. Und für jedes Kanonenboot sollten Sie mir bitte einen diensttuenden Leutnant nennen. Heute haben ja sieben von neun Kandidaten ihr Examen bestanden.«

»Sir, es war der letzte Moment für das Examen«, sagte Kapitän Everett. »Ich hätte sonst die Bordkatze als diensttuenden Leutnant einsetzen müssen.«

Alle lachten.

Rowlandson nutzte die Ablenkung. »Sir, ich schlage Leutnant Hunt als kommandierenden Offizier der Kanonenboote auf Cres vor. Als diensttuende Leutnants empfehle ich die Herren White, Adams und Foley für die drei Boote.«

Kapitän Pringle sah ihn schief an. »Foley ist mein Mann, Mr Rowlandson.«

Rowlandson fragte betont unschuldig: »Haben Sie etwas gegen seine Nominierung, Sir?«

»Nein, mein Herr, aber meine Leute schlage ich selbst gern vor.«

David mischte sich ein. »Gibt es Einwände gegen einen der Nominierten? Das ist nicht der Fall. Dann werde ich sie ernennen. Sobald wir die Besatzungen aufbringen können, müssen wir für zwei weitere Kanonenboote diensttuende Leutnants einsetzen. Ich bitte um Vorschläge.«

Kapitän Markwood meldete sich. »Mr Sanor könnte die Aufgabe übernehmen, Sir. Sie werden sich an den Rotschopf erinnern.«

David nickte. »Einverstanden. Mr Everett?«

»Ich schlage den jungen Mr Abel vor, Sir. Er handelt selbstständig und wird respektiert.«

David stimmte zu. Dann diskutierten sie noch über Offiziere für die Miliz.

Vis kam ihnen vor wie englisches Territorium. Sie sahen die Martello-Türme, die Hafenbatterien, die öffentlichen Gebäude, und überall wehten britische Flaggen. Die Männer der Zoll- und Gesundheitsbehörden, die an Bord einlaufender Schiffe kamen, waren Briten oder hatten britische Formulare. In den Hafenstraßen sah man Matrosen und Soldaten mit britischen Uniformen.

»Mensch«, freute sich der Mann am Festmachertau. »Hier wirst du endlich wieder verstanden, wenn du von Bord gehst.«

»Als ob du viele Worte brauchst«, spottete sein Kumpel. »Du gehst auf die nächste Nutte zu, zeigst dein Geld, sie hebt den Rock und dann geht ihr um die Ecke. Redet ihr über die englische Verfassung, wenn ihr dabei seid?«

»Du bist ein Riesenarschloch und ein Miesmacher. Bloß, weil du keinen hochkriegst, machst du alles madig, was zu Mann und Frau dazugehört.«

»Das hat nischt mit Hochkriegen zu tun, du Affenmensch, sondern was mit Verantwortung und Verstand. Auf mich warten Frau und Kind. Damit sie ihre Miete und ihr Essen zahlen können, brauchen sie mein Geld. Darum kann ich es nicht Huren in den vergammelten Schoß schmeißen. Der Krieg dauert nicht ewig. Und ich denke an das Leben danach. Du aber denkst nicht weiter als dein Schwanz reicht, und das ist nicht weit.«

Der Angesprochene hob die Faust, aber dann erschollen Kommandos und sie mussten ihre Taue zum Kai werfen.

David verabschiedete sich von Kapitän Markwood. »Wir werden uns ja in den nächsten Tagen auch bei einer dieser unzähligen Sitzungen sehen, aber ich nehme an, Sie können sich vor allem mit der Aufteilung Ihrer Leute beschäftigen, wer zurückkommt und wer wegkommandiert wird. Ich muss mich jetzt mit Fragen der hohen Verwaltung beschäftigen, welche Anlandungsgebühren man von einlaufenden Schiffen verlangen soll, welche Zertifikate für durch England genehmigten Handel erforderlich sind und so weiter. Ich kriege schon Bauchschmerzen, wenn ich nur daran denke. Und ich bin einmal Marineoffizier geworden, weil ich die See liebte und fremde Länder sehen wollte.«

»Wir haben auch viel Schönes gesehen, Sir. Vergessen Sie nicht Korčula, Sir, diese wunderschöne Hafenstadt.«

»Natürlich nicht, Mr Markwood. Aber Sie wissen doch, ich muss manchmal etwas jammern, um mich zu erleichtern.«

In einer der nächsten Sitzungen geriet David mitten in den Konflikt zwischen Oberst Bush und der Zivilverwaltung. Oberst Bush beharrte auf einer ›Anlandungsgebühr‹ für jedes Handelsschiff, das Vis anlief. Die Zivilverwaltung wollte dagegen Vis als Freihafen deklarieren, in dem Waren ohne Steuern angelandet und umgeschlagen werden konnten. Nur dann werde Vis als Hafen attraktiv, und die Einnahmen durch den Warenverkauf sowie die Frachtgebühren wären viel größer als die ›Anlandungsgebühr›.

David fand die Argumente der ›Freihändler‹ überzeugend. Oberst Bush war in diesem Bereich ein reiner Verwaltungsfetischist. Andererseits musste er auf Bushs Posten als Gouverneur Rücksicht nehmen. Aber dann fiel ihm die Lösung ein und er diskutierte sie mit Oberst Bush, nachdem die Sitzung vertagt worden war.

»Mr Bush, Sie wissen, dass wir in Cres einen Stützpunkt eingerichtet haben, der die umliegenden Inseln kontrolliert und durch einige Schiffe unterstützt wird. Wir brauchen für unsere Aktivitäten in Istrien und im Golf von Triest einen weiteren, viel bedeutsameren Stützpunkt. Ich habe mich noch nicht festgelegt, ob Rovinj, Izola oder Triest selbst in Frage kommen. Wir müssen Triest erobern. Wenn Österreich in den nächsten Wochen in den Krieg eintritt, wie ich vermuten darf, dann ist die Eroberung Triests nur eine Frage der Zeit. Aber wir brauchen auch eigene Truppen dort und vor allem hochrangige Offiziere, die mit den Österreichern auf gleicher Basis reden können. Ich war immer der Meinung, dass Sie unser einziger Offizier sind, der als ›Befehlshaber Nordadria‹ in Betracht kommt, aber da ich nun sehe, wie Sie sich hier mit dieser Gebühr engagiert haben, da wollen Sie ja vielleicht gar nicht weg.«

Bush war etwas verlegen. »Nun, Sir, so wichtig ist mir das auch nicht. Man muss doch die Dimensionen in der richtigen Relation sehen. Das hier ist eine Zollmaßnahme, dort bei Triest wird um das Schicksal der Adria gekämpft. Wenn Sie mich für diesen Posten für geeignet halten, nehme ich das ehrenvolle Angebot dankend an.«

In einer anderen Besprechung ging es um die Milizen und Kanonenboote. Die Ausbilder waren sehr zufrieden. Die Kanonenboote waren voll bemannt und unternahmen schon selbstständige Patrouillenfahrten. Sie hatten sogar schon Prisen aufgebracht. Und die Lager zur Ausbildung in Korčula platzten aus allen Nähten. Hauptmann Marker war glücklich, dass Major Skarda mit einigen Zügen nach Cres abtransportiert werden würde.

»Wir können ohne weiteres drei weitere Kompanien in spätestens drei Wochen aufstellen, Sir.«

»Die werden wir auch brauchen, Mr Marker. Wir haben ja bei den Kornaten noch keinen Stützpunkt.«

Als die Besprechung beendet war, konnte David dem Hafenmeister noch zuflüstern, dass sich die Frage der ›Anlandungsgebühr‹ in Kürze erledigen werde, da Oberst Bush Militärbefehlshaber in der Nordadria werde.

Der Hafenmeister lächelte und flüsterte: »Eine elegante Lösung, wenn Sie mir die Bemerkung gestatten, Sir David.«

David zwinkerte ihm zu. »Wir sehen uns ja in einer Stunde noch zum festlichen Dinner.«

Das Dinner war eigentlich ein Herrendinner, ausgerichtet von einer alteingesessenen italienischen Adelsfamilie. Aber zum mediterranen Lebensstil gehörten nun einmal Frauen dazu, und so hatte sich der Kreis um Ehefrauen der leitenden Beamten und Offiziere, aber auch um die führenden Familien der Inseln erweitert. Es war kein Ball im eigentlichen Sinne, aber viel fehlte auch nicht mehr.

David hatte sich mit Fredericks Hilfe die Extrauniform mit den wichtigsten Orden angezogen. »Was bin ich froh, dass die Sitzungen vom Nachmittag vorbei sind«, gestand er Frederick. »Die sind immer so langweilig, und ich kann nicht schlafen, da ich möglicherweise die Entscheidung treffen muss.«

Vor der Tür hörte er Larry mauzen. »Dann ist er vom Spaziergang mit Alberto zurück«, sagte David. »Lass ihn rein, Frederick! Aber halt ihn ein wenig zurück, damit er mir nicht die Uniform voll sabbert.«

Aber Larry merkte schnell, dass er seinen Herrn nur vorsichtig berühren durfte und richtete sich danach. »Müssen wir heute Abend beide dabei sein, Sir?«, fragte Alberto.

»Nein, das ist überflüssig. Einer reicht. Macht es unter euch aus«, entschied David.

David war in die Kutsche gestiegen. Mustafa begleitete ihn auf dem Kutschsitz, und sie rollten davon.

»Jetzt sind sie weg«, flüsterte ein Mann zu einem anderen. Sie standen beide hundert Meter entfernt hinter einem Busch. »Du kannst jetzt losgehen.«

Der Mann hatte eine helle Schiebermütze und nickte. Er schob einen Karren hinter dem Busch hervor. Der Karren enthielt Nachtgeschirr aus Blech und Zuber aus Holz.

Vor dem Haus, in dem David untergebracht war, hielt er an und nahm mit viel Getöse drei Blech- und drei Holzgeschirre vom Wagen. Zwei stellte er ab, je eines nahm er in die Hand und ging auf die beiden Seesoldaten zu, die als Posten vor dem Haus standen.

»Neues Nachtgeschirr, eine Portion ins Obergeschoss, zwei ins Untergeschoss«, erklärte der Mann.

»Zeig er her!«, befahl der Posten.

Der Mann nahm den Deckel vom Blechgeschirr und ließ die Posten in die leeren Töpfe sehen.

»Ist gut«, beschied der Posten und ließ ihn vorbei. Wenn der Posten genau aufgepasst hätte, wäre ihm vielleicht aufgefallen, dass der Mann den Holzzuber im Untergeschoss ließ.

Als der Mann mit den anderen beiden Geschirren kam,

hatte keiner der Posten mehr als einen flüchtigen Blick übrig. Der Mann lief mit einem der Holzzuber schnell nach oben. Die übrigen Geschirre verteilte er im Untergeschoss.

Die Gesellschaft war schon fast vollständig versammelt. David wurde angekündigt und mit Beifall empfangen. Oberst Bush flüsterte David zu: »Der andere Ehrengast ist gerade eingetroffen, Sir, und bat, vom Balkon noch einen Blick auf die großen Schiffe werfen zu dürfen. Darf ich Sie führen, Sir?«

Er ging mit David auf die Flügeltür zu, und bevor sich ihr Auge an das Dunkel gewöhnen konnte, löste sich eine Frauengestalt aus dem Schatten und trat ins Licht.

David traf es wie ein Schock. Es war wie im Herbst 1799 in Messina.

»Maria Charlotta«, flüsterte er wie betäubt.

Aber Oberst Bush lenkte ihn mit dem Zeremoniell ab. »Hoheit, darf ich Ihnen Sir David Winter vorstellen, Admiral Seiner Britischen Majestät Schiffe? Sir David, darf ich Sie Prinzessin Reabandini vorstellen, Grundherrin auf Vis und den Nachbarinseln und eine großzügige Förderin unserer Schulen?«

Schlagartig wurde David bewusst, dass Maria Charlotta das Zusammentreffen nach dem Vorbild von Messina arrangiert hatte. In Palermo wurde sie seine Geliebte. Und dann hatten sie sich noch 1802 in Rom gesehen, als sie geheiratet hatte und keiner ein Zeichen des Wiedererkennens gab. Heute würde er an 1802 anknüpfen.

»Hoheit, ich erinnere mich sehr gut, dass ich im Herbst nullzwei in Rom die Ehre hatte, Ihnen und dem Prinzen vorgestellt zu werden.«

Sie nickte freundlich. »Waren Sie damals im Friedensjahr nicht mit Ihrer Gattin als Tourist in Rom, Sir David?«

David bejahte und ließ sich von Oberst Bush zu ihren

Plätzen an der Tafel geleiten. Diener rückten die Stühle zurecht und Marias und Davids Hände berührten sich unbeabsichtigt. Sie lächelte, schaute ihn aber nicht an. Sie war jetzt Mitte dreißig und immer noch eine wunderschöne Frau.

»Sie wissen, Sir David, dass mein Mann vor zwei Jahren gestorben ist?«, fragte sie ihn.

»Ich hörte es mehr durch Zufall von einer schiffbrüchigen Gräfin, die wir retteten. Seitdem wieder Krieg ist, drängen sich ja leider die militärischen Nachrichten in den Vordergrund. Leben Sie nicht mehr in Italien, Hoheit?«

»Die meiste Zeit des Jahres schon, aber einige Wochen leben wir auch immer auf dieser Seite der Adria, wo die Familie meines Mannes seit Jahrhunderten große Besitzungen hat, zu denen ich schon im Interesse meines Sohnes Verbindungen halten muss.«

»Darf man nach dem Alter eines Sohnes fragen, wenn die Mutter so jung ist?«

»Frederico David ist jetzt dreizehn Jahre alt und das Glück meines Lebens. Er ist ein wunderbarer junger Mann, lustig und doch ernsthaft, in die Zukunft strebend und doch auch den kleinen Dingen des Tages zugewandt.«

David traf es wie ein Stich, als er den zweiten Vornamen des Sohnes hörte. Was bedeutete das? Aber er fragte unauffällig nach: »Wird er einmal die diplomatischen Funktionen seines Vaters ausfüllen, Hoheit?«

»Nein, das wollen weder er noch ich. Er liebt das Leben auf dem Lande und die Verwaltung der Güter. Die diplomatischen Aufgaben der Familie nimmt der jüngere Bruder meines Mannes wahr. Sie sind durch die französische Herrschaft aber auch sehr reduziert worden.«

Sie mussten ihr privates Gespräch unterbrechen, denn Oberst Bush als Gouverneur wollte die Gäste begrüßen und stellte besonders die Prinzessin und David heraus.

Sie tranken auf den König. Sie tranken auf die Ehrengäste, und David fragte die Prinzessin: »Darf ich auch in Ihrem Namen danken, Hoheit?«

»Das überlasse ich Ihnen sehr gerne, Sir David.«

David widmete der Insel, ihrer Schönheit und der Gastfreundschaft ihrer Bewohner einige Worte und ging dann darauf ein, warum er auch im Namen des eigentliche Ehrengastes, der Prinzessin Reabandini, darauf antworten dürfe. »Ich muss mit der Begründung allerdings ein altes Vorurteil meiner Mitoffiziere scheinbar bestätigen. Als ich noch junger Leutnant und Commander war, klagten sie immer, ich würde Ihnen auf den Bällen die schönsten Tänzerinnen wegschnappen. Und sie versuchten, mich für die Zeit der Bälle für Wachdienste einteilen zu lassen. Es ist ihnen nur selten gelungen. Aber noch heute sagen meine Mitoffiziere, die schönsten Damen auf den Bällen würde ich sowieso schon kennen. Heute haben sie Recht. Ich kenne Ihre Hoheit seit dem Herbst neunundneunzig, als wir uns auf einem Ball in Messina vorgestellt wurden.«

Mit einem schnellen Seitenblick sah David, dass Maria Charlotta wie erstarrt wirkte. »Aber leider«, fuhr er fort, »kann ich mich aus diesem Anlass nur eines Tanzes rühmen. Die schönste junge Dame dieses und sicher vieler anderer Bälle war auf dem Weg zur Hochzeit mit dem Prinzen von Reabandini. Meine Frau und ich sahen das Paar, damals schon glückliche Eltern eines Sohnes, 1812 in Rom wieder. Diese Begegnung war weniger romantisch als die erste, aber sehr belebend bei der Vielzahl gemeinsamer Interessen. Ich verdanke Ihrer Einladung heute also die Gelegenheit, eine alte Freundschaft aufzufrischen, und ich werde neue Freundschaften beginnen können, damit ich auch für die Reden auf späteren Bällen ein Thema habe.«

Er erntete viel Beifall und Gelächter. Junge Damen strahlten ihn verheißungsvoll an, und Maria Charlotta flüsterte leise: »Ich erinnerte mich nicht mehr, dass du auch so raffiniert sein kannst.«

Sie hat ›du‹ gesagt, dachte er und Freude erfüllte ihn, aber auch die Angst, dass er wieder Grund zu schlechtem Gewissen haben würde.

»War keiner deiner Offiziere in Palermo dabei und kann ganz anderes bezeugen?«, fragte sie leise nach.

»Nein, ich war ja nicht mit meinem Flaggschiff, sondern mit der Fregatte *Shannon* in Messina und Palermo. Von diesen Offizieren ist keiner jetzt in meinem Geschwader.«

Die Vorspeisen wurden aufgetragen, und sie mussten sich auch mit Oberst Bush und dem Grafen Natali unterhalten, der mit seiner Gattin von den Inseln vor Dubrovnik gekommen war. Dass Maria Charlotta mit dem Grafen fließend Italienisch sprach, verwunderte David nicht. Es war ja ihre Muttersprache. Aber dass sie sich mit Oberst Bush so flüssig in Englisch unterhielt wie mit dem Bürgermeister von Vis in Kroatisch erstaunte ihn schon.

»Gibt es eine Sprache, die Sie nicht beherrschen, Hoheit?«, fragte er.

»Mein Mann war ein guter Lehrmeister, Sir David. Nur sein Körper war gelähmt. Sein Geist war rege und anregend. Wer mit ihm lebte, musste von der Fülle seines Wissens und der Kreativität seiner Gedanken profitieren. Aber Türkisch habe ich nicht gelernt, um eine Schwachstelle gleich zu bekennen.«

»Darf ich Sie in Deutsch anreden, Hoheit?«, erkundigte er sich aus Spaß in deutscher Sprache.

Ihm blieb fast der Mund offen stehen, als Marias Charlotta in seiner Muttersprache antwortete: »Ich hatte in meiner Jugend einen sehr lieben Freund, der in einem deutschen Land geboren war. Da habe ich gemeinsam mit meinem Sohn diese Sprache gelernt, die er nie mit mir gesprochen hatte. Aber ich hoffte, ich könnte ihn eines Tages damit überraschen.«

David wusste nicht, welchem Gedanken er Vorrang geben sollte. Er malte sich aus, wie schön es wäre, wenn Maria Charlotta wieder mit aufgewühlten Sinnen in seinen Armen lag. Und dieser Gedanke kämpfte mit dem Vorsatz, seiner geliebten Frau treu zu bleiben. Er konnte und durfte nicht wieder untreu werden.

»Habe ich Sie so sehr überrascht, Herr Admiral?«, fragte Maria Charlotta.

»Dieser Abend ist voller Überraschungen, Hoheit, und ich bin verunsichert, wie ich darauf reagieren soll.«

»Sie waren schon immer am überzeugendsten, wenn Sie alle Raffinessen ablegten und ganz ehrlich waren, Sir David. Sie sind nicht der Einzige, der mit seinen Gefühlen ringt und nicht mit einer Situation fertig wird, die er ganz im Griff zu haben glaubte. Aber wir müssen uns den anderen zuwenden. Ich werde den Grafen nach seinen Erfahrungen auf den Inseln fragen und kann dann für Sie übersetzen.«

Und so schalteten sie sich in das allgemeine Gespräch ein, und David war überzeugt, dass er noch nie eine so charmante und gute Dolmetscherin gehabt habe.

Aber es kam auch der Augenblick, da die Speisenfolge beendet war und Oberst Bush ankündigte, dass die Kapelle die neuesten Tänze aus Wien spielen werde. »Darf ich Sie, Hoheit, bitten, mit Sir David den Tanz zu eröffnen?«

Die Kapelle intonierte leise die ersten Takte. »Wie schön, ein Wiener Walzer«, freute sich Maria Charlotta. »Bitte führen Sie mich, Sir David.«

»Aber ich kann keinen Wiener Walzer, Hoheit«, antwortete er verlegen.

»Dann kann ich Sie ja auch einmal in etwas einführen«, gab sie mit schelmischem Lächeln zurück und stand auf.

Es ergab sich alles ganz automatisch. Er musste den

rechten Arm um ihre Taille legen und mit der linken Hand ihre rechte fassen. Und nun wiegten sich ihre Körper im Takt der Musik und dann bewegten sich die Füße danach. Er drehte sich rechts herum, sie führte ihn vorwärts, dann ein wenig links herum und immer dieser aufmunternde Takt und die einschmeichelnde Melodie.

Andere Paare füllten die kleine Tanzfläche. »Sie sind eine wunderbare Tänzerin und Lehrerin, Hoheit«, flüsterte er.

»Dann kann ich dir ein wenig zurückgeben für die Schönheit des Lebens, die du mir erschlossen hast, David«, sagte sie auf Deutsch einfach und ohne jede Koketterie. »Wir sind im Augenblick erfüllt von unseren Erinnerungen, denen an unsere Liebe und Leidenschaft und denen an die großartigen Partner, die wir beide hatten oder haben und die wir betrügen müssten, wollten wir unsere Liebe wiederbeleben. Wir müssen abwarten. David, und zu uns selbst kommen. Wir werden uns wiedersehen.«

»Woher willst du wissen, wo meine Schiffe gerade sind?«

»Ich kenne jeden deiner Schritte, David, sobald du ihn gegangen bist, und manche schon im Voraus. Mir ist bekannt, dass du eine Nacht in den Händen des französischen Geheimdienstes warst und ihm entkamst. Fouché, der neue Generalgouverneur, will dich wegen der Entführung des Grafen Natali zum Tode verurteilen lassen. Ich weiß, dass du jetzt nach Triest segeln und dort mit General Nugent konferieren wirst. Gemeinsam werdet ihr euch in Rijeka sehen. An jedem dieser Orte könnte ich auch sein. Ich habe überall Freunde. Wenn sie mir sagen, dass Gefahr für dein Leben droht, werde ich dich warnen. Aber sonst liefere ich keine Informationen. General Nugent kenne ich auch. Er wird dir gefallen. Kühn und entschlossen. Irischer Abstammung übrigens.«

David war überrascht wie selten in seinem Leben. Er

hatte die Frau Maria Charlotta gesehen und weniger die unermesslich reiche und einflussreiche Prinzessin Reabandini, von der auf die eine oder andere Weise unendlich viele Menschen auf beiden Seiten der Adria abhängig waren. Wie hätte sie sonst mitten im Krieg so von einer Partei zur anderen reisen und mit allen feiern können?

»Maria Charlotta, du verwirrst mich immer mehr. Der Sprung von der jungen, hinreißend schönen Frau, die vor dem Eintritt in das Leben stand, zu der hinreißend schönen Frau, die das Leben in allen Facetten durchschaut und es nach ihrem Willen gestaltet, ist zu groß für einen Abend. Wir müssen uns wiedersehen.«

»Du hast dich doch auch sehr verändert von dem Draufgänger und Kämpfer zu dem alle Konsequenzen in militärischer und diplomatischer Hinsicht vorausberechnenden Flottenführer. Du hast damit, dass du den örtlichen Adel und den kroatischen Nationalismus in deine Pläne einbindest, den Franzosen schon die Hand an die Gurgel gelegt. Sie arbeiten an ihren Evakuierungsplänen. Wir werden uns wiedersehen, lieber David. Für heute werde ich mich still empfehlen.«

»Werde ich deinen Sohn Frederico kennen lernen?«

Sie klopfte ihm zum Abschied leichthin auf den Arm. »Du solltest ruhig auch seinen zweiten Vornamen nennen. Er heißt so nach seinem leiblichen Vater.«

Sie wand sich leichtfüßig durch die Menge, grüßte hier, lächelte dort und war verschwunden.

»Eine außergewöhnliche Frau! Man weiß nie, was man mehr bewundern soll, ihre Schönheit oder ihre Klugheit«, sagte Graf Natali zu dem wie erstarrt dasitzenden David.

»Verzeihen Sie, Graf. Ich war mit meinen Gedanken ganz weit weg.«

Der Graf wiederholte seine Aussage.

»Ich würde mich für die Bewunderung der Klugheit entscheiden, Graf. Die Schönheit kenne ich schon von der ganz jungen Frau.«

David hatte sich kurze Zeit später verabschiedet. Er saß wie erstarrt in seiner Kutsche, als sie vor seinem Haus vorfuhr und Frederick und Alberto zur Begrüßung aus der Tür traten.

»Willkommen, Sir. Keine neuen Nachrichten«, meldete Alberto.

David nickte kurz, hielt dann inne. »Ich möchte gern, dass Larry heute bei mir schläft. Und Frederick, bring mir noch eine Flasche von dem roten Landwein aufs Zimmer. Ihr könnt dann ins Bett.«

Die beiden sahen sich kurz an und antworteten dann: »Sofort, Sir.«

David ging gedankenversunken die Treppe hoch. Von unten lief Larry ihm nach und drängte sich zur Begrüßung an ihn. David kniete sich auf der Treppe nieder, nahm den Kopf des Hundes mit beiden Händen und knuddelte ihn ein wenig. »Das war schon ein verrückter Abend voller Überraschungen, mein Alter. Ich werd dir noch davon erzählen.«

Frederick kam mit dem Tablett die Treppe empor, und hinter ihm trug Alberto Larrys Schlafkorb. David öffnete die Tür zu seinen Räumen und fragte sofort: »Wer hat denn die Tür zum Bad geschlossen?« Er ließ sie immer offen, weil er den abgestandenen Geruch nicht mochte.

»Das muss der Mann gewesen sein, der die neuen Nachtgeschirre brachte, Sir. Die Posten haben beiläufig davon erzählt. Ich war gerade in der Küche.«

»Neue Nachtgeschirre«, murmelte David erstaunt und öffnete die Tür zum Bad. Er ließ den Blick mit mäßigem Interesse schweifen und entdeckte das neue Blechgeschirr. Neben seinem Knie begann Larry böse zu knurren, und David schaute schnell weiter. Dort stand ein hölzerner Zuber, und aus ihm wand sich gerade eine große Natter heraus. David warf die Tür zu.

»In dem Raum ist mindestens eine Schlange. Alberto, hol zwei lange Stangen und deinen Entersäbel. Frederick, bring mir meinen Säbel. Und du, Larry, gehst in deinen Korb. Platz und Halt!«

»Es gibt doch hier nur wenig giftige Schlangen, Sir«, stotterte Frederick.

»Eigentlich nur zwei, die Kreuzotter und die Hornviper, wenn ich mich richtig an die Erzählungen des Schiffsarztes erinnere. Aber man wird uns wohl keine zahme Schlange zum Mäusefangen gebracht haben.«

Alberto polterte mit Mustafa die Treppe herauf. »Ich habe ihn gleich mitgebracht, Sir. War gar nicht einfach, in dem Haus Stangen aufzutreiben.« Er hob die langen Holzstangen empor. »Mustafa sagt, er habe als Kind oft Schlangen gejagt.«

»Wir wollen sie nicht jagen, Mustafa, sondern töten«, betonte David.

»Ist einfacher, Sir. Sonst hätte ich mir noch eine Schlinge an die Stange binden müssen. Bitte lassen Sie mich vor, Sir, sonst verletzen wir uns noch gegenseitig.«

Mustafa nahm die Stange in die linke, den Säbel in die rechte Hand und sagte: »Mach ganz langsam auf, Alberto!«

Alberto öffnete die Tür Zentimeter für Zentimeter. Mustafa streckte die Stange vor, und da kroch die Viper, die David gesehen hatte. Sie war gut einen halben Meter lang. Mustafa schob den Stock langsam auf sie zu. Sie hielt inne und züngelte. Da schlug er blitzschnell mit dem Säbel zu und trennte ihren Kopf vom Körper. Der Körper zuckte und wand sich.

»Hat keinen Sinn, den Kopf zu weit hinten abzuschlagen. Dann zucken zwei Teile durch die Gegend. Frederick hol bitte eine Schaufel, damit ich den Dreck hier aus dem Weg schaffe.«

Sie hatten zwei Lampen geholt, sie voll aufgedreht und Alberto und David hielten sie so, dass der Raum erhellt wurde. Mustafa hantierte so mit dem Stock, dass der Holzzuber langsam umkippte. Aber er war leer.

Der Stock wanderte weiter zu dem Korb für schmutzige Wäsche. Als er ein wenig zur Seite geschoben wurde, sah man den Schwanz einer Schlange. Mustafa berührte ihn mit dem Stock. Die Schlange fuhr herum und zeigte ihren Kopf. Mustafa zog den Stock langsam in halbrunden Bewegungen zurück. Die Schlange glitt geschmeidig nach. Dann hielt Mustafa mit dem Stock an. Die Schlange hob den Kopf etwas, und wieder schlug der Säbel blitzschnell zu.

»Nummer zwei«, sagte Mustafa lakonisch. »Ich würde gern einen Schluck trinken. Bitte etwas zurückgehen!«

Alberto und David hoben ihre Lampen zur Seite und in die Höhe. David sah, wie sich eine Schlange am Tischbein heruntergleiten ließ, und warnte die anderen durch einen Schrei.

Mustafa sah die Schlange sofort und hielt ihr den Stock entgegen. Die Schlange begann sich um den Stock zu winden, und Mustafa schlug ihr treffsicher den Kopf ab.

»Nun möchte ich aber etwas trinken.«

Frederick hatte ihm schon ein Glas Rotwein eingeschenkt. Alberto hielt Mustafas Stock, während der trank, aber alle schauten weiter wachsam in den Baderaum.

Frederick schob den dritten toten Körper auf die Schaufel und zog ihn aus dem Bad. Der Körper zuckte noch und fiel im Zimmer auf den Boden. Larry sprang auf und wollte sich auf die Schlange stürzen, aber David rief scharf und bestimmend: »Aus!«

Larry legte sich wieder hin, ließ aber kein Auge von ihnen. Frederick schob den Körper wieder auf die Schaufel und trug ihn hinaus.

Sie stellten sich wieder an der Tür zum Baderaum auf, und Mustafa untersuchte die Ecken am Boden mit seinem Stock. Dann hielt er ihn höher, schob Gardinen zur Seite, und hinter einem Handtuch züngelte ihn wieder eine Viper an. Sie starb als Vierte.

Weiter ging die Suche. Mustafa forschte inzwischen an der Decke nach, an der Lampe, hinter Spiegeln. Nichts zeigte sich mehr. Mustafa fing noch einmal von vorn an. David und Alberto standen jetzt mit den Lampen im Raum und leuchteten überall genau nach. Sie fanden nichts mehr.

»Lasst jetzt noch einmal Larry schnüffeln, und Frederick holt mir bitte den Leutnant von der Wache.«

Dem Leutnant der Wache wurde die Geschichte vom Mann mit dem Nachtgeschirr berichtet. David forderte ihn auf, sofort die beiden Posten zu ermitteln, die den Mann gesehen hatten, und sie mit einem Trupp am Hafen nach ihm suchen zu lassen. Das morgendliche Auslaufen werde gesperrt, bis die Mannschaft des auslaufenden Schiffes durch die beiden Posten überprüft worden sei.

Als Larry nichts gefunden hatte, ordnete David an, dass er auf dem Schiff schlafen werde. »Hier hätte ich heute keine Ruhe. Ich mag Schlangen überhaupt nicht und dann noch die Angst. Pack mir bitte mein Nachtzeug ein, Frederick. Ihr könnt hier unten im Haus schlafen, Alberto und Mustafa. Vor sechs Glasen der Morgenwache brauche ich euch nicht.«

Sie hatten seinen Morgenmantel und seinen Schlafanzug in eine Ledertasche gepackt, die Falttasche mit den Rasierutensilien obenauf gelegt und alles auf den Vordersitz der Kutsche gestellt. David setzte sich auf den Hintersitz, und Larry legte sich zu seinen Füßen. Aber er richtete sich wieder auf und knurrte die Tasche an.

Davids Gedanken waren ganz woanders und er fuhr Larry ärgerlich an: »Sei ruhig! Platz und Halt!«

David schloss die Augen und sah Maria Charlotta vor sich. Warum hatte sie ihm nach all den Jahren gesagt, dass Frederico ihr gemeinsamer Sohn sei? Sie hatte das Treffen arrangiert, ohne Zweifel. Warum? Wollte sie die alte Leidenschaft auffrischen? Sie war so schön, dass sie jeden Mann verführen könnte. Wollte er es?

David öffnete die Augen und sah Larry, der seltsam gespannt dasaß und ihn unverwandt anguckte. »Ja, Alter«, sagte er leise zu ihm. »Da gerate ich in einen schönen Schlamassel.«

Maria Charlotta war schön, charmant, gebildet und intelligent. Sie war reich und hatte großen Einfluss. Sie reizte ihn, denn nach all den Jahren war sie eine neue Herausforderung für ihn. Unwillkürlich verglich er sie mit Britta. Britta war auch schön, klug und gebildet. Sie war außerdem tatkräftig, zuverlässig, planend und zielstrebig. Sie war das Bekannte. Maria Charlotta war das Fremde, Rätselhafte.

David verachtete die Schwächen in seinem Charakter. Das war nun der zweite Sohn mit einer fremden Frau. Ihn konnte er Britta nicht beichten. Am besten wäre es, keine Verbindung mehr mit Maria Charlotta aufzunehmen. Aber das würde sie schon tun. Was wollte sie von ihm?

Als er darüber grübelte, fiel der Schein der Kutschlaterne, die neben dem Fahrersitz angebracht war, immer wieder auf die Reisetasche. Er sah, ohne es zu beachten, wie sich bei seinen Rasierutensilien etwas bewegte. Was wollte Maria Charlotta?

Auf einmal durchfuhr es ihn. Was bewegte sich denn da? Er fixierte die Stelle mit seinen Augen. Das war kein Band. Das war eine Schlange, nicht so groß zwar, aber ohne Zweifel eine Schlange.

Die Finger seiner rechten Hand tasteten in der linken Armmanschette nach einem Wurfmesser und zogen es langsam heraus. Die Schlange balancierte das Geratter des Wagens aus und schob sich langsam aus dem Bündel. David hörte, wie Frederick auf dem Kutschsitz rief: »Wir sind gleich da!«

Er fasste das Wurfmesser fest am Griff und schlug mit einem kräftigen Schlag so am Rasierzeug vorbei, dass das extrem scharfe Messer den Kopf der Schlange abschnitt und in die Sitzecke schleuderte. Und jetzt bremste der

Wagen ab und hielt am Kai vor dem Rumpf der *Milford* an.

David sprang aus der Kutsche, holte Larry zu sich, legte die Hände vor den Mund und rief: »Wache! Vier brennende Fackeln zum Wagen!«

Zu Frederick sagte er: »Lauf schnell und hol vom Segelmacher zwei Paar Leinwandhandschuhe mit dem eigenen Zeigefinger, und Baptiste und Ernest sollen mit ihren Entersäbeln kommen.«

Die Seeleute der Wache trappelten die Gangway mit den Fackeln herunter.

»Zwei hierher und zwei hier. Haltet die Fackeln tiefer, sodass der Boden hell ist. Springt zurück, wenn ihr eine Schlange seht!«, befahl David. Dann zog er seinen Säbel, hob mit ihm die Ledertasche aus dem Wagen und stellte sie auf dem Boden ab. Die Rasiertasche fiel heraus und mit ihr der noch zuckende Schlangenleib. Zwei Seeleute sprangen zurück.

»Die ist tot«, erklärte David ärgerlich. »Kommt wieder ran! Wo bleibt denn Frederick mit den Handschuhen?«

Erst kamen noch Baptiste und sein Freund Ernest mit den Entersäbeln. Dann eilte Frederick mit den Handschuhen die Gangway herunter. Er reichte sie David. Flüchtig dachte David daran, wie Britta 1805 diese besonderen Fäustlinge erfunden hatten, bei denen nicht nur der Daumen extra war, sondern auch der Zeigefinger. Mit diesen Handschuhen konnte man auch Gewehre und Werkzeuge bedienen, und wenn das nicht nötig war, steckte man den Zeigefinger zu den anderen Fingern und wärmte ihn.

David zog ein paar Handschuhe an und sagte den beiden mit den Entersäbeln: »Stellt euch zwischen die Fackelträger, und wenn ihr eine Schlange seht, schlagt ihr den Kopf ab. Aber trefft genau. Nur die Schlange, nicht meine Hände!«

Er nahm vorsichtig Stück für Stück aus der Tasche,

schüttelte es aus, betrachtete es von allen Seiten und legte es dann zur Seite. An der Reling sammelten sich Neugierige.

David hielt inne. »Wachhabender!«, rief er laut.

»Hier, Sir. Abraham Goodwin, Sir.«

»Schicken Sie die Leute auf ihre Posten, Mr Goodwin! Kein Zeremoniell, wenn ich an Bord komme.«

»Aye, aye, Sir!«

David wühlte weiter, aber er fand nichts mehr.

»Jetzt leuchte mal mit einer Fackel den Vordersitz ab«, sagte er einem Seemann.

David sah den Schlangenkopf in einer Ecke liegen und hob ihn vorsichtig mit dem Handschuh heraus.

»Hier ist der Kopf. Das war eine kleine Schlange. Deutlich jünger als die anderen. Warum der Larry nicht stärker geknurrt hat?«

Baptiste meldete sich. »Sir, es ist möglich, dass der Schlangengeruch stark von ihren Gerüchen am Rasierzeug und ihrem Parfüm überdeckt war.«

»Könnte sein«, nickte David. »Frederick, pack wieder ein und dann alles an Bord!«

Er ging die Gangway hinauf, grüßte kurz zum Achterdeck, erwiderte Mr Goodwins Gruß und hörte seinen Glückwunsch: »Gratuliere, Sir, dass Sie wieder einem Anschlag des französischen Geheimdienstes entkommen sind.«

»Das waren nicht die Franzosen, Mr Goodwin. Dafür war es viel zu dilettantisch. Das waren die kinderschändenden albanischen Halsabschneider, die mir Blutrache geschworen haben. Mr Dukat sagte, die Schlangen hätten noch kurz vorher Fressen erhalten. Dabei hätten sie hungern müssen, um richtig gierig zu sein. Aber es hätte auch gefährlich werden können. Ich lege mich jetzt hin. Keine unnötige Störung bitte!«

»Aye, Sir. Gute Nacht, Sir.«

»Gute Nacht, Mr Goodwin.«

Die Befreiung Istriens
(September 1813)

Kapitän Hoste stand auf dem Achterdeck seiner Fregatte und reckte sich wohlig. Es war ein herrlicher Morgen. Sein Schiff segelte nicht mehr im großen Geschwader unter dem Kommando des Admirals, sondern war mit *Eagle* und *Wizard* auf Kurs nach Triest. Nun ja, auf Kapitän Everett von der *Eagle* hätte er auch noch gern verzichtet, da er sein Senior war und den Befehl hatte, aber alles Gute war selten beisammen. Auf jeden Fall würde er scharf nach einigen Prisen Ausschau halten.

Sein Erster Leutnant trat zu ihm und grüßte respektvoll. Aber Hoste war heute zum Plaudern zu Mute. »Nun, Mr O'Brian, Sie haben doch sonst eine Nase für Prisen. Schnuppern Sie schon etwas?«

»Noch nicht, Sir. Wir sind gerade querab von Pula. Wir sollten etwas mehr zur italienischen Küste kreuzen. Da sind die besseren Jagdgründe.«

»Sie sagen es, mein Lieber. Wir hatten es mit Kapitän Everett auch so verabredet. Lassen Sie doch mal das Signal setzen: Erbitte Erlaubnis zur verabredeten Kursänderung!«

Während die Signalgasten mit ihren Fähnchen und Leinen hantierten, schweifte Hostes Blick zu den Rahen des Großmastes. Auf den Fußpferden der Großmarsrah stand ein Seemann völlig verkrampft, hielt sich mit beiden Händen fest und tat keinen der befohlenen Handgriffe. Das war doch ein blutiger Anfänger!

Hoste rief laut: »Mr Bridgeport!« Das war der Name des Maates, der als Kapitän des Großmastes die Verantwortung für die gesamte Mannschaft an diesem Mast hatte.

Ein Matrose schrie: »Hier, Sir!« und kam angelaufen. Er hatte X-Beine, einen breiten Unterkörper und einen schmal zulaufenden Brustkorb. Eine eigentümliche Erscheinung.

»Was haben Sie da für eine Vogelscheuche auf der Großmarsrah, mein Herr?«, fragte Hoste ungeduldig.

»Einer der neuen Kroaten, Sir.«

»Haben Sie sich vergewissert, Mr Bridgeport, dass der Mann dem Dienst gewachsen ist?«

»Nein, Sir.«

Hoste dämpfte seine Stimme zu einem gefährlichen Flüstern. »Dann will ich Ihnen mal etwas sagen, mein Herr. Unsere Leute wachsen nicht auf den Bäumen. Wenn wir mal Freiwillige erhalten, schmeißen wir sie nicht gleich den Mast hinunter, damit wir noch Krüppel pflegen können. Wir lernen sie an, mein Herr. Sie gehen jetzt da rauf und bringen mir den Mann persönlich heil und wohlbehalten herunter. Und die nächsten vier Wochen will ich von Ihnen kein Urlaubsgesuch sehen. Ist das klar, mein Herr?«

Bridgeport war zerknirscht, rannte zum Mast und rief dem Neuling zu, er solle sich nicht bewegen.

Hoste sah sich um und winkte einem Seemann zu, der seinen Priem schnell in eine Backe schob.

»Mills, du bist doch ein erfahrener Mann. Nimm dir diesen Neuling und übe mit ihm eine Woche lang, wie man aufentert und die Segel birgt und einholt. Ihr seid beide frei vom anderen Dienst. Und dann zeigst du mir, was er kann.«

»Aye, aye, Sir«, sagte Mills und tippte mit den Fingerknöcheln an die Stirn.

Auf der *Eagle* lief der Signalgast zu Kapitän Everett und übermittelte das Signal, das die *Bacchante* gesetzt hatte. Der Kapitän bedankte sich und sagte lächelnd zum Wachhabenden: »Mr Hoste wartet ungeduldig auf Prisen. Lassen Sie das Signal zur Kursänderung setzen. Danach Dienst nach Vorschrift!«

Der Verband ging auf westlichen Kurs und steuerte die italienische Küste an. Die Ausgucke spähten unermüdlich, aber erfolglos. Die Mannschaften bemerkten davon nichts. Sie schwitzten in der Augustsonne beim Kanonendrill.

»Wie oft ich den Mist schon gemacht habe«, maulte ein älterer Seemann zu seinem Nachbarn. »Wenn ich mal im Sarg liege, müssen sie ein Tau beipacken, denn wenn irgendjemand schreit ›Renn aus!‹, muss ich ein Tau greifen können.«

»Wenn du im Sarg liegst, du Dussel, hörst nicht einmal du mehr was«, keuchte der andere zurück.

Bei Einbruch der Dämmerung meldete der Ausguck der *Eagle*: »Segel kreuzt auf Gegenkurs zur Küste! Vier Meilen siebenundzwanzig Strich.«

Der Dritte Leutnant zeigte auf den Midshipman der Wache. »Nehmen Sie sich ein Teleskop und sagen Sie mir genau, was da los ist!«

Der Midshipman enterte auf und rief nach kurzer Zeit: »Schoner kreuzt auf Nordwest zu Nord zur Küste!«

»Wo will der denn hin?«, fragte Kapitän Everett, der auf die Meldung hin an Deck gekommen war.

Mr Willis, der Dritte Leutnant, antwortete: »Vielleicht will er im Podelta Schutz suchen, Sir. Vielleicht will er uns aber auch nur von anderen Schiffen ablenken, die nach Istrien segeln.«

»Jetzt ›wintern‹ Sie aber mächtig, mein Lieber«, scherzte der Kapitän.

»Sir, ich verstehe nicht.«

Everett lachte. »Na, Sie imitieren unseren Admiral, Sir David Winter. Wenn dem etwas zu offensichtlich zu sein scheint, vermutet er immer eine List des Feindes. Aber Sie haben ja Recht. Lassen Sie im Sektor Nord zu Ost verstärkt Ausguck halten. Unser junger Herr kann ja mit dem Teleskop helfen.«

Mr Willis rief die entsprechenden Befehle zum Ausguck. Dann lächelte er in sich hinein. »Wintern?« Auf was die Leute alles kamen!

Im letzten Schein der Sonne blinkten Nordost zu Ost viele Segel auf. Der Midshipman enterte ab und erstatte Kapitän Everett Bericht. »Mindestens ein Dutzend Segel, Sir. Kurs etwa sieben Strich. Entfernung sechs bis sieben Meilen, Sir.«

»Danke«, sagte der Kapitän und wandte sich an Mr Willis. »Ihr Verdacht hat sich bestätigt. Die hätten die oberen Segel einholen sollen, dann hätte sie die Sonne nicht getroffen. Wir ändern den Kurs und folgen mit gekürzten Segeln. Morgen früh werden wir sie hoffentlich vor uns haben. Ordnen Sie für die Nacht verstärkten Ausguck an. Morgen früh ›Klar Schiff‹ ohne Pfeifen und Trommeln! Entsprechende Signale an die anderen Schiffe!«

Am nächsten Morgen segelten *Eagle, Bacchante* und *Wizard* dicht aufgeschlossen nebeneinander auf der Höhe von Rovinj. Während der Nacht hatten sie nichts bemerkt, aber jetzt im ersten Dämmerlicht meldeten die Ausgucke viele Segel zwei Meilen voraus dicht unter der Küste.

»Die wollen nach Rovinj entwischen, Sir«, bemerkte der Erste Leutnant zu Kapitän Hoste.

»Der kleine Hafen mit seinen paar Batterien bietet denen aber nicht viel Schutz. Die pusten wir zusammen, wenn die Prisen es lohnen.«

Alle Teleskope waren auf die fremden Schiffe gerichtet. Die eigenen Segel wurden gesetzt, um aufzuholen. Aber der Konvoi, sie hatten jetzt einundzwanzig Segel gezählt, schlüpfte in den kleinen Hafen. Es war ein Gemisch von Vincos, Galiots, Felukken und zwei Kanonenbriggs.

Die beiden neuen Midshipmen bestaunten die Stadt, die hinter dem Hafen aufragte. »Schauen Sie nur genau hin, meine Herren. Das ist einer der schönsten Häfen hier an der Küste«, sagte der Master. »Der Dom dort oben in der Stadtmitte ist der heiligen Euphemia geweiht. Der rote Turm hier vorn am Hafen ist der Uhrenturm. Steuerbord von ihm erkennen Sie eine Batterie von vier Vierundzwanzigpfündern. Backbord des Hafens ist eine ähnlich bestückte Batterie. Kleinere Kanonen sehen Sie auf dem Kai.«

Die Stimme des Signal-Midshipmans unterbrach sie. »*Eagle* signalisiert: *Bacchante* führt die Linie an. Batterien ausschalten!«

»Na bitte«, sagte Mr Hoste. »Die Besten gehen immer voran. Mr O'Brian, Gefechtsbesegelung, Ziel auffassen: erst die Backbordbatterie, dann die Steuerbordbatterie!«

Die Kanonen der *Bacchante* feuerten, sobald sie an der ersten Batterie vorbeisegelte. Aber die Batterie schoss zurück. Kugeln fetzten durch ihre Takelage, verwundeten aber niemanden.

Und dann kam die *Eagle*. Sogar auf dem Achterdeck der *Bacchante* war das Krachen der Zweiunddreißigpfünder, die sich mit einem Schlag entluden, so stark, dass sich die Männer anschauten. Kapitän Hoste lief an die Reling und sah zur Batterie oder besser: zu den Trümmern, wo früher eine Batterie stand.

»Mein Gott«, murmelte er. »Wenn die treffen, ist man besser nicht in der Nähe.«

Aber schon pfiff die Kugel eines Kleingeschützes vom Kai an seinem Kopf vorbei. Er riss seine Sprechtrompete an den Mund und brüllte die Geschützführer an, sie sollten nicht einschlafen, sondern gefälligst diese kleinen Silvesterkanonen auspusten.

Bald war es vorbei. Von der *Eagle* wehte das Signal: »Feuer einstellen! Anlandung nach Plan.«

Eilig wurden die Boote an der dem Land abgewandten Seite zu Wasser gelassen. Seesoldaten und Matrosen sprangen hinein. Dann legten die Boote ab und ruderten seitwärts an den Schiffen vorbei zum Land. Kapitän Hoste kommandierte die Landungstrupps. Hauptmann Waldorn von den Seesoldaten der *Eagle*, sein Stellvertreter bei dieser Landung, grüßte ihn mit dem Hut.

Die Schiffe des Konvois hatten an den Kaimauern so festgemacht, wie sie eingelaufen waren. Der Bug war zur Mauer gerichtet. Ein Schiff lag neben dem anderen, ungeordnet nach Größe oder Ladung. Auf einigen Schiffen waren noch Besatzungen, bei anderen waren alle an Land geflüchtet, um dem Beschuss und den Landungstruppen zu entgehen.

Trupps der Briten liefen die Kaimauer entlang. Kapitän Hoste ging hinter ihnen her, seinen Sekretär an seiner Seite. Zwei junge Midshipmen taten sich als Melder wichtig.

Jeweils ein britischer Trupp von fünf oder sechs Mann sprang auf ein fremdes Handelsschiff. Vier liefen sofort unter Deck. Der oder die anderen standen am Niedergang und hielten ihre Waffen schussbereit. Die Männer unter Deck durchstöberten die Laderäume, klopften an Fässer, lasen Beschriftungen und liefen wieder nach oben. Dort sagten sie einem Maat, was sie gesehen hatten.

Der Maat stellte sich an den Bug des Schiffes und meldete laut und deutlich Kapitän Hoste. Dessen Sekretär schrieb eifrig auf seinen Block. Das konnte sich so anhören: »Vinco aus Dubrovnik, gut erhalten, etwa hundert Fässer Olivenöl und zweihundert Sack Weizen.«

In solchem Fall hob der Kapitän den Daumen nach oben. Von dem Kutter, der im Hafenbecken Kapitän Hostes Weg folgte, kletterte eine kleine Prisenmannschaft an Bord, warf Leinen zum Kutter, und der zog die Vinco aus der Reihe der am Kai liegenden Schiffe, drehte ihren Bug zur Hafenöffnung. Dann musste die Prisenmannschaft sehen, wie sie aus dem Hafen kam.

Manchmal meldete das Erkundungskommando aber auch eine Fracht, an der niemand interessiert war. Eine Felukke hatte z. B. Schottersteine geladen, die für eine Straße gebraucht wurden. Dann zeigte Hostes Daumen nach unten. Vom Kutter kam eine Mannschaft, die sich Beile und Entermesser gegriffen hatte. Sobald klar war, was mit den Nachbarschiffen geschah, liefen sie unter Deck, schlugen die Stutzen aus den Spundlöchern heraus, sodass das Wasser in das Schiff lief. Dann zerschlugen sie Fässer, die von Wert sein konnten, zerstörten die Ruderanlage und kappten an Tauen, was sie konnten. Sie ließen ein Wrack zurück, das auf den Boden des Hafens sank.

Sie verschonten auch Schiffe, wenn die einheimische Mannschaft an Bord war und das Schiff nichts mit Krieg und Nachschub zu tun hatte. So hatte eine Brigg neue Netze für die Fischer in Istrien geladen. Es hätte die Menschen nur mit Hass erfüllt, wenn man ihnen diese Existenz nahm.

Die Mannschaften waren in der Einschätzung und Wegführung solcher Prisen geübt. Als sich am Festland ernsthafter Widerstand gruppierte und durch die Häuser vorrückte, um die Briten mit Musketen zu verjagen, segelten zehn Prisen mit den Kriegsschiffen fort. Sechs Schiffe waren versenkt und fünf verschont worden.

»Herzlichen Glückwunsch zu der perfekten Durchführung dieser Operation, Mr Hoste«, sagte Kapitän Everett laut und fröhlich. »Wie viel Verluste haben Sie?«

»Einen Seesoldaten leicht verwundet, Sir.«

»Ich sage es doch: eine perfekte Operation. Das macht Ihnen in dieser Schnelligkeit so leicht niemand nach. Trinken wir einen Schluck auf Ihren Erfolg und überlegen uns, was wir mit den Prisen machen.«

Die *Milford* segelte auf fast genau nördlichem Kurs der Küste entgegen. Das Abendessen war ausgegeben. Die Mannschaften hatten Freizeit.

Die einen besserten ihre Sachen aus. Andere ließen sich von einem ›Gelehrten‹ einen Brief nach Hause schreiben. Wieder andere tanzten die Hornpipe und manche dösten nur.

Besonders schauten die Offiziere auf Grüppchen, in denen sich Kroaten und Briten mischten, um sich besser kennen zu lernen. Mr Wale, der Flaggleutnant, schob sich an der Reling langsam näher an eine dieser Gruppen heran, um aufzuschnappen, was sie so bewegte.

»Du mir sagen, warum Admiral so groß Feind für Albaner?«, fragte einer der Kroaten und sprach lauter als normal, um sich verständlich zu machen.

Die Antwort des britischen Seemannes war weniger gut zu verstehen. Aber Mr Wale reimte sich zusammen, dass er von der Tötung des albanischen Hauptmanns erzählte, der ein Verräter und Kinderschänder war.

»Ja, Albaner schlimm!«, bestätigten die Kroaten. »Immer töten wollen.«

»Na, die beiden können nicht mehr. Unsere Posten haben sie ja gleich im Hafen gefunden. Gericht und Aufhängen, das war alles eins. Aber der Admiral ist sauer wie eine Zitrone nach solchen Sachen. Da geht man ihm besser aus dem Wege.«

»Aber alle sagen, Admiral großer Admiral«, mischte sich ein anderer Kroate ein.

Und nun meldete sich der alte Micky, der noch drei Zähne im Mund hatte und immer besonders lange zum Essen brauchte. »Ick sach dir wat. Geh weg von die Großen. Um die ist nur Unruhe und Ärger. Wenn de eenen alten und jemütlichen Kaptän hast, dat is am besten.«

»Deck!«, unterbrach sie der Ausguck. »Kutter *Wight* backbord neunundzwanzig Strich. Vier Meilen. Kurs auf Geleit. Signal: Habe Nachrichten.«

Zwei Midshipmen flitzten los, um Admiral und Kapitän zu benachrichtigen. Aber keiner der beiden erschien sofort. Sie wussten, dass noch genug Zeit blieb, bis der Kutter längsseits war.

David diktierte Mr Roberts gerade seinen Bericht über die Lage auf den Inseln Vis, Lastovo, Korčula, Mljet und den Inseln vor Dubrovnik. Alles war stabil. Die Selbstverwaltung funktionierte. Die Milizen konnten die Inseln verteidigen. Nur auf Hvar waren die Franzosen im Augenblick noch zu stark, um die Insel in Besitz zu nehmen. Aber das war nur eine Frage der Zeit.

Doch da stampfte schon der Seesoldat vor der Kajüte mit dem Fuß auf, und Kapitän Markwood meldete Leutnant Holmes mit Nachrichten an.

»Oh, Mr Holmes, da habe ich mich mit meinem Papierkram doch vertrödelt. Ich wollte mir Ihr Segelmanöver noch ansehen. Wo wir jetzt dauernd irgendjemanden befördern, muss man ein wachsames Auge auf die Leutnants haben, die eigene Schiffe kommandieren.«

Holmes schien etwas verlegen, aber Markwood erlöste ihn: »Die Manöver waren ohne Fehl und Tadel, Sir.«

»Wunderbar, aber nun wollen wir Sie zu Wort kommen lassen, Mr Holmes.«

»Sir, die Brigg *Rijeka* hat mir gemeldet, dass sich ein Agent vor Rab mit Weiß nach Grün gemeldet habe und berichtete, dass die Franzosen Rogoznica auszubauen beginnen, um ihren Konvois einen sicheren Hafen zu bieten. Es soll ein Kanonenturm hinter den Batterien errichtet werden.«

»Danke für die Meldung, Mr Holmes. Sie sind auf dem Weg nach Vis, nehme ich an. Dort wartet schon unsere Post für den Oberkommandierenden auf Sie. Grüßen Sie Sir Edward. Ich wünsche Ihnen Mast- und Schotbruch.«

»Sir, erlauben Sie mir noch die Meldung, dass wir vor Zirje zwei Kanonenboote gesichtet haben. Wind und Küstenverhältnisse waren aber zu ungünstig für uns, um uns mit ihnen anzulegen.«

»Danke, Mr Holmes, wir nehmen uns der Sache an.«

Als Holmes sich verabschiedet hatte, sagte David zu Markwood: »Ein sehr ruhiger junger Mann.«

»Er hat seinen Kutter aber gut im Griff, Sir. Die Manöver klappen ausgezeichnet. Beim letzten Scharfschießen hatte er exzellente Ergebnisse, und die Mannschaft verehrt ihn.«

»Nun, mehr kann niemand verlangen. Erinnern Sie mich bitte an ihn, wenn wir einen Commander brauchen. Aber nun zu Rogoznica. Es würde überhaupt nicht in unsere Pläne passen, wenn sie dort einen sicheren Unterschlupf für Konvois hätten. Wann können wir vor Rogoznica stehen?«

»Kurz nach Mitternacht, Sir.«

»Haben wir genügend Leute, die sich auch bei Nacht in der Bucht auskennen?«

»Ich werde mich noch umhören, aber ich bin ziemlich sicher, Sir. Außerdem geht der Mond kurz vor Mitternacht auf und ist schon stark genug, um uns die Orientierung etwas zu erleichtern. Wir haben voraussichtlich aufgelockerte Bewölkung.«

»Sie sind sehr gut orientiert, Mr Markwood. Wenn wir einen Admiral brauchen, bringen Sie sich bitte selbst in Erinnerung«, sagte David lächelnd. »Wenn Sie sich erkundigt haben, kommen Sie doch bitte in einer halben Stunde mit Mr Goodwin und eventuell einem weiteren Navigator sowie dem ältesten Leutnant der Seesoldaten zu mir. Dann können wir besprechen, wie wir das Problem lösen.«

Der Hafen von Rogoznica lag in einer weiten, geschützten Bucht und konnte vielen Schiffen Sicherheit bieten. Die bisherige Batterie war nicht besonders stark, sechs Vierundzwanzigpfünder und zwei schwere Mörser. Daher war es nicht verwunderlich, dass Kapitän Markwood vorschlug, die Batterie einfach zusammenzuschießen. Man konnte dicht genug heransegeln, und den Breitseiten eines Linienschiffes und einer Fregatte würde die Batterie nicht widerstehen.

»Ich hätte es gern ein wenig eleganter«, meinte David. »Und wenn schwere Mörser im Spiel sind, könnten wir auch eine unangenehme Überraschung erleben. Ich habe mir die Karten genau angesehen. Am westlichen Eingang der Bucht ragt eine schmale Halbinsel wie ein Finger ins Meer. Dahinter können wir ankern und sind völlig gedeckt. Unsere Landungstrupps rudern mit den Booten an der Batterie vorbei, landen am Oststrand der Insel und stürmen im Morgengrauen vom Hügel hinab die zum Inselinnern ungeschützte Batterie. Wir müssen bloß aufpassen, dass der Bauplatz für den neuen Geschützturm, der ja auf dem Hügel liegen soll, nicht von Bauarbeitern und Wachen bevölkert ist.«

»Die werden wohl kaum im kahlen Gelände bleiben, sondern sich in den Kneipen und Betten des Ortes erfreuen«, meinte Mr Goodwin.

»Und was haben Sie für navigatorische Bedenken gegen meinen Plan, Mr Goodwin?«, fragte David.

»Keine, Sir. Nur Wolken und Mond müssen mitspielen, Sir. Wenn der Himmel längere Zeit ohne Wolken ist, könnte es schwierig werden.«

»Dann müssten wir bis zum Morgen warten und alles kurz und klein schießen. Aber ich würde gern ein paar Kanonen für unsere neuen Stützpunkte erbeuten. Mr Webster, stellen Sie bitte die Landungstrupps zusammen. Zweihundert Mann sollten reichen.«

Die Wolken waren mit den Briten im Bunde. Sie hielten sich zurück, bis sie ihren Ankerplatz gefunden hatten. Dann bezogen sie den Himmel mit einer dichten Decke, und die Barkassen und Kutter konnten sich nur an den vereinzelten Lichtern aus der Hafenstadt orientieren. Sie landeten unbemerkt am Oststrand und stapften erst durch den Sand und dann über steinigen Boden einen kleinen Hügel empor.

Leutnant Webster sagte seinen beiden Meldern: »Die Mannschaften sollen sich hinlegen und ausruhen. Kein Licht. Kein Geräusch. Wachen wie vereinbart.«

Als das Schwarz der Nacht einem leichten Grau wich, liefen die Melder wieder die Reihen entlang. »Fertig zum Abrücken!«

Leise erhoben sie sich und rückten vorsichtig über den Hügel auf die Batterie und die Stadt zu. Jetzt passierten sie die große Baustelle, auf der die Steinfundamente schon zu erkennen waren.

»Unordentliches Pack«, murmelte ein Maat. »Können nicht einmal ihr Handwerkszeug zusammenstellen.«

Dann sahen sie das kleine Städtchen, die Kirche, die Batterie und die Mörserstellung. Die Batterie hatte keinen Wall zum Innern der Insel, nur einen Holzzaun und ein weit geöffnetes Tor.

Leutnant Webster verzog den Mund zu einem bösen Grinsen. Er hob die Hand. Die Linien stoppten. Er machte die Bewegung des Bajonettaufpflanzens, und die Seesoldaten steckten die Bajonette auf. Er stieß die Faust zweimal nach oben, und die Linien liefen in leichtem Trab voran, die Bajonette vorgestreckt.

Zwanzig Meter vor dem Tor schob sich ein Posten der Franzosen die Mütze von den Augen und erstarrte vor Schreck, als er die Angreifer so dicht vor sich sah. Er schrie, aber sein Schrei ging unter in dem vielstimmigen Hurraruf, den Leutnant Webster angestimmt hatte.

Sie traten den Posten zusammen und strömten durch das Tor. Sie stießen Posten vor den Baracken und an den Kanonen mit den Bajonetten nieder. Sie warfen Handgranaten in die Baracken und hielten die mit ihren Gewehren in Schach, die herausliefen oder herausgeschleudert wurden. Die Verteidiger hatten nicht den Hauch einer Chance. In weniger als fünf Minuten hockten sie in einer Ecke, waffenlos, die Arme hinter dem Kopf verschränkt.

Leutnant Webster wusste, dass David die Kanonen abtransportieren wollte, und ließ das Pulvermagazin sichern. Dann schickte er Arbeitstrupps los, die die Kanonen aus ihren Befestigungen lösen sollten. Andere mussten Handwerkszeug holen. Wieder andere sollten in der Stadt nach Eseln, Pferden und Karren fragen.

Von der See her kamen Boote, die die Kanonen und das Pulver aufnehmen sollten. Ein Glück, dass sich der Boden sanft zur See neigte. Größere Hindernisse waren nicht im Weg.

Mr Webster wurde ungeduldig und schickte einen Leutnant der Seesoldaten mit einem Trupp los, um denen Beine zu machen, die in den Häusern Esel oder Pferde auftreiben sollten.

Marko, der kräftige Kroate, war einem Trupp der Seeleute als Dolmetscher zugeteilt. Er lief mit ihnen die kleine Straße entlang. Sie hielten nach Ställen Ausschau. »Wir hier nicht viel finden«, sagte er skeptisch. Aber dann entdeckte einer einen Stall.

Sie zerrten vier Esel heraus. Zwei Karren waren auch da. Marko musste den jammernden und schreienden Bewohnern erklären, dass sie alles noch heute zurückbekommen würden. Es sei nur geliehen, und es würde auch etwas gezahlt.

»Und der da? Dem nehmt ihr nichts?«, schrie der Eigentümer und zeigte auf ein anderes Haus. Marko sagte den Matrosen, dass dort auch Esel seien, und sie rannten hin. Der Mann wollte sein Eigentum mit einem Stock verteidigen, aber sie schlugen ihm einen Gewehrkolben an den Kopf, dass er ohnmächtig zusammensank. Sechs Esel und zwei Karren schleppten sie weg.

Marko blickte umher. Da, in der Ecke des Zimmers hockte eine junge Frau und hielt die Hände vor das Gesicht. Aber ihr Rock war hochgerutscht und zeigte hübsche nackte Beine. Marko wurde ganz heiß. Er ging auf die junge Frau zu, hob ihr den Rock hoch und riss mit einem kräftigen Zug die Unterhose entzwei. Ihre schwarze Scham wurde sichtbar.

Die Frau schrie und streckte die Hände abwehrend vor ihren Unterkörper, aber Marko schlug die Hände zur Seite, griff mit einer Hand nach ihrer Kehle und würgte sie. Mit der anderen Hand löste er seine Hose und streifte sie über das erigierte Glied hinunter, stemmte ihr die Beine auseinander und stieß gegen ihren Unterleib.

Sie wand sich unter ihm. Mit einer Hand nahm er den Penis, führte ihn in die Scheide und stieß kräftig hinein. Ein Zucken lief durch ihren Leib. Sie schrie und schlug und er wurde immer wilder und unbeherrschter.

Dann wurde er von kräftigen Fäusten hochgerissen. Marko trat und schlug um sich. Der Leutnant der Seesoldaten streckte ihm seinen Säbel unter das Kinn. Zwei Seesoldaten hielten ihn fest. »Was machst du da, du elendes Schwein? Du kennst die Befehle und die Kriegsartikel. Bindet ihm die Hände und führt ihn ab!«

Marko hatte nicht einmal seine Hose hochziehen können. Der erigierte Penis ragte noch hinaus. Die Frau konnte wieder Luft holen, schrie und spuckte ihn an und wollte auf ihn einschlagen. Ein Seesoldat drängte sie ab. Der Leutnant machte beruhigende Handbewegungen und deutete an, dass der Missetäter ausgepeitscht werden würde. Aber sie hörte nicht auf zu schreien.

Leutnant Webster hatte mit den Eseln und drei Dutzend Seeleuten die erste Kanone auf den Weg zum Strand gebracht, als der Leutnant der Seesoldaten mit dem gefesselten Marko zurückkam. »Der Kerl hat eine Frau vergewaltigt, Sir. Wir haben ihn auf frischer Tat ertappt.«

»Absätze neun und elf der Kriegsartikel und Missachtung eines ständigen Flottenbefehls. Mann, du kannst froh sein, wenn du nicht hängen musst. Wie heißt du?«, schimpfte Leutnant Webster.

»Marko Basarak, Sir«, antwortete der Sünder, dem allmählich klar wurde, in welch furchtbarer Situation er sich befand. »Es kam über mich, Sir. Habe nicht gewollt vorher. Tut mir Leid.«

»Zu spät. Führt ihn ab. Übergebt ihn dem Profos. Sie müssen für Aussagen zur Verfügung stehen, Mr Shalter.«

Am Strand hatten die Boote von den Schiffen Balkengerüste gebracht, deren Tragfähigkeit mit leeren Fässern erhöht war. Zwischen dem Gerüst waren die Laschen für die Kanonenrohre. Sie drückten das Balkengestell am Ufer tief in den Sand, zogen das schwere Rohr mit Seilen und Leinwandtüchern nach vorn, bis es sicher in den

Laschen auflag. Dann wurde es vertäut, und der Kutter schleppte das Gerüst zur *Milford*, wo die Rahen ausschwenkten und mit Takeln und Taljen das Rohr an Deck hievten. Die Lafettengestelle bereiteten weniger Schwierigkeiten, denn sie waren ja viel leichter.

Mit einem der Kutter wurde auch Marko zur *Milford* gebracht und dem Profos übergeben. Der meldete es Kapitän Markwood.

»Verdammter Mist!«, schimpfte der. »Da geben wir uns Mühe, die Zivilbevölkerung möglichst zu schonen, und dann kommt so ein Vieh und verdirbt alles. Schicken Sie mir seinen Divisionsoffizier und den Leutnant der Seesoldaten zu mir.«

Leutnant Hunt kannte Marko noch nicht gut, denn er war als einer der kroatischen Freiwilligen erst knapp drei Wochen an Bord. »Er war anstellig und eifrig, Sir. Aber manchmal soll er jähzornig und unbeherrscht sein, sagen seine Kameraden. Es ist aber nie zu schlimmeren Schlägereien gekommen, Sir.«

Leutnant Shalter von den Seesoldaten bestätigte, dass die Frau eindeutig gegen ihren Willen zum Geschlechtsverkehr gezwungen wurde. »Er ist brutal vorgegangen, aus einer Augenblickslaune heraus.«

Markwood schüttelte den Kopf. Er musste eine harte Strafe verhängen, aber würde sie den Mann nicht endgültig verderben? »Ich werde ihm zwei Dutzend Hiebe geben. Er ist kräftig genug, um es zu überstehen. Aber keiner weiß, ob er danach nur noch für Hass, Rache und Gewalt leben wird.«

Kapitän Markwood meldete David, dass die Kanonen an Bord genommen und die Befestigungen zur Sprengung vorbereitet seien. »Die zwei Briggs im Hafen sind mit Öl und Getreide für französische Truppen beladen und daher rechtmäßige Prisen, Sir. Leider muss ich auch melden, dass ein Seemann bei der Vergewaltigung einer Frau festgenommen wurde. Ein freiwilliger Kroate, Sir. Seit drei Wochen an Bord. Ich werde ihn mit zwei Dutzend Hieben bestrafen.«

»So ein Kerl macht alle unsere Bemühungen zunichte.« David überlegte einen Moment und sagte dann: »Die Bestrafung muss von der Bevölkerung beobachtet werden können, sonst werden sie nicht wirklich glauben, dass wir das hart verurteilen. Ich werde anordnen, dass die Bestrafung auf einer Barkasse stattfindet, die zwischen Schiff und Ufer ankert. Ich werde im Städtchen eine entsprechende Proklamation verlesen lassen.«

Der Amtsdiener ging durch Rogoznica und hielt alle zwanzig Meter an, um mit lauter Stimme zu verlesen, dass der britische Admiral bedauere, dass ein Seemann einer Frau Gewalt angetan habe. Er entschuldige sich dafür. Der Missetäter werde morgen um zehn Uhr auf einer Barkasse vor dem Ufer ausgepeitscht.

Am nächsten Morgen, der Gottesdienst auf dem Schiff war beendet, verlas Kapitän Markwood die Strafe und ordnete an, den Seemann zur Bestrafung auf die Barkasse zu verbringen.

Die Barkasse ankerte fünfzig Meter vor dem Ufer und etwa in gleicher Entfernung vom Schiff. Hinter dem Mast war eine Gräting senkrecht angebracht. Die Ruderbänke bedeckte eine Plattform. Der Bootsmann mit seinen Maaten schleifte den Täter zur Gräting, band ihn mit erhobenen Händen fest, schnallte ihm den Ledergurt zum Schutz der Nieren um und gab ihm ein Lederband, damit er darauf beißen konnte.

Leutnant Hunt befahl: »Walten Sie Ihres Amtes.«

Der Bootsmann ließ die Stränge der Peitsche durch die Hand gleiten, holte aus und schlug zu. Am Ufer standen Zuschauer in Haufen. Man hörte, wie ein Aufstöhnen durch die Menge ging. Aber der Bootsmann führte ungerührt Schlag um Schlag.

Nach dem sechsten Hieb trat er etwas zurück, und sein Maat auf der anderen Seite des Täters hob die Peitsche und schlug zu. Die Striemen liefen jetzt quer zu den ersten. Beim achten Schlag begann die Haut aufzuplatzen. Blut spritzte. Am Ufer rannten die ersten Zuschauer weg, um diese Grausamkeit nicht mehr sehen zu müssen.

Nach dem zwölften Schlag übernahm wieder der Bootsmann. Nun schrie der Schänder bei jedem Schlag seinen Schmerz hinaus. Sein Rücken war nur noch ein blutiger Brei. Nach dem zwanzigsten Schlag wurde er ohnmächtig. Ein Matrose schöpfte einen Eimer Wasser aus dem Meer und goss ihn über den geschundenen Rücken. Der Schiffsarzt trat hinzu, fühlte den Puls, hob die Augenlider und sagte: »Noch einen Eimer. Dann können Sie fortfahren.«

Das Wasser weckte den Täter. Der nächste Schlag ließ ihn wieder seinen Schmerz hinausschreien. Am Ufer standen nur noch wenige Menschen. »Das ist ja unmenschlich«, sagte ein älterer Mann.

»Als die Franzosen anno nullacht einrückten, haben sie vier Frauen vergewaltigt, aber niemand wurde bestraft. Da halten die Engländer anders Ordnung, verdammt noch mal«, fügte ein anderer hinzu.

Die Bestrafung war vorbei. Die Mannschaften auf der *Milford* konnten wegtreten. Der Delinquent wurde abgeschnitten, vom Sanitäter mit Salbe eingerieben, bäuchlings auf ein Laken gelegt und ins Schiffshospital gebracht.

Kapitän Markwood gab den Befehl, Segel zu setzen.

Am Nachmittag traf die *Milford* auf die *Wizard* mit ihren acht Prisen. Commander Elmes kam an Bord und berichtete vom erfolgreichen Angriff auf Rovinj.

»Meinen Glückwunsch, Mr Elmes«, sagte David. »Damit es noch ein wenig wirkungsvoller aussieht, geben wir Ihnen noch gleich zwei Prisen mit. Mr Roberts wird Ihnen auch noch einige Befehle für den Hafenkommandanten von Vis aushändigen. Wir sehen uns dann wieder vor Triest.«

Vor Triest trafen sie die *Eagle* und *Bacchante*. Kapitän Everett berichtete, dass österreichische Truppen ein Boot gesandt und gefragt hätten, ob der britische Admiral anwesend sei. Er habe dem Hauptmann geantwortet, dass der Admiral in wenigen Tagen auf seinem Flaggschiff *Milford* eintreffen werde.

»Da will anscheinend jemand Kontakt aufnehmen«, sagte David. »Vielleicht bewegt sich die österreichische Diplomatie.«

Sie erhielten die Antwort am nächsten Morgen. Als die *Milford* vor der Bucht von Muggia kreuzte, löste sich ein größeres Boot vom Ufer und setzte die österreichische Flagge, als es sich der *Milford* näherte. Auf den üblichen Anruf wurde geantwortet, der österreichische General möchte an Bord kommen.

Markwood war auf hohen Besuch vorbereitet und hatte die große Ehrenwache in Bereitschaft. Er ließ David informieren und fragte die Österreicher, ob ein Bootsmannsstuhl gewünscht werde. Als es verneint wurde, ließen sie die Gangway hinunter und ein ordensgeschmückter General kletterte sie recht geschickt empor.

Als sein Körper die Höhe des Decks erreichte, präsentierten die Wachen, die Offiziere hoben die Säbel vor das Gesicht und Pfeifer und Trommler spielten. Der General war recht jung. Er grüßte, wartete auf seinen Adjutanten und stellte sich dann Kapitän Markwood vor, der ihn seinerseits mit David bekannt machte. David hielt das Zeremoniell kurz und bat den General in seine Kajüte.

Der General war Graf Nugent und stammte, wie David wusste, aus einer irischen Familie. Er war seit knapp zwanzig Jahren in österreichischen Diensten. David bot ihm Wein an und fragte, ob er sich in englischer Sprache unterhalten wolle.

»Ich bin als kleines Kind nach Österreich gekommen, Sir David«, antwortete der General. »Es wäre für mich bequemer, wenn ich Deutsch reden dürfte.«

»Sie werden sicher wissen, Graf, dass ich als gebürtiger Hannoveraner auch Deutsch spreche. Aber um Kapitän Markwood und meinen Flaggleutnant nicht von unserer Unterhaltung auszuschließen, bitte ich um Ihr Verständnis, dass ich den Dolmetscher hinzuziehe.«

Der General war einverstanden. Sie tranken auf die beiden Monarchen und Graf Nugent erklärte: »Sir David, ich habe die freudige Botschaft, dass Österreich sich ab dem 12. August, also in zwei Tagen, mit Frankreich im Kriegszustand befinden wird. Wir sind dann Waffenbrüder, und ich freue mich auf die Zusammenarbeit mit einem so berühmten Admiral.«

»Die Freude ist ganz auf meiner Seite, und ich bin sicher, wir werden die Franzosen und ihre Hilfstruppen in kurzer Zeit von dieser Küste vertrieben haben.«

Graf Nugents Gesicht wurde ernst nach diesen Worten, und er sagte etwas betreten: »Sir David, es tut mir Leid, dass ich Ihre Erwartungen dämpfen muss, aber mir steht nur eine schwache Brigade zur Verfügung, knapp zweitausend Mann. Der Hauptteil der Armee kämpft gegen die Truppen des Vizekönigs von Italien. Mehr können wir im Augenblick nicht für die illyrischen Provinzen entbehren. Für eine Belagerung Triests sind wir erst recht zu schwach.«

»Ich hatte mehr erwartet, Graf, das will ich Ihnen nicht verschweigen. Aber wir haben den großen Vorteil, dass wir unsere Truppen schnell über See transportieren können. Wie sind Ihre Pläne für die nächste Gegenwart?«

»Ich muss zunächst versuchen, die Franzosen aus Istrien zu vertreiben. Ich weiß, dass Sie Rijeka erobert hatten, Sir David. General Garnier ist nach Ihrem Abzug nur mit schwachen Kräften wieder eingerückt. Er würde vor uns zurückweichen, aber ehe Istrien nicht gesichert ist, kann ich Rijeka nicht halten. In Istrien rechne ich auch mit der Unterstützung der Bevölkerung. Mehrere Bezirke gehörten über Jahrzehnte zu Österreich, die anderen nur Jahre und waren vorher venezianisch.«

»Wir können Hafenstädte in Istrien erobern, Graf. Aber auf Dauer besetzen können wir sie nicht. Auf den dalmatinischen Inseln haben wir uns so geholfen, dass wir eine kroatische Miliz aufstellen und den Zugang über das Meer bewachen.«

Graf Nugent schlug vor: »Wir sollten uns gegen Ende des Monats in Rijeka treffen. Ich würde von dort aus Truppen abordnen, die Aufstände in Istrien schüren sollen. Wenn Sie diese Truppen von der See her unterstützen, sollte der Erfolg nicht ausbleiben.«

»So können wir vorgehen. Aber wir müssen ein Problem regeln, Graf. Ich habe strikte Anweisung meiner Regierung, in diesen Provinzen keine Verwaltung zu fördern, die über die Zugehörigkeit der Provinzen zu irgendeinem Land vor dem Friedensschluss entscheidet. Ich kann mir denken, dass sie Istrien für Österreich erobern und dort die österreichische Verwaltung wieder einführen wollen.«

»Natürlich, Istrien gehörte ja vorher zu Österreich.«

David überlegte. Es wäre widersinnig, wollte man General Nugent daran hindern. »Gut«, sagte er schließlich. »Bei früher österreichischen Gebieten werde ich die Weisung nicht beherzigen. Aber der Status anderer Gebiete darf nicht präjudiziert werden. Selbstverwaltung ja, aber keine politische Zuordnung, z. B. in den früher zu Dubrovnik gehörenden Gebieten.«

»Auf dieser Basis können wir uns einigen. Also: In

Gebieten, die früher nicht zu Österreich gehörten, werden weder Britannien noch Österreich eine staatliche Zuordnung dulden, sondern zur Ablösung der französischen Verwaltung nur lokale Selbstverwaltungen bis zum Friedensschluss erlauben.«

»Das haben Sie druckreif formuliert, Graf. So können wir es unterzeichnen. Dann lade ich Sie zum Lunch ein, und die nächste Einladung können Sie in Rijeka aussprechen.«

»Darauf trinke ich jetzt schon«, sagte General Nugent und hob sein Glas.

Die *Eagle, Elizabeth, Bacchante* und *Wizard* blockierten Triest und Venedig. David nahm mit den Fregatten *Cesar* und *Apollo* Kurs auf die Küste Istriens.

Zunächst einmal beschäftigte er sich aber mit der Post, die die *Wizard* aus Vis gebracht hatte. Die Admiralität teilte ihm mit, dass sich die Verhandlungen mit Österreich günstig gestalteten und er Kontakt für die künftige Zusammenarbeit aufnehmen möge. Abgehakt, dachte er sich und griff nach den privaten Briefen.

In Brittas letztem Brief suchte er zuerst, wo etwas über die Schwangerschaft seiner Tochter Christina stand. Da war der Absatz. Christina war im neunten Monat schwanger, hatte einen großen Bauch, trug ›vorn‹, wie Britta es nannte, und sehnte sich nach dem Tag der Geburt, der um den 30. August liegen sollte. Er könne beruhigt sein. Sie habe die besten Ärzte, die alle sehr zufrieden seien. Die Hebamme sei immer im Haus. Alles sei vorbereitet. Wenn es ein Junge werde, wollten sie ihn nach seinem Vater und beiden Großvätern nennen.

Dies war einer der Augenblicke, wo David seinen Beruf als Flottenoffizier am liebsten aufgeben wollte. Jetzt müsste er doch bei seiner Tochter sein. Aber was sollte er dort tun? Den werdenden Vater beruhigen? Mit Christinas Schwiegervater trinken? Die Ärzte verrückt machen? Als er sich die Szenerie vorstellte, sah er ein, dass es viel besser war, wenn Britta am Ort war. Sie würde alles mit Sachkunde und Erfahrung ruhig dirigieren. Er würde nur stören. Na ja, als Mittelpunkt der Familie konnte er sich ja wirklich nicht sehen.

Und was schrieb sein jüngster Sohn? Anderthalb Jahre war er nun schon Midshipman und kam sich vor wie ein alter Seebär. Er hatte schon Bootsaktionen kommandiert, einen französischen Leutnant mit dem Säbel niedergerungen, lerne für das Examen als Steuermannsmaat und sei rundum zufrieden. Seinen Freunden ginge es gut. Der Kapitän sei mit ihnen sehr zufrieden und lasse ergebenst grüßen. Allerdings müssten sie jetzt öfter Konvois geleiten, da Wellingtons Nachschub über Santander verschifft werde. Das sei ein wenig langweilig, aber er habe in Plymouth im letzten Monat seine Mutter für zwei Tage sehen können.

Dieser junge Bursche. Im nächsten Monat würde er vierzehn Jahre werden und lebte das Leben eines Mannes. Und er wusste nichts von einem Bruder in Italien. Wie würde er es aufnehmen? Ohne Zweifel würde er seinen Vater verurteilen, der die geliebte und bewunderte Mutter betrogen hatte. Er verurteilte sich ja selbst. Und dennoch war der Gedanke an Maria Charlotta jetzt ganz wach, und er war mit Begehren verbunden. Konnte er nicht damit fertig werden?

Er griff zu den anderen Briefen. Britta schrieb von Charles, Christina und ihrem Schwiegersohn. Sie berichtete vom Alltag und vom Geschäft. Es war alles voller Liebe, Verbundenheit und Frieden. Aber er fühlte keine Leidenschaft. Bei Maria Charlotta würde er sie spüren.

Er warf die Briefe auf den Tisch und war über sich selbst ärgerlich. Was wäre nach Jahrzehnten von Maria Charlottas Leidenschaft übrig, wenn ihre Tochter kurz vor der Geburt stand? Bei Britta war alles, was er bewunderte: unwandelbare Zuneigung und Treue, Partnerschaft, Klugheit, Ehrlichkeit, Opferbereitschaft und so vieles mehr. Und auf einmal sollte das nicht mehr die Leidenschaft aufwiegen? Eigentlich war er ein treuloser Schwächling. Warum hatten das noch nicht mehr gemerkt?

Es klopfte. Mr Roberts steckte den Kopf in die Tür. »Sir, in zehn Minuten werden die Kommandanten zur angesetzten Besprechung erscheinen. Wollen Sie, dass ich noch etwas vorbereite?«

David musste sich abwenden, damit Mr Roberts nicht sein ratloses Gesicht sah. Was für eine Besprechung? Alles war weg. Da war nur noch Maria Charlotta.

»An was hatten Sie gedacht, Mr Roberts?«

»Vielleicht eine Karte Istriens, Sir, und auf jeden Fall die neuesten Agentenmeldungen, Sir.«

Da war es wieder! Er wollte mit seinen Kommandanten besprechen, wie sie die Eroberung Istriens unterstützen und die Interessen Englands wahren könnten. Mein Gott, wie konnte er das vergessen?

»Die Karte brauchen wir. Bitte auch das Handbuch der Admiralität. Leutnant Wale wird sich ja auf die Agentenmeldungen vorbereitet haben. Und Frederick möchte mir bitte noch einen Gin bringen. Mir ist im Magen etwas komisch.«

»Aye, aye, Sir.«

David informierte die Herren Markwood, Rowlandson, Hastings und Wale, dass die Österreicher sehr wenig Truppen für die Eroberung der illyrischen Provinzen entbehren könnten. Graf Nugent wolle sich Ende des Monats mit ihm in Rijeka treffen und dann mit geringem Truppeneinsatz die Bevölkerung Istriens gegen die Franzosen mobilisieren. Das sei nicht aussichtslos, da Istrien zu Österreich gehört habe.

»Natürlich wird von uns erwartet, dass wir die bedeutenden Hafenstädte von See aus einnehmen, dass wir Waffen liefern und dass wir notfalls Truppen schnell von einem Ort zum anderen bringen. Das ist im Rahmen des Gewohnten. Ich frage mich nur, wie wir dabei die britischen Interessen wahren können. Österreich wird uns jederzeit in die Häfen lassen, aber wir sind dann Gäste. Wo haben wir an der Küste Stützpunkte, auf denen wir die Herren sind und nicht die Österreicher fragen müssen? Ich möchte mit Ihnen über die Inseln sprechen, die sich für eine britische Besetzung eignen, und über die Städte, die wir für Österreich erobern können, wobei wir uns die Schiffe als Prisen vorbehalten.«

»Das walte Gott, Sir«, sagte Markwood ungefragt und entschuldigte sich gleich für seine Bemerkung.

»Sie haben nur gesagt, was alle denken, Mr Markwood. Aber sprechen wir mal über die Inseln. Fangen wir bei Triest an.«

»Dort sind nur kleine Inselchen, Sir. Izola ist eine Inselstadt ohne Land. Und zwischen Porec und Rovinj liegen nur eine paar Fliegenkleckse ohne Hafen. Erst die Inseln von Brijuni bieten Raum und Häfen«, stellte Rowlandson fest.

Die anderen starrten auf die Karte. »Wenn Sie nur einen Beobachtungsposten brauchen, Sir, dann könnte man an Crveni Otok bei Rovinj denken, aber sonst muss man Mr Rowlandson zustimmen«, bestätigte Markwood.

»Was sagen Sie, Mr Wale?«, fragte David.

»Die Inseln des Archipels von Brijuni sind nicht ständig von den Franzosen besetzt, Sir. Mitunter kommen kleinere Kontingente aus Pula und demonstrieren die Besatzungsmacht. Aber sonst verläuft das Leben ungestört. Auch Deserteure sollen sich auf den Inseln verbergen. Sie gelten für reiche Bürger seit Jahrhunderten als Erholungsgebiet. Man spricht von römischen Villen, und auch die Reichen aus Pula verleben auf den üppig bewachsenen und schönen Inseln Urlaub. Der Haupthafen Brijuni hat kaum überregionale Bedeutung, bietet aber guten Schutz, Sir.«

»Gut«, entschied David. »Dann wollen wir alles für die Besetzung Brijunis vorbereiten, aber vorher machen wir noch einen kleinen Streifzug durch die Häfen. Wir haben uns ja lange kein Vergnügen gegönnt.«

Bei den Häfen schickten sie am Abend ein Fischerboot als Kundschafter voraus. Wenn es meldete, dass sich ein Besuch lohne, dann schalteten sie in frühester Morgendämmerung mit ihren Kanonen die Hafenbatterien aus und ihre Boote holten die Prisen aus dem Hafen.

Koper ›besuchten‹ sie, Piran, Umag ließen sie links liegen, aber Novigrad wurde wieder heimgesucht. Fünfzehn Prisen segelten schon in ihrem Windschatten. Aber Porec und Vrsar mussten mit weiteren zwölf Prisen zum Erfolg beisteuern.

»So kann es weitergehen«, forderte Leutnant Hunt in der Messe. »Nach meiner Rechnung hätte ich jetzt schon fünfhundert Pfund. Noch einmal so viel, dann kann ich mir ein Häuschen kaufen.«

»Prima, Robert«, stimmte der Erste zu. »Dann musst du in der ersten Wache nur das Ruder übernehmen, in der zweiten den Fockmast bedienen, in der dritten die Decks scheuern und in der vierten den Ausguck wahrnehmen. Dann kommen wir vielleicht mit der Personalnot hin.«

Die anderen am Tisch grölten vor Vergnügen und klopften auf die Tischplatte. »Und bei der nächsten Hafenbatterie bedient er allein die schweren Kanonen, der Nimmersatt.«

Buchstäblich mit den letzten vor Schwäche taumelnden Matrosen lieferten sie ihre Prisen auf Cres ab. Der Hafenkommandant war dem Zusammenbruch nahe, als er erfuhr, dass er dafür Sorge zu tragen habe, dass die Prisen nach Vis gebracht werden würden.

»Aber womit denn, Sir?«, flehte er David an.

»Sehen Sie, das ist die Frage, die ich der Admiralität nie stellen kann. Mir muss immer etwas einfallen. Warum denn nicht Ihnen auch?«

Der Offizier für Gefangenenaustausch erlöste sie. In drei Tagen, kündigte er an, werde ein Transporter mit fünfzig gefangenen britischen Seeleuten einlaufen, ausgetauscht gegen vierhundert Italiener. »Zwanzig Briten sind Handelsschiffer, gestrandet bei Bari. Die anderen sind Flottenmatrosen, gefangen bei Genua.«

»Gut«, entschied David. »Die fünfzig können erst einmal die Prisen nach Vis bringen. Außerdem gebe ich Ihnen Scheine für die Anwerbung von hundert Kroaten. Ein paar Mann von den alten Besatzungen können an Bord bleiben. Die *Apollo* bildet das Geleit. Was soll denn nun auf der kurzen Strecke noch schief gehen.«

»Sir, und wenn ein Sturm kommt?«, jammerte der Hafenkommandant.

»Dafür mache ich Sie persönlich verantwortlich, mein Herr«, scherzte David.

Die Seeleute und Soldaten waren auf der kurzen Fahrt nach Brijuni bester Laune. Das Wetter war mild. Also würden auch ihre Prisen bald gut in Vis sein. Und dann kam die Knete. Ob es in Brijuni dufte Weiber gab?

David hatte im Augenblick den Kopf mit anderen Dingen voll. Die *Havannah*, die ihnen mit fünfzig Milizsoldaten auf einem Transporter nachsegeln sollte, war noch nicht in Sicht. Andererseits waren alle Landungstrupps schon zusammengestellt, die am Morgen an verschiedenen Orten des Archipels an Land gehen sollten. Die Proklamationen waren vorbereitet, die Dolmetscher bestimmt, die sie verlesen sollten. Es fehlte nur noch der verdammte Transporter mit seinen kroatischen Soldaten.

»Deck!«, schrie der Ausguck. »Zwei Segel von achtern aufkommend. *Havannah* und ein unbekanntes Segel.«

»Na endlich«, seufzte David erleichtert.

Am Morgen gingen sie auf den größten Inseln Veli Brijuni und Mali Brijuni an Land und besetzten die öffentlichen Gebäude. Sie fanden keinen Widerstand. Die Bevölkerung hörte sich die Proklamationen an und schien mit den neuen Herren nicht unzufrieden. Die kroatischen Soldaten wurden bejubelt, die britischen Soldaten respektvoll bestaunt.

David ging mit den Feuerwerkern und den leitenden Offizieren der Seesoldaten die Hafenanlagen ab.

»Wir haben die Kanonen von Rogoznica, aber wir müssen sparsam mit ihnen umgehen. Mehr als den Hafen von Brijuni brauchen und müssen wir nicht sichern. Wenn wir hier rechts und links vom Hafen eine befestigte Anlage zur See hin bauen und dort auf der nach Nordwesten vorragenden Halbinsel einen Martello-Turm mit zwei Kanonen auf Pivots, dann kann der Turm auch die beiden anderen Kanonen schützen.«

»Aber wer baut uns die Pivots, Sir?«, fragte ein Feuerwerker.

»Die Werften von Korčula haben damit gute Erfahrung. Wir müssen ihnen nur die Maße liefern, und das sollten Sie genau ausmessen. Für unser ständiges Soldatenkontingent bauen wir den alten Wehrturm aus, der dort die Stadt überragt. Dann haben wir diese Inseln ausreichend gesichert.«

David ging mit seinen Begleitern zum kleinen Rathaus zurück. Der Bürgermeister stürmte David schon entgegen. »Sir David, Herr Admiral, ein sehr wichtiger Mann wartet auf Sie. Franko Cankar hat ein Monopol auf den Handel mit Krebsen, Fischen, Austern und Hummern. Er besitzt die Boote, die Netze, die Reusen, alles. Er verkauft die Fänge. Er ist sehr zuverlässig, wenn er etwas zusagt, Sir David. Wer ihn auf seiner Seite hat, hat die halbe Insel für sich.«

»Ich werde den Herrn gleich empfangen. Aber ich muss Sie warnen. Ich habe eine Abneigung gegen solche Provinzcäsaren.«

Mr Cankar war ein mittelgroßer Mann von intelligentem und entschlossenem Aussehen. Er verbeugte sich und begann sofort: »Herr Admiral. Ich will Ihre Zeit nicht unnötig in Anspruch nehmen. Ich biete Ihnen die absolut risikolose Kaperung von vier neuen französischen Kanonenbooten an.«

»Welche Gegenleistung erwarten Sie, mein Herr?«, fragte David ebenso kurz.

»Sie verfolgen meinen Sohn, jetzt französischer Major, nicht, sobald er nach Italien desertiert ist.«

»Mr Cankar, sofern Ihr Sohn keine verbrecherischen Handlungen gegen Britannien verübt hat, wird ihn niemand nach seiner Desertion in Italien verfolgen. Was soll die Bedingung? Und wie können Sie mir risikolos zu Kanonenbooten verhelfen? Ich wäre für eine einleuchtende Erklärung sehr verbunden.«

»Herr Admiral, die Kanonenboote werden in zwei Tagen in Dienst gestellt. Mein Sohn soll sie kommandieren und mit ihnen Cres zurückerobern, was ein irrsinniger Befehl ist. Die Indienststellung erfolgt in der Nähe von Pula durch den italienischen Oberst. Die Boote liegen nebeneinander am Kai. Alle Mannschaften sind vor einer Tribüne angetreten. Der Oberst lässt Orchester spielen, ein Ballett tanzen und nimmt dann den Vorbeimarsch ab. Es ist kinderleicht, während dieser Zeremonien die Kanonenboote durch Ruderboote, die im gegenüberliegenden Schilf verborgen sind, abschleppen zu lassen. Kein Mensch wird dort hinschauen, bevor die Mannschaften nicht mit der Kapelle zum Kai marschieren.«

»Entschuldigen Sie, Mr Cankar, reden Sie von einer

Indienstnahme von Schiffen oder einer Operettenaufführung?«

»Von beidem gleichzeitig, Herr Admiral. Der Oberst ist der Mäzen und ehrenamtliche und tatsächliche Intendant des Opernhauses in Ravenna. Alles, was er tut, inszeniert er als Opernaufführung. Es gibt für ihn keine Inspektion von Truppen ohne Orchester und Chor. Wenn er unsere Insel besucht, reiten sechs Reiter mit großen Fahnen voraus. Ballettmädchen streuen Blumen und so ähnlich. Aber sonst ist er ein umgänglicher und kluger Mann.«

»Nun gut. Der Herr Intendant inszeniert die Indienststellung so, dass lange Zeit niemand auf die Schiffe schaut. Das will ich nun voraussetzen. Aber welche Rolle spielt Ihr Sohn bei dieser Oper?«

»Ich habe ihn vor zehn Jahren mit allen Mitteln gedrängt, Offizier in Napoleons Armee zu werden. Ich war überzeugt, dass Bonaparte die Zukunft gehört, dass er mit dieser Kleinstaaterei und diesem Muff auf beiden Seiten der Adria ein Ende machen wird und dass dann vor jedem Mann, der sich in seinen Diensten bewährt hat, eine große und glänzende Zukunft liegen wird. Das wollte ich für meinen Sohn und habe mich völlig geirrt. Napoleon hat nur seine unfähige Familie auf Europas Throne gesetzt und ist zum Landräuber und Diktator verkommen, der keinen Sinn für Wirtschaft hat. Ich habe meinem Sohn das eingebrockt. Ich muss ihn da wieder herausholen, auch da er selbst nicht mehr von Napoleon überzeugt ist.«

»Und wenn die Franzosen vier Kanonenboote verlieren, wird Ihr Sohn frei?«

»Natürlich nicht, Herr Admiral. Ich muss dann etwas ausführlicher werden. Wenn die Boote verloren sind, geht eine Anzeige beim kommandierenden General ein, in der die Inszenierung als Grund für mangelnde Wachsamkeit angegeben werden wird. Der General wird die angeführten Schuldigen, den Oberst, den Major, also meinen Sohn, und den Adjutanten verhaften und dem Gericht überstellen. In der Nacht wird mein Sohn durch Wachpersonal, das danach unauffindbar ist, befreit werden und nach Italien zu seiner geliebten Verlobten reisen. Dort wird er ein halbes Jahr leben und dann nach Dalmatien zurückkehren, um einen zivilen Beruf auszuüben.«

»Der auch schon auf ihn wartet, Mr Cankar?«

Mr Cankar nickte mit leichtem Lächeln.

»Nun gut, Mr Cankar. Ich werde Ihren Sohn weder in Italien noch nach seiner Rückkehr nach Dalmatien verfolgen lassen. Nun kommen Sie mit mir an die Karte, um die Einzelheiten zu besprechen.«

»Ich habe mich mit einem kleinen Angelkahn dort an der Halbinsel Veredula entlangrudern lassen, Sir«, erklärte Kapitän Rowlandson. »Es war alles so, wie es uns dieser Mann beschrieben hat. Ich habe die Tribüne gesehen, den Kai und am Ende der Meeresbucht die Ausrüstungswerft. Unsere Kutter können hundertfünfzig Meter vom Kai entfernt im Schilf verborgen werden. Die Taue müssen zum Kai gebracht werden, bevor das Spektakel beginnt. Dann müssen vier Taucher die Leinen an jedem Boot befestigen, was bei weniger als fünfzig Metern kein Problem ist. Für die Ablenkung der Wachen habe ich mir etwas ausgedacht. Es ist machbar, Sir, aber es ist die verrückteste Sache, die mir bisher begegnet ist.« Mr Rowlandson beendete seinen Vortrag, und die anderen Kommandanten nickten zustimmend.

Am Tage des Spektakels hatten sich ihre vier Kutter früh im Schilf verborgen. David hatte sich auf der großen Barkasse eingeschifft, die mit ihren Zwölfpfünder-Karronaden die Operation decken sollte. Als aus der Tiefe des Meeresarmes die Kanonenboote herangerudert kamen, nahm er sein Teleskop heraus und beobachtete, wie sich am Strand Zuschauer sammelten. Dann marschierte eine stattliche Kapelle heran. Die Boote legten an. Die Mannschaften stellten sich vor der Tribüne auf. Dort war ja auch ein großes Podium errichtet worden.

Wagen fuhren vor. Balletttänzerinnen stiegen aus und wurden beklatscht. Dann kam von sechs Reitern mit großen Fahnen geleitet die Kutsche des Obersten. Er fiel sofort durch den Hut mit riesigen Pfauenfedern auf. Huldvoll dankte er für den Beifall und schritt zur Tribüne.

Die Kanonenboote waren mit dem Heck zum Kai festgemacht. Das wirkte dann eleganter, wenn sie wegrudern sollten. Vor jedem Boot stand am Kai ein Mann zur Wache.

Und nun spielte das Orchester einen einleitenden Marsch. Danach gruppierten sich die Tänzerinnen auf dem Podest. David sah mit dem Teleskop, wie seine Taucher mit den Tauen von der Seite zu den Booten schwammen und am Bug die Taue befestigten. Der Beifall galt aber nicht ihnen, sondern den Tänzerinnen.

Die Bootsbesatzungen stellten sich zum Vorbeimarsch auf. Das Orchester spielte den Marsch, und während die Besatzungen an der Tribüne defilierten, marschierten von der Seite des Kais acht Mann mit vier großen roten und blauen Fahnen auf. David musste lachen. Das war Rowlandsons Truppe, um die Wachen auszuschalten. Je zwei Mann standen nun mit einer Fahne beim Wachmann.

David konnte sich denken, wie erstaunt die Wachen durch diese überraschende, aber ganz in den Rahmen passende Einlage waren. Aber lange hatten sie nicht Zeit. Einer der Fahnenträger schlug jeweils die Wache mit einem Hieb bewusstlos. Der andere fing sie auf und ließ sie zu Boden gleiten. Die Fahne steckte in der Erde. Die Fahnenträger sprangen ins Boot und lösten die Befestigungen. Und dann spannten sich die Taue, und die Kanonenboote lösten sich vom Ufer.

Die ersten Meter hatten die Kutterbesatzungen die Leinen über Hand eingeholt. Jetzt machten sie die Taue am Kutter fest und ruderten mit kraftvollen Schlägen davon und zogen die Kanonenboote in die Bucht hinaus.

Noch hatte niemand am Ufer etwas bemerkt. Alle schauten den marschierenden Soldaten, dem grüßenden Oberst und den winkende Tänzerinnen zu. Aber als die Kanonenboote schon hundert Meter vom Ufer entfernt waren, blickte doch einer zum Kai und schrie los.

David ließ die Barkasse aus dem Schilf rudern und die Karronaden auf den Kai richten. Falls dort jemand versuchen sollte, Gewehrsalven zu organisieren, würde er es bereuen. Aber der Oberst schwenkte nur seinen Hut, ließ die Besatzungen wieder antreten, ließ sogar das Orchester einen neuen Marsch anstimmen, aber zur Abwehr oder zum Angriff unternahm er nichts.

Die britischen Kutter mit ihren Prisen wurden vor der Küste von ihren Schiffen mit Hurrarufen begrüßt. Kapitän Markwood gratulierte David.

»Ach, wissen Sie, Mr Markwood, unsere Leute haben alles fehlerfrei absolviert, und wenn wir öfter solche Gegner hätten wie diesen Operettenobersten, dann hätten wir den Krieg schon längst gewonnen. Doch leider werden wir eine so verrückte Kaperung in unserem Leben nicht noch einmal erleben.«

Es wurde an diesem Abend viel gelacht auf der *Milford*. Immer wieder erzählte einer der Teilnehmer noch eine lustige Einzelheit von der ganzen Inszenierung, und alle konnten sich kaum halten vor Lachen. Mit fortschreitendem Alkoholgenuss konzentrierten sich die Erzählungen mehr auf die Tänzerinnen. Sie malten sich aus, dass man doch auch die Tänzerinnen hätte kapern können. So lustig war der Krieg schon lange nicht.

David hörte das Gelächter, war aber einsam und ernst. Er dachte an Maria Charlotta. Sein Schiff hatte Kurs auf Rijeka. Es war nicht ausgeschlossen, dass er sie dort traf.

Und Mr Cankar, den er am Schluss ihrer Unterredung gefragt hatte, ob er die Prinzessin Reabandini kenne, hatte eine etwas rätselhafte Antwort gegeben.

»Eine wunderschöne, sehr intelligente und unermesslich reiche und daher auch mächtige Frau, Herr Admiral. Sie tut viel für elternlose Kinder und kinderlose Greise. Aber man hat bei ihr nie das Gefühl persönlicher Nähe. Ich wusste nie, woran ich bei ihr war, ob sie meine Vorschläge nützlich oder raffgierig fand.«

David wusste ja auch nicht, woran er bei ihr war. Was wollte sie von ihm? Sie hatte ihm Avancen gemacht, angereichert mit zärtlichen Erinnerungen. Und dann dieser lächelnde Schlag, dass sie einen gemeinsamen Sohn hatten. Was wollte sie? Und vor allem: Was wollte er?

Wollte er dem leidenschaftlichen Begehren für ein kurzes Abenteuer nachgeben? Könnte er dann noch zurück? Würde er Britta wirklich nie verlassen können? David starrte auf die dunkle See, wo hin und wieder heller Schaum aufblinkte. Was wollte er denn eigentlich? Und je mehr er seine Gefühle erforschte, desto mehr nahm Britta Besitz von ihm. Nun ja, in dem Sektor ›Abenteuer, Leidenschaft‹, da spielte Maria Charlotta eine starke Rolle. Aber wenn es um innige Liebe ging, um gemeinsame glückliche und traurige Erlebnisse, um das Vertrauen, das man sich gegenseitig entgegenbrachte, um die erprobte Wertschätzung, um die Verbundenheit in den Kindern, dann stand immer Britta vor seinem Auge. Wie viel verdankte er ihr in seinem Leben? Nein, er war kein liebestoller Jüngling mehr, der das alles aufs Spiel setzen würde. Er hatte viele gefährliche, ja verzweifelte Situationen in seinem Leben gemeistert. Verdammt noch mal, er würde doch wohl auch mit dieser Versuchung fertig werden!

Er rief nach Larry und ging mit ihm kurz an Deck. Nun würde er schlafen können.

Rijeka empfing sie im Schmuck österreichischer Fahnen und mit dem Salut für einen verbündeten Admiral. Die *Milford* erwiderte den Gruß, und die Seesoldaten marschierten am Kai auf, um ihren Admiral zu geleiten.

»Na, dann zeigt ihnen mal, was britische Exaktheit ist!«, rief David den Soldaten zu und sie strahlten. Aber ihre Gesichter wurden ernst, als in der Stadt auf einmal Gewehrschüsse knallten.

»Es sind noch Versprengte oder Guerillas in der Stadt. Lassen Sie die Gewehre laden«, befahl David dem Leutnant. Aber dann marschierten sie mit Pfeifen und Trommeln ihren Weg, und der Dudelsackpfeifer und die exakten Bewegungen der Seesoldaten erregten wieder die Bewunderung der Zuschauer.

Sie hatten den Stadtturm passiert und marschierten auf das alte Römische Tor zu, hinter dem das Rathaus lag, als aus Richtung der Kirche Mariä Himmelfahrt Schüsse erklangen. Da sich die Straße krümmte, konnte David nicht übersehen, was dort geschah.

»Lassen Sie halten und die Gewehre schussbereit nehmen«, bat David den Leutnant. »Alberto, lauf dort in Richtung Kirche und schau nach, was los ist!«

Die Soldaten bildeten sofort ein Karree um David. Alberto lief nach rechts in die Straße. Wieder knallten Schüsse. Alberto rannte schnell zurück.

»Sir, ich hab den General Nugent mit ein paar Mann in einen Hof rennen sehen. Ihn verfolgten Leute teils in Uniform, teils ohne.«

David rief dem Leutnant zu: »Wir müssen dem General zu Hilfe eilen! Gewehre schussbereit! In Doppelreihe folgen!«

Er zog seine Pistole, spannte den Hahn und rief: »Mir nach!«

Als er die Straße entlanglief, waren Alberto und Mustafa dicht neben ihm. Die Seesoldaten liefen in zwei Reihen an den Häusern entlang.

»Dort vorn, das große Tor. Da ist er hinein!«, meldete Alberto.

David rannte mit erhobener Pistole in einen großen Hof, den viele Häuser säumten. Die Seesoldaten spähten in alle Türen. David sah durch ein Tor Graf Nugent mit dem Rücken zu ihm, die Hände erhoben.

»Dort!«, rief er und lief durch das Tor. Kaum war er durch, wurde es zugeschlagen, niemand hatte ihm folgen können.

›Graf Nugent‹ drehte sich um, warf den Generalshut und die Perücke ab und war ein ganz fremder Mann. Er riss eine Pistole hervor und richtete sie auf David.

»Werfen Sie Ihre Waffe weg!«, befahl er und deutete auf einen Mann in der nächsten Tür, der mit dem Gewehr auf David zielte. David warf seine Pistole zu Boden und nahm die Hände hinter den Kopf. Mit den Fingern der rechten Hand tastete er sofort nach dem Wurfmesser in der linken Manschette. Am Außentor hörte er Kolbenschläge und Rufe.

Der Mann in der Uniform eines österreichischen Generals trat einige Schritte näher und stand nun gut drei Meter vor David. Er sagte zu dem Mann mit dem Gewehr: »Lauf voraus und sichere den Rückzug. Ich brauche ja bloß seinen Hut und seine Uhr und dann sind wir reich.«

Der Mann mit dem Gewehr lachte und lief vor. Der andere hob den Arm ein wenig und zielte nun auf Davids Kopf. Dieser hatte das Wurfmesser fest zwischen Daumen und Zeigefinger der rechten Hand, riss die Hand vor, warf das Messer und sprang zur Seite und zu Boden.

Der Schuss pfiff an seinem Ohr vorbei. David rollte sich so herum, dass er sich aufstützen und nach einem weiteren Messer greifen konnte. Dann sah er, dass der ›General‹ in die Knie gesunken war, mit den Händen das Messer aus der Kehle gezogen hatte und nun vergeblich versuchte, den Blutstrahl zu stoppen. David hob seine

Pistole auf und schoss ihm eine Kugel durch den Kopf. Er konnte den aussichtslosen Todeskampf dieses Mörders nicht länger ertragen. Dann ging er zum Tor und hob den Balken.

»Er trug eine Generalsuniform und sah aus wie ich? Und Sie haben ihm ein Messer in die Kehle geworfen. Wo hatten Sie denn das her?«, fragte Graf Nugent ungläubig.

David klappte schweigend seine Manschetten zurück und zeigte Nugent die Umschnallhalfter mit je drei Messern. Er nahm eins heraus und gab es ihm wortlos.

General Nugent nahm das Messer, prüfte vorsichtig die Schärfe an seinem Daumen, verzog bewundernd das Gesicht und wog das Messer in der Hand.

»Sir David«, fragte er. »Wieso kann ein britischer Admiral mit solchen Messern treffsicher werfen?«

»Weil er sich als junger Midshipman im Kampf um die amerikanischen Kolonien mit einem Maat aus Italien anfreundete. Der konnte mit dem Messer werfen, vielleicht aus einer Mafiazeit. Er hat es dem jungen Burschen beigebracht, und in den vielen Jahren seitdem hat diese Fertigkeit mir und anderen mindestens zwei Dutzend Male das Leben gerettet.«

»Und Sie hatten keine Probleme, Sir David, weil die Kampfart nicht so ›gentlemanlike‹ ist?

»Doch, ich musste oft heimlich mit ihm üben, aber ein Erster Leutnant entschied: ›Kanonenkugeln sind auch nicht gentlemanlike. Wenn es das Leben unserer Leute rettet, werfen Sie ruhig mit dem Messer.‹«

»Ich danke Ihnen, dass Sie Ihr Leben eingesetzt haben, um meines zu retten, Sir David. Und ich habe großen Respekt vor Ihrer vielfältigen Kampferfahrung.«

»Vielen Dank, Graf. Sie würden nicht anders handeln. Wer war der Mann, der mich ermorden wollte?«

»Monsieur Thierry, ein Elsässer. Eine kleine Nummer

im Geheimdienst, aber ein Großmaul und Angeber, wie alle berichteten. Wie hoch ist denn das Kopfgeld für Sie?«

»Hundertfünfzigtausend Dollar wurde mir berichtet.«

Graf Nugent pfiff anerkennend. »Mein lieber Mann! Die müssen Sie aber hassen, Sir David.«

»Es ist manchmal ziemlich lästig, Graf. Aber nun lassen Sie uns über angenehmere Dinge sprechen: über unsere bevorstehenden Siege.«

Graf Nugent trank mit David noch einen Schluck Wein und bat ihn dann an die Karte. Er sagte in ernstem Ton: »Ich weiß nicht, wie lange ich mich in Rijeka halten kann. Die Franzosen haben auch den letzten waffenfähigen Mann in Italien eingezogen und werfen ihn uns entgegen. Ich kann mich nicht auf der Halbinsel Istrien einschnüren lassen, aber ich muss Istrien erobern, um den Rücken frei zu haben. Dazu habe ich Hauptmann Lazarich mit einem Leutnant und sechsundvierzig Kroaten sowie einem Korporal und sechs Husaren abgeordnet. Sie rücken morgen ab. Hauptmann Lazarich wird mit Ihnen noch heute über die mögliche Zusammenarbeit sprechen.«

David sah General Nugent ungläubig an. »Habe ich richtig mitgezählt? Sie wollen sechsundfünfzig Mann eine Provinz mit knapp zweihunderttausend Menschen erobern lassen?«

»Ja, es klingt verrückt. Aber die Bevölkerung ist auf unserer Seite, und Hauptmann Lazarich ist ein Held für diese Provinz. Er wurde 1809 bei der Verteidigung ihrer Freiheit auf den Tod verwundet. Man hat ihm später eine Kugel aus der Brust geschnitten, und er ist nun wieder feldtauglich. Die Menschen in Istrien kennen und verehren ihn.«

»Ich bin der Letzte, Graf, der den Wert der Persönlichkeit missachtet, aber kann sie einen so eklatanten Unterschied der realen Macht ausgleichen?«

»Sir David, ich weiß es auch nicht. Meine Hoffnung ruht darauf, dass nach allen Berichten die Landbevölkerung bloß darauf wartet, von uns zum Aufstand gerufen zu werden.«

»Ihr Wort in Gottes Ohr, Graf. Ich erwarte dann den Hauptmann.«

»Ein Wort noch, Sir David. Im Rathaus ist heute ein festlicher Empfang. Bitte kommen Sie mit Ihren Kommandanten um sieben Uhr zum Lunch. Es werden auch Damen anwesend sein.«

Seit dieser Ankündigung waren Davids Gedanken wieder voll und ganz mit Maria Charlotta beschäftigt. Er war sicher, dass sie als Gast anwesend sein würde, sofern sie nicht sogar das Treffen angeregt hatte.

David begrüßte auf dem Schiff selbst seinen Hund Larry nur flüchtig, obwohl der um Zuneigung bettelte. Er ließ sich mechanisch von Frederick beim Ankleiden helfen, ließ Kapitän Markwood und die anderen Kommandeure sowie Alberto und Mustafa benachrichtigen und saß in der Zeit, die ihm noch bis zur Abfahrt verblieb, apathisch in seinem Sessel.

Er fragte sich immer wieder, was Maria Charlotta mit dem erneuten Zusammentreffen bezwecke. Sie wusste doch, dass er gebunden war, dass ihn seine Leidenschaft nur kurzfristig wegreißen könne und dass er danach sich und sie verfluchen würde. Warum?

Dann rief Frederick, dass die anderen bereit seien, und er stand auf. Die anderen wunderten sich über seinen abwesenden Gruß. Es wurde auf der Überfahrt und auf dem kurzen Weg zum Palazzo nicht gesprochen.

Graf Nugent empfing sie in seiner Extrauniform sehr herzlich und führte sie in den Saal. Viele Honoratioren des Ortes kannte David von seiner ersten Besetzung, und sie begrüßten ihn alle freundlich. »So human wie Ihre

Eroberung war keine andere, weder vorher noch nachher, Sir David.«

Und dann kam Maria Charlotta, der Gast mit dem höchsten Rang. Graf Nugent wollte David vorstellen, aber sie wehrte freundlich lächelnd ab. »Wir sind gute alte Freunde, Graf. Wenn Sir David verraten würde, seit wann wir uns kennen, wäre mein Alter zu erraten und ich müsste meine Garderobe der einer alten Frau anpassen.«

Der Graf protestierte und David sagte: »Hoheit altern nicht im Aussehen, Sie wachsen an Weisheit und Menschenkenntnis.«

»Nanu, Sir David. Sie waren doch sonst kein Schmeichler«, sagte sie etwas verwundert.

»Das war auch keine Schmeichelei. So sehe ich Sie, Hoheit.«

Sie senkte den Kopf und ließ sich von Graf Nugent zum Platz führen. Sie saß diesmal nicht neben David und er wusste, dass sie das arrangiert hatte. Also wollte sie nicht oder noch nicht mit ihm sprechen. Aber was wollte sie? Sie kokettierte auch nicht, war freundlich, charmant, aber etwas distanziert. Dann erhoben sich die Gäste nach den Hauptspeisen, um einem Chor zuzuhören und sich ein wenig die Beine zu vertreten.

»Würden Sie so lieb sei, Sir David, und mich auf die Terrasse führen?«, fragte sie David überraschend.

Er reichte ihr seinen Arm und führte sie hinaus, bis sie außer Hörweite der anderen waren.

»Ich habe so ein schlechtes Gewissen, David, und muss mich bei dir entschuldigen. Meine Erinnerung an unsere damalige Leidenschaft hat mich bei unserem Zusammentreffen kürzlich in Vis so überwältigt, dass ich alles vergaß, was ich nicht vergessen durfte. Ich habe nicht nur deine innige Liebe zu deiner wundervollen Frau ignoriert, ich habe auch beiseite geschoben, wie sehr ich meinem Mann immer noch in Liebe verbunden bin. Er war körperlich ein Krüppel, aber er war ein Geist, der alle in seinen Bann zog, alle bezauberte und niemand gehen ließ, ohne ihn reich mit seinen Gedanken beschenkt zu haben. Ohne jeden Sinn habe ich dich damit konfrontiert, dass du Fredericos biologischer Vater bist. Aber er ist nicht dein Sohn und du kannst dich nicht als sein Vater fühlen. Mein Mann, der Prinz, hat ihn mit seinem Geist und der Güte seines Charakters so geformt, dass er nie einen anderen als Vater in Betracht ziehen würde. Was ich an diesem Abend gesagt und getan habe, war deiner und meiner unwürdig. Ich entschuldige mich dafür und erbitte deine Verzeihung und deine Freundschaft.«

»Du siehst dich jetzt zu selbstkritisch, Maria Charlotta. Auch mich hat die Erinnerung so angeregt und bewegt. Ja, ich war verwirrt und wusste nicht, was du wolltest. Ich begehrte dich wie damals und wusste, dass es Selbsttäuschung war, weil die Liebe zu meiner Frau zu stark war. Aber ich habe nicht gewusst, wie stark auch deine Bindung an deinen Mann sein musste. Der Körper ist ja nicht alles an einem Mann oder sollte es nicht sein. Und einen kleinen Eindruck vom Genie deines Mannes habe auch ich bei unserem kurzem Zusammentreffen gewonnen. Ich werde mich nie als Fredericos Vater fühlen und nie ein Wort darüber zu ihm oder irgendjemandem sagen. Ich bewundere dich deiner Schönheit wegen, vor allem aber deines Charakters wegen und wäre stolz, wenn du mich Freund nennen würdest.«

»Ach, David«, seufzte sie und lehnte ihren Kopf an seinen. »Ich wurde so reich beschenkt mit den Männern, die mir etwas bedeuteten. Du führtest mich in die körperliche Liebe ein und er in die Welt des Geistes. Und der Charakter des einen ist dem des anderen wert. Bleib immer mein Freund, wie ich deine Freundin sein werde.«

Er küsste sie leicht auf die Stirn.

»Nun etwas, David, was ich einem Freund nicht verschweigen kann, obwohl ich dem Liebhaber nie solche Informationen liefern würde. Im Hafen von Pescara liegen zwei tunesische Schebecken. Sie wollen in zwei oder drei Tagen in die Kvarner Bucht einlaufen und räubern, wo sie können. Vernichte sie, dann schützt du auch meine Leute. Mehr kann ich nicht sagen, und ich glaube, wir müssen wieder zu den anderen. Ich freue mich so auf unser nächstes Wiedersehen, wo ich jetzt an dich als Freund denken kann.«

Als sie zu den anderen gingen, trat General Nugent mit einem Fähnrich der britischen Seesoldaten auf die beiden zu. »Fähnrich Holsten möchte sich verabschieden, da er morgen früh mit Hauptmann Lazarich ausrückt. Ich bin überzeugt, der junge Herr mit seinen ausgezeichneten Deutschkenntnissen kann viel zur Koordinierung unserer Operationen beitragen.«

»Viel Glück und viel Erfolg, mein Herr«, wünschte Maria Charlotta.

Der Fähnrich verbeugte sich und dankte: »Zu gütig, Hoheit.«

David sagte ihm: »Sie werden es schaffen, Mr Holsten. Auf ein gesundes Wiedersehen.« Und er drückte ihm die Hand.

Die Gäste erlebten nach der Unterbrechung einen völlig veränderten britischen Admiral. David lachte, scherzte, sprühte vor Einfällen. Und immer wieder fanden sich seine und Maria Charlottas Augen in freundlicher Harmonie.

»Wenn ich nicht aus absolut zuverlässiger Quelle wüsste, dass die Prinzessin ihrem verstorbenen Gatten unwandelbar treu ist, würde ich annehmen, dass sie Ihnen auf der Terrasse eine Liebeserklärung gemacht hat, lieber Sir David.«

»Ganz im Gegenteil, lieber Graf. Wir haben nach langer Bekanntschaft beschlossen, dass wir nicht mehr versuchen wollen zu flirten, da wir unseren Partnern doch nicht untreu werden wollen, sondern dass wir künftig treue und ergebene Freunde sein wollen.«

Graf Nugent sah ihn skeptisch an. »Wissen Sie, ich hab schon so oft erlebt, dass eine Freundschaft zwischen Mann und Frau, die noch in den besten Jahren sind, nicht klappt. Aber bei Ihnen beiden ist es wohl anders. Darum kann man Sie beneiden. Meinen Segen haben Sie.«

Der Korporal mit den sechs Husaren ritt voraus. Dann folgte Hauptmann Lazarich mit dem kroatischen Leutnant Verma und Fähnrich Holsten. Zwei Seesoldaten, kroatische Freiwillige, begleiteten den Fähnrich zu Fuß. Hinter ihnen marschierten die Soldaten.

Die Ulanen verteilten sich etwas, und auch von den Soldaten schickte der Hauptmann einen Trupp nach rechts und links zur Flankensicherung, aber sonst marschierten sie ganz locker und fröhlich und winkten immer wieder den Leuten zu.

»Sie fürchten keinen feindlichen Angriff, Herr Hauptmann?«, fragte Holsten.

»Nein, Herr Holsten, das hätten mir die Bewohner längst mitgeteilt. Wir marschieren jetzt zum Bergmassiv des Ucka, von dem aus ich in verschiedene Richtungen vorgehen kann, je nach den Nachrichten, die ich erhalte. Und wenn der Feind zu stark ist, weichen wir auf die Schiffe Ihrer Flotte aus.«

»Verzeihen Sie, Herr Hauptmann. Wir können nicht einfach zu den Schiffen hinausschwimmen. Wir müssten Vorsorge treffen und Boote in Reserve haben.«

»Gut, junger Herr. Da vorn gabelt sich die Straße. Ich schicke einen Korporal mit zwei Mann nach Lovran, der sorgt dort dafür, dass die Fischer uns Boote bereit halten. Wir marschieren weiter zum Berg, und der Korporal stößt wieder zu uns.«

Sie lagerten zu Nacht in der Nähe des kleinen Ortes Vranja. Sie waren fast dreißig Kilometer marschiert, aber den Kroaten schien das nichts auszumachen. Sie zündeten Feuer an und brieten Fleisch an Stöcken. Aber Holstens Seesoldaten jammerten über die ›verdammte Latscherei‹.

Nachts gegen zwei wurde Holsten wach, weil die Posten riefen. Ein kleiner Trupp Bauern wollte den Hauptmann sprechen. Der winkte Holsten und seinem Leutnant: »Kommen Sie, hören Sie gleich mit, was die Leute zu sagen haben.« Aber er achtete darauf, dass die Mannschaften nicht mithören konnten.

Was die Bauern berichteten, klang für Holsten so bedrohlich, dass er sicher war, sie würden sofort zur Küste marschieren und sich auf die britischen Schiffe flüchten.

Die französischen Truppen aus Pula und Rovinj hätten Marschbefehl erhalten und sollten sich hier am Ucka mit französischen Nationalgarden des früher venezianischen Teils von Istrien vereinigen.

Die französischen Besatzungen umfassten nach Aussagen der Bauern etwa dreitausend Mann und sie sollten sich mit viertausend Mann Nationalgarden vereinigen. Zwölf Kanonen führten sie mit sich. Sie würden dann der Brigade des Generals Nugent in den Rücken fallen.

Fähnrich Holsten wurde ganz schlecht. Siebentausend Mann gegen sechsundfünfzig plus drei Briten. Mein Gott, die zerrissen sie ja in der Luft.

Aber Hauptmann Lazarich war die Ruhe in Person. Er fragte die Bauern aus, welche Nachricht sie von wem hätten. Dann suchte er noch einen aus, der Nachrichten zu General Nugent bringen könne, und schickte die anderen zurück in Richtung Pazin, damit sie das Vorrücken der Franzosen beobachten sollten. Der Bote an Nugent erhielt noch einen Bericht von Lazarich, und dann liefen die Bauern wieder fort. Holsten fiel auf, wie nachdrücklich ihnen Lazarich einschärfte, niemandem ein Sterbenswörtchen von dem zu sagen, was sie ihm berichtet hatten.

»Wer das hört, dem rutscht doch das Herz in die Hosen. Dabei sind diese Zahlen nicht mehr als heiße Luft. Nun schlafen Sie noch ein wenig, meine Herren. Wir werden morgen Kraft brauchen.«

Holsten lag noch wach, aber von Lazarich hörte er schon nach wenigen Minuten ruhiges Schnarchen.

Am Morgen wurden sie schon früh durch lautes Rufen geweckt. Immer neue Trupps von Bauern näherten sich dem Lager, brachten Essen und Getränke und bejubelten die Soldaten. Auch Frauen kamen und scherzten mit ihnen.

»Na, was habe ich gesagt? Die Bevölkerung ist auf unserer Seite. Sie wollen auch mit uns kämpfen. Sehen Sie, sie haben Heugabeln, gerade geschmiedete Sicheln und Knüppel dabei. Einige haben sogar noch Gewehre.«

Holsten fragte sich, was diese wilden Haufen mit ihren Ackergeräten ausrichten sollten. Aber Lazarich hielt eine anfeuernde Rede, in denen er ihnen prophezeite, dass die Gegner wie Spreu im Wind auseinander stieben würden, sobald sie und die anderen Bewohner Istriens gegen sie anrückten. Und dann befahl er den Abmarsch in Richtung auf Pazin. Dort würden sich die feindlichen Truppen vereinigen. Dort würden sie ihnen die Stirn bieten.

Holsten fragte sich, ob die alle verrückt oder betrunken seien. Eine Kompanie Seesoldaten und zwei Salven, dann würde dieser wilde Haufen doch rennen wie ein Schweinsrudel. Aber dann hörte er die Kirchenglocken in allen Dörfern auf ihrem Weg und sah immer neue Scharen, die ihnen zuströmten, Fahnen, Heugabeln und Sensen schwingend.

Langsam ließ sich Holsten von der natürlichen Begeisterung der Leute anstecken. Und er bemerkte, dass

Hauptmann Lazarich nüchtern und kühl handelte und die Scharen gruppierte und ihnen Sergeanten und Korporale zuteilte, die Befehle vermitteln konnten.

Dann rasteten sie auf halbem Wege nach Pazin. Bewohner der Stadt kamen ihnen entgegen, und nun hörte Lazarich nähere Einzelheiten über den Gegner. Es waren etwa achtzig Franzosen, ein italienisches Bataillon, das erst kürzlich aufgestellt worden war, ein Bataillon kroatischer Grenztruppen mit drei Kanonen, insgesamt etwa tausendeinhundert Mann.

Lazarich drehte sich zu Holsten um. »Nun sehen Sie den Unterschied zwischen Land- und Seekrieg. Bei Ihnen kommen nicht dauernd Leute gelaufen und berichten Märchen über Ihre Gegner.«

»Aber es sind immer noch genug Feinde, Herr Hauptmann«, antwortete Holsten.

»Nur mit der Ruhe! Von den kroatischen Grenztruppen läuft mindestens die Hälfte zu uns über, da verwette ich meinen Jahressold. Das italienische Bataillon ist ungeübt und wird rennen, sobald es ernsthaft angegriffen wird. Wissen Sie, es ist sehr schwer, die Nerven zu behalten, wenn die gesamte Bevölkerung gegen einen ist. Wie viele Schritte können sie sich noch von der Truppe entfernen, ehe man ihnen das Messer in den Rücken stößt? Wer schneidet ihnen die Kehle durch, wenn sie verwundet liegen bleiben? Ist die Moral erst weg, ist die Truppe nichts mehr wert.«

Lazarich befahl den Vormarsch auf Pazin. Die Bauernhaufen marschierten an ihren Flanken über Berg und Tal, schwenkten ihre Fahnen und erhielten immer mehr Zuwachs. Die Bauern hatten Befehl, noch nicht anzugreifen, sondern den Feind zu umfassen, sobald Lazarichs Soldaten ihn angreifen würden.

Aber als die Bauern die verhassten Uniformen der Italiener sahen, waren sie nicht zu halten, sondern stürmten auf sie los. Nun musste auch Lazarich mit seinen regulären Truppen angreifen, denn wenn die Bauern zurückgeschlagen worden wären, würde ihre Begeisterung so schnell erlöschen, wie sie entflammt war.

Holsten rückte mit den Soldaten vor und schoss mit ihnen auf die Italiener. Das Gefecht dauerte schon über eine Stunde, als die Bauernhaufen den Feind von den Flanken packen konnten. Und nun flüchteten die Italiener. Holsten lief ihnen mit den anderen hinterher und brüllte wie die anderen seinen Siegesrausch hinaus.

Zwei Haubitzen standen auf der Straße. Der Feind hatte sie einfach aufgegeben. Lazarich trieb seine Leute voran. Die Bauern sprangen über Steine und Baumstümpfe und brüllten jetzt ihren Hass schon im Rücken des Feindes hinaus. Die kroatischen Grenztruppen liefen zu Lazarichs Soldaten über und kämpften nun gegen ihre früheren Herren. Die Italiener und Franzosen warfen ihre Munition weg, ließen die Wagen mit Lebensmitteln und Pulver stehen und rannten nur voran in Richtung auf Motovun, also in Richtung Triest.

Aber sie wurden wieder überflügelt. Holsten rückte mit den Soldaten auf der Straße vor, als ihnen ein Offizier mit einer weißen Fahne entgegenkam. Holsten schickte einen Boten zu Lazarich, der das Feuer einstellen ließ.

Holsten geleitete den feindlichen Befehlshaber zu Lazarich. Der Franzose bot Kapitulationsverhandlungen an, aber Lazarich lehnte rundweg ab. »In Ihrer Lage gibt es keine Verhandlungen, sondern nur ein Ergeben auf Gnade und Ungnade. Legen Sie die Waffen nieder, dann werden wir Ihr Leben schonen.«

Holsten fand das sehr großspurig, aber die Franzosen streckten die Waffen. Als Lazarich dann abzählen ließ, hatten sie drei Stabsoffiziere, sechsundzwanzig Offiziere und neunhundert Mann gefangen. Sechs Verwundete hatte sie der Sieg gekostet.

Zum ersten Mal erlebte Holsten den Hauptmann Lazarich ohne die gewohnte kühle Beherrschung. »Herr Fähnrich, Sie können später Ihren Enkeln erzählen, dass Sie bei dem denkwürdigen Sieg von Pazin dabei waren, der die Befreiung Istriens einläutete. Und vergessen Sie nie, dass Moral und Begeisterung wichtiger als Waffen sind.«

Moral und Begeisterung waren gut, aber sie konnten die Soldaten nicht ersetzen, die sie zur Bewachung der Gefangenen brauchten. Lazarichs Triumphgefühl war schnell verrauscht.

»Verdammt noch mal! Was soll ich bloß machen? Ich kann die Gefangenen nicht den Bauern übergeben. Es käme zu Mord und Totschlag und das befleckt die Ehre unserer Fahne. Und wenn ich die Gefangenen hier in Pazin einsperre, brauche ich alle meine regulären Soldaten, um sie zu bewachen. Verdammt!«

»Herr Hauptmann«, sagte sein kroatischer Leutnant. »Die einzige Lösung wäre, dass wir im Eilmarsch alle Gefangenen zu General Nugent nach Rijeka bringen und dann – hoffentlich mit Verstärkung – schnell zurückkehren.«

»Das sind vier verlorene Tage. Die werden uns fehlen. Und was mache ich mit den Bauern?« Er grübelte einen Moment. »Sie sollen mit den kroatischen Grenztruppen, die zu uns übergelaufen sind, langsam nach Pula vorrücken. Und der britische Fähnrich kann seinem Admiral Nachricht geben, dass er Pula von See her angreifen möchte.«

Fähnrich Holsten hockte über den Hals gebeugt auf dem Rücken seines Pferdes und klammerte sich immer wieder an. Er war kein geübter Reiter, aber wenn er die beiden kroatischen Seesoldaten sah, dann konnte er sich das Lachen nicht verkneifen. Sie rutschten auf dem Pferderücken hin und her, klammerten sich an Mähne und Sattel fest und waren dauernd in Gefahr, auf den Boden zu fallen.

Die beiden Bauern aus Pazin, die sie und vor allem ihre Pferde begleiteten, hatten es längst aufgegeben, sie zu schnellerem Ritt zu bewegen. Einer ritt vorn, der andere hinten, und wenn sie Pause machten, dann schimpften sie immer. Man könne schon längst an der Küste sein, wenn sie nicht so bummeln müssten.

»Kommt ihr Bauernlümmel mal auf ein Schiff und dann in raue See, dann werden wir euch schon was von Tempo erzählen. Ihr habt doch keine Pferde, das sind doch Satansschinder.«

Wenn sie durch eine kleine Ortschaft ritten, dann verlangsamten die Bauern das Tempo, schrien ihre Nachrichten vom Sieg bei Pazin hinaus und ließen sich Wein und Brot reichen. Kaum war das letzte Haus außer Sicht, klopften sie den Gäulen auf die Hinterschenkel, dass die Soldaten fast hinunterflogen.

Fähnrich Holsten schimpfte und verbot den Bauern ihre Schikanen, aber die waren ein wildes und disziplinloses Volk. Sie hatten auch wenig Angst vor der Rache der Soldaten. Wenn die nach dem Ritt abstiegen, würden sie kaum laufen, geschweige denn sie verprügeln können.

Holsten wollte direkt zum Meer, zur Bucht von Plomin. Dort müsste er ein britisches Schiff sichten oder eins mit einem Fischerboot suchen. Endlich kamen sie durch Ivanici, den letzten kleinen Ort vor der Bucht. Holsten fragte nach britischen Schiffen vor der Küste.

Ein älterer Bauer, der in der Zeit der österreichischen Herrschaft aufgewachsen war, antwortete unterwürfig. »Wir haben keine gesehen in den letzten Tagen, gnädiger Herr. Die Fischer reden, sie jagten Berberpiraten.«

Holsten dankte und ritt weiter. Das fehlte ihm noch,

dass ihre Schiffe irgendwo auf Suche waren. Dann würde er übersetzen nach Cres. Dort konnte er britische Ämter erreichen.

An der weiten Öffnung der Bucht hielt er an einer kleinen Fischersiedlung an. Seine Soldaten sahen Boote und ließen sich von den Pferden gleiten. Aber sie konnten nicht aufrecht stehen und den grinsenden Bauern keine Faust in den Magen rammen. Als sie auf die Knie fielen und die schmerzenden Hinterteile gerade zu biegen versuchten, war Holstens Geduld erschöpft.

»Verdammt noch mal! Seid ihr Soldaten oder Greise? Richtet euch an den Pfählen dort auf, wo sie ihre Netze trocknen und lasst den Körper dann hängen. Und ihr Pferdetreiber macht euch auf den Rückweg. Und wenn mein Armeepferd nicht beim Ortskommando in Pazin steht, spürt ihr meine Peitsche.«

Dann ging er zu den Fischern und fragte sie nach britischen Booten. Nein, in letzter Zeit seien keine hier entlang gesegelt. Ja, von den Berberpiraten werde geredet. Zwei große Schebecken. Aber die Engländer hätten nicht nur Fregatten, sondern auch ein Linienschiff in der Bucht. Was sollten die Berber da wollen?

Dann fing er an, über cin Übersetzen nach Cres zu verhandeln. Als er den Preis hörte, wurde er wütend. »Das sind doch nur zehn Kilometer. Wenn ihr denkt, ihr könnt mich übers Ohr hauen, beschlagnahme ich ein Boot und schieße den über den Haufen, der mich hindern will. Also, entweder ihr macht ein vernünftiges Angebot oder ihr bekommt gar nichts.«

Die Fischer murrten und schimpften, aber schließlich einigten sie sich über einen erträglichen Preis. Es gab noch einen Schnaps zur Einigung, dann kletterten sie in eines der Boote und stießen ab.

In dem kleinen Fischerdorf auf Cres, in dem sie anlegten, war niemand zu sehen. Niemand kam, um die Fremden zu begrüßen. Fähnrich Holsten ließ seine Soldaten die Gewehre bereithalten und ging langsam in den Ort. Ein Reiter kam schließlich angaloppiert, ein Offizier der Miliz.

Ja, zwei große Schebecken aus Tunesien seien in der Bucht. Alle Küstenorte ohne Batterien seien geräumt. Die Miliz sei an wichtigen Punkten zusammengezogen. Die nächste Abteilung stehe bei Cres.

Während Holsten noch mit dem Leutnant verhandelte, wie er am schnellsten nach Cres komme, um der Flotte Nachricht zu übermitteln, riefen die Fischer im Boot und zeigten aufs Meer. Dort segelte in aller Ruhe ein britisches Kanonenboot.

Holsten wühlte in seinem Seesack, fand die Signalrakete, steckte sie in den Boden und zündete sie. Dann lief er zum Hafen, sprang ins Boot, trieb die Fischer an, hinauszurudern, und schwenkte immer wieder einen Stock mit einem Tuch.

Das Kanonenboot näherte sich dem Hafen, setzte ein kleines Beiboot aus und traf sich mit Holstens Fischerboot. Holsten und der Milizoffizier erklärten dem Maat, dass wegen der Berberpiraten alle kleinen britischen Schiffe möglichst im Schutz von Batterien am Ufern ankern müssten.

»Können Sie mitkommen, Sir, und dem Kommandanten berichten?«, fragte der Maat und Holsten sagte zu.

Der Kommandant, ein amtierender Leutnant, war erstaunt. Er war auf dem Weg von Vis, wo man seinem Schiff Pivots eingebaut habe, nach Fiume. Von Berber-Schebecken habe man noch nichts gewusst.

»Sie sollen zwölf Achtzehnpfünder tragen, Sir, und noch einige Karronaden.«

»Da kann ich nicht mithalten mit meinen zwei Vierundzwanzigpfünder-Pivots und den sechs Zwölfpfünder-Karronaden«, sagte der Kommandant. »Wo könnten wir hier in Deckung ankern?«

Der Milizleutnant überlegte, beriet mit den Fischern und empfahl schließlich eine natürliche Mole bei Kap Pecenj. »Das Ufer ist dort steinig und flach. Ein größeres Schiff kann nicht dicht ans Ufer. Wir würden eine Milizabteilung zur Sicherung schicken.«

Das Kanonenboot wurde mit Zugseilen und viel Mühe hinter die kurze natürliche Mole gezogen, wo sein Rumpf gegen Schüsse von See aus gedeckt war.

Der Kommandant blickte kritisch auf die Felsbrocken, die die kleine Halbinsel bildeten. »Wenn da eine Kanonenkugel reinkracht, dann gibt das einen Splitterregen, der die Hälfte unserer Leute verwundet.«

»Sir«, mischte sich Fähnrich Holsten ein. »Sir David Winter, unser Admiral, hat mal eine solche Felsenmauer mit Sand abdecken lassen. Das verringere die Zahl der Splitter und bremse ihre Kraft, sagte er.«

Der Kommandant überlegte einen Moment und sagte dann: »Klingt logisch. Wir werden auch mit Sand auffüllen.«

Die Besatzung des Kanonenbootes, eine bunte Mischung aus einigen Seeleuten, einigen Artilleristen und vielen Milizsoldaten, schleppte vom Land her den Sand in Segeltüchern heran und verteilte ihn. Außerdem bauten sie zwei Karronaden aus, die jetzt zur Landseite zeigten, und stellten sie fünfzig Meter links und rechts vom Boot seewärts wieder auf.

Dann hielten alle inne, denn an Land fuhr ein Wagen, gezogen von vier Maultieren, heran. Zwanzig Milizsoldaten sprangen herunter, und ihr Sergeant meldete sich beim Kommandanten. Sie seien zum Schutz des Ankerplatzes abkommandiert.

»Na, Fähnrich Holsten, dann übernehmen Sie mal den Trupp. Sie verstehen doch etwas davon«, sagte der Kommandant.

Die Miliz baute sich Stellungen in der Nähe der Karronaden. Dann bereiteten sich alle ihr Abendbrot und richteten sich zur Nacht her. An Bord und an Land waren Posten eingeteilt.

Am Morgen wurden sie unsanft geweckt. »Alarm!«, brüllten die Ausgucke. Eine große Schebecke lag dicht vor dem Ufer.

»Verdammt!«, schimpfte Holsten. »Wir hätten kein Feuer brennen lassen dürfen.«

Alle Waffen wurden im Nu feuerbereit gemacht. Alle Kanonen richteten sich auf die Schebecke. Die Piraten hatten anscheinend noch nicht erkannt, was dort am Ufer los war. Den Feuern nach hatten sie Hirten oder Fischer erwartet. Aber jetzt krachten dort Kanonen, und die ersten Kugeln trafen die Schebecke. Andere rissen Säulen aus dem Wasser.

Stimmen schrien auf der Schebecke durcheinander. Ihre Kanonen feuerten die ersten Schüsse ab. Aber sie hatten ihre Ziele noch nicht richtig aufgefasst. Auf dem Kanonenboot lachten die Milizsoldaten, als die Kugeln durch die Luft pfiffen.

»Ruhe!«, brüllte der Kommandant. »Wartet ab, ob ihr in einer Stunde noch lacht.« Und er ermahnte seine Kanoniere, genau zu zielen. Sie trafen gut. Die Vierundzwanzigpfünder richteten großen Schaden ein. Zwei Piratenkanonen waren schon ausgefallen.

Jetzt hatte der Piratenkapitän erkannt, wer sich da als Gegner versteckte. Er ließ drei Boote aussetzen und seitwärts auf das Ufer zusteuern. Fähnrich Holsten wies die Karronaden und die Gewehrschützen an, auf die Boote zu schießen.

»Schneller! Feuert, was ihr könnt! Sie dürfen nicht ans Ufer!«

Signalraketen hatten sie längst gezündet und auch

einen Boten nach Cres geschickt. Aber zunächst mussten sie sich selbst helfen. Alle Karronaden schossen jetzt auf die Boote. Eines war zertrümmert und versank. Und jetzt verlor das zweite den halben Bug. Es drehte und kroch zurück zur Schebecke. Aber das dritte kam ans Ufer.

Männer stürmten schreiend und Säbel schwingend auf die Karronade am Ufer zu. Die feuerte noch ein Schrapnellgeschoss auf die Anstürmenden. Die Hälfte wälzte sich darauf wimmernd am Boden. Die anderen stürmten weiter. Aber nun stürzten sich Holstens zehn Milizsoldaten mit aufgepflanztem Bajonett auf sie. Vom Kanonenboot kamen auch Soldaten zu Hilfe.

Es war ein wildes Hauen und Stechen. Holsten feuerte beide Läufe seiner Pistole ab und schlug dann mit dem Säbel auf die Piraten ein. Ein Pirat stach mit einer Hellebarde nach ihm und traf seine linke Schulter. Der Schmerz warf ihn bald um. Aber dann durchbohrte ein Bajonett die Brust des Piraten.

Nur noch drei Piraten wehrten sich. Jede Aufforderung, sich zu ergeben, verstanden sie nicht oder lehnten sie ab. Schließlich wurde der Letzte durchbohrt. Aber auch zwei Milizsoldaten lagen tot am Boden und drei waren verwundet, zusätzlich Fähnrich Holsten, der sich auf den Boden gesetzt hatte und seine Schulter hielt.

»Bemannt die Karronade wieder!«, befahl er. »Schießt auf die Schebecke. Es ist noch nicht vorbei.«

Vom Kanonenboot kam der Sanitätsmaat mit seinem Helfer gelaufen und nahm sich der Verwundeten an. Er band Arme und Beine ab, legte Verbände an, verteilte Rum und tröstete: »Bald seid ihr in Cres beim Arzt. Ist ja nicht so schlimm!«

Und dann krachte ein laute Salve von der See her. Dort segelte die Fregatte *Cesar* und schoss soeben die zweite Salve.

Die Schebecke war nur noch ein Trümmerhaufen, der langsam in der See versank. An Land brüllten alle vor Erleichterung und Begeisterung. Die Gefahr war vorbei. Der Sieg war ihrer.

Die *Milford* segelte an der Südküste von Rab, als David die Sloop *Partridge* gemeldet wurde.

»Sie haben Signal gesetzt ›Haben dringende Meldungen‹, Sir.«

»Nun, das haben wir uns alle schon gedacht«, murmelte David und entließ den Midshipman mit einem dankenden Winken.

Der Kutter der Sloop antworte auf den Anruf mit dem Namen *Partridge*, was bedeutete, dass der Kommandant an Bord war. Auch das war nicht schwer zu erraten. Aber dass jetzt der Maat mit lauter Stimme rief: »Brauchen Bootsmannsstuhl!«, verwunderte schon.

In den Bootsmannsstuhl setzte sich ein junger Fähnrich, der den linken Arm bandagiert in der Binde trug. Aber die Wache an Bord begrüßte Commander Malden mit Pfeifen und Trommeln. Dem jungen Fähnrich half man aus dem Stuhl, aber von der militärischen Etikette her war er nur eine Beigabe.

Flaggleutnant Wale fragte: »Darf ich Sie zum Admiral führen, Kapitän Malden?«

»Gern«, antwortete Malden. »Ich hätte gern Fähnrich Holsten als Augenzeuge bei mir.«

David begrüßte Malden, den er ja von früher kannte, herzlich und ließ sich den Fähnrich vorstellen. »Was haben Sie für Neuigkeiten, Kapitän Malden?«, fragte er.

»Sir, die eine Schebecke wurde bei Kap Pecenj von der *Cesar* vernichtet. Fähnrich Holsten war am Kampf beteiligt und kann Ihnen auch von der Schlacht bei Pazin berichten, wo Hauptmann Lazarich über neunhundert feindliche Soldaten gefangen nahm.«

»Was? Der hatte doch selbst nur gut fünfzig Mann!«

»Aye, Sir. Der Hauptmann ist ein fabelhafter Kämpfer

und hat die gesamte Bevölkerung mobilisiert,« meldete sich Holsten zur Wort.

»Davon müssen Sie mir berichten. Frederick wird uns Wein und kleine Erfrischungen bringen. Aber erst muss ich wissen, was mit der Schebecke passierte.«

Sie erzählten, dass die Schebecke südwärts an Cres vorbeigesegelt war und die Feuer der lagernden Bootsbesatzung bemerkt habe. Überlebende habe es nicht gegeben. Die Piraten hätten sich lieber selbst erstochen.

»Immer dasselbe«, bemerkte David. »Aber nun erzählen Sie von Hauptmann Lazarich!«

Holsten berichtete vom Vorrücken, vom Aufstand der Landbevölkerung, vom Sieg und vom Abtransport der Gefangenen nach Rijeka. »Hauptmann Lazarich bittet die Flotte, Pula anzugreifen, wohin er vorrücken will, sobald er wieder zurück ist.«

»Gut, wir können gleich absegeln. Mit der verbleibenden Schebecke werden die restlichen Sloops und Fregatten leicht fertig. Ich werde die entsprechenden Befehle ausfertigen, Mr Malden.«

Wenige Stunden später segelte die Milford mit südwestlichem Kurs zwischen Lošinj und Ilovik durch, um auf kürzestem Wege nach Pula zu kommen. Fähnrich Holsten war vom Flottenarzt versorgt worden und saß jetzt mit bloßem Oberkörper an Deck der *Milford*. Der Flottenarzt glaubte an die heilende Kraft der Sonne. Holsten fühlte sich wohl, denn einige Leutnants und Fähnrichs der Seesoldaten standen um ihn herum und ließen sich vom Pazin und dem Kampf mit der Schebecke erzählen.

»Na, Friedrich, da sind doch die Leutnantsepauletten nicht mehr weit«, scherzte einer seiner Freunde.

»Ich würde mich nicht sträuben«, erwiderte Holsten.

»Wir würden alle viel saufen und du könntest bezahlen«, stellte der Freund fest und alle lachten.

Mitten in das Gelächter hinein rief der Ausguck laut: »Schebecke läuft aus der Bucht von Unije aus!«

Kurz darauf brüllte der Wachhabende Offizier: »Klar Schiff zum Gefecht!«, und die Hölle schien loszubrechen, so pfiffen und schrien die Maate.

Kapitän Markwood stürzte an Deck, und der Wachhabende reichte ihm ein Teleskop und zeigte auf den Gegner.

»Verdammt!«, rief Markwood. »Die schicken ja zwei Brander auf uns zu!«

Auch David sah es, der jetzt auf das Achterdeck gekommen war. Zwei kleine Segelboote liefen hundert Meter vor der Schebecke auf die *Milford* zu. Aber die Piraten hatten keine Erfahrung mit Brandern. Die zwei Männer, die auf jedem Segler waren, hatten jetzt schon die Feuer gezündet, das Ruder fixiert und sprangen ins Wasser. Die Segelboote steuerten diagonal auf die *Milford* zu und würden sie fünfhundert Meter weiter vorn treffen.

»Kapitän Markwood, bitte lassen Sie sofort alle Segel einholen und die Heckanker ausbringen. Dann Feuer frei auf Brander und Schebecke.«

Markwood erteilte die Befehle, und die Maate bekräftigten sie mit Geschrei und einzelnen Stockhieben.

»Uns treibt der gleiche achterliche Wind. Wenn wir die Segel wegnehmen und ankern, segeln die Brander an uns vorbei und wir können uns gleich der Schebecke widmen«, erklärte David eher beiläufig all jenen, die seinen Befehl nicht gleich nachvollziehen konnten. »Lassen Sie schon wieder Segelsetzen und Ankereinholen vorbereiten, Mr Markwood.«

Jetzt sahen es alle. Die Brander passierten vor der *Milford* deren geplanten Kurs. Die holte die Anker ein, setzte Segel und steuerte auf die Schebecke zu.

Das Piratenschiff versuchte ein verzweifeltes Manöver, um der *Milford* zu entgehen, aber gegen den Wind konnte auch es nicht segeln. Und dann donnerte die Salve des Linienschiffes hinaus.

Selbst die alten Seeleute erinnerten sich nicht, dass eine ihrer Salven je so furchtbar getroffen hätte. Die Schebecke war buchstäblich zerfetzt worden. Nur Schiffsteile und Trümmer trieben im Wasser. Hier und da hielten sich Piraten fest. Einige richtete sogar ihre Gewehre auf sie.

»Lassen Sie bitte Feuer einstellen, Mr Markwood. Das war eine ausgezeichnete Salve. Wenn Sie die Boote aussetzen lassen, erinnern Sie bitte unsere Leute an die nötige Vorsicht. Nur Taue ins Wasser halten und immer mit geladenem Gewehr auf den Mann zielen.«

Aber einer der neuen Kroaten hatte nicht hingehört oder nicht verstanden und streckte seine Hand hin, als ihr Boot einem schwimmenden Piraten nahe kam. Sein Nachbar, ein alter Seebär, riss ihn zurück und schlug ihm das Tauende auf den Arm.

»Willst du Dussel dir den Arm aufschlitzen lassen? Sieh doch, da hebt er schon das Messer.«

Ein anderer Seemann schlug das Ruder dem Piraten so kräftig über den Schädel, dass der unterging. »Das Einzige, was diesen Banditen zukommt«, murmelte er. »Die rauben und töten nicht nur, die quälen und schänden, weil es ihnen Spaß macht.«

Nur einer wollte gerettet werden. Er schwamm abseits von den anderen und rief: »Helft mir. Ich bin als Christ geboren und von denen gefangen worden.«

Die Piraten versuchten, ihn mit ihren Messern zu erreichen, aber nun schossen die Seesoldaten im Boot und machten ein Ende.

»Sir, der junge Kerl ist geborener Holländer und wurde mit sechs Jahren gefangen, als die Piraten seine Eltern abschlachteten. Jetzt ist er dreizehn«, berichtete Markwood seinem Admiral.

»Wollen Sie ihn als Pulveräffchen nehmen, Mr Markwood?«, fragte David.

»Ja, Sir. Was hätte er sonst für eine Chance?«

»Hoffentlich behandeln ihn die anderen gut und zeigen ihm alles«, sagte David und Mr Markwood gab die erwünschte Antwort: »Ich werde ein paar Worte fallen lassen, Sir.«

»Ja, Sie sorgen sich auch um den letzten Mann, Mr Markwood. Ich bewundere Ihre Schiffsführung.«

Markwood war richtig verlegen geworden. »Aber, Sir. Ich mach doch gar nichts Besonderes. Herzlichen Dank, Sir.«

Die *Milford* lief am späten Nachmittag in die Bucht von Pula ein. Alle Mann waren auf Gefechtsstationen, und die Ausgucke achteten sorgfältig auf jede Bewegung am Ufer. Aber es waren nur winkende Menschen zu sehen, die in Richtung auf die Stadt liefen.

»Uferbatterie voraus, steuerbord sechshundert Meter!«, meldete der Ausguck.

»Ziel auffassen! Feuerbereitschaft melden!«, befahl Mr Markwood.

Aber die Batterie schwieg. Auf ihren Mauern sprangen Menschen umher und winkten mit Mützen und Tüchern.

»Ob uns Hauptmann Lazarich zuvorgekommen ist?«, fragte David seinen Flaggkapitän.

»Ich kann es mir kaum denken, Sir. Er musste doch erst nach Rijeka. Auf jeden Fall scheinen keine französischen Truppen mehr am Ort zu sein.«

Sie näherten sich dem Hafen. Das römische Amphitheater erregte ihre Aufmerksamkeit. Und dann hörten sie es: Die Glocken aller Kirchen läuteten. Auf den Türmen zogen sie österreichische Flaggen auf.

David wandte sich zu Mr Markwood: »Ich glaube, elf Salutschüsse wären angemessen, Mr Markwood, da wir ja nicht erwarten können, dass ein Staatsoberhaupt in der Stadt ist. Wir wollen dann hundert Meter vor dem Hafen ankern und die Gefechtsbereitschaft aufheben, aber verstärkte Wache beibehalten.«

Wer konnte, drängte sich an der Reling. Die britische Flagge wehte ebenso wie die Standarte des Admirals. Und dann donnerten die Salutschüsse im exakt gleichen Zeitmaß hinaus. Bei den ersten Schüssen waren die Einwohner am Kai entsetzt hinter die Mauern gesprungen, aber dann merkten sie, dass das Salutschüsse waren, und sie tanzten und jubelten am Kai.

Drei Kutter legten von der *Milford* ab und ruderten zu dem Kai, der vor Kathedrale und Glockenturm lag. Während der Fahrt sah David, wie in den nahe gelegenen Uferbatterien Menschen umhersprangen, Wischer, Rammer und Kugeln aus den Schießscharten warfen.

»Wir marschieren zu der Batterie und schaffen Ordnung. Die können doch nicht alles zerstören, was wir vielleicht zur Verteidigung brauchen«, befahl David dem Leutnant der Seesoldaten.

Die Bewohner bestaunten wie immer die Präzision, mit der die Seesoldaten marschierten. Aber sie wunderten sich, als die Truppe zur Uferbatterie abbog und dort anhielt. Die Seesoldaten stellten sich Rücken an Rücken mit vorgestreckten Bajonetten auf. David ging mit drei Mann, einem Trommler, dem Dolmetscher, Alberto und Mustafa durch das Tor der Batterie. Der Trommler schlug einen Wirbel und der Dolmetscher rief laut: »Herhören! Der britische Admiral befiehlt, die Batterie sofort zu räumen!«

Ein Teil der Leute drückte sich an der Truppe vorbei und verschwand. Aber einige, wohl auch etwas angetrunken, krakeelten und schrien David und seine Begleiter an. »Wir sind jetzt frei. Niemand hat uns etwas zu sagen!«

Sie brüllten Kroatisch und Deutsch. David sagte dem Dolmetscher: »Ich antworte ihnen Deutsch, dann sage ich Ihnen auf Englisch, was Sie ins Kroatische übersetzen sollen.«

Er trat einen Schritt vor, Alberto und Mustafa stellten sich neben ihn und hoben ihre Gewehre. »Es stimmt, ihr seid frei«, rief David. »Frei von der Herrschaft fremder Diktatoren. Aber ihr seid nicht frei von der Herrschaft des Rechts, dem alle unterstehen. Ihr dürft die Freiheit nicht missbrauchen, um Sachen zu plündern, die eurer Regierung gehören und für die Verteidigung der Stadt gebraucht werden. Das ist nicht Freiheit, sondern Raub und Plünderung. Wir werden jeden erschießen, der in fünf Minuten noch in der Batterie ist. Geht jetzt raus und feiert eure Freiheit, aber achtet auch Recht und Gesetz!«

Er zog seine Pistole, wiederholte die Sätze auf Englisch und lauschte, wie der Dolmetscher sie übersetzte. Die Plünderer zauderten noch etwas, aber dann wandten sich immer mehr zum Ausgang. Doch einer sprang zu David, drehte sich zur Menge um und brüllte: »Hört nicht auf den fremden Tyrannenknecht. Alles, was hier ist, gehört uns. Nehmt euch, was ihr wollt!«

David hob seine Pistole und schlug sie dem Aufrührer über den Kopf. Der sackte zusammen. David feuerte seine Pistole an die Decke und rief laut: »Wer jetzt nicht verschwindet, kriegt die nächste Kugel!« Und er zielte auf einen nahe stehenden Bürger. Da rannten alle hinaus.

David rief den Leutnant und sagte: »Wir müssen vier Mann als Wache hier lassen. Einer soll zu den Booten laufen und weitere zehn Mann von der *Milford* anfordern. Den Kerl hier lassen Sie binden und knebeln. Sobald es eine Stadtverwaltung gibt, wird er abgeholt.«

Der Marsch zum Rathaus in der Nähe des Augustustempels wurde dennoch bejubelt. Die meisten Bürger hatten von dem Vorfall in der Batterie nichts mitbekommen.

Vor dem Rathaus standen Offiziere der kroatischen Grenztruppen, die zu Hauptmann Lazarich übergelaufen waren, neben Anführern der Bauern in den abenteuerlichsten Uniformen und neben den Ratsmitgliedern der Stadt.

Der Bürgermeister von Pula begrüßte David und sagte ihm, dass Hauptmann Lazarich auf dem Weg sei und mit Verstärkungen in zwei Tagen eintreffen werde. Die Franzosen hätten sich bei Nacht davongeschlichen und seien von der Bucht von Veruda aus nach Triest gesegelt, um den Briten zu entgehen.

Ein Bauernführer trat vor und redete David in deutscher Sprache an: »Herr Admiral, bringen Sie unsere Landwehr in die Häfen Istriens. Das ganze Land wird zu uns überlaufen.«

Zur Überraschung der meisten antwortete David in deutscher Sprache: »Das wäre uns sehr recht, aber erst sollten wir besprechen, wie wir in der Stadt Ordnung schaffen und die Plünderung der Festungen unterbinden. Könnten wir dazu im Rathaus einen Saal finden?«

Nun trat der Bürgermeister in Aktion, führte sie in einen Saal, sorgte für Getränke und kleine Speisen. Der Kommandant der kroatischen Grenztruppen verstand Davids Vorstellungen ohne viel Worte und brachte sie seinen Landsleuten nahe. In kurzer Zeit waren sie sich über eine Proklamation des Rates der Stadt einig, in der alle Bürger zu Ruhe, Ordnung und Gesetzestreue aufgefordert wurden. Sie organisierten Patrouillen aus Grenztruppen und der bäuerlichen Landwehr und verabredeten, wer welche Forts besetzen würde. David war überaus zufrieden und fragte, welche Verbände denn für den Einsatz in weiteren Häfen zur Verfügung stünden.

»Ach, Herr Admiral«, antwortete ein Bauernführer, der David schon durch gute Vorschläge aufgefallen war, »das ist nicht eine Frage der Truppenzahl, sondern der Bekanntheit in den Hafenstädten. Wir müssen immer jemanden haben, der den Bewohnern bekannt ist und dem sie glauben, dass die Franzosenherrschaft jetzt vorbei ist und dass das Land nun wirklich frei wird. Wenn Sie erlauben,

Herr Admiral, sollten wir uns über die Häfen einigen, die wir anlaufen wollen. Dann müssen wir die Leute finden, die die Bewohner dort begeistern können.«

Sie einigten sich auf Rovinj, Poreč, Novigrad, Umag und Piran. Alle anderen würden sich dann selbst der Bewegung anschließen. Morgen wollten sie die Abordnungen für die Häfen präsentieren.

David hoffte inständig, dass auch Hauptmann Lazarich früher als erwartet eintreffen möge und dass noch einige seiner Schiffe Pula rechtzeitig anlaufen würden.

Seine Wünsche wurden zum Teil erfüllt. Am späten Abend lief die Sloop *Saracen* ein, und Commander Milton kündigte an, dass die Fregatten *Havannah* und *Cerberus* am frühen Morgen eintreffen würden. Und am nächsten Morgen erreichten nicht nur die Fregatten die Stadt, sondern auch ein Reiter, der sein schaumbedecktes Pferd vorwärtspeitschte und meldete, dass Hauptmann Lazarich mit seinen Truppen gegen Mittag in die Stadt einrücken werde.

David ließ den Fähnrich Holsten rufen, der seinen Arm noch in der Binde trug, aber keine Schmerzen mehr hatte und in Kürze auch vom Verband erlöst werden sollte. »Mr Holsten, Hauptmann Lazarich soll gegen Mittag mit seinen Truppen in Pula eintreffen. Er wird erschöpft sein und von allen möglichen Menschen mit Wünschen und Vorschlägen erdrückt werden. Dennoch möchte ich schnell mit ihm sprechen, bevor ich zu den Häfen absegele. Nehmen sie sich einen Trupp Seesoldaten, gehen Sie ihm entgegen und bringen Sie ihn dazu, dass er möglichst bald auf die *Milford* kommt.«

»Aye, aye, Sir. Hauptmann Lazarich auf die *Milford* bringen.«

David lächelte: »Aber ohne Fesseln und sonstige Gewalt.«

Hauptmann Lazarich war erschöpft, als er am späten Nachmittag mit allen Ehren auf der *Milford* empfangen wurde, aber die Welle der Begeisterung, die ihn auf dem Marsch nach Pula begleitet hatte, beflügelte ihn noch so, dass er sich engagiert mit den Plänen zur Befreiung der Häfen befasste.

David kannte Lazarich als eher nüchternen und reservierten Menschen, aber jetzt sprudelte er über vor Ideen, Istrien in wenigen Tagen völlig zu befreien.

»Sir David, ich werde Offiziere und Mannschaften delegieren, die mit Ihren perfekt gedrillten Seesoldaten in die Häfen einmarschieren und den Rahmen für die Ansprachen der Bürgerwehroffiziere bilden können. Ich werde auch Verwaltungsbeamte mitschicken, die die neue Ordnung in den Städten organisieren werden. Wir werden einen edlen Wettkampf mit Graf Nugent austragen, der von Rijeka aus nach Triest marschieren will, wer zuerst vor den Mauern dieser Stadt steht, deren Fall das Ende der französischen Herrschaft in Illyrien besiegeln wird.«

David nutzte die euphorische Stimmung Lazarichs aus und brachte mit Hilfe des Flaggleutnants und von Mr Roberts die Delegationen für jeden Hafen zu Papier. Die Offiziere der Seesoldaten sorgten gemeinsam mit den österreichischen Offizieren für die Einschiffung, und David lud Lazarich zum Abendessen ein.

Fähnrich Holsten berichtete den anderen Teilnehmern beim Abendessen von der Schlacht bei Pazin. Er konnte seine Bewunderung für Hauptmann Lazarich nicht verbergen und Major Havell stimmte ihm zu. Lazarich selbst wurde immer wortkarger. David erkannte, dass er in einen Zustand völliger Erschöpfung geraten war.

Er beugte sich zu ihm und sagte leise: »Herr Hauptmann, Sie müssen sich unbedingt ausruhen. Ihre Truppen brauchen Sie morgen mit neuer Kraft. Ich biete Ihnen jetzt meine Schlafkabine an und bitte Sie auch, dass Sie sich vom Flottenarzt untersuchen lassen. Er kann Ihnen etwas zur Stärkung geben. Bitte stärken Sie sich für die künftigen gemeinsamen Aufgaben.«

Lazarich war so erschöpft, dass er nur noch nickte und sich von Frederick und seinem Adjutanten zu Bett bringen ließ. Dr. Clark sagte nach der Untersuchung zu David: »Der Mann ist so entkräftet, dass er eine Woche völlige Ruhe und Abgeschiedenheit brauchte. Aber die Herren der Armee scheinen auch nicht vernünftiger zu sein als die Herren der Flotte. Also werde ich ihm morgen ein Stärkungsmittel geben, dass er den Tag übersteht.«

Am nächsten Morgen standen zwei Transporter vor der Einfahrt nach Pula. Mr Markwood sagte zu seinem Wachhabenden: »Nun sind wir ja komplett. Wir haben genug Seesoldaten, und Transportraum werden wir bald mehr haben, als uns lieb ist.«

»Wieso das, Sir?«

»Na, denken Sie doch an die Prisen. Wir haben hier in Pula alle französischen und italienischen Schiffe beschlagnahmt und nur die einheimischen verschont. Das hat uns allein sechsundfünfzig Mann Prisenbesatzungen gekostet. Einige Prisen waren schon ausgeladen und bieten auch Transportraum. In den anderen Häfen wird es nicht anders sen. Wenn die Herrschaften ihre Freiheit bekommen, soll für uns auch etwas abfallen.«

»Die Mannschaft ist jetzt schon in Hochstimmung. Wenn das so weiter geht, werden wir alle reich.«

»Und wenn wir nur noch fünfzig Mann Besatzung an Bord haben, dann kommt ein richtiger Sturm. Dann würde jeder auf das Geld verzichten, um sein Leben zu retten.«

Die nächste Woche nannte David später in seinen Erzählungen nur noch die ›Jubelwoche‹. In jedem Hafen bot sich ein ähnliches Bild. Jeder Tag war angefüllt mit Hochrufen, Winken und Geschenken.

Sobald sie einen Hafen anliefen, läuteten die Glocken. Menschen rannten zum Kai und schwangen Fahnen und Tücher. Die Seesoldaten paradierten zum Rathaus, und ihre Pfeifer und Trommler waren in dem Jubel kaum zu verstehen.

Die Führer der Befreiungsarmee sprachen nicht zur Bevölkerung, nein sie schrien in die Begeisterung hinein, dass die Stadt jetzt frei und die Franzosenzeit beendet sei. Die Leute warfen Blumen in die Luft und kamen mit gefüllten Weingläsern angelaufen.

»Die sind ja völlig von Sinnen, Sir«, sagte Mr Wale im ersten Hafen zu David.

»Ja, das sind keine fischblütigen Briten, Mr Wale. Das sind heißblütige Balkanesen. Ich hoffe nur, sie haben nicht zu viele Franzosenfreunde vor lauter Begeisterung abgeschlachtet und lassen heute Nacht unsere Seeleute am Leben. Wenn ich einige Frauen so sehe, dann können die es kaum erwarten, sich mit ausgehungerten Seeleuten zu paaren.«

»Ach, Sir, damit werden unsere Burschen schon fertig.«

»Vielleicht, Mr Wale. Aber in zwei Tagen stehen sie beim Schiffsarzt Schlange und der soll sie vom Tripper und was sie sich alles geholt haben, kurieren. Aber ich sag Ihnen, die schlimmsten Hallodris schicken wir zuerst mit den Prisen nach Vis. Schauen Sie doch nur, was hier wieder an feindlichen Handelsschiffen liegt.«

Die Abende und Nächte wurden schlimm. Der Ausgang wurde auf zwei Uhr Morgens begrenzt, damit eine Chance bestand, dass die Mannschaften am Morgen wieder wussten, wie sie hießen. Briten und Österreicher schickten gemeinsame Streifen durch die Stadt, die die wildesten Schlägereien eindämmen sollten.

Außer diesen Streifen schien jedes Lebewesen im Hafen volltrunken zu sein. Mr Goodwin, der Master, beobachtete das Treiben von der Reling des Schiffes aus. »Nicht alle sind besoffen«, sagte er zu dem jungen Melder, der bei ihm stand. »Ich sehe immer wieder Gestalten hin und her huschen, die nichts anderes tun, als die Besoffenen zu beklauen und die offen stehenden Wohnungen auszuplündern.«

Für David waren diese Befreiungsfeiern fast immer mit einer Einladung zum Dinner im Rathaus oder bei einem der Honoratioren verbunden. Natürlich ging es dort gesitteter zu, aber auch hier wollten die Menschen immer neue Ereignisse aus der Franzosenzeit loswerden.

Auch die Frauen der Honoratioren waren nicht abgeneigt, vom allgemeinen Enthusiasmus zu profitieren. David sah oft genug einen der Offiziere mit einer Dame in Nebengemächern verschwinden und etwas ausgelaugt nach einiger Zeit wieder erscheinen.

»Da wird wohl in neun Monaten mancher Blondschopf in eine Familie von Schwarzhaarigen hineingeboren werden«, flüsterte Kapitän Markwood.

»Dann können wir uns hier nicht mehr sehen lassen, mein Lieber. Also müssen wir uns mit der Befreiung beeilen«, antwortete David leise.

David, der im Alter ungeselliger geworden war, konnte die ständigen Feiern und Reden kaum noch ertragen. Ja, es berührte ihn schon, wenn die Landbevölkerung in ihren bunten Trachten in die Stadt eilte und allen Seeleuten Blumen, Früchte und Gebäck schenken wollte. Aber dieser Befreiungsjubel war schwer mit seinen Pflichten zu vereinbaren.

Er musste immer wieder versuchen, neue Schiffe heranzubeordern, um Prisenmannschaften stellen zu können. Er musste lange Schreiben über den Zustand der Häfen verfassen und Verhandlungen führen, damit er sicher sein konnte, dass die Waffen, die die britische Regierung zur Verfügung stellte, an die richtigen Leute gerieten. Und dann musste darüber wieder berichtet werden. Und die jungen Leute um ihn herum schienen mit glänzenden Augen über die Decks zu tänzeln.

Die Häfen, in denen die britischen Schiffe die Führer der Befreiungsarmee an Land setzten, waren nur die Kristallisationspunkte der Bewegung. In den Dörfern und Städten im Hinterland erhob sich die Bevölkerung, als sich die Nachricht aus den Häfen verbreitete. Sie schlugen die französischen Beamten und ihre Handlanger tot oder vertrieben sie nur und eilten dann zum nächsten Hafen, um die Schiffe der Befreier zu sehen.

In jedem neuen Hafen, den die Briten anliefen, waren bereits mehr Menschen aus der Umgebung zusammengeströmt. Die Feiern schienen immer ausgelassener zu werden. Kapitän Markwood erlaubte den Ausgang nur noch bis Mitternacht, aber immer mehr Seeleute erschienen später oder gar nicht.

David verhandelte mit den Bürgermeistern und Anführern und machte sogar die Ausgabe weiterer Waffen davon abhängig, dass Seeleute, die ihren Ausgang überschritten hatten, den Seesoldaten überstellt werden würden. Allein auf der *Milford* waren siebenundzwanzig Seeleute, die nicht rechtzeitig zurückgekehrt waren, zu Auspeitschungen verurteilt worden. Aber da David die Ausführung der Strafen während der Befreiungsfeiern untersagt hatte, blieben sie mit Ausgangsverbot an Bord und warteten auf die Bestrafung.

Piran lag hinter ihnen. Dies war der nördlichste Hafen, in dem sie Lazarichs Leute abgesetzt hatten. David hatte Kurs auf Triest befohlen, weil er sehen wollte, ob General Nugent schon vor der Stadt stand.

»Morgen früh können Sie dann auch die Bestrafungen vornehmen lassen, Mr Markwood«, sagte er zu seinem Flaggkapitän.

»Sir, die kann ich nicht alle an einem Tag durchziehen. Auch bei zwölf Hieben sind die meisten zunächst dienstunfähig. Und da wir so viel Prisenbesatzungen abgegeben haben, brauche ich die Leute, falls wir vor Triest auf eine gefährliche Situation stoßen.«

»Das leuchtet ein, Mr Markwood. Also zwei Bestrafungen mit drei Tagen Abstand. Mein Gott, so schön es ist, Städte zu befreien und die Franzosen zu vertreiben, aber viele solcher Wochen möchte ich nicht mehr vor mir haben.«

An der Einfahrt zur Bucht von Triest rief der Ausguck: »Deck! Kanonenfeuer aus Richtung Muggia.«

David sagte zum Flaggkapitän: »Lassen Sie bitte Kurs in das Innere der Bucht nehmen und die Ausgucke verstärken.«

Nach einer Viertelstunde etwa berichteten die Ausgucke, dass sich zwei Kanonenboote an beiden Seiten einer kleinen Halbinsel postiert hätten und die Halbinsel beschossen. Was ihr Ziel sei, könne noch nicht erkannt werden.

Markwood sagte zu David: »Ich möchte ›Klarschiff‹ befehlen, Sir.«

»Einverstanden«, antwortete David, der mit dem Teleskop die Halbinsel absuchte, aber keine Befestigung oder ein anderes Ziel für die Kanonenboote erkennen konnte. »Lassen Sie bitte Kugeln laden. Wir haben genug Kanonenboote und brauchen diese nicht zu schonen.«

Die Kanonenboote schienen nur mit der Halbinsel beschäftigt zu sein. Die sich nähernde *Milford* bemerkte keiner ihrer Ausgucke.

»Bei unserem Admiral wären für die Schlafmützen einige Hiebe fällig«, flüsterte der Master zu Leutnant Cooper.

»Jetzt kommen die da nicht so gnädig davon, jetzt geht es um ihr Leben«, sagte der.

Die *Milford* drehte dem Kanonenboot auf der Westseite der Insel die Breitseite zu, feuerte einen Warnschuss ab und Kapitän Markwood und sein Dolmetscher riefen: »Streicht die Flagge, sonst schießen wir euch zusammen!«

Aber die Franzosen griffen zu den Riemen und wollten mit aller Kraft aus dem Schussfeld rudern. Eine Breitseite zerfetzte das Kanonenboot. Auf der anderen Seite der Halbinsel flüchtete das zweite Kanonenboot. David befahl die Verfolgung. Und nun erhoben sich auf der Halbinsel auch Menschen und jubelten den Briten zu.

»Deck!«, rief der Ausguck. »Leute auf der Halbinsel tragen österreichische Uniformen.«

»Mr Markwood, lassen Sie bitte einen Kutter aussetzen. Der Sanitätsmaat soll mit an Land.«

Die *Milford* jagte dem zweiten Kanonenboot nach. Ihre langen Buggeschütze schossen immer wieder auf die Flüchtenden. Einer dieser Schüsse zerschmetterte die Riemen auf einer Seite. Das Boot wurde herumgerissen und verlor an Fahrt. Aber jetzt schossen seine Kanonen auf die *Milford* und zerfetzten am Fockmast eine Rah.

Unbeirrt ließ Kapitän Markwood beidrehen und eine Salve feuern. Sie zerlegte auch dieses Boot in seine Einzelteile.

»Zwei Kutter aussetzen! Überlebende bergen!«, befahl Markwood. »Aber Vorsicht!«

Die *Milford* wendete und kreuzte zur Halbinsel zurück. Ihr anderer Kutter kam ihnen schon entgegen.

Leutnant Wale suchte ihn mit dem Teleskop ab.

»Sir«, rief er David überrascht an. »General Nugent ist an Bord mit einem Kopfverband.«

»Was will der denn da?«, reagierte David überrascht. »Geben Sie bitte mal her.«

Dann blickte er durchs Teleskop und bestätigte: »Tatsächlich! Mr Markwood, bitte die Ehrenwache zum Empfang.«

General Nugent wurde mit Pfeifen und Trommeln empfangen und kletterte ohne Behinderung durch seine Kopfverletzung an Bord.

»Nur ein kleiner Hautkratzer«, wehrte er die Fragen ab. »Aber Ihr Sanitätsmaat tat, als ob man schon das Gehirn sehen könne.«

»Kommen Sie in meine Kajüte, Graf, stärken Sie sich und erklären Sie mir, warum Sie sich auf der kleinen Halbinsel als Zielscheibe betätigten.«

Graf Nugent trank einen Schluck Wein und erzählte, dass seine Truppen von Rijeka bis an die Bucht von Triest vorgerückt seien und dass er sich mit einem Boot nach Muggia bringen lassen wollte. Im Morgengrauen seien plötzlich die beiden Kanonenboote aufgetaucht. Um nicht auf dem Wasser zusammengeschossen zu werden, seien sie auf die nahe gelegene Halbinsel geflüchtet, aber dort habe das Kreuzfeuer der Kanonenboote sie festgehalten.

»Ein Glück, dass Sie kamen, Sir David. Nun lade ich Sie zu einem kurzen Ausflug nach Muggia ein.«

Als er Davids ablehnende Miene sah, beruhigte er: »Keine Sorge! Das wird kein offizieller Empfang. Ich will Sie nur zu einem Punkt bringen, der uns den besten Überblick über Triest bietet. Dort können wir auch besprechen, wie wir Stadt und Festung am besten angreifen.«

Ein Zug Ulanen hatte sie zu einem kleinen Hügel am Stadtrand von Muggia gebracht. Von dort hatte man einen wunderbaren Überblick über Triest, das jenseits der Bucht die Hügel hinaufstrebte. Die Stadt leuchtete im Sonnenschein.

»Sehen Sie dort: die Kathedrale von San Giusto! Und dort: das Kastell. Die Franzosen sitzen da mit etwa achthundert Mann in einer starken Stellung. Aber wenn Sie dort, links auf gleicher Höhe, und dort am Ufer Ihre Kanonen aufstellen können, dann werden sie nicht lange aushalten.«

David betrachtete durch das Teleskop die bezeichneten Orte und sagte. »Wir werden Batterien errichten. Es wird ein paar Tage dauern, denn wir sind nach dem Siegeszug durch Istrien sehr von Mannschaften entblößt, aber dann wird Ihnen die Stadt zu Füßen liegen.«

Graf Nugent sah fast gerührt drein. »Wissen Sie, Sir David. Ich habe zu diesem Ort, an dem wir stehen, eine sehr emotionale Beziehung. Ich war als junger Leutnant in Triest in Garnison, und wir haben oft Picknickausflüge mit den Damen der Gesellschaft hierher unternommen. Bei einem Picknick lernte ich meine zukünftige Frau kennen und lieben. Wir verlebten die ersten Ehejahre in Triest. Ich muss ihr gleich schreiben, dass wir von hier die Stadt sahen und beschlossen, sie gemeinsam zu erobern.«

»Wenn das kein gutes Omen ist, Graf. Triest wird der würdige Schlusspunkt bei der Befreiung Dalmatiens und Istriens.«

Von Triest nach Kotor
(Oktober bis Dezember 1813)

Unterhalb des Hügels in unmittelbarer Nähe der Festung von Triest knirschten die Kiele von drei Kuttern in den Ufersand. Einige Matrosen sprangen aus den Booten und hielten sie im seichten Wasser auf geradem Kiel. Alberto nahm David auf den Rücken und trug ihn die paar Schritte zum Strand. Die anderen mussten sich die Beine nass machen und die wenigen Meter durchs Wasser waten.

Am Ufer wartete Graf Nugent mit einem Trupp Offiziere und einem Zug Grenadiere. Er begrüßte David freundlich und sagte: »Ich wüsste gar nicht, ob in meiner engeren Begleitung jemand ist, der mich tragen könnte.« Und er klopfte auf seinen gerundeten Bauch.

»Sie sind doch fast immer auf trockenem Boden, Graf. In meiner Jugend probierte ich es oft, vom Bug des Kutters an Land zu springen, aber meist war der Abstand zu groß. Da beschloss ich, Admiral zu werden.«

»Der beste Grund, einen hohen Militärposten anzustreben, den ich bisher hörte. Sonst bringt er doch nur Ärger, aber wenn man wenigstens die Füße trocken halten kann …« Er lachte kurz. »Aber nun lassen Sie uns gehen. Es ist nicht weit.«

Die beiden Adjutanten hatten inzwischen die anderen Herren bekannt gemacht, vorwiegend Artillerieoffiziere, denn man wollte ja die Anlage einer Batterie besprechen, um Triest sturmreif zu schießen.

Sie stapften im Haufen den Hügel hinan. Die österreichischen Grenadiere gingen voran, die Seesoldaten folgten.

»Sagen Sie ihnen bitte, sie möchten das Tempo etwas verringern«, bat David Graf Nugent. »Wir Seeleute sind ungeübte und schlechte Marschierer.«

Nach einer Wegbiegung tauchten Dächer auf. »Ein Bauernhof«, erklärte Nugents Adjutant. »Nach Errichtung der Batterie könnte er als Stabsquartier dienen.«

Vor dem Hauseingang saß eine junge Frau und stillte ein Kind. Der Bauer kam auf sie zu. »Willkommen die Herren. Sie kommen zu einer glücklichen Zeit. Meine Tochter hat einen Sohn geboren, den Hoferben. Wenn Sie uns noch von den Franzosen befreien, wäre das Glück vollkommen.«

»Mutter und Kind sind gesund, wie man sieht«, sagte General Nugent.

»O ja, gnädiger Herr, danke der Nachfrage.« David hatte sich zu seinem Flaggleutnant umgewandt. »Sie haben doch immer einige Goldstücke in der Tasche, Mr Wale. Geben Sie mir bitte fünf Louisdor.«

Wale guckte erstaunt, nestelte aber die Goldstücke aus der Tasche.

David trat auf den Bauern zu. »Für sein Enkelkind. Möge es gesund und in Frieden heranwachsen.«

Der Bauer blickte auf seine Hand, staunte und riss die Mütze vom Kopf. »Gott segne Sie, gnädiger Herr. Und vielen Dank! Gott vergelt´s.«

»Sind Sie bei jedem kleinen Balg so großzügig, Sir David?«, fragte Graf Nugent, als sie weitergegangen waren. »Dann dürfen Sie nie in ein Zigeunerlager gehen, sonst sind Sie arm.«

David lächelte. »Nein, Graf. Ich warte jeden Tag auf die Nachricht, dass meine Tochter entbunden worden ist, und hoffe, dass alles gut verlaufen wird. Das macht mich ein wenig anfällig und vielleicht bin ich ein wenig abergläubisch.«

Der General sah David überrascht an. »Das verstehe ich, Sir David. Mein Gott, was war ich aufgeregt, als meine älteste Tochter vor einem Jahr gebar. Mein erster Enkel. Am liebsten wäre ich bei ihm. Ich schaue dauernd nach kleinen Kindern und freue mich an ihrem Anblick.«

»Ich sehe sie auch gern, die tapsigen kleinen Bälger. Aber auf See ist selten Gelegenheit dazu. Mir hat mal jemand gesagt, dass hohes Alter und frühe Jugend sich wieder ganz nahe kommen.«

»Dieser Jemand wollte doch wohl nicht andeuten, dass wir zunehmend kindisch werden, lieber Sir David. Dazu haben wir noch keine Zeit. Sehen Sie, da ist der Platz, den meine Artilleristen am besten geeignet für die Batteriestellung halten.«

Sie schritten die kleine Ebene ab, maßen mit den Blicken die Distanz zur Festung, sprachen über den Weg, den die Kanonen nehmen mussten, und waren am Schluss einig, dass hier zwei Zweiunddreißigpfünder in Stellung gebracht werden müssten, um die Festung zu beschießen.

»Nun brauchen wir nur noch vierhundert Mann, um die Wege zu ebnen und die Kanonen hinaufzuziehen, Herr General«, gab Markwood zu bedenken.

»Vierhundert Mann!«, staunte Graf Nugent. »Die treten sich ja auf die Füße. Und Sie haben doch auch Ihre Seeleute.«

»Herr General, wir haben so viele Prisenbesatzungen

abkommandiert, dass wir kaum die Leute haben, die Kanonen an Land zu bringen. Bitte bedenken Sie, dass eine Kanone dieses Kalibers vierundfünfzig Zentner wiegt, und die Kugeln und das Pulver trägt auch keiner an der Uhrkette. Nach unserer Erfahrung kann man auch zwanzig Pferde für fünfzig Mann einsetzen.«

Graf Nugent rieb sich das Kinn und sah Markwood an. »Vierundfünfzig Zentner, das ist ein Gewicht. Ich schicke Ihnen zweihundert Mann und sechzig Pferde. Mehr kann ich im Augenblick nicht heranzaubern. Wir haben ja noch andere Batterien, die wir errichten wollen. Und was Ihre Personalnot angeht, Herr Kapitän. Sehen Sie mal hinaus aufs Meer!«

Acht bis zehn Schiffe waren an der Kimm zu sehen und steuerten auf Triest zu.

»Ich werde Sie als Ausguck verpflichten, Graf. Sie haben noch sehr scharfe Augen. Nun wird Ihr Angebot ausreichen.«

Das Linienschiff *Eagle*, die Fregatten *Apollo, Bacchante* und *Cerberus* sowie die Sloops *Weasel, Wizard, Saracen* und *Imogene* ankerten gemeinsam mit dem Kutter *Wight* nach zwei Stunden in der Nähe der *Milford*. Auch zwei Transporter hatten die Kriegsschiffe begleitet und booteten jetzt die Seemänner aus, die an Bord der Milford zurückkehren sollten.

»Setzen Sie bitte zuerst das Signal für den Kutter, dass der Kommandant an Bord kommen soll, Mr Markwood. Zehn Minuten später dann für die anderen Herren.«

»Aye, Sir«, bestätigte Markwood. Er wusste, wie sehr David auf die eigentlich überfällige Nachricht von seiner Tochter wartete.

Auch Leutnant Holmes schien zu ahnen, wie sehr die Post erwartet wurde, denn er hastete die Strickleiter besonders schnell hinauf.

»Die Post aus England sei verspätet, Sir«, sagte man mir. »Der Depeschenkutter nach Gibraltar habe in der Biskaya einen Mastbruch gehabt und acht Tage verloren.«

»Dann entschuldigen Sie sicher, dass ich mich umso schneller der Post widme, Mr Holmes«, sagte David und griff nach den Briefen, die ihm Mr Roberts reichte. Sein Sekretär hatte schon das Päckchen mit den Privatbriefen ausgewählt und nicht die Schreiben der Admiralität.

David blätterte die Briefe hastig durch. Das war Brittas letzter. Er öffnete ihn, überflog die Zeilen und las: »Die junge Dame kam ein wenig später. Man sagt ja, dass Mädchen länger brauchen, weil sie sich putzen. Aber am 5. September war es so weit. Christina hatte eine normale Geburt ohne Komplikationen und hat uns eine Enkeltochter geschenkt, die sie nach den Müttern beider Eltern Alexandra Britta nennen wollen.«

David lies den Brief sinken und atmete tief durch. Nun hatte er ein Enkelkind, zu dem er sich bekennen konnte.

»Mr Roberts und Mr Holmes«, sagte er. »Entschuldigen Sie meine Unhöflichkeit. Sie haben sicher schon auf Seine Majestät getrunken. Nun bitte ich Sie: Trinken Sie mit mir auf meine Enkeltochter Alexandra Britta, die gerade einen Monat alt ist.«

»Ergebensten Glückwunsch, Sir«, fasste sich Mr Holmes zuerst. »Wir wünschen der jungen Dame allzeit Gesundheit und Glück!«

Sie hoben ihre Gläser.

»Mr Roberts«, sagte David. »Sagen Sie bitte Mr Kemp, dass wir heute die Offiziersmesse zu Gast haben werden, und überbringen Sie Kapitän und Erstem meine Einladung. Und nun muss ich mich der Dienstpost widmen.«

Die beiden verabschiedeten sich. Mr Holmes dachte noch, dass der Koch ja vor Schreck umfallen müsse, weil er in wenigen Stunden alle Offiziere bewirten solle. Nun ja, darüber machten sich Admiräle keine Gedanken.

David hatte sich keinesfalls die Dienstpost vorgenommen, sondern suchte weiter in Brittas Briefen nach Informationen. Alles an der Kleinen war gesund. »Helle Härchen hat sie, was wir von unseren Söhnen gar nicht gewohnt sind. Und sie ist nicht so faltig, wie Babys manchmal sind. Das wird ein hübsches Kind, und ich bin so froh, dass es ein Mädchen ist. Sie braucht nicht in den Krieg wie mein Sohn, von dem ich schon drei Wochen keine Nachricht habe.«

David durchsuchte schnell die Briefe. Da war einer von Edward vom 15. September. Na ja, sie hatten den Depeschenkutter sicher getroffen, als der Mastbruch behoben war. Schnell die letzten Zeilen überfliegen. Alles in Ordnung. So, nun musste er aber die Dienstpost durchsehen.

Die Admiralität teilte ihm mit, dass der schnellste Weg für Nachrichten nun über den neuen britischen Gesandten in Wien, Lord Aberdeen, führe. Napoleon sei in den deutschen Ländern mehrfach besiegt worden, gewinne auch hin und wieder eine Schlacht, konnte Berlin aber nicht besetzen und werde insgesamt immer schwächer. Die Verhandlungen mit Bayern, das sich von ihm lösen und zu den Verbündeten übertreten wolle, stünden kurz vor dem Abschluss.

Die Admiralität wollte wie üblich noch alle möglichen Listen, aber sie teilte ihm auch mit, dass sie seinem Geschwader ein zusätzliche Fregatte zuteilen werde, sobald sie vor Spanien nicht mehr gebraucht werde. David nickte erfreut. Das war eine seltene und gute Nachricht. Dann konnte er auch häufiger an der italienischen Küste patrouillieren.

Aber dann griff David wieder zu den Privatbriefen, las mit Erleichterung den Brief seines Schwiegersohnes, dass Christina nicht sehr leiden musste und schon wieder mit Appetit aß. Sie hätten sich entschlossen, dass Christina die Kleine zuerst selbst stillen werde. Das solle am gesündesten sein. Diese modernen Gedanken, dachte David. Mir hat die Amme auch gut getan.

Aber es war beruhigend und schön, was er aus der Heimat hörte. Alle waren gesund. Dr. Cottons Klinik fand regen Zulauf. Sein Sohn Charles hatte anscheinend die Frau fürs Leben gefunden. Aber er sei noch zu jung, um sich zu binden. Die Geschäfte florierten, nur er fehle. Aber der Krieg ginge wohl nun seinem Ende entgegen.

David legte die Briefe aus der Hand und trank einen Schluck Wein. Ja, eigentlich konnte man sich schon auf den Frieden freuen.

England und seine Verbündeten waren überall auf der Straße des Sieges. Aber Überraschungen waren im Krieg nie auszuschließen. Und die letzte Phase war oft die verlustreichste.

Am nächsten Tag lagen nur noch *Milford, Eagle, Bacchante, Saracen* und *Imogene* vor der Küste. Die anderen Schiffe waren zur Blockade Venedigs oder zu Patrouillen vor der italienischen Küste abgesegelt.

Von den verbliebenen Schiffen fuhren immer wieder Boote zum Ufer und setzten Leute ab, die die Wege zur Batterie von den gröbsten Hindernissen befreien sollten. Leutnant Cooper, der die Arbeiten überwachte, ging zu der Pumpe am Bauernhof, nahm den Hut ab, feuchtete ein Tuch an und legte es sich in den Nacken.

Ein Seemann, der gerade ein Loch auf dem Weg zuschaufelte, stieß seinen Nachbarn an. »Siehst du den Hallodri da? Die haben gestern wieder feste gebechert. Der Admiral soll Großvater geworden sein. Da hat der Cooper mehr als eine Flasche geleert, und jetzt muss er die Birne kühlen.«

Mr Havell, der Major der Seesoldaten, ging den Weg ab und maß immer wieder, ob die Breite ausreichte. Als er Leutnant Cooper am Brunnen sah, lachte er, ging auf ihn zu und sagte leise: »Den jungen Herren sollte man nicht so viel Wein vorsetzen. Sie vertragen ihn noch gar nicht.«

»Wenn Sie Großvater werden, werde ich weniger trinken, Mr Havell. Versprochen!«

Als Havell lachend wegging, murmelte Cooper in sich hinein: »Dein billiger Fusel würde ja auch keinem schmecken, du Geizhals.«

Bauern führten Pferdegespanne heran. Von der *Milford* stieß der erste Kutter mit einer der großen Kanonen ab.

»Beeilt euch, ihr lahmen Säcke!«, brüllte der Zimmermannsmaat, der am Strand den Aufbau des Entladungsgerüstes überwachte. »Sie kommen schon.«

Die Bauern standen mit offenen Mündern daneben, als der Kutter so weit an Land unter das Gerüst gezogen wurde, wie es möglich war. Dann wurden die Taue um das Rohr geschlungen, und mit viel Geschrei zogen die Seeleute es mit den Taljen hoch. Dann setzten sie eine Art Schlitten darunter, aus massivem, mit Eisen verstärktem Holz gezimmert, griffen die Zugseile und riefen, dass nun Männer und Pferde zum Ziehen kommen sollten.

In langen Reihen stellten sich die Männer an die Seile. Die Pferde wurden an andere Seile geführt. Dann verstummte das Schreien und Schimpfen. Die kommandierenden Maate an den Tauen hoben den rechten Arm. Leutnant Hunt brüllte: »Fertig! Los!« und pfiff durchdringend auf seiner Pfeife.

Die Männer legten sich in die Seile, schrien »Hau-Ruck«, um die Kanone in Bewegung zu bringen. Die Pferdeführer peitschten ihre Gäule, und langsam glitt der Schlitten über den Boden.

»Schneller!«, brüllten die Maate und schlugen den Männern, denen nicht die Adern vor Anstrengung heraustraten, ihre Stöcke über den Rücken. Der Schlitten durfte nicht anhalten und sich wieder am Boden festsaugen.

David war längst mit General Nugent am anderen

Ende der Stadt und legte die Plätze für weitere Batterien fest. Aber dann wurden sich der General und der Admiral nach einigen Kilometern Fußmarsch einig, dass die nächsten Standpunkte nach ihren generellen Anweisungen auch von den Batterieoffizieren im Detail geklärt werden könnten.

»Kommen Sie, Sir David, wenige hundert Schritte von hier ist ein Landgasthaus, wo es einen guten Wein und ein gutes Steak gibt. Wir haben uns eine kleine Rast verdient«, lächelte Nugent und David stimmte zu.

Als sie den Wein gekostet hatten und sich zufrieden zurücklehnten, sagte David: »Wir haben nun die Stellungen für zwölf Kanonen ausgesucht. Wie viel Mann hat der französische Oberst Rabie in seinem Kastell, und wann rechnen Sie mit der Übergabe?«

Nugent überlegte einen Moment und antwortete: »Nach meinen Informationen verfügt er über etwa siebenhundert Mann mit fünfundfünfzig Kanonen sowie reichlich Verpflegung. Vor Ende des Monats wird er nicht aufgeben. Er weiß auch, dass ich wenig Truppen habe.«

»Dazu brauchen Sie mich ja nicht die ganze Zeit. Ich werde Ihnen genügend Schiffe vor der Stadt lassen, Graf, die Sie mit Kanonen und Seesoldaten unterstützen werden. Ich selbst muss sehen, wie es mit der Blockade von Venedig steht. Wir haben jetzt den 12. Oktober. In zwei Wochen werde ich wieder hier sein, um Ihren Sieg mitzuerleben.«

Aber David Winter musste den General doch noch einmal vor seiner Abreise aufsuchen. Er hatte dringende Meldungen erhalten, dass sich die Montenegriner vor Kotor gegen die Franzosen erhoben hatten und die Stadt belagerten. Nun baten sie um britische Hilfe.

»Das ist eine ganz verzwickte Situation, Graf«, sagte David zu Nugent. »Ich wollte mich erst nach dem Fall von

Triest um diese Region kümmern, da ich nicht genug Truppen für beide Festungen habe. Nun ist dort der Teufel los. Die Montenegriner, ein wildes und nach unseren Begriffen gesetzloses Volk, sehen in Russland ihren Verbündeten. Die Einwohner in den Städten der Bucht von Kotor lehnen die Montenegriner fast so sehr ab wie die Franzosen und erwarten von unseren beiden Ländern die Befreiung. Sie wissen, dass viel geredet wird, dass eine Russische Armee vom Balkan her nach Kotor und Korfu marschieren könnte. Wir können die Entwicklung dort nicht ignorieren. Ich werde Kapitän Hoste mit einer Fregatte und einer Sloop entsenden und bitte Sie, für den Vormarsch österreichischer Truppen nach Kotor zu plädieren.«

»Wir sind in der gleichen Situation wie Sie, Sir David. Unsere Truppen reichen nicht aus, um an allen wichtigen Orten einzugreifen. Ich will mein Möglichstes versuchen. Wahrscheinlich werden Sie doch selbst nach dem Rechten sehen müssen. Aber mit dem Schiff sind Sie ja schneller als ich mit meinem Pferd.«

Kapitän Hoste wurde mit allen Ehren empfangen und genoss es. David trank mit ihm auf das Wohl des Königs und informierte ihn dann sofort über die Entwicklung an der Bucht von Kotor. »Sie müssen unverzüglich dorthin absegeln. Ich kann Ihnen nur die *Saracen* zur Unterstützung geben. Versuchen Sie, auf die Montenegriner einzuwirken, dass sie mit uns zusammenarbeiten und auch mit den uns freundlicher gesinnten Küstenbewohnern, den Bocchesen. Der Führer der Montenegriner, Erzbischof Petar I., den manche auch Pietro Petrovich nennen, soll zwar ein kultivierter und berechenbarer Mann sein, aber insgesamt sind die Montenegriner eher gesetzlose Banditen. Sie sehen Russland als ihren Verbündeten. Aber wir können kein Interesse haben, dass sich Russland oder sein

Verbündeter an der Adria festsetzt. Unterstützen Sie die Montenegriner im Kampf gegen Frankreich, und zwar so, dass sie merken, wie wenig sie ohne die Hilfe unserer Kanonen vollbringen können. Behalten Sie möglichst die Schlüsselstellungen in Ihrer Hand und schaffen Sie mit den Bocchesen ein Gegengewicht gegen die Montenegriner.«

»Sir, um diesen Aufgaben gerecht zu werden, brauche ich mindestens zweihundert Armee- oder Seesoldaten.«

David nickte. »Sie bräuchten noch mehr, aber ich habe keine Truppen, die ich irgendwo abziehen kann. Ich kann Ihnen Waffen und Geld geben, aber keine Soldaten, so Leid es mir tut.«

»Sie wissen, Sir, dass ich schon vor Monaten darauf hingewiesen habe, dass wir Kotor angreifen müssen. Nun ist die Lage eskaliert und ich weiß wirklich nicht, ob ich noch etwas erreichen kann.«

David sah Kapitän Hoste direkt in die Augen. »Kapitän Hoste, Sie sind ein herausragender Fregattenkapitän und es ist Ihr Recht, auf verwegene Unternehmungen hinzuweisen. Meine Pflicht als Kommandeur ist es, Chancen und Notwendigkeit abzuwägen. Und da mussten wir zuerst im Norden der Adria aktiv werden, um die Basis der Zusammenarbeit mit Österreich zu schaffen. Erst nachdem wir unsere Position in Triest, Istrien und Dalmatien gesichert haben, kann Österreich auch mit seinen Truppen bis Kotor marschieren. Erst mit deren Eingreifen können wir die Lage an Land beherrschen. Dabei will ich Ihnen nicht verschweigen, dass ich Konflikte zwischen dem Unabhängigkeitsstreben Dubrovniks und dem Machtanspruch Österreichs voraussehe. England muss an einem unabhängigen Dubrovnik mehr Interesse haben als an einer Seestadt im österreichischen Staat. Bitte beachten Sie das.«

»Sehr wohl, Sir. Ich werde morgen bei Tagesanbruch segeln.«

»Mein Sekretär wird Ihnen die Befehle aushändigen und die Post anvertrauen, die Sie bitte in Vis aufgeben.«

Sie reichten sich die Hände. David wünschte Hoste noch einmal alles Gute und wusste doch, dass er diesen Mann nie für sich gewinnen würde. Er stand als Admiral nun einmal seinem Ehrgeiz im Wege.

Kapitän Markwood und seine Offiziere waren froh, dass sie nicht Triest blockieren mussten, sondern nach Venedig absegeln konnten.

»Aber, Mr Markwood. Wir segeln von einer Blockade zur anderen. Wo liegt da der Vorteil?«

»Hier erwartet die Männer nur die Plackerei, wenn sie Kanonen in Stellung bringen. Auf dem Weg nach Venedig oder vor der Küste dort könnten Prisen winken, und Venedig mit seinen Forts und Lagunen bietet mehr Möglichkeiten für Erkundungsoperationen, die Sie sicher schon planen.«

David lachte. »Mr Markwood, ich habe mich beeilen müssen, damit Mr Hoste die Briefe an meine Familie mitnehmen konnte, von der Dienstpost ganz zu schweigen. Gedacht habe ich vor allem an meine Enkeltochter, aber nicht an kühne Landungsoperationen, an denen Sie mich ja doch nicht mehr teilnehmen lassen wollen.«

»Aber, Sir. Sie haben doch genug Abenteuer bestanden. Nun müssen auch einmal die Jüngeren ran, die gelenkiger und kräftiger als wir sind.«

»Ist ja gut, Mr Markwood. Ich will ja gar nicht am Strand herumschleichen. Was uns vor Venedig erwartet, weiß ich auch nicht. Dass Konteradmiral Duperré die Seeverteidigung kommandiert, ist uns natürlich bekannt. Aber was er nun an Pfahlwerken zur Sperrung der Lagunen im Einzelnen errichtet hat, welche Kanonenprähme und andere Schiffe er wo verankert hat, weiß ich nicht. Es ist nicht einmal klar, ob in den Docks fünf oder sieben

Linienschiffe unter Konstruktion sind. Die Franzosen schirmen die Docks sehr gut ab.«

Kapitän Markwood griente. »Sehen Sie, Sir, da ergeben sich doch genügend Aufgaben für unsere jungen Herren.«

»Dann denken Sie sich schon mal welche aus, Mr Markwood. Aber segeln Sie jetzt möglichst dicht an der Küste entlang.«

David sah Mr Markwood nach und war froh, dass sich die Beziehung zu dem erst sehr reservierten Kapitän so gut gestaltet hatte.

Die Hoffnungen Kapitän Markwoods erfüllten sich schon vor der Lagune von Marano, wo sie zwei Küstensegler abfingen, die Olivenöl und Weizen transportierten. »Kleinvieh macht auch Mist«, sagte der Master zu Leutnant Cooper und lachte.

Vor Cáorle ging ihnen noch ein kleiner Frachter ins Netz, der Trockenfisch geladen hatte. Diesmal bemerkte Mr Goodwin: »Na ja, für die Soldaten ist das gut genug.«

Bei Cortelazzo ließ David eine Küstenbatterie niederkämpfen, und die Kanoniere mussten ganz schön schwitzen, bis sie die vier Vierundzwanzigpfünder ausgeschaltet hatten.

Zehn Kilometer weiter, vor Cavallino, rannte die Besatzung einer kleinen Batterie mit zwei Achtzehnpfündern gleich davon, als das große Schiff so dicht am Ufer auftauchte. David schickte einen Kutter an Land, um die Kanonen zu vernageln und das Magazin in die Luft zu sprengen.

Für die Seeleute war das ein Ausflug. Sie hatten sich die Taschen mit Andenken voll gestopft und scherzten, als sie wieder an Bord gingen, während an Land das Magazin krachend in die Luft flog.

»Jetzt kannst du wieder handeln«, sagte Davids Diener Frederick zu Baptiste. »Willst du ein Koppelschloss mit

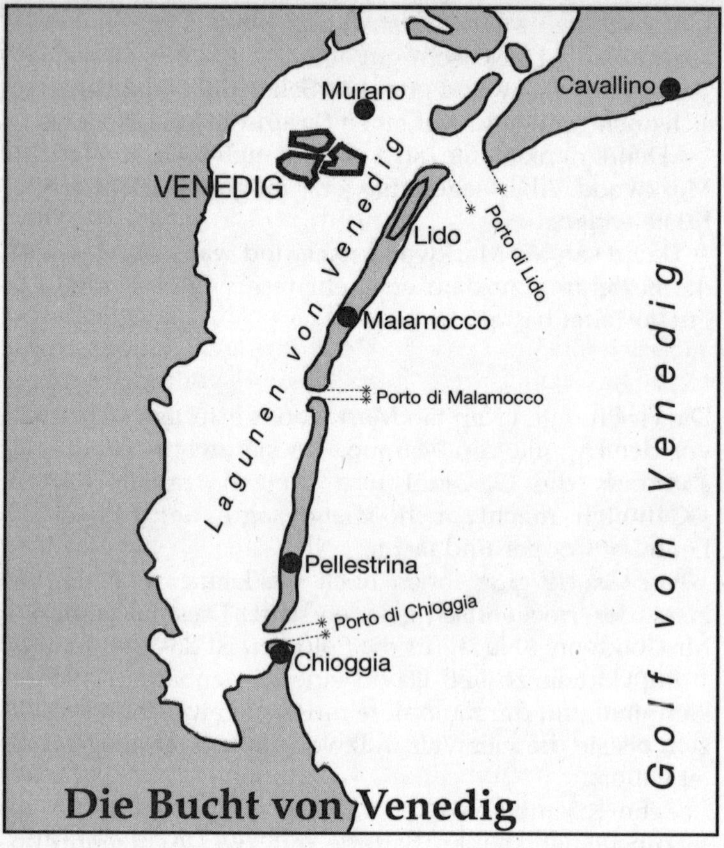

Königsadler oder vielleicht ein Büchlein mit Bildern nackter Weiber?«

»Was soll ich damit?«, gab Baptiste zurück. »Aber einen guten französischen Weichkäse, den könnte ich mal wieder vertragen, doch so etwas bringen die Kerle ja nicht mit.«

Die *Milford* hatte am Abend von der Küste abgehalten und war bis Chioggia gesegelt. Nun näherte sie sich im frühesten Morgengrauen dort wieder dem Land.

David, Kapitän Markwood und der Hauptmann der Seesoldaten spähten mit ihren Teleskopen voraus, um Batterien und Hafensperren zu erkennen. Dort, nördlich von Chioggia, waren Steinwälle und Kanonen zu erkennen. »Sechs Zweiunddreißigpfünder, schätze ich, Sir«, flüsterte Markwood.

David nickte. Sie segelten weiter zur Laguneneinfahrt. Plötzlich tauchten zwei Fischerboote auf, die am Porto di Chioggia in die Lagune zurückkehren wollten.

»Sollen wir sie anhalten, Sir?«, fragte Markwood.

»Nein, lassen Sie bitte die Segel einholen. Wir treiben einen Moment und beobachten, was sie an Sicherheitsprüfungen haben.«

Die beiden Fischerboote segelten dicht an das nördliche Ufer. Die südliche Laguneneinfahrt war durch Pfahlwerke blockiert. An der Einfahrt standen die Fischer alle an der Steuerbordseite und einer rief mit der Sprechtrompete zum Ufer.

»Anscheinend Ansage der Tagesparole und Kontrolle der Insassen«, murmelte David.

Dann änderten die Boote scharf ihren Kurs in Richtung Nord und segelten fast im Zickzack in die Lagune ein.

Was mögen die dort haben? grübelte David. Sie segelten an dem winzigen Fischerort Pellestrina vorbei an der Lagune entlang. Etwa alle zwei Kilometer bewachten Erdwerke mit Kanonen den Zugang. Die nächste Laguneneinfahrt sah ähnlich aus wie die erste. Pfahlwerke, eine Batterie.

Aber die Haupteinfahrt nach Venedig am Porto di Lido war viel stärker befestigt. Dort lagen Kanonenprähme hinter den Pfählen. Steinfestungen mit Kanonen drohten und im Hintergrund waren Linienschiffe vor Anker zu erkennen.

Sie trafen auch bald ihre Blockadeschiffe, die dicht vor dieser Einfahrt segelten, ein Linienschiff und eine Fregatte.

Die Kapitäne meldeten sich an Bord des Flaggschiffes und berichteten, dass Truppen von Norden auf den Lido und die Inseln Murano und Burano vorgerückt seien und dort geschanzt hätten. »Sie rechnen anscheinend mit Landungsversuchen, Sir«, sagte einer der Kapitäne. Die Linienschiffe hätten sich nicht bewegt.

»Gestern haben sie Fässer an der äußersten Nordseite der Lagune abgeladen, aber ob das Wasser- oder Weinfässer waren, konnten wir natürlich nicht erkennen, Sir«, sagte der andere Kapitän und die Anwesenden lachten.

Nur David war ernst geblieben. »Bei Ebbe strömt das Wasser aus der Lagune ins Meer, nicht wahr?«, sagte er.

»Aye, Sir. Wenn der Wind aus West kommt, strömt es ziemlich stark.«

David legte den Finger an die Nase und bemerkte. »Wir haben heute Westwind. Wann setzt die Ebbe ein?«

»Zwei Glasen und zehn Minuten der Ersten Wache, Sir«, antwortete Kapitän Markwood.

»Dann ist es schon ziemlich dunkel«, sagte David mehr zu sich. »Ein Fass braucht mindestens eine halbe Stunde, um herauszutreiben, dann ist es völlig dunkel. Schon die Amerikaner haben mit solchen Pulverfässern und auf eine bestimmte Zeit geschnittenen Lunten gearbeitet. Die Methode ist grob und ein wenig aus der Mode, da wir selten so eng blockieren wie damals am Hudson und jetzt hier. Aber bei verlässlichen Strömungen und verlässlichen Zielen ist sie wirkungsvoll. Ich nehme an, sie kreuzen nachts immer ziemlich dicht vor der Ausfahrt.«

»Ja, Sir. Wir wollen einen nach dem anderen fassen, wenn sie entwischen wollen.«

»Wenn man genügend Pulverfässer in die Strömung setzt, hat man eine Chance, dass sich eines an Ihrem Schiff verfängt und Ihnen den Rumpf aufreißt.«

»Das ist ja eine gemeine Kriegführung, Sir.«

»Das haben fast alle Kriegslisten so an sich. Ich möchte, dass Sie in den nächsten Nächten mit dem Bug zum Land liegen und je zwei Kutter vor ihren Schiffen platzieren.«

»Aye, aye, Sir«, sagten die beiden Kapitäne, blickten aber ziemlich skeptisch.

David stand mit Kapitän Markwood vor einer detaillierten Karte der Küste am Golf von Venedig.

»Wenn man in die Lagune unbemerkt eindringen und ein oder zwei Schiffe, die am Lido ankern, in die Luft sprengen will, dann geht das nur am Porto di Malamocco. Am Porto di Lido sind ihre Batterien und Wachschiffe zu stark und der Porto di Chioggia liegt zu weit abseits. Signalisieren Sie doch bitte, dass Leutnant Hotham, der die Nachrichten über diesen Teil der Küste sammelt, an Bord kommt.«

Leutnant Hotham war schon etwas älter und war mit der Nachrichtensammlung betraut worden, weil er recht gut Italienisch sprach.

David hatte Markwood und seinen Flaggleutnant zum Gespräch gebeten und ließ Mr Hotham berichten, was an Nachrichten über die drei Einfahrten zur Lagune vorlag.

Sie erfuhren, dass an beiden Seiten der Einfahrt von Malamocco Batterien mit je vier Vierundzwanzigpfündern stationiert waren und dass Tag und Nacht zwei Zweierpatrouillen vor jeder Batterie Streife gingen.

»Sind dort auch Häuser von Zivilisten in der Nähe?«, erkundigte sich David.

»An der nördlichen Seite ist eine kleine Fischersiedlung mit vier oder fünf Hütten. Sie liegt aber mehr zur Lagune hin, Sir.«

»Dann geht das Ding mit den Nutten nicht«, sagte David mehr zu sich.

»Verzeihung, Sir. Ich habe Sie nicht verstanden«, meldete Hotham.

»Es war auch mehr ein Selbstgespräch. Ich dachte an einen alten Trick, bei dem man Nutten engagiert, um die Posten abzulenken. Aber wenn aus ein paar einsamen Fischerkaten plötzlich Nutten auftauchen, dann ist das so glaubwürdig wie ein Osterhase zu Weihnachten«, erklärte David lächelnd.

Dann fuhr er fort: »Wie werden die Landzungen bei Tag und bei Nacht überwacht, Mr Hotham?«

»Bei Tag beobachten die Posten von den Batterien, die alle zwei Kilometer angelegt sind, den Strand. Bei Nacht reiten zehn Dragoner immer hin und her und werden nach vier Stunden von einem anderen Trupp abgelöst.«

David blickte auf die Karte und rieb sich die Stirn. »Wenn sie Schritttempo reiten, brauchen sie etwa zwei Stunden für die knapp fünfzehn Kilometer. Man könnte also in der Nähe von Lido einen Punkt finden, wo sie vor zwei Stunden nicht wieder vorbeikommen können. Vorausgesetzt, sie reiten immer von einem Ende zum anderen. Und das hat für uns nur Sinn, wenn wir innerhalb der Lagune Boote organisieren können.«

Markwood sah David an. »Sie denken an einen Trupp, Sir, der an der Seeseite landet, die Landzunge mit Waffen und allem anderen überquert, an der Lagunenseite Boote vorfindet, mit ihnen den Angriff durchführt und auf gleichem Wege zurückkehrt.«

David nickte.

»Sind das nicht etwas viel Vorbedingungen, Sir?«

»Wir müssten das abklären. Mr Hotham, haben Sie Möglichkeiten, Kontakt mit einem Agenten aufzunehmen?«, fragte David.

»Ja, Sir. Wenn wir mit einem kleinen Boot südlich von Chioggia abends in der Dämmerung ein bestimmtes Signal zeigen, dann kommt der Agent vor Mitternacht mit seinem Boot.«

»Da Mr Webster die Expedition leiten würde, schlage ich vor, dass wir ihn jetzt holen und mit ihm alle Fragen und Aufträge durchsprechen, die er mit dem Agenten bereden muss. Sie werden ihn heute Abend im Boot begleiten, Mr Hotham«, entschied David.

Ein Kilometer südlich von dem kleinen Ort Lido hockte ein Mann in einem Gebüsch. Er hatte dunkle Kleidung an und sein Gesicht mit Ruß geschwärzt. Jetzt duckte er sich ganz tief an den Boden.

Hufklappern kam näher und ein Trupp Dragoner ritt vorbei. Sie unterhielten sich und waren nicht besonders wachsam.

Der Mann richtete sich auf, wartete eine Weile, trat aus dem Busch, nahm einen Kasten aus einem Erdloch und gab über das Rohr der Blendlaterne das Lichtzeichen kurz-kurz-lang, das nur in einem bestimmten Sektor im Meer gesehen werden konnte. Dann wartete er.

Nach etwa zehn Minuten erkannte er Schatten im Meer. Fünf Kutter landeten am Strand. In jedem Kutter blieben fünf Mann, die den Kutter am Ufer verankerten und dann die Bugkarronade bemannten. Alle anderen sprangen an Land und trennten sich ohne weitere Worte. Etwa zwanzig Mann liefen schnell voraus. Dreißig andere wuchteten vier Fässer aus den Kutter, setzten sie auf Tragen und folgten den Läufern gemessenen Schrittes. Weitere fünfzig Mann wandten sich nach links und rechts und riegelten die Landzunge ab.

Leutnant Webster war im ersten Trupp. Sie gingen jetzt im schnellen Schritt. Neben Webster gingen Mustafa und Baptiste. Die Landzunge war hier nur gut dreihundert Meter breit. Bevor sie das Ufer der Lagune erreichten, schlichen die beiden mit drei anderen Matrosen leise voran. Dort am Ufer lagen vier Boote. Sie suchten das Ufer rechts und links von den Booten ab und prüften dann die Boote. Sie fanden nichts, was verdächtig war. Mustafa imitierte den Schrei einer Eule.

Leutnant Webster kam mit den anderen. Zu jedem Boot ging ein Trupp, blieb aber am Ufer stehen, bis die Männer mit den Fässern kamen. In jedes Boot luden sie ein Fass. Dann stiegen zehn Mann in jedes Boot, rieben die Aufleger für die Riemen mit Fett ein und legten ab.

Sie ruderten völlig lautlos mit mittlerem Tempo. Leutnant Webster hatte Mustafa seiner guten Nachtsicht wegen in den Bug gerufen und spähte mit ihm voraus. Baptiste hielt derweil Mustafas Druckluftbüchse und seine eigene Rifle im Heck. »Wo ist denn heute dein Freund Alberto?«, flüsterte ganz leise ein Matrose.

»Der hat Dünnschiss«, gab Baptiste ebenso drastisch wie leise zurück.

Zwei andere Boote folgten etwas links und rechts abgesetzt dicht hinter ihnen. Das vierte Boot fuhr in Kiellinie des ersten etwas weiter hinten. Sie hatten Vogelschreie für mehrere Eventualitäten verabredet. Ein Reiherschrei befahl: »Anhalten!« Ein Entenkrächzen war das Signal, die Pulverfässer zu zünden. Licht war in keinem Boot erlaubt.

Nördlich der Lidodurchfahrt krachte und donnerte es jetzt. Raketen stiegen in den Himmel. Niemand in den Booten wandte den Kopf in diese Richtung. Das waren Ablenkungsmanöver ihrer beiden Blockadeschiffe, die die Aufmerksamkeit der Wachen auf den venezianischen Schiffen ablenken und ihre Nachtsicht beeinträchtigen sollten.

Leutnant Webster hatte sein Nachtteleskop ans Auge gepresst und spähte nach vorn. Jetzt lösten sich schwarze Schatten aus der Nacht. Sie lagen etwas backbord voraus. Webster fasste Mustafas Hand und deutete in die Richtung. Mustafa spähte und drückte Websters Hand, als er die Schatten sah.

Flüsternd wurde eine leichte Richtungsänderung nach hinten durchgegeben. Webster nahm die Sprechtrompete ans Ohr. Er hörte nichts. Merkwürdig! Bei normalem Wachdienst riefen sich die Ausgucke doch immer in Abständen zu, dass alles in Ordnung sei.

Sie kamen näher und sahen jetzt auch ohne Nachtglas die Schatten zweier großer Schiffe. Webster klatschte leicht in die Hände, das Signal, dass sich zwei Boote dem an Steuerbord liegenden Schiff nähern sollten, die anderen dem Richtung backbord.

Sie waren noch fünfzig Meter entfernt. Auf den Schiffen konnte man die kleinen Lampen am Ruderhaus mehr ahnen als sehen.

Plötzlich schepperte es auf dem mehr backbord liegenden Schiff. Jemand fluchte und helles Licht erleuchtete das Achterdeck. Sie konnten es sehen: Das Deck war voll mit Menschen. Die Kanonen waren bemannt. Schützen standen an der Reling.

Wie ein Blitz schoss es Webster durchs Hirn: Da hat jemand eine abgedunkelte Blendlaterne umgestoßen. Und das Schiff ist gefechtsbereit. Sie haben uns erwartet.

»Verrat!«, schrie er laut. »Zurück! Rudert um euer Leben! Fässer über Bord!«

Baptiste hatte sofort das Steuer herumgerissen. Das Boot legte sich auf die Seite. Die Ruderer reagierten, ruderten kraftvoll auf der einen Seite und bremsten auf der anderen. Aus den Augenwinkel nahm Baptiste wahr, dass auch die anderen Boote reagierten. Webster hatte sich halb erhoben und schrie: »Zurück! Auseinander die Boote! Rudert schneller!«

Und dann sah Baptiste wie Blitz und Donner aus den Kanonenrohren der beiden Schiffe schossen. Eine Kugel riss ihrem Boot den Bug ab und zerfetzte Webster und Mustafa. Baptiste sah, wie die Körper zerrissen wurden, wie Blut emporschoss und dann die Fleischklumpen ins Meer platschten. Entsetzen und Grauen schnürten ihm die Kehle zu. Erst wollte er schreien, aber er konnte nicht. Mustafa hatte doch immer überlebt. Und nun rief er: »Mustafa!«

Aber auch die anderen schrien, die in der Nähe gesessen hatten und verwundet waren. Ihr Boot sackte ab wie ein Stein. Baptiste ließ seine Rifle fahren, griff nach der Druckluftbüchse, schob sich den Riemen über die Brust und sprang ins Wasser. Seinen Entersäbel ließ er los. Das Messer genügte ihm.

Wo waren die anderen Boote? Konnte er einen Verwundeten dorthin schleppen? Ein Boot war zerschmettert. Die anderen verschwanden in der Nacht. Schwimmer waren im Wasser. Verwundete schrien. Von den Schiffen knallten Musketen. Bald würde auch ein Boot kommen.

Baptiste kannte das Wasser wie ein Fisch. Auf Martinique hatte er so früh Schwimmen wie Gehen gelernt. Im Tauchen machte ihm keiner etwas vor. Aber hier war es kalt. Er schwamm nicht direkt zum Strand. Dort würden sie suchen und ihn erwarten, wenn alles verraten war. Er bog weit nach Süden aus und schwamm kraftvoll und schnell. Die Schiffe blieben zurück. Zu ihm würde keiner kommen. Jetzt konnte er Kurs auf den Strand nehmen.

Er trat einen Moment Wasser und orientierte sich. Am Strand, wo sie den Lido überquert hatten, erklangen Schüsse. Also würden die Franzosen auch versuchen, ihren Übergang über den Lido abzuschneiden. Er musste weiter südlich zum Strand und allein seinen Weg suchen. Jetzt feuerte die *Milford* nördlich vom Übergang auf den Lido. Sie wollten die feindlichen Truppen einschüchtern. Mehr konnten sie ja nicht tun. Was würde nur der Admiral denken?

David war mit Markwood auf dem Achterdeck. Er war unruhig und nervös und trampelte hin und her. Auf Markwoods Worte, der ihn abzulenken versuchte, antwortete er einsilbig. Aber Markwood wusste, dass der Admiral vor Unruhe fast von Sinnen war, wenn er bei einem Unternehmen nicht dabei war, sondern nur warten musste.

Plötzlich krachten in der Lagune Kanonensalven. Raketen schossen in die Höhe.

»Mein Gott!«, murmelte David entsetzt. »Sie sind entdeckt.«

Er wandte sich zu Markwood um. »Wir müssen sofort zwei Landungstrupps an Land schicken, um den Rückzug zu decken. Die Franzosen werden auch mit Truppen auf die Landzunge vorrücken. Und wir müssen die Landenge nördlich vom Übergang unter Beschuss nehmen.«

Baptiste war dem Strand schon sehr nahe, als er ein Plätschern hörte. Sofort hielt er inne, trat Wasser und horchte. »Hilfe!«, keuchte jemand auf Englisch. »Ich kann nicht mehr. Ist denn keiner da?«

Baptiste schwamm näher und erkannte einen Mann, der mit einer Hand mühsam paddelte. »Wer bist du?«, fragte er.

»Will Pollard, Vortoppmann. Mein linker Arm ist zerschossen. Hilf mir!«

Baptiste schwamm näher. Ja, er kannte das Gesicht. »Halt dich mit der rechten Hand am Gewehr auf meinem Rücken fest und hilf mit den Beinen. Der Strand ist ganz nahe.«

Er schwamm mit aller Kraft und zog den Verwundeten hinter sich her. Jetzt war er dem Strand so nahe, dass er schon stehen können musste. Er hielt inne und ließ die Beine sinken. Jetzt hatte er Grund.

»Was machst du?«, rief der Verwundete hinter ihm und schluckte Wasser.

Baptiste drehte sich um. »Du kannst stehen. Wir sind am Ufer.« Er half Will aus dem Wasser und schleppte ihn hinter ein paar Büsche und sah erst nach seiner Wunde. Eine Kugel hatte Will am Oberarm getroffen und den Knochen bloßgelegt. Er musste viel Blut verloren haben. Baptiste riss einen Streifen von seinem Hemd und band den Arm oberhalb der Wunde ab.

Dabei spürte er, dass seine Trinkflasche noch am Gurt hing. Er nahm sie ab. »Komm! Trink! Es ist guter Rum.«

Will trank und war noch munter genug, um behaglich zu schmatzen.

»Komm stütz dich! Wir müssen weiter, bevor es hell wird.« Aber bevor er ging, nahm er die Druckluftbüchse vom Rücken und wischte sie mit trockenem Gras ab. Er pustete Sand aus dem Abzug, hängte sich das Gewehr über die Schulter, fasste nach seinem Messer und sagte: »Leg deinen gesunden Arm um meine Schulter. Wir müssen los.«

Mühsam stapften sie durch Gras und Sand. Von Zeit zu Zeit hielten sie an und horchten. Nördlich von ihnen krachten viele Gewehrschüsse. Auch die *Milford* feuerte noch auf die Landzunge. Sie hasteten weiter. Es konnte doch nicht mehr weit sein.

Dann hörte Baptiste ein Pferd wiehern. Sofort kniete er sich hin und zog Will zu Boden. Zwei Reiter kamen auf sie zu. Sie hatten die Flüchtigen noch nicht bemerkt, denn sie redeten unbefangen miteinander. Das war Italienisch.

Baptiste nahm die Büchse, spannte sie und duckte sich noch tiefer. Verdammt! Die kamen gerade auf sie zu. Ob die Büchse noch schoss?

Baptiste hob sie und zielte. Als die Männer etwa sechs Meter vor ihnen waren, drückte er ab und traf den ersten Reiter in die linke Brust. Er nahm den anderen aufs Korn und traf ihn in den Hals. Beide sanken zu Boden. Die Pferde rannten weg.

Baptiste lief zu den Reitern, sein Messer in der Hand. Aber sie waren beide schon tot. Er nahm beiden die Pistole ab, steckte eine in seinen Hosengurt und gab die andere Will. »Steck ein und dann weiter!«

Sie erreichten kurz darauf die Küste. Es dämmerte, aber nichts war zu sehen. Baptiste sagte zu Will: »Leg dich hier hinter den Busch und ruh dich aus. Ich wache.«

»Hast du noch einen Schluck Rum? Mein Arm tut verdammt weh.«

»Hier nimm! Trink aber nicht zu viel. Vielleicht musst du noch schießen oder rennen.«

Will trank und ließ sich zu Boden sinken. Baptiste spähte und horchte. Aber weder an Land noch auf See war etwas zu sehen. Es wurde hell. Und dort kam ein Kutter und suchte das Ufer ab. Baptiste wartete, bis er sicher war. Es war ein Kutter der *Milford*. Dann lief er an den Strand und rief und winkte. Der Kutter hielt auf ihn zu.

Baptiste lief zu Will, der eingeschlafen war. Er rüttelte ihn wach. »Sie kommen, um uns zu holen. Los! Stütz dich auf mich.«

Als der Kutter dicht vor dem Ufer war, sprangen vier Seeleute ins Wasser und stapften auf sie zu.

»Baptiste! He, Will. Sind noch mehr da?«

Baptiste schüttelte den Kopf. Dann stützten sie ihn und Will und brachten sie in den Kutter. Sie verbanden Wills Wunde und der Midshipman sagte: »Wir müssen noch ein Stück weiter suchen, ehe wir euch zum Schiff bringen können. Vielleicht konnten sich noch mehr retten.«

David hatte einen Schluck Kaffee getrunken, als ein Midshipman die Meldung brachte: »Sir, Sie bringen Baptiste und einen Vortoppgast an Bord. Baptiste ist unverletzt. Der andere hat eine Armwunde.«

»Danke!«, murmelte David. Er war grau vor Müdigkeit und Selbstvorwürfen.

Kapitän Markwood kam. »Sir, wir haben vierzehn Tote, sechs Vermisste und zehn Verwundete.«

»Ein furchtbarer Blutzoll. Ich mache mir die schwersten Vorwürfe.«

»Aber, Sir. Sie haben doch alles gut und richtig geplant. Sie konnten nicht mehr Vorsorge treffen.«

»Doch! Ich hätte dem Agenten nicht vertrauen dürfen.«

»Sir, Die Leutnants Wale und Hotham warten, um Ihnen zu berichten. Ich lasse sie jetzt herein.« David nickte.

Die beiden Leutnants traten ein und nahmen ihre Hüte ab.

»Was haben Sie zu melden?«, fragte David.

»Sir«, antwortete Hotham. »Wir arbeiten seit drei Jahren mit dem Agenten. Wir verdankten ihm vor zwei Jahren den Hinweis auf das Auslaufen eines Vierundsiebzigers, den wir vernichten konnten. Er hat uns viele gute und richtige Hinweise seitdem gegeben. Wir konnten ihm vertrauen.«

»Und wen hat er zur Hilfe bei der Beschaffung der Boote herangezogen?«, fragte David.

»Seinen Bruder und seinen Neffen, Sir, die uns beide auch schon geholfen haben.«

»Hat sich etwas im Leben des Agenten in letzter Zeit geändert? Eine Liebschaft oder so etwas?«

»Davon ist nichts bekannt, Sir. Sein Sohn wurde vor einem Monat zu einem italienischen Regiment einberufen.«

David hob die Hand. »Das wäre ein Grund für einen Handel mit den Franzosen: die Freiheit des Sohnes gegen einen Verrat.«

»Aber, Sir. Damit müsste er doch zugeben, dass er seit Jahren Agent ist«, wandte Leutnant Wale ein.

David nickte. »Wer weiß, wie verzweifelt er war.«

Kapitän Markwood mischte sich ein. »Sir, wenn Sie erlauben. Die Verdachtsmomente sind zu schwach. Es gibt kein Unternehmen ohne Risiko. Niemand hat nach meiner festen Überzeugung hier fahrlässig gehandelt, Sir. Es war Pech, Sir.«

David sah ihn schweigend an. »Danke, Mr Markwood. Ich weiß, wie Sie das meinten. Aber mir wäre wohler, ich wäre bei den armen Kerlen dabei gewesen, als sie ins Unglück rannten. Auf jeden Fall müssen unsere anderen Agenten und die Österreicher nach den drei Leuten fahnden. Wenn sie uns verraten haben, dann gnade ihnen Gott. Und unsere Kutter fahren bis morgen früh noch Patrouille am Strand, falls sich noch andere durchschlagen konnten. Ich schreibe jetzt meinen Bericht für Vizeadmiral Pellew.«

Sie konnten niemanden mehr bergen. Zwei Vermisste waren von den Franzosen gefangen worden. Der Agent und seine Verwandten waren aus ihrem Heimatort verschwunden. David bat die Österreicher um Fahndung. Als Baptiste ihm von Mustafas Tod berichtete, liefen ihm die Tränen die Wangen hinunter, und auch der riesige Baptiste weinte wie ein Kind.

»Dieser gute, treue Mann. Bald hätte er seine Heimat wiedergesehen. Mein Gott, wie soll ich mit dieser Verantwortung leben?«

»Es war Schicksal, Sir. Wir müssen es hinnehmen. Seine Seele lebt und ist um uns«, stammelte Baptiste unter Tränen.

»Du musst jetzt seinen Posten einnehmen, Baptiste. Alberto wartet schon auf dich.«

Die Stimmung der Mannschaft war gedrückt. Sie besserte sich auch kaum, als sie vor der Pomündung einen kleinen Geleitzug mit vier Handelsschiffen erbeuteten. Erst als bekannt wurde, dass sie nach Triest zurücksegeln würden, hob sich die Stimmung.

Für David war es eine kleine Genugtuung, dass die

Blockadeschiffe einen Angriff mit den treibenden Pulverfässern abwehren konnten. Dann habe ich doch etwas richtig geplant, dachte er.

»Ich hab keine Schmerzen mehr, aber der Arzt sagt, dass ich vielleicht nicht mehr dienstfähig bin, weil zu viele Muskeln weggeschossen wurden. Ich habe auch kaum Kraft in der linken Hand«, berichtete Will seinem Retter Baptiste.

»Na, dann kannst du ja an Land ein feines Leben führen«, tröstete ihn Baptiste.

»Wovon denn? Ich hab nur Seemann gelernt.«

»Soll ich dem Admiral etwas sagen?«, fragte Baptiste. »Der bringt dich auf seinem Gut unter und dann kannst du etwas lernen und arbeiten, wo du nur die eine Hand brauchst.«

»Das wäre echt gut, Kumpel.«

General Nugent kam David entgegen. »Es tut mir sehr Leid, Sir David, dass Sie vor Venedig einen verlustreichen Rückschlag erlitten. Aber das gehört zu unserem Beruf. Wir müssen damit leben. Das brauche ich Ihnen nicht zu erklären. Jetzt werden Sie hier wieder eine angenehmere Seite unseres Berufes erleben. Die Franzosen stehen kurz vor der Kapitulation. Ihr Linienschiff mit seinen großen Kanonen hat das Vorwerk, das wir ›Alter Pulverturm‹ nennen, zerschossen und Breschen in die Mauern des Hauptwerkes gelegt. Nun ist Oberst Rabie am Ende.«

»Meinen Glückwunsch, Graf. Welche Forderung stellen die Franzosen?«

»Freien Abzug nach Italien ohne Waffen.«

»Wenn Sie den Eid ablegen, in diesem Krieg nicht mehr gegen uns zu kämpfen, ist das akzeptabel.«

General Nugent hatte David eingeladen, an seiner Seite dem Abmarsch der Franzosen zuzusehen. Sie standen auf dem Balkon eines Hauses an der Straße nach Monfalcone, die die Franzosen entlang marschieren wollten.

Der erste Trupp trat aus dem Tor, legte die Waffen nieder. Oberst Rabie setzte sich an die Spitze und sie marschierten los. Österreichische Soldaten flankierten die Straße. Rabie grüßte zu Nugent und David und diese erwiderten den Gruß.

Aber dann drängten aus den Seitenstraßen wütende und schreiende Bürger heraus und wollten die Franzosen schlagen. Sie waren empört, weil die Franzosen während der Belagerung rücksichtslos in die Stadt geschossen hatten. Die dünne Reihe der österreichischen Soldaten konnte sie nicht zurückhalten.

Ein Reiter drängte sein Pferd gegen die Massen und rief ihnen zu: »Wollt ihr die Ehre unserer Stadt beflecken und einen Vertrag mit dem geschlagenen Gegner brechen? Schämt euch. Ich will kein Triester mehr sein, wenn ihr nicht zurückweicht. Zurück, wem die Ehre etwas gilt!«

Die Massen stutzten. »Es ist Lazarich, der Major, unser Mitbürger!«, riefen die Vorderen den Hinteren zu.

»Hoch lebe Major Lazarich, der Befreier Istriens!«, rief ein besonnener Bürger. Die anderen stimmten ein, folgten dem Major und ließen die Franzosen abmarschieren.

»Das war Lazarich, Ihr Mann für Istrien. Er ist schon eine besondere Persönlichkeit, Graf.«

Nugent bestätigte. »Ja. Wir haben ihn zum Major befördert, und heute auf dem Festbankett wird er einen hohen Orden erhalten. Ich erwarte Sie auch zum Bankett, Sir David.«

Es war ein Bankett ohne Frauen, und irgendwie war David froh darüber. Bei der Ankündigung eines Banketts dachte er jetzt immer an Maria Charlotta und war trotz ihrer offenen und herzlichen Worte beim letzten Treffen unsicher.

Die Offiziere, die David begleiteten, waren über die Abwesenheit von Damen enttäuscht. Leutnant Hunt, der Websters Stelle als Erster Leutnant der *Milford* einnahm, flüsterte zu Major Havell: »So ein Mist. Ich hatte mich auf die Tänze gefreut. Vielleicht hätte man ja etwas anbahnen können.«

»Dazu wird sich doch in den nächsten Tagen noch Gelegenheit ergeben. Die Bürgerinnen einer befreiten Stadt sind dankbar. Denk nur an die Städte in Istrien.«

Das Bankett bot ihnen außer dem guten Essen und den erlesenen Weinen keine Genüsse. Die Reden der Bürger und des Generals ließen sie über sich ergehen.

Aber dann kam die Ordensverleihung. David wurde mit den Kapitänen Markwood und Everett aufgerufen. Ihm wurde das Kreuz eines Kommandeurs des Ordens Maria Theresia verliehen und seine Kapitäne erhielten die einfachere Stufe des Ordens.

Für David war es ein Orden mehr, den er sich um den Hals hängen konnte, aber als er sah, wie sich Mr Markwood freute, ließ er sich anstecken und nahm die Glückwünsche dankbar entgegen.

Als er nach Mitternacht auf die *Milford* zurückkam, zerflogen alle Träume von einigen ruhigen Tagen in Triest. Mr Roberts war aufgeblieben. »Eine Eilmeldung von Kapitän Hoste, Sir.«

David nahm die Meldung entgegen und las. Hoste berichtete von den Schwierigkeiten, die Bocchesen und die Montenegriner zu einem koordinierten Vorgehen zu bewegen. Keine der beiden Gruppen war dazu bereit. Da es ihm an Truppen und schweren Kanonen mangele, um Kotor wirksam zu bekämpfen, sei er nach Dubrovnik zurückgesegelt. Hier müsse er erleben, dass der Vertreter

Österreichs, ein Abbé Brunazzi, alle seine Verhandlungen mit den Aufständischen sabotiere, indem er ständig den Anspruch Österreichs auf die früher unabhängige Stadt betone.

David schüttelte den Kopf. Er hatte doch mit Graf Nugent eine Vereinbarung unterzeichnet, nach der in den früher nicht zu Österreich gehörenden Gebieten einem Friedensvertrag nicht vorgegriffen und die staatliche Zugehörigkeit offen gehalten werde.

»Mr Roberts«, sagte er zu seinem Sekretär. »Die Situation bei Kotor und Dubrovnik erfordert meine Anwesenheit. Mr Hoste erscheint sie unlösbar. Er hat sogar um seine Abberufung gebeten. Bitte informieren Sie Frederick sowie Alberto und Baptiste, dass wir morgen früh mit der *Cesar* nach Kotor segeln. Mr Kemp kann auf der *Milford* bleiben. Sie müssen aber mitkommen. Und benachrichtigen Sie auch Kapitän Markwood. Er möchten einen Midshipman zu Kapitän Rowlandson schicken.«

Als sich David am Morgen zur *Cesar* übersetzen ließ, begrüßte ihn Kapitän Rowlandson. »Ich freue mich, dass Sie wieder bei uns an Bord sind, Sir.«

»Vielen Dank, Mr Rowlandson, aber ich weiß, dass ich Ihnen Ungelegenheiten bereite, die die Freude wohl etwas trüben.«

»Sir, die Mannschaft und ich sehen es auch als einen Vertrauensbeweis, dass Sie unser Schiff wieder auswählen. Sie werden es merken, Sir. Die Männer sind stolz. Nur eine Bitte möchte ich noch äußern: Können wir in Vis die Vorräte ergänzen? Sonst müsste ich hier noch einen halben Tag opfern.«

»Ein kurzer Aufenthalt in Vis passt gut in mein Konzept, Mr Rowlandson. Lassen Sie die Segel setzen, wenn Sie bereit sind.«

Die *Cesar* segelte innerhalb der nächsten Stunde. David konnte wieder einmal erleben, wie gut Kapitän Rowlandson sein Schiff im Griff hatte. Und die Mannschaft schien tatsächlich stolz zu sein, dass er an Bord war. Als sein Stander gehisst wurde, hatten einige Beifall geklatscht, und auch jetzt trafen ihn öfter freundliche Blicke.

Alberto stand mit Baptiste an der Reling und schaute zurück nach Triest. Er hatte den Tod Mustafas noch nicht verwunden, und David hatte noch keine Zeit für ein ruhiges Gespräch mit ihm gehabt.

So ging er jetzt zu den beiden und grüßte sie: »Na, ihr beiden treuen Gefährten. Das ist nun die erste Fahrt ohne Mustafa seit vielen Jahren. Und ausgerechnet jetzt segeln wir in seine Heimat.«

Alberto sah ihn traurig an. »Wenn wir ihn wenigstens hätten bestatten können, Sir, mit dem Segen unseres Reverends. Aber so wurde sein Körper zerfetzt und niemand konnte ihm helfen.«

»Baptiste hat es schon gesagt, Alberto. Seine Seele ist um uns, auch wenn wir es nicht merken. Solange wir an ihn denken, ist er irgendwie bei uns.«

»Ich werde ihn nie vergessen, Sir«, bestätigte Alberto.

»Ich auch nicht«, schloss sich Baptiste an.

»Habt ihr schon einmal daran gedacht, dass ihr für bestimmte Unternehmen wieder einen dritten Mann brauchen werdet.«

Alberto nickte. »Wir haben nur kurz darüber gesprochen, Sir. Es war uns noch zu früh. Aber wir beide haben einen Seemann hier auf der *Cesar* im Auge, den wir vielleicht vorschlagen werden, wenn wir ihn ein wenig näher beäugt haben und die Erinnerung an Mustafa uns nicht dauernd ablenkt.«

David war einverstanden und fragte Baptiste, ob er die Druckluftbüchse schon habe untersuchen lassen.

»Ja, Sir. Ich war bei einem guten Büchsenmacher in Triest. Sie hat keinen Schaden genommen.«

Auch in Vis warteten Neuigkeiten auf David. Die Franzosen waren aus Split abgezogen, ohne angegriffen worden zu sein. Ein Zug Seesoldaten halte die Stadt besetzt, bis die Österreicher in Kürze einträfen.

»Und, Sir«, fuhr der Gouverneur fort, »die Franzosen haben Truppen aus Hvar abgezogen. Ich habe eine Kompanie des 35. Regiments für einen Angriff zur Verfügung, aber Seesoldaten wären für die Erstürmung des Forts Napoleon sehr nützlich.«

»Die Gelegenheit sollten wir uns nicht entgehen lassen. Kapitän Rowlandson ist dafür der richtige Mann. Aber schicken Sie bitte sogleich eine Eilmeldung an Graf Natali, Gouverneur in Sipan. Er möchte bitte sofort zu einem Treffen mit mir nach Mljet kommen. Und ich segele morgen mit einer Sloop oder was sonst verfügbar ist nach Mljet. Heute bin ich noch für Ihren Aktenkrieg verfügbar, Herr Gouverneur.«

Die Sloop *Wizard* segelte mit David am nächsten Tag nach Mljet. Er war kaum in Babine an Land gegangen und hatte die kroatische Miliz besichtigt, als auch schon ein Kanonenboot gemeldet wurde, das den Grafen Natali brachte.

Natali und David verstanden sich seit ihrer Zusammenarbeit bei der Eroberung der Inseln sehr gut. David vertraute Natalis begründetem Urteil in hohem Maße und war auch jetzt gespannt, was er ihm über die Entwicklung der letzten Zeit und die Aussichten berichten würde.

Sie tranken auf den König. David machte einige Komplimente, wie gut sich die kroatische Miliz bewähre, für die Natali so wertvolle Anregungen gegeben hatte. Natali dankte für den Schutz, den die ständige Präsenz britischer Flotteneinheiten den Inseln gewähre. »Ich gratuliere auch zu der Eroberung Triests, Sir David. Nun fehlt nur noch Dubrovnik, und Sie haben die gesamte Küste befreit.«

»Wir wollen Kotor nicht vergessen, Graf, aber natürlich liegt mir Dubrovnik mehr am Herzen. Informieren Sie mich doch bitte, wie sich die Lage in der letzten Zeit entwickelt hat.«

Graf Natali berichtete, dass die Patrioten in und um Dubrovnik durch das Beispiel der Bocchesen und Montenegriner angeregt wurden, sich auch gegen die Franzosen zu erheben. Sie hatten die Franzosen gezwungen, sich unter ihrem General Montrichard in die Stadt zurückzuziehen. Dort seien sie aber mit ihren Kanonen hinter dicken Mauern unangreifbar für die Aufständischen.

Ihr Führer, der Graf Caboga, hatte mit den Briten verabredet, dass eine kleine Abteilung des 35. Regiments in Cavtat, der Stadt an der kleinen Bucht südlich von Dubrovnik, landen könne. Die Aufständischen bevorzugten eine Besetzung durch die Briten und hatten keine Einwände gegen das Hissen der britischen Flagge, denn das schien einen gewissen Schutz gegen Österreichs Ansprüche zu bieten, das keine Absicht hatte, die Unabhängigkeit Dubrovniks wiederherzustellen.

Dann sei Kapitän Hoste gelandet und habe die britische Flagge durch die Dubrovniks ersetzt und sie mit einundzwanzig Salutschüssen geehrt. Er habe dabei auch die Unabhängigkeit Dubrovniks proklamiert. Das habe die Aufständischen begeistert. Aber da weder sie noch die Engländer über Kanonen gegen die starken Mauern Dubrovniks verfügten, sei Hoste wieder nach Kotor abgesegelt. Seitdem lägen die Aufständischen vor der Stadt. Es sei eine ziemlich undisziplinierte Truppe.

David hatte den Bericht mit wachsender Besorgnis angehört. Kapitän Hoste hätte nicht so einseitig Partei ergreifen dürfen.

»Graf Natali«, sagte er nach einigem Nachdenken. »Sie kennen meine Sympathie für Dubrovnik und meinen

Respekt vor den sozialen und kulturellen Leistungen dieser Stadt. Ihre Unabhängigkeit liegt im wahren Interesse Englands, nicht die Eingliederung in Österreich, in einen Staat, der ein wenig zu oft die Seiten wechselte. Aber ich habe eine Erklärung mit General Nugent unterzeichnet, dass wir in allen neu eroberten Ländern, die früher nicht zu Österreich gehörten, die Frage der staatlichen Zuordnung bis zum Friedensvertrag offen lassen wollen. Kein britischer Kapitän darf die Unabhängigkeit Dubrovniks jetzt proklamieren. Er zieht nicht nur die Feindschaft der Österreicher auf sich, sondern auch auf die Aufständischen, die mit ihm zusammenarbeiten. Glauben Sie, Graf, dass wir die Situation mit Ihrer Hilfe etwas entwirren und die Belagerung vorantreiben können?«

»Ich glaube schon, Sir David«, antwortete Natali und sie besprachen in den nächsten zwei Stunden, wie Natali auf Caboga einwirken würde, um die Flaggen der Republik einzuholen und englische und österreichische Flaggen gemeinsam zu hissen. Dafür stellte David den Aufständischen vier Achtzehnpfünder zur Verfügung, die von kroatischen Milizionären bedient werden würden. David wollte auch einen kroatischen Offizier als Berater in Graf Cabogas Stab entsenden. Er selbst würde sich nach baldiger Rückkehr von Kotor selbst um die Befreiung Dubrovniks bemühen.

Die *Cesar* hatte David am frühen Morgen in Mljet abgeholt. Sie hatten Dubrovnik passiert und segelten nun auf die Bai von Kotor zu, die Bocca, nach der die Bewohner Bocchesen hießen. David hatte Kapitän Rowlandson zum Lunch bewirtet und war mit Larry an Deck gegangen. Der Hund wirkte seltsam unruhig, lief zu der dem Land zugewandten Reling und schnüffelte und mauzte.

David dachte noch an das Gespräch mit Rowlandson und wollte sich nicht stören lassen. »Larry!«, rief er ärgerlich und blickte sich um, als der Hund nicht kam. Da sah er über den Bergen jenes helle, unnatürlich fahle Leuchten, das er schon einmal gesehen und dessen Folgen er nicht vergessen hatte.

»Alle Mann an Deck!«, schrie er. »Eine Bora! Macht das Schiff sturmklar! Tempo! Es geht um euer Leben. Holt die Segel ein, sichert die Kanonen, zurrt alles fest unter Deck!«

Die Matrosen rannten an Deck. Rowlandson lief zu David. »Was ist?«, fragte er.

»Eine Bora! Einer dieser Fallwinde, ziemlich früh in diesem Jahr, aber sehr gefährlich. Machen Sie alles sturmklar.«

Rowlandson brüllte seine Befehle durch die Sprechtrompete. Die Maate trieben die Mannschaften an und blickten immer wieder zu jenem flimmernden Leuchten an den Bergen.

Jetzt sah man schon, wie der Sturm Wolken an Sand und Staub von den Bergen hinabwirbelte. Jetzt riss er die Bäume aus, die tiefer an den Hängen standen, und wirbelte sie durch die Luft. Die meisten hatten so etwas noch nie gesehen, denn sie hatten noch nicht in der Adria gedient.

»Kurs auf die offene See!«, rief Rowlandson. »Spannt die Sturmtaue, macht alle Luken dicht!«

Alberto und Baptiste kamen an Deck, in Ölmäntel gehüllt, und brachten David den Mantel und Hut.

»Stellt vier Mann ans Ruder und prüft dann noch einmal die Kanonen. Gleich ist der Sturm über uns.«

Rowlandson blickte zum Land, wo sich eine riesige Wolke aus Gischt und Staub heranwälzte. »Nur die Sturmwache bleibt an Deck. Alle anderen nach unten! Tempo!«

Baptiste hatte Larry nach unten gebracht, wo Frederick ihn mit einer dicken Binde anschnallte. »Die Fenster sind schon fest verschalt, Sir«, meldete er David.

Wenn es uns richtig trifft, hilft das auch nicht viel, dachte

David. Er rief Rowlandson ins Ohr: »Sind die Rettungsflöße bereit?«

Der nickte nur und zog David mit zu den Aufbauten des Besanmastes, um sich dort festzukrallen. Und dann schlug der Sturm zu. Er überschüttete sie mit einem Gemisch aus Wasser, Staub und Luft. Der Druck war so stark, dass er ihnen die Luft aus den Lungen presste und die Beine wegriss. Wer sich nicht fest anklammern konnte, rutschte über das Deck, konnte sich an Sturmtauen festklammern, an der Reling ankrallen oder wurde in die tobende See gerissen.

Dann schlug eine Riesenwelle von achtern über das Deck und riss alles mit sich, was nicht doppelt und dreifach gesichert war. Finknetze wurden abgerissen, Hängematten wirbelten durch die Luft, eine Kanone hatte sich zum Teil gelöst und schlug gegen die Reling.

Rowlandson rannte mit drei Matrosen hin und zurrte sie wieder fest. Dann duckten sie sich alle, denn eine neue Welle war über ihnen. Einen warf es gegen die Kanone und er schrie vor Schmerz. Die anderen griffen ihn und schleppten ihn zum Niedergang. Sie klopften, die Luke wurde kurz geöffnet und der Mann hineingezogen. Dann suchten die anderen wieder Schutz.

Das Schiff stürmte durch die Wellen, obwohl es nur das kleine Sturmsegel am Fockmast trug. »Wir haben genug Seeraum, Sir!«, rief der Kapitän in Davids Ohr.

»Dicht vor der italienischen Küste wird die Bora hoffentlich ihre Kraft verlieren«, antworte der und spähte nach hinten. Die Fregatte nahm die Seen gut. Es bestand keine unmittelbare Gefahr für das Schiff.

David fasste Rowlandsons Kopf und rief in sein Ohr. »Wir müssen Wachen festlegen. Das kann hier Stunden dauern. Ich nehme die erste, Sie die zweite, der Master die dritte Wache. Je eine Stunde. Bitte teilen Sie alles ein.«

Rowlandson nickte und eilte davon, als die nächste Welle vorüber war.

Am Ruder wurden die Männer alle Viertelstunde abgelöst. Die anderen Wachgänger kamen jetzt einzeln frisch aus dem Niedergang. Die bisherigen verschwanden durchnässt und erschöpft nach unten.

Vorn hörte David ein dumpfes Klopfen. Er deutete auf drei Männer, die sich in seiner Nähe hinter einem Aufbau festkrallten. »Überprüft die Vertäuung der Boote.«

Sie nickten und huschten davon. Das Klopfen hörte auf. Aber jetzt knackte es oben am Fockmast. David trat zur Seite und spähte nach oben. Einen Augenblick war sein Nacken ungeschützt und eine Welle verpasste ihm einen krachenden Schlag, dass er fast die Besinnung verlor. Dann sah er es. Die Vorroyalstenge wackelte. Ihre Verankerung zur Vorbramstenge war durch die ständigen Schläge gelockert und sie zerrte jetzt an den Wanten.

»Vorsicht! Die Vorroyal ist locker. Weg vom Fock! Haltet Beile bereit!«

Seeleute starrten nach oben, zeigten anderen die Gefahr und hangelten sich zur Mitte des Schiffes. Es dauerte noch einen Augenblick, dann kam die Stenge herunter und blieb im Deck stecken. Sie durfte sich nicht lösen und auf dem Deck hin- und herschlagen. Aber die Seeleute waren erfahren, laschten sie mit Seilen fest, hoben sie aus dem Deck und bargen sie an der Reling.

Jemand rüttelte an Davids Schulter. Es war Rowlandson. Die erste Wache war vorbei.

»Sie hält sich gut. Die Boote mussten nachgezurrt werden. Die Vorroyal kam runter. Ich glaube nicht, dass wir im Zentrum der Bora sind. Vielleicht ist in drei Stunden schon alles vorbei.«

Rowlandson nickte und David wartete die nächste Welle ab, um dann zum Niedergang zu sprinten. Unten empfing ihn Frederick mit Kaffee, der durch Kerzen warm gehalten wurde, und Keksen. Larry wedelte mit dem Schwanz und mauzte.

»Erst will ich trockene Wäsche haben«, forderte David.

»Liegt schon auf dem Bett bereit, Sir.«

David war bis auf die Knochen nass, entkleidete sich, rieb sich mit dem Handtuch trocken und zog die neue Wäsche und Oberkleidung an.

»Trocken ist man gleich ein anderer Mensch«, sagte er und neigte sich zu Larry, der verwirrt und unruhig war. »Es geht vorbei, mein Lieber«, tröstete er und streichelte ihn.

Dann trank er mit Behagen den warmen Kaffee, aß ein paar Kekse und setzte sich in einen Sessel, der an der Wand festgeschnallt war. Frederick beobachtete ihn amüsiert. Tatsächlich. Nach ein paar Minuten schlief der Admiral, da mochte die Kajüte noch so schaukeln. Frederick legte ihm ein Kissen auf die Schultern, damit der Kopf nicht an die Wand pochte. Seeleute sind schon besondere Wesen, dachte er noch, legte sich ein paar Kissen auf den Boden und schlief auch ein.

Er wachte auf, als jemand seine Schulter packte.

»Nanu, du schläfst doch sonst nicht bei Sturm«, sagte Alberto. »Der Admiral ist in zehn Minuten mit der Wache dran. Ich wecke ihn. Hast du etwas Warmes für ihn?«

Frederick erschrak. Er hatte verschlafen. Schnell fasste er die Kanne an. Sie war kalt. Da zündete er einfach den Ölkocher an, um den Kaffee zu wärmen.

»Bist du verrückt, Frederick, hier den Kocher zu entzünden?«, hörte er plötzlich den Admiral schimpfen. »Eine große Welle, die alles umwirft und wir verbrennen.«

»Das Wetter ist ruhiger, Sir. Ich habe verschlafen und der Kaffee ist kalt.«

»Dann gib einen Schuss Kognak dazu. Das ist mir lieber, als wenn in der Kajüte die strengen Regeln bei Sturm verletzt werden.«

Er trank den Kaffee mit Kognak, aß eine Scheibe Schinken, streichelte Larry und ging an Deck. Der Sturm hatte tatsächlich merklich nachgelassen. Mr Goodwin meldete, dass sie nach seiner Schätzung noch fünfzig Kilometer vor der italienischen Küste stünden und dass während seiner Wache keine Ausfälle aufgetreten seien.

David übernahm, zog seinen Ölmantel fest um den Körper und sah sich um. Die Sicht war besser, aber es würde in der nächsten Stunde zu dämmern beginnen. An Deck war alles klar. Sie könnten das Ruder etwas mehr auf West-Südwest legen. Er gab die Befehle, und die *Cesar* segelte ruhiger.

Man musste sich nicht mehr dauernd an Tauen festklammern. Man konnte schon ein paar Schritte zwischen den Wellen gehen. David patrouillierte das Deck ab und prüfte, welche Schäden vorlagen. Sie waren noch gut davongekommen. Er sah nichts, was nicht mit Bordmitteln innerhalb eines Tages zu reparieren war.

Sie konnten daran denken, bald auch ein paar Segel zu setzen. David besprach sich mit dem Bootsmann. Der instruierte seine Leute und einige begannen mit den Vorbereitungen.

David beobachtete die Arbeiten an Deck, als jemand vom Vorschiff rief: »Schiff voraus, einen Kilometer!«

Warum wurde das nicht eher gesichtet? fragte sich David und nahm sein Teleskop heraus. Dann merkte er schnell den Grund. Das Schiff hatte alle Segel und zwei Masten verloren. Es dümpelte hilflos in der hohen See. Das war ein Handelsschiff, eine Dreimastbark.

Die See war noch zu hoch, um ein Boot zu Wasser zu lassen. Die Bark war auch nicht in Gefahr. David ließ Rowlandson rufen und schlug ihm vor, die Oberdeckkanonen zu besetzen und die Bark anzurufen. Übersetzen könne man wahrscheinlich in einer Stunde, wenn der Sturm weiter abflaue.

Rowlandson stimmte zu und erteilte die notwendigen Befehle. Die Kanonen wurden mit aller Vorsicht schussfertig gemacht. Man durfte nicht riskieren, dass sie sich losrissen und umherschlugen. Sie bemannten auch nur die Kanonen auf der der Bark zugewandten Seite.

An Deck der Bark waren einige Seeleute zu beobachten, die anscheinend Notmasten errichten wollten. Als Rowlandson sie anrief, winkten einige sogar erleichtert. Es war eine Bark aus Bari, die mit Lebensmitteln und Munition nach Dubrovnik segelte.

»Eindeutig ein feindliches Schiff mit verbotener Ladung«, murmelte der Bootsmann freudig erregt. Aber Prise hin, Prise her. Erst musste man das Schiff besetzen und wieder segeltüchtig machen.

Das war nun Sache von Rowlandson, der sich mit seinem Ersten und dem Bootsmann beriet. Sie stellten sorgfältig eine Bootsbesatzung zusammen, in der die wichtigsten Handwerker vertreten waren. Wer wusste, ob sie so bald ein zweites Boot übersetzen lassen konnten. Sie manövrierten die *Cesar* in eine Position, die Wind und Wellen möglichst gut abschirmte, und schickten dann das Boot los.

Es legte gut an. Die Prisenmannschaft kletterte an Deck. Der kommandierende Leutnant winkte nach kurzer Zeit, dass er alles unter Kontrolle habe. Und dann stieß ihr Boot mit einigen Fremden wieder ab und ruderte zur *Cesar* zurück.

David schaute durchs Teleskop. Dort saßen drei Fremde im Boot. Sie hatten Mäntel und Decken umgehängt, aber hier und dort sah er Uniformteile darunter.

Der Mann rief: »Wir brauchen den Bootsmannsstuhl!« Dann kletterte er schnell an Bord und meldete: »Ein französischer General mit seinem Adjutanten und seinem Diener war an Bord. Die drei sind alle völlig entkräftet von der Seekrankheit. Ein formeller Empfang wäre nutzlos, wenn Sie die Empfehlung erlauben, Sir.«

Rowlandson griente kurz. »Gute Empfehlungen sollte man nie zurückweisen, Mr Rumlan.« Dann wandte er sich einem Midshipman zu: »Sorgen Sie dafür, dass die Herren in den Kabinen des Feuerwerkers und des Segelmachers untergebracht werden.«

»Sir, darf ich daran erinnern, dass dort schon der Flaggleutnant und der Sekretär des Admirals einquartiert wurden?«

Rowlandson fasste sich an den Kopf. »Das habe ich über dem Sturm ganz vergessen. Reden Sie mit dem Ersten, dass er noch zwei Kabinen frei macht. Nun wird es aber langsam eng hier.«

Rowlandson begrüßte den General ganz informell, und der war froh, dass er gestützt und unter Deck gebracht wurde. In ihren Kutter stiegen inzwischen weitere Handwerker. Einige trugen Werkzeug.

»Die Nacht über werden sie zu tun haben. Legen Sie die *Cesar* windwärts von der Prise im Dunkeln. Doppelte Wache. Der Sturm ist vorbei. Die See wird jetzt ganz ruhig werden. Oft folgt sogar Flaute. Ich gehe jetzt unter Deck«, sagte David zu Rowlandson.

Auf der Prise sägten und hämmerten sie. Öllampen und Fackeln erhellten das Deck. Seesoldaten standen vorn und achtern und bewachten die gefangenen Seeleute, die bei den Arbeiten helfen mussten. Am Großmast hatten sie schon einen Notmast errichtet. Jetzt brachten sie die Taue und Rahen an.

Leutnant Camburg, Zweiter Leutnant der *Cesar* und Prisenkommandant, hatte die Papiere des Kapitäns und des Generals durchgesehen und kam jetzt an Deck. »Stellen Sie sich vor«, sagte er zum Zimmermannsmaat, »der General ist Nachschubfachmann. Nachdem wir die Küstenschifffahrt zum Erliegen gebracht haben, soll er den Nachschub mit Maultierkolonnen über die Straßen organisieren.«

»Dann muss es denen aber dreckig gehen, Sir. Wie viel

hundert Maultiere braucht man für eine Schiffslast? Und im Hinterland gibt es doch hier auch Guerillas und Räuber.«

»Na ja, lange halten die doch nicht mehr durch. Aber nun zu unserer Prise. Können wir morgen früh segeln?«

»Ja, Sir. Die Notmasten sind dann fertig. Aber ob unsere Leute die Taue vor Müdigkeit noch halten können, weiß ich nicht.«

Es war um sechs Glasen der Hundewache (3 Uhr früh). Der Besan hatte einen Notmast. Jetzt machten sie das Tauwerk fest. Am Großmast hatten sie die Notsegel schon angebracht. Aber es ging alles etwas langsamer. Die Briten waren hundemüde und die Gefangenen auch.

Plötzlich krachte ein Schuss aus dem Dunkel. Eine Leuchtrakete stieg empor. »Hier ist die Korvette *Messina* des Königreichs Neapel. Streicht die Flagge und übergebt alle Waffen den gefangenen Matrosen!«

»Alle Lichter aus!«, brüllte Leutnant Camburg. »Gefangene unter Deck! Bemannt die Kanonen!«

Die Bark hatte vier Achtpfünder. Damit war kein Preis zu gewinnen. Aber Camburg rechnete auch damit, dass die *Cesar* sofort eingreifen würde.

Auf der *Cesar* hatte Mr Joker, der Dritte Leutnant, Wache. Er war erst fünf Monate Leutnant, aber jeder Situation gewachsen. Kaum hatte er den Schuss gehört, rief er zwei Mann zu: »Rennt durch die Decks: Klar Schiff ohne einen Laut.«

Dem diensttuenden Midshipman sagte er: »Wecken Sie den Kapitän und den Admiral. Unsere Prise wird angegriffen und löscht alle Lichter.«

Dann griff er nach dem Nachtglas und studierte den Feind genauer. Eine kleine Korvette, vielleicht achtzehn

Kanonen. Die komische Flagge des neuen Königreiches Neapel wehte. Die Segel waren nachlässig gebrasst.

Er setzte das Glas ab. Zum Rudergänger sagte er: »Kurs zwanzig Strich. Wir wollen in den Schatten windwärts von dem Kahn.«

Der Wache befahl er mit unterdrückter Stimme: »Beginnt mit dem Segelsetzen! Tempo!«

Die Mannschaft rannte an Deck. Rowlandson kam und fragte: »Was ist los?«

»Neapolitanische Korvette backbord von der Prise. Hat Warnschuss und Leuchtrakete gefeuert. Prise hat Lichter gelöscht. Ich habe einen Kurs angegeben, der uns hinter die Korvette führt, wo wir den Windvorteil haben. Klarschiff ohne Lärm, Sir.«

»Gut, Mr Joker. Hoffentlich sind unsere Lahmärsche bald an Deck.«

Aber da trafen schon die Meldungen von den Kanonen und den Masten ein. Alle waren bereit. Als David kam, war er durch die Tätigkeiten an Bord schon orientiert. Die Korvette hatte weitere Leuchtraketen gefeuert und schoss jetzt einen Schuss zur Warnung in den Bug der Prise.

»Verdammt! Brasst die Segel schärfer und bringt uns rum!«, fluchte der Bootsmann unterdrückt.

Frederick schnallte David den Gurt um und gab ihm Säbel und Pistole. Dann ging er ins Schiffshospital, wo er im Gefecht Dienst tat. Alberto und Baptiste traten zu David. »Wir haben nachgesehen, ob genügend Leuchtraketen vorbereitet sind. Ist alles in Ordnung, Sir.«

»Na, dann werden wir die Herren mal überraschen.«

Die *Cesar* hatte fast eine Position erreicht, wo sie Bug und Breitseite der Korvette gleichermaßen bestreichen konnte. »Mir reicht das, Sir«, sagte Rowlandson zu David. »Sonst treffen wir unsere eigene Prise.«

»Ich bin Ihrer Meinung. Machen Sie weiter, Mr Rowlandson.«

»Segel backbrassen!«, befahl Rowlandson. »Gefechtsbesegelung! Vier Leuchtraketen klar zum Abfeuern. Erste Achterdeckkanone fertig zum Warnschuss vor den Bug.« Als die Segel richtig standen, folgte der Befehl: »Feuer frei!«

Vier Leuchtraketen stiegen sprühend in den Himmel und erleuchteten die Szene. Der Schuss wühlte vor dem Bug der Korvette das Wasser auf.

»Hier ist Seiner Britischen Majestät Schiff *Cesar*. Streicht sofort die Flagge oder wir schießen euch zusammen!«

Der Dolmetscher wiederholte es auf Italienisch. An Deck der Korvette rannten sie durcheinander. Einige wollten Segel setzen, andere die Kanonen bemannen, noch andere machten ein Boot fertig zum Aussetzen.

»Was ist denn das für ein Sauladen?«, schimpfte Rowlandson. »Noch einmal vier Leuchtraketen. Zweite Achterdeckkanone einen Schuss in den oberen Großmast.«

Die Leuchtraketen entrissen die Korvette wieder dem Schutz der Dunkelheit. Die Kugel fegte durch die Großbramstenge und schleuderte Splitter und Teile der Rah auf das Deck der Korvette. Jetzt rannten mehrere Männer zum Flaggenmast und holten die neapolitanische Flagge ein.

»Mr Setlag!«, rief Rowlandson seinem Ersten zu. »Übernehmen Sie bitte das Prisenkommando. Zwei Kutter. Während des Übersetzens immer zwei Leuchtraketen am Himmel. Setzen Sie drüben sofort alle Lichter. Viel Glück!«

Die Mannschaften rannten zu den Kuttern, ließen sie zu Wasser, sprangen hinein und pullten los, als auch Leutnant Setlag seinen Platz eingenommen hatte.

Die italienischen Seeleute waren völlig durcheinander. Eben noch hatten sie geglaubt, eine Prise mühelos aus den Händen der Briten befreien zu können, und nun waren sie selbst eine Prise der Briten. Die meisten nahmen an, sie würden auf das britische Schiff gebracht, und schafften ihre Habe an Deck. Das waren nicht nur Seesäcke, sondern auch ganze Hängematten voll gestopft mit allen möglichen Sachen. Einer hatte einen Salamiring und eine Kette Knoblauchzehen um den Hals.

»Was ist das für ein Sauhaufen?«, schrie Leutnant Setlag. »Die Sachen, die nicht in fünf Minuten unter Deck sind, werden ins Meer geworfen!«

An drei seiner Leute gewandt, befahl er: »Sichert die Pulverkammer.«

Dann übersetzte der Dolmetscher: »Alle Waffen an Deck legen und auf das Vordeck setzen. Hände hinter dem Kopf verschränkt.«

Der Kommandant der Korvette trat auf Leutnant Setlag zu und wollte ihm seinen Degen überreichen. Setlag hatte eine starke Abneigung gegen die italienischen Parteigänger Napoleons und ließ durch den Dolmetscher sagen: »Werfen Sie das Ding zu den übrigen Waffen und setzen Sie sich zu den anderen.«

Der Kommandant wurde weiß vor Wut und sah Setlag böse an, befolgte aber den Befehl.

Setlag ließ die Maate und Offiziere vortreten und sagte zum begleitenden Midshipman: »Wo soll ich die Kerle bloß hinbringen, auf der *Cesar* ist doch kein Platz mehr.«

»Sir, die hat doch jetzt viel Prisenmannschaften abgegeben. Und den einen Tag können sie ja auf dem Geschützdeck bewacht werden.«

»Stimmt auch«, gab Setlag zu. »Veranlassen Sie den Transport. Ich gehe in die Kapitänskajüte und schaue nach den Papieren.«

Auf der *Cesar* blickten einige dem Kutter entgegen. Baptiste sagte zu Alberto: »Das bringt wieder einen Batzen Prisengeld.«

»Was machst du eigentlich mit der ganzen Knete ohne Frau und Kind?«

»Ich spare. Der Admiral hat es mir geraten. Dann kann ich mir ein Haus kaufen oder einen Laden, eine Wirtschaft, wer weiß.«

»Mensch, heirate! Das ist besser als allein im Haus.«

»Mr Rosso«, rief der Wachhabende. »Können Sie bitte für mich übersetzen. Ich weiß nicht, wo ich die Kerle unterbringen soll.«

»Steckt sie doch in den Stauraum für die Zimmermannswerkzeuge. Die Zimmerleute sind ja jetzt alle auf der Prise. Und es ist doch nur für einen Tag«, schlug der Bootsmann vor.

Drei Stunden später segelten die drei Schiffe auf die Bucht von Kotor zu, die *Cesar* windwärts von den beiden anderen. Auf der Bark hatten sie alle Gefangenen im Unterdeck eingeschlossen. Außer den Wachen und dem Rudergänger war keiner mehr wach. Sie lagen an allen möglichen Stellen an Deck und schliefen den Schlaf völliger Erschöpfung.

»Ein Glück«, sagte Leutnant Camburg, »dass die Italiener auch so viel gearbeitet haben. Sonst könnten die uns jetzt glatt überwältigen.«

»Doch nicht die Knoblauchfresser, Sir«, kommentierte der Rudergänger verächtlich und spuckte seinen Priem in hohem Bogen über Bord.

In Herzeg Novi, der Hafenstadt am Eingang zur Bucht von Kotor, lag ein Kanonenboot mit britisch-kroatischer Besatzung vor Anker. Die Stadt hatte sich Kapitän Hoste ergeben, aber mehr als einen Zug Seesoldaten für das Spanische Fort konnte er nicht entbehren.

Mit Erleichterung blickte die britische Besatzung auf

die nahenden Schiffe. Eine Fregatte mit zwei Prisen. Das war auf jeden Fall eine willkommene Verstärkung.

Und auch die Huren freuten sich. Das Geschäft war sehr flau gewesen, seitdem die Franzosen und Italiener vetrieben worden waren. Die einheimischen Männer waren nach Kotor gezogen und stritten sich mit den Montenegrinern, wer denn nun stark genug sei, die Franzosen zu vertreiben.

David hatte nicht viele Ansprechpartner in der Stadt. Ein pensionierter österreichischer Major diente als Stadtkommandant und der Midshipman, der das Kanonenboot kommandierte, vertrat die britische Flotte.

Er erfuhr jedenfalls, dass Kapitän Hoste seine Fregatte durch den engen Kanal von Verige in die innere Bucht geschleust und vor Kotor geankert habe. Insel und Kloster San Giorgio seien in britischer Hand. Montenegriner und Bocchesen hätten Kotor vom Hinterland abgeschnitten.

David beriet mit Rowlandson über die nächsten Schritte. »Ich muss nach Kotor, um zu sehen, wie es steht und wie ich Bocchesen und Montenegriner zu einem gemeinsamen Vorgehen bewegen kann. Es wäre unsinnig, wenn wir versuchen würden, mit der *Cesar* durch die Enge von Verige in die innere Bucht zu segeln. Die Enge ist nur dreihundertfünfzig Meter breit, hat eine starke Strömung und ist bei widrigen Winden fast unpassierbar. Ich werde mit dem Kanonenboot oder einem Kutter leichter nach Kotor gelangen. Die *Cesar* kann hier im Hafen liegen. Die Besatzungen der Prisen werden wir bis auf je fünfzehn Mann etwa, die beim Segelsetzen helfen, in Herzeg Novi ausbooten. Sie stellen Prisenbesatzungen für die Bark und die Korvette, die beide nach Korčula segeln, dem nächsten Werfthafen. Die Korvette können wir hoffentlich an die Österreicher verkaufen. Ich werde Befehle mitsenden, das noch ein Kanonenboot für Herzeg Novi und fünfzig kroatische Milizionäre geschickt wird. Ihre

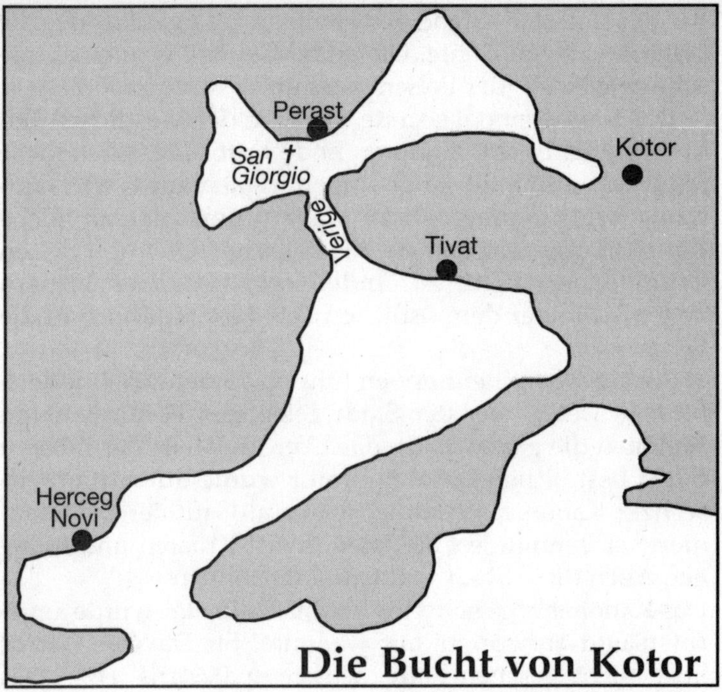

Die Bucht von Kotor

Besatzungen können dann mit zurückkommen. In einer Woche sollten wir wieder vollzählig sein und nach Dubrovnik auslaufen.«

David kannte die Schönheiten der Bucht von Kotor. Er war im Herbst 1799 schon in Kotor gewesen, als dort die Österreicher herrschten und seine Hilfe gegen ein Piratennest erbaten. Aber die anderen sparten nicht mit »Ah« und »Oh«, als sie die Enge von Verige passiert hatten und die alte venezianische Stadt Perast mit ihren Kirchen und Palästen vor den hohen grünen Bergen sahen.

Vor der Stadt lagen zwei winzige Inseln. Eine mit dem

Kloster und der Kirche des Heiligen Georg, über der die britische Flagge wehte. Die andere, eine künstlich aufgeschüttete Insel, ›der Felsen‹ genannt.

Das Kanonenboot segelte weiter in den westlichen Teil der inneren Bucht, an deren Ende Kotor lag. Auch diese Stadt war durch die lange Zugehörigkeit zum venezianischen Reich geprägt. Dicke Mauern umschlossen reiche Bürgerhäuser und Paläste, die zwischen Ufer und Felsen kaum genug Platz zu finden schienen. Die Mauern zogen sich über dem östlichen Teil der Stadt hoch in die Berge.

Steile Serpentinentreppen führten zu der zweihundertfünfzig Meter über der Stadt gelegenen Festung, deren Kanonen die ganze Stadt, das Ufer und Teile der inneren Bucht bestreichen konnten. Kotor wurde durch fünfundsechzig Kanonen verteidigt. General Gauthier kommandierte siebenhundert Soldaten, meist Kroaten und Italiener. Auch diese Stadt wirkte uneinnehmbar.

Das Kanonenboot näherte sich der *Bacchante*, wurde angerufen und antwortete mit »Admiral Sir David.« Wer es noch nicht gesehen hatte, wusste spätestens jetzt, dass sich der kommandierende Admiral näherte.

Die Ehrenwache trat an. Kapitän Hoste erschien an Deck, und David wurde mit allen Ehren empfangen.

»Willkommen an Bord, Sir«, begrüßte ihn Hoste. Er zeigte auf die Stadt und die Berge und sagte: »Ist das nicht eine beeindruckende Kulisse, Sir?«

»In der Tat, Mr Hoste. Ich war anno neunundneunzig fast überwältigt von dem Panorama, als ich unsere österreichischen Verbündeten in der Stadt besuchte, und bin auch jetzt wieder fasziniert. Es ist fast zu schön, um hier Krieg zu führen.«

»Da kann ich Ihnen nur zustimmen, Sir. Aber der Krieg zeigt hier leider sehr unangenehme Seiten, wie ich Ihnen gern in meiner Kajüte berichten möchte.«

Sie tranken auf das Wohl des Königs und Hoste erzählte

von den Schwierigkeiten, die ihm ihre »Verbündeten«, die Bocchesen und die Montenegriner, bereiteten.

»Sie sind untereinander spinnefeind, Sir. Die Montenegriner sind Banditen. Wenn denen ein französischer Posten in die Hände fällt, schlachten sie ihn grausam ab. Meine eigenen Leute gehen nur zu dritt und mit allen Waffen zu ihnen. Selbst untereinander vertragen sie sich kaum. Bewohner verschiedener Dörfer wollen nicht an dem gleichen Wall für eine Batterie arbeiten, wenn sie überhaupt arbeiten.«

»Kann ihr Erzbischof Petar I. sie nicht zur Räson bringen, Mr Hoste?«

»Nur teilweise, Sir. Der Erzbischof ist ein beeindruckender Mann mit langem weißen Bart. Er hat Jahre in Russland gelebt und studiert. Die Leute folgen seinem persönlichen Befehl bedingungslos. Aber wenn er nicht da ist, sind sie wieder aufsässig. Doch dem französischen General geht es nicht viel besser, Sir. Die Kroaten in seiner Besatzung wollen meutern und haben mit mir Kontakt aufgenommen. Ich habe ihnen freie Rückkehr in ihre Heimatorte oder Dienst in unserer Miliz zugesichert, Sir.«

»Meuterer hat niemand gern in seinen Diensten, Kapitän Hoste. Aber das werden wir sehen, wenn sich die Frage stellt. Glauben Sie, dass eine solche Meuterei zum Fall von Stadt und Festung führen wird?«

»Nein, Sir. Gauthier hat noch genügend Truppen, und die Befestigungen sind ungeheuer stark. Wir können die Festung auf dem Berg nur beschießen, wenn wir Kanonen auf den Nachbarberg, den Mount Theodore, schaffen. Und das scheint fast unmöglich. Infanterie allein hat nicht die geringste Chance gegen die Mauern und Kanonen der Bergfestung.«

»Ich erinnere mich, dass wir an der spanischen Nordküste auch Kanonen auf kaum besteigbare Berge schaffen mussten. Lassen Sie uns doch noch einmal an Deck gehen und die Berge studieren.«

Die Berge erdrückten die Stadt fast. Hoste wies David auf einige nahezu senkrechte Stellen an den Seiten des Mount Theodore hin.

»Da können wir keine Kanonen hochschleifen, Sir. Vergessen Sie bitte auch nicht, dass ich mit der Hilfe unserer Verbündeten dabei nicht rechnen kann. Für sie ist das keine Kriegerarbeit.«

»Das ist wirklich ein lausiges Pack, Kapitän Hoste. Aber diese Situation erinnert mich an den Diamond Rock, den Diamantenfelsen. Sie sind vielleicht zu jung, um davon gehört zu haben.«

»Ja, Sir. Der Name sagt mir nichts.«

»Das ist eine steile Felseninsel vor Martinique, die sehr günstig lag, um den französischen Nachschub nach Port Royal zu behindern. Man hat anno nullvier lange Achtpfünder mit Jackstags oder Seilzügen auf den über zweihundert Meter hohen Steilfelsen gebracht. Man braucht dazu sehr stabile Verankerungen auf einem Schiff oder am Ufer und Gegenlager auf dem Berg. Mit dünneren Tauen wird dann ein ganz dickes Seil gespannt, das das Gewicht tragen kann. Auf dem Seil laufen viele Rollen, um das Gewicht zu transportieren. Die Kanone wird mit einem Flaschenzug hochgezogen. Das ist mühsam und erfordert viele Kräfte, ist aber die einzige Möglichkeit bei so steilen Felsen.«

»Sir, ich muss das mit meinem Zimmermann und dem Segelmacher besprechen. Das sind wahre Zauberer. Und sie brauchen starke Trageseile, denn ein Achtpfünder wiegt etwa fünfundzwanzig Zentner.«

»Es ist ein hartes Stück Arbeit, aber nur so können Sie es schaffen. Sagen Sie mir noch etwas über die Führer der beiden Volksgruppen, Mr Hoste. Vielleicht sollte ich mit denen verhandeln.«

»Das wäre sicher nützlich, Sir, zumindest bei Erzbischof Petar I. Ich sagte Ihnen schon, dass er einem imponieren kann. Er trägt gern russische Orden und ist ein gebildeter Mann. Der Sprecher der Bocchesen – oder wie er selbst beansprucht – der österreichischen Regierung, ist ein Priester namens Jacobo Brunazzi, ein intriganter, selbstgefälliger Kerl, der anscheinend alle unsere Maßnahmen so lange sabotieren will, bis die Österreicher hier eintreffen. Glücklicherweise ist sein Ansehen bei den Bocchesen selbst begrenzt.«

Hostes Seesoldaten erkundeten mit den Handwerkern den Aufstieg zum Mount Theodore und Hoste kündigte David an, er werde versuchen, mit Hilfe dieses Seilzuges Kanonen auf den Berg zu bringen.

David hatte Quartier im Kloster des Heiligen Georg bezogen und erfuhr am nächsten Tag, dass die Meuterei der Kroaten in Kotor nur teilweise geglückt sei. Ein Teil der Truppen sei in der Stadt eingeschlossen worden, der andere Teil konnte entkommen.

Er hörte außerdem, dass Petar I. zu einem Treffen mit ihm gern bereit sei. Er schlage Perast für ein Treffen vor und bitte, dass Davids Adjutant mit seinem die Einzelheiten vereinbare.

David besprach mit seinem Flaggleutnant, dass er das Treffen möglichst bald wünsche, dass jeder von maximal drei Personen ohne Feuerwaffen begleitet werde, dass man sich vor dem Palast der Bujovics treffen und dann im Palast miteinander unter vier Augen verhandeln solle.

So wurde es akzeptiert und der Admiral traf sich mit dem Erzbischof an einem kühlen, aber sonnigen Vormittag in Perast. David hatte außer dem Bath-Orden und dem Pour le Mérit seine russischen Orden angelegt. Kapitän Hoste, sein Flaggleutnant und ein Leutnant der Seesoldaten begleiteten ihn.

Petar I. war wirklich eine beeindruckende Erscheinung

in seiner weiten Seidenrobe. Auch er trug ein rotes Ordensband über der Brust, und David sah einen russischen Orden, der ihm selbst auch verliehen worden war.

Er hatte seine Begleiter vorbereitet, dass er den Erzbischof auf Russisch begrüßen werde, und so zeigten sie kein Zeichen der Überraschung, als David auf Russisch sagte: »Exzellenz, ich freue mich, den Mann zu treffen, der sein Volk in die Unabhängigkeit führen wird.«

Dem Erzbischof war seine Überraschung anzusehen. »Sie sprechen Russisch, Herr Admiral? Sie tragen auch einen russischen Orden. Haben Sie in der russischen Flotte gedient?«

»Von anno achtundachtzig bis neunzig diente ich in der baltischen Flotte, Exzellenz, und kämpfte im russisch-finnischen Krieg.«

»Davon müssen Sie mir bei einem Glas Wodka erzählen. Ich diente im Krieg gegen die Türkei. Wir konnten uns also nicht begegnen. Aber ich erinnere mich an einen britischen Admiral Haddington, der im Schwarzen Meer kämpfte.«

»Ein enger Freund von mir«, unterbrach ihn David.

»Sie sehen, wir haben viel Gesprächsstoff, Herr Admiral. Lassen sie uns in den Palast gehen.«

Er wollte David vorangehen lassen, als einer seiner Begleiter vorsprang, eine Pistole zog, auf David zielte und schrie: »Fahr zur Hölle, du Bastard, und sühne deine Schuld von Korfu!«

Alle standen wie erstarrt, nur David wollte sich zur Seite werfen, als auf einmal der Arm, der die Pistole hielt, zerfetzt wurde. Die Pistole schepperte auf das Steinpflaster. Der Schütze starrte auf seinen Arm, aus dem das Blut strömte, öffnete den Mund und schrie.

Ein Begleiter des Erzbischofs sprang zu ihm, band ihm den Arm ab und wollte den Verletzten wegführen.

»Halt!«, sagte der Erzbischof in einer David unbekannten Sprache. »Wie kommst du dazu, gegen mein Gebot eine Pistole mitzuführen, meinen Gast zu bedrohen und damit meine Ehre zu beflecken?«

»Er unterliegt der Blutrache, Herr. Die Ältesten haben es beschlossen.«

»Jetzt ist er mein Gast und wer ihn angreift, greift mich an. Du wirst mit deinem Leben dafür büßen. Führt ihn ab!«

Sie standen erst in einem größeren Zimmer. Diener reichten Wein. Sie tranken auf ihre Zusammenarbeit. Dann ging Petar I. mit David in ein Nebenzimmer, während die anderen über Einzelheiten einer möglichen Kooperation sprechen wollten.

Petar I. sprach genauso wenig wie David nach all den Jahren noch ein fließendes Russisch. Sie mussten nach Worten suchen, sprachen langsam, aber sie konnten sich ohne Zuhörer verständigen.

»Sie wissen, was es für meine Ehre bedeutet, dass einer meiner Begleiter Sie während eines Treffens angegriffen hat, das als friedlich vereinbart war?«

David nickte.

»Wie kam es, dass die Pistolenhand zerschossen wurde, ohne dass man etwas hörte und sah?«

»Ich habe Leibwächter, weil ich immer mit Attentaten des französischen Geheimdienstes und der Albaner rechnen muss. Leibwächter waren in den Häusern um den Vorplatz postiert.«

»Und warum hörte man keinen Schuss?«

»Er schoss mit einer Druckluftbüchse des österreichischen Büchsenmeisters Giradoni, von denen ich anno neunundneunzig zwei in Dubrovnik kaufen konnte.«

Der Erzbischof schaute grübelnd in die Ferne. »Nun, so ganz entspricht das auch nicht unserer Vereinbarung, dass wir unbewaffnet sein sollten. Aber mich interessiert viel mehr, warum hat man Ihnen Blutrache geschworen?«

»Ich habe seinerzeit in Korfu einen albanischen Hauptmann im Kampf getötet, der sich nicht nur einen Harem mit kleinen Jungen hielt, um seine perversen Neigungen zu befriedigen, sondern der uns auch gegen Geld verraten hatte. Seitdem verfolgt mich die Blutrache der Albaner.«

»Ich habe von diesem Albaner gehört. Wenn er im Kampf getötet wurde, dürfen die Ältesten nicht die Blutrache verhängen. Sie sind wahrscheinlich getäuscht worden. Sehen Sie, Herr Admiral. Die Albaner wohnen in wilden, gefährlichen Bergen ziemlich isoliert. Sie haben nie eine staatliche Ordnungsmacht kennen gelernt, sondern nur Plünderungs- und Eroberungszüge fremder Eroberer. Sie haben sich selbst Gesetze gegeben, meist nach dem Motto ›Auge um Auge, Zahn um Zahn‹. Vor etwa fünfhundert Jahren wurden diesen Gesetze in einem Buch festgehalten, dem ›Kanun‹. Danach urteilen nun die Ältesten. Wenn Sie außerhalb eines rechtmäßigen Kampfes töten und den Angehörigen keine Blutsühne entrichten, sprechen die Ältesten die Blutrache aus. Erst wenn sie ausgeführt wurde oder der Täter Buße geleistet hat, kann die ›besa‹, der Friede, verkündet werden. Ich werde dafür sorgen, dass es zur besa kommt und Sie nie mehr behelligt werden.«

»Ich wäre Ihnen verbunden, Exzellenz. Aber Sie haben meinem Schicksal zu viel Zeit gewidmet. Es geht um unsere Völker, Exzellenz. Können Sie uns bei der Vertreibung der Franzosen aus Kotor helfen und was beanspruchen Sie dafür?«

»Sie sind sehr offen, Herr Admiral. Wir können es beide sein, weil wir ohne Zeugen sprechen. Die Franzosen sind auch unsere Feinde. Wir helfen den Briten. Aber wir wollen weder unter britische noch unter österreichische Herrschaft. Wir wollen frei sein, allenfalls den Zaren als Schutzmacht anerkennen. Wir wollen Kotor in das montenegrinische Land eingliedern, um einen guten Hafen zu haben. Das gilt auch für Perast. Von beiden Häfen haben unsere Vorfahren Handel mit der Welt betrieben. Auch Herzeg Novi besäßen wir gern, aber wir wissen, dass das gegen die Bocchesen und alle ihre Verbündeten wohl nicht zu erreichen sein wird. Was sagen Sie dazu?«

»Ich habe mit den Österreichern eine Vereinbarung unterzeichnet, wonach sie in wiedereroberten Gebieten, die früher zu Österreich gehörten, erneut die alte Verwaltung einführen können. In den anderen Gebieten wird die Zuordnung bis zum Friedensschluss aufgeschoben. Ich dürfte, da Kotor österreichisch war, die Einführung der alten Verwaltung nicht behindern. Aber ich habe auch nicht die Soldaten, um das durchzusetzen. Mit meinen Schiffen und Kanonen kann ich Mauern zertrümmern, aber ich kann damit kein Land besetzen. Ich würde also pragmatisch eine Lösung tolerieren, wonach die innere Bucht von Montenegrinern, die äußere von Bocchesen besetzt wird. Die Verige wäre die Grenze.«

Petar I. stand auf, ging einige Schritte hin und her, wobei er über seinen weißen Bart strich. Dann sah er David fest an. »Dann hat keiner die Maximallösung, auf die er hoffte.«

David schüttelte den Kopf. »Aber jeder hat eine Lösung, mit der er leben kann.«

Petar I. streckte die Hand aus. »So sei es!«

David ergriff sie. »So sei es, aber vergessen Sie nicht, die Österreicher müssen Sie sich selbst vom Halse halten, gegen die kann ich nicht Krieg führen.«

Der Erzbischof nickte. »Es ist gut, mit Ihnen zu verhandeln, Herr Admiral. Bei Ihnen weiß man, woran man ist. Aber nun will ich das endlich mit Wodka begießen.« Er riss die Tür auf und rief nach seinem Diener.

An Bord der *Bacchante* unterrichtete David Kapitän Hoste und seinen Flaggleutnant über seine Vereinbarung. »Wir haben keine Möglichkeit, die Montenegriner an der

Besitznahme der inneren Bucht zu hindern, es sei denn, wir stellen den Kampf gegen die Franzosen ein. Das können wir nicht. Für England ist die äußere Bucht auch wichtiger. Wenn hier die Bocchesen und später die Österreicher herrschen, können uns die Montenegriner nicht gefährlich werden, selbst wenn Russland sie unterstützt.«

Die anderen stimmten ihm zu. »Aber aktive Hilfe sollten wir nicht erwarten, Sir«, sagte Hoste. »Die Montenegriner sind zum Kämpfen da, nicht zur Arbeit. Sie werden gegen die Franzosen losschlagen, sie werden gegenüber den Bocchesen Frieden halten, aber Knechtsarbeit werden sie nicht leisten.«

»Ich muss Ihnen ehrlich sagen, dass ich in meiner langen Dienstzeit so absonderliche Verbündete noch nicht erlebt habe. Aber wir haben keine Wahl. Wir müssen mit ihnen auskommen. Sind Sie anderer Meinung?«

Keiner war anderer Meinung, und David verpflichtete sie zu striktester Verschwiegenheit.

David ging am Abend mit Alberto und Baptiste vom Kloster des Heiligen Georg zum Friedhof. Wegen dieses Friedhofes hieß die kleine Insel auch Insel der Toten. David sah sich suchend um.

Dann ging er zu einem neuen Stein. Er blieb stehen, nahm seinen Hut ab und las: »Zum Gedenken an Mustafa Dukat. Er hielt seinen Freunden die Treue bis zum Tod.« Die Inschrift wurde in montenegrinischer Sprache wiederholt.

David sagte: »Wir konnten so wenig für sein Andenken tun, aber dieser Stein in der Nähe seiner Heimat, das musste sein.«

Die anderen nickten schweigend und wischten sich die Tränen aus den Augen. »Niemand von uns wird ihn je vergessen, Sir«, sagte Alberto. »Der Stein war eine gute

Idee. Nun weiß ich, an welchen Ort ich denken muss, wenn ich mit Mustafa rede. Und es ist so schön hier. Er hat es verdient.«

In den nächsten Tagen fing es an zu regnen. Die Männer der *Bacchante,* die an den Seilzügen arbeiteten, waren völlig durchnässt. Auch Kapitän Hoste war oft bei ihnen. Seine Gesundheit schien angegriffen.

»Ich muss zurück nach Dubrovnik, Kapitän Hoste. Ich weiß die Belagerung Kotors bei Ihnen in den besten Händen.«

In Herzeg Novi wartete Kapitän Rowlandson schon ungeduldig.

»Meine Prisenmannschaften sind seit zwei Tagen wieder an Bord, Sir. Wir sind bereit zum Auslaufen.«

»Ich weiß, dass Sie die Unruhe packt, wenn Sie im Hafen liegen. Aber ich muss noch die kroatischen Milizen und das neue Kanonenboot besichtigen und mit dem Stadtkommandanten sprechen. Vor morgen Mittag können wir nicht auslaufen.«

In der Kajüte meldete ihm Mr Roberts, dass Post gekommen sei. David setzte sich hin und griff zuerst nach Brittas Briefen.

Gott sei Dank: Es ging allen gut. Das Enkelkind wuchs und gedieh prächtig. Die Mutter war gesund und munter. Die Geschäfte blühten. Für die Küstenreederei musste ein neues Schiff gekauft werden.

Sein Sohn Edward beschwerte sich, dass sie so viel Konvois geleiten mussten. Das sei ziemlich langweilig. Aber bei einem Gefecht mit einem französischen Kaper habe ihn eine Gewehrkugel am Oberschenkel getroffen. Ein glatter Durchschuss. »Es tat verdammt weh, als der Arzt die Stoffreste aus der Wunde holte. Aber nun ist alles vorbei. Außer einem gelegentlichen Schmerz merke ich nichts mehr.«

Nun war sein Sohn schon verwundet worden. Wenn es nur immer so gut abginge. Hatte seine Britta doch Recht, wenn sie den Sohn an Land halten wollte? Aber dann wäre er unglücklich, und gefahrlos war es nirgends. David seufzte und griff erst jetzt zur Dienstpost. Ich lasse nach in meinem Diensteifer, sagte er sich. Irgendwie habe ich das Gefühl, alles Wichtige sei getan. Jetzt blieb nur das Aufräumen.

Aber schon der erste Brief weckte alle Aktivität erneut. Da machte ihm dieser neue Wiener Botschafter, dieser Lord Aberdeen, Vorwürfe, dass er den Bestrebungen Dubrovniks um Unabhängigkeit nicht streng genug entgegen getreten sei. Die Regierung Seiner Britischen Majestät habe mit der Regierung Seiner Kaiserlichen Majestät vereinbart, dass Österreich in allen eroberten Gebiete österreichisches Recht und Gesetz einführen könne. Jeder Offizier der Flotte habe sich daran zu halten.

»Verdammter Papierkrieger«, schimpfte David vor sich hin. »Dann erteilt uns von Beginn an diese Weisungen und lasst uns nicht erst nach bestem Wissen und Gewissen eigene Vereinbarungen treffen. Haben es diese Herren nicht mehr nötig, ihren Admirälen ihre Entscheidungen zu erklären, wie ich es mit meinen Offizieren tue? Ein unabhängiges Dubrovnik wäre für uns besser als ein Österreich ohne Konkurrenz an der Adria. Wer muss denn eure diplomatischen Fehler wieder ausbügeln?«

Aber dann schob er den Ärger beiseite. Jetzt wollte er noch sehen, wie es in Herzeg Novi stand und dann in Dubrovnik mit den Grafen Natali und Caboga sprechen, ehe er diesem Lord Aberdeen eine Antwort schickte.

Er ging an Deck. Rowlandson sah ihm an, dass er wütend war.

»Schlechte Nachrichten, Sir?«

David nickte. »Dieser neue Gesandte in Wien, über den jetzt alles läuft, weil der Weg nach London am kürzesten ist, will uns wegen mangelnder Unterstützung der Österreicher vor Dubrovnik kritisieren. Setzen Sie bitte Segel, Mr Rowlandson, dass mir der Wind diesen Quatsch aus dem Kopf weht. Kurs Korčula.«

»Sehr gern, Sir«, bestätigte Rowlandson und lachte.

Sieg und Abschied
(Dezember 1813 bis März 1814)

Mannschaften und Offiziere hatten stimmungsvolle Weihnachtsfeiertage auf Korčula verbracht. David verlebte auch einen Nachmittag mit den Familien des Bürgermeisters und seines Bruders, dessen Dankbarkeit für seine Befreiung auch nach all den Jahren ungebrochen war. Und er hatte viel an seine Familie gedacht und viel geschrieben. Aber nun war die *Cesar* auf dem Weg nach Dubrovnik. Die Grafen Natali und Caboga hatten darum gebeten, das Treffen auf der Halbinsel Lapad stattfinden zu lassen, da die Lage vor Dubrovnik ihre Anwesenheit erfordere.

Der Wind war kalt, und David hielt sich nicht länger an Deck auf, als erforderlich war, damit Larry sich entleeren konnte. Als er in die Kajüte zurückkehrte, meldete ihm Frederick, dass Alberto und Baptiste um ein Gespräch bäten.

»Lass sie rein«, entschied David und begrüßte die beiden. »Was habt ihr auf dem Herzen?«

»Wir haben uns auf einen dritten Mann geeinigt, Sir, der uns bei unseren Aufgaben helfen kann. Er ist Vollmatrose: Seine Positionen sind Vormarsrah und Kanone Nummer drei als Richtkanonier. Er ist ein sehr guter Schütze und kann gut mit dem Entermesser umgehen. Er ist flink, gelenkig und kräftig. Er kapiert schnell und ist ein guter Kamerad. Er heißt John Hansen und ist Däne, Sir.«

David lächelte. »Ich hatte als junger Midshipman einen Freund, der hieß auch Hansen. Ihr kennt ihn jetzt als Reeder in Portsmouth. Wenn euer Kamerad nur halb so gut ist wie mein Freund, dann ist er mir sehr willkommen. Wartet er draußen?«

»Aye, Sir.«

»Na, dann holt ihn rein.«

Ein großer, kräftiger junger Seemann trat ein, nahm seine Wollmütze ab und legte zwei Knöchel der rechten Hand an die Stirn. »Vollmatrose John Hansen meldet sich zur Stelle, Sir.«

David antwortete in seinem etwas holprigen Dänisch: »Willkommen, John. Steh bequem. Es freut mich, dass du im Team mitmachen willst.«

Der Neue antwortete Englisch: »Sir, ich spreche nur wenig Dänisch, wir haben in Dithmarschen Deutsch gesprochen.«

David sah ihn überrascht an. »Mein Freund, den ich kenne, seit ich zur Flotte kam, war auch aus Dithmarschen. Er heißt William und ist jetzt Reeder in Portsmouth.«

»Mit dem Reeder aus Portsmouth bin ich entfernt verwandt, Sir. Mein Großvater hatte einen Bruder, dessen Sohn ist er. Er ist in der ganzen Familie berühmt. Als er vor drei Jahren die Familie besuchte, war ich leider gerade auf See.«

»Nun, John, ich nehme an, du heißt Johann.« John nickte. »Wenn du mit meinem Freund verwandt bist und etwas von seinen Anlagen hast, passt du gut zu meinen Begleitern und mir.« Er schüttelte den Kopf und sagte:

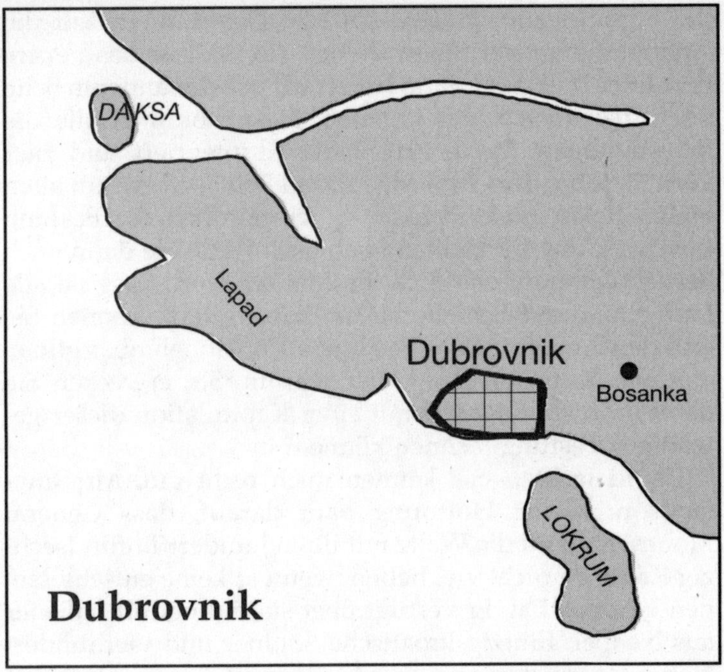

»Die Welt ist doch ein Dorf. Da treffen wir hier vor Dubrovnik einen Verwandten meines ältesten Freundes. Lernt ihn gut an. Erinnert mich, dass wir bei nächster Gelegenheit eine Rifle für ihn kaufen. Wenn ihr sonst etwas braucht, sagt mir Bescheid.«

Als sie gegangen waren, fiel ihm ein, dass er wieder einmal an seinen Freund William schreiben müsse und dass dies eine gute Gelegenheit sei.

Die *Cesar* segelte erst an Lapad vorbei. »Lassen Sie uns noch einmal die Festungsanlagen studieren, ehe ich mit den Herren rede.«

Sie kreuzten bis zur Insel Lokrum, auf der eine Festung

die Einfahrt zum Hafen schützte. David zeigte auf die Anhöhe hinter der Stadt. »Sehen Sie, dort ist das neuere Fort Imperiale, und dann haben wir auf der anderen Seite noch das Kastell San Lorenzo. Dazu kommen alle die Befestigungen, die in den Stadtwall integriert sind, hier vorn St. John, dort zum Meer Dead Bell Fortress, am alten Hafen Bokar und noch ein Stück nördlich die Festung Lovrjenac auf der kleinen Halbinsel. Wenn Sie dann noch berücksichtigen, wie dick die Mauern sind, dass sie alle Laufgänge und Schießscharten haben, dann können Sie sich denken, dass diese Festung als uneinnehmbar gilt.«

Rowlandson nickte. »Aber warum, Sir, erwecken Sie den Eindruck, dass wir mit einer Kapitulation dieser gewaltigen Festung rechnen können?«

David lachte. »Sie kennen mich recht gut, Mr Rowlandson. Meine Hoffnung baut darauf, dass General Montrichard all die Wälle mit ihren hundertfünfundsechzig Kanonen nicht viel helfen, wenn er keine entschlossenen Truppen hat. Er verfügt über siebenhundert Italiener aus Neapel, fünfzig kroatische Söldner und vierhundert Nationalgardisten aus Frankreich und seinen Nachbarländern.«

David dämpfte seine Stimme und neigte sich zu Rowlandsons Ohr. »Und nun ein Geheimnis, von dem Sie niemandem etwas sagen dürfen: Der König von Neapel, Murat, hat einen Beistandspakt mit England und Österreich unterzeichnet, der in vier Tagen in Kraft tritt. Dann hat Montrichard keine siebenhundert Neapolitaner mehr. Und die Bevölkerung ist aufsässig. Da helfen alle Mauern und Kanonen nichts. Er kann sich dann nur noch auf eine Handvoll Soldaten verlassen, und vor den Mauern drohen die Freischärler in Scharen.«

»Weiß der österreichische General Milutinovič davon, Sir?«

»Nicht von mir. Wenn er das weiß, zieht er gegen die Bevölkerung von Dubrovnik die Daumenschrauben fester an, als uns lieb ist. Er will Dubrovnik für Österreich annektieren. In unserem Interesse liegt es, dass die Bewohner wenigstens einige ihrer Rechte behalten. Sie sollen zum Beispiel nicht gezwungen werden, die Inseln zu boykottieren, weil ich dort die österreichische Verwaltung vor einem Friedensschluss niemals zulassen werde. Ich bin verpflichtet, die Außenpolitik unserer Regierung zu befolgen. Aber ich muss sie nicht übererfüllen, wenn ich sie für falsch halte.«

»Wenn Sie erlauben, Sir. Das ist ein riskanter Kurs. Sie können mit meiner Verschwiegenheit rechnen.«

Die *Cesar* steuerte die kleine Bucht von Lapad an, die an der Westseite des alten Hafens von Dubrovnik begann, und David setzte mit einem Kutter an Land. Mit ihm waren seine Getreuen und ein Trupp Seesoldaten. Sie gingen zu einem der Sommerpaläste des Adels aus Dubrovnik, für die Lapad so bekannt war. Kroatische Miliz aus Sipan bewachte die Tore und die Grafen Natali und Caboga begrüßten David an der Tür.

»Sir, wir haben Schwierigkeiten«, bekannte Graf Natali, nachdem sie auf das Wohl des Königs getrunken hatten. »Die Freischärler, die sich bei Graf Caboga eingefunden haben, sind sehr undiszipliniert. Es sind wohl auch einige richtige Strolche darunter, die schon geplündert und misshandelt haben. Uns fehlen Soldaten, die sie anleiten und disziplinieren würden.«

»Das ist nicht die einzige Schwierigkeit, Sir«, ergänzte Graf Caboga. »Die Patrizier in Dubrovnik wollen die Rechte der einfachen Bürger stärker beschränken als bisher. Damit sind die Freischärler, selbst einfache Bürger, natürlich nicht einverstanden. Und dann ist da noch der österreichische General Milutinovič, der vor kurzem mit Infanterie hier eintraf. Er will über Dubrovniks Rechte nicht einmal reden, sondern nur die österreichische Verwaltung einführen. Er ist Serbe von Geburt und uns nicht sehr freundlich gesonnen.«

»Wird schon über die Kapitulation verhandelt, meine Herren?«

»Jawohl, Sir. Aber General Milutinovič lehnt eine Teilnahme der Freischärler ab.«

»Was erwarten Sie von mir, meine Herren?«

Natali war der Wortführer. »Sir David, wir bitten darum, dass sich England in die Verhandlungen einschaltet, dass Sie Geschütze anlanden, damit die Verteidiger sehen, wie ernst es uns ist, und wir bitten um Führungspersonal für die Freischärler.«

»Ihre Wünsche sind durchaus berechtigt und auch in unserem Interesse. Ich werde mit General Milutinovič reden. Wir werden einige Achtzehnpfünder und Mörser anlanden und ich werde Befehl geben, aus Vis etwa fünfzig kroatische Offiziere und Unteroffiziere zu entsenden. Und selbstverständlich werden wir uns am Angriff auf die Stadt von der See aus beteiligen.«

Beide bedanken sich wortreich und sahen hoffnungsvoller in die Zukunft.

David wollte auf dem Weg zum Strand an der bekannten Kirche des Heiligen Michael vorbeigehen und bat einen der Kroaten, ihn und seine Begleitung zu führen. Alberto, Baptiste und Johann gingen voraus. Die Seesoldaten marschierten hinter David und seinem Flaggleutnant. Auf dem Platz vor der Kirche war reges Leben, wahrscheinlich ein örtlicher Markt.

Sie gingen auf den Markt zu. Auf einmal rief Johann: »Dort hat ein Mann gemordet. Er hat einen anderen mit dem Messer abgestochen, seinen Geldbeutel genommen und die Leiche hinter den Busch gelegt.«

David schaute zweifelnd.

»Er hat Falkenaugen, Sir. Wo ist der Mörder?«, fragte Alberto.

»Dort geht er ganz unauffällig.«

»Greift ihn euch und bringt ihn her!«, befahl David.

Die drei liefen davon. Als sie den Mörder erreichten, sagte Alberto: »Zeig dein Messer und rück den Geldbeutel raus. Wir haben alles gesehen.«

Der Mörder zog sein Messer und wollte es Alberto in die Brust rammen, aber Baptiste schlug ihn mit einem Knüppel auf den Unterarm, dass das Messer zu Boden fiel und der Mann vor Schmerz in die Knie sank. Johann und Baptiste fesselten ihm blitzschnell die Hände auf den Rücken.

»He, was soll das?«, riefen die Menschen in der Nähe.

»Der Mann ist ein Mörder. Seht, wie blutig sein Messer ist«, erklärte Alberto. »Der ermordete Mann liegt dort hinter dem Busch. Er hat ihm den Geldbeutel gestohlen.« Und er griff in die Tasche des Mörders und holte die Börse heraus. »Wir gehen jetzt zur Leiche. Wer sich überzeugen will, kann ja mitkommen.«

Sie gingen zu dem Busch und fanden hinter dem Busch die Leiche. »Kennt ihn jemand?«

Alle verneinten. Alberto durchsuchte die Taschen des Toten und fand einige Papiere und einen Briefumschlag.

»Wer hilft uns, die Leiche zu den Briten zu bringen? Die sollen alles dem Gericht übergeben.«

Nun waren die Leute überzeugt und vier halfen, die Leiche zu transportieren.

Neben David hatten sich die Seesoldaten aufgestellt. »Es ist, wie Johann es gesehen hat. Der Mann hat einen anderen erstochen und beraubt. Wir haben sein Messer und die Geldbörse. Hier, diese Papiere hatte er bei sich.«

David sah die Papiere durch. Sie bestätigten die Identität eines Mannes aus Neapel. Und der Briefumschlag war an General Milutinovič adressiert. David steckte ihn unauffällig in seine Manschette.

»Wo ist das nächste Gericht oder die nächste Polizeistation?«, fragte er.

Die Menschen zeigten: »Dort hinter der Kirche.«

»Bringt den Mörder und die Leiche hin, macht eine kurze Aussage und sagt, dass ihr gleich zurück zum Admiral müsst. Ich bin noch einen Moment in der Kirche. Nehmt zwei Seesoldaten mit. Das wirkt amtlicher.«

David ging in die Kirche, sah sich den Schmuck und die Glasmalereien an und setzte sich dann auf eine Seitenbank. Er studierte den Brief, den er aus der Manschette gezogen hatte. Es war eine Nachricht an General Milutinovič, dass Murat den Vertrag mit den Österreichern abgeschlossen habe, der in zwei Tagen in Kraft trete. Murat werde seinen Truppen in Dubrovnik den Befehl geben, sofort die Seiten zu wechseln.

David überlegte einen Augenblick. Da hatte der Mörder zufällig einen Kurier Murats erwischt. Wenn Milutinovič die Nachricht erhielte, würde er die Verhandlungen mit General Montrichard abbrechen und die bedingungslose Kapitulation fordern. Damit würden die Einwohner Dubrovniks auch der letzten Bürgerrechte beraubt werden. Das konnte England nicht wollen und er erst recht nicht. Er steckte den Brief weg und trat vor die Kirche.

Seine Leute kamen zurück. »Der Bursche ist im Kerker«, meldete Alberto. »Sie werden ihm den Prozess machen und ihn hängen.«

»Das hat er verdient. Gehen wir zurück an Bord.«

Im Hauptquartier der Festung standen General Montrichard, sein Stabschef, sein Adjutant, sein politischer Berater und sein Sekretär beisammen. Der Adjutant hatte gerade gemeldet, dass die Briten mehrere Kanonen am Tor Pile aufgestellt hätten, wo sie gut gegen die nächsten Forts abgeschirmt wären.

Montrichard winkte ab. »Die Kanonen interessieren mich überhaupt nicht. Ehe die eine Wirkung erzielen, ist

Dubrovniks Schicksal sowieso entschieden. In zwei Tagen erhalten unsere Italiener von Murat, diesem Verräter, den Befehl, die Seiten zu wechseln. Die Kroaten sind schon lange unzuverlässig. Dann können wir niemanden mehr aufhalten. Ich muss heute mit Milutinovič den Kapitulationsvertrag unterzeichnen. Mir ist sowieso unverständlich, warum er noch nichts von Murats Verrat weiß. Sonst hätte er härtere Bedingungen verlangt.«

»Was bietet er uns jetzt, mon general?«, fragte der politische Berater.

»Freien Abzug mit Waffen und Fahnen, Abtransport nach Italien. Mitnahme nur unserer persönlichen Habe. Das alles gilt nicht für unsere Geheimdienstbeamten, die in Gefangenschaft genommen werden sollen. Außerdem behalten die Kaufleute Dubrovniks ihre Handelsprivilegien, können also ohne staatliche Erlaubnis mit allen Partnern auf eigene Verantwortung handeln.«

»Sie haben der Gefangenschaft des Geheimdienstes zugestimmt, mon general?«, fragte der politische Berater.

»Darauf bestehen die Freischärler«, sagte Montrichard. »Der Geheimdienst hat blutig unter ihnen gewütet und Frauen und Kinder nicht verschont.«

»Ja, sie sind kaum besser als eine Mörderbande«, bestätigte der Stabschef.

»Also gibt es keinen Grund, dieses Packs wegen den Vertrag scheitern zu lassen. Aber wenn wir nicht schnell unterzeichnen, bevor die Österreicher von Murats Verrat erfahren, dann werden wir auf den ehrenhaften Abzug nach Italien verzichten müssen. Also gehen Sie zu Milutinovič und teilen Sie ihm mit, dass ich bereit bin, den Vertrag in einer Stunde im Lazarett vor dem Tor nach Ploce zu unterzeichnen.«

Es war ein schlichter Vorraum im Lazarett, in dem Freund und Feind behandelt wurden.

Milutinovič und Montrichard hatten sich höflich, aber reserviert begrüßt.

»Ich bin erstaunt, dass der britische Admiral nicht anwesend ist, General Milutinovič«, sagte Montrichard. »Ohne die Engländer stünden Sie kaum hier. Und ich erwarte, dass er den Vertrag als Zeuge unterzeichnet und für unseren Transport nach Italien bürgt. Sein Schiff liegt im Hafen. Können Sie ihn bitte holen lassen.«

Als David den Verhandlungsraum betrat, begrüßte ihn General Milutinovič mit den Worten: »Sir David, als die Verhandlungen über die Kapitulation der Festung begannen, waren Sie noch nicht anwesend. Aber jetzt, beim Abschluss, sind Sie zugegen, und wir bitten Sie, den Vertrag als Zeuge zu unterzeichnen und als Bürge dafür, dass Ihre Schiffe den Transport der Besatzung nach Italien beschützen werden. Wollen Sie bitte den Vertrag lesen. Wir beide haben schon unterzeichnet.«

David las sorgfältig und unterschrieb dann. »Ich beglückwünsche Sie zum Abschluss der Feindseligkeiten. Wie soll die Übergabe nun praktisch vor sich gehen? Mit den ungebärdigen Freischärlern wird es nicht ganz einfach werden.«

Montrichard meldete sich zu Wort: »Ich schlage vor, wir gehen die wenigen Schritte zur Revellin-Festung. Dort habe ich ein Büro und einen Besprechungsraum. Dort können wir diese und andere Einzelheiten etwas gemütlicher besprechen.«

Es war für David ein eigenartiges Gefühl, die Festung Revellin wieder zu betreten. Niemals hatte er geahnt, dass er einmal als Sieger nach Dubrovnik kommen würde.

Sie gingen eine Treppe empor und traten in ein helles, zum Innenhof gelegenes Büro mit den üblichen Stehpulten und Aktenschränken ein.

David schob sich mit Gene-ral Montrichard ein wenig vor und zurück, weil jeder dem anderen den Vortritt lassen wollte. Dabei ließ er völlig unauffällig den Brief Murats unter ein Stehpult gleiten, eher er das Kommandantenzimmer betrat.

Ein Diener schenkte Wein ein und sie tranken auf den Frieden.

Dann erläuterten die Stabschefs der Franzosen und Österreicher, wie sie die Freischärler vom Einzug in die Stadt fern halten wollten: »Wir werden ankündigen, dass die Österreicher und ihre Verbündeten durch das Pile-Tor in die Stadt einrücken werden. Dort werden morgen früh auch zwei Kompanien der österreichischen Truppen Aufstellung nehmen. In Wirklichkeit wird der Einmarsch durch das Tor nach Ploce erfolgen, das auch für Ihre Seesoldaten sehr bequem am Hafen liegt, Sir David. Die alliierten Truppen werden nach dem Einmarsch sämtliche Bastionen besetzen und die Freischärler notfalls mit Waffengewalt am Eindringen hindern.«

»Freunde werden Sie sich dadurch nicht schaffen, General Milutinovič«, bemerkte David.

»Das ist auch nicht meine Aufgabe, Sir David. Ich soll Österreichs Interessen durchsetzen«, antwortete Milutinovič recht schroff.

»Die Kunst beginnt, wenn man das eine mit dem anderen verbindet«, fügte David hinzu. »Aber lassen Sie mich noch die Frage anschließen, ob Sie an Sabotage gedacht haben. Der französische Geheimdienst ist vom freien Abzug ausgeschlossen. Für ihn wäre es ideal, ein Chaos in der Stadt zu erzeugen.«

»Wie sollten das die paar Mann schaffen?«, fragte Milutinovič überheblich.

»Nun, indem sie das Pile-Tor öffnen und die Freischärler einlassen, nachdem sie ihnen vorher gesagt hatten, dass man sie ausschließen wollte.«

»Ich schlage vor, dass General Milutinovič einen Leutnant mit einem Trupp Soldaten zum Pile-Tor schickt und unerlaubtes Öffnen verhindert«, warf Montrichard ein.

»Sehr gut. Ich werde das veranlassen. Dann können wir ja gehen. Morgen wird ein großer Tag für Dubrovnik.«

Bevor Milutinovič den Raum verlassen konnte, betrat ihn ein Schreiber mit vielen Bücklingen. »Mon general, auf der Treppe lag ein Brief an General Milutinovič. Er muss ihm oder einem der Herrn aus der Tasche gerutscht sein.«

Milutinovič blickte erstaunt und griff nach dem Brief. Er prüfte oberflächlich, fand das Siegel unbeschädigt und öffnete den Brief. Als er ihn las, wurde sein Gesicht puterrot. »Ich bin getäuscht, ich bin hintergangen worden! Wie lange ist der Brief schon in Ihren Händen?«

Montrichard fragte: »Was steht denn drin?«

»Dass Murat morgen auf unsere Seite überwechselt und seinen Truppen in Dubrovnik befiehlt, unsere Partei zu ergreifen. Ich hätte Ihnen nie diese Bedingungen gewährt, wenn ich das gewusst hatte. Seit wann haben Sie diesen Brief?«

Montrichard antwortete mit Würde: »Ich gebe Ihnen mein Ehrenwort, dass ich diesen Brief noch nie gesehen habe.«

Milutinovič war ratlos und wollte es nicht zum völligen Eklat kommen lassen.

»Meine Herren«, schaltete sich David ein. »Der französische Geheimdienst weiß seit Tagen, dass er vom Vertrag ausgeschlossen ist. Nach meinen Erfahrungen mit diesem Dienst traue ich ihm jede Intrige und auch jede Zusammenarbeit mit den Freischärlern zu. Vielleicht wurde Ihr Bote ermordet und der Brief abgefangen, General. Forschen Sie da nach. Aber jetzt ist doch nichts mehr zu ändern. Führen wir den Vertrag aus und verhindern wir Unruhen.«

David saß mit Alberto, Baptiste, Johann, dem Feuerwerker der *Cesar* und Kapitän Rowlandson in der Kajüte. »Wenn der Geheimdienst Unruhe und Chaos stiften will, um unbemerkt zu entkommen, dann muss er die Freischärler in der Stadt auf die Franzosen hetzen. Das wollen Franzosen und Österreicher verhindern und planen den Einmarsch durch das Ploce-Tor und nicht durch das Pile-Tor, wie es verkündet wurde. Sobald die Österreicher und wir in der Stadt sind, sollen wir alle Befestigungen und wichtigen Häuser in der Stadt besetzen. Die Franzosen werden sofort auf die Schiffe im Hafen geführt.«

Mr Rowlandson bemerkte: »Dann scheint doch Vorsorge getroffen zu sein, dass es nicht zum Chaos kommt.«

»Ja«, bestätigte David. »Sofern der Geheimdienst nicht die Freischärler aufhetzt und das Pile-Tor öffnet. Ich habe zwar mit Milutinovič verabredet, dass er sofort einen Offizier und Soldaten zum Pile-Tor schickt, aber ob die eine Sabotage erkennen?«

»Was könnte der Geheimdienst an Teufeleien ausbrüten?«, murmelte Alberto vor sich hin.

»Er könnte das Tor in die Luft sprengen«, sagte Baptiste.

»Bei einer großen Sprengung werden viele Menschen verletzt und rennen eher weg als durch das Tor in die Stadt«, gab David zu bedenken.

»Ja, man müsste nur die Scharniere und Schlösser lockern, dass sie beim geringsten Anprall aufspringen«, schlug Rowlandson vor. »Aber wie hantiert man unbemerkt am Tor herum?«

Jetzt kam Albertos Auftritt. Er hatte bei so vielen Täuschungen mitgewirkt, dass er die Tricks nur aus der Tasche zu holen schien. »Kein Problem, Sir. Das macht man über Handwerker. Ein paar Weiber zum Putzen dabei machen sich immer gut. Erst werden die Torbalken gereinigt. Es soll ja alles sauber aussehen. Wenn die Wachen dann genügend animiert sind, den Weibern unter die Röcke zu gucken, dann kommen die Girlanden und der Fahnenschmuck. Dazu braucht man Hammer, Zangen, Nägel. Da fällt es gar nicht auf, wenn man Nägel und Schrauben, Scharniere und anderes lockert. Alles sieht dann schön bunt aus und fällt beim geringsten Anprall zusammen.«

David kannte Alberto und lachte vor sich hin.

»Und wie verhindern wir das?«, fragte Robertson.

»Wir haben einen Stand am Tor oder in einem Eingang und schenken Wein und Likör aus. Und wenn wir sehen, wie die Handwerker schaffen, dann kriegen sie von uns Getränke frei, mit ein paar Tröpfchen drin, natürlich. Und wenn sie dann müde werden, übernehmen unsere Handwerker die Arbeit und machen alles genau so sauber und bunt, aber alles bleibt fest. Und wenn sie dann am nächsten Morgen dagegen schlagen, öffnet sich nichts, aber wir fangen die Rädelsführer.«

»Mr Rosso, wenn ich Sie nicht kennen würde, müsste ich Sie für einen bandito halten«, lachte Rowlandson.

David entschied: »Alberto und ihr beiden sucht euch vier fixe Seeleute und seid ab heute Abend hier am Tor, natürlich mit allen Hilfsmitteln. Passt auf, was passiert. Wenn ihr selbst nicht hinkommt, gebt uns Bescheid. Morgen früh berichtet Johann den Österreichern, was vorgefallen ist. Dann kommen auch bald Seesoldaten von uns. Wenn alles klappt, haben alle zwei Tage dienstfrei.«

Am nächsten Mittag war Dubrovnik fest in den Händen der Österreicher und der wenigen Engländer, die vor allem das St. Johns Fort am Hafen besetzt hatten. Draußen von den Mauern und Toren lärmten die Freischärler und verprügelten vor Wut schon mal einen ihrer Anführer.

Mr Setlag, Erster Leutnant der *Cesar*, marschierte mit einem österreichischen Hauptmann zum Pile-Tor. Dort trat Baptiste aus einem Hauseingang und meldete: »Alle von uns sind mit den Gefangenen drin, Sir.«

»Wie viel habt ihr?«

»Fünf Männer und drei Frauen, Sir.«

»Bringt sie raus.«

Johann, die Seeleute und die Gefangenen traten auf die Straße, gefolgt von Alberto. Der Hauptmann sperrte Mund und Nase auf. »Das ist ja alles so passiert, wie Sie es vorhergesagt haben. Können Sie Gedanken lesen?«

Setlag lachte. »Nein, aber der Admiral und sein Vertrauter, Mr Rosso, hatten viel mit dem Geheimdienst zu tun und kennen seine Tricks fast alle.«

»Aber der französische Chef ist nicht dabei.«

Alberto sagte gelassen: »In einer Stunde haben wir ihn, Herr Hauptmann.«

Der sah ihn prüfend an und fragte dann: »Sind Sie einer von dem tödlichen Trio?«

Alberto lächelte. »Ja, Herr Hauptmann. So nennen uns manche.«

»Na, dann sehen Sie mal zu, dass Sie mich nicht ins Visier nehmen. Ich möchte die letzten Tage dieses Krieges gern überleben.«

Als der Hauptmann mit den Gefangenen abmarschiert war, fragte Setlag Alberto: »Wieso sind Sie so sicher, dass Sie den Chef kriegen werden?«

»Oben ist noch einer von den Franzosen in einer Kammer eingeschlossen, Sir. Er hat uns verraten, dass sein Chef mit einem kleinen weißblauen Segelboot entkommen will. Wenn wir ihn haben, schließen wir die Kammer auf und vergessen den Gefangenen.«

David ging mit seinen Getreuen am Nachmittag noch einmal durch die Stadt und frischte seine Erinnerungen auf. Er stand vor dem Rektorpalast, aber die Fahne des St.

Blasius wehte nicht mehr über ihm und die kostbaren Gobelins an der Eingangshalle waren abgehängt worden. Aus einem Palast war ein französisches Amtsgebäude geworden. Aber die Stradun, die Feststraße mit der Statue des Orlando, des Roland, war unverändert, auch die Kirche des heiligen Blasius, des Stadtheiligen. Was für eine Stadt! Und nun würde sie eine österreichische Provinzstadt wie andere werden.

»Weißt du noch, wo der Büchsenmacher war, Alberto?«, fragte David.

»Ja, Sir. Wenn wir vom Glockenturm zum Orlando-Turm gingen, dann mussten wir steuerbord bis zur nächsten großen Parallelstraße.«

Sie fanden den Büchsenmacher und der konnte sich erinnern, dass David anno neunundneunzig zwei Windbüchsen gekauft hatte.

»Davon habe ich leider keine mehr, Herr Admiral.«

»Das ist schade, denn sie haben uns hervorragende Dienst geleistet. Aber diesmal brauchen wir auch eine Rifle für große Entfernungen und hoffen, Sie versorgen uns so gut wie damals.«

»Ich habe eine Rifle aus Bavaria, ein Liebhaberstück. Sie hat eine fehlerfreie Bohrung, einen gezogenen Lauf natürlich, das modernste Schloss und liegt gut in Hand und Schulter. Ich habe kürzlich auf dreihundert Meter von drei Schuss zwei Treffer erzielt. Das schaffe ich mit keinem anderen Gewehr.«

»Dann schlage ich vor, dass Sie mit Mr Rosso und Mr Hansen gleich zu Ihrem Schießplatz gehen und einige Probeschüsse abgeben. Wenn ihnen die Rifle zusagt, werden wir uns hoffentlich einig. Ich muss noch etwas erledigen. Aber vielleicht können Sie mir sagen, was aus Dr. Morton geworden ist.«

»Leider muss ich Ihnen berichten, dass er vor sechs Jahren gestorben ist, Herr Admiral. Er wird immer noch hoch verehrt.«

»Ja, er war ein bemerkenswerter Mann.«

David erledigte seine Geschäfte, erfuhr, dass der Chef des französischen Geheimdienstes im Hafen ergriffen worden war, und fand dann begeisterte Bewunderer der Rifle beim Büchsenmacher vor. Er konnte einen annehmbaren Preis aushandeln, erhielt Kugeln und Pulver für die nächste Zeit und ging mit seinen Begleitern zur *Cesar*.

Zu ihrer Überraschung lag die *Saracen* im Hafen und meldete die Eroberung Kotors. Allerdings hatten die Montenegriner die Stadt besetzt, nachdem den Franzosen freier Abzug gewährt worden war.

David ließ sich noch von Commander Milton über die letzten Tage vor Kotor berichten, da wurde die *Argus* gemeldet, ihre Brigg. Sie brachte Post von General Nugent, der David zu einem dringenden Treffen nach Trogir einlud. »Ich hoffe, Sie können bald kommen. Die *Argus* kann mir ja die Nachricht überbringen.«

»Nanu, was mag er wollen? Haben die Franzosen schon die Transporter besetzt, Mr Rowlandson?«

»Ja, Sir.«

»Dann werden wir sie morgen nach Italien geleiten. Das ist nur ein kleiner Umweg auf dem Weg nach Trogir. Und ich habe einen Grund, mein Zusammensein mit General Milutinovič zu verkürzen. Ich habe so eine Ahnung, dass ich mit ihm noch aneinander gerate.«

Auch diese Ahnung sollte ihn nicht trügen. Als er zur Kommandantur ging, um Milutinovič seine Abreise am nächsten Morgen anzukündigen, bedankte der sich für die Hilfe bei der Eroberung, wunderte sich, dass die britischen Kanonen schon wieder auf die Schiffe geschafft waren, und sagte dann: »Morgen werden wir beginnen, die früher zu Dubrovnik gehörenden Inseln unter österreichische Verwaltung zu stellen.«

»Ehe Sie nicht über eine stattliche Kriegsflotte verfügen, sollten Sie das lieber nicht probieren, Herr General.«

»Aber hören Sie mal, gemäß den Vereinbarungen unserer Regierung sollen die neu eroberten Gebiete unter unsere Verwaltung kommen!«

»Die Inseln sind schon länger erobert. Und damals wurde ein Abkommen zwischen General Nugent und mir unterzeichnet, wonach in allen Gebieten, die früher nicht zu Österreich gehörten, eine unabhängige lokale Verwaltung eingerichtet wird, die den Friedensschluss nicht vorwegnimmt. So werde ich es halten, und wer die Inseln angreift, muss unsere Kriegsschiffe und die Milizen auf den Inseln überwinden.«

»Das ist ja ungeheuerlich! Ich werde mich bei unserer Regierung beschweren!«

»Tun Sie das, Herr General. Aber versuchen Sie nicht, die Inseln anzugreifen.«

Ihr Abschied war frostig.

Auf der *Cesar* bestellte David sofort seinen Sekretär Roberts und diktierte Briefe an alle Kommandanten seiner Schiffe sowie an alle Gouverneure der von England besetzten Inseln.

»Dringend! Geheim! Nur für Kommandanten! Im Safe zu verwahren!«

Im Text stand, dass jeder Angriff auf Inseln und Schiffe mit aller Macht abzuwehren sei, wer ihn auch unternehme. Niemand habe ein Recht, Gouverneure der Inseln abzusetzen und die Verwaltung zu ändern. Die Miliz solle alle Verteidigungsstellen stärken. Die Schiffe sollten öfter Patrouille zwischen Land und Inseln fahren.

»Sir«, protestierte Mr Roberts. »Bei allem Respekt, das ist nicht zu schaffen. Überlegen Sie doch nur, wie viele Schiffe und Inseln adressiert werden müssen. Das sind über fünfzig. Mr Rowlandsons Schreiber hilft schon, aber wir brauchen auch alle Midshipmen und alle aus der Besatzung mit guter Schrift.«

»Suchen Sie sich alle raus. Das hat Priorität. Aber ich

will den Burschen bei Strafe des Aufhängens noch einschärfen, dass sie nicht darüber reden dürfen. Setzen Sie alle in die große Kajüte.«

Zehn Mann schrieben vier Stunden lang. David und Rowlandson mussten sich in der Offiziersmesse rumdrücken. Dann musste David noch eine halbe Stunde unterschreiben. Mr Roberts ordnete die Befehle in Päckchen. *Saracen* und *Argus* nahmen zwei große Packen mit, die dann bei jedem Schiff, dass sie erreichten, weiter unterteilt wurden.

David war deprimiert, als Dubrovnik hinter dem Horizont versank. Er würde Dubrovnik nie mehr in seiner alten Schönheit und Größe wiedersehen. Nie wieder würden Schiffe unter der Fahne des St. Blasius vom Schwarzen Meer bis zur Nordsee ihre Frachten tragen. Eine schematische Bürokratie würde die Stadt wie tausend andere Provinzstädte in ein enges Korsett pressen.

Und Trogir, wohin ihn Graf Nugent gebeten hatte? Er hatte das Städtchen bisher noch nicht kennen gelernt, obwohl viele seinen Charme rühmten. Es war keine große Hafenstadt, sondern ein kleines Refugium zwischen dem Festland und der Insel Ciovo. Was mochte Graf Nugent bewogen haben, diese Stadt zu wählen?

Die *Cesar* hatte Vis angelaufen, damit David den Gouverneur und den Kommandanten über die angespannte Situation mit Österreich unterrichten konnte. Dann steuerten sie westwärts auf Ciovo zu. Im Gefolge der *Cesar* segelten jetzt auch die Sloops *Haughty* und *Imogene*.

Im frühen Morgengrauen sahen sie die Küste bei Medena und nahmen Kurs auf die Meerenge zwischen Festland und Ciovo. Und da lag die kleine Stadt, eingerahmt von Mauern und Häusern. Zwischen Festland und Insel war nur ein Kanal.

»Vorsicht, wenn Sie dort schwimmen wollen, meine

Herren«, sagte der Master zu den Midshipmen. »Dort herrscht eine starke Strömung.«

Auf den Türmen der Stadt stiegen die britischen und österreichischen Flaggen empor und eine Salutkanone begann ihren Gruß. »Elf Schüsse, Sir?«, fragte Rowlandson und David nickte. Nun erwiderten die Briten den Salut. Am südlichen Tor und an der Brücke dort versammelten sich jubelnde Menschenscharen und nun marschierten auch eine Kapelle und eine Ehrenformation aus der Stadt heraus. General Nugent war zu erkennen.

»Ist alles bereit?«, fragte David.

Rowlandson antwortete: »Aye, Sir,« und wies auf die Seesoldaten, die bereitstanden.

Sie legten an der Insel dicht vor der Brücke an. Die Seesoldaten stellten sich an Land auf. David ging an ihre Spitze, und dann marschierten sie mit Pfeifen und Trommelklang über die Brücke. Graf Nugent lachte ihm entgegen.

Sie salutierten beide und umarmten sich dann. Sie waren Freunde geworden in der Zeit des gemeinsamen Kampfes.

»Nun haben wir alles an dieser Küste erobert. Von Kotor bis Triest. Nun ist der Augenblick gekommen, den Sieg zu feiern. Das kann man kaum schöner als in Trogir, dieser kleinen, reizvollen Stadt. Kommen Sie, wir gehen zum Rathaus oder Fürstenhaus. Dort zeige ich Ihnen Ihre Räume. Dann plaudern wir noch ein wenig und danach beginnt das Festprogramm mit einem Schwertertanz.«

»Einen Schwertertanz habe ich noch nicht gesehen«, bekannte David.

»Ihr Flaggleutnant sagte es mir. Es wundert mich ein wenig, denn Korčula, zu dem Sie ja eine besondere Beziehung haben, ist eigentlich die Heimat dieses moreška, dieses Schwertertanzes. Er soll an die Türkeneinfälle erinnern. Die schwarz gekleideten Tänzer repräsentieren die Türken. Ihr Anführer Moro hat Bolo, die Tochter des

Kroatenkönigs, entführt, und nun kämpfen die Roten, um ihre Königstochter zu befreien. Aber kommen Sie. Wir trinken noch einen Schluck. Es sind auch noch nicht alle Gäste da.«

Sie saßen in einem ebenerdigen Zimmer des Rathauses und blickten auf den Platz, wo noch einige Tische und Stühle aufgestellt wurden.

Die Soldaten waren weggetreten und labten sich an Getränken. Es war ein Bild des Friedens, wie David es lange nicht gesehen hatte.

»Warum haben Sie mich heute nach Trogir gebeten, Graf Nugent?«

»Weil ich diese Stadt besonders liebe und heute hier eine freudige Überraschung für Sie habe, von der ich noch nichts verraten darf. Sie wissen, dass ich meine Frau in Triest kennen lernte. Hier in diesem Rathaus haben wir geheiratet. Diese Stadt ist ein Kleinod. Aber jetzt können wir, so glaube ich, mit dem ersten Teil der Feier, dem Schwertertanz, beginnen. Kommen Sie, ich stelle Ihnen die Gäste vor.«

Der Bürgermeister und seine Frau, einige Ratsherren, ein Edelmann aus Serget, ein General, der Bischof und dann, von allen beklatscht, die Prinzessin Reabandini mit ihrem Sohn Frederico begrüßten Sie.

Irgendwie war David immer etwas vorbereitet, dass er bei gesellschaftlichen Ereignissen, die die Österreicher organisierten, auch Maria Charlotta treffen würde. Nach ihrem letzten harmonischen Gespräch konnte er den Begegnungen auch ganz ruhig entgegensehen. Und dennoch: Die Begegnung mit dieser Frau, mit der ihn so starke Leidenschaft verbunden hatte, erregte ihn immer noch. Und diesmal war ihrer beider Sohn anwesend.

David sah zunächst nur Maria Charlotta an, lächelte und deutete einen Handkuss an. Erst dann wandte er sich zu Prinz Frederico, der ihm unbefangen die Hand entgegenstreckte.

Die Prinzessin merkte, wie er erschrak. Das war sein Sohn Edward mit schwarzen Haaren. David fasste sich, drückte die Hand des Prinzen und sagte ein paar freundliche Worte.

Mein Gott, wer die beiden nebeneinander sah, müsste erkennen, dass sie Brüder waren. Britta durfte Frederico nie sehen.

Frederico war völlig unbefangen. Seine Mutter plauderte mit der Frau des Bürgermeisters, und Graf Nugent sagte zu ihm: »Ich habe darauf bestanden, dass Prinz Frederico seine Mutter begleitet. Er hat noch nie den Schwertertanz gesehen und wünschte es sich so sehr. Weiß der Himmel, warum sie sich erst so sträubte.«

David wusste es und war nun unbefangener. Sie wollte ihn nicht in Verlegenheit bringen.

Die Gäste setzten sich, wurden mit Erfrischungen bedient, und dann begann, von ein paar Streich- und Schlaginstrumenten begleitet, der Schwertertanz. Die Schwarzen und die Roten zogen in Reihen aneinander vorbei und schlugen alle mit den Schwertern aneinander. Dann lösten sich ihre Reihen zu kunstvollen Figuren auf. Sie sprangen über die Schwerter, die die ›Feinde‹ unter ihren Beinen entlangführten, sie duckten sich unter den Schwertern, die ihre Häupter bedrohten. Sie tanzten in Gruppen aufeinander zu und verschränkten ihre Schwerter so kunstvoll, dass man nicht mehr erkennen konnte, welches Schwert zu wem gehörte.

»Wie lange müssen sie geübt haben?«, sagte David leise zu Maria Charlotta.

»Sie üben mindestens einmal die Woche und führen den Tanz mehrmals im Jahr auf. Schau nur, wie sie jetzt die Schwerter hoch über ihren Köpfen verschränken.«

In immer neuen Variationen, in immer neuen Formationen zeigten die Schwerttänzer immer wieder ihre Kunst.

Da sprach Prinz Frederico plötzlich David an. »Sehen Sie nur, Sir. Dort am Fenster des Nebengebäudes steht ein Neger mit einem Gewehr in der Hand. Er schaut nie auf die Schwerttänzer, sondern immer nur auf die Leute an den Fenstern und hinter den Tänzern.«

»Es ist mein Begleiter Baptiste. Sie könnten ihn auch Leibwächter nennen. Er versucht, Attentate auf mich zu verhindern.«

»Gibt es Leute, die Sie ermorden wollen, Herr Admiral?«

»Der französische Geheimdienst und albanische Bluträcher haben es schon mehrfach versucht.«

»Wie furchtbar, wenn man unter dieser Drohung leben muss.«

»Haben Sie noch nie daran gedacht, dass Sie auch einmal so leben müssen, mein Prinz? Ihre Familie ist sehr reich. Da könnten Banditen versuchen, mit Ihrem Leben viel Geld zu erpressen.«

»Meine Mutter hat immer zwei Wächter unauffällig um sich und hat schon darüber gesprochen. Aber ich will auf dem Land leben, wo nur Menschen um mich sind, die ich kenne.«

»Ich wünsche Ihnen sehr, dass Sie Ihr Leben so gestalten können. Aber ich fürchte, es wird anders werden.«

Die Schwerttänzer wurden mit anhaltendem Beifall verabschiedet.

Dann trat Graf Nugent vor und sagte: »Seine Kaiserliche Majestät haben mir die Ehre erwiesen, einen Verbündeten seiner stets bewiesenen Tapferkeit wegen zu ehren. Dieser Mann ist nicht nur ein Held mit unerschöpflichem Einfallsreichtum, er ist auch ein guter Mensch und zuverlässiger Freund. Ich darf ihn Freund nennen: Sir David Winter, den Seine kaiserliche Majestät zum Grafen von Korčula ernennt, der Insel, der er so sehr verbunden ist.«

Die Adjutanten traten mit dem Ordenskissen heran, auf dem eine goldene Kette mit einem Schild lag, die Soldaten präsentierten, und Graf Nugent legte David die Kette um. Dann umarmte er ihn, und alle Zuschauer klatschten begeistert.

Maria Charlotta hatte Freudentränen in den Augen, als sie ihm gratulierte. »Niemand hat es mehr verdient«, flüsterte sie.

Die anderen traten hinzu und gratulierten. David bedankte sich und freute sich, als ihm auch seine Getreuen aus den Fenster zuwinkten, wo sie auf seine Sicherheit achteten.

Graf Nugent hob die Hand. Ein Trommelwirbel gab seinem Wunsch Nachdruck. Es wurde still. »Dieser hohen Ehrung habe ich noch etwas hinzuzufügen, was den Grafen von Korčula noch mehr erfreuen wird.« Er winkte einem Mann in einer Art Mönchsgewand.

»Vor vielen Jahren hat der damalige Kapitän Winter im Krieg um Korfu einen verräterischen und verbrecherischen Albanerhäuptling im Kampf getötet. Verlogene Sippen haben daraus einen Mord konstruiert und Sir David Winter und seine Familie mit Blutrache verfolgt. Der Erzbischof Petar I. hat es in Verhandlungen mit den albanischen Ältesten erreicht, dass diese ungerechtfertigte Blutrache aufgehoben und unserem Freund und seiner Familie die ›besa‹, der ewige Gottesfriede, zugesichert wird.«

Nugent winkte dem Fremden und der trat hinzu und überreichte David mit tiefer Verbeugung eine reich mit Siegeln verzierte Pergamentrolle. David nahm sie mit tiefer Verbeugung entgegen und musste die Zähne zusammenpressen, um seiner Rührung Herr zu werden. Er hatte sich der Blutrache bisher immer erwehren können, aber nun war auch seine Familie sicher.

»Das wird Britta mehr bedeuten als der Grafentitel«, flüsterte Maria Charlotta.

»Unendlich viel mehr«, antwortete David leise.

Wieder applaudierten die Zuschauer.

David hob die Hand. »Hoheit, Exzellenzen, meine Damen und Herren. Ich bin heute reich geehrt worden. Sie werden verstehen, dass ich vor allem erleichtert bin, dass ich mich nun nicht mehr ständig um die Mörder sorgen muss, die meine Familie und mich verfolgten, weil ich einen Verräter und Kinderschänder im offenen Kampf getötet habe. Ich bin für meine Tapferkeit gerühmt worden, und das macht mich immer verlegen. Ich versuche stets, einen Kampf so zu gestalten, dass das Leben meiner Männer und meines möglichst wenig gefährdet ist. Wenn wir dann dennoch gewinnen, ist es der Gnade unseres Gottes zuzuschreiben. Und ich hoffe sehr, dass uns Gott bald die Gnade des Friedens schenkt.«

Wieder applaudierten alle und Graf Nugent sagte: »Sie sind ein untypischer und sehr sympathischer Held, Graf.«

Die angesehensten Gäste stiegen nun im Innenhof noch die Steintreppe empor, um in den oberen Räumen ein Mahl zu sich zu nehmen. Prinz Frederico verabschiedete sich.

Maria Charlotta saß zwischen David und Graf Nugent. Sie plauderte mit beiden sehr unbefangen, aber scharfen Beobachtern konnte nicht entgegen, dass der Ton zu David herzlicher war. »Es ist vielleicht das letzte Mal, dass wir uns sehen«, sagte sie mit wehmütigen Unterton zu David. »Die Alliierten rücken von allen Seiten in Frankreich ein. Niemand gibt Napoleon noch mehr als zwei Monate.«

»Dann wird es doch wohl noch eine große Siegesfeier in Triest geben«, antwortete David.

»Ach, David, wenn du dann noch da bist. General

Milutinovič schreibt Brandbriefe nach Wien, um dich ablösen zu lassen, weil du die Allianz von Österreich und England sabotierst.«

»Der Mann ist ein sturer Kommisskopf, der nicht einsieht, dass die Menschen bessere Bürger sind, wenn ihr Staat sie nicht wie Nummern behandelt, sondern ihnen Freiheiten lässt. Dubrovnik war eine blühende Handelsstadt und könnte es wieder werden. Die Stadt hat Reichtum ins Land gezogen. Wenn sie jetzt ihrer Handelsrechte beraubt und zu einer Provinzstadt degradiert wird, verlieren nicht nur die Bürger, sondern auch das Land.«

Graf Nugent hatte die letzten Worte gehört. »Ach, Sie sind bei Ihrem Streit mit Milutinovič. Den kümmern die Einnahmen des Staates nichts. Wenn er seinen Sold bekommt und die Soldaten alle strammstehen, ist seine Welt in Ordnung. Aber Sie hätten ihm nicht Waffengewalt androhen dürfen, wenn er auf die Inseln kommt, Sir David. Das wird Ihnen Wien sehr übel nehmen, was immer ich auch sage.«

»Unser Admiral ist immer noch so impulsiv und rigoros«, klagte Maria Charlotta. »Impulsiv und rigoros gegen die Regierenden, mitfühlend und behutsam gegen die Unterlegenen. Die einfachen Leute lieben ihn. Ist Ihnen das auch schon aufgefallen, Graf Nugent? Die Höhergestellten respektieren ihn allenfalls.«

Graf Nugent lächelte listig. »Nun, so einfachen Standes sind wir auch nicht gerade und lieben ihn doch auch.«

Maria Charlotta wurde einen kurzen Moment rot und verlegen. Dann entgegnete sie: »Wenn Sie das zu wörtlich nehmen, Graf, könnte das bei mir einen kleinen Skandal auslösen, für Sie aber wäre diese Neigung tödlich.«

Nun lachten alle drei, und Graf Nugent sagte: »Sie sind die intelligenteste Frau, die mir je begegnet ist, Hoheit. Bitte gesellen Sie sich nie zu meinen Feinden.«

»Es war ein schöner Abend, Mr Roberts«, sagte David, als er zur *Cesar* zurückkehrte. »Ich bin nun Graf von Korčula, womit ich nichts anfangen kann, ich habe den Gottesfrieden der Albaner, der alle Morddrohungen von meiner Familie und mir nimmt, worüber ich sehr glücklich bin, und ich habe noch schöne Stunden in einer romantischen alten Stadt verlebt.«

»Ich gratuliere Ihnen von Herzen, Sir, vor allem zum Gottesfrieden. Aber Sir, ich fürchte nach wie vor, dass die Post, die Sie an die Admiralität schickten, Ihnen großen Ärger bereiten wird.«

»Sie meinen die Mitteilung, dass ich notfalls mit Waffengewalt das halten werde, was ich den Bewohnern der Inseln im Namen Englands zugesichert habe?«

»Ja, Sir. Staaten sind keine Gentlemen.«

»Dann müssen Sie auch auf Gentlemen verzichten, Mr Roberts. Dann höre ich endlich auf meine Frau und nehme meinen Abschied, wenn man mir aus Anstand und Verlässlichkeit einen Vorwurf macht. Wir werden auch dann nicht schlecht leben, Mr Roberts.«

»Wir werden besser leben, Sir. Aber ob Sie auf die See verzichten können?«

»Ich bin jetzt Großvater, Mr Roberts. Da ändert sich vieles.«

Mr Roberts zog fragend die Schultern hoch.

Sie liefen, von Salutschüssen begrüßt, in Triest ein. Die *Milford* lag im Hafen, die *Eagle*, die *Apollo*, die *Wizard* und einige Kanonenboote. »Als ob man nach England zurückkommt«, sagte David zu Mr Rowlandson. »So viele britische Flaggen.«

»Die Stadt wird sich auch schon auf britische Kundschaft eingestellt haben, Sir. Und nach dem Frieden werden die Bildungsreisenden wieder kommen. Aber wir haben alles schon gesehen.«

»Na, dann besuchen Sie man heute Nachmittag mit Ihren Offizieren die Museen, Mr Rowlandson.«

»Sir, ich fürchte, die Herren werden dringendere körperliche Bedürfnisse vorschieben.«

Sie lachten sich zu. Die Wache trat an und verabschiedete David, der auf sein Flaggschiff übersetzte.

Der Dudelsackpfeifer in der Ehrenwache der *Milford* fiel David besonders auf, Mr Markwoods herzliches Lächeln und Larry, der sich, von Alfredo freigelassen, an der Ehrenformation vorbeidrückte und zu Davids Koch, Peter Kemp, schlich, den er so lange nicht gesehen hatte und der einen Leckerbissen für ihn bereit hielt und mit Schlecken und Drücken entsprechend belohnt wurde.

»Es ist schön, wieder daheim zu sein«, sagte David.

»Sie sind auch sehr willkommen, Sir«, erwiderte Mr Markwood, »obwohl Sie uns an der illyrischen Küste nichts mehr zu erobern übrig gelassen haben, Sir.«

»Aber, Mr Markwood, an der italienischen Küste ist doch noch so viel zu tun.«

»Aye, Sir. Es wird Zeit, dass Sie das in die Hand nehmen.«

David setzte sich in seiner großen Kajüte in den Sessel und sah sich die Bilder seiner Lieben an. Würde er sie bald wiedersehen? Wie weit war Charles mit seinen Heiratsplänen? Er wurde im Juni neunzehn Jahre alt. Da heirateten schon manche. Und er selbst wurde im Herbst fünfundfünfzig. Da zogen viele den Schlussstrich unter ein Seefahrerleben.

Es klopfte. Mr Wale, der Flaggleutnant, schaute durch die Tür. »Sir, der Flottenarzt fragt an, wann es für die Routineuntersuchung genehm sei.«

»Ach Gott, ist das halbe Jahr schon wieder vorbei. Dann soll er gleich kommen.«

Er begrüßte Dr. Clark und sagte: »Ich muss Sie enttäuschen, ich habe keine Beschwerden.«

»Das ist ungesund, Sir. Da müssen wir schnell etwas finden«, lachte Dr. Clark. »Ich habe übrigens von Dr. Cotton gehört, Sir. Er hat anbauen müssen und beschäftigt jetzt vier Assistenzärzte. Seine Klinik ist eine Attraktion in Portsmouth geworden. Er lässt Sie recht herzlich grüßen. Ach ja, ich soll Ihnen sagen, einer seiner Reklamegags sei, dass Sie seine Pflege über so viele Jahre überlebt haben.«

David lachte und verschluckte sich. »Klopfen Sie mal, Doktor«, sagte er.

»Einen Augenblick noch, ich kann gerade so gut abhören.«

Dann klopfte er ihm auf den Rücken und sagte: »Lunge und Herz ohne Befund. Darf ich bitte den Magen abtasten?«

Dr. Clark war mit Davids Gewicht nicht so glücklich. »Auf dem großen Schiff sollten Sie wieder ein wenig mehr spazieren gehen. Die Leber hat auch einige Siegesfeiern zu viel erlebt, Sir. Halten Sie sich bitte mit den Eroberungen etwas zurück, Sir. Aber sonst brauchen Sie keine Werft, Sir. Sie sind uneingeschränkt seetauglich.«

»Das freut mich zu hören. Kommen Sie. Sie können ja einen Schluck trinken. Mir reicht Obstsaft. Erzählen Sie mir ein wenig vom Gesundheitsstand der Mannschaft. Und wie haben sich die Kroaten nach Ihrem Eindruck eingelebt?«

»Der Gesundheitszustand ist gut. Die Mannschaften erhalten ja auch viel frisches Fleisch, Gemüse und Obst. Die Kroaten können schon ganz gut Englisch und haben sich gut eingelebt. Nur wenn unsere Engländer im Hafen die Nutten aufsuchen, dann gibt es immer Stänkereien.«

»Wieso?«, fragte David.

»Die Kroaten sagen immer, es sind kroatische Frauen,

arm, in Not, und ihr kauft sie wie ein Stück Fleisch und lasst sie dann liegen.«

»Gehen die Kroaten nicht zu Huren?«

»Viel weniger, Sir. Sie haben meist Freundinnen in den Häfen, die sie besuchen. Oft nehmen sie schon Briten mit und die freunden sich auch mit kroatischen Frauen an. Denen nehmen sie Geschenke mit, aber es ist etwas menschlicher, Sir, nicht so wie beim Viehkauf.«

David nickte. »Da kann man nichts dagegen haben, wenn die Rate der Geschlechtskrankheiten nicht ansteigt.«

»Im Gegenteil, Sir, sie sinkt beachtlich.«

David absolvierte sein Programm beim österreichischen Oberkommando, das General Hiller kommandierte, den er für ein altes Weib hielt, besuchte die Werften, mit denen er zufrieden war, die Proviantämter und die britischen Verbindungsstäbe. Alles lief zufriedenstellend und die Stimmung war auf den nahen Sieg eingestellt.

Aber die Fortschritte in Italien waren nicht so beeindruckend. Eugène de Beauharnais, Napoleons Vizekönig von Italien, operierte so geschickt, dass Hillers Truppen, obwohl doppelt so stark, wenig gegen ihn ausrichteten.

General Nugent suchte David eines Tages auf der *Milford* auf. »Sir David, wir müssen etwas unternehmen, um den Feldzug voranzutreiben. Die Waschweiber hier schaffen ja sonst nichts.«

David lotste ihn lachend in seine Kajüte. »Kommen Sie, Graf, Ihre respektlosen Äußerungen muss ja nicht jeder hören. Wenn ich nun auch noch zustimme, ist die Disziplin auf meinem Achterdeck flöten.«

Sie tranken auf ihre beiden Majestäten und Nugent sagte: »Sie sind im Augenblick in unserem Oberkommando nicht so gut angesehen wie früher, Sir David. Milutinovič macht Sie schlecht, wo er kann. Nun ist er ein

Kommisskopf, der wenig Freunde hat. Aber dennoch will General Hiller im Augenblick kein förmliches Ersuchen um Flottenunterstützung an Sie richten. Da müssen wir beide das untereinander regeln. Ich habe fünfeinhalbtausend Mann zur Verfügung, die ich südlich von Chioggia landen möchte, um Venedigs rückwärtige Verbindungslinien zu stören. Wenn der Feind zu stark wird, können wir uns auf die Po-Inseln zurückziehen, wenn uns Ihre Kanonenboote beistehen.«

»Kommen Sie. Schauen wir uns die Karte an!«

David legte die Karte auf den Tisch, nahm eine Lupe und sagte: »Die Bucht von Brenta bietet sich an. Batterien an der Küste schalten unsere großen Schiffe aus. Die Landungen der Boote sichern Kanonenboote. Ihre Truppen sind nah an Straßen und können dann zügig manövrieren. Sollten Sie sich zurückziehen müssen, bieten sich die Po-Inseln im Süden an. Ich werde acht Kanonenboote an die Küste beordern, mit ihnen und unseren Sloops können wir Ihnen viel Feuerschutz geben.«

Graf Nugent sah ihn an. »Das nenne ich schnelle und durchdachte Planung. Warum können wir nicht immer zusammenarbeiten? Ich habe Transportraum für viertausend Mann. Können Sie zusätzlich Transporter besorgen?«

David nickte. »Wir stellen Transportraum für tausend Mann zur Verfügung. Die restlichen, das sollten die Truppen der ersten Welle sein, bringen wir auf unseren Kriegsschiffen unter, damit sie mit deren Kuttern angelandet werden. Nun sagen Sie mir noch, was Sie über die feindlichen Truppen an dieser Küste wissen.«

Die Landung erfolgte im Februar im Morgengrauen. *Milford* und *Eagle* schossen die Batterien bei Chioggia zusammen. Die Sloops lagen vor der Bucht von Brenta und zwei Kanonenboote fuhren mit den Kuttern in die Bucht ein und landeten die Truppen. Zwei andere Kanonenboote stießen in die Mündung der Etsch vor und sicherten die Truppen nach Süden ab. Kutter um Kutter landete neue Truppen an. Ein Teil sicherte die Lagune gegen Chioggia ab, ein anderer Teil marschierte die Straßen hinter der Lagune in Richtung Piove.

Graf Nugent schickte seinen Adjutanten und der meldete, der Vormarsch verlaufe planmäßig. David ließ jetzt die Linienschiffe und die Transporter nach Norden segeln und täuschte eine zweite Landung bei Cavattino vor, damit die Franzosen nicht ihre Truppen nach Süden dirigierten.

Auch der zweite Tag verlief planmäßig. Die Kanonenboote stießen in die Po-Arme vor und hinderten feindliche Truppen, sich zu sammeln und Nugent in die Flanke zu fallen. David beobachtete die Operationen mit Kapitän Markwood vom Achterdeck. Da meldete der Ausguck den Kutter *Wight* mit eiligen Depeschen.

»Es wird noch eine Weile dauern. Schicken Sie den Leutnant dann bitte in meine Kajüte, Mr Markwood.«

Leutnant Holmes machte ein verlegenes Gesicht, als er Davids Kajüte betrat. David achtete nicht weiter darauf und fragte: »Na, was bringen Sie Eiliges, Mr Holmes?«

»Eine Anfrage von Admiral Sir John Gore, Sir.«

»Kenne ich nicht. Wie kommt der hierher?«

»Er soll Sie ablösen, Sir.«

Nun war David verdutzt. »Geben Sie her!«

David öffnete den Brief und las: »Sir David, ich bin untröstlich, dass ich Ihnen auf diesem Wege mitteilen muss, dass ich nach Triest kommandiert worden bin, um das Kommando Seiner Majestät Schiffe in der Adria zu übernehmen. Die Admiralität hat mir versichert, dass Sie rechtzeitig vom Kommandowechsel informiert werden würden. Und nun erfahre ich vom Schreiber der Admiralität, dass Sie keine Depesche erhalten haben und zu einer Unternehmung ausgelaufen seien. Es ist mir sehr peinlich. Darf ich Sie bitten, nach Triest zurückzukehren, sobald es Ihre Pläne zulassen, da ich gehalten bin, das Kommando sofort zu übernehmen und da General Hiller mich bereits vor meinem Antrittsbesuch mit Anfragen eindeckt. Mit der Bitte um Verständnis Ihr sehr ergebener John Gore.«

»Mr Holmes, würden Sie bitte Kapitän Markwood fragen, ob er in meine Kajüte kommen kann? Könnten Sie bitte noch einen Moment auf dem Achterdeck warten.«

Kapitän Markwood kam unverzüglich und merkte David an, dass etwas Unerwartetes vorgefallen war. »Schlechte Nachrichten, Sir?«

»Wie man es nimmt. Lesen Sie selbst!«

Markwood nahm den Brief und las. Als er fertig war, stand ihm der Mund offen. Dann schimpfte er los: »Das ist ja eine Unverschämtheit, Sir. So kann man mit einem Mann Ihrer Reputation doch nicht umgehen. Was denkt sich diese Admiralität?«

»Mr Markwood, Depeschen können auch verloren gehen.«

»Aber Sir! Admiralitätsdepeschen werden in dreifacher Ausfertigung auf drei Wegen versandt. Da ist das ausgeschlossen. Und der Landweg ist jetzt am schnellsten.«

David blickte nachdenklich. »Ich habe mich gegen die Politik des Auswärtigen Amtes gestellt, indem ich mich der Übernahme aller Gebiete durch die österreichische Verwaltung widersetzte. Das ist ein Grund für eine Zurechtweisung, aber kein Grund für eine Kränkung.«

»Der Admiralität ist alles zuzutrauen, Sir.«

»Sie vergessen, dass der Erste Seelord ein alter Freund von mir ist.«

»Sir Hugh! Während Sie in Kotor waren, kam die *Gazette* mit der Meldung, dass er einen schweren Unfall hatte, als seine Kutsche umstürzte. Er soll einen Arm und Rippen gebrochen haben. Ich habe vergessen, es Ihnen zu sagen, Sir.«

»Wenn etwas schief geht, geht alles schief, sagt man immer. Aber Mr Markwood, ich würde immer wieder handeln, wie ich es tat. Und wenn die Herren Lords mir das Kommando nehmen, dann wird sich ein alter Wunsch meiner Frau erfüllen und ich kann bei ihr sein. Sind Sie so freundlich und rufen mir jetzt Mr Holmes, während ich eine Notiz an meinen Nachfolger schreibe? Bitte bereiten Sie alles vor, damit wir nach Triest zurücksegeln können.«

David schrieb einige Zeilen an Admiral Gore, dass er sofort zur Übergabe nach Triest zurückkehre. Dann bat er Mr Holmes, die Nachricht zu überbringen. »Die *Milford* folgt Ihnen mit der Gemächlichkeit dieser alten Damen.«

Mr Roberts diktierte er dann Briefe an General Nugent und an seine Kapitäne. »Der Brief an den General muss sofort expediert werden. Die anderen Briefe sind weniger eilig.«

Mr Roberts stand wie erstarrt und war unfähig zu antworten.

»Was ist, Mr Roberts?«

»Aber, Sir. Das geht doch nicht. Einen besseren Admiral gab es in der Adria noch nicht. Sie haben alles erobert, Sir. Man kann Sie doch nicht so wegschicken.«

»Mr Roberts, man kann. Und ich habe doch genug Glück und Ehrungen erfahren. Wenn ich zurückdenke, denke ich nicht an Kränkungen, sondern an die Unterstützung und Treue, die Sie und viele andere mir gewährt haben. Dadurch konnte ich doch erst erfolgreich sein. Wir werden auch in der Heimat glücklich sein, Mr Roberts. Und nun schreiben Sie die Briefe.«

Die *Milford* lief in Triest ein. Der Admiralsstander wehte. Salut wurde geschossen. Dann legte am Kai eine Barkasse ab. Ein Mann in der Uniform eines Konteradmirals stand an Bord. Die Ehrenwache auf der *Milford* trat an und begrüßte den neuen Admiral mit Pfeifen und Trommeln.

Nur der Dudelsackpfeifer war nicht dabei. »Der gehört zu unserem Admiral«, hatte Markwood geknurrt.

David begrüßte seinen Nachfolger an Deck und bat ihn in die Kajüte. Sie sah etwas kahl aus, denn Bilder und andere persönliche Dinge waren schon eingepackt. David entschuldigte sich dafür.

Konteradmiral Sir John Gore war das sichtlich peinlich. Er war ein zierlicher, schlanker Mann, etwa fünf Jahre jünger als David. Er trug einen blonden Schnurrbart, der für das schmale Gesicht etwas zu groß schien.

»Sir David«, begann er und räusperte sich. »Ich habe Ihren Werdegang immer mit Interesse verfolgt und Sie bewundert, auch wenn unsere Wege sich nicht kreuzten. Umso mehr bedrückt es mich, dass ich dieses Kommando jetzt von Ihnen unter so peinlichen Bedingungen übernehmen muss. Bitte glauben Sie mir, dass die Schlampereien der Admiralität nicht von mir veranlasst wurden. Ich wurde im Glauben gelassen, Sie würden gern in die Heimat zurückkehren.«

»Das tue ich auch, Sir John, selbst wenn ich das Geschwader noch gern bis zum nahen Kriegsende geführt hätte. Aber ich weiß, dass Sie unschuldig an diesen Begleitumständen sind. Kommen Sie. Trinken wir einen Kaffee und ich orientiere Sie über die Lage und den Bestand des Geschwaders. Wenn Sie gestatten, packt mein Diener in den Nebenräumen meine Sachen zusammen.«

»Aber, Sir David. Die Admiralität hat mir gesagt, dass Sie mit der *Milford* heimkehren und dass mir die *Eagle* als Flaggschiff zugeteilt ist.«

»Nun, dann war ich wieder einmal voreilig.« Er rief nach Frederick. »Frederick, das ist Admiral Sir John Gore, der mir eben sagte, dass wir mit der *Milford* nach London segeln sollen. Du brauchst also nicht weiter zu packen.«

Dann wandte er sich wieder an den Admiral. »So, Sir John, jetzt zur Lage in der Adria und zu Ihrem neuen Geschwader.«

David berichtete jetzt eine Stunde über die Lage an der Adria, holte hin und wieder Karten und Akten zur Illustration und widmete den Themen Montenegro und Italien besondere Aufmerksamkeit. »Das sind die ungelösten Probleme, und zu ihrer Lösung wird es politischer Entscheidungen bedürfen.«

Am Schluss der Ausführungen klopfte es an der Tür und Leutnant Wale brachte eine Depesche der Admiralität sowie die Meldung, dass die Fregatte *Mulgrave* einlaufe und den Wimpel trage: »Zum Geschwader kommandiert.«

»Das ist sicher die Depesche der Admiralität, auf die wir so lange warten mussten, Sir David«, sagte Admiral Gore.

»Mit Ihrer Erlaubnis«, bat David und öffnete die Depesche. Sie war in der Tat von der Admiralität und teilte ihm mit, dass die Lords der Admiralität ihn von seinem gegenwärtigen Amt abberufen und für neue Verwendung nach London kommandierten. Als besondere Ehrung erlaube man ihm die Rückkehr auf seinem Flaggschiff. Seine Nachfolge werde Sir John Gore antreten.

»Nun haben die ehrenwerten Lords uns bestätigt, was wir schon wussten, Sir John. Auch die neue Fregatte war mir schon länger angekündigt. Sie sollte vom Spaniengeschwader abkommandiert werden.«

»Wenn Sie mich noch informieren, womit ich bei den Kommandeuren rechnen müsste, dann wären wir ja auch fertig und könnten uns der neuen Fregatte widmen.«

David gab ihm einige Hinweise zu den Kommandeuren, wobei er – wie üblich – vor allem deren Vorzüge hervorhob. Er konnte ja auch fast alle wegen ihrer Erfahrung und Initiative hervorheben. Zu Rowlandsons Tapferkeit verlor er noch ein paar Worte und wies dann darauf hin, dass Kapitän Hoste ein kompetenter und ideenreicher Kommandant sei, der nicht zu Unrecht daran leide, dass man ihm die Anerkennung für seine Leistungen nicht gewährt habe. Er hätte den Bath-Orden verdient. »Ich habe jetzt wieder seine Verdienste um die Eroberung Kotors hervorgehoben. Die ständige Vorenthaltung der Anerkennung hat ihn empfindlich gemacht und er erweckt oft den Eindruck von Neid. Bitte achten Sie darauf, Sir John.«

Es klopfte an der Tür. »Sir, der Kapitän der *Mulgrave.*«

David sah Admiral Gore fragend an und der nickte. »Lassen Sie ihn herein.«

Ein Kapitän mit dem Hut unter dem Arm trat ein. Da seit 1812 alle Kapitäne und Commander zwei Epauletten trugen, konnte man an der Uniform nicht mehr erkennen, ob der Betreffende mehr oder weniger als drei Dienstjahre hatte. Aber David konnte es am Gesicht sehen. Das war doch Andrew Hair, vor einem Jahr noch Commander der Sloop *Alkmene*.

Mit lauter Stimme meldete er sich als Kapitän Hair mit der Fregatte *Mulgrave* kommandiert zu Seiner Majestät Geschwader in der Adria. Er richtete seine Worte an David.

»Ich freue mich sehr, Sie zu sehen, Kapitän Hair, und auch über Ihre erneute Beförderung, aber Sie müssen sich jetzt bei Admiral Sir John Gore melden, der mich heute im Kommando ablöste.«

Hair entschuldigte sich, drehte sich zu Gore und wollte die Meldung wiederholen, aber der sagte: »Schon gut, Herr Kapitän. Wie viele Kanonen hat Ihre Fregatte und seit wann sind Sie im Kommando?«

»Zweiundvierzig Kanonen, Sir. Seit Oktober dreizehn bin ich Kapitän.«

David interessierte besonders, ob sein Sohn und seine Freunde auch auf der Fregatte waren. »Konnten Sie Personal von der *Alkmene* übernehmen, Herr Kapitän?«

»Die üblichen zehn Prozent, Sir. Die drei Midshipmen waren dabei, Sir. Auf sie möchte ich nicht mehr verzichten. Der beste Offiziersnachwuchs, den ich je kennen gelernt habe, Sir.«

»Sie bereiten mir damit eine große Freude«, sagte David und wandte sich zu Admiral Gore. »Die drei jungen Leute, von denen Kapitän Hair so freundlich spricht, sind mein jüngster Sohn, mein Neffe und ihrer beider Freund, der Sohn eines alten Schiffsgefährten.«

»Das freut mich, Sir David. Da können Sie Ihren Sohn noch vor der Abreise sehen.«

»Darf ich noch fragen, meine Herren, warum man Ihnen, Kapitän Hair, eine so große Fregatte gab, wo Sie doch erst vor etwas über einem Jahr Commander geworden sind?«

»Ich sollte mich auf dem Weg in die Adria bei Admiral Sir Pellew vor Toulon melden. Kurz vor Toulon sichtete ich in der frühesten Morgendämmerung die *Mulgrave*, die von einem ausgebrochenen französischen Vierundsiebziger angegriffen wurde. Sie hatte schon den Fock- und den Großmast verloren. Ich habe mich unbemerkt hinter das Heck des Franzosen gelegt und ihn aus kürzester Entfernung mit allen Rohren beschossen. Er konnte kaum Gegenwehr leisten. Nach fünf Minuten flog seine Pulverkammer in die Luft und er strich die Fahne. Der Kapitän der *Mulgrave* war gefallen, so führte ich den Konvoi zum Geschwader und Admiral Pellew übergab mir die *Mulgrave*, die ich allerdings in Malta reparieren lassen musste, was meine späte Ankunft erklärt.«

»Erlauben Sie, dass ich in unser beider Namen antworte, Sir John, weil ich Kapitän Hair so lange kenne.«

Admiral Gore nickte.

David sah Hair fest an und sagte. »Sie haben eine ausgezeichnete Laufbahn mit einer Ruhmestat gekrönt, auf die die britische Flotte stolz sein kann. Wir alle erwarten von Ihnen noch viel. Vor allem aber gratulieren wir Ihnen und bezeugen unseren Respekt.«

Dann wandte sich David wieder Admiral Gore zu. »Sir John, da ich nicht anwesend und niemand richtig orientiert war, wurde Ihnen bisher der Ihnen zustehende Salut vorenthalten. Darf ich vorschlagen, dass ich Ihnen hiermit das Kommando über Seiner Majestät Schiffe in der Adria formell übergeben, dass ich dann meinen Stander auf der *Milford* einhole und Sie den Ihren auf der *Eagle* hissen, sobald Sie an Bord empfangen wurden. Dann werden alle Schiffe den vorgesehenen Salut schießen.«

»Ich bin einverstanden und danke Ihnen, dass Sie eine für uns beide so unerfreuliche Situation mit viel Takt gemeistert haben. Ich wünsche Ihnen eine gesunde Heimfahrt und den Dank, den Sie für Ihre Taten verdienen. Ich werde mich bemühen, das Geschwader in Ihrem Sinne zu führen.«

Davids Stander auf der *Milford* wurde eingeholt und als Admiral Gores Stander auf der *Eagle* gehisst wurde, feuerten alle britischen Schiffe den Salut für einen neuen Admiral. Im gleichen Takt hallten fünfzehn Schüsse über die Bucht von Triest. Die Offiziere standen mit entblößten Häuptern auf den Achterdecks und die Bevölkerung der Stadt staunte über die Präzision der Ehrenbezeugung. Als die Geschütze schwiegen, jubelten sie und die meisten wussten gar nicht, warum.

Die drei Midshipmen der *Mulgrave* kamen mit einem Kutter zur *Milford* und meldeten sich in strammer Haltung in Davids Kabine.

»Steht bequem. Keine Formalitäten. Ich bin so glücklich, dass ich euch noch sehen kann.« Er breitete seine Arme aus und sie umarmten ihn alle drei.

»Dad, wir haben drei Tage frei. Aber wir sind so traurig, weil du das Geschwader verlässt. Wir hatten uns so gefreut, unter dir zu dienen.

»Es wäre schön gewesen, euch in der Nähe zu haben und öfter einmal zu sehen. Aber ich hätte immer auch Angst gehabt, euch gefährliche Befehle geben zu müssen. Doch was jammern wir. Der Krieg ist so gut wie vorbei.

Die Alliierten rücken von allen Seiten auf Paris vor. Noch wenige Wochen, dann wird Friede geschlossen werden. Und unsere Flotte wird wieder mächtig abrüsten. Was werdet ihr dann tun? Habt ihr schon einmal daran gedacht?«

»Ich will Flottenoffizier bleiben, Dad. Etwas anderes kann ich mir nicht vorstellen«, antwortete sein Sohn ohne Zögern.

John, Lord Bentrow, sah zur Seite und sagte gar nichts.

»Nun, John, du scheinst anders zu denken,«

»Ja, Onkel David. Wenn wir Frieden haben, möchte ich nicht immer wieder warten müssen, bis man ein Schiff für mich hat. Ich möchte in einer Bank lernen und arbeiten. Was mir Albert Benson, dein Schwiegersohn, davon erzählt hat, schien mir sehr interessant.«

David war überrascht. »Donnerwetter, du hast dir ja wirklich Gedanken darüber gemacht. Das hört sich nicht schlecht an. Und du, Alexander?«

»Ich möchte weiter zur See fahren, Onkel David, aber nicht in der Flotte, wenn sie so abgerüstet wird. Ich weiß nicht, ob Mr Hansen mich als Maat nehmen würde, ob ich es bei der Ostindischen Kompanie versuchen sollte. Ich habe mich noch nicht entschieden.«

»Edward, dann wirst du wohl allein Admiral werden müssen. Aber Alexander braucht sich um ein Schiff keine Sorgen zu machen. Das findet er bei der Empfehlung immer. Wisst ihr übrigens, dass ich für den armen Mustafa, der bei Venedig fiel, jetzt einen entfernten Verwandten von William Hansen im Team habe? Er heißt Johann und versteht sich gut mit Alberto und Baptiste.«

Sie waren erstaunt über diesen Zufall.

»Heute Nachmittag bummeln wir ein wenig durch Triest. Vielleicht müsst ihr auch für eure Ausrüstung etwas kaufen und ihr könnt mir raten, was ich Mutti mitnehmen soll. Und wenn ihr einverstanden seid, dann machen wir heute Abend einen Gutsabend, das heißt, wir essen alle zusammen mit denen vom Gut, mit Mr Roberts, Frederick, Alberto, Baptiste, Johann und Peter Kemp, der uns alles zubereitet. Dann erzählen wir von daheim.«

Sie verlebten einen wunderschönen Nachmittag in Triest. Es war sonnig und kühl. Die jungen Herren konnten mit Vaters Portmonee ihre Wäsche etwas aufbessern, kauften auch das eine oder andere Buch und gaben ihm vor allem ausgezeichnete Ratschläge, was sich Britta wünschen könnte. Besonders John hatte ein Näschen für Schmuck.

»Ich hab gesehen, wie sie so eine Brosche einmal sehr lange angestarrt hat und dann murmelte, es sei ja doch zu teurer und es gäbe so viel nützliche Dinge, die notwendig seien.«

David kaufte die Brosche und dann auch noch den passenden Ring dazu. »Nun müsst ihr mich aber bewachen, ihr drei jungen Herren, wo ich so wertvolles Zeug mit mir rumtrage.«

Alexander lachte. »Dann wären aber Alberto und Johann, die uns die ganze Zeit nicht aus den Augen lassen, böse, wenn wir ihnen die Arbeit wegnähmen. Schaut nur, gleich knöpfen sie sich den Hallodri vor, der uns seit drei Straßen folgt.«

»Das hast du bemerkt?«, fragte David erstaunt.

»Ja, natürlich. Mein Vater sagt immer: Sperr die Augen auf! Alles kündigt sich an, wenn man nur aufpasst.«

»Na, dann kannst du deinem Vater auch mitteilen, dass uns die Albaner nicht mehr verfolgen. Ihre Ältesten haben mir den ›Gottesfrieden‹ erklärt und mit Brief und Siegel bekräftigt.«

»Wie schön, Dad«, sagte Edward. »Das wird Mutti sehr beruhigen.«

Als David Alberto etwas später einen fragenden Blick zuwarf, sagte der nur: »Ein kleiner Taschendieb, Sir. Ich hab ihm die Hand gedrückt. Heute kann er nicht mehr zugreifen, sondern muss kühlen.«

Alexander lachte wie ein junges Mädchen. »So stark müsste man sein.«

»Na, Alexander, wenn du nach deinem Vater kommst, wirst du auch bald so stark sein.« Und dann rechnete David nach. Die jungen Burschen waren jetzt über vier Jahre in der Flotte. Sie würden alle in diesem Jahr sechzehn Jahre alt werden. Nein, das waren wirklich keine Kinder mehr. Das waren junge Männer. Ob sie es schon mit jungen Frauen trieben? Nein, so etwas konnte er wirklich nicht fragen.

Sie kamen lachend und fröhlich an Bord zurück. David musste Mr Markwood erklären, dass sie heute ein ›Gutsfest‹ feiern würden, damit er verstand, was da außerhalb aller Regeln militärischer Hierarchie ablief. Aber er hatte Verständnis und wusste auch, wie gut sich Davids ›Leibwächter‹ im Alltag wieder in die Hierarchie einfügen würden.

Es wurde ein wunderschöner harmonischer Abend. Die drei Midshipmen waren mit Alberto und Davids Dienern aufgewachsen und so erzogen worden, dass ihnen Dünkel fremd war. Die Gefährten Davids waren stolz auf ihre Position und das Vertrauen, das er ihnen immer bewies. Sie hatten kein Bedürfnis, irgendetwas darzustellen. Jeder war in seiner Rolle zufrieden und erfreute die anderen mit seiner Zuneigung.

Sie genossen die mehr rustikalen Leckerbissen, die Peter Kemp zubereitet hatte, und den guten Wein, den Frederick aus den Vorräten des Admirals geholt hatte.

Sie erzählten viel von Whitechurch Hill, von den Menschen und den Festen, von der Arbeit und den Leiden. Manches war David neu, so die furchtbaren Nervenschmerzen, die Manfredo, der Freiwillige aus Porto, in seinem abgeschossenen Unterschenkel hatte und der doch Gott täglich für die Aufnahme in der Stiftung dankte, wo ihm immer Menschen mit Tropfen und Umschlägen halfen und er nie hungern musste.

Er hörte von den kleinen Eifersüchteleien und Zuneigungen. Er lachte mit Baptiste und den anderen, als Alberto erzählte, wie der kleine Schneider einmal dem riesigen Baptiste mit dem Lederriemen ein paar übergezogen habe, als der mit seiner Tochter schmuste. »Sie ist aber auch ein blitzsauberes Mädchen«, bestätigte Alberto und musste sich anhören, dass er da gar nicht mehr hinzuschauen, sondern nur seine Frau zu bewundern habe.

David hörte aus allen Erzählungen, wie zufrieden sie mit ihrem ›zivilen Leben‹ waren, wenn sie es denn einmal genießen konnten. Nur der Arzt, der aus dem Nachbardorf kam, war unbeliebt. Er war hochfahrend, grob und uninteressiert. Da würde er für Änderung sorgen müssen.

Und dann kamen sie auf ihre Erfahrungen in der Flotte zu sprechen. Sie waren alles kluge und taktvolle Menschen und wussten, dass ein Admiral manches nicht hören durfte. Aber so einige Späßchen, wie sie Alkohol an den Wachen vorbei aufs Schiff geschmuggelt hatten, das amüsierte auch den Admiral.

Und dann die Geschichte mit Mustafa, der sich in einem dalmatinischen Hafen bis über alle Ohren in ein Mädchen verliebt hatte. Jeden Abend war er beim Abendappell anwesend und auch wieder beim Morgenappell. Niemand hatte ihn vom Schiff gehen sehen und dennoch war er die ganze Nacht bei ihr. Von der Spitze des Großmastes hatte er unbemerkt ein Tau zum Dachfirst des nächsten Hauses gezogen. Immer wenn es dunkel war, hangelte er sich daran an Land, unbemerkt von den Wachen, die nur auf das Wasser und die Erde schauten, nicht aber auf den Himmel.

Sie lachten alle und wurden dann sehr ernst. »Ach, Mustafa, wir hätten dir noch viel mehr Freuden gegönnt.

Du fehlst uns so sehr«, sagte David. »Kommt, trinken wir ein Glas auf seine ewige Ruhe!«

Es wurde nicht mehr so lustig danach, aber alle waren sich einig, dass es ein wunderbar gemütlicher Abend gewesen war. Man müsste ihn bald in Whitechurch Hill wiederholen.

Am nächsten Tag musste David vieles abwickeln und seinem Nachfolger übergeben. Da konnte er nicht so viel Zeit für seinen Sohn und seine Freunde erübrigen. Aber es war auch für sie manches von Interesse dabei, wenn er sie Berichte über diese oder jene Operation ordnen ließ.

»Dad, hat hier wirklich ein Hauptmann mit fünfundfünfzig Mann ganz Istrien erobert?«

»Ja, wir haben natürlich ein wenig geholfen, aber im Wesentlichen hat er alles mit Hilfe der Bevölkerung geschafft. Mein Gott, ihr hättet erleben müssen, wie sie uns gefeiert haben. Wir konnten gar nicht mehr in die Häfen einlaufen. Die Mannschaften waren schon blau, bevor sie von Bord kamen.«

John hatte einen Bericht der Agentin entdeckt. »Onkel David, du hattest Frauen als Agenten.«

»Gibst du mal her. Darüber darfst du aber wirklich nichts wissen. Mr Roberts, alle Agentenberichte werden nur verschlossen und gegen Unterschrift an Admiral Gores Beauftragten ausgehändigt.«

»Selbstverständlich, Sir. Das lag hier nur zum Einpacken bereit«, und er sah John strafend an.

»He, das hab ich euch ja noch gar nicht erzählt, ihr jungen Herren, wie wir in Dubrovnik den Hauptmann vom französischen Geheimdienst erwischt haben. Wir wussten, dass er mit einem kleinen Boot im Trubel entwischen wollte. Das kleine Boot sahen wir am Kai. Da haben wir uns einen Wagen von der Kotabfuhr geschnappt. Ihr wisst, die Wagen mit den großen Kübeln, in die sie immer die Latrinen in den Städten leeren. Da sind wir den Kai langgefahren und haben ihm die ganze Scheiße ins Boot gekippt. Der hat nach keiner Pistole und keinem Säbel mehr gegriffen, der hat nur noch nach Luft geschnappt. Wir mussten ihn mit einem Tau immer wieder ins Wasser tauchen, damit er sauber wurde. Na ja, er musste uns ja auch bei jedem Auftauchen was erzählen. Als wir ihn ins Gefängnis brachten, roch er nur noch schwach.«

»Aber geatmet hat er noch etwas«, lachte Baptiste.

Am Abend hatte David die Kapitäne aller seiner Schiffe und die Sekretäre der Hafendienste eingeladen. Er hatte auch Admiral Gore gebeten, aber der lehnte dankend ab. »Das ist Ihr Abschied, Sir David. Da sollte Ihr Nachfolger nicht stören. Genießen Sie den Abend. Wir verabschieden uns morgen früh.«

Edward, John und Alexander waren auch einen Teil des Abends anwesend. Sie kannten viele von Davids alten Gefährten. Dann gingen sie und verabschiedeten sich von ihrem Vater im Vorraum.

Der Morgen kam zu früh. David war noch nicht bereit zum Abschied. Immer wieder sah er zu den Schiffen des Geschwaders und zur Stadt hinüber. Das Frühstück rührte er kaum an. Er dachte an seinen Sohn und seine Freunde, wunderbare junge Burschen, die er zu kurz hatte sehen können.

Dann klopfte der Midshipman der Wache. »Mit der Empfehlung vom Kapitän, Sir: Anker auf in zehn Minuten.«

David sah auf die Uhr: Ja, es war gleich sechs Glasen der Morgenwache (7 Uhr). Er ließ sich von Frederick den Hut und den Säbel geben und ging an Deck.

Die Offiziere grüßten ihn ernster als sonst. Kapitän Markwood meldete ihm schwache Bewölkung und stetigen Wind aus Südost. »Wir werden einen ›Soldatenwind‹ haben, der uns gemütlich voranbringt, Sir.«

»Ach, Mr Markwood, nun könnte es auch schneller gehen.«

»Verzeihen Sie, Sir, das konnte es bei Ihnen eigentlich immer.«

David lachte und nickte.

»Fertig zum Ankerlichten!«, kommandierte der wachhabende Offizier.

Der Bootsmannsmaat nahm den Befehl auf. Die Pfeifen der Maate zwitscherten. An den Ankerwinden spannten sie ihre Muskeln an. In den Wanten stiegen sie empor, um die Segel zu lösen.

Auf der *Eagle* sagte der wachhabende Offizier zum Signal-Midshipman: »Signal: Fertig zum Salut für einen scheidenden Flaggoffizier.«

Der bestätigte und steckte die Signalflaggen mit seinem Gehilfen an. Der vierte Offizier fragte den Wachhabenden: »Wie viel Schuss sind denn das? Zwei weniger als zu Begrüßung.«

»Du hast wohl noch nie erlebt, dass ein Admiral sein Geschwader verließ?«

»Nein.«

»Dann merk dir: Da wird nicht geschossen. Der Salut besteht darin, dass alle Mann die Wanten und Rahen auf-entern und in Paradestellung durch Gruß und Hurraruf ihren Respekt bezeugen. Die Hummer stehen natürlich an der Reling und präsentieren. Die kannst du ja nicht die Wanten hochscheuchen.«

Überall auf den britischen Schiffen pfiffen die Maate: »Alle Mann an Deck!«

Die Divisionsoffiziere kontrollierten, ob sie saubere Wäsche anhatten. Der Kapitän beobachtete, in welcher Position sich die *Milford* befand, ob sie in Kürze an seinem

Schiff vorübersegeln würde. Dann gab er den Befehl: »Aufentern in Wanten und Rahen! Bereit zum Salut!«

Die Mannschaften entern auf, verteilten sich auf die Rahen, krallten sich mit den Füßen in den Fußpferden fest und legte einen Arm um die Rah.

Von Deck schallte es durch die Sprechtrompete: »Mützen ab zur Ehrenbezeugung! Seesoldaten: Präsentiert das Gewehr! Dem scheidenden Admiral ein dreifaches Hipp, Hipp, Hurra. Hipp, hipp, Hurra.« Und ein drittes Mal riefen sie es über das Wasser.

Die Offiziere zogen ihre Hüte. Und auf der *Milford* stand auf dem letzten und höchsten Teil des Achterdecks, der Poop, die einsame Gestalt ihres scheidenden Admirals. Er zog seinen Hut und hielt ihn schräg abwärts zur Seite, um den Mannschaften und Offizieren seinen Respekt zu bezeugen.

Kapitän Markwood hatte seinen Offizieren bedeutet, fünf Meter Abstand zum Admiral zu halten. Erst dann baute sich die Gruppe der Offiziere auf und wiederholte den Dankesgruß des Admirals.

Sie näherten sich dem nächsten britischen Schiff, auf dem die Mannschaften aufenterten und die Seesoldaten an der Reling Aufstellung nahmen. Aber die Rufe des letzten Schiffes verstummten gar nicht. Immer noch riefen die Mannschaften »Hurra!«

Der Wachhabende blickte zum Kapitän, aber der nickte nur. »Lasst sie nur«, murmelte er. »Er hat es wahrlich verdient.«

Dann war das nächste Schiff heran. David sah jetzt genauer hin, wie akkurat sie auf den Rahen standen, wie sie die Mützen schwangen und Hurra brüllten. Er zog seinen Hut und erwies ihnen schweigend seinen Dank. Ein einsamer Mann auf einem großen Schiff.

Die Bucht öffnete sich. Das Land nahm Abstand. Mit jedem Schiff verband sich die Erinnerung an eine Stadt. Karlobag, Rijeka, Lastovo, Herzeg Novi. Nur einmal durchbrach David die Routine. Als sie die *Mulgrave* passierten, ging er zur Reling und winkte einige Minuten. Dann stand er wieder schweigend auf der Poop und hielt seinen Hut in der Hand.

Die Offiziere wurden schon unruhig. Sie hatten alle Schiffe passiert. Auch die Bevölkerung, die am Ufer gejubelt hatte, war hinter ihnen zurückgeblieben.

Kapitän Markwood winkte Alberto: »Schicken Sie dem Admiral seinen Hund!«

Larry rannte nicht. Er lief verhalten und drückte sich an den Oberschenkel seines Herren. Der sah zu ihm hinunter und kraulte seinen Kopf. »Ja, alter Freund. Nun geht es heim. Bald sehen wir beide unsere Lieben wieder. Du hast allerdings ein paar Frauen mehr als ich.«

Ein Lächeln überzog Davids Gesicht. Er setzte seinen Hut auf und ging in seine Kajüte.

ENDE

Schlussbemerkung

Über die politische Zukunft der östlichen Adriaküste entschied der Wiener Kongress, die große Friedenskonferenz nach den Napoleonischen Kriegen. In der Wiener Kongressakte wurde festgelegt, dass Dubrovnik und die früher zu ihm gehörenden Gebiete Teil der österreichischen Monarchie wurden.

Die österreichischen Truppen hatten schon vorher versucht, die Inseln in der Adria unter ihre Macht zu zwingen. Ein Versuch, auf Vis im März 1815 zu landen, wurde aber von den Briten und ihren Milizen abgewehrt.

Im Juli 1815 zogen sich die Briten dann von den Inseln zurück und überließen Österreich die Macht.

Die zu Dubrovnik gehörenden Inseln und Hvar wurden am 15. Juli 1815 aufgegeben, Korčula am 20. Juli und Vis am 27. Juli 1815.

Die Sieben Ionischen Inseln, die die ›Septinsular Republic‹ bildeten, wurden im Wiener Kongress den Briten als Protektorat zugesprochen.

Einen besonders tragischen Schlusspunkt unter die Unabhängigkeitsbestrebungen an der östlichen Adriaküste bildet die Tatsache, dass die Freie Stadt Parga, die

Jahrzehnte hindurch als treuer Verbündeter zu Britannien und den Sieben Inseln gehalten hatte, von den Briten 1819 an das Türkische Reich verkauft wurde. Die Welt war entsetzt. Die Bewohner Pargas flohen auf die Sieben Ionischen Inseln.

Glossar

Abfallen: Vom Wind wegdrehen, sodass er mehr von achtern einfällt

Achterdeck: Hinterer Teil des Decks, auf größeren Schiffen erhöhter Aufbau. Dem Kapitän und den kommissionierten Offizieren vorbehalten

achtern: achterlich, achteraus: hinten, von hinten, nach hinten. ›Achter‹ (engl. after) deutet in verschiedenen Zusammensetzungen auf Schiffsteile hinter dem Großmast hin, z. B. Achterschiff

am Wind segeln: Der Wind kommt mehr vorn als von der Seite. Das Schiff segelt in spitzem Winkel zum Wind

Ankerspill: siehe ›Gangspill‹

anluven: Gegenteil von abfallen. Zum Wind hindrehen, sodass er mehr von vorn einfällt

aufgeien: Aufholen eines Rahsegels an die Rah mit Hilfe der Geitaue

aufschießen: Zusammenlegen von Leinen oder Tauen in Form eines Kreises oder einer Acht

ausrennen: Schiffsgeschütze mit Hilfe der Taljen nach vorn rollen, sodass die Mündung aus der Stückpforte ragt

ausschießen: siehe ›Wind‹

Back: 1. Erhöhter Decksaufbau über dem Vorschiff. 2. Hölzerne Schüssel für das Mannschaftsessen. 3. Meist hängender Tisch zum Essen für die Backschaft (Gruppe, die zu diesem Tisch gehört). Der Backschafter (Tischdienst) tischt auf (aufbacken) oder räumt ab (abbacken). Mit ›Backen und Banken‹ wurde zum Essen gerufen

Backbord: Die linke Schiffsseite, von achtern (hinten) gesehen

backbrassen: Die Rahen mit den Brassen so drehen, dass der Wind von vorn einfällt und die Segel gegen den Mast drückt. Dadurch wird das Schiff gebremst

Bark: Segelschiff mit mindestens drei Masten, von denen die vorderen Rahsegel tragen, während am (hinteren) Besanmast nur ein Gaffelsegel gefahren wird

Barkasse: Größtes Beiboot eines Segelkriegsschiffes, etwa 12 Meter lang

belegen: 1. Leine festmachen. 2. Befehl widerrufen

Belegnagel: Großer Holz-(oder Eisen-)stab mit Handgriff, der zum Festmachen der Leinen diente. Er wurde in der Nagelbank an der Reling aufbewahrt und diente auch als Waffe im Nahkampf

Besan: 1. Der hintere, nicht vollgetakelte Mast eines Schiffes mit mindestens drei Masten. 2. Das Gaffelsegel an diesem Mast

Besteck nehmen: Ermittlung des geografischen Ortes eines Schiffes

Bilge: Der tiefste Raum im Schiff zwischen Kiel und Bodenplanken, in dem sich Wasser ansammelt

Blindesegel: siehe Schemazeichnung Segel

Block: Rolle in Holzgehäuse, über die Tauwerk läuft

Blunderbüchse: (blunderbuss) auch Donnerbüchse: großkalibrige, kurzläufige Muskete mit trichterförmig endendem Lauf, aus der Grobschrot u. ä. auf kurze Entfernung verschossen wurde

Bombarda: Spanische Bezeichnung für die Handelsversion eines Mörserschiffes. Der vordere große Mast mit Rahsegeln steht weit hinten, damit vor ihm die im Rumpf eingebauten Mörser schießen können. Der Besanmast ist auch nach hinten verschoben. Die Schiffe sind flach gebaut, um auch in Ufernähe schießen zu können

Bootsgast: Mitglied der Besatzung eines Beibootes

Bramstange: siehe Schemazeichnung: Masten

Brassen: 1. Hauptwort: Taue zum waagerechten Schwenken der Rahen. 2. Tätigkeitswort: Die Rahen um die Mastachse drehen. Vollbrassen = ein Segel so stellen, dass der Wind es ganz füllt; lebend brassen = das Segel so stellen, dass es dem Wind keinen Widerstand bietet, also längs zum Wind steht; backbrassen = siehe dort

Brigantine: Zweimaster, dessen vorderer Mast vollgetakelt ist, während der hintere Gaffelsegel trägt

Brigg: Schiff mit zwei vollgetakelten Masten

Brooktau: Tau, das den Rücklauf einer Kanone nach dem Schuss abstoppt

Bug: Vorderer Teil des Schiffes

Claret: In der Navy üblicher Ausdruck für Rotwein

Cockpit: (hier) Teil des Orlop- oder Zwischendecks am achteren Ende, das

in Linienschiffen den Midshipmen als Wohnraum und während des Gefechts als Lazarett diente
Commander: Kapitän eines Kriegsschiffes unterhalb der Fregattengröße mit mindestens einem Leutnant

Davit: Kranartige Vorrichtung zum Aus- und Einsetzen von Booten
Deckoffiziere: (warrant officers) 1. Master, Proviant- und Zahlmeister, Schiffsarzt mit Zugang zur Offiziersmesse. 2. Stück- (Geschütz-) Meister, Bootsmann, Schiffszimmermann, Segelmacher u. a. ohne Zugang zur Offiziersmesse
Dingi: Kleinstes Beiboot
dog watch: siehe Wacheinteilung
Dollbord: Obere, verstärkte Planke von Beibooten, in die die Dollen (Holzpflöcke oder Metallgabeln) für die Riemen eingesetzt werden
Draggen: Leichter, vierarmiger Bootsanker ohne Stock, der auch als Wurfanker benutzt wurde, um Leinen festzumachen
Drehbassen: (swivel gun) Kleine, auf drehbaren Zapfen fest angebrachte Geschütze mit einem halben bis zwei Pfund Geschossgewicht
dwars: Quer, rechtwinklig zur Kielrichtung

Ende: Kürzeres Taustück, dessen beide Enden Tampen heißen
en flûte: Ein Kriegsschiff segelt en flûte, wenn es den größeren Teil seiner Kanonen und Mannschaften abgegeben hat, um Platz für dringend benötigte Waffen oder Lebensmittel zu schaffen, die durch ein Kriegsschiff schneller und sicherer zu transportieren sind als durch ein Handelsschiff
Entermesser: Schwerer Säbel mit rund 70 Zentimeter langer Klinge
entern: Besteigen eines Mastes oder eines feindlichen Schiffes

Faden: siehe Längenmaße
Fall: Tau zum Heißen oder Fieren von Rahen oder Segeln
Fallreep: Treppe, früher Jakobsleiter, die an der Bordwand heruntergelassen wird
Fallreepspforte: Aufklappbare Pforte in einem unteren Deck zum Einstieg vom Fallreep
Fender: Puffer, früher aus geflochtenem Tauwerk
fieren: Ein Tau lose geben (lockern), etwas absenken, hinunterlassen
Finknetze: Kästen am Schanzkleid zur Aufnahme der Hängematten, meist aus Eisengeflecht
Fock: siehe Schemazeichnung Segel eines Zweideckers
Fockmast: Vorderster Mast

Fregatte: Kriegsschiff der 5. und 6. Klasse mit 550-900 Brit. Tonnen, 24-44 Kanonen und 160-320 Mann Besatzung
Fuß: siehe Längenmaße
Fußpferd: Das unter einer Rah laufende Tau, auf dem die Matrosen stehen, wenn sie die Segel los- oder festmachen oder reffen

Gaffel: Der obere Baum eines Gaffelsegels
Gaffelsegel: Längsschiffs stehendes viereckiges Segel, z.B. Besan
Gangspill: Winde, die um eine senkrechte Achse mit Spill (= Winde) oder Handspaken (= kräftigen Steckhölzern) gedreht wird, um den Anker zu hieven oder Trossen einzuholen
Gangway: 1. Laufbrücke an beiden Schiffsseiten zwischen Back- und Achterdeck 2. bewegliche Laufplanke zwischen Schiff und Pier.
gecobt: Strafe bei Offiziersanwärtern. Schläge mit einem schmalen Sandsack
Geitau: Tau zum Aufgeien (Emporziehen) eines Segels
gieren: Unbeabsichtigtes Abweichen vom Kurs durch Wind, Seegang oder ungenaues Steuern
Gig: Beiboot für Kommandanten
gissen: Möglichst genaues Schätzen des Schiffsortes durch Koppeln
Glasen: Anschlagen der Schiffsglocke, nachdem die Sanduhr (Glas) in 30 Minuten abgelaufen ist.
8 Glasen = 4 Stunden = 1 volle Wache
Gordings: Taue, mit denen ein Segel zur Rah aufgeholt wird
Gräting: Hölzernes Gitterwerk, mit dem Luken bei gutem Wetter abgedeckt waren. Zum Auspeitschen wurden Grätings aufgestellt und die Verurteilten daran festgeschnallt
Großsegel: siehe Schemazeichnung Segel eines Zweideckers

halsen: Mit dem Heck durch den Wind auf den anderen Bug gehen
Heck: hinterster Teil des Schiffes, in der damaligen Zeit bei Linienschiffen mit verzierten Galerien ausgestattet
heißen (hissen): Hochziehen eines Segels, einer Flagge
Helling: Schräge Holzkonstruktion am Ufer, auf der Schiffe heraufgezogen oder hinuntergelassen werden
Helm: Auf kleineren Schiffen das Steuer oder Ruder selbst, auf größeren Schiffen die Ruderpinne
Heuer: Lohn des Seemanns
Monatliche Heuer für Offiziere und Mannschaften um 1785:

Kapitän, 100-Kanonen-Schiff	28 £
Kapitän, Fregatte	8 £ 8 s

Leutnant	5 £ 12 s
Master, Fregatte	4 £
Midshipman	1 £ 10 s
Segelmacher	1 £ 10 s
Vollmatrose	1 £ 4 s
Leichtmatrose	19 s

Durchschnittspreise für einige Waren und Dienstleistungen

1 Pfund Schweinefleisch	6 p
1 Pfund Butter	2 s
1 Pfund Zucker	1 s
1 Pfund Tee	10 s
1 Liter Cognac	4 s 6 p
Anzug für Büroangestellte	5 £
Hemd, Anfertigung	12 s

Postkutschenfahrt von London
nach Carlisle (500 km, 3 Tage)
Innenplatz 3 £ 4 s 9 p Außenplatz 2 £ 2 s
1 Pfund Sterling (£) = 20 Shilling (s) = 240 Pence (p)

hieven: Hochziehen einer Last, meist mit Takel und Geien
Huker: seetüchtiges Fischerei- und Transportschiff, vorwiegend an holländischen und friesischen Küsten. Der Huker war ein breit und stabil gebauter Anderthalbmaster, der am vorderen Mast Rahsegel und am hinteren Mast ein Gaffelsegel führte. Große Huker hatten bis zu drei Masten
Hulk: altes Schiff, abgetakelt, meist als Wohn- oder Gefangenenschiff benutzt
Hundewache: siehe Wacheinteilung
Hütte: Aufbau auf dem Achterschiff, auch Poop oder Kampanje

Inch: siehe Längenmaße

Jagdgeschütze: Lange Kanonen im Bug, die einen verfolgten Gegner beschießen konnten
Jakobsleiter: Leichte Tauwerksleiter mit runden Holzsprossen
Jakobsstab: Altes Navigationsinstrument zur Messung der Breite
Jurymast: Behelfsmast

Kabelgatt: Lagerraum für Tauwerk
Kabel: 1. dickes Tau. 2. Längenmaß (185,3 m)

kalfatern: Dichten der Ritzen zwischen den Planken mit Teer.
Kanonenboot: Häufig mit Riemen angetriebenes Boot mit einem schweren Geschütz im Bug
kappen: Ab-, durchschneiden, z. B. Anker kappen = Ankertau mit der Axt durchschlagen
Kartätschen: Kanonenmunition, gefüllt mit Musketenkugeln oder Eisennägeln, vornehmlich zur Abwehr von Enterern
kentern: 1. ›Umkippen‹ eines Schiffes. 2. Umschlagen des Windes. 3. Wechsel der Strömungsrichtung zwischen Ebbe und Flut
Ketsch: Segelschiff mit zwei Masten. Der vordere Mast ist wesentlich größer als der hintere. Die Ketsch führt Schratsegel
Kettenkugeln: Zwei Voll- oder Halbkugeln waren durch Ketten oder Stangen verbunden, die sich während des Fluges spreizten, um die feindliche Takelage zu zerfetzen
Kiel: In Längsrichtung des Schiffes verlaufender starker Grundbalken, auf dem Vor- und Achtersteven und seitlich die Spanten aufgesetzt sind
Kielschwein: Auf den Kiel zur Verstärkung aufgesetzter Balken
kielholen: 1. Ein Schiff am Sandufer so krängen (neigen), dass der Schiffsrumpf ausgebessert bzw. gesäubert werden kann. 2. Einen Menschen mit einem Tau von einer Schiffsseite unter dem Kiel zur anderen durchziehen. Diese lebensgefährliche Strafe war in der englischen Kriegsmarine nicht üblich
killen: Das Flattern der Segel, weil sie ungünstig zum Wind stehen
Klampen: Profilhölzer zur Lagerung von Beibooten an Deck
Klarschiff: Gefechtsbereitschaft eines Schiffes (klar Schiff zum Gefecht)
Klüse: Öffnung in der Bordwand für Taue
Klüver: siehe Schemazeichnung: Segel eines Zweideckers
Klüverbaum: Spiere zur Verlängerung des Bugspriets
Knoten: 1. Zeitweilige Verknüpfung von Tauenden. 2. Geschwindigkeitsangabe für Seemeilen pro Stunde
koppeln: Ermittlung des Schiffsortes durch Einzeichnen der Kurse und Distanzen in die Karte (= mitkoppeln)
Krängung: Seitliche Neigung des Schiffsrumpfes
kreuzen: Auf Zickzackkurs im spitzen Winkel zum Wind abwechselnd über Back- und Steuerbordbug segeln
Kreuzmast: siehe Schemazeichnung: Segel eines Zweideckers
krimpen: siehe Wind
Kuff: Von Belgien bis Norddeutschland häufig gebauter Küstenfrachter mit breitem, flachem Schiffsboden und hochgezogenem Bug und Heck. Meist trug die Kuff anderthalb Masten, am vorderen Mast ein Gaffelsegel und dar-

über an der Maststenge ein oder zwei Rahsegel. Der achtere Besanmast führte nur ein Gaffelsegel

Kuhl: Offener Teil des obersten Kanonendecks zwischen Vor- und Achterdeck

Kutter: 1. einmastiges Schiff mit Gaffelsegel und mehreren Vorsegeln. 2. Beiboot

Landfall: Erste Sichtung von Land nach längerer Seefahrt

Längenmaße: Britische nautische Meile = 1,853 km, Kabel = 185,3 m, Faden = 1,853 m, Seemeile = 1,852 km. Yard = 91,44 cm, Fuß = 30,48 cm, Inch = 2,54 cm, 1 Knoten = 1 Seemeile pro Stunde

längsseits holen, kommen, liegen: Seite an Seite mit einem Schiff, Kai, Steg u. a. zu liegen kommen

laschen: Zusammenbinden, festbinden (-zurren)

Last: Vorrats- oder Stauraum

Laudanum: Opiumtinktur zur Betäubung der Verwundeten

Lee: Die dem Wind abgewandte Seite

Legerwall: Küste in Lee, auf die der Wind weht; das Schiff ist hier in Gefahr zu stranden, wenn es sich nicht freisegeln oder Anker werfen kann

Leinen: Allgemeiner Begriff für Tauwerk

lenzen: Leer pumpen

Log: Gerät zur Messung der Fahrt des Schiffes durchs Wasser (loggen)

Lot: Gerät zur Messung der Wassertiefe

Lugger: Küstensegler mit zwei oder drei Masten und viereckigen, längsschiffs stehenden Segeln. Schnelle Lugger waren bei den Franzosen als Kaperschiffe häufig

Luv: Die dem Wind zugewandte Seite

Manntaue: Bei schwerem Wetter an Deck zum Festhalten gespannte Taue

Mars: Plattform am Fuß der Marsstenge, an den Salings. Gefechtsplatz von Scharfschützen

Marsstenge: siehe Schemazeichnung: Masten

Mastgarten: Einrichtung am Mast zum Belegen von laufendem Gut

Master: Ranghöchster Deckoffizier (siehe dort), der nur dem Kapitän unterstand und für die Navigation, die Verstauung der Ladung und den Trimm verantwortlich war

Messe: Speiseraum der Offiziere, von dem meist auch die Schlafplätze abgingen

Navy Board: Der Admiralität nachgeordnete Behörde, die für den technischen und finanziellen Bedarf der Flotte zuständig war

Niedergang: Treppe zu den unteren Decks
Nock: Ende eines Rundholzes

Oberlicht: Fenster im Oberdeck zur Beleuchtung darunter liegender Räume
Ölzeug: Schlechtwetterkleidung aus dichtem, mit Leinöl getränktem Stoff
Ösen: Ausschöpfen des Wassers aus einem Boot
Orlop: Niedriges Zwischendeck über dem Laderaum

Pardunen: siehe Schemazeichnung: Masten
peilen: 1. Flüssigkeitsstand im Schiff messen.
2. Richtung zu einem anderen Objekt feststellen
Penterbalken, Penterhaken: Teile der aus Balken, Seilzügen und Haken bestehenden Vorrichtung, um große Anker einzuholen
Pinasse: 1. größeres Beiboot, 2. kleiner Küstensegler mit Schratsegel
Pinke: Ursprünglich im westlichen Mittelmeer üblicher dreimas-tiger Küstensegler, der dort Lateinsegel führte, die aber auch durch Querrahen ersetzt werden konnten. Größe etwa 200 bis 300 Tonnen
Poop: siehe Hütte
Poopdeck: Über das mittlere Deck, die Kuhl, hinausragender Aufbau am Heck des Schiffes
preien: Anrufen
pressen, Presskommandos: In Kriegszeiten erlaubte das Gesetz, in Küstenstädten Seeleute aufzugreifen und zum Dienst in der Flotte zu zwingen = zu pressen
Prise: Legale Beute, meist ein feindliches Schiff, dessen legale Aufbringung durch ein Prisengericht bestätigt wurde
Profos: Meist Maat des Bootsmanns, der für Bestrafungen und Arrest zuständig war
Polacca: Dreimastiges Schiff im Mittelmeer. Charakteristisch ist, dass die Masten Pfahlmasten sind, d. h. aus einem Stück ohne Marse oder Salinge. Die Rahsegel sind mit Tauen am Mast verankert. Dadurch können alle Segel bis zum Deck hinuntergelassen werden. An Stelle der Wanten hängt von der Mastspitze bis zum Deck eine Sturmleiter
Pütz: Eimer
pullen: 1. Ziehen an einem Tau. 2. Rudern (Riemen durchs Wasser ziehen)

Rack: 1. Vorrichtung zur Befestigung der Rahen am Mast. 2. Holzkasten mit schalenförmigen Vertiefungen zur Aufnahme der Kanonenkugeln in der Nähe des Geschützes

Rah: Holzspiere, die horizontal und drehbar am Mast befestigt ist und an der Segel angeschlagen werden
Rahnock: Äußere Enden der Rah
Rahsegel: Rechteckige Segel, die quer zur Längsachse des Schiffes an seitlich schwenkbaren Rahen befestigt sind
Rammer: Holzstange mit Aufsatz etwa in Kaliberdurchmesser. Mit dem Rammer wird die Kartusche fest ins Kanonenrohr gestoßen
Raumer Wind: Wind aus achterlichen Richtungen, für Rahsegler günstig
Reede: Geschützter Ankerplatz außerhalb des Hafens
Reff, Reef: Teil des Segels, der bei starkem Wind durch Reffbändsel zusammengebunden wird, um die Segelfläche zu verkleinern
Riemen: Rundholz mit Blatt, das zum Pullen oder Wriggen benutzt wird
Rigg: Sammelbezeichnung für die gesamte Takelage mit Rahen
riggen: Auftakeln eines Schiffes
rollen: Seitliches Schwingen des Schiffes um seine Längsachse (s. a. schlingern und stampfen)
Ruder: 1. Ruderblatt im Wasser. 2. allgemeine Steueranlage

Saling: Gerüst am Topp der Masten und Stengen zum Ausspreizen der Wanten
schalken: Abdichten der Schiffsluken
Schaluppe: 1. Einmastiges Küstenfrachtschiff mit Gaffelsegel.
2. Großes Beiboot (s. aber Sloop)
Schanzkleid: Erhöhung der Außenplanken des Rumpfes über das oberste Deck hinaus zum Schutz der Besatzung. Das Schanzkleid ist im Unterschied zur Reling geschlossen, hat aber Speigatten zum Abfluss übergekommenen Wassers
Schebecke, Xebeke: Dreimastiges Segelschiff mit Lateinersegeln (= Schratsegel), vor allem im Mittelmeer gebräuchlich
scheren: Taue durch Block oder Öse ziehen
schlingern: Gleichzeitige Bewegung des Schiffes um Längs- und Querachse
Schnau: Meist zweimastige Schiffe, die hinter den Masten noch zusätzliche dünnere Masten haben, an denen Gaffelsegel befestigt sind
Schoner: Zwei- oder mehrmastiges Schiff mit Schratsegeln
Schratsegel: Sammelbegriff für alle Segel, deren Unterkante in Längsrichtung des Schiffes steht, z. B. Stag-, Gaffel-, Besansegel
schwoien, schwojen: Das Schiff bewegt sich um den Anker
schwabbern: Reinigung des Deckes
Seite pfeifen: Auf Pfeifsignal des Bootsmannes versammeln sich Offiziere

und Seesoldaten an der Fallreepspforte, um von und an Bord gehenden Kommandanten und Flaggoffizieren eine Ehrenbezeigung zu erweisen
Sextant: Winkelmessgerät für terrestrische und astronomische Navigation. Vor allem zur Messung der Gestirnhöhen über der Kimm benutzt
Sloop: Engl. Bezeichnung für vollgetakeltes kleineres Kriegsschiff mit im Allgemeinen bis zu zwanzig Kanonen (französisch: Korvette). Die Übersetzungen Schaluppe oder Slup sind irreführend, da damit vor allem einmastige Segelschiffe bezeichnet werden, während die Sloop drei Masten hatte
Speigatt: Öffnung in Fußreling oder Schanzkleid, durch die eingenommenes Wasser abfließen kann
Stage: Dicke, nicht bewegliche Taue, die die Masten gegen Druck von vorn sichern
Stern: Bezeichnung für Heck
Stropp: Tau, das als Ring gespleißt ist. Dient meist zur Lastaufnahme
Stückmeister: Für die Kanonen (die Stücke) und Munition zuständiger Deckoffizier. Im Gefecht gab er Kartuschen in der Pulverkammer aus.
stütz!: Befehl an den Rudergänger, eine Schiffsdrehung durch Gegenruderlegen abzufangen

Takelage: Gesamtheit der Masten, Segel, des stehenden und laufenden Guts
Takelung: Art (Typ) der Takelage
Taljen: Flaschenzug aus Tauen und zwei Blöcken
Tamp: Kurzes Ende eines Taus, auch Tampen
Tender: Bewaffnetes Begleitschiff eines größeren Kriegsschiffes. Tender wurden im Allgemeinen von Offizieren der Linienschiffe finanziert, um Prisengeld einzubringen
Tonne: Maß für die Masse von Schiffen. 1 brit. Tonne entspricht 1016,05 kg
Topp: 1. Mastspitze. 2. Mast mit Takelage
Toppgast: Seemann, der im Topp die Segel bedient
Toppsegel: siehe Schemazeichnung: Segel eines Zweideckers Nr.12 und 21
Toppsegelschoner: Schoner mit ein oder zwei Rahsegeln am obe-ren Mast zusätzlich zu den Schratsegeln
Traubengeschosse: Eine Art sehr grober Kartätsche. 900 Gramm schwere Kugeln wurden in Segeltuch in Kalibergröße verschnürt
Trosse: Sehr starkes Tau

verholen: Schiff über geringe Entfernung an einen anderen Liegeplatz bringen
Verklicker: Windrichtungszeiger an der Luvseite des Steuerrades. Er

bestand aus einem Stab, an dessen Spitze ein Faden befestigt war, auf den kleine Federkreise auf Korkscheiben gezogen wurden

versetzen: Durch Strömung oder Wind aus dem Kurs bringen

Vortopp: 1. Die Spitze des Fockmastes (vorderster Mast). 2. der Fockmast mit seiner Takelage

Wacheinteilung: Der nautische Tag beginnt um 12 Uhr mittags, wenn der Standort des Schiffes gemessen wird.
12-16 Uhr: Nachmittagswache.
16-20 Uhr: Dog watch (Verstümmelung von ›docked‹ oder verkürzt), da hier zwei verkürzte Wachen von 16-18 und 18-20 Uhr dauerten, damit die Mannschaft nicht alle Tage die gleiche Wachzeit hatte.
20-24 Uhr: Erste Wache (Abendwache).
0-4 Uhr: Hundewache. 4-8 Uhr Morgenwache.
8-12 Uhr Vormittagswache (siehe auch glasen)

warpen: Ein Schiff bei Flaute bewegen, indem der Anker mit einem Beiboot in Fahrtrichtung ausgebracht und das Schiff mit dem Ankerspill an den Anker herangezogen wird

wenden: Mit dem Bug durch den Wind auf einen anderen Kurs gehen

Wind: ausschießen = der Wind dreht auf den Kompass bezogen nach rechts; krimpen = der Wind dreht auf den Kompass bezogen nach links; raumen = der Wind dreht so, dass er mehr von achtern einfällt; schralen = der Wind dreht so, dass er mehr von vorn kommt

Wischer: Stange mit feuchtem Wischer – meist aus Schaffell, mit der nach Entfernung von Rückständen das Kanonenrohr ausgewischt wurde

Wurm: Stange mit ein oder zwei Eisenspiralen an der Spitze. Mit ihr wurden nach dem Abfeuern einer Kanone Rückstände im Rohr gelöst und entfernt

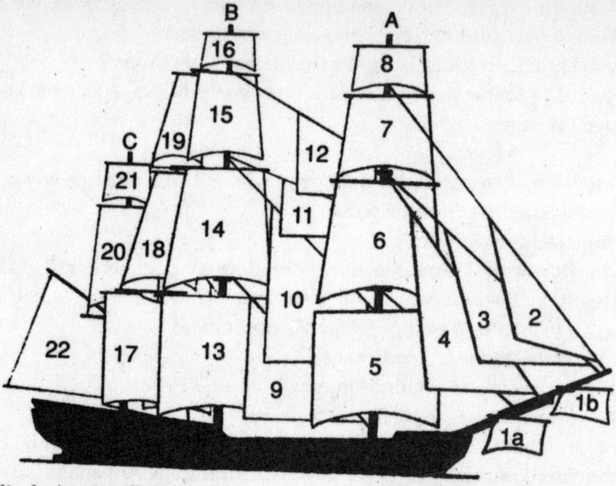

1a Blinde (spritsail)
1b Schiebblinde (fore spritsail)
2 Außenklüver (outer oder flying jib)
3 Klüver (jib)
4 Vorstengestagsegel (fore topmast staysail)
5 Fock (foresail oder fore course)
6 Vormarssegel (fore topsail)
7 Vorbramsegel (fore topgallant sail)
8 Vorroyalsegel (fore royal)
9 Großstagsegel (main staysail)
10 Grostengestagsegel (main topmast staysail)
11 Mittelstagsegel (middle staysail)
12 Großbramstagsegel (main topgallant staysail)
13 Großsegel (main sail oder main course)
14 Großmarssegel (main topsail)
15 Großbramsegel (main topgallant sail)
16 Großroyalsegel (main royal)
17 Großleesegel (main studding sail)
18 Großmarsleesegel (main topmast studding sail)
19 Großbramleesegel (main topgallant studding sail)
20 Kreuzmarssegel (mizzen topgallant sail)
21 Kreuzbramsegel (mizzen topgallant sail)
22 Besan (driver)
A Fockmast
B Großmast
C Kreuzmast

(Für Royalsegel ist im Deutschen auch die Bezeichnung Oberbramsegel gebräuchlich. Leesegel wurden bei schwachem Wind an allen Masten geführt, hier aber der Übersichtlichkeit wegen nur beim Großmast eingezeichnet).

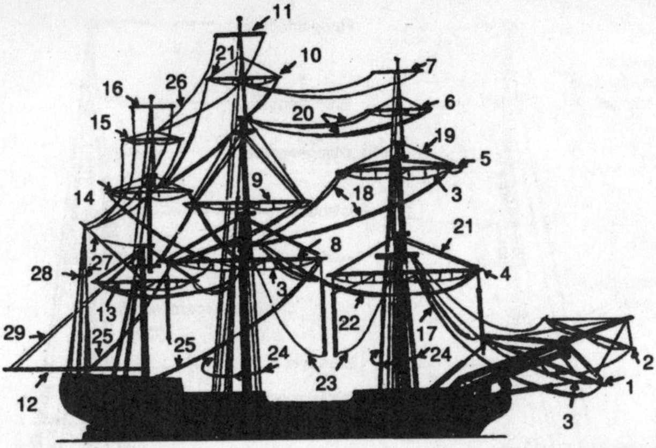

Rahen und Tauwerk

1 Blinde Rah (spritsail yard)
2 Oberblindenrah (sprit topsail yard)
3 Fußpferde (horses): Taue, auf denen die Matrosen beim Setzen und Bergen der Segel standen.
4 Fockrah (fore yard)
5 Vormarsrah (fore topsail yard)
6 Vorbramrah (fore topgallant yard)
7 Vorroyalrah (fore royal yard)
8 Großrah (main yard)
9 Großmarsrah (main topsail yard)
10 Großbramrah (main topgallant yard)
11 Großroyalrah (main royal yard)
12 Besanbaum (spanker boom)
13 Kreuzrah (crossjack)
14 Kreuzmarsrah (mizzen topsail yard)
15 Kreuzbramrah (mizzen topgallant yard)
16 Kreuzroyalrah (mizzen royal yard)
17 Blindenbrassen (spritsail braces)
18 Vormarsbrassen (fore topsail braces)
19 Toppnants (lifts)
20 Vorbrambrassen (fore topgallant braces)
21 Toppnants (lifts)
22 Fockbrassen (fore sail braces)
23 Taljen zum Einholen von Booten usw. (tackles)
24 Wanten und Fallen (rigging and halyards)
25 Großbrassen (main braces)
26 Großroyalbrasse (main royal brace)
27 Besangaffel (gaff)
28 Piekfallen (peak halyards)
29 Besandirk (boom topping lift)

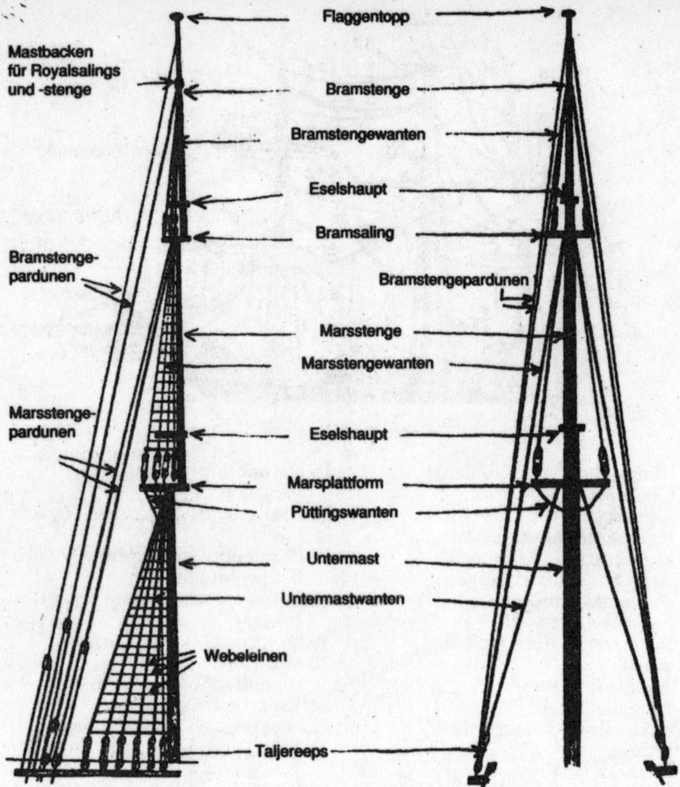

Masten (ohne Royal- oder Oberbramstege von der Seite (links) und von achtern (rechts) sowie stehendes Gut

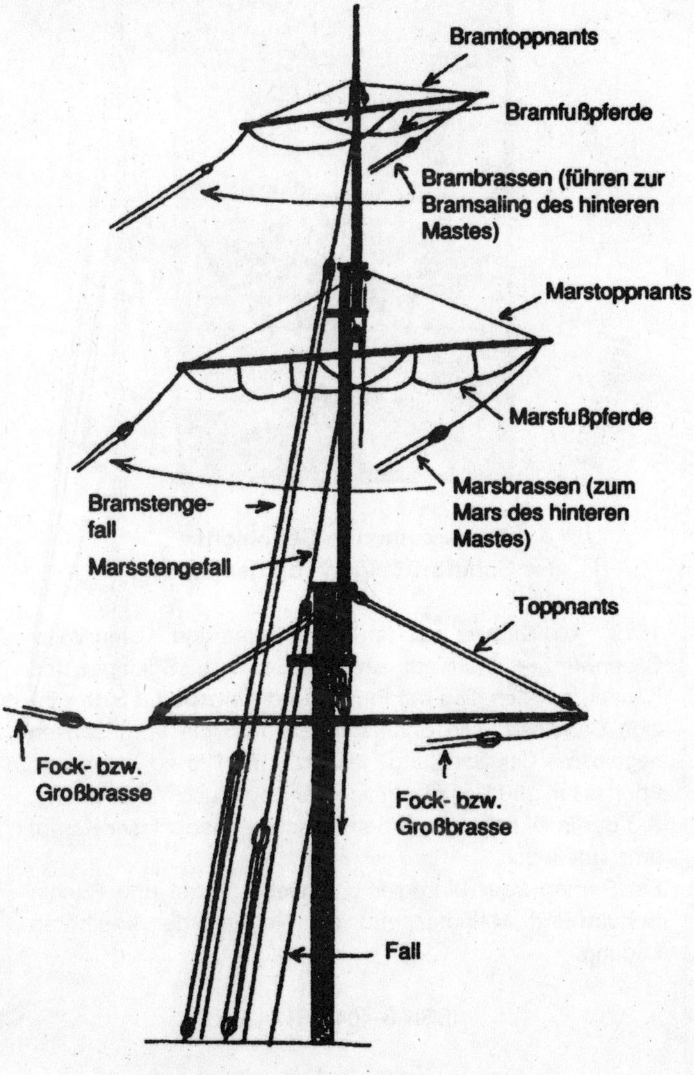

Teil des laufenden Gutes: Brassen, Fallen und Toppnats

Die spannende Geschichte der Schiffbrüchigen von der *Batavia*

1629 – die *Batavia* beladen mit Juwelen und Kisten voller Silbermünzen, läuft auf ein Riff. Seeleute, Soldaten und Kaufleute retten sich mit Frauen und Kindern auf eine winzige Sandinsel. Die Schiffsoffiziere und die Vorgesetzten segeln mit der Schaluppe davon, um Hilfe zu holen und überlassen 250 Schiffbrüchige der Angst und Verzweiflung. Auf der Insel beginnt ein dramatischer, gnadenloser Kampf ums Überleben.
Ein Roman über Mordgier und Liebe, Verrat und Rache, Schuld und Mitläufer und die Rettung der kostbaren Ladung.

ISBN 3-404-15124-0

BASTEI LÜBBE

Der Portugiese Ferdinand Magellan nimmt in der Geschichte der Seefahrt einen besonderen Platz ein. Als er im Oktober 1516 König Manuel den Glücklichen in Lissabon um das Kommando auf einer der königlichen Karavellen bittet, lehnt der Regent dieses Ansinnen schroff ab. Magellan kehrt seiner Heimat den Rücken und wendet sich nach Spanien. Bei König Karl I. findet er Gehör: Nicht südöstlich über den Indischen Ozean, sondern südwestlich über den Atlantik will er die sagenhaften Gewürzinseln der Molukken erreichen. 1519 bricht Magellan mit fünf Schiffen von Sevilla auf. Damit nimmt die größte Seereise der Geschichte ihren Anfang.

ISBN 3-404-14441-4

BASTEI
LÜBBE